向阳花海

原创长篇警察小说

DEFENDERS OF BRIGHTNESS

林烁 著

群众出版社
· 北京 ·

图书在版编目（CIP）数据

向阳花海/林烁著．—北京：群众出版社，2021.8 ISBN 978-7-5014-6162-2

Ⅰ．①向… Ⅱ．①林… Ⅲ．①长篇小说—中国—当代 Ⅳ．①I247.5

中国版本图书馆 CIP 数据核字（2021）第 148139 号

向阳花海 林 烁 著

出版发行：群众出版社
地　　址：北京市丰台区方庄芳星园三区十五号楼
邮政编码：100078
经　　销：新华书店
印　　刷：天津嘉恒印务有限公司

版　　次：2021 年 8 月第 1 版
印　　次：2021 年 10 月第 2 次
印　　张：13.65
开　　本：880 毫米×1230 毫米 1/32
字　　数：358 千字

书　　号：ISBN 978-7-5014-6162-2
定　　价：45.00 元

网　　址：www.qzcbs.com
电子邮箱：843195700@qq.com

营销中心电话：010-83903991
读者服务部电话（门市）：010-83903257
警官读者俱乐部电话（网购、邮购）：010-83901775
综合分社电话：010-83901705

精彩先赏

秦泷抬起头，缓缓睁开眼，望向海上那片硕大的暴风云："指挥员只能有一片战场。为这一仗，我准备一年了。现在，任何事都不会让我分心！"

"这也算你'计划'的一部分？"

"这本就是'一号专案'的排布。"秦泷避开挚友越来越凌厉的逼视，"向阳花中心直属省厅。无论剑局还是你，都是市局领导，没必要知道所有细节。"

"这就是让你和她做搭档的理由。我是养虎为用。"秦泷笑答，"我就知道你一定会帮她，因为这是你的本性。你太善良了，受不了身边人再死在你面前。再怎么努力违背本性，你也有改不了的东西，就和她一样！"

精彩先赏

“你到底为什么要我和萧老师做搭档?”虞子陵脸色极其不悦，“有天赋，是一码事；天赋用错了地方，才是最危险的。养虎不除，终成大患。”

“你说过，穿上这身制服的人都是罪人。”萧梦卿走到虞子陵面前，以前所未有的认真表情直视他，“我不一样。我在当警察之前就做过错事，事关人生死的错事。我干这行，就是为了尽可能弥补自己的罪责。”

“刑侦一线本就是刀口舔血的工作。这份觉悟，穿上这身衣服的人都要有。”贺清泉摘下手套，用仅有三根手指的左手捏起镜布，仔细地擦起了散光镜。

目 录

序章
初阳

00

近一周罕见的少雨天气使傍晚凉爽而干燥。海上初升的银色圆月照亮繁星与碎云，把夏末的码头映得清爽。

“我杀过人。”萧梦卿手里的餐叉在瓷盘里轻轻划着，芝士澳龙香浓的酱汁被锐利的金属尖划出一圈圈圆形，“你知道的。”

几声船鸣隐约回响在餐厅外的海港中。远处是静谧的海岸线，从餐厅窗户俯瞰，能见到月港最繁华的港口。楼下整条旅游街区都是支着篷布、点着烛光的小铺子，捕鱼归来的水手在街巷的排档里把酒杯碰得叮当响，烧烤摊老板举着手臂粗的虾蛄与鱿鱼串在卖力吆喝，游客们手里拿着各种各样的零嘴与海货，举着自拍杆在留念。

嘈杂与闷热都被窗户隔绝在外，只余下一幅惬意的滨海盛景图。柳霏一手撑着下巴透过玻璃欣赏，一手摇着高脚杯，手指在杯底上捂出层层白气：“你刚完成新警培训，不说那事。今晚我是你朋友，不是心理医生。”

她一袭素色长裙，长发柔顺地披在脑后，低垂的眸子里反射着餐刀忽明忽暗的光。柳霏看上去三十出头，眉眼间透着一股和外貌不符的尖锐。

“说起来，我明天就要执行头一个任务了。”萧梦卿用刀叉卸下最后一块龙虾，慢慢咀嚼着，迷茫地望向窗外的海平线。女孩五官分明的姣好面容略显阴沉，哪怕是在与好友闲谈，一双眼睛里也透着与年龄不符的清冷深邃。

“你之前没和我说这件事。要知道这么赶，我就换个时间来看你了。”

“不要紧。难得你也想来月港散散心。”

“你接待朋友的规格可真高。”柳霏接过服务员递来的餐后饮料，将鲜奶往红茶里倒了一些，“这顿饭我来吧，庆祝你开了个好头。向阳花中心是个好地方，很适合你。”

“可别，我是当犒劳自己的。干校培训那几个月没沾过海鲜，馋得要命。”萧梦卿好奇地望着琥珀色的透明茶汤徐徐变得橘红，“这是什么喝法？”

“东南亚喝法。”柳霏垂下眼睑，“在我长大的地方，人们喜欢喝茶多奶少的奶茶。如果能加点椰青，会更美味。你也试试。”

聊着喝完了饮料，萧梦卿解下绑在左腕的两枚金属蝴蝶发圈。她留着齐颈短发，左额鬓角总是习惯性捋到耳后，露出整面左颊。将后脑头发扎上马尾后，她问：“现在想去哪儿兜风？”

“有船的地方就好，能聊天就行。”

买完单，萧梦卿建议：“那就去盛港船政博物馆吧。现在开过去，还能聊个把小时。我预约过门票了。”

柳霏笑了笑，挽起好友的胳膊回到停车场。潮湿的海风猎猎刮向沿岸公路，夹着水珠把车窗拍得模糊，萧梦卿打开雨刮，皱眉望着红灯下一排猩红的车尾灯。

上了环城线后，车流渐渐稀疏。柳霏打开冷气，仰望干净的天空随口道：“月港还那么经常下雨吗？”

“说是一年有一百多天都在下。”萧梦卿叹了口气，关上耳侧的窗缝，加了速，“春夏又热又潮湿，墙上能长蘑菇。可到了秋冬，台风也不停，年初的时候我冻得感冒了好几次。”

“你从星湾来这那么久了，好像还没习惯这儿的天气。”

“一个逃家的人，谈什么习惯呢。能吃饱穿暖已经很满足了。”

凯美瑞开上了沿海高速，沿街电线杆上每隔一段就能见到几只休憩的海鸥，呆头呆脑地甩着脑袋上的水珠，时不时发出阴笑般的叫声。柳霏打开车窗，深深吸了一口带着淡淡咸腥味的空气。她突然对着窗外笑了，笑意迷惘而沉重。

“我们正沿着洛星区东家港往盛港区罗盘湾方向开，公路右边尽头是天涌区的灯塔港。若是平日里的傍晚，这条路风景还是不错的。一直朝北开到底就是‘鬼钢城’。一般还是不要接近那儿的好。”萧梦卿讲了一会儿，撇过脑袋悄声一笑，“你是月港土著，听我这个还没住满一年的星湾人当导游，是不是很奇怪？”

“怎么会，我离开的时候才六岁。那时还没这条路呢。”

一声喑哑的船笛盖过路上的噪音，将柳霏从回忆中拉了回来。

“你也没必要特别租辆车呀。”停好车后，柳霏裹上风衣下了车，“国内现在交通很方便，坐 BRT 不是更像旅游吗？”

“当练车了。单位前辈也这么建议的。”萧梦卿绕着圈检查了一番前后左右车距，对周围空荡荡的停车线松了口气，“罗盘湾治安一直不大好，走夜路我怕不安全。”

船政博物馆是半开放式的建筑，大半展厅都是基于一处旧码头建立的，大小各类船都被拴牢在岸边，静静停在泊位中随着海潮起伏。博物馆内参观的人甚至没有船的零头多。两人踏上古朴的沿海栈道，放眼望去，只有数不尽的舢板与桅杆。参展船只内部都亮着暖色灯泡，桅杆上挂着彩色 LED 屏以便游客欣赏拍照。远远看去，这方跨越了近一个世纪的艋舺好像仍然活跃着，仿佛汽笛响起后，就会有无数海船在浪花的吆喝中起航。

“我记得这种小船。那时码头上还很多呢。”柳霏慢下了脚步，沿栈道的分叉走向一艘不起眼的木制旧渔船。

“用柴油机的木质沿岸渔船，我还真只在博物馆见过。是钢材匮乏时期的代表产品啊……”萧梦卿停下了脚步。她没有陪同柳霏走上前，而是眯着眼读着解说牌：“2000 年左右就逐渐被钢制渔船换代了。”

“你刚才说的‘鬼钢城’，我怎么从来没听过？”

“往这西北几公里有一大片废弃厂区，非法移民和毒品问题非常严重，全月港治安最乱的地方就是那儿。我们大队之前组织去市史料馆团建，看过一些资料。1990 年代中后期，月港大部分造船产业破产，大片厂房被废弃，‘鬼钢城’的称呼应该就是从那时开始的。关于造船工业大萧条的原因，到现在还众说纷纭，有人说和国家钢产量上去有关，也有的说和上海、泉州这些综合制造业港口的崛起有关……”

“是因为它。”柳霏跪在岸边的缆桩旁，轻轻摸着拴住木船的锈铁链，像在借此抚慰它饱经风浪的一生。

“因为木渔船？为什么？”萧梦卿没往渔船看上一眼。她手里起了微汗，借着整理风中的头发吹干了。

“你说的‘鬼钢城’，废弃前是一大片造船厂，生产的木渔船能占全国产量三成。上个世纪八九十年代，木质结构加上机械动力是最优选，成本低。可木质结构的承载力有限，加上拖网机，最多载三四个人。”柳霏转口问道，“你夜里出过海吗？”

“没有。”萧梦卿摇摇头，又不自觉地往后退了一小步。

“过去日子苦，渔民为了生活，晚上也出海。夜里的大海，一米外都是黑漆漆的一片，多载几个人就多些安全感。钢质渔船运载量大，也耐用得多。木船就是做得再好，毕竟还是木头，终究免不了被淘汰的命运。”

“想不到月港的兴衰，居然和这条小木船息息相关。”

“那时的月港还不是锈带城市，而被叫作‘渔珠’——近海渔业之明珠。厂工和家人的生活区、商店、学校都在造船厂里，每周六还组织放露天电影呢，我在那看过《南海潮》。”

“这么长时间了，落败也很正常。”见柳霏终于回到了身边，萧梦卿松了口气。她佯装轻松地打开手机调到夜景模式，给远方的海岸线拍了张照。

“我听爸爸说，月港这几百年的海上营生，都是这样一条条小舢板拼起来的。”柳霏沉沉一笑，“现在这时代的发展速度啊，已经快到不给老事物存身的地步了。明明还那么有价值的东西，被新事物替代后，就只能像垃圾一样被抛弃。”

“又好又坏的时代呢。”

逛完了博物馆，萧梦卿在栈道尽头的服务处点了两杯热饮，递给坐在沙滩椅上的同伴：“看得出，你是真的很喜欢海船。”

“更具体点儿来说，是海事文化。”柳霏接过热奶茶道了谢，视线仍直勾勾地眺着月色下翻着金色碎浪的海岸线，“我是个非常怀念旧事物的人，如果不做心理医生，我一定会当个海盗民俗研究者。毕竟大海一直都是冒险家的天堂。”

“也有人对海和船感到恐惧。”萧梦卿双手捂着热饮，坐到一旁的空椅上苦笑一声，“这一年半里，我一直在做一个噩梦。我会梦见身处黑色大海，在码头上面对百米高的巨浪。一艘黑船靠岸了，可船上都是死人，伸着断手断脚，要把我往上扯。我只能等着浪把自己打进海里，快淹死的时候被吓醒了。”

柳霏低下头掏着随身手包，把一方巴掌大的玻璃块递向萧梦卿：“把它放在床头。如果心情不大好，就在睡前看看它。这样，梦里就有船来救你了。”

“这是?”萧梦卿接过玻璃块端详，里头固定着一艘精巧的帆船模型，虽然大小只够放在手心里把玩，但精细得连艄艉的龙牙兔耳、船身的鼠洞都清晰可见。

柳霏介绍道：“这是明朝的福船。是当时世界上最大的船只，可现在也只能以这种形式存在于大家的认知里了。”

“谢谢。”她把船模托平放到视线前，可不好的回忆徐徐涌现，只得把方盒小心翼翼放入挎包里。

柳霏透过那方小玻璃，偷偷睨着萧梦卿的脸蛋，看见她左额上横着一道浅疤。

“头发保养得不错嘛。”柳霏抬起眸子，故意把话题引向别处。

“是吗，毕竟集训前都统一剪短了。也多亏你的开导，很久没有自己乱剪了。”

“不管生活还是工作，把自己当一个寻常人就好。常人会开心的地方你要学着开心，常人会难过的地方你也要学着难过。把身边人当镜子一样观察学习，你的心病慢慢就会好了。”

“我会记住。”萧梦卿勉力维持着笑脸，“谁还不是戴着面具呢。”

“好了，送我回去吧。”

“不再坐会儿吗？还有时间呢。”

柳霏站起身走到萧梦卿身后，将双手搭在她肩头：“其实，我是来和你道别的。我上周已把诊所关了。这半年的相处很开心，谢谢你。”

“啊？”萧梦卿一怔，显然没有心理准备的她有些不舍，“那你今后有什么打算？”

“处理一些之前留下的琐事。对我来说，接下来要做的事是非常费时费力的。”

“是在月港吗？”

“要先回趟印尼做做准备。”

萧梦卿脑袋垂了下去，冲着空杯沮丧地“嗯”了一声。

“命运就像海风，只要船还有航线，总要离开港口。你我都是马上要出航的人。”柳霏背对着海岸，眸子里倒映着五彩斑斓的城市灯火，“但我们比明朝航海家要幸运得多，因为知道地球是圆的。”

“很少见你这么文绉绉的样子。”萧梦卿勉力笑着揶揄道。

“还会见面的。”柳霏走到萧梦卿面前，点了点她的额头，“傻子。”

01

办公室沙发上坐着个还算标致的青年，年纪和萧梦卿相仿。他正旁若无人地用一把短刀切着梨，切一块吃一块，嘴中“咔哧咔哧”地痛嚼。

短刀和萧梦卿的小臂差不多长，刀柄漆黑，白霜般的回火线连接着锃亮的平磨双刃。刀的前半段印着一个狗头骷髅下交叉着两把海盗剑的 LOGO，透明的汁水润到 LOGO 上，反射着寒光。

青年双眼无神地直视前方，手指机械地把刀刃与梨块深深送入嘴中，抿着。

“子陵同志，这样吃容易割伤舌头。”萧梦卿正着脑袋斜睨了他一眼，点了点果盘里躺着的削皮刀，“合着组里经费我是白用了是吗？”

青年的反射弧很长。又嚼了一口梨，才停下手头的动作，望着刀身上反射的身影嘟哝道：“被自己养的狗咬着舌头，就不能怨他认主。”

“有事就说。四组、六组还等着我去吃烧仙草呢。”萧梦卿翻了个白眼，“喊我回办公室，不光是为了晒你这把五位数的水果刀吧？”

“再说一次，阿狗不是水果刀，只是工余时间兼职而已。喊你来，是让你看看今天我们的表现。”

虞子陵说着，打开了电视中的录播。屏幕里放着几段手机录像，因为拍摄者是站在楼上放大摄像的缘故，画面并不算很清晰。几名着深色 T 恤的男子正沿一条小巷追着两男一女，分散着向巷子另一侧包抄。主路上，一辆印着粗糙红十字的海狮车侧门打开，正跟着这群人调整停靠位置。

面对多人围堵，三人的逃窜并不慌乱，中间的瘦弱男孩抱着头，几乎是被身边的青年架着在跑，女孩冷静地引着路，果断避开身后多人围捕，把同伴引入一间杂货店。追逐者在巷子里火急火燎地寻找时，三人已经过楼内店面，出现在了主路上。他们并不着急撤离，而是借着主路沿街店面的装修指示牌暂时躲藏。

青年弓着背，离开两人，缓缓挪步去向海狮车。其间，不断用简洁明了的战术手势向女孩示意。女孩配合他掩护瘦弱男孩，在安全指示牌后静待着。青年加快步伐，贴近海狮车，冷不防抽出一把漆黑手枪，抵在了抽烟苦等的驾驶员面前，把他掼下车去，自己上了车，迅速倒向指示牌。女孩带着男孩蹿上了车，青年火速离开现场。

“以上这几段视频来自微博热搜，据说是‘育才’断网中心被追捕学生的逃亡之路。此前据多名受害者举报，断网中心校工时常扮作便衣警察，强行带离治疗对象。”《月港新闻》主播介绍道，“我台记者在第一时间向月港市公安局求证，得到了肯定答复。这则视频里的两位警员，来自今年新成立的特殊部门。目前，该机构涉案人员均已到案。详情请关注本周《法制三人行》……”

虞子陵雁翎刀似的眉下有一双漂亮的瑞凤眼，却总耷拉着眉角、半眯眼。他的瞳孔无神涣散，好似没有焦距。萧梦卿坐在他面前，却觉得他是透过自己在看向别的东西。

“喏。喏喏！”青年指着电视里反复播送的片段强调，“就这段。在外头这么逢场作戏就可以了，多用肢体动作代替语言，这样还显得特护组团结、有默契。”

“如果不是因为战术手语表达的意思有限，我宁可就这么和你交流。”

“我还好奇一件事。你我都是第一次去那儿，你是如何在那么短的时间观察出这些楼内的联通状况的？”

“在学校附近住过你就知道了。这类杂货店总会给学生提供特殊通道以躲避老师检查。”

“真不愧是当过中学老师的人。”虞子陵关了电视，懒洋洋地站起身，扭了扭脖子，抬腿就向门外走。

萧梦卿盯着搭档问道：“子陵同志，你干吗去？指挥交代过，出门必须先知会我去向。”

“晚餐时间了，当然是去靶场练枪啊。”虞子陵慢悠悠地走向食堂的方向，“志不同道不合，你真能把我当同志？”

“又不说人话。”萧梦卿暗戳戳抱怨了一句，挎起包跟了上去，“叫‘师兄’不是业内规矩吗？可你又不让我这么喊你。还没想好称呼的话，我只能那么叫了，毕竟是战友。”

“有事喊‘你’或者‘喂’就可以了。”

“私下里我同意。但在其他同事面前这么喊也太不正常了。”

“再等等吧。”虞子陵揉揉太阳穴，连头都懒得回，“就快想到了。”

02

“滴。”饭卡扫过，二十元的亮绿色数字跃动在屏幕上。萧梦卿端着餐盘穿过拥挤的人群，好不容易才在靠近门边的角落找到了张空着的排桌。

坐定后，她用筷子挑起面团鼓着腮帮吹着，海碗旁一排切好的酱牛肉在灯光下油得发彩。她并不着急吃，而是搅着面条等人。半分钟后，虞子陵端着餐盘坐到了斜对面，餐盘里是小山一样的白米饭以及三道荤素各异的配菜。

“又不喝汤？”萧梦卿好奇。

“干这行最忌着急。”虞子陵小口嚼起米饭，“要在生活的每一处养成习惯。”

“我看你还是赶快吃完回家休息吧。”萧梦卿扒了一大口面嚼着，又把酱牛肉连着酱汁一股脑倒进汤里，“明天既然要训练又要开大会，不是闹着玩儿的。”

“我吃得慢还有个原因。”

“什么？”

“食堂是个小情报中心，也是大家说话最不顾忌的地方，听聊天能收获很多信息——比如隔壁桌的四组，她们今天的案子是保护一个被前男友跟踪了好几次的大学女孩，热搜还在上涨；又比如我身后的九组，他们保护的是一个被非法小额贷套了几万块的高中生。”虞子陵把吃剩的排骨在餐盘里照桌子方位摆着，“你右边的十六组就更有意思了。他们在外头吃了一顿，结果不予报销，就因为菜单里有道凉拌海带丝，行财说这属于高档海鲜。”

“有必要吗？”萧梦卿皱着眉，囫囵咽下一大片牛肉。

“当然。每个大队都在摸着石头过河，多听多想就能少走弯路。”

“哎！”桌子旁走来一男一女两同事，拎着一袋酸奶坐到了两人身边。两人都是龇牙咧嘴的表情，身上被标记弹击中的彩色还未来得及擦去。萧梦卿刚想开口问，和虞子陵年纪相仿的青年就拿出两袋酸奶放到两人餐盘上。

“新闻上看到你们了。恭喜啊，头一个案子成功收官！喏，小点心聊表心意。”

“醉翁之意不在酒。”虞子陵接过酸奶，毫不客气地用嘴撕开一角。

萧梦卿用筷子指了指两人青青紫紫的胳膊关切道：“佟师姐，你们怎么伤成这样？”

“非任务期间，下午都得戴齐全套装备，先体能后射击，最后模拟战。这强度，比我在武警的时候差不了多少！”佟离大咧咧地解开外套，把T恤外的防刺服愤愤卸到空椅上，“明天，不，吃完饭我就管指挥去要新任务。”

“你们聊。”虞子陵收好饭桌上的骨头，嘴角叼着酸奶打算离开。

“等会儿。”萧梦卿皱了皱眉，挤出一丝笑问道，“明早你去不去？”

“明天？哦，那事儿啊……”武姓青年看了看微信工作群，念道，“接市局通知，陈涛，括弧：原月港刑侦支队二大队副大——送别仪式于8月21日早9点，于月港市公安烈士陵园举行。愿意参加追悼的警员可在群里按大队报名，中心将统一安排巴士在……”

虞子陵没再回答，端着餐盘默默离开了。

佟离见状，冲武正雄的胳膊狠狠拧了一把，对方没喊疼，只是会意地停下了朗读。武正雄一脸无辜地望着对方：“群通知而已。”

“你没在鲲城局干过不怨你。虞子陵的实战技巧，都是陈警官手把手教的。”佟离没好气地白了搭档一眼，用筷子没收了他餐盘里的半份白斩鸡，“老前辈都走半年了，现在才办追悼会是为什么。其他部门的人不知道还情有可原，我们向阳花的同志不知道就说不过去了。”

萧梦卿小口喝着面汤，用碗盖着大半张脸细细听着。

“师妹！”压下了搭档的抱怨，佟离轻轻拍了拍萧梦卿的肩膀，“好歹一起集训过一个月，你们五组的关系还那么僵啊？”

“只要工作能相互配合，问题也不大。”萧梦卿盯着碗底苦恼地摇摇头，“可子陵师兄太过特立独行。”

“怪不得没见你喊他。”

“他说被女孩喊师兄的人容易早死。”

“不愧是他。”佟离“扑哧”一声笑了出来。

萧梦卿摊了摊手，没再接话。迅速扒完剩下的面，喝了几口汤，她晃了晃手里的酸奶：“我吃好了，先走啦。”

03

公安烈士陵园门口开过来一列闪着警灯的车队，气氛肃穆得让周围空气都快要凝滞了。一个荷枪实弹的小队早已在停车场等候，确认周围环境安全之后方示意人员下车。头车下来了个六七岁的小男孩，戴着口罩，捧着一张穿着制服的遗像。他下车时打了个趔趄，却仍死死抱着照片不肯撒手，哭得上气不接下气。

前来吊祭的同事远比计划中的多，除了支队，分局与省厅也自发来了不少人。萧梦卿没能进入灵堂，而是与向阳花其他几名参加吊唁的同事待在中心的大巴里，静静等候追悼会结束。

“政治处怎么临时又不让我们祭拜了？”萧梦卿听见前排同事抱怨了起来。她拉开窗户看向灵堂，一侧耳朵悄悄听了起来。向阳花中心的大巴是刑侦支队分出来的，用了一些年份，她所坐位置的窗玻璃上有道旧裂痕，像蛛网趴在她视线中央。

“说是来的人太多了，不光他们支队，省厅和分局也有，就只让领导参与吊唁了。”

“排队鞠躬很难吗？这些混账领导，把陈哥送行仪式当成什么了?!”

“嘘！这次送行是秦指挥发起的，不该说的话别说。我们哪个不想进去？可耗的时间越长，对那孩子来说越危险。毕竟是家里唯一活下来的人，在外面要是露了相，指不定会发生什么。”

“这孩子这么小，真是可怜……”

“我说，我们就在这儿跟陈哥道个别吧。”

萧梦卿眼角余光中，前排立起了几个身影。他们无声而整齐划一地立正了，对灵堂的方向敬了个礼。她没有起身，只是好奇地摸了摸玻璃，可隔着裂痕却感觉不到另一端的锋利。

过了没多久，灵堂的门打开了。见到有人出来，萧梦卿周围立即传来一阵窸窸窣窣的响声。拐角处、灌木丛中竟然钻出七八个陌生人，抬起长枪短炮，对着门口就是一通猛拍。

“我说了吧，时间越久越危险！就不该搞这次送别仪式，净是群形式主义上头的猪脑子！”同事一拍大巴玻璃。

“不是不让人拍照吗？”

“规定他们比我们还熟。就等他们离园的时候呢！”

“别照了！”一名候在停车场的警官扬手喝止他们这种无礼举动，他身边也有越来越多的人主动挡在了镜头前。拍摄者们识趣地往后退了几步，没有一人跨过陵园的大门，随后又各自寻找空隙拍了起来，“咔嚓”“咔嚓”的快门声分外刺耳。中心大巴上的几名同事也终于看不下去了，骂骂咧咧地冲下车去，加入了维持秩序的队伍中。

最先出门的人正是秦泷，向阳花中心的副主任。他身板消瘦而修长，三言两语便指挥好特警们紧紧围成一圈，把男孩护在中心。在他们的保护下，始终没有拍照者看到男孩的长相。

男孩上车后，停车场里其他人也陆续离开了。就在护送男孩的大巴车刚驶离陵园，礼堂门口就又传来一阵骚动。一名参加追悼的领导冷不防扑向秦泷，狠狠一拳砸向他的脸颊，把他一下子放倒了。这领导身形健硕，制服的肩膀缝线都因挥拳而拉开了个大口子，可他丝毫不在意，冲着秦泷的肚子又补了一脚，直到身边几人合力将他拉开。

拍摄者们很快找到了新素材，对这场骚乱饶有兴趣地记录着。

萧梦卿在车上酝酿着情绪，也希望自己可以哭一会儿，以纪念这位从未谋面的前辈。可无论她怎么努力，内心却如一片平静的黑色汪洋，连一点浪花也见不到。她对自己的情感表现有些失望，赌气地揪着自己鬓角的一撮发丝想弄疼自己，可看到腕上的发圈后又松开了手指。她索性尽自己所能睁大眼，直到眼睛疼得受不了，几番坚持之后，红红的眼眶里终于有了猛烈的湿润感。她眨眨眼，两行温热的泪水滑下脸庞。

前排一个年龄相仿的年轻人注意到了角落里的萧梦卿，默默递了张纸巾给她。萧梦卿一怔，暗暗斟酌了一会儿，还是道了声谢接下了。

有个镜头注意到了停车场的几排大巴，以及回到车上抹眼泪的一些警察，随即转向车窗拍了一张照。萧梦卿迅速避开并把窗帘拉上了。闪光灯的光芒很刺眼，然而转瞬即逝，只在虹膜上留下冗长的紫黑色。

04

挂着 O 牌的 GL8 电动车门徐徐打开，秦泷捂着红肿的脸颊上了车。中心政委贺清泉早在中排等候，见他坐了上来，先是笑了一声，又撕开一张消毒湿巾，喉咙里不屑地“嗯”了一下。他用右手伸出湿巾，左手藏在一枚黑色防割手套里。

“见我挨揍，挺痛快吧？”秦泷接过湿巾压住嘴角，瓮声瓮气地搭了一句。上车后，他把椅子调到半躺，一股脑仰在了上面。呆滞地望着车顶，眼窝深陷，好像几天没睡过，拉碴的胡子一早被他用电动剃须刀草草修整过，毛糙地铺在下巴与两颊上。

“瞧你说的，把我想成什么样了。”贺清泉意味深长地笑了笑，拍拍驾驶座头枕示意，“开车吧，小杨。”

白净的司机脆生生地回了声“好嘞”，便松开电刹，稳稳地给了脚油。

秦泷从兜里摸出瓶眼药水，拧开盖子，往双眼里各点了两滴：“厅里给我们的那份礼，你交接好了吗？”

秦泷用眼皮散匀了眼药，张着凉飕飕的眼睛望向贺清泉，可对方哪怕注意到他在看自己，也只是直勾勾地盯着远处的信号灯：“当然。是我亲手入的库。”

“品相不错吧？”

“不愧是重案妖龙。疏通关系的手段，的确不是常人用得出来的。”

“论‘手段’，还有人敢在你‘千面虎’面前班门弄斧的吗？”秦泷刻意酸溜溜地挖苦了一句。

听见这个外号，贺清泉心里很不痛快。但他仍是坦然地灿笑着建议：“你是分管行动的副主任，武器分配自然由你主导。但老秦啊，你们三十个组任务不少，每个礼拜都把使用情况放我这儿过一次吧。”

“行。规章制度当然是你这个政治主官说了算。”秦泷敷衍地应答，“谨慎再谨慎，小心再小心。”

“向阳花中心意义不同于其他部门，省厅几十双大眼睛都在盯着。武器使用上出了问题，可不是你我能担得起责任的。”贺清泉摆出一副苦口婆心的模样，瞥见秦泷也做出虚心的表情，又慢腾腾地笑了笑，“我是政治主官，不好掺和你们行动组。这样吧，不管谁用，出入库都按规章登记。审批本的模板我做好了，出任务前必须由你签字、盖中心章。”

“你要让我担责，这不成问题。”秦泷皮笑肉不笑地说，“你讲得没错，向阳花中心不同于其他部门，任务很少有当天了结的。任务签批之后如果情况特殊，应该允许有任务的组员携枪在外过夜。还有，中心有四五个还在见习期的组员，本不能用枪，可出任务没枪太危险了，让他们统一考一下枪证吧。”

贺清泉举着拳，搭在下唇上沉思良久，皱起眉闭了会儿眼睛，谨慎地答道：“按理来说，这两件事不能没有徐主任拍板。但他这半年在香港调研，也不好打扰他。头一件事好说，让所有人再签份责任书就好。可第二件，持枪证都是过见习期之后市局统一审发的，我没法做主。这样吧，回去我们开个党委会议，研究表决一下？”

秦泷像是出神了一会儿，苦笑了一声，点点头：“成。咱们中午加个会吧。”见贺清泉仍微笑着目视前方，秦泷感到空前的疲倦与烦躁不断往身上压。他沉下脸，阴着脸直截了当道：“老贺，我来中心，是不是让你觉着特膈应？”

“怎么会呢？”贺清泉终于回过了头。他沉沉地舒了口气，好像把肺里的郁气都吐光了：“我真要谢谢上级。”

“谢。哈。谢他们终于给你找了个够格的对手？”

贺清泉怔了好一会儿，才淡淡一笑道：“老秦，我们还是战友。”

05

回到中心后，五组开始了模拟战的准备。

萧梦卿拇指来回摁着笔帽，笔尖悬在纸面上进进出出，却始终没有写下一个字。她弓在桌前思忖着，挂在 PC 背心前胸的 92 式手枪与防弹插板沉甸甸地勾着上身，不一会儿便满头是汗。

“随便选一个吧。”虞子陵等得有些不耐烦了，卸下腰侧的弹匣，拆出两枚蓝头标记弹包进手里，“不然，我给你掷杯珓：立着是笑，躺着是怒。”

“那怎么行？中心一共定了五个安全等级，哪是随便选的。”

“也对，是得认真点儿。”虞子陵又拆下一枚子弹，“五对应五行，我打一卦梅花易吧。”

萧梦卿不再搭理他，直起身板擦了擦汗，又回头翻了翻训练材料：“被前夫威胁绑架的女性一人，这样的对象预设，安全等级应该是二级或者三级。”

“都是什么来着？我记不大清。”

“二级对应轻度危险，指遇到二人以下持械袭击的情况。三级是中度危险，可能面对多人持械，甚至遭遇有规划的围攻。”

“二级以上能配枪。那你到底在纠结什么？”

萧梦卿食指不停地卷着鬓角的发缕：“如果预设是二级，为什么会让七组支援我们？如果是三级，为什么只给这么短的路线，搞得好像任务很简单似的？”

“哎，别扯我们。昨天挨的打已经够多了。”武正雄慌忙摆手，“我组负责支援，不发表看法，只听从命令。你们二位才是训练主角。”

“是——她。一人主导一次，这次轮到她。”虞子陵塞回子弹，耸了耸肩。

佟离搭腔：“秦主任是一线摸爬滚打了二十多年的狠角，他对每次训练所做的预设，目的就是让人摸不着头脑。”

“那就三级。”萧梦卿填完了手里的申请表单，把蓝色的弹匣送入枪内。

虞子陵重重地“嗯”了一声，抬手就把枪柜里的 LS5 抱进怀里。可枪刚上手，萧梦卿就重重啧了一声，把护木一把压住了。

“干吗？三级可以用实弹。”

“任务预设地点在闹市区，用自动武器是嫌看热闹的不够是吗？”

“又不是79，打不穿水泥。我会调成单发点射。”

佟离冲武正雄打了个响指，对方立刻扣上射击耳罩，同时默契地递了另一枚到她手里。两人默不作声地检查着枪械，等对方二人讨论出统一意见。

“不行。集训那个月教官教的你全忘了？我们的工作不是进攻，是防守。冲锋枪火力是够，但这么大个武器你没法贴身隐藏，闹市区反而容易成为目标，这和任务预设背道而驰。”萧梦卿把虞子陵还未装上的冲锋枪弹匣都一把揽进胸包装好，“你只许用手枪。”

看着对方胸前尼龙扣被紧紧粘上的模样，虞子陵只得作罢：“唉，遇着这么个指战员，真是火车开到西伯利亚。”

“什么意思？”萧梦卿不解地望向佟离他们。

“靠北。”两人抬头，异口同声地解释。

收拾好装备，出了警备室大门，一块足球场大小的实训场已经布置了简要街道与掩体，楼宇模型用沙袋堆起的地基代替。这时，一名带着红框AR眼镜的短发女孩也一脸不情愿地走到四人面前。

“纪队……”

“打住。我只是个被威胁的可怜人。”来人指了指自己沙色PC背心上硕大的“保护对象”魔术贴，又叩了叩镜框，“因为中心就俩人会操作无人机，另一个警衔晋升考试去了，所以我也是这场训练的记录员，你们行动的时候别碰着我眼镜就行。”

萧梦卿顺着纪姓女孩的指尖朝空中看去，一架白色四翼无人机正悬停在操场北角，用黑溜溜的眼球环视着全场。

“磨磨唧唧，备好了吗？”秦泷的嗓音在几人的耳机中响起。

“五组就位。”“支援组七组就位。”“对象就位。”“预设敌人就位。”

“马上开始！”

“纪女士，为保护您的安全，我们现在需要将您转移出这条街，请上车。佟师姐和武师兄在后座左右护住她，我开车，其他人在副驾驶持械警戒。”萧梦卿布置下任务，“转移距离一公里左右，会有四处拐弯，我们按1号预设路线前进，目标是训练场西北角的安全屋。行动!”

06

“这他妈是哪门子的前夫啊?！五个人，还有自动武器?”武正雄换上最后一个手枪弹匣，想冲正在开火的“商铺”进行一轮火力压制，可刚探出半个头，就有几枚标记弹击中了他们躲藏的水泥墙。他只得露出枪口，冲着模糊的方向抠了几下扳机。还击中，又被标记弹打中了肩窝：“我快没子弹了!”

“我说了带SMG，你不信。”虞子陵看着空仓挂机的92式叹了口气，兀自敲了敲耳机的通话键，“老秦哟，你给的材料不靠谱啊，这前夫怎么带着枪手来要命?”

“实战中，你们本就对敌人一无所知。此前夫系毒贩，手下还走私点儿军火，很合理吧？废话少提，再联络我就扣分了啊。”

“是我的失误，没料到他们也有载具。”萧梦卿灵巧地探出头，确认了被另一辆突然窜出的SUV别入草丛的警车，缩回身体自语道，“三十米距离。”

“钥匙还在车上。”虞子陵缩在水泥墙下，“撤出车的时候太着急了，光顾着找掩体。现在可不好再打回去。”

“他别过来的时候你开枪了，击毙对方了吗?”

“你说呢？一匣子都打空了，除非预设里他是蜂窝煤转世。”虞子陵抽出腰侧的塑钢训练匕首，“你要不确定，我再过去攮两刀?”

“我有个方案。”萧梦卿换上一枚满匣，又把手伸向后脑取下扎着头发的两枚发圈戴到手上，“还记得头个任务你让我怎么做的吗?”

“记得。”虞子陵抬手点向愁眉苦脸的保护对象，“但她要挨着一发，分数就全没了。”

萧梦卿拢好散在耳畔的短发：“只能出一人回去取车，剩下的人死守。”

“行吧。”虞子陵冲几人摊出手掌，“匀我十发子弹，我去拿车。”

“子弹没剩多少了，最多匀五发。”萧梦卿退下弹匣查验了一番，建议道，“你射击不大好，这次我去。”

“嘶！”虞子陵重重倒了口凉气，指了指萧梦卿胸前的收纳袋，“你该不会不知道新冲子弹和92能通用吧？”

萧梦卿恍然大悟地抽出两枚冲锋枪弹匣，拆分为五枚手枪匣：“无心插柳了。希望这不算违规。”

分配完子弹，虞子陵伏身冲出，向车辆方向而去。同时，换上弹匣的三人也借机向街对面的假想敌进行火力压制。

虞子陵迅速转移到SUV跟前，车窗上是一片绽开的蓝漆，充当假想敌的同事正插着蓝牙耳机听小曲，见对方来临，如释重负地叹了口气，赶忙举起双手叉在脑顶就准备走。

“唉，尸体同志！”虞子陵喊住了他“把冲锋枪给我，收缴的。”

当他驾车回到掩体附近时，发现两名下半身中了好几枪的同事正半坐在地上、手机指向对方，摆着姿势留念，而掩体里只有三个穿着黑色PC背心的人。

“保护对象呢？”虞子陵只迟疑了一秒，立刻用手打开SUV右侧车门，“你们三个立刻开车撤离，我去找她。”

他街区尽头搜索没多久就见到了人，最后一个扮演假想敌的同事用冲锋枪抵在身穿沙色背心的保护对象身后。

“别垂死挣扎了，小虞！你们演练已经输了。”

“那为什么老秦还不喊停？”虞子陵不慌不忙地反问。

“考验你救人能力？可能想送点及格分吧。我怎么知道。”他歪着脑袋想了几秒，勒令道，“把手里的枪往后丢，丢得越远越好。蹲下！双手抱头！”

虞子陵没有拒绝，把枪远远抛到了身后，而后紧了紧肩头一条不起眼的斜挎腰带。

同事窝在保护对象肩头后，全神贯注地开始瞄准虞子陵的脑门：“别躲啊，打着其他肉就疼了。”

CS/LS5型冲锋枪。为取代老旧警冲、填补空白的新冲之一。海西省厅配发给向阳花5支作为训练用具

就在这一瞬，虞子陵一扯斜挎肩带，整个人向后倾倒、砸在了地上。当对方讶异之时，他手里已多了把 LS5 冲锋枪，几发快速的点射并未射向对方头部，而是打中了保护对象左腿。

女孩“啊”的惨叫一声，痛得蹲了下来。几乎同时，同事只觉得上身一顿猛捶，回过神时，胸前绽开了三枚拳头大小的刺鼻印记。

虞子陵起身拍掉灰尘，瞅向地上捂着腿、龇牙咧嘴的保护对象：“一条腿换一条命，总算是活着。”

同事卸下防弹背心，摇摇头：“身为特护警却伤了保护对象，总归要扣大分的。”

地上的女孩起身轻轻伸了伸腿，这才摘下目镜扭过头：“我不是保护对象。”

同事瞪大了眼睛，木然望着她将腕子上两枚发圈重新绑回后脑。

07

礼堂中人头攒动，所有人都换上了执勤服，宛如一片漆黑的浪涌。突然，人潮与潮声仿佛被冻住了一般，刹那间静默了。

“下午好啊，同志们!”贺清泉站在讲台上，笑着冲话筒问候了一声。贺清泉是新时代公安领导的代表——外表清爽俊朗，着装一丝不苟，有着与年岁完全不符的朝气。这样的形象本该能让部下产生亲近感，但所有参会人员，包括秦泷在内，却只觉得与他之间隔着面毛玻璃，无论体贴问候还是表扬赞许，都是一片模糊。

“我看过大家的训练视频，练得很刻苦，成效也很显著。相信在座各位，都是能做出大成绩的。”贺清泉神色从容，言语清晰有力，戴着防割手套的左手压在讲台桌面边沿，“我说两件事：一件是队伍管理，一件是政治任务。第一件是针对大家的武器使用规定，我们中心党委中午开了个加急会议，拍板了一些细则。从今天起，中心每个民警都要严格执行。”

贺清泉介绍完了枪械使用规定与敲定好的填表、签字、盖章流程。秦泷注意到，他应该只花了其他政工领导三分之一的时间，却已经介绍完了所有重点，其间竟然还让所有人签完了责任书。

“中心有五个仍在见习期的警员：程思、黎雪阳、萧梦卿、韩烨、苏琪琪。本来考虑到任务的危险性，党组打算向市局提前申报你们的持枪证。毕竟在中心这两个月的集训里，你们的枪械训练应该比得上寻常民警两三年的量了。”贺清泉极有涵养地用目光挨个看向五人，友善地笑着说，“虽然党委会没通过，但总不能让你们空手上战场嘛。我们和市局协商了一下，想了个方案。出任务还配枪，但你们只能使用非杀伤性的橡皮弹。等一年见习期满，枪证下来了，再恢复正常实弹。”

“DAP92 式减装药 9 毫米橡皮弹?!”萧梦卿双手忍不住一揪裤腿，“连鸡都打不死的那玩意儿?”

“打得死的，只要你能命中鸡头。”虞子陵在她身旁努力忍着笑，“我打过狗，三枪都命中躯体，结果被那条疯狗撵了五条街。”

“第二件事是个非常轻松的政治任务。”贺清泉从怀里摸出手机，笑容可掬地打开页面，冲会场扬了扬，“今晚《法制三人行》节目会配合出一期宣传，给大家布置一下——回家后发动亲友转转市局的这条微信推送。如果哪个大队能做到一千条转发以上，本月平均绩效成绩加二十分。”

发完言，贺清泉便赶去会场门口，坐上接他的车往市局开会去了。会场内的气氛有些缓解，大家都在聊着方才发言的细节。

“喂——喂喂——”

正当参会人们渐渐忽略了讲台上的情况时，一道人影在话筒前试音。他龇开两排白牙，做出一个灿烂到近乎诡异的笑脸问候道：“刚训完的同志们，还有执行任务回来的同志们，没法按时下班的感觉不好吧?”

没人回答，所有人的谈论声几乎在几秒内就平息了。他们注视着秦泷那张半肿着的瘦脸，静待着他葫芦里卖的什么药。

“唱红脸的走了，就得轮到我这唱白脸的上台了。省得听了几句客气话，就让你们松懈了。”

他舌头掠过上唇，刮过胡须的“沙沙”声通过话筒回荡在礼堂内：“我很清楚，你们有人是被丢来退二线的老油子，爱显摆爱吵打牛皮哄哄；有人是要提干的年轻人，来这儿曲线救国而已；还有人是在政工、宣教干腻了，就遴选过来‘体验体验’生活”。”

语惊四座，秦泷的脸严肃了下来，声音登时也变得低沉，几乎让礼堂内所有人的五脏六腑都跟着共振了起来：“我听过一个说法，还是半年前从中心筹建组里传出来的。有人说——这中心会无疾而终，成为几个总队的调研资料。早先奔着这才来过渡的家伙，现在发觉我这地方和你们想的不大一样。对吗?”

话筒回音消失后，礼堂里只余下几人隐隐约约清嗓子的声音，仿佛他们喉咙里卡了一大根鱼刺，正努力地想要呕出来。

“我正式上任这中心的行动总指挥兼副主任才一个多月，而三十个特护组，也基本完成了你们的头一个案件。”秦泷不再微笑，眼中泛着一股吞噬一切的狠辣，“不管训练还是任务，我在你们身上都看到了两个字。知道是什么吗？外行。打了多少次模拟战了？！两个月下来，我只看到三分之一勉强合格。合格、优秀的，一个都没有。你们要么是菜到只懂得在战场上亦步亦趋，要么就是用老刑侦、老特警、老禁毒的战斗思路，总爱快攻快撤。俩月前头一天，香港派来的那俩总督察，是全亚洲最精锐的要员保护教官，他们怎么说？啊？特护警，不是进攻型警种！是防御！是防御型！现在你们把这句话给我抄在会议笔记本上，二十遍！”

秦泷失落地用指关节重敲桌面，把话筒震出阵阵回音：“我敢说，从来这儿的头天到现在，就没有一个人仔细思考过‘向阳花’究竟是个什么机构，特护警究竟是怎样的新警种。毕竟，大部分人都不觉得这一时性起而成立的中心能撑过半年。可知道为什么突然做了个访谈节目吗？因为明天，本中心就正式揭牌公开了。”

萧梦卿偷偷睨着虞子陵好奇：“所以，我之前累死累活，就考了个临时部门？”

“是揭牌还是解散，哪轮得到他定？别被他绕进去了。”虞子陵把脑袋倾向萧梦卿的方向，轻声骂了一句，“别信这条长虫说的每个字。用恶心人来控场，是他的绝活。”

她又瞥了眼搭档，只见青年腰杆笔挺，双手稳搭在桌面上端坐着，脸上是安详而甜美的微笑。她感觉这笑容有些不对劲，定睛一看，青年在桌上的双掌并不是安分地放着，而是伸出了两根中指搭在桌面，笔直地指向秦泷所在的讲台。

“厅里为了祝贺我们正式开张，送了份大礼。”秦泷夸张地露齿一笑，拿起话筒，扯着线往台子中间走，“是什么礼物呢？六十个特护警；不多不少，六十支新枪。哎！再加上原先那堆92式，我们现在也算是大厝人家了。什么枪呢？二十五支05左轮最新改型、二十五支07式紧凑型手枪，还有十支谁看了都得流口水的格洛克17；弹药管够。这可是边疆和特勤局才有的待遇！”

听完他的介绍，礼堂内很多同事都坐不住了，凝滞的气氛总算再度得到了些缓解。

“扇个巴掌赏块糖。用如此肤浅驭下之术，居然还有人上当。”虞子陵啧了一声，腮帮子一把磕在立起的掌心里，“真叫人不知道是该感叹老秦狗眼看人低，还是该担心这届同事的质量。”

秦泷冲窃窃私语的人群狡黠乐着，对徐徐高昂起来的现场气氛顺水推舟：“我之前的师傅和我说过一句至理名言：这警察的枪啊，认主。特别是咱们，因为任务的特殊性，进进出出的这枪都得随身佩戴。我们得提前和手里的家伙搞好关系，对不对？”

“怎么算认主啊？”最前排一名同事高高举着手，“是不是跑着去枪械室，谁抢到了算谁的？”

“俗了！特护警可是队伍里的新新贵族，犯不着用那种街头流氓的方式。放心，场地我安排了！”秦泷看了看腕表，止住在场人的谈论，喝令道，“所有人跑步前往射击场！三种枪每人三个弹匣，按照分数高低排号，三十名之后就老实用92式去！”

话音未落，萧梦卿只觉得眼前被一团团黑色盖住了视线，接踵之间，她的鞋子竟被踩了好几脚。当她烦躁地擦完了灰，发现虞子陵竟还在身边枕着胳膊踮脚尖。

“不跟去？”萧梦卿问道，“再不走，估计就只剩你一个人了。”

虞子陵一扬眉梢：“比射击又不是比短跑。冲到第一，气息不稳，环环脱靶，很好看吗？”

萧梦卿撇撇嘴，兀自朝射击场方向小跑而去。

08

打靶结束后，萧梦卿被一条短信喊到了副主任办公室。

“我没看错你，是块大材。”秦泷勾着脑袋，手抓着保温杯盖一轮轮刮着杯沿，“上次模拟战对策虽然有些缺陷，但方向是对的；再心狠手辣些就更好了。”

“感谢指挥认可。”萧梦卿笔直地立在秦泷面前，中指稳稳地贴在警裤的裤缝线上，“但您在短信里说，不是为了谈那件事吗？”

“那个待会儿谈。你射击成绩也不错啊？”秦泷毫不避讳地将电脑屏幕一转，指了指 Excel 里的环数统计表，“六十多人里能排前十，后生可畏啊。格洛克放回自己枪柜了吗？”

“我领了 07 式，指挥。”

“怎么回事？我不说了前十能选格洛克吗？”

“我是并列第十。”萧梦卿解释道，“23 组的吴叔和我环数一样，但散布比我好，格洛克让给他了。老同志比我更需要新枪。”

“哦，他呀。退二线之后他每年都代表盛港局参加比武，是靶场英雄啊。射击项目这块只要有他在，成绩就不会差。”

“很值得我们年轻人学习。”

“不不不，你完全理解反了……”秦泷低头乐着喝了口茶，使劲晃起食指，“跟他学你就完了。警务实战和靶场比武完全是两码事。格洛克给他是浪费，因为他那年岁得求稳。但你还在成长，还有很多可能性。嗨！现在和你说这么多你也不懂，慢慢学吧。”

“我没打算放弃格洛克，明年我会用更好的成绩拿到。”

“也是。07 适合手小的人，凑合先用一年吧。”

“指挥，既然把那件事交给了我，我们就继续谈谈子陵师兄吧。”

“监视的事儿？你说，我听着呢。”

“他根本不是您说的那种需要人照顾的少爷兵。”萧梦卿稍稍眯起眼睛，犹豫了几秒后决定开口直言，“他既不晕枪也不晕血，能力更不差。虽然在一些执行过程中稍有出格举动，但我并不认为他是不顾命令胡来的类型。相反，他对命令的执行很高效，甚至有些不近人情的机械化。”

“出格……你一开始就是这么以为的吗？继续说！”

“没了。算上集训和头一个任务，我和他相处才七十多天。我不觉得自己足够了解他。”

“比刚来中心那会儿懂得观察人了，这很好。”秦泷从衣兜中翻出根玉米烟斗，哈了口气用袖子擦着，“对一个人的判定，听谁说的形容都不准确，哪怕形容者是你的直接上级。非得接触之后产生自己的理解，并思考相处的方式才行。这就是我在这办公室教你的第一堂课。”

“所以，我很想知道您让我监视他的原因。”

“记得他的射击成绩是多少吗？”

“排29，不算好。”萧梦卿暗抠左脚四趾，梗了梗仍在疼痛的肌肉，“不过，人有偏科也是正常的，他的体能与反应好过我太多。”

秦泷从怀里抽出一盒无磷火柴，翻出一根在桌沿上蹭燃了，用燃着火苗的一端杵向萧梦卿：“你是不是有种错觉，觉得你们的技能长短正好可以互补？或者你觉得，我是把互补的人搭配进同一个组了？”

“搭档能互补的前提是默契。”萧梦卿望着亮橙色的火焰摇摇头，“但我们的相处并不愉快，甚至连融洽都算不上。”

“辛苦了啊。晚上用艾草烧水泡泡脚，对淤伤有好处。”

“您误会了。分组是领导的命令，监视也是。既然选择干这行，就必须令行禁止。”

“忘了电影里公安的刻板印象吧。这么死板的回话，生怕人不知道你是新来的？”秦泷冷冷一哼，用下唇顶起烟斗，对着萧梦卿立起三根手指横在她眉眼前，“再和他搭伙三个月，我会把他调到其他组。这三个月内五组不设组长。届时，我不光会告诉你监视他的原因，还会收你为徒。”

“您说什么？”听见“收徒”二字，萧梦卿眉梢颤了一下。

“说了你是大材，不培养就可惜了。今后你跟我，能学到最好的东西。”秦泷吧嗒吧嗒嘬着烟，抬起眼皮一动不动望着萧梦卿，“‘四高’还在收徒弟的没几个了。看你一脸不情愿的样子，是怀疑你自己能力不足呢，还是觉得我不够格当你师傅？”

“指挥，您误会了。”她扭过头看向窗外，吸了半口气屏在肺里，

"我的疑惑是，为什么选我。"

"无德有才是害材，有德无才是蠢材。虽说警队里最不缺的就是这两种人吧，"秦泷嘿嘿一笑，"但像你这样的人，真的太罕见了。"

09

萧梦卿离开后不过五分钟，虞子陵便推开了副主任办公室的门。

听见关门声，秦泷头都没抬，抿口茶漱了漱嘴里的烟味，吐到脚边的垃圾筒里："又要提换搭档的事?"

"知道你不肯。"虞子陵拖了张折叠椅坐到办公桌前，"所以，今天我是来找你换个领导的。"

秦泷哼了一声，吹着保温杯里的茶汤品着："先和我说说，你射击才排第29名，怎么回事？格洛克你不是早用习惯了吗?"

"这儿的格洛克都有些水土不服，刚下运输机，还在倒时差。"虞子陵摆出一副诚心认错的嘴脸，却毫不客气地把手探向桌子侧面，从抽屉里翻出一泡上好的白茶。

格洛克(Glock)公司生产的G17 9毫米手枪。国内,如新疆特警总队等特别部门有采购。海西省厅仅配给向阳花中心10支

"你骗鬼!"秦泷完全不接纳这套说辞，"我全程都在盯着你们。你是打得最快的，别人三个弹匣三十发子弹基本要打两分钟。你呢?

算上换枪，一分钟不到就全撂完了！”

“实战中，几乎没有瞄准这么久的机会。这也是我从来不打精度射的原因。”虞子陵拆开茶包，熟练地操作电子茶桌烧水，“升天速度和瞄准时间成反比。”

“怎么想换人啊？她不合适？”

“怎么会呢？合适得很。身强体壮，成熟稳重，老练世故，熟悉各种疑难杂案的特征。而且，刚工作就有丰富的实战经验喔。”

“少正话反说。”秦泷毫不客气地用食指鄙夷地戳了戳虞子陵的胸口。夕阳的光芒透过百叶窗映射在他身上，整个人看起来像一条黑白相间的巨型银环蛇：“你根本就不了解她。”

“我在办案单位，不在联谊中心。”虞子陵掀起茶杯盖嗅了嗅，将头泡茶毫不吝惜地倒了个干净，“别让我跟这种新手搭档。”

“行啊。”秦泷咧开嘴笑了。他双臂枕住后颈，往办公椅的靠背上狠狠一躺，把升降皮椅当成摇椅晃荡着：“叫我师傅就给你换。”

“行！等你退休或进陵园那年重阳，我一定带壶亲自温好菊花酒去看你，还带叩头的那种。”

“刀架子，这就是你的不对了。说到敬酒，我们不是都吃了鱼头宴了吗？你亲叔做的东，他能作证。”

“我是被骗去的。再说喝酒的是你，我喝的橙汁。还有，别再提那人。”

“百无禁忌，诸邪回避。”秦泷赶忙双手抱拳，行了一个大礼，“那说回你搭档吧。”

“还有什么好说？”

“其实，这姑娘过去挺惨的。你可得好好照顾人……”

还没说完，虞子陵就打断了他的絮叨：“打住！我怎么不知道中心还有扶贫任务？”

“中心对她有意思的小男生有多少，轮得到你扶？”

“怪不得茶变好了，原来收了媒婆红包啊。”

“少贫嘴!”秦泷叹了口气，沉默了数秒，问道，“你看到她的伤疤了吗?”

“我又不是瞎子。你们不会是按伤口种类给我们分组的吧?”

“她那伤可不像你这种自虐式的训练。”夕阳的光芒暗淡了。秦泷拉开百叶窗，推开玻璃透气：“你相过亲吗?”

“没。这和相亲有什么关系?”

“被亲戚哄去相亲的，结果遇到个爱约炮的油腻生意人，要她先上床后恋爱。”秦泷横掌卡向自己的喉咙，指甲尖抵着皮肤，“你搭档发现相亲对象图谋不轨后，在他开的温泉酒店里撞开了门，拿着巴掌大的一大块碎玻璃，就这么抵着他脖子要挟到出口。最后，生意人相亲不成还进了急诊，得亏没割到动脉。可你搭档撞门的时候太使劲儿，也留下了疤。”

“有这种经历，贺政委那关能过得去?要知道如果不是你，连我的政审都差点儿被他卡着。”第二泡茶很快被虞子陵泼到了茶盘上。

“这就是有趣的地方，因为双方都没报案。那王老板只说是自己摔的。再后来，她也是因这事儿和家里闹掰，父母不站她那边，亲戚又闹到了单位，结果连老师都没得做。没办法呀，只好从星湾跑到月港来讨生活了，好在之前存了点钱，租个房子复习、考公务员。她能走到今天这步，其实也算是生活所迫吧。”

“我到这儿不是来听你讲故事的。”虞子陵倒出第三泡茶，这才不紧不慢地闻香品茗，“你编得漏洞百出。星湾是省会，七百万人口，四倍于月港的面积。重新开始生活大不了换个区，她那样的履历再找份教职不算难。为什么来要月港，还非得当警察?”

“唉——我可是费了老大工夫才把你们所有人底细都摸得一清二楚的，怎么是故事呢!她的经历远比你想的复杂。你还真说对了，你搭档来月港就是因为在省城待不下去了。你知道省城市郊两年前出过一起……”秦泷看了虞子陵的眼神，把之后的话吞回了肚子里。

“那起绑架案?”虞子陵双眼稍稍睁大了些，“怪不得她非要离开星湾。”

“可不，‘萧梦卿’这名字就是那起案子之后改的。”

“那她过去叫什么？”

“这是副主任办公室，不是联谊中心。”秦泷指了指大门，可瞬间态度又变得殷勤了起来，“想知道的话，今后帮我教教她？她真是大材！”

“教？把我和个前教师放一组，到底是谁教谁？唉，得多谢你。我知道该怎么称呼她了。”虞子陵扭过头，看了一眼门背衣架上的春秋执勤服，好奇道，“对了——重案妖龙来这儿做主任，是明升暗降。发生了什么事？”

“‘11·25’专案里，陈涛死得很憋屈，上峰怕我报仇。”秦泷拿起桌面正中的圆形表盘端详着。这圆盘类似旧式钟表，却有着用来测算温度和湿度的刻度。

“以你的性格，不会乖乖就范吧？”

“过了血气方刚的年岁喽……”

“上峰为了你，可真是无所不用其极。”虞子陵追问，“听说‘鬼钢城’要拆了，他们这么大费周章，是怕你一人影响全局吧？”

“有话直说。”秦泷清理完玉米斗里的残渣，压好烟丝，打算点着了。

虞子陵抢先拿起了桌面的火柴盒，在手里弹着玩了好几个来回，才掏出一根擦着了，递到他嘴前：“你肯定不会安心过日子。”

“别说把我调来向阳花中心养老，就是调去交警站街，该做的事我还是会做。”

“啊！老秦，你真是龙王不亲政，仰仗龟丞相。”

“什么意思？”

虞子陵避而不答。待完全走出门后，沿着门廊幽幽地传来三个字：“靠鳖啊。”

“没大没小！滚滚滚！”秦泷抄起手边的日历就往门外砸去。

10

随着机位转换的红灯亮起，主持人梁含笑从提词器上挪开视线，熟练地念起开场白：“法治三人行，警钟应长鸣。今天我们邀请两位专家与大家谈谈身边的热点事件。他们分别是——月港市最大合伙律师事务所，南乡事务所的郑武波律师。”

光线与机位随即转换到了身旁一男一女两名客座嘉宾身上。

“大家好！我是市百佳律师郑武波。”

“以及，我们节目的老朋友——省政法委宣教处的‘十姐’、何亦铭副处长。”

“晚上好！”

介绍完两人，梁含笑调出一个画面。一栋花瓣形的主楼占据画面中心，四周楼宇皆围绕着它耸立而起。除此之外，主楼一旁还有操场、模拟街区、驾驶车道等设施。

“这本是我省警察学院耗时三年建设的新校区，占地两百余亩。而今，它有了个崭新又响亮的名字——月港市特殊人员保护中心。教学楼被改成了办公楼，标志性建筑——校礼堂，也被改成了情报指挥室。”主持人用激光笔指了指圆形主建筑，“因为礼堂花瓣状的建筑外形，我听说在公检法的圈子里，这个新成立的机构有了个特别诗意的别称——向阳花中心。”

“我曾受邀参加过第一批次的参观……”郑武波推了推黑框眼镜。他俊朗的面孔和蔼可亲，瘦小的身躯却散发着强势的气场：“安全屋都是以四星级标准装修的，很舒适。”

“我想，这是考虑到了被保护者的生活质量。”面对对方锋芒锐利的隐喻，梁含笑面无难色，反引为开题，“我们都看过影视剧里的特工。他们身着西装，训练有素，贴身保护要员的安全。我记得何处长起初也是市公安局的一名Madam。您可不可以站在专业角度，向我们介绍一下‘向阳花’的运作模式？”

“谢谢含笑，也谢谢郑律师。”何亦铭点头致意，“西方各国都存在要员保护组：诸如加拿大，由皇家骑警对各类重要人员进行保护；又如美国，早在1970年便定制了要员保护计划。‘向阳花’中心吸纳了国内外类似机构的运作模式，可谓今年省内公检法系统最为大胆的尝试。”

“您说的这些国外保护组，保护对象多是政府官员、富商与占据金字塔顶端的人。‘要员’固然重要，可我这儿有两份资料，希望也能加入今天的讨论之中。”郑武波礼貌一笑，用平板电脑点开新闻，摆到桌面上。

“2018年3月，安徽某市女性被前男友骚扰后报复，活活烧死在轿车上。普通家庭出身的女孩，安全由谁来保护？还有，我相信两位都对几个月前发生的‘11·25’大案很熟悉了。本市一名缉毒警牺牲后，他的家人也遭到了报复性的杀害。一线人员保护了我们的家庭安全，谁去保护他们家人的安全？”

“国家政体的相异，或许会导致‘向阳花’中心面临完全不同的挑战。那么——”梁含笑转向何亦铭，“我国之前是否有类似的经验以供参考？或者我们必须承认，在这一块，我们的确落后了。”

“香港特别行政区有三支纪律部队精英构成的保护组，”何亦铭从容地喝了口水，“其保护对象包括警员家属、污点证人、受害人等。‘向阳花’在设立之初便邀请了港警WPU和G4的相关专家，会同省警院多名教授共同参与。这个中心或许‘崭新’，但绝不‘稚嫩’。”

抓住稍纵即逝的话锋，郑武波一针见血地点出：“那么‘特殊人员’究竟指的是哪些人？”

见对方终于咬钩，何亦铭拿出了早已准备好的材料分发给两人。

“上面提及的类别不再赘述。现在是互联网时代，所以——热点事件当事人、网暴受害者、家暴受害者等，也一样会成为中心的保护对象。‘向阳花’不属于金字塔顶端，而是你我的家人、朋友和大多数身边人的避风港。”她注视着郑武波，又补充道，“‘11·25’杀人案的案犯虽然已经自首，且被判处死刑，但尚未执行。牺牲警官的遗孤目前也住在‘向阳花’中心接受二十四小时的保护。这会持续到他就读小学之后，直至所有可能威胁消除。而这个保护案件，正是向阳花中心的开山首案。”

“这确实让人欣喜。”郑武波点头赞同，又抛出一连串问题，“保护落到实处又有很多问题。就焚车案而言，女孩家属报了警，警察也对其前男友进行过警告，但悲剧仍然发生。若是保护，反倒刺激罪犯变本加厉，中心会如何处理？”

“向阳花中心公开的三十个保护组均装备了制式枪械。为应对突发状况，中心还有四个特警小队驻扎。若是保护对象的生活发生不可逆的剧变，我们还将效仿国外类似机构的做法——提供崭新的身份，离开月港，去别处生活。”

“这样的人员、装备开销，不得不说是一个大数目了。我不得不产生这样的疑问：若是将这些资源放到现有案件侦破上，会不会反而更高效呢？”

“公检法之务，用一句古话形容，叫‘除暴安良’。‘除暴’固然要继续，但若只顾着朝前走，忽略了曾经或正在经受悲剧的人，未免盲目。遏制犯罪不是一朝一夕的事，可案件的受害者却无时无刻不被过往伤痛折磨。特殊人员保护中心的设立，正是从‘安良’的角度出发，阻止更多类似悲剧发生。”

“何处长的解答很明晰。”郑武波双手合十，颔首用鼻头触碰指尖，“这是月港市民的幸运。我们都拭目以待。”

“谢谢。”何亦铭露出了灿烂的微笑。她顿了顿，又说了一段话作为结尾。“‘向阳花’的外号并没有那么简单。这种植物一生都在追逐太阳，是最向往光明的花朵。若人性之恶像茫茫黑夜，那向阳花的责任便是守护冉冉晨曦，指引光明。”

“无趣。也就是唬唬外行了。”佟离趴在上铺床上敷着面膜，一台手机支在身侧，刷着《法制三人行》微信公众号视频，手里另一台机子马不停蹄地玩着 MOBA 手游。

一把游戏结束，节目也进入了尾声。她探出脑袋，看向下铺的萧梦卿，发现对方竟坐在床沿用双膝支着本笔记簿，正认认真真对照录播做着记录。佟离大惊失色地撕下面膜，拍着脑门嘀咕：“会上我怎么没听见要交心得体会？我那党员会议记录本都不知道放哪儿吃灰了！”

“没，是我自己做的。”萧梦卿抬头笑了笑，继续看了起来。

“啧啧。政治任务？”佟离摁了转发键，随手从朋友圈里复制了一句推荐加上两三个表情，又开始了新一局的游戏，“形式主义，文山会海。凌珏，你连看都不看？”

从房间另一侧靠墙的床上传来一阵骨碌碌的翻滚声，紧接着又是三阵指关节敲击床架的脆响。

“哦，明天有重要任务啊。”佟离很快明白了对方的意思，用脚掌轻叩铺面感慨道，“除了师妹你，也就我俩这种第二天有事的睡单位了。但个人经验啊，宁可租出去也别长久住宿舍，不然遇到急事都让你干。”

萧梦卿草草应了一句，把自己裹进被窝里用手机电筒阅读笔记。佟离以为她休息了，打完了这把游戏后便很快睡去。

漆黑的宿舍里，最终只剩下空调扇叶摆动的细小声响。被子里，萧梦卿把无声视频又看了不知多少次，直到双眼干涩难忍。月港的夏末是闷热潮湿的，沉浸在各种旖旎可能性中的萧梦卿却打了个寒颤，来回翻了好几个身，才感觉睡意再度爬上脑袋。

11

九月的清晨，仍然炎热。

一辆普拉多在向阳花中心侧门前停着，副驾突然钻进一名高壮男子，在驾驶员说话前就从怀里掏出个精致木盒，递到对方下巴前晃了晃。

“几个意思啊，赵奕晨？”

“虽说逢场作戏，但毕竟揍了你脸。要嫌不够，我再给您念两首诗？我闺女最近天天背杜甫，他也是个被贬的苦主。”被唤作赵奕晨的高壮男子清清嗓子，颇有感情地朗诵了起来，“八月秋高风怒号，卷你衣上三重毛。毛飞……”

他故意一捋秦泷挂在座椅后的警服，中指狠狠一弹肩膀上的两颗银星。

“优公早半年升就是了不起啊，禁毒神龙？你再贫嘴，我要抽你龙筋了啊。”秦泷拍开赵奕晨的手掌，划开木盒盖子，发现是一套精致的火焰纹楠木烟斗。他咧嘴一乐，打开中置储物盒，随手攮了进去：“我肺管子没这么金贵，但这木头不用可惜，塞在车的财位，去去煞气。”

赵奕晨从怀里掏出一盒大重九，刚夹出一根想要点着，却发现汽车门窗都被秦泷锁死了：“灭口啊？”

“你不喜欢把沃尔沃当你第二套房吗？选这，是为了让你有宾至如归的感觉。先办事。”秦泷说着，指了指后座上的文件袋，“你不老说太久没遇着像样的对手了吗？这儿就有。”

“会商个资料罢了，犯不着开内循环吧？”

“今天找你商量的事儿，再怎么谨慎也不为过。”

赵奕晨拆开文件袋，随手翻了一页，就皱起眉头质问道：“你怎么回事？不说陪你演场苦肉戏就把其他事儿放下、好好工作吗？”

“我就是在好好工作。”

“之前在刑支闹的那几个月，都让你被下放到‘向阳花’这种边缘单位了。我以为你今天找我是想明白了，结果呢，非但妄想症没好转，居然还把古早传说都当成假想敌了？”

“文件你给我仔细看，这里头的敌人绝不简单。”秦泷一脸认真，

“你揍我脸上那拳，打出了好多东西。”

赵奕晨忍着不快，翻着文件努力回忆了数秒：“怎么像是我们刚入警时听过的‘二王案’和‘呼伦贝尔盟大屠杀’那会儿的。”

“差不多那时代的事。”秦泷点点头，“我也只记得我头一个师傅跟我提过这说法。”

“1983 年‘严打’之后，这些组织就都没了吧。我们刚工作那年头，真是被老前辈当都市传说谈的。”赵奕晨看了没一会儿，就又放下了材料使劲掐着睛明穴，“我们总队有个心理医生，听说看的不错，我带你去。”

“冷笑话还那么在行啊。”

“我认真的。陈涛走后，几个老同学的确沮丧了很久。可也只有你，情况越来越严重了。我知道，在校时你和他关系最好，可……”

“为什么连你也这么说？”秦泷陷入了一反常态的凝重里，叼着的玉米烟斗被“嘎吱”“嘎吱”嚼着，“为什么月港公安从上到下都觉着陈涛全家的死都只是一场悲剧的意外？为什么陈涛的牺牲就不能让你们怀疑，月港很可能存在我们完全没有接触过的可怕敌人？”

“都 2021 年了。不讲其他的，单从现在的生活电子化程度和我们这几年的探头覆盖率来说，如果真的存在你说的那种敌人，他们可能一点儿马脚都不露？”

“滴滴——呼指挥。白熊叫。”一阵适时的通话打断了两人的争执。秦泷右手从怀里掏出一台模样别致的五寸手机，左手中指摁着腕上表盘大的小遥控器答道：“指挥收到，白熊你说。”

“现场控制住了，请求支援。但你最好自己来一趟，师傅。”

“知道了。注意用词，这工夫没人把你当徒弟。”

“失味！白熊继续控场。”

赵奕晨拉出安全带系上，整了整坐姿：“原是请我看戏的。那就出发吧，今儿是哪一出啊？”

“赵公明坐洞。”秦泷取出磁吸警灯，打开窗往车顶上一扣，“没听我徒弟说什么吗？老赵，叫支援，地点和联系人发你手机了。”

“你们向阳花的案子，关我什么事？”

“系列涉毒要案，赵支。不光是你们，也联系一下刑技那边。”

两人沉默着，深青色的普拉多窜上主路飞驰，赵奕晨打开解锁窗户，点了根烟，如饥似渴地嘬了几口，最终掏出手机拨通了队里号码。安排完人手，他指着秦泷放在仪表盘前的手机好奇道：“这么小的三防机？”

“技侦支队提供的新款单兵手台。总台在技总二十四小时开着，即时通信、位置跟踪、拍照取证功能一应俱全，还有很多你想不到的用途。我每组配两台。”

“人脉真够广的。我说你，拉人下水也总该告诉深浅吧？”

“特护一组这案子和虎鲸游戏有关。是骗抑郁症小孩玩的那类，蓝鲸的变种。只不过蓝鲸是跳楼割腕，虎鲸是捅人。”

“去年年末在报纸上见过。这不该是刑支的案子吗？”

“你猜猜组织者是用什么办法，让一个鸡都不敢杀的小孩突然对身边人动刀子的？”

赵奕晨一愣，手往左腋下摸了摸，拎出一支 64，攒入一个满弹匣，又插回牛皮枪套。

“我徒弟说他们控场了。他俩是专业的，用不着家伙。”

“你那一特护组才两人，对付毒贩不能以常人逻辑去思考。我见过几个溜完冰伤人的，在讯问室对着袖口的破线头数了整整一晚。”

“你且瞧着吧。”

“和你给我看的档案有关系吗？”赵奕晨仍不解。

秦泷稍稍扭过头，眼睛仍望着路面，声音却压低了些许：“如果连你都不信，我就带你去看证据。”

12

秦泷与赵奕晨开到三防机中标记的位置时，禁毒支队的警员已经完成了外围控制。那是盛港区东南一栋待拆的废弃公寓，剥落的外墙上还依稀能见到1990年代的光荣下岗标语。虽然距鬼钢城还有一段距离，但空气里已能闻到很重的铁锈味了。

两个染发青年被背铐着押上了警车，神态呆滞而敏感，每被警员触碰一下便慌张地左右顾盼，好像身后有什么可怕的东西在追赶一样。一人鼻血还在滴滴答答往下淌，但他张着嘴大口倒着气，混着血的涎水从嘴角染到了胸前。

“杨冽，跟赵支汇报一下简要案情。”秦泷接过手下递来的防弹衣套在了衬衫外。

“起初以治疗抑郁症为名义建Q群，通过校外不良青年向学校渗透，吸引学生入群。”被称作杨冽的男子肌肤白皙，个头健硕，声音与方才对讲机里的男子是同一人，“组织者定期给群里学生‘特效药’，也就是低纯度海洛因。等成瘾之后，逼迫学生在市里运毒。一旦有人想退出，就让其他被控制的学生动刀子，然后伪装成玩游戏的白痴。”

“他是?”赵奕晨望着乖乖伫立在一旁、一脸茫然而惊恐的小男孩。他脸上有许多猩红色小点，像是刚被溅到的样子。

“这个初三学生，是我们这次的保护对象。”杨冽伸手想去摸他的脑袋，可小男孩却恐惧地退了好几步，一下跌坐在了地上，发疯似的撕着校服里的防刺背心。杨冽想帮他脱背心，却被搭档一手抓住手腕。他这才意识到自己大半身上都是新鲜的血迹：“啊……忘了这茬了。”

两位禁毒支队的年轻民警娴熟地将男孩转移到了车上。及时挡下杨冽的是一名留着碎发的高挑女青年，目送男孩离开后仍板着脸，一言不发。她的衣服与装具上也沾着不少血渍，但早已用湿巾做了简单清理。

“你们在那孩子面前杀人了?”赵奕晨拧着眉瞥向杨冽。

“没办法。对方都是拿刀的人，慢一步那小家伙就惨了。”男孩的防弹背心被脱下后，杨冽赶忙夺了过来，把右肩上的快开扣卸下，小心翼翼地翻出一个微型摄像机收好。“没关系的。按中心流程，下一步他就会被送到护理院由专业心理医生进行治疗。必要的话，我们一组还会继续保护他，直到有关嫌疑人全数到案。”

“没关系？不是你孩子经历这些，才说得这么轻巧！正是心理承受能力最脆弱的时候，哪门子心理医生敢保证他不会留下一辈子的阴影?”赵奕晨没好气地揪着杨冽防弹背心的肩带捋了捋，一把将上面的血迹抹在对方下巴上，扭头瞪向老秦，“你徒弟就这么办事的?”

“相机，师傅！相机收好！还没来得及拷副本呢！”杨冽咧嘴赔着笑，冲秦泷伸长胳膊。

“是我同意他们这么干的。”秦泷拿过微型相机，赶忙分开两人打起圆场，“老赵，长痛不如短痛。那孩子被迫吸毒有一阵了，不彻底了结这场噩梦，他受到的伤害只会比今天更大，无论生理还是心理上。”

“我们是特护警。”杨冽接过搭档递来的湿巾，憨憨地擦着脸上与身上的血渍，“不是保姆嘛。”

秦泷挥手让两人离开，拍了拍赵奕晨的肩膀：“陪我进现场看看。真正的收获是在这楼里头。”

面对老友满脸的歉意，赵奕晨仍不给他好脸色：“能有什么收获?‘虎鲸游戏’执行成本太高，不可能是老手所为。”

“可不。不然这几个怎么栽的!”

赵奕晨被秦泷带着进了楼。虽然方才只在三防机中看了段现场视频，但秦泷还是熟门熟路地把他引上了楼，来到了废弃公寓的天台。警戒线内，刑技民警完成了初步勘验，正打算将两具尸体装入尸袋运下楼。

见两人到来，领头民警打了声招呼："按您说的，最重要的地方没动过。"

秦泷示意对方继续，却带着赵奕晨往楼梯天井方向走。赵奕晨行走间简单环视了，发现倒在地上的两具尸体都是中枪而死。子弹都击中了他们上身的致命部位，动脉破裂喷出的血把楼顶的青苔染得黑红。他跟着秦泷走向天井，见天井间搬空，被改造成了一个简易神龛。

与楼下久无人烟的状况不同，神龛是新的，摆着两根红烛与不少瓜果贡品，半扇乳猪上插着的彩灯仍在亮着，香炉里插着几束长短不一、仍在飘着青烟的贡香。神龛里摆着的木雕是个精致的半身人像，举着一柄惟妙惟肖的九环大刀，可神明的样貌却是赵奕晨从未见过的。

"什么安……堂?"赵奕晨挑起警戒线，望着神龛上的三个由数个汉字拼成的异体字好奇道。

"将安堂。把天地人的简化部首去掉，再看。这木雕像是闽安将军。"秦泷翻起三防机里的资料，"月港乡下有这种传统，但几乎失传了。我用了大半人脉才找到一民俗学家问出来的。半扇猪叫'毛瓜'，七种水果是'七星'，八道荤菜是'八卦'，九杯黄酒则叫'九宫'。"

看完现场，两人回到车旁。

"祭拜的排场倒是不小，比一般人家里过节还讲究。"赵奕晨分了秦泷一支烟，坦言道，"和你给我看的那份资料有关系?"

"当然有。因为在本省的民俗传统里，根本没有拜闽安将军的说法。"秦泷重重吸了口香烟，鼻腔内的血腥味瞬间被烟草浓香赶走了，"这套仪式，过去是海盗才用的。"

"或许只为了标新立异而已。一伙利用宗教信仰和游戏的毒贩，并不能说明任何问题。"

“闽安将军的祭祀很复杂，诵赞诗、摆祭品都非常讲究，没学个把月是不可能成的。在我徒弟发我的录像里，这些个马仔非常门儿清。我发给民俗学家看过，他的说法是有一半程序他不清楚意思，但另一半他看得懂，与古书记载的完全相符。可根据我的情报，这四人全是高中没念完的烂仔。知道哪儿不正常了吗？”

楼边又聊了几句，赵奕晨便告别秦泷，乘着部下的车回支队处理案件去了。秦泷冲一组两人打了个响指，杨冽跑进普拉多，坐上了驾驶位，而女青年一声不吭地坐在副驾里。

“回中心。”秦泷在后排跷起二郎腿，“今天之后，一组暂时解散。”

“尬味！干的正来劲呢。”杨冽别过脑袋，瞥了眼窗外被刑技同事包好的两个尸袋，“我两三年没开荤了啊。”

“你俩今天这趟，理当立功受奖的。可我接下来要做的事，会让很多领导脸面挂不住。”秦泷解释道，“一组是我的王牌。你们要再干下去，总有一天让人穿小鞋。”

“可赵支不是你铁兄弟嘛？”

“这‘虎鲸游戏’案今天一上报，惊动的领导可不止一个副支队长。有时候，一线警员受伤最重的不是重案现场，是在案后。你们只要有一个疏忽，案卷材料、书证物证、情况说明，任何一项都可能变成从后背捅你的刀子！今天我勉强能圆过去，但日后不好说。我现在正是众矢之的，不能让你们被有心人利用来放倒我。”

“真烦你们这些高层，成天平衡来利用去的，分明是这么好一职业。”杨冽从裤兜里掏出一枚蓝色握力圈使劲抓着，抱怨道，“所以，还是不想那些乱七八糟的，师傅指哪我打哪最简单。是吧，凌珏？”

副驾上的女青年没开口，她专心用车上的纸巾清理身上的血迹，用鼻音“嗯”了一声。她二十七八的年龄，留着干练的短发，细碎的刘海儿里一双漂亮的杏眼透着股冷傲。

“大家目的是一样的，都是为了月港市平平安安。有人只想维护城市表面的光鲜，不求有功，但求无过。可也有人像我一样，想把下水道里的脏东西全通了，认为那才是真的安全。”秦泷拍了拍西裤上的泥点，“老四，回去之后到驻点特警干你老本行，做中心的排爆教官吧？这业务闲，没事时兼个副主任秘书，给我开个车、跑个腿、保个镖什么的。”

“别让我思考，您安排好任务给我就行。”

“凌珏，你也暂离一组。四组那小哥哥在经历了俩案后连夜找他爹调回宣教了，缺的空你补上。”

名叫凌珏的女青年冲后视镜点了点头。

“四组？就那个只接打杂案件的组啊？你也太看不起阿珏了吧！”杨冽比了个介绍的手势重重咬着音节，“人家边防考过来的好吧，C、A、P、F！”

“你懂什么？你别看四组接的都是小案，可既能练手，出了问题又不需要背太大责任——对她熟悉公安工作来说，有百利而无一害！”

“那你对老七怎么不按这思路来想？”

“我已经放弃他了。”秦泷发出一声深沉的嗟叹。

借着红灯，杨冽仍在不厌其烦地追问，好像完全没注意到秦泷语气的变化：“听说你给他安排了个新人搭档？”

“我打算让虞子陵当磨刀石，好好磨把刀。也算是废物利用吧。”秦泷冲窗外一苦笑，“那是天生的大材，十年难得一见的那种。”

“能被你选中当徒弟的人啊……”杨冽捋着方向盘，轻轻摇着脑袋。

“无比优秀。”

“也无比可怜。如果不是还穿着这身制服，估计我们每人都想给你脑袋上来一枪。”杨冽突然收了吊儿郎当的表情，在后视镜里冷冷盯着秦泷。直到对方也迎向他的目光后，才将视线抽回了马路上。

“我做师傅时，只负责让徒弟以最快速度成长。你们骂我也好，恨我也罢，想杀了我也无所谓，”秦泷狡黠一笑，“我，不在乎。”

13

九月的傍晚，夜风吹得人惬意万分。

吃了晚饭，萧梦卿决定下楼溜达，消消食。她绕中心走了一圈，站在操场旁的观景台上倚着栏杆，仰望天边徐徐被湛蓝吞没、染成一块橙蓝渐变的透明水晶。

“叫爸爸！”

她听到操场传来一阵嬉闹声，声音属于一长一幼两人。萧梦卿觉得奇怪，明日是周六，没任务的同事都各回各家了。可再细一看，发现闹腾的人竟是秦泷。他穿着一件警 T，正蹲在沙坑里陪一个八九岁模样的男孩子堆沙包。

“嘻嘻，大乌龟！”小男孩丝毫不领情，抓起一把沙子撒得对方满衣服都是。

“叫爸爸！”秦泷往前一扑，装作要把男孩活吞的模样，像极了一只大狼狗。他开怀地笑着，笑容畅快而自然。

“不叫！就不叫！答应我的事还没做到呢！”男孩从沙坑中挣扎着爬了起来，挑衅着，“你追我呀！追得上我就叫！”

不知跑了多久，爷俩都汗流浃背地趴在栏杆旁，休息起来。远远看着在操场边上肆意挥洒汗水的小男孩，萧梦卿不禁觉得有些熟悉。可她在短暂的回忆后，刹那间便避开了目光，抽身离开了操场。她逆着夕光，低头快步走着，努力逼迫自己将男孩模糊的脸庞忘掉。

还没走几步，她便感觉肩头被猛地一撞，抬头一看，竟是一脸惊讶的虞子陵。对方穿着件警 T 短袖，壮硕的肌肉把衣物顶得没有一点儿空隙，汗水顺着纤维的褶皱染出一层深黑色。他本揣着两条毛巾与两瓶矿泉水，但其中一瓶被冷不丁撞飞了，骨碌碌滚向操场方向。萧梦卿伸长胳膊在它滚下台阶前截住了，又马上闪过身子往虞子陵手里一摁。

她还没走开两步，身后就传来虞子陵幽幽的反问：“不试试表达一下歉意吗？”

“不好意思啊。”萧梦卿停住脚步，稍稍扭过头点了点，“没想到您身子骨那么弱。”

“今后在公开场合，就叫我学长吧，萧老师。”

“这都是哪门子叫法？我已经不是老师了。”

虞子陵一本正经地解释道：“现在是陌生人社会，每个人都要学着怎么长个心眼。至于‘老师’，也不是一定限于职业——‘三人行，必有我师’嘛。”

“随你吧。反正都只是配合你逢场作戏。”

“唉唉，也不是随时随刻叫的。毕竟你我都有在外人面前营造人设的需求，知道起止点就非常重要。记住，我只说一次。做戏也是要相互配合的，你叫‘学长’或者我叫‘萧老师’即为暂停信号。为了工作，我俩都得尽快习惯。”

“好好好，学长。”萧梦卿好奇道，“你来这干什么？”

“给老妖龙和他刚收养的儿子打杂两小时，换一个完整的周末。”虞子陵拧开一瓶水，“咕咚咚”灌了几口，用手背一抹额上亮晶晶的汗珠，“要不要一起去打个招呼，这对练习你的‘正常社交’有好处。”

“不了。越少人知道他的长相越好。”萧梦卿连忙摆手回绝，“网瘾机构那案子的总结案应该批完了，我回办公室打出来装卷。”

不等他再说话，萧梦卿就头也不回地走向了办公楼。虞子陵回到操场，将水与毛巾递给两人，冲秦泷竖起拇指、比了比中心大门：“这下总能放我走了吧？”

“别急，等着！”秦泷对身边男孩傻呵呵一乐，“小子，不是我吹牛！骑大马、做俯卧撑和青蛙跳，那都是热身，这哥哥还能带着你做五十个引体向上。”

男孩歪着脑袋、露着牙，打量了一会儿，嘿嘿一笑："不信，不信！大哥哥，你快累死了吧？"

听见两人对话，虞子陵瞳孔徐徐散开，无力地摊了摊胳膊，冲秦泷使劲儿"嗯"了一声。

"嗯什么呀，大哥哥？"秦泷一把凑到虞子陵面前，贴身用双指狠狠一拧他的左胸口，"上杠子呀！还得我抱你上去？"

虞子陵疼得一咧嘴，只得照做。秦泷笑着抱起男孩，让他环在虞子陵腰上，喊了句"起飞咯"，就往对方结实的腰窝大力一掐。

第一章
归乡的罪

00

鲲城区是月港最老的城区，花街是鲲城最古早的巷子。这巷子是月港从小渔村到新兴都市的发展缩影。从街西走到街东，就会有时过境迁的感慨。

今早的花街多了个流浪的人。若是平时，乞丐绝不会来花街讨生活，因为不出俩小时就要被遣送原籍。她是新来的，三十岁左右，头发黏结成块，耷拉在脑后，脸上皮肤皲裂得像旱地。棉絮外露的破棉裤、一件泥垢遍布的棉袄，就是她用来御寒的所有家当。

月港初秋的清晨有些凉意，她双手一直缩在棉袄袖筒里，从未伸出过。从太阳升起到车水马龙，她已在花街西侧尽头的三秦面馆门前来回熬了半个清晨。

三秦面馆算是花街老资历的小吃店，半开放式的店面虽旧，却打理得井井有条。女人的注意力不在香气扑鼻的饭食上，而是死盯着店面所在的楼宇。当有人用或嫌恶或好奇的眼光望向她，她就会躲回一旁老楼的楼梯间下。她唯一一次接近面馆，是因为一个红领巾无意打翻了蒸笼，让最后一颗小笼包滚到了街上。她像只野猫似的扑了过去，用两个袖筒罩起包子，也不顾面皮上的脏污一口吞了下去，而后又胆怯地退回楼梯间。

面馆昨夜通宵营业，老板娘一宿没合眼，正想去补觉，却被这个不速之客吸引了注意力。她拿起啤酒瓶，闷下最后一口，用疲惫的双眼向收银的壮伙计使了个眼色。

壮伙计站在那女人面前就像一座小山，胳膊几乎都赶上她穿着棉裤的腿粗了。

“进来。”壮伙计没和她商量，直接抛出两个字。

女人颤抖着盯住对方，步子不断往后挪，可壮伙计没再多和她废话，一手拎着她后颈的衣服，把人整个提溜了起来，轻易得像是抓了只扑棱着的大鹅。壮伙计把她揪进三秦面馆里，往老板娘所在的休息室一丢。老板娘半个身子斜靠在床上，一脚挑着拖鞋搭着地，手上的啤酒瓶正规律地敲着床沿。

女人惊慌失措地跪倒在对方身旁，眼神中满是惶恐。

面馆老板娘是个美人，双臂各纹着一丛玫瑰，从小臂缠绕到肩膀，又蔓延至后背。她抽出一根万宝路，咬碎珠子，猛吸了一大口，把烟往肺里咽了下去。过了快五秒的工夫才喷出烟，用拳头捶了捶酸疼的脖颈与肩窝：“铲铲的……还不嫌老娘累哦?”老板娘操着混杂月港发音的西北腔，对着壮伙计轻踢了一脚：“给她弄口吃的。”

本准备把人打发走的伙计一愣，见老板娘又懒懒地看了自己一眼，这才缩着脖子退了出去。

壮伙计端来个大海碗，里头满满当当躺着五颜六色的茄丁、肉末、豆腐等杂料，浓香扑鼻。

那女人“嗯喝——”一声，接过碗就狼吞虎咽了起来。她真是饿极了，也不用筷子，袖子支着海碗“咕咚咕咚”往下咽。

看对方吃得这么香的模样，老板娘轻轻地“嘁”了一声。这面里有她熟悉的材料，却少了一份能勾起人食欲的赤色。为了迎合当地人口味，三秦面馆的臊子面里只有可怜的一丁点儿红油，老板娘几乎忘却家乡臊子面的正宗味道了。“要饭的?”她将双脚收回被子里，把烟在床头烟缸上碾灭了。

女人没有出声，只是怯生生地摇了摇头。

“身子有病？”

对方用手摸了摸肚子，低着头，喉咙里“呜呜”了两声。

“啧，原来是个瓜怂。”老板娘想了想，又改口用本地方言说道：“憨人！”

听见这个词，流浪人的眼神顿时清澈了几分，咽下口中满塞的臊子与汤汁，摇着脑袋解释道：“不……不……”

老板娘挑了挑眉梢：“听得懂我说的话？”

这次，对方点了点头。

“不傻就好办。唉……”老板娘缩到被窝里躺好，翻身朝向女人，只漏出半个鼻子与眼睛，“你这样在我店门口转来转去，我做不了生意，客人会被你吓到的。”

“嗯。吃、吃完就……”

“这儿不缺你一口饭。饿疯了的感觉我很明白。”老板娘打发走了伙计，慵懒地打了个哈欠，“一会儿我找套干净衣服给你换上。如果你愿意，就帮忙洗洗碗，打扫打扫房子吧。两条胳膊两条腿，换个三餐一宿有什么难？”

女人感激地点点头。她用双臂夹起碗，又大口大口喝了起来。

“筷子都不会用，老家哪儿的啊？”老板娘有些困了，眼皮开始打架。

对方支吾着，却始终说不出一个完整的词：“月、月……”

“被拐卖来的越南婆娘啊？怪不得不怎么懂中文。”

听到“拐卖”两个字，女人双臂一抖，碗掉到地面摔碎了，剩下的半碗臊子面洒了一地。女人意识到自己闯了祸，惊惶地趴在地上，用袖子擦着地上的面汤。

老板娘倒是处变不乱，好奇道：“这么说，你……是本市人？”

“嗯！嗯……嗯嗯！”一语中的，女乞丐一时间露出了激动的神情。她把地上的碎片与液体推到了一处，歉疚地表示：“我……找家。”

听到这句话，老板娘终于抬起了眼。她从床上半坐了起来，不解地望着面前蓬头垢面的陌生人。

她徐徐伸出藏在棉袄袖子中的双手——竟没有手掌，手腕的断面愈合得很差，只有薄薄一层皮肤包裹着参差的骨节。她小臂露出的部分堆叠着青紫的淤伤、烫伤、割伤，竟没有一寸皮肤是完好的。

纵是漂泊他乡，饱经风雨的老板娘也不忍心再看下去。再度开口时，她的声音有些哽咽："怎么受的这些伤？"

"我被拐卖了。"女人说出了自交谈后唯一一句流利的话。她盘着腿，用断臂杵了杵鞋子："偷跑出来的。"

老板娘瞪大了眼睛，倦意一扫而光。她掀开被子，蹲在了她身旁，查看对方的脚底。一双破胶鞋的鞋底都被磨破了，脚掌与后跟是两个硕大的烂洞，皮肉在结痂后又粘上尘土，光是看着就让人生疼。

"拐卖？为什么不去报警……而是来花街？"老板娘招呼来伙计，让他去取医药箱。

"这是我家。"流浪人双腕轻轻在地上抚了抚。

老板娘瞪圆了眼睛。在她的记忆里，三秦面馆已足足开满八个年头了。

初阳透过薄薄的一层窗帘，温柔地包裹着这衣衫褴褛的姑娘。她红红的眼睛委屈地仰视着这物是人非的两层小楼，泪珠淌下，却没有能够抹泪的手指，只能用断肢拖着脏兮兮的袖口在脸上胡乱抹着。

01

"老顾，你看新闻了吗？！"钱阿姨揣着一叠报纸，顶开了自家铁门。

"顾淮！都什么时候了，你赶快想想办法！"她把报纸摔在了客厅茶桌上，手在一张硕大的彩照上急速敲了几下："你那失踪的侄女回来了！"

“是我，阿李的朋友。咱们端午节一起喝过酒。”顾淮瞥了眼张牙舞爪的妻子，摇了摇头。他一把捞起电视遥控静音，笑着毕恭毕敬地问：“马律师，是这样——我有个侄女之前失踪了，我弟弟和弟媳妇为了找她，在一个雨夜连人带车滑下山，两人都遇难了。哦，这是九年前的事情……因为没其他亲属，他家遗产就给了我，留下一套花街的房子。我想问问您啊，就是万一，他的孩子突然出现了。嗯，好，您讲……”

钱阿姨瞥了眼被静音的电视，发现屏幕上正播放着一则新闻——“被绑架女孩十年后徒步逃回家乡。”新闻配图与报纸照片一致，都是一名戴着墨镜、穿着羽绒服的女人。

钱阿姨焦急而耐心地等着顾淮打完电话。对方刚一放下听筒，她就赶忙推了推老伴的肩膀：“怎么样？”

顾淮夹了根烟，捻去滤嘴点燃，猛吸两口之后用双掌抱住了发量稀疏的脑袋：“只要她去起诉，那套房子迟早是她的。”

“那、那不可以！都失踪那么久了，谁能证明！”钱阿姨愤怒地拍了下桌子，“噢！小时候吃我们的、喝我们的，回来就要和我们抢房子？！她把房子要回去，我们没了租金，新房贷款怎么还？儿媳妇家一直嫌弃我们，买了婚房他们才同意婚事的！”

“我这不是在想办法嘛！”顾淮烦躁地拍了好几下大腿，“谁能想到她还活着？”

“花街的房子，不要说顾茹萱抢不走，”钱阿姨环视了冷清的家，儿子的结婚照还高挂在厅墙中央，“就是你亲弟活过来站在我们面前，那套房子我也不让！”

“为了儿子的终身大事，是不能让。”顾淮紧闭着眼，一手在皱纹遍布的额头上大力捶着，“可是……怎么办好呢？”

钱阿姨咬着指甲盖，把电视声音打开了，想听听关于这个新闻还有什么细节。

“……市一医院专家透露，目前顾某萱情况稳定，但因受过强烈刺激而导致表达障碍，暂时无法详叙绑架遭遇。基于这一现实，她将会在近期被送往新成立的特殊人员保护中心。法制新闻将随时关注事件动态……”

“再看看吧。这几天手机关机，不管租户还是公安局的电话，都别接。”顾准吸完了手中的烟，通红的烟头烫到了老茧遍布的指头上。他像是完全没感觉到，拇指与食指使劲一碾，烟头在手中摁灭了。

02

“把那逃跑的婆娘喊出来！”

“我们要见顾茹萱！她女儿还在这儿呢！”

“呜哇——我要妈妈！我要妈妈！”

向阳花中心正门外稀稀拉拉站着七八个人，男女老少都有，其中一个中年女人还抱着两个年幼的孩子。

她身旁的男人拎着个粗布包，一看孩子喊累了，就从包里掏出矿泉水和棒棒糖喂她们吃喝。两个孩子像是饿狠了一般，疯狂地舔舐糖果。可还没舔一会儿，男人就把糖裹好糖纸，塞回包里，孩子咿咿呀呀地伸手去够，中年女人就冲她们屁股上狠狠一拧，讨食的声音立马转调成凄惨的哭声。

他们早上8点堵门，下午6点离开，如此已进行了三日。秦泷曾派人询问他们的身份，被告知是顾茹萱丈夫的邻居，一看到新闻就赶忙带着孩子来找妈妈。所有人都一口咬定买主家里没人，只剩下两个挨饿受冻的小孩。

嘈杂声传到办公楼时已小了很多，像一群嗡嗡叫的飞虫。

“唉。”虞子陵放下茶勺，转头对紧锁的窗户嘟囔道，“坟头放炮——吵死人咯。”

比起外部的喧闹，五组办公室里的情况也并不轻松多少。“他们会来接我的……一定会的……”顾茹萱呆呆地呢喃着。她今日已经平静了很多，但这种状态却让萧梦卿有些担忧。

中心本想对他父母离世九年的情况进行保密。为了安抚她情绪，秦泷批准了她与大伯顾淮的会见，并在萧、虞陪同下进行。令所有人都没料到的是，顾淮表面上答应得很诚恳，可两人一见面，他就直掉眼泪，哭喊着对不起死去的弟弟和弟媳。顾茹萱进中心短短三天，就有两天是在中心护理院度过的。今天，顾茹萱说什么都要出门，两人拗不过她，只能先把她接到办公室。

虞子陵陆续斟出三杯茶，刚烧开的玫瑰花茶浓香四溢。“非出去不可？”他将其中一杯推到顾茹萱面前。

顾茹萱深吸一口气，用颤抖的声线答道：“我不相信。大伯本来就跟我们家不亲，他的话我不信……我要自己确认……”

“好，喝了这杯茶，我带你出去。”虞子陵指了指茶盏。

顾茹萱没余力多思考，当即用裹着纱布的双腕晃晃悠悠地捧起茶盏，想要送到嘴边。可颤颤巍巍的双手无法控制力道，差点儿把茶盏打翻。

在茶汤洒向她腕上时，另一只手及时伸出来，挡住了滚烫的茶汁。萧梦卿收回被茶水烫红的右手，把茶盏拨到一旁质问道：“你是看不到外面的情况吗？怎么也要等人群散了再计划吧。”

虞子陵掀开衣角，用食指叩了叩战术刀漆黑的刀鞘：“嗯，你说得对。等到晚上十一二点穿上夜行衣再出去，这样最保险。”

萧梦卿悄悄“啧”了一声，不再理会搭档的揶揄。她面前摆着一叠资料，其中有顾茹萱的个人信息，有当时案件的卷宗副本，也有地图笔记。这些资料都是她连夜收集的，几张月港地图上用各色笔批注了与顾茹萱有关的地点。订在每份地图下的笔记则是对路线优劣的分析，诸如人车流量、偏僻程度、出行耗时等。

虞子陵偷瞥了一眼她面前的资料，噘着嘴吹了一小声口哨。“中心行动章程第二则，如果受保护人有出行要求，在不违反条令的前提下，特护警应随同外出。”他从怀里掏出一颗青梨，一口咬下四分之一，“这是受害者的基本权利，我们是保护组，不是监居组。顾小姐，走吧。”说完，他起身推开了办公室的门。

顾茹萱用光秃的手腕蘸了蘸眼角的泪水，快步跟了上去。

萧梦卿望着两人的背影，不再辩驳什么。她放下手中的资料，右手紧紧揣在衣兜里，跟上了两人的步伐。追上顾茹萱时，她取出一副墨镜为对方戴上，又伸手罩上了对方外套的兜帽。

向阳花中心的大门被一人高的自动铁门封死，只有东边门岗处留出一扇两人宽的侧门。此时，已完全被前来找人的村民堵住了。

“把顾茹萱叫出来！”“哇——妈妈……我要妈妈抱！”

“顾茹萱人呢?!”

看到来了人，门口的几个村民立马围了过来。抱着孩子的老太太显然是见过顾茹萱本人的，望见包裹严实的女人，她还是一眼就认了出来，随即尖着嗓子冲周围人喊了一句：“母、母猡在这里！”

一听见“母猡”两字，顾茹萱霎时面色惨白。她用着残肢抵住双耳，双足却根本使不上力，只得蜷缩着蹲下，嘴中不断重复：“我不是……别过来……别过来！”

“狼心狗肺的畜生！虎毒不食子啊！别拦着我们！把母猡扛走！”“你连娃子都不要了?!当妈的这么没良心，你还是不是人?!”“我们养了你娃娃俩礼拜，还钱，还钱！”村民挤着又靠近了门岗几米，大声的叫骂彻底盖住了顾茹萱的哀求。

虞子陵识趣地躲在了自动门后，歪着头观望眼前的乱象。岗亭内的值班员见状，果断砸下了报警按钮。呼叫中心内巡逻的同事赶来支援，两名岗哨也拿起钢叉准备控场。

老太太见值班员呼叫，附耳在几人身旁嘀咕了几句。随即，村民们像是练习过了一样，身高体长的四五人张着臂膀挡住门口岗哨，而后身形健硕的几人恶狠狠地冲撞保安们围成的人墙。

“妈妈！哇——妈妈啊——妈妈——”人墙后的两个孩子没见过

这种阵势，远远望见熟悉的身影，四只小手没命地往顾茹萱所在的地方伸着。老太太借机用长指甲往孩子大腿根上狠狠一掐，逼着她们哭得肝肠寸断。

两阵稚嫩的哭喊引爆了村民的愤怒。见到楼内有安保人员赶来，他们索性集体招架住门口的阻拦，让两名身强体壮的男人找准空隙钻到门内。两人急吼吼地拖起瘫坐在地上的顾茹萱，想要把她硬生生拽出中心大门。

“快！回家认错！不然……啊——”

两人同时感到眼前一阵刺痛。萧梦卿拿出早已准备好的辣椒喷雾，往他们脸上招呼了一来回。一人疼得松开手，抱着脸在地上打滚，可另一人却死死抓着顾茹萱不放，剧痛让他愤怒，握成拳头就要冲萧梦卿的方向猛砸。可他铆足劲的一拳挥空了，整个人顺着一趔趄。一记照着肚子的重拳止住了他跌倒的轨迹，让他差点儿呕吐。虞子陵双手搭住男人一条胳膊，将他支起，往身下打滚的男人身上一摔。两人重重撞在一块，疼得再没法起身，像是蛆一样扭着。

现场渐渐得到了控制。见计划失败，村民想要逃开。可没一会儿，都统统被擒了回来。人群四散的同时，虞子陵拉起萧梦卿，护住顾茹萱，回到了办公楼。

看着乱成一锅粥的中心大门，街对面却有个陌生人冷笑了起来。他缩在马路对面的树干旁，手头夹着根掐了滤嘴的七匹狼。抬手嘬了几口烟，他走入一旁的便利店。这店是市内常见的便民商铺，老板开着电视在看新闻，也毫不避讳地放着声音，好让顾客也能听清楚。

“今日，市政府正式公布了盛港区东部锈带地区的拆除计划。这片面积近一百五十亩的废弃工厂区有个‘鬼钢城’的外号，不法交易频发，治安乱象丛生。于去年 10 月开展的全市非法移民专项整治行动已初显成效。据悉，所查处的非法入境人员将会遣送回……”店长知道来了人，可并不关注他挑什么商品，仍聚精会神地看着新闻。店里有一前一后两个探头，一个扫着店里，另一个对着店外的街。

“老板，你店里有纸笔吗？能写字带走的就行。”秃头陌生人敲了敲柜台玻璃，

“两块钱。”店长头也不抬。

“呵，给我来包烟！”陌生人对店主冷漠的态度甚是不满，掏出手机花呗，提前支在了付款器面前。店长白了这顾客一眼，发现他大半张脸盖在一顶发黄的太阳帽下。

“啧，一大早就不安生。外国人外地人，只要外来的就没几个好人！”店长听到收款提示音后把烟递了过去，没好气地把纸笔拍到桌面上，“为那个被绑走的女孩，这波外地人来了又走，不知道什么时候能消停呢！”

“快了吧。”收好烟盒，那陌生人将烧至指尖的烟蒂徒手搓灭。

03

下皓村村头有一栋三层小砖楼，在土房子遍布的村内已算气派。

小楼一层顶部亮着个百瓦白炽灯，照着先祖牌位与灰白墙面，印出了两壮一瘦三道人影。厅中央摆着一张大方桌，桌上氤氲着汤锅的蒸汽，锅内翻滚着浓郁的肉汁。

锅里的食物是现杀现煮的，屋里血腥味很浓。半只犬类动物的尸体被晾在一旁的钢制烤架上，肉被剜下来不少。一颗狗头被摆在锅旁的大铁盘上，白色的毛发被血水浸透，浑浊的眼珠里还残留着被开膛时极端的惊恐。

蹲在东侧座椅上的瘦男子用筷子蘸了蘸肉汤，咂咂嘴，对着正北主座上的大叔说：“忠伯，肉熟了！”

“熟了！爹，熟了！哈哈哈哈……”西侧座椅上是个壮汉，看着二十多岁的模样，没有头发与眉毛，整个人神态异样，驽钝至极。

“啪！”主座上的忠伯张开蒲扇似的巴掌，朝儿子脸上毫不留情

地扇了一下。

“哈哈哈哈！哈哈哈……”儿子仍痴痴傻傻地笑着，明明口水已经流了下来，却不动筷子。

“啪！啪！啪！”巴掌毫不留情，力道越来越重。

“哈哈！……呜呜呜呜……”儿子嘴角流出一丝血水，忠伯却仍然没有停手的势头。

“表叔！”瘦弱男子起身，双手挽住忠伯粗壮的胳膊，劝道，“二熊还是小孩子嘛！教训教训就可以了。咱们开饭。”

“爹吃饭，吃狗饭！”智力显然有障碍的二熊懂事地给父亲夹了一块狗腰，又给自己盛了一碗肉汤，美滋滋地喝了起来，嘴角的血水与酱色的汤汁混在一起，顺着咧开的唇角淌下。

“他这脑子，都是他那蠢妈害的！”忠伯言辞激烈，脸上却未挂着生气的模样。他从容地夹起一块排骨丢在儿子桌前，又夹起一块腿肉放进瘦弱男子碗中：“依兵，几个下去月港的小子辛苦了。等他们出号子，我请他们吃香肉。”

被称作依兵的男子吐出腿骨，抿着上头的肉丝，“表叔，你放心！按你的吩咐，我老婆没动手，还抱着你俩孙女，所以没被抓！”

“吃完饭，给她去个电话，让她这两天继续在门口盯着。”

“表叔，你花那么大力气在一只母猡身上做什么？”依兵嚼排骨的唇齿停下了，他用手指深入嘴里，抠着牙缝中的肉渣，“以您的手段，四条腿的好肉狗难找，两条腿的母猡哪都有。对了，我听到风声，说母猡逃跑那天还顺了点儿东西，是不是……”

忠伯眼中闪过一缕寒光。

“你懂什么？”他很快收敛了。望着狗眼珠中反射的自己，忠伯捋了捋钢刷似的络腮胡：“姓顾的这母猡是个大学生，有脑子，没准能生个带把的娃呢。我老了，刚金盆洗手，就不造孽了。”

“那，我们接下来怎么办？”依兵追问。

“你知道这条洋狗是谁孝顺我的吗？”忠伯捧起狗头，拿出藏在桌下的柴刀，“咚”的一声将刀深深砍入颅骨里，“是瘸鹤。他跟我学了十多年打猎的功夫，后来去大城市讨生活，现在两三座城的香肉都经他手。”

“咚！咚咚！”刀光血光交错，几下挥斩之后，头颅被切开了一个圆形大口。忠伯用手剜出狗脑，用柴刀朝汤锅中片着，继续说：“实在不行，我也去一趟月港。只要我们师徒联手，怎么也能把母猡弄回来。”

“瘸鹤不是家里人，不妥吧？我听说瘸鹤净偷……”依兵望着血肉模糊的脑花在锅中翻腾，不禁咽了咽口水，“猎……城里的狗呢！”

“所以他有车子，有药针，有法子！”忠伯啃着狗腿，把软骨嚼碎，咽了下去，又不满足地砸开骨头，吮吸起了鲜美的骨髓。

“母猡八九十斤，比一条大狗差不了多少！”

“可母猡现在有人保护，该咋办呢？”

“和狗一样。”忠伯看脑花转向白色，便舀了起来，装进儿子碗里，“逃走的带回家，敢拦路的……宰了。”

听见最后两个字，依兵惊得双手一颤抖，手里的棒骨落到了地上。忠伯仿佛没看见依兵的惊慌失措，只是一个劲儿地安慰儿子：“哎，二熊，多吃点儿，这东西补脑。”

“叮铃铃——叮铃铃——”依兵怀里忽然一振，手机响了。为缓解胆怯与尴尬，他拿出那架老式九键手机在忠伯面前晃了晃：“我老婆。喂——哎在呢，在表叔家吃饭。怎么了？你说什么?!”

“怎么了？依兵，你吃碗肉再说，不着急。”

“不能等。刚才我老婆说，白天有个男人给她递了张纸条，说他是……”依兵调出短信，将一行手机号摆在忠伯桌前，“是你家母猡她大伯。那男人说，有要事想和你商量，还留了电话，要你尽快打给他。”

“嗯……”忠伯沉思了一会儿，起身拿了瓶白酒。他用牙咬开木塞，吐到一旁，灌了一口后低沉地“呼——”了一声，勒令道：“打过去。”

依兵不敢怠慢，照着号码拨出。几阵滴滴声之后，对方说话了。

“喂——”电话另一头是一个男性，语气沉稳却带着磕巴，“喂，说话。”

“听着呢，你是谁？”

“你是不是买了顾茹萱的那家人？”

“是又怎么样？想报警来抓我？”

“不。我们合作，这对你我……都有好处。”

忠伯又灌了两口酒，哈出全身的寒气，拣起一块排骨，恶狠狠嚼碎了。

“有点意思。你说吧！怎么个合作法？”

04

在中心护理院安顿完顾茹萱，已是日落山头。但五组的工作并没有结束，两人草草吃了晚饭，就赶回办公楼参加大队党课。大队以六个组为单位，除五组二人外，共有十来人正等着开会。

会议室玻璃门禁“滴”的一声解锁了，两人灰头土脸地走向长桌，立刻吸引了所有人的目光。虞子陵进门时一伸右手，从报架上取了张《月港晚报》，在手里一叠。

“外勤人员除一组的杨冽正在接受心理辅导外，都到了。”戴着红框AR眼镜的短发女孩翻开会议记录本，在主讲人上工整地写下“纪小曲”三字。她扫了一眼两人，继续道：“棠大他们和指挥去开会了，由我主持。先交流这几天的工作感受吧！都是年轻人，没必要那么拘谨。啊，会议记录和你们聊的无关，我写我的，你们谈你们的。”

纪小曲身形是参会人员中最娇小的，却很好地控制住了会场气氛。除了虞子陵用报纸盖住脑袋开始打盹，其他人都窃窃聊了起来。

“队副，听说其他队给我们大队起了个外号。”对面的青年张嘴提了个话头。

“叫什么?”

“表演大队。因为我们大队只接两种案子：一是领导交办的案件，二是引发重大舆情的案件。嗨，指向性这么明确，也怨不着他们嚼舌根，毕竟我自己也觉着这份工作和当时想的不大一样。”

纪小曲上身蜷在桌面，胳膊肘枕着下巴苦思措辞，不冷不热地问道：“锦上添花和雪中送炭，你喜欢哪个?”

“对现阶段工作来说，听着好像没多大区别?”青年吐了吐舌头。

“我们六个组到现在完成了八个保护案件，还有三个在办。就这些办完的案子来说，拿出任何一个放到宣传口都是正面典型，可别说外宣没声音，连二组上次庆功请了其他分局同事来，回头都挨了指挥一顿臭骂。你们没仔细想过为什么吗?”纪小曲捋了捋记录本上的语句，另起一行奋笔疾书。

“对呀！这不纳闷着嘛。”

“锦上添花远不如雪中送炭。”萧梦卿冷不丁搭了一句。她翻出纸巾清理身上的尘土，手指凑近鼻尖闻了闻，发觉几次清洗仍没完全消除辣椒水的呛味：“锦上添花或许过阵子就忘了，而雪中送炭能记很久。”

“说什么呀师妹，前言不搭后语的。”

“你们没懂我意思，但她懂了。”纪小曲有些惊讶地抬起头，仔细打量了一番这与自己仅有数面之缘的女孩。“现阶段急着对外宣传向阳花这些案子做得多好，对省厅和市局来说只不过‘锦上添花’，上级夸几句也就过去了。但中心业务还在尝试阶段，难免出问题，只做内宣的好处有两个：其一，低调行事，万一出了小岔子也不至于造成公开影响；更重要的是其二，让领导潜移默化地尝到甜头。今后流程专业了，每当此类案件发生时，向阳花的存在就给了决策层一个足以定心的兜底选择。‘功成不必在我，功成必然有我。’这才叫雪中送炭。”

“在这二线大队当个没实职的队副，委屈你了。”虞子陵两胳膊支着后颈，温润的嗓音从报纸下传来，“不如临时加个议题——联名举荐你当中心办公室主任，如何？”

虞子陵的揶揄引来同事无心的笑声，纪小曲面子有些挂不住，红着脸，使劲清了清嗓子道：“谬赞了。我对附庸领导没兴趣。他们把控他们的，我们历练我们的。毕竟是新警种，又符合队伍未来发展趋势，多观察、多思考总没坏处。”

“这话我赞同。”

可她飞速书写的笔尖突然停下了。好一会儿，纪小曲才把写好的会议记录推到桌面中央：“我只是不明白一件事。”

虞子陵掀了报纸，伸长胳膊先签了字：“居然还有你看不懂的战略？”

“雪中送炭有个前提，就是得下大雪，能冻死人的那种。”纪小曲蹙着眉头，摘下眼镜擦着，“但谁都知道，月港是不下雪的。难道……月港真的有雪下吗？”

“这就得问他们了。”虞子陵指了指天花板，“龙嘛，如果能呼风唤雨，下点儿雪应该也不难。”

身边人对两人的谈话有些乏味了，对萧梦卿搭话道：“师妹，听说你们今天在门口搞了个大新闻？那个叫顾茹萱的保护对象好像被吓得不轻，现在稳定了吗？”

萧梦卿如实回答：“打了镇静剂，稳定下来了。正在中心护理院休息。”

“我也想谈谈这事。”纪小曲戴回眼镜，直视着五组二人，“当时情况不适宜外出。为什么一定要和村民正面冲突？”

“她非要找爸妈，解释了一早上油盐不进。”虞子陵拉下报纸，露出眼睛，微微抬起脖颈注视着对方，“苦心劝她一万句，倒不如让她眼见为实一次。这是用最小的牺牲换来最大的成效。”

伏案轮流签字的同事抬起头，再度将目光投向五组两人。

虞子陵迎着目光笑着，好奇道："怎么，谁有更好的办法？"

萧梦卿感觉到几个女同事正用期待的目光看向自己，只得暗自紧了紧拳头，清了清嗓子反问："你知不知道，你把她所有恐惧的回忆都唤出来了？"

"如果能让顾茹萱认清现实，免得再次落入绑匪手里，这点儿代价微不足道。怎么？给你减少工作量了你还叫唤？你这么加班，领导也不见得给五组颁全勤奖。"

萧梦卿本不再想接话，但想起柳霏的建议，又轻声开口："居然真有人能麻木到这种程度。"

"又来了……"纪小曲用拇指支起镜架，闭眼揉起睛明穴。

"麻木？"虞子陵也收敛了方才的态度，饶有兴致地与萧梦卿对视起来，"这话从你嘴里说出来，还真是有趣。"

"我说错了吗？茹萱被绑走的时候只有十七岁，一个风华正茂的女孩子，对将来的一切都充满了期待和希望。被绑架后，那些畜生把她双手砍断，又把她关在一个不见天日的狭小地窖里，甚至从不给她一顿饱饭。她生产以后，连最基础的产后护养都没有，落下一身伤病。你不同情就算了，还要刺激人家？"

"她过往的苦难，和我们现在的工作有什么直接关联？你还拿着心理医生的工资？"

"是，和你无关。你天天穿这么厚的靴子，哪能体会到把脚走烂的感觉？警察明明是这么有意义的工作，为什么你非要用这种冷血的态度去对待……"

"我一贯的态度就是，不择手段，以确保任务对象的安全。警务实战的世界，活着才是胜利。顾茹萱如果还有外出的念头，威胁到的可能不只是她一人，还有你这新人。"

萧梦卿暗暗咬着下唇内侧，借着痛意稍有愠怒道："别说得置身事外一样！你不也是警察吗？为什么就不能对受害者多些感同身受？"

“置身事外的冷静，总比刻意泛滥的情感来得好吧。”虞子陵撇过脑袋望向搭档，吐字清晰地回答道，“我说的对吗？”

萧梦卿怔了半晌，沉沉道：“当初就不该答应和你一个组。”

“要换现在也来得及，九楼又没上锁。”

“你根本不配当警察！”

“种猪才要配。都是考过来的，难道就您是配过来的？”虞子陵慵懒地恢复了半躺的姿势，毫无焦距的虹膜里一片漆黑，“萧—老—师？”

“你……”

“咳！下一项议程。子陵，今天轮到你讲微党课。”纪小曲抓准时机，插进U盘，调出虞子陵之前发来的PPT，打开公屏，眉头却瞬间拧成了疙瘩，“梦卿……拍照记录，做简报。”

“喂喂。”虞子陵从座位上弹了起来，操着激光笔指向着公屏，开始了讲演，“我今天微党课的题目是，从月港本届十佳企业家——跨界养猪明星汪纯利身上，学习警种转变之后的适应过程。众所周知，汪纯利此前系网课培训机构讲师。他将教育平台的传播学原理成功运用到卖猪的商业宣传中……”

05

翌日清晨，虞子陵径直上了九楼。

“老秦，为什么突然允许亲属会见？”他推开副主任办公室的大门，将萧梦卿发给自己的微信摆到桌面上，“连我都看得出那个顾准有问题。那群土人来得也太是时候了。弄清来龙去脉之前，最好别再让她和其他人接触。”

“早啊！”秦泷摆着一副怪笑瞄着微信，连头也不抬。

“问您话呢，领导。”

“别自降身价呀，应该说‘我显然’看得出。”秦泷摆出灿烂的笑脸迎向虞子陵，“这是顾茹萱强烈要求的。听医生说，还是以死相逼的那种。”

“你不可能和保护对象妥协，制住她的办法你只会比我多。”虞子陵想了想，摇头自语，“更不可能是她的计划。她昨天为了这事，都和我公开翻脸了。”

“不是你的，也不是她的。哎，那会是谁的计划呢？”

被点通之后，虞子陵手撑着脸颊，睁大眼，脸上露出可爱的笑容：“老朋友，你这是想让我背锅啊！顾茹萱再被刺激到，整个大队都会默认是我干的。”

“你在乎这些吗？”秦泷看这人畜无害的笑容实在有些阴森森的，便不再取乐，耸了耸肩，从抽屉里翻出烟斗，“再说了，长痛不如短痛。顾茹萱已经这样了，倒不如借此机会把匪患彻底解决掉。你不也说过，抓了买家和绑架犯就都安全了吗？”

“你怎么知道我昨天说了什么？”

“不光是昨天，我还记得更早的。你告诉过我，你生平最讨厌三类人。是哪三类？”

虞子陵并没有想到对方会问及这个。虽然不明白秦泷葫芦里卖的什么药，但他还是回答了：“涉毒罪犯，窝囊男人，废物警察。今天开始，还要加上——秦氏妖龙。”

“窝囊是吧。”秦泷把烟斗放在嘴里咬着，又把烟灰缸一掀，将倒出来的烟叶灰渣聚拢好，舔了舔食指，沾起灰渣在桌上画了一朵有着细密花瓣的大花。“这是向阳花中心。”秦泷得意地向虞子陵展示了自己的杰作，又拿起一把茶扫顺着花瓣比划，“它才是真正的窝囊废聚集地——走关系的、见世面的、在过渡的、逃避现实的——什么样的人你都能见到。”

“那你不就是废物头子了！”虞子陵一皱眉，“别转移话题。我问的是你为什么允许会见。”

秦泷没有看他，而是优雅地晃起小拇指捏着茶扫，将一片片花瓣清理回烟灰缸：“我不只允许了会见。顾淮说要带顾茹萱离开，我也同意了。”

“你疯了？昨天早上的状况你没见到？”

“你现在怎么开始在乎那状况了？”

“逢场作戏和真实想法不同，门口吓唬和允许外出更不同。”

“我实话说，高层和这中心里大部分同志一样，只想让向阳花中心当个能在媒体面前出风头的托儿所。做警察嘛，无过即是功。”秦泷强装委屈地摊摊手，又倏然将身体朝着虞子陵的方向靠去，鼻尖几乎触碰到了对方的鼻头，“可我要的是一支全面专业化的一线队伍，不是窝在中心里等办案队擦屁股的废物。”

“这是警务实战，稍有不慎，就会致所有人于险境。”虞子陵敛起了挂在嘴边的笑，双指冲秦泷咽喉一横，“弄不好是要死人的。”

“我们中心的宣传片你看了吗？”秦泷没有直接回答虞子陵，打开手机，咧出两排牙笑着，点开一段视频，贴在对方眼前播放，“你们还真是听虎政委的话，亲朋好友转得满朋友圈都是。瞧瞧这条热评——‘哪来什么岁月静好，不过有人负重前行’。哈，这些人自以为见不着黑，这太阳还就不落下了吗？”

“这类宣传只保了坐办公室的官僚，却损害了整支队伍的利益。这种评论会有那么多点赞，恰恰是因为绝大多数人和那些黑暗中的老鼠蟑螂本就活在两个世界。”

“我就爱听你讲道理，总能戳到点子上。”秦泷猛地抓住了虞子陵刚要收回的手，太阳穴贴住他比着刀的双指，又掰开他的拇指，表情严肃得像是奔赴刑场，“我置所有人于险境？不不不……过分的自夸才真会置这支队伍于万劫不复之地！”

“你到底想要做什么？”

“顾淮来得也太巧了。不过，未必是坏事。”秦泷坐了回去，把烟灰缸往垃圾斗一倾斜，“让顾茹萱走，不意味着案件结束。我只是允许带离，明白？”

“太冒险！”虞子陵提醒，“萧梦卿没在训练场地外开过枪，更别说重案现场了。”

“不还有你吗？我们这儿有十个组需要的不是战术训练，而是摆正心态。”秦泷加了一抔烟丝，点起烟斗甩灭火柴，“时机合适的时候，我会告诉你们原因。”

“时机？”虞子陵不解。

“我在等。”秦泷把火柴弹进烟灰缸里，捏起桌面中央的温湿计，拇指在表盘上擦拭着。大半年来，他的心绪始终随着液晶屏里的数字变化而颤抖。

虞子陵也注意到了他故意捧在手中的物体。

“陈涛死的时候我就知道，那绝对不是简单孤立的犯罪团伙。我警告了所有人，可上头以为我是伤心过度，下面又觉着我是偏执狂。最后他们唯一达成的共识竟然是，我不再适合刑侦岗位了。”秦泷放下温湿计，让烟草温热而刺激的香味在口鼻间翻滚，“你之前不揶揄我是明升暗降吗？告诉你，警队博弈有个规则，最大的胜利就是‘惨胜’。”

“惨胜，就靠这个玩意儿？”虞子陵指了指温湿计。

秦泷表情严肃地点了点头：“全靠这个。”

“方便透露我吗？”

“等‘11·25’大案被大家磨得差不多了，就该杀驴啦。但这中心，可以说是用你涛叔一家的命换来的，我没法睁眼看着它解散。”他附到虞子陵耳边轻声嘀咕，“知道保护遗孤那安排吗？它就是改写未来的关键！我倒是有个计划需要你的参与，你考虑考虑……”

听完秦泷的计划，虞子陵不慌不忙地走到茶桌旁，熟练地泡了一壶铁观音，斟满茶盏，舰着笑端到秦泷面前，双手奉上。

“干什么呀？”这突如其来的礼貌让秦泷有些无所适从。他在衣服上将双手擦了擦，接过茶碗一口喝下，“计划还没开始呢，怎么和千里送别似的！”

“如果你说的是实话，这可能就是我最后一次给你泡茶了哦。”

“不是，你什么意思呀？”

“七月半的鸭仔——”奉完茶，虞子陵头也不回地走出了副主任办公室。

秦泷已对他的这种告别方式习惯了，竖起耳朵，静等着即将从走廊飘来的后半句：“不知死活！”

他刚想抄起手边的日历，眼珠子却骨碌碌地一转，扯开嗓子吼了一句：“快去护理院吧，我要放人了！”

06

收到秦泷的短信后，萧梦卿立刻叫来了医疗组与担架，明面上让顾茹萱接受医生体检以确认身体是否合适外出，实则让担架堵在办公室门口，多争取一些时间。

见到顾淮，顾茹萱却出奇的安静。见顾茹萱仍是油盐不进，顾淮直接掏出了死亡证明，硬是挤出几滴老泪。见到了盖着红章的白纸黑字，她的身躯轻轻颤动了几下。明知最残酷的现实已然不容逆转，她仍用手腕顶开大伯递上证明的手：“我不信，我要亲眼确认。”

“我今天就是来接你，去给你爸妈上炷香的。”顾淮将痛哭的顾茹萱抱入怀中，“萱儿回家了，回家就好啊。阿弟生前最牵挂的就是这件事情，我怕他们……呜呜呜……在下面，还找你呢……”

顾茹萱一言不发，死死咬着嘴唇，只用鼻音轻轻啜泣着。

“医生检查时，请少说几句。”萧梦卿没有当即回绝，而是冷冷地对顾淮说，“有句话，不知当不当讲——你既然带她回家，就该回你们住的地方，而不是急着去祭奠。”

“小丫头，我是她亲大伯！我难道会害她吗？!”老顾一抹眼泪，悲愤地指着萧梦卿控诉道，“你们警察怎么办事的？新闻不是说你们早上刚抓了一批人吗？审去呀？!”

顾茹萱见状，将手搭在了老顾腕上，含泪摇了摇头。她努力站起身：“我有非去不可的理由。”

“什么理由？”萧梦卿问。

“你没必要知道！”顾准高声吼了回去。

“好，我不问。但你们必须等体检完成才能离开。”萧梦卿本想怀着歉意赔个笑脸，但过于繁杂的思绪还是让她只是面无表情地回道，“我们也要一起去。”

“想都不要想！我们家去世的人，和你们这些外人一点儿关系都没有！”顾准一口回绝，“十年了，案子没破，买家也没抓到。我家人一点儿都不想见你们这群废物！”

“萧老师！”会见室响起了一阵清澈而温润的嗓音。虞子陵夹着手机走了进来，嘴中答着话：“家人团聚的时间，我们就别掺和了。”

“漂泊了这么久，不让孩子见爹妈，还有没有天理了?!”顾准又号了一嗓子。

虞子陵摘下手机，右手抬起，做了个“请”的手势：“没问题，顾茹萱可以离开了。”

“嗯。保重身体。”萧梦卿即刻示意医生停止检查。

“一群抓不到犯人的废物！狗屎！”老顾扶着顾茹萱，站在两人面前骂。

“再多一句话，谁废就不一定了。”虞子陵敲了敲胸前的执法记录仪。

老顾又冷哼了一声，像躲避瘟神一样离开了会见室。

“感谢配合！路上小心！”虞子陵对着他们离去的方向鞠了一躬，微微一笑。

走出大楼以后，老顾甚至都没有回看仍在哭泣的侄女半眼，只是紧紧揪着顾茹萱的袖子，径直走向门口的皮卡车。趴在窗边盯着顾家两人远去后，萧梦卿回头便从挎包里掏出一张打印纸递给虞子陵：“这是顾茹萱父母在北山陵园的墓碑编号，还有陵园地形图，位置我标出来了，你尽快熟悉。”

虞子陵“嗯”了一声，接过打印地图，收进衣兜里。

“我去取车。你到门口等我。”

虞子陵侧身靠着门柱，食指提起车钥匙晃了晃：“集训里跟车的那几节课还记得吗？”

萧梦卿慎重斟酌了几秒，径直走向电梯：“不是我练车的时候。你开。”

07

天开始淅淅沥沥地下起了冷雨。一辆挂着普通牌照的迈腾轿车跟着一辆皮卡在绕城高速上行驶着，始终保持五十米左右的距离。

萧梦卿系着安全带，一路不言不语，静听车顶的雨声。虞子陵敲了敲挂载在耳廓上的通讯器：“假生气不会成真生气了吧？”

“盯梢的时候别影响搭档。别那么早开耳机，省点电。”

虞子陵自顾自地说，眯着的眼睛并没有因为跟车而睁大多少：“如果觉着和我搭档很累，随时可以申请更换。这样你也轻松些。”

萧梦卿整个人斜靠在车窗上，轻轻叹了声：“知道了。”沉默了一会儿，又突然扭过头来补充了一句：“我们其实能够一起想出个更缓和的办法让顾茹萱接受，而不是让她承受二次伤害，比如：带她去监控室辨认门外的人，或者申请把他父母的死亡证明调过来。”

“下次你能先提出来，我会照做。”

“犟。”

“先想想顾茹萱回中心以后怎么办吧，她有小孩这事儿突然被很多媒体知道了。”虞子陵解锁手机，毫不忌讳地丢到萧梦卿怀里，“不知道谁捅出去的，但言论对她很不利。”

“我早上看了一些。”即便这么回答，萧梦卿还是拿起手机刷了新闻下的长评：

为母则刚。换成我，会尽全力抚养这两个孩子，让他们远离大山，走向文明开化。

给各位键盘斗士们普普法：顾某的行为完全能构成遗弃罪呢。至于细则，请参照《刑法》第二百六十一条规定。她这种毫无人性的抛弃行为，是要处五年以下有期徒刑、拘役或者管制的哦。

你们真的太过分了，还给她判刑？明明她才是受害者，好吗？

堵在向阳花中心的那伙人也只是自称带着她的小孩，谁知道是不是从哪儿拐卖来的呢？所以，理论上只要她不去鉴定，谁都没有办法确认她是不是那两个小孩的亲妈。

真是的，就不能强制她抽血、进行亲子鉴定吗？

不管医院还是法院，都不会让这样一个人自证监护人身份的。更何况医生不是说了，顾某精神状况十分糟糕，短期内很难康复。所以，她有没有完全民事行为能力还不一定。怎么监护？

就是。顾某双手残废，连一份像样的工作都找不到。谈何抚养后代啊。

嘁，残疾人还能拿残奥会金牌呢。找工作很难吗？

孩子毕竟是两个鲜活的生命啊！难道就让他们在买家那种原生家庭里成长吗？那样长大了，也不过是两个潜在的罪犯罢了！

她锁屏手机，放回中控杯架：“昨天在中心门口，她见到那两个小孩，不但没有一点儿想念的样子，反而吓得要死。”

虞子陵不咸不淡地“嗯”了一声，神色随车速减缓而冷峻了不少。

萧梦卿翻开手掌，端视掌心的长疤痕，用指尖抚过：“最坏的情况是：见到这两个孩子，她只会一遍遍想起被凌辱的经过。”

“皮卡停了。”虞子陵把迈腾在拐弯处停好，却不熄火，谨慎地隔着百米距离，露出半个车头，用望远镜监视着。

“我们最好呼叫支援。”萧梦卿解开安全带，手握车门内把手。

虞子陵把车窗摇下来一些，透过雨丝，看向皮卡车方向：“为什么？”

“你记得顾淮刚才骂我们‘买家也没抓到’吗？”

“记得。他说的也是事实。”

“顾淮怎么能肯定买家不在早上抓的那些人里头？”

“这就得当面问问他了。”虞子陵目不转睛地盯着皮卡车上的动静，“弹匣带了几个？匀我三发。”

“你没带吗？”

“这时候就别小气了。你见习期还有半年。按中心规定，只能用橡皮弹。你总不希望我们带着几个死人回去问话吧？”

“贺政委刚强调过，每件武器都必须责任到人，一人一枪，不得混用。”萧梦卿一口回绝，“真到要用了，我上就是。”

08

顾茹萱感觉到了前所未有的倦意，或是感觉自己的坚持只不过自欺欺人，或是对惨淡的人生已然疲乏，夜里怎么也无法入眠的她竟在车上沉沉睡着了。

“萱儿……醒醒！”顾淮在陵园入口处停了车，熄火后摇下窗户，掏出一盒中华烟，稳了稳颤抖的双手，一口咬掉烟嘴，抽了起来，

“陵园到了。”

顾茹萱试着开门，却发现锁住了：“阿伯，你在做什么？你不是说要取来他们的遗嘱，让我亲手打开吗？”

“萱儿！”顾准一口吸下半支烟，将剩下半支弹到雨水中，“我记得那时你和弟弟说，一定要好好读书，长大了给爸妈买大房子。现在你弟弟长大了，也成家了，只可惜我弟弟却看不到了。”

一阵引擎声由远及近。那是一辆没有牌照的棕色小面包车，车里蹲着三名中年男子。雨越下越大，模糊了皮卡车的风挡。

“萱儿，我小时候最疼你爸爸了。现在，换你疼你弟弟好不好？”

随着一声粗暴的刹车声从车头处传来，顾茹萱终于明白了顾准的计划。无声的泪水淌下脸庞，她轻声问：“我们家到底哪里对不起你了？”

“你回来了，你弟弟就过不下去。他是顾家的命根子。他要是离婚，顾家就没盼头了。”

“你能不能告诉我，爸妈到底是真的去世了，还是这一切都是你为了骗我出来撒的谎？”

“他们早就死了，火化是我操办的。没有遗书。什么都没有。”顾准红了眼眶。他犹豫再三，还是咬了咬牙，左手猛地一砸车门的解锁钮：“不要怨我！”

“咔嗒”一声响，棕色面包车上走下来三个男子，拉开皮卡车车门，轻易拽出顾茹萱，往面包车上扛。从头到尾，顾茹萱都没有挣扎。她闭了双眼，静候命运又一次的无情蹂躏。

就在她感觉求生无望时，一阵令人振奋的警笛声盖过隆隆雷声，一辆黑色大众轿车从百米开外的拐弯处窜出。它挂着普通牌照，却顶着一盏磁吸式警灯，蓝紫色的光芒破开狂风暴雨，正朝她而来。

萧梦卿死死抓着车扶手，眼巴巴地望着小面包车飞一般靠近。正当她准备好迎接冲撞时，虞子陵却猛一刹车，轻摆方向盘。轿车避过撞击，正好将站在最外侧放风的男子顶飞好几米。

刚下车，萧梦卿就听见左耳传来一阵落雷般的震响。顺着巨响轰鸣的方向看去，她发现虞子陵手臂冲天，握着一把银灰色的转轮手枪。

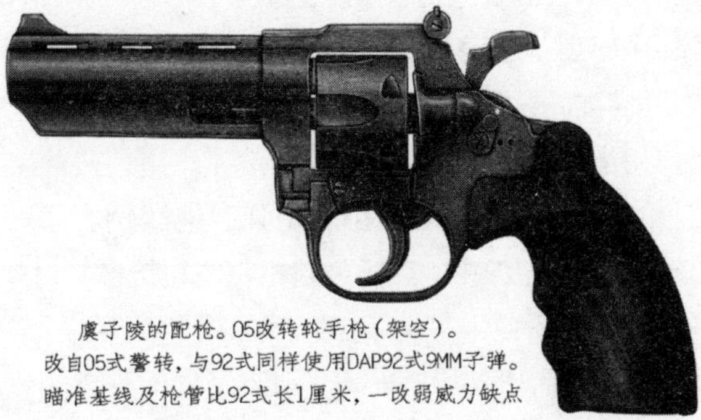

虞子陵的配枪。05改转轮手枪（架空）。
改自05式警转，与92式同样使用DAP92式9MM子弹。
瞄准基线及枪管比92式长1厘米，一改弱威力缺点

萧梦卿感觉衬衫似要被剧烈跳动的心脏撑破了。这是她头一次未戴隔音耳罩，枪声轰鸣过后，周围静得只有耳鸣在回响。她晃了晃脑袋，强迫自己回忆训练时的场景，却只余下一片空白。她担心那两个男子随时会掏出一把利刃扑向自己或搭档，酥麻麻的感觉渐渐扩散到全身，腿也不听使唤地停在了原地。

她朝搭档望了望，发现虞子陵正以复杂的眼神示意她。她很快会意，从腋下枪套里抽枪戒备起来，却还是止不住手的轻颤。

虞子陵没有任何多余警告，枪口直指两个抱着顾茹萱的男子。“松开！”他只说了两个字，声音穿透雨声，清晰而不容置疑。

两个男子望着两个黑洞洞的枪口，缓缓把顾茹萱放下了。脚一沾地面，顾茹萱就四肢并用，朝萧梦卿而来。萧梦卿自感反应出奇迟缓，手脚尖都像电击一样发麻。望着跑向自己的顾茹萱，一时间竟杵在雨中，不知道该做什么。

“别傻站着，保护好她！”

萧梦卿下意识地把手掌伸到嘴边，使出吃奶的力气啃了一下。疼痛的确生了效，僵滞的思维在痛楚下徐徐活动了起来。她打开车门，

把顾茹萱塞到后座，又锁了车，移到虞子陵身后，电话呼叫中心支援。

“趴下！”虞子陵对雨中的两绑匪下令道。

对方并不服从，凶狠地瞪着拿枪的青年。

“左边那个，射他上身。”萧梦卿耳机里传来低沉的嗓音。她解开保险，据枪瞄准，可凭借打胸靶的记忆却怎么也找不到该瞄哪儿，只得对着对方右胸慎重开了一枪。

“砰！”枪声再度响起，绑匪小腹中弹。他“啊”了一声，痛苦地伏下身，晕倒在了泥泞中。虞子陵趁机将左轮枪准心对向另一绑匪脑门，命令道：“趴下！”

那绑匪吓得不轻，“扑通”一声，趴到了同伴身旁。

“去捆了他们！”虞子陵从兜里掏出三条橙色约束带递给萧梦卿，沉稳地持枪继续靠近三个绑匪，但始终维持七米左右的距离。

萧梦卿不敢怠慢，将枪入套，尽可能快速地将泥地上的三人拘束好。

“兵哥……兵哥！”唯一清醒的绑匪在地上吹着嘴边的泥浆，趁萧梦卿捆绑同伴的间隙，冷不丁冲面包车怒吼一声，“兵哥！快走啊！”

听见这句话，面包车底部传来一阵齿轮的摩擦音。

“哎呀，坏咯！”虞子陵发出一声苦叫，枪口依然指着地上的绑匪。

“我去追！”绑完了最后一人，萧梦卿以百米冲刺的速度追了上去，一时间竟超过了正在坡起的面包车。她双手扒住车厢滑门，大喊道：“停车！不然开枪了！”

然而，枪并没有应声响起。萧梦卿用鞋底抵住路面想要止住车辆的行进，却发现自己非但没能逼停成功，车一加速，她奔跑的脚步登时跟不上了。“啊——”她发出一连串惨叫，只得松开手，整个人被惯性抡到了路边的老树根上。失去知觉之前，她依稀听见虞子陵无奈的叹息："唉，人怎么能追车啊……"

把浑身沾满泥浆的萧梦卿扛回车上，虞子陵这才不紧不慢地走到皮卡车的驾驶座边。"咚咚咚——"他用枪柄叩了叩紧锁的车窗。

顾淮惊恐地瞪着眼前的青年，手脚却不听使唤，浑身瘫软。见顾淮不为所动，虞子陵双手据枪瞄向车体，眼神示意对方往后靠。顾淮惨叫了一声，逃向了后座。

"砰！"子弹把正副驾驶的车窗玻璃打了个对穿。虞子陵冲着枪眼散开的玻璃花就是一肘，把车窗彻底打碎了，而后伸入胳膊，解锁了车门。

被青年掼出驾驶座时，顾淮闻到一股浓烈的骚味。这股怪味是方才开枪时传来的。他觉着腿间很热，低头一看，裤腿中央湿了一大片。

捆好顾淮，虞子陵摸了一把沾满雨水的面颊。再度睁开眼时，从来半眯的眼皮竟全张开了，瞳孔中那慵懒与俏皮不见了踪影，一股令人胆寒的空洞感似要将顾淮的情绪尽数吸走。

"我说的是顾茹萱可以走。没说你可以！"

09

"窝囊废！"忠伯停下了舀汤的手。白铁汤锅中碎骨嶙峋，像是土中蹿出的刀子。

"表叔，算了吧……"依兵灌了大半杯白酒，惊魂未定地劝道，"他们真有枪。只有我跑回来了。"

"怎么，怕了？"忠伯将柴刀往狗尸的粗壮躯干上一砍，一下就劈断了椎骨，"依兵，要是我家的母猡找不回来，你的也别想了。现在全村弄母猡的买卖也就我在做。你家老大也到了该成亲的年龄了吧？"

"这、这……"依兵夹起一块碎骨塞进嘴里，骨头在齿间摩擦，发出清脆的响声，“我不是怕，只是……”

“说白了，都是为了香火。”忠伯将剁好的碎肉下锅，抽了口旱烟，吹出的浓烈烟气几乎把依兵呛翻，“是时候找瘸鹤来了。”

“有瘸鹤搭档，事儿的确就成了一大半……可是，我老婆打电话跟我说，母猡无论去哪儿，身边都有专人陪护。”依兵犹豫了起来，“姓顾的窝囊废被抓进去了，我们还能用什么办法把她骗出来？我们三个人，难道要和他们硬拼不成？”

“依兵，你知不知道，我这身打猎本事是跟谁学的？”

“我听说过，您这都是从叔公那儿学的。他不是本省人，早前在老挝打过仗，流亡到这儿，觉得林子亲切，就扎根了。”

“我和我爹最喜欢打的就是狼。一对一，人绝不是狼的对手。这畜生要是饿疯了，四五个汉子都不够它填肚子的。可再聪明的狼……也有回窝的时候。”忠伯回头看了看北墙前的牌位，两盏红烛下供着一张硕大的狼皮。狼头仍然保存得很好，獠牙外刺，目露青光，仿佛随时能发出一声震耳的嗥叫。

“您的意思是……”依兵不解其意。

“只需在她必去的地方守着就行。”忠伯用筷子捅起锅中翻滚的狗眼珠看了会儿，挑出来放在口里，痛嚼了几口咽下，“母猡爹妈下葬的地方，她一定还会去；祭拜的事，谁都不会带太多人。我说依兵，坟地那儿的情况你确定认准了？”

“准没错。月港北郊一座大荒山上，平日里根本没人去，论动手是合适的。可表叔，这，这能成吗？”

“我打猎二十多年，唯一的诀窍就是，猎人一定得对嘴里的肉有耐心。”

“就为了那个半残的母猡，万一出了岔子……”

忠伯冷笑一声，夹了块大腿肉放进依兵碗中：“村里够胆的人也不多了。陪我去这一趟，就算不成，给你家找母猡的事也包在我身上，就当是我的关门生意。”

“我……”依兵伏在桌子上想了想，端起酒杯一饮而尽，把杯子在地上摔了个粉碎。“为了娃子，去了!”

“好。事不宜迟，我们明天清早出发。”

10

“早啊!”萧梦卿再次踏入办公室的时候，额上还顶着纱布。

虞子陵正在桌上削着青梨，桌旁摆着一袋真空包装的鲜桃花。他把梨子切得又小又薄，再把近乎透明的梨片与鲜桃花瓣倾入壶中。

“老妖龙让你休息一礼拜。这才两天。”一片粉嫩的花瓣顺着背刃丝滑地分成了两半，落在了茶面上，“案子有四组替我们跟。”

萧梦卿摸了摸脑袋上的绷带：“不碍事。工作要紧。”

虞子陵倒了杯茶推给萧梦卿，又挪开茶具，给桌面清理出一片空间：“护理院给我发了探望通知。你刚去那儿了?”

“是。茹萱交给我一个东西。”萧梦卿把一个扫描件装订成的厚本子摆在茶桌上，“她说，绑她的人叫忠伯，专做拐卖勾当。在她被囚禁的十年里，还有很多女孩被绑到了那个叫下皓村的地方。忠伯有个记录买卖的账本，从不离身。茹萱逃出那天恰逢他庆祝金盆洗手，趁他喝醉了，就把账本带出来了。”

虞子陵显得有些惊讶：“顾茹萱给你的?”

“是。有什么问题吗?”

“即便救了她，毕竟隐瞒了她父母死讯那么久，她也不会这么快信任我们的。”

“瞒不了你。”萧梦卿坦言，“我对她说，如果你想救出其他被绑架的姑娘，就请提供一些有用的信息。”

“看出来了啊。闹事的那群土人，组织应对都太熟络了，绝非头次干。所以，受害者不只她一个。你把账本给鲲城刑大吧，他们才是办案队。”

“正本给了。按中心规定，为了方便随时查阅案件扫描件，经案系统也会加上我们的名字。严格来说，我们也算案件经办。”

“这条妖龙，连法制总队也打通了。可你我毕竟没人家清楚来龙去脉，还是少掺和吧。”

“报警时间是 9 月 2 日 10 点 20 分。证人笔录来自三秦面馆的老板娘和伙计，三个嫌疑人零口供，唯一供述的是顾淮，把责任全揽下来了，说是怕顾茹萱回来抢她父母的遗产，请了这几个流氓吓唬她。”萧梦卿从随身挎包中掏出一沓复印件，“你还想知道什么？”

“萧老师——”虞子陵一字一顿地喊着，“我认输。”

萧梦卿喝了口甘美的雪梨桃花解渴：“鲲城刑大的同事今天出发去下皓村。这是西北部的小山村，连公路都没修，几乎与世隔绝。村里大部分是留守老人、妇女和小孩，青壮年都外出打工了。”

虞子陵停下了阅读，若有所思道：“从这个村出去的人，最喜欢做什么营生？”

见虞子陵终于有兴趣回到案件上，萧梦卿的脑袋也随之飞速运转，“查了近年的新闻，他们村的产业是种植茶叶与桂花。”

“是偷狗。”虞子陵把手中乱序的材料随手摞了摞，拍到复印件的最顶端。

萧梦卿一愣：“你什么时候……为什么是偷狗？从哪儿找到的证据？”

“你思路是对的。可报纸和网页新闻只是外部信息，你得尽快熟悉咱们自己的搜索平台。我只是在刑专里查了嫌犯的户籍。月港、星湾、云海、荧沼，四个相邻市自 2012 年以来，半数偷狗案都是这村人做的。名贵的宠物狗能卖一大笔钱，特定品种的狗可以供给有特殊嗜好的顾客食用。”

“偷狗案与绑架案的关系是——”

“知道现在的人怎么偷狗吗？”

“街市上兽用迷药的种类不少，比如 846 和犬眠宝什么的，只要调入食物做引子就行了吧。”萧梦卿回想了一会儿猜测道，“我大学专业是化学，选修课学过一些。”

虞子陵意味不明地微笑着：“对那些有家有厝的狗中贵族，才用兽用迷药。至于路上的流浪狗呢，氰化钾见效快。理论上只要把肝割除，毒液就不会扩散到肉里。狗倒地以后，他们会把车开到狗旁边，再把狗拖上去。选车也有讲究，得有空间来存放药品、器械、绳索什么的。最关键的是，不能引人注意。”

萧梦卿听完浑身一机灵：“上次出现在陵园的那辆车，就是无牌照的面包车。这种日用小面包既有运载力又常见，非常符合要求。”

“巧合吗?”虞子陵反问。

“这么说，那三个拒绝交代的嫌犯很可能就是下皓村的人。”萧梦卿隔着袖口布料压住手掌里的疤痕，“血亲的人命和尊严，就这么不值钱吗?”

“就是这个‘亲’字！顾茹萱又不是他亲生的。能值一套房的人命，已经够金贵了。我见过最便宜的人命，只值一颗果子。”

萧梦卿很快停止了回忆，转移起话题：“顾淮不肯供出真正的买家，只有一种可能性。”

“一口气说完。”

“那个叫‘忠伯’的还会有后续行动。没准他们已在月港附近了。”

虞子陵“嗯”了一声，枕着脑袋起身，抬腿就要离开。萧梦卿没有挽留，只是拿起茶壶，斟满一杯推向他：“这泡茶还没喝完呢。”

“你也有对策了吗?”

“你记不记得这群人里，一直有个女人抱着顾茹萱的小孩?她这几天偶尔还会来中心门口晃悠。我猜，她应该就是忠伯的‘眼睛’。只要扣下她的手机，就能知道最密切的联系人应该就是忠伯那伙人。用她的手机发条短信，说‘母猡今晚会去祭拜’，对方十有八九会上钩。我们只需在北山陵园提前蹲守就行了。”

“就这?”

“如果这伙人像你说的有偷狗经验，应该不会那么容易上当。保险起见，得找个人假扮茹萱才行。”萧梦卿扶着下巴思忖，“我来做吧。但我需要一天时间，我和她身形差太多了，得准备增高鞋垫和厚外套，还得熟悉声音和动作。”

“您请。”虞子陵饮罢茶盏，舔了舔上唇。

“你明明关心案子，为什么非要在其他人面前摆着一副事不关己的样子?”萧梦卿抱怨道。

“那你为什么又要在其他人面前装出一副共情满分的样子?”

“和学长无关。我是在学，不是在装。”

“既然不是其他组的案子，他们知道的自然越少越好吧。”虞子陵用茶扫清理了桌面，把背包抡到肩上，“我找下皓村的资料，是因为我兄弟就是今天带队出差的人。知道对方干什么勾当，我好提醒他多注意。”

萧梦卿追问道：“鲲城重案的同事应该能把涉案人员带回来吧?”

“难喔。”虞子陵双眼无神地目视前方，茶盏冰凉的杯沿贴着嘴唇旋了一圈又一圈，“很难。”

“为什么这么说?”萧梦卿不解。

11

“夏老板，小睿快站不住了!”两个年轻刑警扶着头部受伤的同事往后挪着步，向身前的背影疾呼。受伤的脑袋被同伴的衬衣裹着，血虽然止住了，但深蓝衬衣被染得看不出原色了。

重案副队夏暮川也挂了彩，一侧耳后部位被划出了一道不深的血口，猩红的液体打湿了兜帽衫肩头，领口的松紧带也染红了一半。他一手冲天举着一支还在冒烟的 92 式手枪，一手拎着根铝制球棍，嘴里还含着两根烟。

他身旁躺着一个村民，染血的镰刀掉落一旁。他面门青肿，鼻软骨骨折，鲜血不断从捂着口鼻的手指缝中喷出。他很想呼救，但鲜血呛着鼻腔，连确保足够的呼吸都十分困难。

夏暮川身后的三名同事都拿着甩棍和辣椒喷雾，护在两个瑟瑟发抖的女孩面前。这两个女孩是他们临时救下的。当时，他们在村里挨户询问，她们在撵磨盘。可一见到来人证件，就不要命地冲上来大声呼救。就是，这阵呼救，让本就冷眼相待的村民顿时炸了锅，数十人家如同群狼，倾巢而出，将鲲城重案几名刑警团团围住了。在肢体冲突中，大家多少都受了伤。夏暮川及时冲天开了一枪，才勉强止住了骚动。

他看了看四周围着的村民，非老即幼，但都眼含决绝的敌意。他们扛着锄头、草叉、扁担等，正朝重案队四人缓缓聚拢。夏暮川把嘴里的两支烟又吸了一口，拿出一支怼进头部受伤的同伴嘴里，用力掐了掐他的腮帮子："睿，你是男人。站好了！我保证咱们都能安全离开。"

头部受伤的同事用力点了点头，猛吸了几口，要强地推开搀扶的同事，紧了紧抓着甩棍的手指。

"把人留下！"

"她们是我家养的。管天管地，管得着老子家事?!"

"不许走！警察就能明抢姑娘，还有没有天理了?!"

"警察了不起啊?! 眼睛不瞎的就看看，凭你们四个人，走得出这里吗?!"

周围人开始七嘴八舌地骂起来。

"两个姑娘不到二十岁。怕她们写信、打电话，就把人家手指砍了。可你们还不满足，又逼着她们用巴掌干重活儿……"夏暮川把烟蒂吐到地上，用沾着泥的脚尖重重地碾了一遍又一遍，"我脑袋上顶着国徽，你们说——这事情和我有关系吗？你，就你。你说她们是你家的，干脆你和我们一起走?"铝球棍指向了方才叫得最欢的老大爷。他顷刻间没了声响，躲到了人群后。

“把人交出来!”

“在这儿，就是天王老子说话也不好使!!!”

“把两只母猡放了！跪着，挨个磕十个响头！不然，谁都别想走!”

“把阿姐还给我！我长大了还要讨阿姐当老婆呢!”喧闹的人群中传来一阵稚嫩的叫嚣。随着这童音，一个石块朝夏暮川的脑袋飞去。

刚望见石块冒出人群，夏暮川就将手枪的套筒往牙中紧紧一咬，错开前后脚，双手握着棒球棍大力挥击。

“当”的一声清脆作响，石块从棒上弹出，呈一条直线击中了人群中最靠近夏暮川的男子。夏暮川手中的棒球棍划出一道优美的弧线，在背后停了下来。挥棒停止时，中了石块的男子也捂着下腹跪倒在地，昏了过去。

夏暮川从齿间取下手枪，对空又是一枪警告。他冲着同事所在的退路指去，硬是逼开了一条通道。

“带着姑娘和小睿马上回车上，我随后就到。”夏暮川低声命令，“药箱在右后座下面。记得先给小睿止血。”

“这儿我年纪最大，伤得最轻，我来断后!”

“不行。要就走一起走!”

夏暮川不由分说地把92式摁到同事手里：“枪就剩十发子弹，挡不住所有人。等他们全冲过来，就晚了！我看这村里多是老头和小孩，我能稳得住。刚政委你伤得轻，背着小睿走。豪主任，离开时枪口对着他们，给我争取十秒钟。相信我!”

目送几人离去后，夏暮川使劲睁大三白眼望了望天，取下嘴里的烟，撸开左手袖子：“去他妈的大难不死，必有后福……”

他小臂上有两个花生大小的圆形烧伤，愈合许久了。只见他把烟夹在指尖，张口吹掉烟灰，露出滚烫的烟头，目光仍是冷冷地剜着周围人，手却把烟往左手小臂毫不犹豫地碾了下去：“嗞啦——”

声音虽然不大，但心有余悸的村民缓下了逼近的脚步。灼烧的痛感让他越发清醒而愤怒。借着同伴的掩护，他回到躺在地上的村民身边，把球棍立在他头顶上。这举动，让村民们全都识趣地停了下来。他冲人群中一甩烟头，好像一枚小型炸弹，竟让抛物线另一端的人纷纷避开了。夏暮川一冷笑，横起球棍，点了点人群中仅剩的三个中年男子：“你，你，还有你！过来，把他抬走！”

被点到的三人与身旁的老人嘀咕了一会儿，分别拿着其他人递来的铲子、钢管与镐子围了上来。

“别耍花样！”为首的中年男子比夏暮川要壮上半圈，“他们走得掉，你跑得了吗？我们把你扣了，不怕他们不回来找你……”

他话音还没落下，“哐”的一声巨响，手里的钢管就飞了出去。其他两人被这巨响吓了一大跳，但也没乱了阵脚，操着镐子和铲子就冲夏暮川挥舞。

夏暮川双手握住棍把，朝着持镐那家伙的鼻梁狠命一戳，对方冒出一阵浑浊的“咕哇”声，捂着口鼻躺在了地上。另一人的铲子毫不留情地拍向了夏暮川的后背。夏暮川向前趔趄了一步，很快回过头，单手抓着棍尾，借助转腰回身的力量一记横扫，把对方的下颚骨打碎了。几枚牙齿和着碎肉飞出口腔，滚到了人群前沿，吓得村民往后退了数米。

解决完了两人，夏暮川又感觉左臂一麻，随后一阵钻心的剧痛袭来。剩下的壮汉捡回钢管，差点把他抡倒。夏暮川咧嘴笑了笑，抖了抖发麻的左手，双手握着棍子与对方面对面杵着。对方用的是一截连着水龙头的钢管，长度以及重量都同夏暮川的球棍相差无几。对方高喝一声，就朝着他的身躯横扫。他也不躲避，同时发起了进攻。

沉闷的作响在两人身上交互着，几下交锋，持钢管的村民面色越发惨烈。反观夏暮川，竟然越来越兴奋，仿佛砸到身上的不是棍子，而是海绵条。村民往夏暮川身上砸一下，夏暮川能往他身上回砸两三下。渐渐地，对方的进攻转为防守，可夏暮川只冲躯干打，不一会儿就把他揍倒在地。

“各位叔叔伯伯，还有爷爷奶奶，还有旁边的小朋友!!! ——”夏暮川喘着粗气，棍棒指着几个想要趁他不备上来偷袭的年老村民，头也不抬地吼了一声，“哪个想往生极乐世界的，可以尽管来我这儿试试。”

所有人都沿着他棍棒指向的区域后退，他持棍原地转了一圈，旁人就像环形的多米诺骨牌一样后倾四散。他刚缓过气，就感觉脚下一紧。被打断了腿的村民抱住皮靴，用牙咬着小腿，嘴里还含糊不清地威胁着：“要……要是忠伯还在村里，你们几个早他妈没命了!”

夏暮川急着脱离，双手握紧球棍，像是打高尔夫那样瞄准对方的鼻梁骨。他把球棍回到与腰平齐的位置，猛地往下一扫。

“啊!!!”对方一声惨叫，松开了嘴，像是蛞蝓身上撒了盐一样，捂着喷血的口鼻在地上打滚。这阵惨叫像是发了信号，夏暮川像豹子一样窜向方才定好的撤离路线。村民并未放弃追击，然而追得上的都躺在一块，追不上的也只能望着那抹身影消失在山路尽头。几根竹竿、铁器被他们扔了出去，在泥地上砸出了几朵无力的土花。

行至山脚的夏暮川刚拉开得利卡车门，车轮就飞速转了起来。他回头看了看受伤最重的同事，关切道：“睿秘书，还活着吧?”

“清醒多了。撑得到医院。”

“太好了。刚政委，山路还是得小心开，别刚出狼窝，又栽屎坑里了。”

“山路好开，就怕有人提前在必经之路设堵。唉……夏头儿，这一趟差出得真他妈窝囊。非但没找到人，还被揍了一顿……”

“话不能这么说。这种山村要买人，半个村子都参与的，能救出人就不错了。回去之后，马上重整旗鼓。”夏暮川擦了擦脖子上的血，翻过身子往座椅后的储物袋里摸，掏出一个牛皮纸信封。他回头时看了眼又瘦又脏的两个女孩，安慰道：“至于找路的问题别着急，我有办法。”

“这破路在几家电子地图里都是空白，头儿，你还有别的办法？”

夏暮川没回答，把信封捏在右手里，摇下车窗，探出左手试了试温度，又马上关上了。山区的天气很冷了，但车后的两个女孩仍穿着褴褛的单衣，在后座瑟瑟发抖。几块破损的补丁缝隙中，新伤旧痕都清晰可见，多是烟头烫的烧伤以及绳索留下的擦伤。医药箱中的药水和纱布，根本不够处理全部伤口。

“豪主任，把你外套给我。把我们上车时买的面包和香肠拿来。哦，对……都把包装拆下来。”夏暮川拍了拍前排副驾，要来外套之后也脱下了自己的，裹起一些简单的食物递向两名少女，“饿了吧？吃点儿。不够还有。”

两个女孩感激地接过食物，腮帮子鼓鼓的，往往不怎么嚼就囫囵吞了下去，前一口还没咽完就塞进了另一口。夏暮川叹了口气，拧开两瓶水递了过去，而后便躺在了椅子上，端详起信封来。上面写着“遇险后打开”一行潦草马虎的字。里头是几张打印图，分辨率很高，是拼接在一起的地形扫描影像。他打开手机对照，发现标志性的山脉、河流与标尺都能一一对应上。

见到地图的瞬间，他非但没有半点惊喜，反而露出了不悦的神色。但还是强迫自己压住情绪，把打印图按顺序整理好，调整好手机地图的比例尺，拍了拍诸葛豪的肩膀递了上去：“按纸质地图里标红线的这条路导航，应该能避开村民熟悉的山路。我累了，要眯一会儿。”

“看这字迹，又是虞少？”

“还能是谁。”

诸葛豪点点头，接过图与手机。

依在窗上的夏暮川发现根本睡不着，可也只能强闭着眼睛。漆黑的视野前是下皓村的地形、房屋，仿佛每间粗制滥造的屋子里都有隔间与地窖。而透过墙体与木板的缝隙，一双双乞求的眼睛在怔怔地望着他，一双双脏兮兮的手正朝他伸来——或是被砍得十指不全，或是只有一截皮肤包着的腕骨。

“真他妈罪孽深重啊！”夏暮川眼睑撑开一条缝，望着车窗外的天际，层叠翻涌的黑云朝着车辆的方向压逼而来。稍稍缓过心绪，他才感觉到手臂上的灼痛，像是有几只火蚁在围着伤口啃噬。

坐在身旁包着纱布的小青年埋怨道：“你之前还老说什么‘佛曰人无善恶，善恶存乎尔心’？”他扶着阵痛的脑袋，透过后窗朝下皓村望去。村里家家户户都通上了电，有些富户盖起了洋楼，黑漆漆的楼顶戳着昏暗的天空。别致而阴郁的风景让他一阵反胃，他咬着牙，狠狠往窗外啐了一口：“人就是分好人坏人，尸就是分死尸僵尸的！”

夏暮川放弃了小憩，从怀里掏出一根皱巴巴的烟。正想借个火，可听着身后的咀嚼声，又把烟在手心里揉碾碎了：“不是这么看。人啊，要是喜欢上了人血人肉的味道，就不能叫人了。”

“那叫什么？”

“叫恶鬼。”

“轰隆”一声惊雷响动，豆大的雨点在车窗上绽出了硬币大小的水花。得利卡明亮的车灯亮起，在不见阳光的黄昏下宛如两只萤火虫，照亮蜿蜒崎岖的山路，汽车朝着月港的方向飞驰。

12

见到被褥、枕头都叠得工工整整的病榻，萧梦卿呆了几秒后苦笑着摇了摇头，低下头从挎包里掏出笔记本，耳朵夹着笔盖，拨通了虞子陵的号码。

电话接通了，另一端无声静默着。萧梦卿等了几秒，淡淡地问道：“不是说好了只带她去楼下散散心吗？”

“理论上，我们现在还在楼下，只是水平距离远了点。”虞子陵的声音从话筒另一侧传来。萧梦卿几乎能脑补出对方一脸不耐烦，“她的心病靠散步可治不好。我有一药或有奇效，她也愿意试试。”

萧梦卿扬起声调反问道：“不是你说对方可能是老手吗？昨天连出差的同事都遭袭了，忘了？”

她倚着旁边的椅子坐下来，手中的笔沙沙地写了几个字。随后，她把手机挂成免提，勾着脚把警靴鞋跟磕得咔咔响：“你在哪儿？我马上来。”

“新人就乖乖待在中心吧。”虞子陵语气不紧不慢。

“自作主张把顾茹萱带出中心当诱饵，而且是夜间，危险性加倍。出了差错，你担不起责任的。告诉我你们在哪儿。多个人多份力，出了事一起扛。”

“带你去和带她去本质上没什么区别，而且这案件你本该回避的。不说了，信号不好。”

萧梦卿怔了怔，但很快平复心绪，又在纸上写下：信号盲区。非单独行动。有人授意？

这些要素让她一时间难以解开，只得刻意怒声道：“你再不停手，我会如实把你的行为向指挥报告！”

虞子陵不屑地一哼：“打小报告时记得把状况形容得严重些，好让老妖龙明白他想做的事有多危险。”

“所以说，你申请过了？”

虞子陵没再回话，直接结束了通联。萧梦卿手上的笔在“有人授意”上重重画了几圈。她又拨了个号码，却发现已是暂时无法接通状态。电话响着忙音，她冲着虞子陵一闪一闪的名字沉沉骂道：“你阿嫲的……”

放弃联络搭档，她疾步奔到办公楼装备室门口签了字，来到贴着自己名牌的枪柜前。望着漆黑的 07 式，她徐徐吐出肺里的空气，取出皮带在腰上系紧，又把枪套与空枪都在右腰侧固定好。拿起一个弹匣，用拇指揉了揉匣口的漆黑弹头，紧攥在手心里。

“他说得对，你该回避。况且你本来就被排除在行动外了。”萧梦卿冲着柜镜里的自己喃喃道，“可是，你做这行就是为了救人，哪怕对方只有百分之一的遇险概率。不是吗？”

她放下弹匣，掏出三防机点开秦泷头像后打字：“指挥，我申请加入行动。”思前想后，对话框里的文字却变成了：“指挥，虞子陵带着顾茹萱去北山陵园了。我担心他是想以顾茹萱为饵，引那群绑架犯出来。情况紧急，我先过去。请您尽快安排一下支援！”

昂着头，吸足一口气，她闭起眼摁了发送键，然后子弹上膛、关了保险。上了车，她将手腕上的两个发圈拢在指尖，冲两只金属蝴蝶说了句：“今天和两年前不一样了。”话毕，把脑后的头发扎上，给了一脚油。迈腾在中心门口急促画了一条龙，逐渐稳定了行进轨迹，朝着北山陵园方向飞速驶去。

与此同时，虞子陵所在的轿车才在北山下停好。他掏出打印地图，猫下身子，摁开手电最小档位，抓紧时间熟悉了一番：“上山路上很可能提前遭遇上。你做好心理准备了？”

“我没什么可失去的。”副驾上的顾茹萱眼神空洞而涣散，停滞不动的瞳仁四周包围着细密的血丝。

“到山顶后，一定要按照约定方案执行。真遇上了，也要听安排。妄动的后果，你我都负担不起。”

“我早就不怕死了。如果你怕，就换个不怕的警察来。”

“特护警不是决死队！不怕死，也不意味着要去送死。”虞子陵咬着手电柄含糊回着话，往左轮弹仓里掼入一个黄澄澄的半月实弹夹，“至于那几个嫌犯，是绳之以法还是当场击毙，你选好了吗？”

听见金属的摩擦声，副驾上的顾茹萱突然伸出光秃秃的手腕搭在虞子陵持枪的手上。青年会意，又拿出三枚黑头金身的橡皮子弹压了进去。

13

月港北郊山区的公路年久失修，缺乏照明。萧梦卿开着车，只感觉是在一个巨型深渊中盘旋着上升。可山上的天空不是黑色的，城市的光污染让彤云呈现出极其诡异的暗粉色。从中心开到陵园，萧梦卿花了将近一个钟头。陵园依山而建，入口处已有五六百米海拔，再往上的路就无法行车了。

她将车停在上次的拐角处隐藏好，低头瞄了眼信号为空的三防机，徒步去向陵园大门。冷雨后的北山林区分外寒凉，因为走得急，萧梦卿没带外套，山间的阴风像冰针一样从衬衣缝隙钻入，让人寒颤不止。北山树多，沿途的树影在昏暗天光下像极了一排排张牙舞爪的魍魉。

山阴面的小半座山被挖成了梯田形状，墓碑错落有致地从山顶排布到半山腰。往上走五十余米后，黑暗就吞噬了一切。萧梦卿只得开启手机的照明功能。冷风吹动植被，发出瑟瑟低鸣，风里似乎也能嗅到血腥味。山上墓碑林立，一些墓上还亮着几盏微型电子灯笼，像磷火一样忽明忽暗。

耳畔呜呜咽咽的气流涌动，萧梦卿只感觉从脚底到头顶都在一阵阵地冒着冷汗。

“呜……”

萧梦卿隐约看到，顾氏夫妻墓碑旁的一棵树下，有个蜷成一团的人影。她抹去额上细密而冰凉的汗珠，加快步伐，去到了人影旁。

顾茹萱脑袋上仍顶着遮阳帽，身上也还穿着中心发的羽绒服。棉服里头显然加了衣物，让她整个人厚实了不少。她胳膊深深地缩在袖口里，双臂捂着脸蛋，微微啜泣着。

“其他人呢？”萧梦卿把顾茹萱从地上扶了起来。顾茹萱愣了愣，浑身猛地打了个寒颤。萧梦卿以为她吓着了，还想搀着她，手却被她粗实的棉胳膊一把拍开。她的腿和肚子像是受了伤，总在痛苦地捂着肚皮，弓着腰。

看着眼前被吓得六神无主的女人，萧梦卿也不再细究，给她照亮了脚下的路。两人凭借手机电筒的微光，往山下慢慢走去。天穹的浓密雨云仍然厚重，偶有闪电如同发光的巨蟒一般在天间蜿蜒掠过，吐出一条扭曲而耀眼的信子，舔舐着死寂的山峦。伴着云端滚雷的隆隆闷响，一阵难以察觉的滚动声逐渐清晰起来，还夹杂着砂石碾碎的细密声响。她们走得慢时，怪响也慢；她们快时，响动也随之急促起来。

“嗖！”顾茹萱察觉到后背传来一阵异样触感。她停了停，但没有回头看，而是加快了步伐。

“嗖！”同样的声响出现在了萧梦卿身后。她感觉左肩胛骨传来一阵刺痛。错愕中回过头去，可除了乌黑一片，什么也看不见。往疼痛传来的地方一摸，居然拔下来一根连着针头的家伙。

它只有半截小拇指粗细，像是微缩的注射器，但尾部又有类似毽子模样的毛团。萧梦卿倒吸一口凉气，将这枚吹针甩到地上，拉着顾茹萱跑起来。同时，摁下三防机的紧急通讯按钮，希望联络中心，但话筒中传来的仍是那句冰冷的“您所拨打的号码暂时无法接通”。

停车位距陵园门口有三百余米。萧梦卿跑了一阵后觉着脑袋发沉，目光能及的所有景物都开始慢慢旋转。那阵一直紧跟着的滚动声也随着她们的跑动而加速了。萧梦卿使劲晃了晃脑袋，举起手枪，回身指向身后，诡异的滚动声停了下来。没过多久，距离她们十来米的山路中央，突然绽开了两道刺眼的耀斑。

萧梦卿一手挡在眼前，通过指缝与眼角余光努力分辨眼前的物体。那是一辆棕黄色的小面包车，关着车灯，不知从哪儿起挂空挡跟了一路。

“快跑……”萧梦卿推了一把身后的顾茹萱，交代道，“躲进树丛，获救概率最高！”

萧梦卿吐干净肺里的空气，屏住呼吸，又稳住四肢的颤抖，准备背水一战。她紧抓07式的握把，却发现眼前一片模糊，完全无法瞄准。同时，小面包车中伸出一米余长的大圆捞网，将萧梦卿从脑袋扣到了腰肢，狠狠拽了一把。宛若坠崖的眩晕让她手里的枪掉落在地。在被拉上车前，她用尽余力，把枪踢到了路旁的树丛里。

幸而环境光弱得只能勉强见到人影，面包车上的几个人并未注意到她脚下的小动作。将萧梦卿摁上车之后，他们又追向正在蹒跚着逃跑的顾茹萱。不过一分钟，她也被同样的方式拽上了车。

14

萧梦卿感觉四肢的力气正在一点点流失，麻醉吹箭在五分钟内渐渐起了作用。被绑到车上前，她的指甲已将手掌抠出了血，勉强用疼痛维持理智。她很害怕，恐惧的回忆夹杂着混乱的思绪，脑子里像是一片正在涨潮的黑色汪洋。

从上车开始，萧梦卿就一直在观察——面包车中间的座位被拆了，里头放着长杆渔捞、吹管、未用完的麻醉吹针和几个麻袋。车上除了她俩，还有三个人。其中，开车的就是上次在陵园逃走的司机。他身旁副驾上坐着个粗壮男子，看起来四十多岁，满脸胡碴儿，面相阴狠，简直像是长着半张人脸的黑熊。在后座监视着她们的是一个灰白头发的高个男性，瘦得像是在骨头外包了层薄皮。他袖子卷到了臂弯，两节小臂像是粗壮的松枝。正是他把萧梦卿网进了车。这男人只有一条腿，左裤管延伸到鞋子的部分是一截生锈的钢制骨架。

“师傅!”瘸脚男子撩开萧梦卿的刘海儿，伸出两根竹节似的黑瘦手指掐了掐她的腮帮子，咂舌惊叹道：“这是我跟你干这行以来见过的最水灵的婊子。”

“依兵，多出来的这个——归你家。”副驾驶的壮硕汉子拍了拍开车的同伙。

“女警察？这……”驾驶员面露难色。他依稀记得萧梦卿的模样。

瘸脚男子把手伸进怀里，掏出一个卷烟盒，捻了支烟，又咳出半口浓痰粘上，点火后抽着，笑道：“瞧你贪生怕死的，真像个娘们。”

萧梦卿突然感到胃里一阵痉挛，晚餐吃的食物顺着食道逆流而上，“咕唔”“咕唔”地呕了出来。她努力计算着药效发作的时间，推测至多十五分钟就是全效麻醉期。也就是说，意识最多还能保持五分钟左右。在这个时间里，剩余体力最多够她跑个十来米，或够她全力做出两三个动作。

“瘸鹤，你不把她们捆起来？”依兵心有顾忌地对副驾驶上的壮汉使了个眼色，“表叔，咱们要活口，麻药只用了一半儿。我觉着还是再拴一拴吧。”

后背湿漉而冰凉的感觉侵彻脊骨，萧梦卿强忍住发怵的心，咬着舌尖，强迫自己冷静思考。

“废物……好好开车就是了！”瘸鹤伸出假腿“哐”的一声，踹到了驾驶座的头枕上，“我就是弄藏獒也不爱用绳子！你怕这两个小婊子吃了我，是摆明了看不起我！”

“唉，瘸鹤！依兵说得在理。我见送这母猡上山的好像是个男的，你盯着点儿车周围，别失了警惕。”

快点儿！趁你手脚还有力气动！！！快点儿想办法！！！萧梦卿在心底呐喊。手脚脱力的情况越来越严重，她很想再咬一咬手掌，逼迫自己思考，可又担心对方警觉起来。

“依兵，你也不懂。瘸鹤打小就爱玩猎物，不管花鹿还是麂子，都不喜欢直接弄死，总要看上老半天，掏个胆包，攮个眼珠。”忠伯发出一声冷笑，朝瘸鹤借了个火，也燃起旱烟来抽着，“你忘了他这腿怎么瘸了的吗？不就是玩快死的黑瞎子过火了，被它啃着不放。要不是那次伤，他也没必要改行啊。”

“萧老师……萧老师……”不知是不是药效的关系，萧梦卿隐约听见一个熟悉的嗓音正在呼唤她。半昏暗的视线中，一个中学生打扮的女孩蜷缩在她身旁。女孩小腿上扎着一根锐利的鲨鱼钩，跪在血泊里一动不动。她撑着伤躯，眼中暗红色的泪珠在脸上淌下血痕，似乎要将萧梦卿一同拉入绝望。

这是她最不想听见的声音。恐惧化作极端的念头，萧梦卿将舌根放到两排臼齿间，深吸一口气，恶狠狠地咬了下去。她嚼了一次、两次、三次，直到把舌头侧面几乎咬烂了，摧心剖肝的剧痛像潮水一阵一阵直冲脑顶，呛出两行泪水，终于冲走了刺痛的回忆。萧梦卿尝到了浓烈的血腥味，和着一大口鲜血，她把喉咙里堵着的东西吞了下去。

“啧，母猡的确不如野外的畜生。不过，自然也有她们的好处。”瘸鹤把烟丢出窗外，从腰间摸出一把割香蕉用的弯刀，伸向萧梦卿衣领的扣子，却瞥见了她脑袋旁的一片血泊，“啊？这母猡怎么吐血了？”

瘸鹤警觉过来，却晚了。萧梦卿从地板上抄起了半掌血水，往瘸鹤的眼睛上倏地一撒。突如其来的黏稠血液溅入眼球，让瘸鹤“啊”的一声惨叫，靠在了车壁上。体力所剩无几，每个动作都在脑海中预演过。她往前座中央一扑，拉起了手刹，面包车速度不快，但足以让前排两个不系安全带的男人结结实实地撞上了前风挡。

急刹车时，萧梦卿感觉自己像个沙袋被狠狠一甩。借着惯性，她往车门一扑，把侧门扯开了一人宽的空间。在体力彻底耗尽之前，她把所有力气集中到双脚上，将顾茹萱蹬下了车。

“跑……”望着滚到山路上的顾茹萱，萧梦卿已无力再嘱咐逃跑路线了。她终究没能看到之后的情况。

顾茹萱刚滚下车，瘸鹤就擦干了脸上的秽物，眦着通红的眼珠子，抬起金属假腿，踩向了萧梦卿的脑袋。

一声闷响过后，她彻底昏死过去了。

15

“瘸鹤，这母狗也太讨人嫌了！把她手脚先废了！”忠伯揉着肿胀的额头下了车，赶到后座查看情况，“依兵，车没事儿吧？还能走吗？”

“表叔，表叔！车上没人懂医术，到了山里还得用腿脚呢，废了她……怕撑不到村里。”依兵从驾驶室走了下来，打起手电，紧张地四处寻找，“还是先追你家母猡吧！晚了，她就跑远了。”

“笨哪！只挑手脚筋，谁他妈说要剁了？这姑娘家也没多少肉，你自己背回去。”忠伯抓着萧梦卿的脚腕，轻松地把她半条腿都拎了起来，“再说，我家母猡——不还趴在那儿吗？”

“啊哟……”顾茹萱在地上爬了几米，却并不急着逃跑，而是半跪在地上缓着气。

“哈——哈哈哈！得嘞，先废了手脚。这婊子合我胃口，我先验验货。”瘸鹤冷笑了起来，眼中闪过嗜血的目光，勾刀又挑开了萧梦卿胸前的一颗扣子。

“这……这只母猡是给我家的！瘸鹤，你别脏了她！”依兵看着瘸鹤欲行不轨，慌忙阻止。

“兵哥！”瘸鹤将勾刀一抬，横在了萧梦卿的手腕上，“我拼死拼活的，就当是利息。反正又不影响你生孩子。”

“这不行！脏了会遗传的！”

“痛……”顾茹萱捂着肚子缓了缓，竟然从地上缓缓爬了起来，“朋友，等一下！等……”

正在车旁的三人，注意力都被眼前爬起的这个身影吸引了。

“知道不跑了就好。母猡，实话告诉你，我既然敢把你买回来，就算你跑到天涯海角，也能把链子拴回你脖子上！”忠伯抄起车里的捞网扛在肩上，冲地上啐了一口，“二熊托我告诉你，回家以后还想和你再生个娃……哎?! 你、你的手怎么……长回来了?!”

三个人一时间都瞪大了眼睛，伸长了脖子——他们看见面前的这个“顾茹萱”脱掉了棉手套，露出一双完整的手。“顾茹萱”不紧不慢地摘掉了遮阳帽、口罩，将羽绒服甩到一旁的路面上，踢掉不合脚的女式棉鞋，光脚站在了泥水中。

直起腰板的“顾茹萱”身形比刚才明显高了一大截，抬头露出一抹微笑，掀开外套，双手各抽出一支银灰色转轮枪与一把双刃战术刀。他把刀刃贴在耳畔听了听问：“想开荤? 好啊，别着急嘛!”

“你是谁?”

“你阿公。”

忠伯踹了一脚在车旁发愣的瘸鹤，将渔捞丢到他手里，从车座下抽出剁肉柴刀，发出一声阴冷的嘲笑：“就你?”

依兵见状，赶忙拉上车门锁好，又从裤腿里抽出一截水龙头钢管。

虞子陵掰开05改的击锤：“所以，你们站成一列吧! 我动手方便些。”

“啊! 当我们是傻子吗?”

“那一个个来也行。”虞子陵用刀尖挑了挑高瘦的瘸鹤，“照顾残疾人，你先。”

瘸鹤与忠伯一对视，忠伯饶有兴趣地挑着嘴角，点了点头。

一声怒吼撕开了寒风的笼罩。瘸鹤支着渔捞，瞄着虞子陵的脑袋冲去，却不想被他撤步转身，灵巧地避开了。虞子陵抓住渔捞的棍子往后一拽，本就残疾的瘸鹤失去平衡，顺势一个趔趄，跪到了虞子陵面前。瘸鹤刚想哀嚎，一击猛烈的鞭腿击中了他的下颚，剧烈的冲击砸碎了他的牙龈，让他瞬间失去意识，在地上抽搐几下就昏过去了。

虞子陵继续用枪口指着剩下的两人，对依兵晃了晃刀尖。忠伯附在依兵耳畔交代了两句，便拿过他的手电，让他对付虞子陵。

虞子陵才看清依兵脸庞，一阵昏暗的光源就冲着他的脑门飞来。

他没有格挡，直接避开忠伯砸来的手电。手电的光斑在山间泥泞的路面上晃动着，映出三个交错的人影。身体跌入泥潭的声音、刀刃磕碰的清脆锋鸣、铁器撕裂皮肉的声音，都化作泥洼里一朵朵飞溅的红泥。

倏然，两声震耳欲聋的轰鸣撕裂了清冷的山谷，在北山陵园里沉沉回响着。枪响之后，打斗声停歇了，只余下两阵粗细有别的喘息声。一人捡起掉落在地上的手电，半跪在地上搜索着对手的身影。手电光斑很快找寻到了虞子陵的踪迹，鲜血沿着他受伤的左肩头流到指尖，滴下，融入路面上纵横交错的血色脚印中。柴刀的刀口很钝，割伤不深，却撕裂了一块皮肉。

“呃……咳……”忠伯腹部和肋下各中了一发橡皮弹，冲击力震断了肋骨，他只能勉强用插在土里的柴刀支撑沉重的身体。

“砰！”又是一声急促的枪响如同野兽的怒号，直冲天穹。

忠伯望着眼前黑洞洞的枪口，嘴对准右腕上深深的切口嘬了一下，把血吐进泥巴里：“是爷们，就别用手里那铁疙瘩！”

虞子陵“哦”了一声，把战术刀收回胸侧。从腰间摸出一个战术手电点亮，支着据枪手，死死瞄着对方。

几声枪响后没多久，一阵阵警笛声从山顶陵园与山脚的公路上接连响起，朝着一个方向汇聚。

“真不该答应活捉你们！”虞子陵用手电光斑照了照沾血的柴刀，“东西都丢了！跪地上，双手抱头！”

“哈……狗杂种，你玩阴的?!”看着远处亮起的蓝紫色光芒，忠伯不怒反笑，“我就是死，也不会坐一天牢！”伴随一阵暴怒的咆哮，忠伯冲向路沿。他硕大的身躯像沉重的沙袋，压断路边半人高的灌木，骨碌碌地滚下山腰，消失在漆黑的树林中。

16

在救护车上睁开眼睛的时候，萧梦卿感觉脑袋里的昏沉感好了不少。车里开着恰到好处的暖气，耳畔是悦耳的警笛，一切都显得十分惬意，除了坐在一旁的虞子陵。

虞子陵脸庞有几处严重的青紫，左手绑着纱布吊在胸前。见到萧梦卿正警惕地看着四周，主动搭话道："医生说你舌头受伤严重，要尽快去医院处理。"

"绑匪呢?"萧梦卿醒后便忧心案情进展，但舌头刚与门牙接触，就疼得她差点儿掉泪。

"顾茹萱一直和山顶埋伏的同事待在一起，很安全。至于绑匪，两个已被当场控制。带头的冲下山道，棠大正在带队搜山。"

"枪……"

"找到了。"虞子陵如实回答，"但听说贺政委很不开心。"

萧梦卿长舒了一口气，目光也瞬间柔和了。见她盯了会儿上方的点滴，虞子陵想要解释，可一时间忘了药名："这个是医生根据你的血样临时调的药剂，叫……"

"鹿醒宁。"萧梦卿躺在车厢的病榻上一动不动，唇角轻启，"用量不多，还用生理盐水稀释了。总算是给人用的。"

"萧老师，你记得还真是很清楚。"

萧梦卿感觉胸口很沉，被子下还盖着一件穿插着奇怪尼龙带的灰色外套。外套上有一枚针，针头却被内衬的黄色夹层挡住了。她昂起头看了看虞子陵身旁的物件——假发、口罩、顾茹萱的棉服，以及两只被泥水染得黑黄的女式棉鞋。方才发生的一切，一目了然。

"没想到你那么快就冲上来了，只能继续演下去。也多亏你手机的光暴露了位置，他们才能跟过来。"

萧梦卿木然张着嘴，半天也说不出一个字。最后，她只得摊开巴掌拍在脑门上，遮住双眼，长叹了一声。“学长之前说过养猪。知道种猪和你的区别吗？”

“愿闻其详。”

“种猪配完就能骟了；你，麻烦得多。”

“嘁，骂人倒是学得快。”虞子陵撇撇嘴，冷不丁地问道，“你观察力从来不差，早该发现人是我假扮的吧？”

萧梦卿数着窗外闪动的楼影，好一会儿才含糊回了一嘴：“山上又黑又下着雨，谁看得清。”

“有一说一，演得不错。”

“爱信不信。”萧别过脑袋，闭上了眼睛。

在医院处理完伤口，已是翌日正午。两人回到单位，萧梦卿并不急于休息，拉着虞子陵前往秦泷办公室汇报。

秦泷并不很想见，两人来回敲了好几分钟，才换来一句不屑的“进来吧”。

只见贺清泉坐在茶桌对面，正有说有笑地泡着茶，宛如老友。见五组进门，他不疾不徐地加了壶水。看秦泷又压满了烟丝，很快划亮两根火柴，就给他点着了。

“这种大采购，总归离不开你这政委的表态。”

“我也有难处啊。你说的无人机不是一般型号，在财政上就是一大笔开销。买来之后呢，操作员培训、使用和维护都要责任到人，这在行政上又是一大笔开销。老秦，这么金贵的器材，放哪个单位都是块烫手山芋。”

“责任我来担吧。”秦泷极有涵养地笑笑，为他添了茶，“使用维护和培训的签批都由我来做。”

“你的工作够多了，我也只是提一醒，该我做的自然还得我做。”贺清泉呷完一泡茶，慢悠悠道别，“我回避一下吧，你先忙。”

秦泷点点头，起身送别了他。行至门口，贺清泉与萧梦卿对视一眼，随即矜持而和善地笑道：“小同志还要多历练啊。”而后又看向虞子陵，视线停在他脸上几秒，却什么也不说，若有所指地“嗯”了一声。

“心有猛虎，细嗅蔷薇啊？”两人刚坐下，秦泷就用布满牙印的烟嘴指了指虞子陵。还未等对方开口，他又指着萧梦卿的脑门慨叹：“心有蔷薇，细嗅猛虎啊？”

萧梦卿默不作声地将案卷材料往前一递。秦泷接过材料，看萧梦卿梗着脖子正襟危坐，而反观虞子陵，仍是一副慵懒的模样半倚在旋转椅上。

秦泷视线在虞子陵身上来回瞟着：“不是说遇着绑匪马上发信号吗？怎么那么久才开枪啊？”

“随机应变嘛。谁让有人不报告就闯上来。”虞子陵云淡风轻地枕着没受伤的胳膊，挂起二郎腿，“我说，这点儿险境也能吓到你？”

秦泷嘬了口烟，喷到虞子陵脸上：“所以，您昨晚是在设身处地教我咯？”

“咳……也不全是。来中心闲了那么久，我也有点儿想干架了。”

“您也干过几年刑侦，请教您，出于抓捕现场的安全考虑，要几人对付一个成年嫌犯？”

“三个。”

“那您知不知道，这柴刀要再往里一寸，你胳膊就废了？”

“知道。再高一寸，就切了颈动脉；再低两尺，就剜了左腰子。实战嘛，总难免遇到命悬一线的情况，吉人自有天相……”

“哗啦！”

萧梦卿诧异地看着虞子陵洒满茶渣的上身，在徐徐腾起的茶雾中愣神地把头摆回秦泷的方向。但虞子陵像是早已习惯了，满不在乎地抽了几张纸擦着脸蛋。

比之虞子陵的坦然自若，萧梦卿倒是坐不住了。她忍着舌头的痛楚解释道：“是我当时乱了阵脚。要处罚的话，该是我……”

“和你有关系吗？还是你觉得连我也算你的练习对象了？”秦泷

冷峻地反问，瞬间恢复了领导的威严。这种巨大的隔阂感与职阶差让萧梦卿暗暗挺直了腰板。

“萧梦卿，你错在哪？”秦泷再度追问。

“对武器的运用不熟练。没法击倒敌……”

“我本没有给你们两个小科员复盘的必要，但这案子我破个例。你在得知情况变化当时就汇报上级、申请支援，山上遇险时能够处理枪支、避免落到敌人手里，面包车上还给同伴创造了脱离的机会——作为新人，面对三个持刀歹徒，这样的结果已算奇迹了！你最大的错误，就是明知处置妥当，还想跟我玩共情的狗屁套路！”

“我错了。”萧梦卿重重咽了口唾沫。

“至于你——”骂完萧梦卿，秦泷伸出食指，筛糠似的点着虞子陵，“对任何抓捕都要存有敬畏之心，更何况抓捕本不是特护警的任务。罚你禁闭三天，三餐喝粥加咸菜。吃的蛋白质少点儿，你脑子能想多点儿。看看，因为你，害人家小姑娘受了多大的伤！”

“啊？明明我受的伤更重吧?!”

“你的临场应对放到公安基础考试里当多选题，问哪个步骤错了，准选 ABCD。”

“指挥，这应该是五组的共同失误。”萧梦卿劝道，“我作为搭档，没理由独善其身。”

“又来了。你当本指挥是谁？当那群吊唁我兄弟时觉着你这八竿子打不着的人真哭了的适龄男青年吗？”秦泷挑衅地用食指杵在她面前半晌，从头到脚扫视她，直到把她吓得闭紧了嘴才若有所指道，“学生错了，顶多考分差点！你们错了，会搭上人命的！连新警都知道有事一起扛，我就更不能饶了他！”

17

向阳花中心护理院是一栋联排建筑，位于中心西侧。院内的医护人员抽调自市一、二院与武警医院，设备十分齐全，设置有心理诊疗科，汇聚了省内不少创伤后应激障碍方面的专家。

“还是你去说。”走廊上徘徊了许久，萧梦卿仍无法下定决心去见顾茹萱，“我舌头溃疡，疼得厉害。”

“唉，你发音不是蛮流畅的吗？再说，我刚被饿了三天，哪来的力气……”虞子陵立刻推辞。

“你俩好歹瞒着我定了个新的抓捕计划，怎么说也是你和她更熟吧。”

“我答应她把那些人抓回来，现在跑了一个，怎么交代啊……”

“哗啦！”玻璃的碎裂声打断了两人的争执。声响是从顾茹萱的病房内传出的。

“出去！你们全给我……出去！”

两人都认出了顾茹萱的声线。正想查看房里发生了什么，一开门就见顾茹萱双腕夹起一个花瓶往地上砸碎了。花瓶绽裂的地方，还躺着一张皱巴巴的《月港晚报》。报纸头条用加粗字体呈现醒目的标题——《正义或许会迟到，但不会缺席》，副标题是“鲲城警方联合向阳花中心速破绑架案”，专题报道里嵌着顾茹萱的打码照片。

“我真的谢谢你们，谢谢你们给我的正义啊！”

见到纤弱而敏感的顾茹萱这般愤怒的模样，萧梦卿感到有些棘手。她心知此刻应该劝些什么，可发现能想到的言辞在这种痛苦面前不过寡淡而苍白，就看了看虞子陵，希望他能说点儿什么，但他的眼神却始终晦暗不明。最终，两人匆匆离开，将房间留给赶来的医师。

护理院每层走廊尽头都是一片小花园，不用几步就能感受到鸟语花香。萧梦卿与虞子陵来到花园，随便找了条长凳坐下等待。一个多小时后，夕阳西下，楼群的华灯徐徐点亮，月江中鱼鳞般的彩色忽闪忽闪，映照着斑斓而杂乱的城市。

“我不知该说什么。”萧梦卿对着夕阳的余晖松了口气。

“不好办哪。”虞子陵伸手从花圃里拽了支康乃馨，掰着花瓣数着，“抓了上次那当眼线的女人之后，顾茹萱的孩子们就一直留在护理院。隔着几层楼，总有一天会见到。”

“看她自己了。指挥说不管她做什么选择，中心都会全力支持。”萧梦卿手指在膝头的文件袋上轻轻敲着，“她更换身份的手续，还有两个孩子去社会福利院的手续，都准备好了。”

“把孩子送去福利院吧。”一阵冷漠的话音恰好插入两人对话中。

虞子陵连头都懒得回：“你全都听到了？”

“我很清醒。”顾茹萱走到虞子陵身边直视他，“你，不要忘了答应我的事情。”

“放心。”虞子陵掏出颗青梨在胸口蹭了蹭，往嘴里一送，“和你关在一起的那些姑娘一定会被救出来。”

“把孩子送走。我不想待在月港了，只想去一个谁都不认识的地方。”

萧梦卿仰望顾茹萱茫然而失神的双眸，沉默了。她的发泄仿佛一次沉寂已久的火山爆发，在灼热的苦痛之后，只剩一地余烬，在海潮的拍打下冷却成坚硬的暗礁。

“尊重你的选择。”虞子陵用手肘捅了捅萧梦卿，搭档也默默点了点头。

“我才回来几天，下皓村的人跟踪我，大伯想卖了我，还有一堆网站记者围在中心外，天天等着问我为什么那么冷血，居然不见自己的孩子，就好像……好像我回月港是犯罪一样。”顾茹萱走到花园的阳台旁，远眺着温暖的金色斜阳苦笑，“可这是我家啊，我从小长大的地方!”两行晶莹的泪线从她眼角无声滑下，滴滴答答地砸在光秃秃的手腕上。“为什么啊……为什么每个人都说正义来了，我却还是这么痛苦。到底为什么啊?”顾茹萱用双手环着自己，努力想伸出十指抱住肩膀，却只有一阵阵幻痛与痉挛，“爸妈死了，我成了残废，房子也被人抢了。这到底算怎么回事?!”热泪饱含愤怒、委屈与辛酸，肆意流淌而下，每滴泪珠里都映着这繁华而颠倒的城市。

告别了顾茹萱，两人驾车在三环路上飞驰着。高楼被甩远之后，整片天空豁然开朗起来。虞子陵减缓车速，靠向慢车道，摇下了前排车窗，车内顿时被沁人的夜风填满。

窗外，车流的熠熠灯海连成了发光的浪涛。萧梦卿有些颓废地倚在座位上问：“迟到的正义，对人的影响真的那么大吗?”

虞子陵一手扶着方向盘，一手托着腮帮子：“判罚不及时、量刑过轻，就会有一堆人指责‘迟到的正义不是正义’。可如果判罚及时、量刑足够，他们又会欢呼‘正义会迟到但不会缺席’。其实，这些人眼里的正义不过是旁观者的一厢情愿罢了，评判标准也低级得不值一提。正义啊，必然是迟到的。”

“怎么说?”

“对于受害者来说，被侵害的那一刻开始，属于他的正义就迟到了。警察需要面对的，就是这份必然迟到的正义。而正义会迟到的世界，才是真实的世界。”

“考上警察到今天，我听得最多的话就是‘天网恢恢，疏而不漏’。”萧梦卿稍感几分凉意，关上了车窗，“正义当即到来显然不可能，但总归要在执法者手中尽快实现。”

“尽快是多快？一天？一个月，一年还是十年？”虞子陵把另一只手也搭回方向盘上，轻轻攥着，“天若有网，何来疏漏？对双亲罹难的受害者来说，哪怕是迟到一秒的正义，又能让他爸妈活过来吗？”

萧梦卿一时无言。晚风从一侧的车窗灌入；随着车速加快，越发猛烈的气流在车里呼呼作响。

见搭档用手掖了掖衣物，虞子陵关上了窗户。他深深吸了口冷冽的空气，长叹而出：“对执法者来说，迟到的正义只是赎罪。”

雨云尽数消散，天空澄澈得像是被冻住的海面。下弦月提着点点星灯，坐着以卷云勾画的孤舟在灯火通明的城市上空徜徉着。

“你，我，身着这制服的每个人，都是罪人。”

18

赶在食堂关门前回到单位，吃完饭，虞子陵被拦在了办公楼门口。

“吃饱了吗？”萧梦卿一反常态地冲他微笑，手里提着个精致的包装袋。

虞子陵没回答，探着脑袋张望了会儿楼外的天空，自顾自感叹：“啊呀，一点儿晚霞都没有，空气又湿润，周末怕是要来台风喔。”

“这……跟你有什么关系？”

“对呀，跟你有什么关系呢？”虞子陵绕开萧梦卿，就往停车场走。

“呸！”萧梦卿别过脑袋，偷偷白了他一眼，提起手里的袋子强颜笑着，“请你吃甜点，好不好！这家店做的芒果慕斯特别好吃！鲜切芒果，加上总统奶油打底，最适合您这种品位高雅的……”

“有——事——吗？”虞子陵拉长声调打断了搭档，“准时下班是我的生活美学。还请找别人练习您新掌握的面具。”

虞子陵刚想挪脚，她跟着一步挡在他身前：“怎么对付那些穷凶极恶的犯人？教我。”

“第一课：绝不要打扰一个下班回家的同事，因为你要把后背交给你信任的人。下周见。”他不得不迈开大步。

萧梦卿不懈地小跑着跟了上去：“不然，以后……办公室端茶送水、整理打扫的粗活儿我全包了？”

虞子陵连嘴角都懒得抬，只用鼻音笑了几声。

萧梦卿突然停下脚步，耷拉着脑袋嘟囔道：“从今往后，所有案卷材料和法制手续，我来整理装订，你管签字就行。”

虞子陵头也不回地走出了好几米。可没过几秒，他又倒退着，沿着刚才的路线踩了回来。“你说的喔！”

“一言为定！但是，今天就得开始第一课。”

“好。换衣服去！”

换好作训服，两人在空荡荡的体训馆对面站定了。

“什么是战术？”虞子陵问。

“采取正确的战略，借助身边的工具和环境，随机应变，击倒敌人。”萧梦卿迅速答道。

“要击倒敌人，最快的办法是来一发 RPG。”虞子陵走到一旁的训练装备柜中翻找着，“所谓战术，就是用合理的技术保全自己，再消灭敌人。”

“嗯。”

“你枪法不是不差吗——”虞子陵把一支蓝色套筒的训练枪递到萧梦卿手里，自己则拿了根海绵棍握在手中。“现在，我是个持刀暴徒，正在地铁站台上砍杀。”虞子陵慵懒地舞起了棍子，与其说在砍，不如说捏着一根粗长的指挥棒，“你是第一个赶到的值岗民警，手上有一把装满子弹的 92 式和一个弹匣。请马上处置！”

萧梦卿点了点头，据枪保持十米左右的距离，吼道："警察！把枪放下！无关人员退避！"

虞子陵一扭头，抬着海绵棍朝她的方向挪去。

"喀！喀喀！"训练枪扳机抠响了，虞子陵应声倒下，不再有任何动作。

半晌，萧梦卿据枪维持警戒姿势，朝着他倒下的方向移动。她用脚尖顶了顶虞子陵，见他没有任何反应，皱着眉头好奇道："你睡着了还是怎么着？"

"抱歉啊……今天是有些犯困。"虞子陵缓缓翻了个身，平躺在地上，脱下作训服外套当枕头，垫在了脑袋下，继续打起盹来，"教完了，下课！"

"你……"萧梦卿夺过海绵棍，想给搭档当头一棒喝，思前想后，还是放弃了。

"如果这是重案现场，你已经死了。"虞子陵睁着一只眼，用下巴努了努对方的身侧：装备柜旁的沙袋假人手上抓着另一把枪。"我被你打了那么多枪，的确活不成了，可我说了现场没有同伙吗？"

"再来！"萧梦卿搬来几条凳子，摊开，在不远处摆出一个直角阵列，"劳烦您再死一次！"

"喔，状况不变，这次我没有同伙。"虞子陵捡回海绵棍，继续躺在临时团好的枕头上，打开手机刷着新闻。

萧梦卿不敢轻敌，先是以凳子阵列为掩体，据枪环视，确保安全之后才朝虞子陵的方向缓缓移动。抵达他身旁后，一脚踢开他手上佯装砍刀的海绵棍。

"你还是死了。"虞子陵松开手，手机掉落在两人身前，"这是一枚自制炸弹。"

萧梦卿这次没有发火，细细回味虞子陵最初的言论，豁然开朗："保护了自己，才有命考虑怎么击倒更多的敌人。"

"悟性不差。这就是'危险加一'的道理，也是一切战术的基础理念。”虞子陵解释，“击倒所有敌人之前，万一你倒下了，身边人没了你的保护该怎么办?”

“所以，我刚才应该在击倒敌人之后找掩体隐蔽，伺机观察，直到排除爆炸物的增援部队抵达。”

“很好。联系你最近的实战吧。我记得上次你被绑上面包车后还有些余力。”虞子陵突然追问起来，“现在回答我——万一我是真晕了，你该怎么做?”

萧梦卿登时错愕了，方才还对答如流的她居然支吾半天也说不出答案。

“药物作用下，你的体力正在流失。再不决断，就会搭上两条命。”虞子陵补充道。

萧梦卿把头转向一边，嗫嚅道：“现实中没有万一，这样的复盘毫无意义。”

“最好的战术是：丢下我，下山求援；带增援队伍来处理。”

“我不想放弃同伴。”

“实战很残酷，残酷到你毫无共情余地。明知答案又不回答我，难道是有更好的做法?”

“我会好好锻炼自己的。”

“行，那就加课吧。”见对方不断转移话题，虞子陵冷笑一声，“晚饭消化了没有?”

“特地没吃太饱。”萧梦卿如释重负。

虞子陵把她带到操场上。在草地找了块空地坐好，他指了指跑道：“慢跑十圈，热热身吧。”

“多少?!”萧梦卿有些发懵，明明还没开始跑，双脚已忍不住微微打颤。

“四公里罢了。你体能上欠缺越多，就越需要用技巧和工具弥补。”虞子陵随手拔下一根草茎，放进嘴里嚼，“以你现在的体力，想要制服上次那些嫌犯，估计得给你一支上了膛的微冲。哦，对了，你带来的芒果慕斯呢？给我！”

萧梦卿狠狠剜了他一眼，但还是咬了咬牙关，将作训服解开，用袖子束紧腰肢，在操场上狂奔了起来。

“跑快些！呼吸要有节奏！体能是慢慢提升的。每周最少跑两次，半月后增加到五公里。”搭档每次经过身前，虞子陵就舀起一块慕斯，美滋滋地品尝着。

跑完六圈，萧梦卿再没多余体力，瘫倒在草丛里，呼哧呼哧地喘着粗气。待她休息得差不多，虞子陵把作训外套披上肩头，不咸不淡地甩下一条干毛巾：“周末自行把欠的圈数补上。”

“呼……哈……知道了。”梦卿抓过毛巾往脸上一盖，整个人躺在了草坪上。掀开毛巾一角，右眼瞟着搭档：“之前你在车上说的……我后来想了很久。正义必然迟到的世界，才是真实的世界。你说的没错。”

虞子陵轻轻“哦”了一声：“之前说好的教你打架，不含谈心。”

“这次的案子让我明白一件事。”调整完呼吸，她坐起身，拆下脑后的两个发圈套在腕上，擦了擦两只被汗水打湿的金属蝴蝶，“就好像这起案子，不管我们抓多少人，对顾茹萱来说，伤害早已注定，只能尽可能去弥补。”

虞子陵把慕斯包装盒碾成一团：“将正义的概念无限泛化，最后它就会失去这个名字。顾茹萱算是幸运的了，多少人终其一生也见不到这种正义。现实比你想的残酷得多。就算全社会所有人都竭尽全力，也只能触碰到正义一角。”

“或许吧，可社会也不只有黑暗面。正因为要与邪恶作斗争，才有了那么多美好的品质与希望。”萧梦卿拢了拢耳畔微凉的发丝，直起腰板，“我们的工作，不就是保护受害者，让他们有机会等到正义来临吗？”

虞子陵遥望斗转星空，苦笑了一声：“喜欢保护他人，在这职业里，还真是一种通病。”

19

“头家娘，来碗臊子面。”一个从头到脚包裹严实的食客进了三秦面馆的门，挑了张最角落的卡桌坐下，卸下双肩包，轻声点了餐。

“来咯！”店里生意不错，老板娘也戴着袖套帮助点单、端菜。食物送到客人面前时，她纹着玫瑰的花臂不禁停了下来。“你……”虽然隔着太阳帽，但还是认出了顾茹萱，便知趣地收了声，搬了张椅子在客人身旁坐下了。

“头一次见面时，我怎么也想不到——”老板娘单脚搭在椅子上，点了一支烟抽着，昂起头，吐出清凉的烟柱，“原来你真是这间屋子的主人啊。”

“实际上，这套房产很多年前就不在我名下了。”顾茹萱摘下帽子和墨镜，环视热闹的面馆，“可这是爸妈留给我的，我一定会要回来。”

“嗯……这才公平。”心里明知对方要回房子会影响自己的营生，可老板娘仍是爽快地笑了笑。

“这个面店，你经营了很久吧？”

“是啊。人嘛，四海为家，哪儿不能讨生活？这些年打拼下来，总归赚了些老本，比我离家出走那年好太多了。而且……你现在应该急需用钱。”老板娘吸了口烟，小声干咳了两下，催促道，“快吃吧，凉了就不香了。”

“最近还是这么忙吗？”顾茹萱双臂夹起碗，小口喝了起来。

“可不，每天我都得从傍晚干到清晨。长久这么昼夜颠倒，哪儿吃得消呢。”老板娘拍着额头，苦笑着抱怨，而后又突然站了起来，“对了，你稍等我一下！”没过几分钟，她又回到桌旁坐下了，摆上新款Pad，冲顾茹萱咧嘴笑着：“我老想着你能回来帮忙，后来还弄了个这玩意儿——键盘很大，手不方便的人也能用，还有配套的腕带和触控笔。喏，时代变了，扫码付款，算个数就行，都不用找零……”

顾茹萱没有回答，只是默默地吃着面。臊子面的味道与上次一样，虽然没有红油，清淡里却透着一股难以抵挡的醇香。她双腕捧起海碗，大口吞着，几乎不怎么嚼就咽了下去。不一会儿，整碗面就见了底。放下碗，顾茹萱的脑袋低了下去，可她沾满酱料的嘴唇却勾了起来，露出满足的笑容：“谢谢你。这碗面……是我十年以来吃的最好的味道。”

“过奖啦。”老板娘躲开顾茹萱的凝望，朝着街边的高楼眺着，装作欣赏夜景的模样，“没地方住，就来我这儿吧。”

顾茹萱徐徐摇了摇头。“我今天是来和你告别的。这应该是我在月港吃的最后一顿饭了。”

“这样啊……”老板娘苦笑了一声，在屏幕上用触控笔胡乱画着，“也好。可你想过赢下官司前的这段时间怎么办吗？”

“两条胳膊两条腿，换个三餐一宿有什么难？”顾茹萱微微一笑，“你教我的啊。”

老板娘微张着嘴，没吭声。好一会儿后，她舒展了眉头，释然地笑了笑，把 Pad 与配件装好，放进了顾茹萱的双肩包中。“这呀，就算租金的利息了！”

“谢谢你……”

老板娘摇了摇头，对眼前人亲切地嘱咐道：“人生路还长呢。遇到困难，随时回来。这儿是你家。”

“这十年饿坏了，没吃饱过。”顾茹萱意犹未尽地舔舔嘴唇。

老板娘一乐，抬起花臂，用拇指比了比自己：“你先喝口茶，等会儿尝尝正宗的臊子面。”

“好啊，小份就好啦。”

“能吃辣吗？”

“能！”

虞子陵窝在半条街外的车上打着盹，直到被一阵敲击声吵醒。

“虞 Sir。”一条纹着玫瑰的花臂搭在了半开的车窗上。

“呵——啊，顾小姐走了？”虞子陵拧开一瓶矿泉水，啜了几口，又拿了张湿纸巾擦了擦脸。

“走了有一会儿了。你不陪着去？”

“有搭档和其他女同事送她，我懒。”

“对了……”老板娘直起身，从后腰掏出手机，打开付款页面，“你支付宝多少啊，Pad 的钱我转你。”

“不了，没多贵。”虞子陵用手支着腮帮子，“算是你之前送我玫瑰花茶的谢礼。”

“那不行！花茶才多少钱？亲兄弟还明算账呢！更何况我们萍水相逢才一礼拜。”

“报销，走向阳花中心账目。算是这社会欠她的。”

老板娘露出一抹狡黠的笑容，机敏地一语点破：“真——的？哪个公安局能报销这顶配 Pad 啊？”

“竭诚相待，是我的处世美学。”虞子陵轻“哼”了一声。在对方做出下一举措之前，他启动了车，一脚油离开了花街。

“常来吃面，我请！”老板娘在后视镜中挥着花臂。

20

盛港海岸线吹入的海风，强劲而咸湿。在二十余年的侵蚀下，厂房外皮锈蚀殆尽，从北山上俯瞰，就像一排排巨型骷髅匍匐的赤色坟场。月港市民大都对废弃厂区敬而远之，却也因为各种恶性案件与都市传说频发的缘故，为这片猩红色的废土起了个可怕的外号——鬼钢城。

鬼钢城一角，一栋废弃的炼铜厂房内散发着一阵古怪的肉香。时值深夜，偌大的厂区本该死气沉沉，而铁皮厂房的外层裂缝里却飘忽着密集的亮光，像极了一个硕大的锈灯笼。

一个熊一样健壮的中年男人蹲坐在一个简易锅炉架旁吃着肉，狼吞虎咽的模样像是饿了数天。他也不擦手上的肉汁，吃完一块，就从锅里又捞起一块。有的方才半熟，就被他嚼了起来，血水沿着嘴角滴下，又被下巴上茂密的黑须吸收了。他身旁躺着一只狼狗的尸体，胳膊粗的骨架被他啃干净后随意丢在一旁。狗头还是完好的，颈骨往下就只剩下剔干净了的胸腔，红白相间的肋骨分外阴森。

吃完锅里的肉，他用手背一抹嘴唇，呕出一口腥臭的饱嗝，答谢道："翁柴哥，多亏有你！"

锅炉对面坐着三个人，中央的老人身形佝偻，身高不到一米七，紧贴头皮的头发完全花白，脸上皱纹勾勒出层次清晰的沟壑，神情中却透着历经沧桑后的平和，甚至还有些慈祥。然而，他的脖子上却挂着一串风干的器官——耳朵、鼻子、脚趾拇指，"项链"中央捆着一枚锈迹斑斑的苏制高爆弹头。老者没有发话。

身边的副手不紧不慢地收拾粗壮男子丢在地上的肋骨和腿骨，别有目的地挑选着。不一会儿，他伸出黝黑的胳膊，掌心里躺着十多枚连着肉筋的骨头。"吃干净！"

"我他妈吃完了。没和你说话，我来找翁柴哥，少他妈惹……"粗壮男子话未说完，就感到一股冰凉的触感抵上脑门。他努力翻着眼珠向上看，发觉一柄粗壮的自制土铳死死顶在了头上。这柄枪由一掌长的无缝钢管制成，隔着蜡封的枪口就能闻见浓烈的黑火药味。他本想壮着胆子继续发狠，却发现对面的老者仍然一言不语，甚至饶有兴致地看着眼前发生的事情。

副手掰开击锤，仍以同样的语气对着手里的骨头说："吃干净！"

男子妥协了，一把夺过骨头，把首尾肉筋啃了个干净，嘴里嘎吱嘎吱作响，像是嚼着几枚棕色的棒棒糖。

"你不懂饥饿的可怕。"坐在对面的老者终于发话了，"一块肉，过去能换好几条命。"

"'烟头'最讨厌浪费食物。"副手收起枪，补充道。他把锅里的汤用几个搪瓷碗装好，分给了身边的同伴们。大家接过后，很快“咕咚咕咚”地把酱色的汤汁喝了个精光。

“翁柴哥，我在山上待了快一个礼拜。腕子伤了，没法打猎，实在饿得不行了，才想到找你帮忙。”见枪挪开，粗壮男子怯生生地在衣服上抹干净手掌，双手抱拳，跪在了老者面前，“我走投无路了！警察抓了我的兄弟，下一步肯定顺着账本去我们村里。我想求你给我条活路，救救我们村里人！”男子说到激动处，顺势往前抱住老人的脚。

老人身旁的两名手下见状，各自掏出一把匕首，等待命令。老人只伸了根手指，示意他们作罢。“我的命是你阿爹救下的。记得首领带着我们逃出湄公河时，我才十五岁。”老人的普通话很不标准，舌头在发音时吃力地扬着，“你的村，我救不到。跟着我，你会有危险。吃完了肉就走吧，活下去比什么都重要！”

“男人不怕死……就怕窝囊！”粗壮男子松开手，昂起的脑袋青筋暴起，“翁柴哥，我要报仇！”

“在这里，要叫我‘烟头’！”老人没有多加阻挠，而是跟手下要来一柄匕首，丢在粗壮男子面前，“阿忠，就算是你，我的规矩也是不能变的。你阿爹对我有恩情——眼睛太痛了；鼻子，你留着闻肉——你不听你阿爹的话，不肯好好躲着，我要你半个耳朵。”

没多久，厂房内传来一阵惨叫，很快被夜港一连串的汽笛声淹没了。炼铜厂内这个巨型铁锈灯笼也随之暗了下去，鬼钢城的夜晚重归暗潮汹涌的漆黑之中。

第二章
风起舞的城市

00

“天涌区森海景观交接，天然温泉密布。本月9日晚，一对前来旅游的情侣在悦馆温泉酒店内散步，却遭到装扮为酒店游客的小偷盗窃，后被捅伤。”初海豆捞火锅店的电视屏幕中正播着热点新闻。二楼露天餐吧上，海鸥在夕阳下乘风翱翔，偶尔发出哀怨的鸣叫。

“女孩已恢复意识，但同行男孩肝肾破裂，仍在ICU抢救。”镜头切换至涉事酒店的温泉景区，泉池与地板上的血迹都打上了马赛克，“据女孩叙述，察觉被盗之后，对方却转盗为抢，用匕首刺伤两人后逃离。目前，天涌分局正在全力排查……”

初海豆捞是洛星区有名的滨海排档，以环境惬意而闻名。海风吹拂积云，为秋老虎的闷热带来一阵湿润中的清凉。今日是周五，时间才17点出头，店内已有不少食客。

最靠海的卡桌被两男一女占据了。他们面前是香气扑鼻的鸳鸯锅，盘子上只剩下清口的蔬菜。剪着齐刘海儿、扎着马尾的女孩紧靠椅背，百无聊赖地晃着二郎腿。她上衣的运动背心外套着件白色一字领T恤，胸口印着一个不算少见的和制汉字——凪。

“饱了。还要等多久啊？”女孩端起可乐灌了几口，心满意足地“哈——”了一声。

“来了。”背朝大海，坐在女孩身边的中年男子发话了。他留着上世纪 80 年代流行的波浪头，每一丝发梢都打理得油光发亮。

话落，三人卡桌迎来一名新客。来者夹个公务包，穿着得体的西装，长相并不出众，但打理得斯文清爽。他来得很见急促，衬衫都被汗水浸湿了。“神童，你什么意思？”西装男喘着气，开口便是质问。

“没什么，比比。”一直在等待的男孩开了口。他穿着私立学校的西式校服，鼻梁上夹着纯黑太子镜。朝卡桌对面的女孩一抿嘴：“拿出来。”

女孩嘟了嘟嘴，拉开手提包朝向西装男，展示内中几个不同款式的手机：“这都是你手下今天在这条街刮来的砖，我借过来了。”

被叫作“神童”的男孩手上一直把玩着一个银色金属材质的三叶手指陀螺。陀螺样式普通，可每一叶中间都夹着枚飞鹰牌刀片，旋转起来距离他虎口只有几毫米。“我手下没事？”

“放心，我的人知道分寸。他们已经安全离开了。”男孩为西装男斟满了可乐。

初秋的海风让傍晚格外凉爽，可西装男却燥热得稍稍松了松领带：“我记得这条街好像是我们 996K 的地盘。知道你在做什么吗？”

“学艺不精，怪得了谁啊？”女孩撅了撅嘴，往自己的可乐杯里加了两块冰，“没上道就出来干活，总有一天会坏了规矩。”

“这意思是要宣战了？”西装男冷笑。

听见“宣战”两字，男孩中指一摁，把陀螺停住了。

对方突然板正身子，下意识地往随身携带的公务包下一抹，捏出一把造型精巧的金属美工刀，摊开一小截刀刃，就往男孩的膝盖扎去。

男孩不躲不闪，气定神闲地喝着饮料。

电光石火之间，西装男只觉手腕被轻轻拉扯了一下。力道很小，却疼得他使不上劲。他转动眼球往下一看，手腕竟然沿着一圈精准的环形渗出了血。

“哟，嘴炮打不过就想动手啊？”女孩手上多了枚戒指，挑出一道优美的银色折线，银线一头缠在戒指上，另一头收在她腰部类似卷尺盒的小圆盘里。

她食指一抬，西装男就感觉自己的皮肉又紧了紧。造成他手腕伤口的，是一根极细的银色金属丝。

男子沉着地把美工刀收进袖口。再度摊出时，纤薄的刀片精准地卡进了皮肉与金属线之间。男子扭转刀片，把刀背搭在自己皮肉上，用刀身撑起了个一厘米的空隙，又一翻腕子，抬掌就把突出的刀尖往女孩膝头一送。女孩赶忙用捏着戒指的手去挡开，不料恰好松开了线环，让对方轻松挣脱了。

“好刀……”男子低头扫了眼美工刀被金属线切裂的刃口，凝视女孩手中亮晶晶的丝线惊叹。他不再发难，收了刀子，抻了抻袖子，遮住伤口。

男孩笑出两枚浅浅的梨涡：“取巧了。要不是仗着金蛇哥…….哦，我记得你不喜欢其他人这么叫你吧，郑总。要不是你来得着急，以她的功夫，绕你腕子是不可能不被发现的。”

见男孩抬指示意，女孩双指捏着戒指凌空一松。一声尖锐的响动后，金属丝切开空气被弹簧自动吸入卷盒中，只留下戒指还搭在盒口上。

“这局我接下了。用我的砖换我手下那包。这礼拜你挑一天。”西装男不改平静面色，又掏出怀里的手机递给男孩，“不耍花的，就在这条排档街堂堂正正比一次。如果你们三人中任何一人能拿着我的砖从街头走到街尾，这街就归你们。”话落，西装男伸手就要去薅女孩手上的包。男孩却伸掌压住了他的腕子，另一手把西装男的手机推回去：“心领了。这包从你们那儿借来的，还得留着当见证。你我终有一局，但不是现在。您要是赢了，我自当双手奉还，再让出一条街。”

“你到底什么意思？”

“‘秋月节’不是快到了吗？那就按这行的规矩，咱们‘东方大典’见真章。”

“好。这条滨海排档街在‘东方大典’前我会先让出来。告辞了。”

“郑总，您误会我了。今天我只是打个招呼，不是来抢地盘的。您可以正常营业。”

“不了。”西装男捂着袖子起了身，把公务包往腋下一夹，“丢了面子，就要凭真本事要回来，而不是靠对手的施舍。”

对方走后，男孩冲波浪头男子喊：“‘钳工’，买单。”

“怎么了？”女孩钻到卡座另一侧，亲昵地挽起男孩的胳膊，把下巴靠在他的肩窝上。

“舍不得你。”男孩坐正了身子，用指尖摩挲着她光滑的脸颊，“除你之外，我谁也不敢多信……我保证在你回来时以‘风魁’的身份，重新清理好这行当。不会再有人像你一样受伤了。”

短短几句话，却让女孩眸子里的神采瞬间黯淡了。她抬起手，与脸颊边的手掌十指相扣：“阿童，我对这些虚名不在乎。”

男孩与她四目相交，被她目光里的爱意和期许灼得生疼。他抬起视线，微笑道：“我明白。”

女孩仰视他，一改之前的漫不经心：“等我回来，我们换个城市重新开始，好不好？”

“嗯，我答应你。”男孩在她的嘴角留下轻轻一吻，而后起身离开了。

他与“钳工”走后不过几分钟，几名身着制服的巡警来到初海豆捞店，一切都显得那么恰好。“有人报警东西被偷了？”

“我偷的。”齐刘海儿女孩指了指桌面的提包。

埋头进餐的人们纷纷抬起头，好奇地看着女孩奇怪的举动。

“你？是小偷？”带头的民警有些疑惑。

女孩一口喝完了杯子里的可乐，臼齿把冰块碾得嚓嚓作响：“是啊，我自首。”

即便心怀疑惑，他还是让部下根据包里的手机号码进行核实。令他们诧异的是，的确有几个号码与今早的失窃警情对得上。他们只得将女孩上铐，带离火锅店。

女孩起身后走得很慢，右腿一瘸一拐，步履艰难，最后不得不在民警的搀扶下离开。她丹宁短裤下修长的双腿纤细白皙，右腿上有三颗深深下陷的肉窝，两颗在膝盖边上。

滨海排档街的尽头，“神童”与“钳工”正并肩背对夕阳散着步。在他们背后，闪烁着蓝紫色微光的警笛声由近及远。

“我挺担心你。”波浪头男子望着男孩，抽了口烟，抬头向晚霞吐去。

“有你在，谁敢动我?”男孩回头望了望人群熙攘的排档街，自嘲地用鼻音轻轻叹了口气。他摸向自己的腰侧，握着巴掌大的金属物件一笑：“再说了，不是还有这保险吗?”

“别让任何人知道你有这东西！我不希望你有用它的一天。”波浪头男子伸手捂住了男孩的衣物，“全月港这次瞄着‘风魁’的团伙，你差不多挑衅遍了，就剩‘十四少’和‘丐儿团’。你有什么打算?”

“对这俩挑衅是没用的。丐儿团是前年来月港的外地团伙，既不要脸又爱耍诈，千羽会搞定他们。至于十四少，得我们自己动手。刚才的新闻你听了吗?”

“嗯，偷不成就抢，是他们的作风。”两人又走了走，“钳工”脚步渐渐慢了下来，“顺老大……呃，你爸的事情，真不告诉千羽吗?”

“这样对计划比较有利。”他拍了拍“钳工”的肩膀，强笑了起来，“老爸出事前把我托付给你，这计划为的也是他最后的心愿。除了你，我谁也不敢多信。”

01

"再猜。"林千羽扣下一只瓷碗，与特护五组的两人面对面端坐在茶桌前。

"单数。"虞子陵瘫在座椅上，懒洋洋地轻抬唇角。

萧梦卿翻着手中的资料白了搭档一眼："别玩了，认真工作。"

林千羽打开碗，碗里躺着两枚瓜子。

"知道为什么大多数贼都是累犯吗？"林千羽从碗里拿出一枚瓜子，放在拇指与食指肚之间一弹，接稳之后，张开的手掌空空如也，"因为贼最大的缺点就是爱赌。胜率越低的赌局，越能让他们兴奋。赌徒未必是小偷，但小偷一定是赌徒。"

"七月半放广播——鬼话连篇。"虞子陵打了个哈欠，起身泡茶。他用茶针拨弄着砂壶里的桂花叶，"中元节都过去一个月了，下周四就是'秋月节'。你在这防火防盗的高峰期来自首，还说能帮警方将全月港的盗贼团伙一网打尽，未免太巧合。"

萧梦卿瞥了虞子陵一眼，转移话题："八级伤残严格来说并不完全符合取保条件，你还得有重大立功表现才行。当然，我们会保护你不受报复。"

"保护？每天住在只能从外面打开的安全屋里，饿了、渴了才能用内线电话喊人送东西，我就当是保护吧。"

虞子陵重重地"呵"了一声："一个才刚自首的惯犯，我们对你改过自新的念头深信不疑。"

"哼，犯不着明捧暗骂。"林千羽抓起一把瓜子嗑得咔咔响："在月港，最厉害的小偷啊，就像城市里跳舞的风，来无影去无踪，能毫不留情地卷走一切。这次姐姐我心情好，上门来当风向标，你们这些黑皮且乐着吧！"

虞子陵掀开衣摆，露出腰侧的枪柄："请你喝茶，不是为了变魔术吧？萧老师啊，她要再不给个理由，我就和她玩俄罗斯轮盘，好不好？”

萧梦卿毫不犹豫地把手一伸：“我来放子弹。一人三枪，从你开始。”

“你就这么想换搭档吗？”虞子陵神色哀怨地掖起外套，匆匆拉上衣服拉链。

林千羽思忖了一会儿，稍稍伸出右腿，露出膝盖旁愈合的肉孔：“这就是理由。这是上次‘东方大典’留下的伤，我要他们所有人都进笼子！”

萧梦卿瞥了一眼她的腿伤，静静呷了一小口微烫的桂花茶：“东方大典是什么？”

“你们在月港当差，应该知道什么是秋月节吧？”林千羽一口喝干了茶，发觉这黄绿色的透明液体竟意外地馥郁香甜，就毫不客气地用手指敲了敲杯沿，示意虞子陵加满。

“我省的特殊节日，从秋分日开始，为期三天。”萧梦卿回忆起儿时逛庙会的热闹景象，心中的烦躁情绪也缓和了些许。“月港、星湾一带古时是渔村，先人们在秋分庆贺丰收。‘秋分鱼舒展，跳舞翻浪花。’秋月节要吃海鲈鱼，喝桂花酒。”

“说得我都饿了。”虞子陵用牙签叉起一小条桂花芡实糕塞进嘴里，向林千羽发问，“酿酒的拜杜康，雕玉的拜丘处机，而你们小偷拜东方朔。我猜，‘东方大典’就是小偷们的盛会？”

“好见识。大家一年四季都在不同街区干活，只有这秋月节的头一晚，各帮派都在指定地界共庆‘东方大典’，大显身手，交流经验。”林千羽伸长手臂，拿起剩下的大半块芡实糕，捧在手里，大口嚼了起来，“所以，秋分日这天，就是把他们一锅端的最好时机！”

“如果只是交流经验，怎么把你伤成这样？”

“技不如人的家伙里总有几个眼红心急的。算本小姐运气背，遇到了也只能认栽。”

“这么说，你想必知道今年‘东方大典’的举办地了？”

林千羽伸指比向窗外几公里远的地方。即便相隔如此远的距离，萧梦卿和虞子陵也望见了高耸的月牙形双子楼。“月港塔。”

月港塔是月港新城的标志性建筑，坐落于月荷公园。它的外形就像一弯沉在地面上的娥眉月，而上下两梢不对称的月弯突破地表，耸立在平坦的公园中央，主塔是较大的月弯，副塔则是小月梢。主塔高达三百九十米，里头坐落着一家超五星级酒店——月城与两个高新购物中心；副塔高度也达到了九十米，内有各类艺术中心和剧院。

“聪明啊。”虞子陵鼓掌赞叹，“历年秋月节，月荷公园都人满为患，头天晚上有焰火晚会。人群的注意力都在天上，正是下手的好时机。”

“信了吧？”林千羽枕着手臂靠回了椅背。

“具体是哪片区域？”

“主塔一到五楼的桂宫购物中心。去那儿逛的可都是高消费群体。我们这行有个规矩，不爱对穷人下手。”

“我也听过一些江湖规矩：混道上最忌三件事——勾引二嫂，吃里扒外，通官告密。”虞子陵倒上一杯茶，一口不喝，缓缓浇在茶盘上，“和警察配合、主动出卖同行，你赌得不小啊。”

林千羽没有立刻回嘴，只是边往嘴里塞瓜子边失神笑了起来：“你知道什么叫过街老鼠吗？生意差了，天天受怕，夜夜逃跑；生意好了，动不动还要挨同行刀子。”她倏地抬起头，眼眶里含着泪光。

萧梦卿没有言语，掏出一张纸巾递到她面前。

林千羽接过纸巾，猛地擤了鼻涕，深吸一口气，憋回泪水。“别以为我和你们合作是为了你们的正义感，我只是为了重新开始。我看过你们之前的新闻，事成之后，我要一个全新的身份！”

02

鲲城区西客站出口的公交站旁蹲着个乞丐，蓬发披肩，斜挎着个脏兮兮的麻布袋，有一搭没一搭地敲着手里的破瓷碗。

西客站即将拆迁至新址，流浪汉都借着最后的热闹光景讨生活。衣着光鲜的旅客进进出出，拄着拐、露着截空荡裤管的跛子率先挪了上去，而搀扶老人、捧个搪瓷碗的走得慢些，跪抱小孩的没法跑，只能眼巴巴地把脖子前挂着的过塑二维码往前伸。

唯独那光脚乞丐极少走动，一枚接一枚地慢嚼着随身塑料袋里的碎馒头。一对三四十岁的中年夫妇注意到了他。他们也是附近的乞讨者，一人抱着一个脏兮兮的幼童，向过路人讨要回乡车费。两个孩子身形消瘦，看着像是几天都没吃饱饭了，水汪汪的大眼睛里透着饥饿的绿光。

流浪夫妇本在西客站出口找生意，经过光脚乞丐身边时，中年男子拉住了正往前赶路的妻子。他弯腰打量了会儿光脚乞丐，从妻子背包里掏出巴掌大的盒子，放到他面前。“尝口鲜的吧。”男子走开时，露出朴实而善良的微笑。

光脚乞丐傻呵呵地笑了两声。待他们离去，才慢慢捡起包装盒。里面躺着一个鸡肉三明治——雪白的肉丝、厚实的鸡蛋、香浓的芝士对任何乞丐来说，都是一顿不可多得的美餐。他却并不珍惜，匆匆扫了一眼，就揣进了塑料袋。

“叮铃铃——”伴随一阵清脆的响动，一枚硬币骨碌碌地在破碗里转悠了起来。

硬币躺下时，另一阵银铃般的嗓音从他身后飘来：“隔壁帮驴友都用上花呗了，你居然还用这破碗来讨饭。”两个年龄相仿的女子在一旁的麦当劳点了两杯咖啡，坐了一早上。

“经典扮相，永不过时。有事吗?”乞丐主动冲拄拐的女孩发问了。

“来给九袋长老报个信，刚才那两人就是帮派首领。”

“确定？”光脚乞丐没回头，捡起硬币，摩挲着它晶亮的表面纹路。

“废话。你的支援怎么还没到？”说话的齐刘海儿女孩来到乞丐面前，俯下身，“他们中午就收工！秋月节后，他们就回老家了。到时候，想找都没地方找了。”

“支援早来了。”光脚乞丐冲着齐刘海儿女孩摆了摆手，示意她不要遮住自己的视线，“丑话说前头！今天的成果决定你明天听的是《起风了》还是《铁窗泪》。”

“黑皮就会威胁热心市民。”齐刘海儿女孩损了一句，拉着同伴的手快步离开，“信不信由你！你是兵，我是贼，我哪里有的选？”

另一个女孩淡淡看了乞丐一眼，走开了。两人离去不到五分钟，乞丐就被四个男子的身影包围了。

“虞少好！”三个年纪相仿的青年先后问候了乞丐，乞丐也挤眉弄眼地一一回应了。

“人呢？”为首的青年是一副厌世脸，正用不屑的三白眼环视四周。他背着一方体育馆内常见的单肩网球拍袋。拍袋不轻，勒着斜肩的肌肉。

“白目川，请安都省了吗？”乞丐一改方才的闲适，在塑料袋里摸索着。

“别废话了，狗甘仔！说正事！”

“售票点北侧的大楼。”两人就楼的结构与对方的作案规律谈了几句，乞丐又叮嘱道：“很多孩子。小心些。”

“说好了，等搞到人，拐卖儿童的主犯归我们重案。”一听对方让自己小心，背球拍袋的青年更不屑了，“其他小偷小摸的从犯，你们自己去联系侵财吧。”

“吃梨不？”光脚乞丐挑了挑眉，从麻布袋里摸出一颗青梨，抬到对方胸前。

“今儿个——” 背着球拍袋的青年瞥了一眼乞丐油亮漆黑的指甲缝，伸出胳膊一挡，“不了。谢谢啊！”

“对了，帮我还个东西。”

“目标对象赏你的？缘分呐。”

“你的手臂包扎过。”乞丐端着青年的左小臂，“不都给了你航拍吗，怎么还弄成这样？地图的精度应该没问题呀？”

“她的实力你清楚，和她无关。”听到乞丐的话，青年一反方才玩闹的态度，粗暴地将手臂抽了回来，冷着脸质问道，“你居然还有脸和我说地图的事？”

“够胆告白之后再护妻吧。”乞丐摊着手，挖苦了一句。

“小曲是你们六个组的副队长，怎么说也算你上级。你用了什么办法让她帮忙的？”

“一句话加一顿饭。一句‘白目川要去的地方情况很复杂’，以及请了四组一顿牛肉芝士披萨。其实，这顿饭能省下来的，但凌珏不肯。”

青年蹲下身来，直视乞丐的一双三白眼，沉沉命令道：“这是我的案子。下次，绝对不要让小曲参加这么危险的行动了。”

“放心吧，只用无人机在外围高空航拍而已。”乞丐捧起破碗举到他面前，晃了晃，“以她的身手，就算被发现了也能全身而退。好歹是你暗恋对象，多给人家一些信任行不行？”

“上次，连我都做不到全身而退。”青年起身，把负伤的胳膊探到乞丐面前，撸开左袖，露出三处烫痕。

“玩命时用烟头自虐的习惯可真不好。”

“留疤总好过丢命。”

“等你把胳膊烫个北斗七星，估计就能转正职了。”乞丐笑了，又恢复了吊儿郎当的模样，“什么时候烫满二十八宿，就得喊你夏局长了。”

青年戴上兜帽衫的帽子，居高临下地与他毫无焦距的瞳孔对视着：“你，见过恶鬼吗？”

乞丐摇头晃脑地乐着，一副痴傻模样。

北侧大楼是一栋老旧的写字楼，楼里公司倒的倒，跑的跑，几乎没什么住户，许多流浪人都选择在这儿躲避正午的骄阳。二楼空空如也，玻璃碎了一地。阴冷的霉味混杂蟑螂、老鼠排泄物的味道，足以让所有企图上楼的人都掩鼻退开。

五六个大人散在楼里，若无其事地喝水、抽烟。不经意的交谈之间，却透过窗户与楼梯口看向楼下。他们的衣着像是复制的，下身都是平日里最便宜的涤纶裤，上身搭配洗到发黄的运动衫。

楼层中间的地板上清理出了一个干净区域，一个皮肤白皙的女人正站在这儿，把矿泉水和火腿肠分成数十份。她身旁蹲着一个四十来岁的人，正是方才施舍过乞丐的男子。他一改羞怯朴实的姿态，半眯着眼，神色颇为倨傲。男子张罗着，往地板上铺了张硕大的塑料布。他面前站着二十几个衣衫褴褛的孩子，正一个个走上前来，把上午的“成果”放在塑料布上，而后缩着身子，到女人那儿领取充当午餐的食物和水。

一个嘴角带笑的女孩颇为得意地走上来，整齐地码出一排手机与钱包。中年男人脸上露出悦色，摸摸女孩的头顶，转头向女人吩咐道：“给红儿一个鸡肉三明治，再来听雪碧、两根火腿肠。”

“谢谢阿爸！”女孩儿的笑容更为灿烂了，拿了食物，欣喜若狂地坐到通向三楼的楼梯上享用起来。

后来的男孩十分消瘦，发黄的头发有些稀疏。他比其他孩子年龄都大些，显然也更轻车熟路。默默把四个钱包和两台手机放在布上，故作殷勤地深鞠一躬：“阿爸，这是今天的。您验收！”

男子没反应。他正要去领吃的，刚背过身，中年男子沉闷的声音响了起来：“猴仔，偷藏什么了没有？”

男孩子怔了怔，四肢瞬间僵住了。

“现在自己拿出来，我就当没事发生。要是被我搜出来……就得上家法了。”

听见“家法”两字，被叫作“猴仔”的男孩“扑通”一声跪到了男子面前，颤抖着从腋下摸出一张皱巴巴的五十元。中年人接过钞票，长叹一口气：“小小年纪不好好学功夫，尽想着偷奸耍滑。你要演得像一点能蒙过我，倒也算长进了。幸亏你跟的人是阿爸……要换成阿爸的师傅，早就剁你一根小拇指了。今天你没饭吃，只有水喝。下去！”

男孩含着泪站了起来，双手小指紧紧攥进拳眼里，下唇咬得发白。但离开之前，他还是鞠了个躬，从嘴里挤出一句：“谢谢阿爸。”

最后上来的是个看着才七八岁的孩子。满脸写着踌躇和害怕，慢腾腾地挪着小脚丫，小手在兜里掏了半天，只摸出一台手机。中年人见状，徐徐站了起来，声音也提高了几度：“军儿，怎么又只有一块砖？你是觉得这样就能糊弄过去吗？”

男孩很害怕，浑身抖似筛糠，腿一软，就把膝盖磕在地上：“对不起，阿爸……对不起！俺明天一定会……”

“明天，又和我讲明天！今天的饭他妈明天吃，行不行?!”中年男子上去就是一记重重的耳光，把小男孩打翻在地，“站起来！”

男孩的半边脸肿了。他不敢犹豫，颤抖着支起身体，就被中年男子揪了起来，又一记耳光扇在同样位置。“光吃食不赚钱的废物！要耽误了老子东方大典的正事，老子把你剁碎了喂狗！”

“啪！”“啪！”“啪！”中年人叫骂着，手越扇越重。男孩的一颗牙伴着飞溅的血沫蹦到了地上，眼睛也开始不住地翻白。他身后的孩子们静静看着，没一个人敢说什么，只是都加快了进餐速度。

“哎哎哎，差不多行了。”男子身旁的女人终于开了口，语气中满是不屑，“要个个都这么打，打坏了谁给你刮东西？”

“靠这些废物，不提前准备，大典我们准输！”中年人喘着粗气，把男孩扔到一边，冲着坐在楼梯上的孩子们恶狠狠地威胁道，“拿不够数的，回来三天别吃饭！”

“嘿！有人！”门边望风的男人吆喝了一声。

“收了。”中年男子低声命令，连忙开始摞手机。可还没等他们收好地上的塑料布，门口的男人就被一掌推开了。

中年男子眨眼间换上了人畜无害的老实表情，朝冲进楼的四人搭讪道：“我们是来旅游的，在这儿休息。你们也想躲躲太阳吧，我们马上走——”

“不急。”夏暮川从球拍袋中抽出一根铝制球棍搭在肩上，“刚才我碰到一个老朋友，说有个东西要还给你。”

男子见来人不是善茬，立马招呼手下靠向自己：“我不认识你们。你们是不是车站请的打手？乱来的话，我可是要报警…….”

夏暮川伸出手，指了指坐满孩子的楼梯。身旁的三个同事很明白队副的意思，也接连抽出了甩棍，将孩子们与几个成年人隔开。

“孩子无辜，有话好说。你们不就是要保护费吗?！我……”

夏暮川望着仍然不明就里的中年男子，抬手将一个塑料包装盒丢到他脚下。男子低头看了看还未拆封的鸡肉三明治，所有言辞都吞回了肚子里。

“这点小善，不够化你的罪孽。”夏暮川把棍子杵到地上，冲男子摇摇食指。“哗啦”一阵脆响，沿着棍体，滑下了一副手铐。手铐接触地面之前，他将球棍猛地一抬，铐子不偏不倚，抡到了男子鼻梁上。

03

“丐儿团——昨天你们抓住的那伙人，地盘在鲲城区。这群外地人爱扮成没钱回家的乡下夫妻，净压榨被拐来的小孩儿。我们都很嫌弃他们。”林千羽拿着教鞭，“啪啪”地敲着投影仪投射的墙面。

打掉丐儿团之后，秦泷协调各分局发起了情报交流会。向阳花的会议室内，坐着月港市五区刑大的参会者。面对二十多个警察，林千羽没半点不适，俨然像个科普讲师。

“996K，混洛星区。”她用脚尖点着地板，“这些人打扮成程序员或上班族，戴着厚厚的平光镜来遮脸，专挑各种商业街下手。他们西装革履的，个个都是老手。

“高中派成员都是些年轻漂亮的小太妹。月港新城的新校区多，她们干活都以月一中、月附中的校服为幌子，放学时在学校周边偷手机。毕竟目标年纪小，好欺负嘛。

“没脸帮的地盘在油水最少的盛港区。成员全都三进宫以上，怕死了街上的探头，干活都戴着帽子和口罩，只求勉强填饱肚子。这些老贼头基本都住鬼钢城，想找窝可没那么容易。

“十四少，专在夜晚挑年轻情侣下手。我估计悦馆酒店那破事，就是他们做的。这些人喜欢随身携带棍棒和匕首，比起窃贼来，更像打劫的。说来也可笑，去年‘东方大典’结束时，十四个人就剩下四个。”林千羽靠在讲台的话筒旁，下巴搭在双手手背上，“姐姐我可瞧不起他们了，偷不过就抢，一点技术含量都没有。

“还有‘山狗党’，专门训练狗来……”

“啧，‘东方大典’不就是耗子大会吗？”盛港区参会的警官显然对一个有前科的小丫头片子占据讲台十分不屑，从头到尾都没怎么认真听。“把公园进出口一围，我看哪个跑得了！”

林千羽笑着，不言不语。她摸了摸口袋，掏出三台手机，依次放在桌面上。看到这几台手机，三个人腾地站了起来。先是愠怒而后惊讶，最后不得不压住震惊，赶忙取回手机。他们回座后，会议室里响起了议论声。

“嗨嗨嗨，怎么回事儿啊?!”秦泷早已预料到这种情况的发生，刻意留在最前排。他扭过上半身，两句话压下了骚动的气氛：“知己知彼，方能百战百胜！还请各位认真听！我想，全月港都找不到比林小姐更好的教员了。”

“别太自信哦，各位阿 Sir！能偷你手机的，急的时候就能割你喉咙。现在这时代，可没有小偷会单打独斗。比我快、比我狠的大有人在！而且，每个人都有一把属于自己的‘刀’。”

“她说的没错。”同属月港新城的刑警同事道，“我们侵财队上个月伤了个同事，就是在公交抓捕时被捅伤的，左眼球摘除了，现在还在医院观察。”

“还记得去年洛星的系列珠宝盗窃案吗？我们副队被捅穿了肺，救回来直接退了二线，如今爬个三楼都能冒冷汗……”

“林老师，能不能和我们介绍介绍盗贼的惯用刀具种类呀？”秦泷举手问道。显然，这个四十多岁老公安的娇嗲比一个小偷的精巧技艺更稀奇，气氛一下轻松了许多。

“贱。”虞子陵坐在最后一排，“嗤”的一声笑了出来，嚼了口青梨，饶有兴致地旁观。他偷偷瞟了眼身旁的搭档，发现萧梦卿只是埋头做着笔记，手边放着单位发的警务通。

“通用的是飞鹰小刀片。锋利、便宜，三十块钱能用一个月。”林千羽冲后排两人微微一笑，利落地答了起来，“当然咯，每个贼都有自己惯使的‘刀’，比如雕刻刀、镊子，甚至小锯和锉条。”

“哈哈哈……瞧这鬼扯的，锉子也能叫‘刀’？”看到身边同事纷纷掏出笔记本，盛港区刑警将矛头转向了秦泷，“龙主任，看来你们向阳花真成功德林了。这林小姐该不会在研究什么永远不用打磨的刀子吧？”

“我们中心倒是真缺根永远抬着的铁杠子。你考虑考虑，从盛港刑大调过来？”

萧梦卿抬起头，瞥了眼虞子陵：“秦指挥怼人还挺厉害。”

虞子陵不屑地“哼”了一声：“他连警航大队的无人机都骂炸下来过。”借着搭话，他稍稍撇过头去，想看清萧梦卿在查什么。

搭档却异常警觉，他的视线刚落到屏幕上，警综就切回了查询页面。

“所有查询记录后台都能查到。没准老秦正在跟着看呢。”

萧梦卿锁了屏，把警务通翻面盖在手心里：“案件相关，符合规定，没什么见不得人。”

“洪莺是谁？葛家村的福利院又是怎么回事？”

“专心听讲！”

两人交谈间，课堂风波很快平息。林千羽明媚地微笑着，继续讲了起来。

“知道我见过最奇怪的刀是什么吗？一双铁筷。筷子末梢是磨尖的，能轻松夹起一张卡。使它的人技巧如神，一度是月港海上……哦，也就是黑道传奇。”她故作疑惑地用手指敲着下巴，“有一天，筷子钉进了你们一同事的颈椎。筷子主人，好像被判了无期？”

“贼王黄庭顺?!”听到这个消息，不少刑警都露出了惊愕的神色。

气势上又扳回一局，林千羽下巴扬得更高了，露出了修长的脖颈。感受到目光的注视，她毫不避讳地抬起一脚，靠在了讲台上，食指又在漂亮分明的锁骨上妩媚地比划了个来回：“所以，各位阿 Sir 哟，防刺服什么的都得提前准备。不然，在这儿来几下，就不好玩了。”

这份挑衅，倒是让超过一半的参会人员都愣了愣。“林小姐，你的刀长什么样儿啊？给我们长长眼呗！”不少人仍是不服气，紧跟着起哄。

林千羽向最后一排摊了摊手。虞子陵迟疑了一会儿，可又难以招架同事们随之转来的好奇目光，只得掏出一个卷尺模样的小圆盒，冲着讲台的方向一抛。

“本小姐的‘刀’不轻易外露，或者说——我掏出来的只有‘刃’的部分。”接住圆盒的林千羽捏住盒口的戒指，拉出隐藏在其中的丝线，从讲台姗姗而下，任凭身边的刑警们细究她手上的奥秘。“不要乱碰哟，很利的。”她停在了最后一排，不急着走回讲台去。

"铁丝?"萧梦卿望着那根比头发细不了多少的丝线好奇道。

"是钼丝，工业线切割用的金属刀线。"林千羽将钼丝双手捋开一掌长的距离，又绕成一个拳头大的金属环，往虞子陵吃了一半的梨子上一套，"我用的是国外能订到的最细版本。我很中意这种材料。平日里柔软，可一旦紧绷……"

不少同事都围了过来，期待她的下一步表演。只见林千羽把戴套戒指的手指用力一扯。"嗞啦"一声脆响后，半颗梨被拦腰工整地切成两半：上半部分掉落在地，下半部分被虞子陵牢牢捏在手里。

林千羽松开手指搭扣，钼丝眨眼便自动缩回了圆盒。她欠了欠身，满脸歉意地将圆盒递到虞子陵面前。面对如此明显的挑衅，虞子陵表情没有任何变化。收回圆盒，他将地板上的半块梨捡了起来直接塞进嘴里，嚼了几下，连核囫囵咽下。

将林千羽送回安全屋门口，萧梦卿犹豫再三，还是对着她伸出了手："谢谢。"

"哦?就这样啊——"林千羽双手环抱在胸前，一脸高傲而嫌弃的神色，"出卖了那些贼团，以后我连逛街都可能被抹脖子。"

萧梦卿看着两人之间空荡荡的地面，举了两秒便把胳膊收了回去，一脸平静地掏出警务通看了起来。

"有钱乌龟坐大厅，没钱秀才人人惊。"虞子陵在一旁摇头慨叹。

"逗你们的。"林千羽反倒乐了。

"哈，哈，哈。"虞子陵干巴巴地笑了三声，"我们处理了丐儿团的几个首脑，你确定不会打草惊蛇?"

"丐儿团不是本地帮派，本就老死不相往来。何况他们通常都在秋月节前后回老家，这时消失更没什么奇怪的。再说，后天就是秋月节。只要你们在'东方大典'上不出岔子，其他团伙就算有所察觉。也只能在号子里反省了。"

"说到其他团伙，你前后讲了那么多，却没说你在哪个帮派?"

"早不存在了……"被问及归属，林千羽脸上挂着的笑意消失了。她缓缓低下脑袋，再开口时声音竟有些哽咽："我们自称刃风社团。一年前的'东方大典'上，一个同伴被十四少捅死了。之后，我们就解散了。"

"虽然同伙身亡，但也不能排除有胆子大的专情这行呢？"

"不可能。'裁缝'的死对我们每个人来说，都是噩梦。她在合眼前一直说，不想再做小偷了，只想永远逃离这座城。"

阳光透过窗，打在走廊的地上，像是一格格硕大的琴键。林千羽叹了口气，抬头看向窗外。月港的植被仍是绿意盎然，秋风猛卷，也只吹落寥寥几片稀疏的黄绿色残叶。

"裁缝是——"

"外号。这行有个规矩，不打探其他人的身份，相互以外号称呼。'裁缝'的真名，我至今也不……"

"她叫洪莺，遭袭去世的那年十九岁。我还知道，她是在孤儿院长大的。"一旁沉默了许久的萧梦卿开口了。见到林千羽乍然间讶异的神色，萧梦卿慢慢错开眼神，"只为了解案情。"

"什么嘛……"林千羽抬头看了一眼萧梦卿，轻笑了起来，"我只是惊讶。都一年了，没想到除我之外头一个主动提起她的人，居然是个警察。"

"了解盗贼，本就是警察工作的一部分。"萧梦卿倚在门边嘟囔。对上林千羽略带几分伤感的眼神之后，她垂眸改口道："这年纪的女孩，本该在上大学吧。"

林千羽走到窗边，推开窗户，捡起窗框里的一片树叶，让它从指尖飘落："人都想平淡幸福地活着，可不是人人都有这种机会的。'裁缝'连高中都没上，入伙时饿了好几天了。如果不是生活所逼，谁爱当小偷？"

"是喔。就算网上赌场，也比你们这行赚得多。"虞子陵扭过头，给搭档使了个眼色，用唇语说道"学呀"，萧梦卿却不搭理。他毫不介意地打破了这略带哀戚的安宁，追问道："社团就没人考虑转行？"

林千羽抬起眼睑，对上虞子陵玩味的表情，笑意中竟涌现出几分嘲弄：“你见过哪个朝代的捕快能把贼全抓光的？我们社团出手，从来都不是为了钱——月港这些个团伙最看重的就是面子高低，而我们会用技巧打败他们。有我们‘刃风’在的地方，所有贼都知道该守规矩。”

“乖乖咯，原来是江湖仲裁。”虞子陵漫不经心地感慨着，又甩出一个疑问，“‘刃风’这名字，我可是会向丐儿团那几个蟊贼核实的。顺带请教一下，你们社团首领叫什么？”

林千羽的笑容顿时凝固，脑海里千愁万绪地飞转了一会儿，一手盖在膝盖上，一手把丹宁短裤的裤脚紧紧攥着，才小心翼翼地开了口：“真名不知道，但我们都叫他‘神童’。”

04

“神童……你到底想做什么？”

三个人纹丝不动地站在一条泥泞巷子尽头的墙根下。他们发型十分夸张，厚重的发胶与狂乱的刘海儿透着一股做作感。

这种废弃的巷子在天涌区不少，多是建到一半就停工的温泉酒店。四周的巷子少有人烟，附近充斥着挖掘机的轰鸣与钢筋碰撞的噪声。天上飘着小雨，空气中弥漫着淡淡的铁锈味。那是人血混合着泥土的味道。

“你到底想要钱还是地盘？”为首的高瘦男子捋开刘海儿前几梢遮挡视线的发丝，手上握着豪放背锯的兰博 2 匕首直直指向小巷出口的不速之客，“把我兄弟绑了，引我来这儿，真不像你们过去的作风。你是想为‘裁缝’报仇？”

对面是十来个青年。为首的男孩戴着太子镜，手上把玩着一个刀片陀螺；身侧是一个年长些的男人，拿着个一臂长的铁丝钳在虎视眈眈。

“神童”身边跪着个五花大绑的男子，脸庞青肿，血水沿着嘴上胶布的缝隙在流淌。他的头发被粗暴地剃光了，头皮上满是小块血痂，像是长了片黑红色的癞痢。

“我是来威胁你的。”“神童”嘴角挂着两个浅浅的梨涡。他努力辨识着对方被遮盖住一大半的脸庞，手指迟缓地移向身后：“管事的是七少吧？你们只要永远离开月港，我们就放了你们家老六。”

“都是出来混社会的，你说走就走？”七少身旁戴着一溜耳钉的九少不耐烦了，挥舞细长的胳膊，手中的仿 AK 刺刀闪着寒光，“秋月节生意正好，离开月港？你他妈以为你谁啊，公安局长的野种？”

“钳工”面对对方的两把匕首毫无惧色，将钳子冲跪在地上的男子喉头一抵：“捅情侣的案子是你们家老六干的吧？放在二十年前的风门，伤人惊了官，可是得剁手的。”

“六哥走好，我帮你报仇。”一旁少言寡语的十一少听见威胁，突然亮出背后雪亮的仿丛林王匕首，奔出口方向冲了过去。

倒是跪在地上的六少最着急，喉咙中“呜噜噜”地干号着，想要阻止，却感到从下巴到太阳穴的脸部肌肉一凉。锋利的刀片顺着他的面颊拉了一道可怕的伤口。鲜血并没有吓到鲁莽的十一少。

见到来者不善，钳工也立马挡在了男孩身前。十一少跨向钳工，抬起匕首，就往他的肩膀劈砍。可没等他挥下手，钳工就拿着那支粗壮的管钳往他的腹部狠狠一顶。十一少无力地“呃”了一声，头发外的那只眼直往上翻，下劈的胳膊也无力地耷拉到了钳工后背。钳工顺势拉开与他的距离，双手握着铁丝钳手柄，往十一少的脑门狠狠一撞。一声沉闷作响后，十一少倒在了三人面前。

“神童”向前跨了一步，踩在十一少的后脑上，搭指将手里欢快转动的刀片陀螺停下。“知道我最恶心你们什么吗——”“神童”咂咂嘴，笑容有些扭曲了。他摘下太子镜，塞进胸袋，“愚蠢、粗俗、低贱。可就是你们这堆渣滓，居然杀了我最好的手下。”

“风门哪个不知道你怎么招人的？我们帮你加了多少手下，不谢我就算了，在我这儿装什么义气?!”七少再次撩开眼前扰人的发丝，争辩道，“杀她的是三哥，已被黑皮钻眼了！冤有头，债有主！你仗人多欺负人少，是不守规矩!”

“规矩!”听到这两个字，“神童”的笑颜里终于掩藏不住怒意，嘴角的梨涡一陷，嗓音也陡然高了起来，“你们把进贡风魁的份额从一成调到两成。你们偷不成就抢，抢老人，抢小孩，抢孕妇……你们不怕在黑皮前出风头，还把自己捅的娄子当本事到处炫耀。风门几十年来的行规都被你们败遍了，现在你居然还敢和我说规矩……”

“刀头舔血的勾当，哪来那么多条条框框?!”九少梗着脖子嘴硬道，“别说几个老头、小孩，就是黑皮挡了老子的财路，你看我敢不敢戳!”

“看来，你们是不打算接受我的提议了。这样也好……”“神童”戴回眼镜，失落地摇着头，背过身去，“教教他们吧。”

“挡住他!”七少揪着九少的脖子往前一掼。发力的惯性让刘海儿再次遮住视线。他有些懊恼，用匕首将碍眼的头发割断了。“钳工”看着发型奇诡的两人，哭笑不得地把钢丝钳往地上一丢，从后腰拔出一把巴掌大的钳子。大钳子“格登”一声，砸裂地板的石块，躺在了泥沼中。

九少被这声响吓得一激灵，往前的脚步也停下了。“钳工”顺势往前一个冲刺，左手架住对方拿刀的胳膊，右手却不着急将他放倒，而是精准地钳住他的环状耳钉，狠狠一扭，然后往下一扯——

“啊!”“钳工”发力并不大，九少却被这种剧痛逼得腿一软，跪倒在地上，耳钉也拧成了一股小麻花。“钳工”抬起膝盖，对着对方的鼻软骨猛地一冲。但见九少面部绽开半朵红花，而后滚到地上，失去了意识。

“做兄弟的，有今生，没来世……”七少嘴里念念有词，竟然开始唱起歌来壮胆，“人在风暴中，无奈地打转，如像风沙，……”

一阵粗野的喘气声伴着两个男子交错的身影在泥潭的反光里凌

乱，当扭打声停止时，五音不全的小曲也休歇了。

俯视着躺在泥里的七少，“钳工”突然感觉自己手腕又一紧。“神童”抓住他的手腕，把他拖出巷子，白皙的皮肤上青筋突兀。顺着同伴的视线，“钳工”茫然看向自己的手掌。对方虽然用的是劣质的仿军刀，却将自己右手虎口切开一个大口。他的巴掌滴着血，拇指因为皮肤裂开而有平时的两倍长，模样骇人。

“倒是小看这领头的了。”“钳工”若无其事地将巴掌含进嘴里，吮吸了一口污血，啐到泥里，又撕开海魂衫衬衣，咬着几块布条，草草包扎了事。

“神童”敛起了微笑，双眸只余下冷寂的肃杀：“你明明可以不受伤的。”

“我这几天老是梦见顺老大。”“钳工”把巴掌抬到面前，看着鲜血在蓝白色布条上肆意扩散。

“现在不是谈他的时候。”听到对方提及父亲，“神童”眉心一揪。

“钳工”苦笑着将伤掌握紧：“五年前，他要我带你远走高飞，永远不要再和风门扯上关系，我却……”

“维护风门秩序是我自己的决定，和你没关系。”

“这只手，就当为这几年犯的错赎罪吧。”

“哈……哈哈哈哈哈。”笑声凄凉而苦涩，打断了“钳工”的话语。

几只迷途的海鸥在巷子上空盘旋，鸣叫声飘零而凄惨。

“十八年。”“神童”把刀片陀螺压在心口上，“他瞒了我整整十八年。我始终以为他是个大好人。”

“钳工”微张着嘴，想要说些什么，可见到“神童”越发阴冷的表情之后，双唇徐徐合上了。

“你说，他怎么伪装得那么好啊？每年都捐款给希望小学，资助大学生完成学业。哪怕到现在，我还是不愿意相信他是个贼！”“神童”把陀螺的刀叶徐徐攥入手心，硬生生捏弯了，“他和我说要去自首的那天，我根本不敢相信。他说他是贼，而且是贼王；而我是贼王的儿子，从小用的都是偷来的钱！这十八年，我他妈就活在他给我编织的梦里?!”

“不要怪他……他毕竟是你爸爸。”

“所以，他定的规矩，我逼着所有人守了三年。站在巷子里的这群人，全都被这些不守规矩的贼伤害过。我们这么做，有什么错?”“神童”冷面回了一句，甩下对方，走回巷子里。他将带血的陀螺抛给身旁的部下，指了指地上几个人的手腕：“废了他们的手！两只手！捆好他们，报警说捅伤人的那伙贼找到了。”

“我们真该走了。”“钳工”跟了过来，鲜血淋漓的手掌轻搭在男孩肩上，“你和你爸爸出事前……真的太像了。再晚，就要全陷进去了。”

“你放心，我这辈子不可能进监狱。”“神童”用同样淌着血的手掌拍开了他肩上的大手，冰锥一般的目光剜了身后的手下一眼。

“是教训还是……”望着许久不见的冷峻面容，手下有些害怕。

“挑了。”“神童”烦扰地抛下两字。

被下令的部下回头看了眼“钳工”仍在淌血的手掌，面色平缓之后又转向了悲愤。她掏出一枚刀片，抬起一人的手掌，在食指、中指、环指的手背肌腱上切下，熟练地划出三个指节大小的半月形——锋利的薄刃穿透皮肤、截断指筋，却不着急离开，又反方向切了一次。

深红的血流如同流淌的赤色琥珀，沿着半月形的沟壑涌出，填满了整个手背。三个伤口均匀排列着，呈现出一种精准而残酷的优美，像是用经络与血浆雕琢的致命珠宝。以这样的切割方式，即便手指肌腱被缝合，也得足足去掉两厘米的长度。此后余生中，这几根手指将永远无法弯曲。

05

鲲城刑大的独栋大楼里，萧梦卿在走廊里小跑着。为了表明身份，她穿着执勤服，双肩上扛着两架“小飞机”。这在全都穿着便服的刑警队中，尤为突兀。

在重案队门口礼貌地敲了敲门框，她咬咬牙，走了进去：“请问，哪位是夏暮川师兄？”她的脸因为赶路，变得红扑扑的。

寻声见到了她的脸蛋，夏暮川身旁的同事不禁瞪大了双眼。三个大男孩起了身，围到一张办公桌旁，对着她以眼神示意：桌子的主人正在电脑前敲键盘，斟酌着起诉书的格式与用词。

见对方没有抬头，萧梦卿主动介绍道：“暮川师兄，我是向阳花中心五组的……”

“萧老师，我知道你是谁。”他停下手里的活，点燃一根烟叼在嘴里，烦躁地接了半杯矿泉水，给办公桌前的几株多肉轮流浇上，“下次记得穿便装。动不动穿个警服，以为拍电视剧吗？”

在充满汗味、油墨与打印机臭氧气味的办公室里，一排绿色植物显得鲜活可爱，给忙碌的氛围带来了一丝生机。浇着水，夏暮川又小声嘟囔道：“说明来意。我很忙。”

她从兜里掏出一张新打印的相片：“这是两年前被绑架的人。我听说您前些天带队到下皓村解救了十几个年龄相仿的姑娘，想问问有没有叫丁亦卿的……”

夏暮川接过照片仔细看了一阵，又递还对方，疲惫地昂起头：“抱歉了。这次没有，过去也没有。”

萧梦卿大脑空白了两秒，但很快调出二维码递到夏暮川面前：“能不能加您微信，今后解救了其他人也通知我？只谈工作，生活中绝不打扰。”

未等夏暮川开口，身旁的三个大男孩就急不可耐地打开了扫一扫界面。眼前的三张笑脸惊得萧梦卿后退了一小步，这才看清三人都负伤在身。其中一人，脑袋上甚至还缠着几圈纱布。

“你好，我叫寇晓刚！我不知道他们为什么想加你，但我要做第一个。”

“师妹啊，他比较驴！你加我就行了。我叫诸葛豪。夏头儿很忙……”

“萧师妹，您好！在下冉瑞。您的困难，在下定能帮您排解。何况俗人配不上您这般美貌。不知是否能……”

夏暮川长长地吸了口气，憋在肺里，整个脑袋往双掌中一砸，充满血丝的眼珠空洞地往手掌中望穿黑暗，无神地瞪到泪腺分泌液体。

见到夏暮川的动作，三个大男孩同时缩了一下脖子，手机却仍执拗地伸在来访者面前。萧梦卿对着三张笑脸不便拒绝，只得草草加了几人号码后又匆忙设置了权限。

夏暮川把胸中的郁气尽数吐出后，诸葛豪熟练地拿出张湿纸巾递到他面前。他搓了搓脸，将湿纸巾揉成一团，砸进垃圾斗里。“公家事情用公家软件。回去叫狗甘仔把你警网通号发我。”

听见夏暮川的称呼，萧梦卿下意识地重复了一句：“虞子陵吗？”

“‘子陵’也是一种鰕虎的名字。你小时候应该也捞过鰕虎吧？这鱼性格非常恶劣，喜欢独来独往，基本上一个缸里比它小的都会被咬死。和他很像，对不对？”夏暮川双指拈起桌上的滴眼液滴上，又用指尖把上眼皮轻轻捏起，骨碌碌地转动眼球，“你可别这么叫他。”

这时，微信里弹出的一条即时新闻引起了萧梦卿的注意：“天涌区悦馆温泉酒店抢劫伤人案嫌疑人落网！”

诸葛豪三人也刷到了新闻，有一句没一句地聊了一会儿。萧梦卿却愁眉紧锁，匆匆道：“多谢师兄们。我今天还有急事，改天请你们吃饭！”

夏暮川没再搭话，放空了脑袋，点了根烟，开始享受奢侈的休憩。他右手立成掌，在太阳穴轻轻一点，又向上一抬，只当用这个敬礼对萧梦卿告别。萧梦卿离去之后，周围传来三阵恨铁不成钢的低声叫骂。夏暮川重重地“啧”了一声，止住了三个部下的抱怨。他把堆成小山的烟灰缸往垃圾斗一倒，又埋头做起了电子材料。

离开鲲城刑大后，萧梦卿很快赶回向阳花中心。踏入五组办公室时，衬衣的双袖与翻领都被汗湿成深蓝色。把脱下的外套往沙发上一甩，她拿起一个茶盏，倒了一大杯桂花茶喝了。

沙发上的外套里裹着个牛皮纸的文件袋，雪白的蜡线束着袋口。

“茶凉。”虞子陵在一旁半躺着，正在用牛皮刀帕给爱刀上油。

“没关系。”萧梦卿顺了顺汗津津的刘海儿，问道，“林千羽呢？”

“安全屋。”虞子陵瞥了眼腕表，“现在这点，估计在看电视打发时间吧。”

“有人在和她交换信息。我最担心的事情还是发生了。”

“她没手机，也没有能够通联外界的渠道。这几天除了和我们在一起，就是在安全屋待着，怎么瞒着我们交流？”

萧梦卿点开微信新闻，把手机屏幕立在虞子陵身前。

“我看了。抓到人是好事啊。”虞子陵擦刀的手慢下节奏，“这就是你说的交流方式？”

“官方通报里没说帮派，可学长你看，他们抓到的数量和千羽之前说的‘十四少’一样，恰好四个人。”

“看来千羽朋友的情报很准确啊。对方想用这新闻传递什么？”

“最简单的信号只需要出现就行。丐儿团被端才一天不到，‘十四少’就落网了。这就是信号。”萧梦卿收回手机，伸手取来外套，铺在腿上，手掌压着内袋的信封，“如果猜得没错，在我们围捕丐儿团的那一天，西站还有其他人在盯着。”

“好一只黄雀。对了，‘刃风社’和首领‘神童’也得到了丐儿团的证实。”虞子陵又缓缓捋了几下刀刃，把刀收回肋下，“别有目的的真话，有时候用处比谎话还大呢。”

“如果她们的计划顺利进行……”萧梦卿咬住拇指，下齿在指甲盖上“嘎吱嘎吱”地蹭着，“明晚的行动，我们的确会在‘东方大典’上抓到很多蟊贼。但在幕后把我们警察当枪使的人，必然成为最大赢家。”

“所以，‘东方大典’根本不是为了交流经验，而是为了某种巨大利益。在这份利益面前，每个帮派既是同行，又互为竞争者。”

萧梦卿深吸了一口气，小心翼翼地解开文件袋线封，食指搭在鬓角上，无意识地卷起发丝来。

虞子陵见对方没有藏匿的意思，便也伸长脖子瞅了一眼。夹子里是一沓盖着红章的资料，首页便是林千羽的身份申请表，照片下是陌生的名字与证号。除却这些，虞子陵在附录里还见到了好几座不同城市的介绍，以及与公安合作的企业名单。萧梦卿做过细致挑选，工种都是腿部残疾也能胜任的，甚至还准备好了盖着红章的推荐信。

“明明都是我能看懂的字，却实在不懂你的用意。”虞子陵语气稀松地问道，“这是做什么？”

“赌局。”萧梦卿半阖着眼皮端视材料，“我的赌局。”

“之前可说好了，你搞心理治疗我不管，但前提是不影响工作。”虞子陵起身把背包往肩头一挂，冷漠地反问，“同情一惯偷？那被小偷们伤害过的普通人呢？你选择性眼盲？”

“工作和私事，我拎得清。”萧梦卿松开鬓角，昂起头争辩道，“这只是最快确认那些帮派在争什么最大利益的办法。林千羽需要承担的法律责任并不会少。”

一阵突如其来的劲风卷起落叶，拍打在办公室纱窗上。树叶沿着叶脉，碎成了残片。

“别以为我不知道那天你还查些了什么。既然知道她的底细，就应该清楚她的目的。”虞子陵不再回头看她，“好好一个警察，何必要去向贼求证？你就这么自信她能告诉你？”

“试试看！或许呢。”

“我看你是打算假戏真作，想借这事来检验你的学习成果。老秦能同意吗？”

“指挥已经批准了。这袋材料有很多都是他帮忙向贺政委申请的。他特地交代过我：只要能找出帮派的真正目的，不管什么办法他都能考虑。”

虞子陵风轻云淡地“哈”了一声，一脸玩味地起身欲要离开。

“你什么意思？”

“师傅向着徒弟，是天经地义的事。都聊到这份上了，我还能说什么？”

萧梦卿思索了一会儿，起身跟了上去，追问道：“还有两个小时才下班呢，你去哪？”

“又要跟你报备吗？”虞子陵轻轻吹了声口哨，抬起左掌，轻摆道别，“你就说我去天涌局一趟，找老同学聊聊这‘十四少’。”

06

“这是给你的。”

“这……什么意思？”林千羽没有接下眼前突然出现的文件。扫到那张身份申请表之后，佯装的笑意也登时多了几分无法自控的慌乱。

“全新的人生。”萧梦卿语气不疾不徐，“服刑之后，我们会依照中心保护特殊人员的规定，给你安排一个全新身份，到另一座城市重新开始。这难道不是你跟我们合作的目的吗？”

林千羽迷茫着伸出手，但在触到那纸页的一瞬，仿佛碰到了炭火般缩了回来：“为什么突然给我这些东西？”

见她仍在犹豫，萧梦卿一把拉住林千羽的手腕，把她扯到跟前，强迫她与自己对视：“你有选择未来的权利，趁现在还来得及！”

烦躁地翻看了几页后，林千羽很快恢复了平静，抱着胳膊，坐了下来：“你到底想说什么？”

“你们的首领叫‘神童’，黄廷顺的儿子黄恩童。这不是巧合吧？”萧梦卿又从挎包夹层里翻出张身份打印件压在文件上，“你的社团根本就没有解散，同伴也还在月港。丐儿团和‘十四少’就是你们相互发的信号。是他的安排吧？”

“我听不懂。”

“别装了。我要知道‘东方大典’的真面目、‘神童’的计划，还有刃风社的成员信息。”

“就凭这沓纸，要我出卖伙伴？”林千羽轻蔑地把文件推回萧梦卿面前，“月港黑皮，还真是一年不如一年了。”

“他们配做你伙伴吗？”萧梦卿反诘道，“把你当棋子，引导警方排除异己。这样的伙伴，什么地方值得你对他们那么好？”

“你不会明白的。”

“三年前，高考，鬼钢城。”

“你……”林千羽愕然，“你全都……”

“你的膝盖并不是在‘东方大典’上受的伤。福利院的人都记得你，是他们告诉了我三年前发生的事。你报的是海大芭蕾专业。高考前一天你坐公交，有贼偷了你的书包，故意引你追到鬼钢城边沿，想对你不轨，还把你的腿捅伤了。”

林千羽一直紧紧盯着膝盖上的瘢痕，深吸一口气，然后缓缓吐出，像是从长年的闷塞中获得了一瞬的喘息：“你弄错了。”

萧梦卿抿着双唇，静候辩解。

林千羽反而释然地笑了笑：“但也是事实。那天下着暴雨，我只能在泥地里向主路爬去。当我醒来的时候，被人送到医院了。右膝贯穿伤加感染，差点要截肢。手术要一大笔钱，我拿不出。这时，一个陌生人帮我垫付了所有医药费。”

“黄恩童。”

“手术不算成功，但至少保住了腿。他没让我还钱，只是对我说，他有办法让我身上的悲剧不在其他人身上发生。”

“所以，你加入了他们。为了报答他？”

“出事之前，我最喜欢秋天。”林千羽垂着脑袋，来回揉搓着膝关节，“上学的时候，每到秋天，我下午都会从学校徒步回到福利院。因为回去的那条路上栽着一片枫林，落叶铺满了整条小道。我最爱在那条路上踮着脚练步法，鞋子踩着树叶沙沙响，可好听了。跳得尽兴的时候，叶子还随着我打转呢。”

萧梦卿不再说话，为她倒了杯热茶，静静端坐在一旁听着。她翻开笔记本摊在腿上，纸面上写着“倒茶安慰”“轻拍肩膀”几行小字，还备注着不同动作的对应时机。

“我怎么就当了小偷啊。”望着“神童”的照片，林千羽恍惚的神色渐渐化开了。她勉强牵动嘴角肌肉，苦笑了一声：“从福利院到小偷，老天怎么不给个选择的机会啊。”

“你有的选。”萧梦卿指着黄恩童的黑白照打印件，“这一次，换你救他了。你们刃风社出卖了两个团伙。不管明天他想在‘东方大典’上得到什么，他，还有刃风社，都会成为众矢之的。”

“少来这套了。你们发的通报我看过，无论哪个帮派都不会把丐儿团和十四少的事往我们身上想。这一点，‘神童’早有准备。而且‘东方大典’是讲规矩的，参加的人只以技巧论高低，事后不问私仇。谁坏了海上的规矩，谁才真会被所有人报复。”

“是吗？那不过是你的一厢情愿。”推测得到验证，萧梦卿犹豫了几秒，拾起电视遥控器调到新闻频道说，“中心打算在明天行动开始时对外公开：警方协作者来自刃风社。”

林千羽感觉耳畔嗡嗡作响，听力越来越模糊，渐渐只能感受到胸腔里越来越剧烈的跳动。

“这条新闻，会在桂宫购物中心的所有屏幕上配合防盗宣传播送。不知道这样一来，刃风社算不算坏了海上规矩？”

“你们不是答应过我，不公开身份吗？！”

“是不公开你的身份。”萧梦卿冷静解释道，“公开的是你的帮派。”

“我不信。”林千羽稳住呼吸，试探道，“想套我的话，你该用更高明的手段。”

“信不信我，是你的选择。但你应该明白，我搭档一开始就没打算信你。他想要刃风社成为破坏规矩的出头鸟。这样一来，就能引发小偷团伙间的内斗，为警方争取最大利益。”

“我凭什么相信你说的这些？你也是警察，难道和他不是一伙的？”

“我和他不同路。他想引发争斗，可我不希望事态升级到出现流血事件。”萧梦卿收好材料，放回文件袋，“你觉得‘神童’想不到这一点吗？他自打让你进来的那一刻开始，就做好了警方也利用你的打算。可只要沾上了通官告密的嫌疑，他就不可能服众了。所以，他的目的从一开始就根本不是什么东方大典。看来，连你也被他蒙在鼓里了。”

“我找不到他这么做的理由。”林千羽伏在桌上，双掌托着额头苦思。

“最坏的情况是，明天的‘东方大典’，刃风社的人基本等于送死。现在，只有你能救他们。”萧梦卿她把文件袋轻轻推到她低沉的视线里，“我需要你帮我尽快联络上‘神童’，让他及时撤走所有人。他也需要活着，才能解答你的疑问。”见林千羽一言不发，轻拍她肩膀宽慰道，“给你点时间考虑！想好了，随时用内线电话联系我。”

才行至门口，一阵“哗啦”声让萧梦卿回过头来。

塑料杯被打翻了，茶叶冒着热气散在地上。林千羽凄怆地呜咽着质问：“我怎么救他们？事情根本不可能那么简单。你太小看月港的海上世界了！”

“最安全的做法就是，明天我们警方把所有团伙控制住。不是吗？”

“风魁只是头领中的一个。他们在月港的每个角落都有势力。多少年了，海上没人能和他们作对！你们所谓的联合打击，名字一次起得比一次好听：什么‘绝盗计划’，什么‘无贼月港’——哪次成功过？即便明天抓了所有人，不出三个月，我们就会卷土重来！”

“你怎么会知道这么多警方行动？‘无贼’据我所知，是十五年前的。”

“风门……风门的每个帮派都有统一培训资料，入行的人都要学。我懂的算是最少的那批。”

这份别有所指的警告，让萧梦卿很快抓住了重点。她低下头，翻了一页笔记本，拧开笔帽：“‘风门’和‘风魁’是什么？”

林千羽失声了好一会儿。牛皮纸文件袋在她手中缓缓弯曲，最终被攥出了一道三角折痕。“啪嗒！”一滴泪水滴在黄棕色纸面上，晕出一道黑色的泪痕。

“月港小偷这行，统称‘风门’。而‘风魁’……是我们的龙头老大。”

07

再次离开安全屋，已是一小时后。萧梦卿刚推开五组办公室的门，就看到了躺在沙发上、脸上盖着报纸打盹的虞子陵。

关门时，萧梦卿故意带了下门把，将浅睡中的虞子陵惊醒了。“公共柜里有泡面，饿了自取。只有合味道。”

虞子陵被这声响吓得不轻，捂着心口缓了一会儿，摇了摇头：“不碰垃圾食品，是我的饮食美学。我宁可吃食堂。”

“不愧是你，真金贵！”萧梦卿“啧”了三声，从包里翻出一个笔记本摊开，摆到茶桌上，“对了，既然你在这，我也和你互换一下情报吧，算是用你唱白脸的补偿。也不能算用，你好像本来就是。”

“互换的前提是掌握得足够多。”虞子陵伸手摁下自动烧水按钮，“虽然表情管理好多了，但刚套了点料，自负就全透在言辞里。看来，你离病愈还早得很呢。”

“我只是尽知会义务，免得像上次那样。”萧梦卿白了搭档一眼，解释道，“‘东方大典’其实是几个帮派推举共同首领‘风魁’的仪式。每个帮派各自派出七个技术最好的小偷，8 点开局。哪个帮派在两小时内偷到的东西总价最高，首领就当选当年的‘风魁’。”

虞子陵半眯着眼睛，用耳朵听着水滚的声音：“有了千羽朋友这张打入公安内部的王牌铲除异己，今年的‘风魁’，黄恩童应是志在必得咯。”

“你知道了？”萧梦卿警觉地抬起头。

“那间安全屋的设备可不只有电视。不过，你显然把我想得太阴险了。从头到尾，我就没有挑起他们内斗的意思。”

“不重要，也与我无关。”

“哈。”水还没完全烧开，虞子陵就把加热钮关了。他提起水壶缓缓灌下。霎时，桂花的芬芳充盈了大半间办公室。“这点情报就想换来你为她争取的新身份，怕是不够数啊。”

“明晚，林千羽想陪着我们去现场指认。”

听了这句话，虞子陵眼皮微抬了一下。在对方察觉之前，他又眯到了足以表达慵懒的程度：“原计划是她在安全屋里待到任务结束。就算要指认，拍了照片传抓捕群不就行了？非要去现场做什么？”

“‘神童’在这两个礼拜内挑衅了所有参加‘东方大典’的帮派，明晚会有很多头目亲自上场，以求雪耻报仇。没她指认，这些老大怕是会装成小蟊贼，蹲个几天继续回去风生水起。”

“林千羽绝不能去现场！”

面对虞子陵冰冷的回绝，萧梦卿一声不响地拿出手机，调出微信页面，立在他面前晃了晃。

“死妖龙！”看着秦泷回复的“同意”两字，虞子陵面不改色地攥紧了茶杯。

“你不生气吗？”

虞子陵笑着反问：“为什么要生气？明明有人被蒙在鼓里，还以为自己做了好事呢。我说，老秦给你的材料你确定是真的吗？”

“都是指挥亲手盖的单位红章，我确认过。就算副主任，也不敢把公章盖在假材料上吧？”

“如果他认为这些材料最后能报废，还真说不准。”

“我不过是把计划提前，顺带没告知搭档就找领导审批了而已。”萧梦卿主动帮虞子陵把茶杯斟满了，“都是现学现卖的，犯不着置气。”

“再送你个提前量如何？明天我睡到任务前再来单位。”虞子陵捂着嘴打了个哈欠，“不过，我不妨多问一句：为什么每个帮派出七人，而不是六个或八个？”

“某种规矩吧。这和任务有什么关系？”

“因为七这个数，是贼的分工数。秋、雁、叶、砂、帆、炮、焚，叫风门七巧，是七种分工。以林千羽这工龄，在行当里充其量算‘新叶’。如果这幕后一切都是‘神童’计划的，他怕得是个‘老秋’了。”

“‘行秋’这词她刚才的确提过，但后来又改口了。这究竟是什么意思？”萧梦卿确实没料到虞子陵还藏着一手，立刻翻开挎包，拿出笔记本。

“秋风起兮白云飞。秋天，正是刮风的好时节。‘秋’在这行当里的意思，就是负责统领现场、指挥所有人的首脑。何时动手、对谁动手、何时收手，都由他负责。”虞子陵瞥了眼搭档这种老旧的记录方式，鼻中轻哼一声。

“一个意象对应一种分工。‘叶’是对财物下手的人？这么说，‘雁’也挺好理解的，飞得高，又是传说故事里最讲义气的飞禽，应该是在楼上观察、给同伴望风的人。‘砂’也好懂，风里吹起砂子，能迷人眼睛。这估计是打掩护的人。在这些分工之前加个‘行’，就指代在做这些事；加上新、老，则指代技术等级。”

“你的身手要是能配得上悟性，就好了。”

“剩下三个呢？帆、炮、焚，又是什么意思？”

“干吗告诉你？这本是你在接触案件时就该备好的课。”虞子陵伸了个懒腰，揉了揉开始咕咕叫的肚子，“食堂关门了。我肚子饿，要回家做饭。”

“我请客。在附近挑个饭馆，边吃边聊。”

“不客气，没那么熟。”他又起一块白天剩下的芡实糕，犹豫了一下，还是送进了嘴里。“那三个工种本就不是对人下手的。只不过因为工具趁手，也经常充当打手。他们真要联手起来对付‘神童’，最该担心的就是那群行炮的。”

“知道了。”萧梦卿把笔盖轻咬在齿间，右手写得飞快，“学长，明晚烦请好好待在我身边，一步也别离开——搭档就该有搭档的样子。”

“行，行。”虞子陵皮笑肉不笑地乐了一声，“月港临海，盛产马鲛鱼；油炸最好吃了。”

“什么意思？”

“嘴硬骨头酥。”他用月港话取笑道。

“星湾和月港方言没差多少，我听得懂。”萧梦卿合上笔记，在对方打开门即将离开的一刹那又开了口，“我还有最后一个问题。”

“快——点——”

“你相信巧合吗？”

“什么意思？”虞子陵被这个毫无关联的问题提起了几分兴趣。

“比如你落难了，被捅伤了腿，很快就要死在泥地里，看不到一点儿希望，”萧梦卿把笔在手心里轻轻攥着，指甲抠着笔盖上浅浅的几道齿痕，“恰好这个时候，有人出现在你身边，把你送到医院，救了回来。”

“萧老师，救她治不了你的病。同伞不同柄，同人不同命。”

“你没回答我。”

“不信。”

“是吧。概率小得可以忽略不计了。”萧梦卿苦笑了一声，自语道，“我和她一样都做过错事，都渴望有个重新开始的机会。”

“那你应该考司法警察，监狱里全是渴望重新开始的人。”从走廊幽幽传来一阵慵懒而温润的嗓音，“到那儿去练习，没准你的心病能好得更快些。”

08

秋分当天，五个区的刑侦都抽调精干人员，汇聚在月荷公园，在月港塔外展开了紧密的作战部署。

除了节日的游行庆典，月港塔在晚上 8 点还有焰火表演。每年的焰火都有别出心裁的花样，持续时间超过一小时，甚至不少邻市的游客都慕名前来观赏。超过十万人次的人流量给月荷公园执勤的安保力量带来了不小压力，月港市局每年都要增派近三分之一的警力上勤，才能勉强维持节日安稳。

领取了各自辖区团伙的情报，数百人的行动队伍兵分多路，身着便衣，前往月港塔内外的预设点位，也在出入月荷公园的几个门口预伏守候。

虞、萧两人与林千羽坐在停车场的公务车上，等候指令。公务车换了侦查 A 牌，从外表看仅是普通轿车，可磁吸式警灯备在了储物箱，一伸手就能转换身份。

“‘神童’也亲自来‘行秋’？”虞子陵发问。

“不知道。”林千羽直勾勾地望着月港塔，“这么大的计划，他是不会告诉我全貌的。”

萧梦卿时刻注意微信抓捕群内的信息更新。她不祥的预感是从今天与虞子陵见面后开始的。毫不挂心的态度让她总感觉，他在隐藏什么。

“还不肯告诉我们怎么联系‘神童’？”虞子陵追问。

“大典的规矩非常严格。开始前是有专人监督的，大家身上什么都不能带，特别是‘秋’。”林千羽解释道，“只有等大典开始之后，‘神童’才去我们商量好的地方取通讯工……”

不等她说完，虞子陵突然解锁手机，打开车门下了车。萧梦卿想跟下去，可他并没打算离开，只在车旁接了个电话。他刻意扫了林千羽一眼，见她故意躲开视线，这才谈了起来。“啊，在呢。你说！”虞子陵认真听了一会儿，神色陡然变得惊讶起来：“怎么会出这种事情？你再说一次，刚才死的头目叫什么？外号叫‘钳工’，是做机床的那个钳工吗？”

他说话声调不高，但萧梦卿与林千羽都听得很清楚。隐约传来的几句话，让林千羽顿时涌起一阵从头到脚的失重感。她努力深呼吸了一下，竖起耳朵继续偷听。

“你说什么？几个团伙都在追杀他？他们怎么就成了一伙了？嗯，知道了。事态严重到这个程度，不是我们能掌控的了。我们这就回中心。”

听见搭档的言辞之后，萧梦卿肩膀微微一哆嗦。她微启嘴唇，想要说些什么，但细加思索之后，只是左手搭在门把手上，提前抠起一公分。

不一会儿，虞子陵坐回车上，发动了引擎：“出大事了！原来这次‘东方大典’就是个局。我们要赶回……”

“咔啦！”一阵意外的激烈响动之后，后座的门开了。在车门重新锁上前，林千羽使劲往车外一扑、一滚、一钻，很快消失在了人群中。

虞子陵并不惊讶于她的举动，也不去追，而是夹着手机，笃定地坐回车上。他撂下手机，屏幕亮起后却是与10086的通话页面。萧梦卿甚至还能听见“业务查询请按一”的冰冷话音。

他撇过头，看了一眼躺在后座车底的拐杖，自语道：“果然伤得没那么重，装得倒是蛮像的。”

车外公园里是喧闹的人群，可密闭的车里却只听得见一阵阵沉闷的作响。焰火晚会快要开始了。

萧梦卿静默了好一会儿，顾自调高了车载暖气的温度。她把手放在出风口吹了好一会儿，才用压抑的声调说：“能这么冷血地利用别人，真可怕！”

“如果天真等于可爱，那你已然是全中心最可爱的女警了。指认头目，戴罪立功！你当向阳花是少管所？”

“你没体会过被利用的人死在你面前的感觉。我所做的一切，都是避免这种事情再次发生。”

虞子陵抽出 05 改警转，往弹仓中顶进三发橡皮弹与三发实弹，冷冷回道：“我见过的死人，比你教过的活人还多。”

见他登时阴沉了下去，萧梦卿收了声。过了好一会儿，才闷闷道：“‘钳工’是谁？”

“刃风的二当家，全社团里最能打的人，也是‘神童’的贴身保镖。‘神童’嚣张了这么久，没被其他小偷清算，全因他们忌惮‘钳工’。他当过兵。”

“你去天涌局，就是为了这些情报吧。”

“远不只这些。”

萧梦卿重重叹了一声，从腰间摸出 07 式手枪，上了膛，关上保险：“我的计划到底哪儿出问题了？”

“方向对了，但最后一步没抓好重点。同样是用感情，你利用的是她对同伴的牵挂，而我利用的是她对警方的不信任。既然是贼，就该抓住贼的特性。”虞子陵从后备箱里取出防刺服，甩了一件到萧梦卿双腿上，“说句你不爱听的，若是帮忙抓到‘神童’，可算大功一件，她还能早点出狱享受你给她争取来的新人生呢。”

“她本来有机会回头的，”萧梦卿套上防刺服，从裤兜里掏出蝴蝶发圈，捋起头发扎上，“可现在，她又是个贼了。”

“其实，她刚才完全可以和我们一起回去。其实，林千羽一直都有的选。有时候，选择不做什么比选择做什么更重要。”

“走吧，学长。”

林千羽朝着月港塔的方向，一瘸一拐地奔跑着。她朝身后回望了几次，并没人追上来。焰火表演的五分钟倒计时开始了。当节日的人群进入狂欢，赶路就更是难上加难了。她努力迈着腿，随着奔跑距离的增加，右膝的疼痛也越来越严重。越靠近月港塔，林千羽越是感觉到前所未有的孤独与恐惧。周围欢呼的人群、那一张张幸福的笑脸，与她一点儿关系也没有。她对人多的地方有一种说不出的畏惧，情不自禁地低着头，在人群中穿梭。她始终无法摆脱一种错觉，好像人们口中并不是在相互祝福，而在指向她，一句句叫骂着：“小偷！抓小偷！”

林千羽就像一片狂风中飘零的落叶，拼了命想要找到同在风中下坠的同伴，却只能在汹涌的人潮中随波逐流。她越是想向着一个方向前进，周围摩肩接踵的人们就越是嬉闹着、欢笑着将她挤向人群边沿。持续不断的奔跑与躲闪，她膝盖下传来的疼痛越来越钻心，月港塔在她毫无用处的挣扎中离她越来越远了。

“五、四、三、二、一！”周围的人们开始了欢畅的读秒。

“咻溜——轰隆！”

象征着丰收与甜蜜的第一朵礼花，从巨形弯月顶端升腾绽放。光柱如同数十条朝不同方向旋转着飞舞的金龙，尽数化作点点金光，为夜空满挂麦穗。

林千羽只感觉耳朵快要聋了。烟花的接连作响、四周的人声鼎沸如同千万只火蚁，窸窸窣窣地爬进了她的耳窝，奋力啃噬着她每毫米的鼓膜。

“烦死了！别放了！”林千羽捂着双耳怒吼着。

随着阵阵礼花的轰鸣声，她身旁的拥挤感突然停顿了下来。所有人都停下了脚步，凝望着夜空中方才开始的焰火盛典。借助从人海中夺得的这份喘息，她从伫立的人们身旁穿插而过，直奔月城酒店方向。

酒店雄伟的大堂中没有一丝气流的扰动。林千羽进门后冲向电梯，穿梭过一群正下楼观看焰火晚会的住客之后，手里多了一张电梯卡。电梯里只有她一人。上楼的轻微超重感让她感觉有些喘不过气，右膝很疼，剧烈的跑动让伤口处的血管剧烈痉挛着。

电梯停下了。打开的瞬间，缝隙吹来的气流让她周身一阵寒凉。

起风了。

09

月城酒店的 54 层是商务套房层，每间都有数十平方米的阳台，以满足住客向下俯瞰月荷公园美景的需求。

5403 房间内，六个形貌各异的人正围着一张饭桌谈笑。他们面前的转盘上摆着好几个空盘，上面还残留着零散的鲜切肉、茼蒿、血旺，全都是常见的火锅菜。桌子中央摆着一口铜火锅，一红一白两种锅底正在徐徐翻腾。

一张够座十人的大圆桌上，还有一份餐具工整地摆着。

饭桌上最年长的男子身形臃肿，填满了整张座椅，稍微有些动作，便会压得椅子嘎嘎作响。他面前的小碗最干净，除了酱料，不见一丝食材。他抹了抹嘴角的油渍，显然一脸意犹未尽的样子，又拿起勺子装了碗汤在喝着。

“葛佬的胃口还是这么好。别客气呀，您再尝尝这牛筋丸……”六人中唯一的女性身形修长，穿着碎花吊带裙，肩头披着棱角分明的皮夹克，殷勤招呼着，手中的钢筷对着火锅指点着。

“好呀，再尝尝吧。”葛佬伸着竹筷，慢条斯理地向火锅伸去，女人的钢筷也凑了过来。眼看两双筷子即将相交的一瞬间，竹筷兀地一转，划开了钢筷，伸到锅中。一点一抄之间，两粒饱满的丸子已被竹筷轻巧地夹回碗里。女人尴尬地笑了笑，把筷子搭回了碗沿。

“不错呀，小楚，有六七分火候了。”葛佬咀嚼着牛丸评价。

“那，咱们再加盘菜？”

“算了吧，你们这些娃娃只会浪费。我在你们这年纪的时候，有口饭吃已经谢天谢地了。”

“这都什么时代了，葛佬还忆苦思甜呐。来，我敬您一杯！”老人对面的青年套着件机车服，大大咧咧地举起酒杯一饮而尽，然后亮了亮杯底。老人抿了口白酒，面带笑意地看着他。

楚姓女子“扑哧”一笑，把皮夹克褪下，往椅背上一挂：“阿飞，你喝得太凶了吧！要耽误了今晚的正事，不怕一会儿你们凡姐来收拾你？”

她身旁着连帽衫、低头默默刷手机的金发男也笑了：“阿飞这小子，手下那么多玩制服诱惑的女孩儿，夜夜灯红酒绿，这几两算什么？”

阿飞捋了捋后颈，纯金的项链哗啦作响：“夜夜灯红酒绿？我这是借酒浇愁！凡姐说了，敢碰她们半根手指头就阉了我。”他愤然抱怨着，揪出躺在胸口衣物下的玉观音，“见着没，得靠这项链压火啊。哎，我说金毛，你怎么一直盯着手机？多吃几口呀！”

金发男眼睛都懒得抬一下：“当家的联系不上，我没胃口。”

阿飞对此颇为不屑：“你们獒哥亲自带队行秋，能出啥事？说起来，獒哥得有……五六年没亲自下场了吧？”

“可不！”金毛一脸不满，“为‘神童’这个小逼崽子，至于吗?!只要他发句话，我直接带几个行炮的把他碎了喂狗，不就完了。”

“不光你们山狗党獒哥，连我们剃刀队伍爷，还有他们老王家夜叔公，都是几年不下场的老辈了。别小看那小兄弟。”一旁始终一言不发的光头男也附和道，“再说，你们这些养狗的能打得过他家师爷？”

“少年郎，话不能这么说。知道当年是谁带你们几个当家的出道吗？就是‘神童’他老爹顺老大。于情于理，‘神童’划出道来，你们当家就得接住。这叫尊师重道，是规矩，明白吗?”葛佬放下了筷子。

“汽车都上近地轨道了。规矩?半截入土的玩意儿。”金毛挖苦了一句，“就说风门吧！现在这个时代都扫码付款，全月港也只有四五条旅游街，带钱包的老外和游客多，总算还有点油水能撑下去。再按规矩玩，怕我们只能挂着二维码去要饭了!”

葛佬将酒杯里的剩酒一饮而尽，笑着看向金毛：“就这样的见识，也难怪你只能当老二。”

“规矩他妈的也是人定的。出来混，靠的还是实力!”金毛霍地站起来，抄起筷子往地上一摔，直直瞪着葛佬。其他人见状，也停下了说笑，看戏似的端详着两人。

“金毛，是吧?”葛佬燃了一支烟，悠悠然抽了一口，“规矩啊，不是谁定的，是无数前辈总结出来的。二十五年前老船主走了之后，大家都和你一样不想守规矩。结果呢，为了几条街打来打去，死伤无数，谁家的日子过好了?再后来，才明白了守规矩的门道。所以，十年前重新开始选风魁，这几年也才有了口安稳饭吃。”他把烧着的烟头往掌心一捻，随手一抖，粉末撒在地上：“出来混嘛，都是飞沙风中转。你还年轻，要知道，一些事不能开头。很多人其实都比你想做，但都在等着出头鸟。”

金毛直直地戳在桌旁，想发狠却又在犹豫着。他环视了桌上的其他人，发现人人都挂着微笑注视他。房门也因为屋内的异动而开启了一条缝，金毛顺着开门声看去，只得慢慢坐了回去。走廊外站着数十人，装扮看着属于不同帮派。

“再叫点儿菜吧！一会儿当家的回来可得饿了。”楚姓女子圆了圆场。

这时，一个戴口罩的女青年走了进来，在葛佬身旁耳语了几句。葛佬扭过身子，皱着眉摸索了好一会儿，从裤袋中翻出一台 BP 机。不慌不忙地解下胸口的眼镜袋，摸出一片玳瑁粗边眼镜，哈了口气擦好，戴上了。看完信息，他慢腾腾地站起身来：“你们吃，我得回去了。”

“这就走啦？您一走，可就等于没脸帮弃权呀。”阿飞打开龟苓膏甜点，又从转盘上拿了桂花蜜，倒了半碗，就着吃了起来。

葛佬扬了扬 BP 机：“新开了一局，三缺一。我今天本就只是来蹭饭的。再不走，就该惹人烦了。有机会来我们鬼钢城做客，我请各位师爷吃点特别的。”

其他几人嘴上虽然都说着“再坐一会儿”，可没一人真正起身挽留。等没脸帮众人的身影彻底消失后，几个人不约而同地长出了一口气。

“混吃等死的老东西，一天到晚倚老卖老。”阿飞狠狠往碗里吐了口棕色的唾沫，勺子往桌上一摔。

楚姓女子拿起不锈钢筷子，拇指在筷身上来回捋着：“今晚的大典，我试了四回，连他的筷头都没碰到。他每次下筷都能夹着双料。单凭这一手，咱们当家的也未必能做到。人家有狂的资本。”

“幸亏金毛没动粗。”光头男叹了口气，烦躁地用热毛巾捂着脑门，“我现在才发现，这老不死的走路时，脚底下一点动静都没有。”

金毛又拿起老旧的诺基亚 8210，搓着几乎被磨平了数字的键盘：“怎么还他妈没回复！”

“我有些担心。”楚姓女子的视线从威图手机屏幕中抬起，“时间都快到了，郑总也没联系我。”

“啧，不还有十分钟吗？”阿飞烦躁地把苹果机揣回裤兜。

这时，几个人的手机不约而同地震了起来。五台款式各异的手机上都收到了一条简短信息，不同字体显示着一致的四个字——“风紧有鬼。”

金发男子抹了抹嘴，毫不犹豫地起身道别：“山狗党里还有别的事情要处理，选出风魁通知我就好。”

他取下电话卡，用热毛巾包着手机在掌心里盘了几轮。走出门时，直接把毛巾和手机都塞进垃圾桶。推开门时，却与一个高瘦的黑影撞了个满怀。来者在门口杵了会儿，丝毫不给金毛让道，反而做了个请的手势。

来者是留着波浪头的中年男子，高瘦的身形隐藏在一袭黑色长风衣下。看清对方长相，金毛后退两步，回到桌前。

与几人短暂对视之后，中年男子搬开从饭局开始就一直空着的椅子，轻轻坐了上去。待他入座后，楚副总率先为他斟了杯茶："'钳工'，怎么才来？"

"出事了。""钳工"从衣服内袋里翻出一包红塔山，夹出一根烟含进嘴里，却发现火机没气了。他也没朝谁借火，徒手夹着烟，探入锅下的炭火中点燃，"百来个黑皮围了塔下的场，所有人都被圈了。"

"钳工"缠着血色纱布的右手里，始终亮着明黄色的光点。他吸了口快烧到指头的红塔山，又夹了根烟，用这根烟蒂点燃了。其他人都没有抽烟，他也懒得叫烟灰缸，直接把烟蒂丢进火锅汤底里。

"这届'东方大典'崩了，各回各家吧！明年再聚。"阿飞的面色看不出一丝一毫紧张，反而有些窃喜。他抡起机车服，甩上了肩头："恭喜各位老大！山高水长，多多关照小弟，一起发财啊。"

"新的纳贡额都还没定呢。"楚副总担忧道，"去年的风魁是'十四少'的七少，可昨天他们好像也被黑皮圈了。"

"切，这群蠢猪不完毬才是怪事。这不更好吗？一年的钱都免了！地盘儿就先别动了吧，反正也都熟悉了，等明年选了风魁再说。"

"夜叔公来之前交代过地盘的事，也是这意思。"

"地盘按去年不动，进贡风魁的数目从两成调回一成。""钳工"拿起茶杯往后一泼，拎起他们未喝完的半瓶白酒，对着嘴灌了两口，"但今晚就要打到我们账户里，数目按去年的算。"

"你……你这什么意思？"

"钳工"不回答，从怀里掏出一苹果手机，甩到桌上。手机碰撞瓷盘，发出清脆的裂响，让在场几人都打了个激灵。

“不用打开看，这就是块砖。我进酒店时刮来的。”“钳工”解释，“既然你们今晚都没收入，就不用我多说了吧。”

与邻座的人对望数眼之后，围坐的几人不约而同地笑了起来，笑声响亮而持久。

楚姓女子双手环抱在胸前，往椅背上一躺：“想耍诈啊？”

“钳工”把瓶口对准手上的纱布，剩下的酒都倒了上去，浸透伤口：“按‘东方大典’的规矩，谁刮得多谁夺魁，没说过不能耍诈。”

“没脸帮那老不死的刚说过，得守规矩。去年‘十四少’耍狠已经坏了规矩了，今年你又耍诈，那明年我是不是能杀人了？”

“飞老弟说笑。明年是你们的事，我只管今年。”

“不对……不对，不对。”金毛猛地一拍桌子，“你们他妈串通黑皮坑自己人呢！我说怎么丐儿团那群渣滓也不见了，原来是你捣的鬼！”

楚姓女子一手握着手机埋在臂弯中，屏幕里却是通话状态：“我记得今晚的大典，你们刃风社也出了七个人。吃里扒外，通官告密，你想夺权？”

光头轻蔑地笑了几声，指了指桌面盛菜的瓷盘，嗓音更低沉了些：“一桌子东西都吃光了。你来得这么晚，哪还有你的份啊？我记得你们刃风也就二十多个人，我们五个帮派加起来少说三四百。想独吞，吃不吃得下啊？”

“钳工”竟也露出了笑脸，与光头对视着。突然间，却从腰侧抽出了一根一指粗的银色长条。那是一根 56 式三棱刺，套筒的部分被拆开了，焊上了钢制手柄。

“钳工”当着五人的面，用刺刀棱砸碎了面前的瓷碗，洁白的瓷片在他面前绽开了一朵破碎的白花。他“嗵”的一声，把刺刀深深插在了桌面上，竟捏起几块白瓷片，直接塞进嘴里，薄瓷与牙齿磨得“嘎吱”作响。“钳工”若无其事地咀嚼着，好像只是在吃白糖块。

光头仍然保持着微笑；阿飞看了会儿扎透桌板的刺刀，缓缓坐回椅子上；楚副总咬了会儿嘴唇，咽了口唾沫，把手机通话悄悄掐断了。

待“钳工”咽下嘴中的瓷片，光头也敛起了笑容。他递上热毛巾，看着对方擦了嘴角，才用判若两人的冰冷嗓音说：“那就按规矩选吧。”

“二十多个或许干不过几百个。”“钳工”扭过头，漠然地望向另外四人，“但一个杀四五个，我还是有自信的。”

“我同意按规矩。你们刮得多，你们赢。”楚姓女子很快表态。

“真他妈晦气！不是说你啊，风魁，我说的是今天这运势。这项链他妈是假货，不管用啊……”

“夜叔公交代过我，无论什么情况都不能动手。我代他同意。”

“你他妈够狠！山狗党这次认栽，但以后日子还长着！”

“很好。”“钳工”掏出手机，放在玻璃转盘上，手一抹，“叫你们的人用现金存到这账户里。戴上帽子和口罩，在我指定好的自动存款机上存。”

不过一会儿，转盘“啪”地炸响了，惊得阿飞一耸肩膀。“钳工”的右手掌砸在玻璃上，停住了转动：“从你们高中派开始。”

门外突然传来一阵嘈杂声，像是什么人急于闯入而被拦住了。门被推开时，被两个男人架进来的林千羽急切地呼喊：“‘神童’！你们赶紧走啊！黑皮他们想要……”见到饭桌上的几人后，她倒吸了一口冷气，奋力抵抗着的双手无力地垂下了。

10

林千羽被架进5403时，所有人都愣了愣。屋内看似一派祥和的情景，几人还在推杯换盏。门口动手的是楚姓女子的手下。楚总显然认得林千羽，挥手示意放人。

“‘钳工’?!”林千羽登时跌坐在地上，“你、你不是已经……”麻酥酥的感觉很快缓缓爬上脊背，她感觉双脚抖得越来越站不住了。

“跑……”

“舞娘，你是怎么出来的?”“钳工”拧着眉，不解地望着莫名出现的同伴。

林千羽突然发出一声撕心裂肺的惨叫：“快跑啊!”

不等在场的六人反应过来，从楼层两侧的安全通道内就传来了密集的脚步声。走廊里的数十人很快被控制住。进门之后，“钳工”刚拔出三棱刺，就见到几个黑洞洞的枪口指向了自己。

见到闯入屋里的队伍，除了“钳工”，人们都很识趣地举起了手，抱在脑后。林千羽依旧瘫在地上，目睹着眼前六人被上了手铐，在角落蹲成一排。核验完身份，被陆续带出了房间。

“钳工”是最后一个被带离的。走到门口时，他突然用肩膀撞开身旁负责押送的两个年轻人，猛地朝林千羽冲去。狠狠把半瘫在地上的林千羽撞倒了，重重压在她身上骂着：“你自己摸摸看，还他妈有良心吗?!你等死吧!他们能保护你二十四小时吗?出来我弄死你!”

哪怕对方双手被铐在背后，林千羽仍然感到了一股空前的窒息感。她呆滞地推搡着身上这个两倍重的人，直至触碰到对方心口一个她分外熟悉的东西才拼命挣扎，呼救起来。

身旁几个刑警大惊失色，赶忙给了“钳工”几甩棍，把他扯开了。走廊里，“钳工”仍在不停地恶语相向。林千羽听着这阵叫骂，心里五味杂陈。她手里沉甸甸的，是刚才从“钳工”风衣内袋中摸出的东西，像是一个小卷尺。在被人发现之前，她很自然地拍拍丹宁裤，站了起来，把卷尺偷偷别进裤腰。

现场清空之后，两个套着防刺服的青年警员留在了门口，一声不吭地盯着她，直到萧梦卿和虞子陵出现。与同事交接完之后，华美的水晶吊灯下只剩下了三人的身影。

“啊……都抓走啦。我说了吧，一锅端!”林千羽摆着一副陡然错愕的模样，硬是挤出了微笑，甚至拍了拍萧梦卿的肩膀，“这功可得给我记着。走吧，咱们回中心！接下来的辨认还不少吧?”

萧梦卿没有说话。虞子陵在门口杵着，伸出手铐，在搭档眼前晃了晃：“这气氛的确太怪！我也说不好正常人会怎么反应，所以，还是直接点吧。”

萧梦卿犹豫了一会儿，先是铐住了自己的左腕，又铐上了林千羽的右手，苦笑着解释：“抱歉了，上铐带离是规定。”

虞子陵嘴中“噢”了长长的一声，脱下外套，甩在两人被铐在一起的手腕上。

11

“我还以为‘东方大典’真是个基层比武会呢，想不到竟然是高层饭局啊。该说你们狡猾呢，还是该说你们虚伪?”车开上月江大桥后，虞子陵手指一直在方向盘上没节奏地敲着，“真一锅端了吗?‘神童’在哪?”

“我……我不知道。”林千羽双眼望着江水里倒映的月色，跷着二郎腿，没上铐的那只手一直掖在裤袋里。虽然挂着二郎腿满不在乎地晃着，身体却绷成了一只拉满的弓：“他或许早就跑了吧。”

方才“钳工”贴在她耳畔、利用叫骂转移其他人注意力时，还低声说了一句话，只有一个地点与三个字——带他逃。

林千羽把没铐上的手暗暗摸向裤腰。卷尺包里有一盒卷线器和一沓飞鹰刀片。卷线器口系着枚戒指，手感很熟悉，却要大上一圈。她悄悄把卷线器在右裤腰上固定好，借着整头发的机会将刀片夹掖进衣领里，又把左手食指小心翼翼地探到戒指中，用后视镜观察同车两人的神态。

“我有些渴，可以拿瓶水给我吗?”过了不知多少个红绿灯之后，林千羽在一个车辆稀少的十字路口清了清嗓子，铐着的那只手指了指储物盒里的矿泉水。

萧梦卿点了点头，探上半个身子去够。可就在她拿回矿泉水瓶的一瞬间，一阵不易察觉的划擦声却从身旁响起了。她感觉脖子一紧，像是被什么东西套住了。她本能地伸手去摸，却感到脖颈一整圈皮肤倏然一疼，像是被一口锐利的刀瞬间割了一圈。当她回过视线，发现林千羽正在她身旁剧烈喘息着，食指上套着一枚戒指，而戒指连接着一条极细的丝线。偶尔有车一闪而过，只有在尾灯映照下，丝线上才会涌起一缕红色的亮光。

“开车去‘霜洲’医院!”林千羽始终压抑的怒火终于翻腾而起，“不然我杀了她!”

听到后座的怒吼声，虞子陵神色一沉，车速减缓到三十迈。“就是月港规格最高的私立医院，对吧?”

“林千羽！你不能再犯……啊!”萧梦卿捂着脖子，甫一开口就感觉左肋被狠狠一撞，疼得她哀嚎一声，捂着肋骨蜷缩成一团。

林千羽以膝盖重击了萧梦卿，钩动手指，紧了紧钼丝：“我现在什么事都做得出来！马上给我去霜洲医院!”

“这就去。”虞子陵轻踩油门加了速，看了一眼后视镜中已然失去理智的林千羽，“现在收手，我俩可以当什么都没发生过。伪证很轻，袭警很重。”

“你以为我还会再信你吗?!”林千羽踹了一脚椅背，喝令道，“把手铐钥匙给我!”

虞子陵很快甩了两枚用钥匙圈连在一起的手铐钥匙到后座中央。

“姓萧的，把我手打开，把你自己铐上！姓虞的，你也铐了你自己!”

匆匆瞥了眼钥匙，萧梦卿不为所动。

“哪来那么多预算啊，这车上就一副手铐。再说，铐了我怎么开车？我保证听你话就是了。”虞子陵收起右手的三个指头，只用食指与拇指箍着方向盘，控制车的方向，“照做吧。”

“再多话，我立马挑了她脖子！”

萧梦卿扫了一眼他的手势，冲后视镜点了点头，捏起钥匙圈的时候，她哽咽着哀求道：“千羽，可以松开一点点吗？我……我有些喘不过气了。”

“别他妈耍花样！”林千羽双手还在颤抖着，却翻过手腕把勒在萧梦卿脖子上的钼丝稍稍松了松。

萧梦卿咳了一声，如释重负地喘了几口气，替林千羽打开了手铐，又按要求把自己另一个腕子铐上了。做完这一切，她把钥匙捂在手心里不再动作。听到手铐的闭锁声，林千羽迅速勒紧了她的脖子。

直到车开到医院门口，虞子陵与萧梦卿都没再开口。

车停好之后，林千羽让萧梦卿打开一侧车门，又命令道：“把你俩的枪给我！”

“不行！”“可以。”两人有了截然不同的回复。

“我他妈没和你们商量！想她死，是吧?!”

“我枪里全都是橡皮弹，连只鸡都打不死。你拿了没用的。”萧梦卿卸下07式弹匣，摁亮了顶灯，递到她面前一晃，往车后座的缝隙一丢，“收手吧。”

“谁他妈让你丢了?！姓虞的，把你的枪给我！”

林千羽情绪越发激动，双手也渐渐失去了对力度的掌控。钼丝虽然没有切透皮肤，但方才绕上时的剧烈撕扯已经留下了伤口。萧梦卿的一侧脖子受了伤，细密的血线沿着线痕溢了出来。

“一支枪就够了，我的装着三发实弹呢。”虞子陵拉开衣角，抽出05改转轮，打开弹仓示意。他夹出三枚橡皮弹，一抹弹仓，在转轮还在飞快旋转的时候一掌拍上了。他调转枪体握住枪管，把枪柄往林千羽手上一递：“你也用不着两把枪。人就两只手，两铁块加上你手上的铁丝，小心被我抓到破绽。”

“哦，你以为我真看不出来吗？”林千羽夺过转轮手枪，勒令道，“一直藏在另一边的那玩意儿，也拿出来！”

Mad Dog Knives生产的巫毒猎犬(VoodooHound)格斗刀。基于大名鼎鼎的ATAK系列设计，采用不对等双刃

虞子陵重重地叹了口气，抽出疯狗战术刀，用拇指心疼地刮了刮刃口。他打开副驾的窗户，紧闭着双眼，把刀抛到了车外的草丛里。

“打开车门，下车！”林千羽食指套着戒指，在萧梦卿的后颈揪着卡着她脖子的钼丝套环，胳膊肘往她后脊柱一撞。下车后，她用枪口顶着驾驶座的玻璃，“你也下车！门不许关，车不许熄火！敢有半个小动作，我立马杀了她！”

“你觉着我真会在乎这白痴的死活吗？她没了，我正好换个搭档。”

“想赌一把啊，黑皮狗？有种就试试啊？！”

虞子陵勾了勾嘴角，还是挂了 P 档，走到她面前，举起双手：“还要我做什么？”

“把你的电话拿出来！开免提，拨号举到我面前！你俩谁敢说半个字，我就开枪！”林千羽念了个号码。

虞子陵输入数字，拇指在屏幕上悬了一会儿，却不打算打通：“这就是‘神童’今晚用的号？”

“少他妈废话，打过去！”林千羽把枪口指向了萧梦卿的太阳穴。

虞子陵却把手机往车座上一抛：“我们的人快到了，想动手就快点。”

“你他妈找死！”林千羽为对方的出尔反尔彻底怒不可遏了。她决定扣下扳机，可不管自己怎么使劲，扳机就像卡住了一样，怎么也无法击发。她放弃了开枪，狠狠一扯萧梦卿后颈的钼丝套环，可无论使出多大的劲儿，钼丝都没有再嵌进脖颈哪怕一毫米。

萧梦卿的食指上套着一枚金属钥匙圈，钥匙圈上还挂着两枚手铐钥匙。金属钥匙圈里勾着一段钼丝线，就像是林千羽手上的戒指一样。在林千羽使劲的时候，萧梦卿也朝反方向拉扯着钼丝，一时间，两人僵持在一起。

当林千羽惊惶地发觉对方前颈钼丝环的异样时，却有一只遍布刀疤的大手死死揪住了自己拿枪的手，还把拇指卡进了扳机后面，正以自己无法忍受的力量拧着手腕。她哀嚎了一声，松开了转轮枪，枪又回到了虞子陵的手中。眨眼间，一抹骇人的寒光从虞子陵的腰后升腾而起，顺着林千羽的脑顶落下，直逼眉骨。林千羽下意识地拉开戒指，松开了环在萧梦卿脖颈上的那节钼丝，用来抵挡。

脖子上的束缚彻底解开后，萧梦卿剧烈地咳嗽了两下。

当林千羽把那缕寒光格挡在面前时，看清了劈到眼前物体的她双脚一软，吓得半跪在地上。那是另一把粗壮的灰黑色半齿直刀，刀的根部写着“**MPK**”三个字母，而刃口距离自己的脑门已不足一厘米。

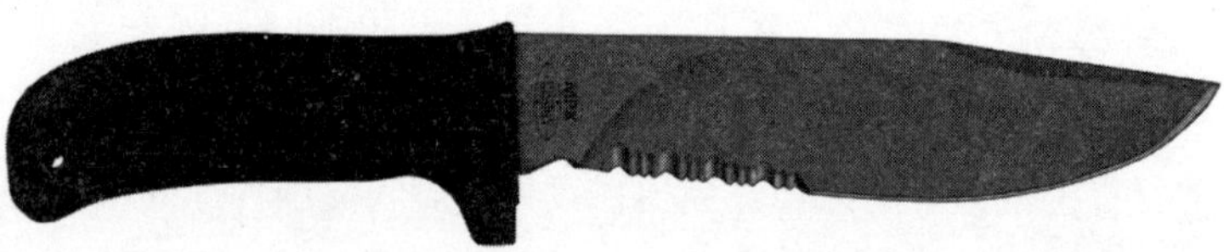

使命(MISSION)公司生产的MPK12—Ti战斗刀。MPK为(Multi—Purpose Knife)缩写，也有A2钢版本

“你以为就贼会准备两把刀?”虞子陵面色从容。若不是他下手时控制住了角度与力道，林千羽从眉间到下颌的所有软组织怕是已被剁成两半了。

趁着对方说话的机会，林千羽憋住一口气，故技重施，将钼丝绕圈，又在虞子陵的手腕上缠了两圈，想把刀扯开。可虞子陵没给她反制的机会，即便皮肉都被锋利的钼丝割破，他愣是扭腕用刀身搅了几圈钼丝，猛力往车头一侧横劈。

几声清脆作响后，车前盖被砍出了一条细缝，而刀刃下缠扰的钼丝也断成了数节，亮晶晶地在前盖上回弹着。林千羽撑着脚想要再次站起来逃走，膝盖却传来一阵剜心的疼痛，失去平衡的她双腿跪到了地上。倒地之后，她感觉自己上身狠狠一沉。萧梦卿扑向林千羽，利落地将她整个人跪压在地上。

“你们……你们他妈的没一个好东西……”在地上喘着粗气的林千羽感受着水泥地传来的刺骨冰寒，不甘的泪水打湿了地面。

虞子陵捡回草丛里的疯狗刀，用手指抹去刃面的污泥，俯视着半跪在一旁的林千羽：“我没答应帮你开好保险。今晚的事从始至终，都是你自己的选择，少怨别人。”

办案队赶来支援的同事很快赶到了医院，将出入口封锁完毕。当他们将林千羽搜完身带离时，她突然“哧哧”笑了几声，对身旁押送的两个警员礼貌地征求道：“让我和两位警官说句话，好吗？”

见萧、虞二人都点了点头，押送的同事停下了脚步。

然而，林千羽并没有说什么。她抖了抖手铐，低着头捂了会儿下巴，冷不丁抬头冲两人一咧嘴。萧梦卿愣了愣，见到她嘴里满是鲜血，唇齿间滑动着一些乌黑色的薄片。未及反应过来，林千羽便冲两人的方向狠狠啐了口混着碎刀片的血。萧梦卿躲闪不及，下意识地抬起双手遮挡，还是有几枚锐利的碎片划破了手心皮肤。转头间，她看到虞子陵早已把衣服掀起，挡住了偷袭。

林千羽边笑边干咳，使劲把嘴里残留的刀片往喉咙里咽，脏兮兮的脸上泪水与血污糊在一起。

“她吞刀片了！”办案队的警员立马控制住她的双手，冲部下怒吼道，“送急诊！”

虞子陵一脸冷漠地清理着衣服上细密的血痕，当林千羽被变了脸色的办案队警员抬走时，他仍不忘冲他们喊了一嗓子：“换背铐！保险。”

看萧梦卿拔掉掌上的碎刀片，胡乱扯了张湿纸巾压住伤口，他才玩味似的咂了几下舌尖："值吗？"

"不值。"她冷得打了个激灵，双手捂着外套回到车上，打开暖气，"'神童'怎么办？"

虞子陵看了一眼手机里还未拨出的号码，摁下了通话键。很快，关机提示音冰冷地传出话筒。

"被抓的贼正在突审，说是提到转账进贡风魁的事。办案队在查了，人跑不掉的。"虞子陵握了握右手，确认手指还能活动自如。他腕上伤口虽然不深，但血还没有完全凝固："管那么多干什么？抓人不是向阳花的工作。"

他上了车，打开顶灯，和萧梦卿一起找回了方才丢到座椅夹缝之中的弹匣。

回到驾驶座，他从储物盒里翻出医疗包，取出纱布，割下一条，随意往腕子上绕了几圈，又把剩下的往萧梦卿怀里一抛："实话说，你刚被她割脖子的时候，是我认识你到现在表现最自然的一次。"

萧梦卿拉开纱布，捂在结成血痂的伤口上："你是在取笑我的求生欲吗？"

虞子陵用牙咬着纱布打了个结："人在恐惧面前是最不会掩饰的，并不丢人。再说了，你这不是做得不错吗？"

萧梦卿双手在脖子旁扎了好一会儿，却怎么也没法把绕好的纱布系紧："比起你见过的大场面，吞刀片什么的不值一提吧。"

"那可不。现在吞刀片的少了，伤食道。更多人选择吞个包着塑料膜的大螺丝钉。我见过最过分的是吞印泥盖子的。做完笔录盖手印时，把印泥盖子揉成球吞下去，就为换个取保。"

萧梦卿解下脑后的两个发圈，挑出红色的那个，用力系紧了脖颈旁胡乱打的纱布结。包完脖子，她觉得手里很痒，就用拇指搓着掌心里几道细小的新伤。她越揉越用力，直到整个拇指都被血染红了。"拜你所赐，我噩梦里可能又要多个林千羽了。"

"在医院门口吞的，救治绝对及时，估计死不了。"虞子陵偷偷瞟了一眼她的手，“又痛了?”

“和你无关，学长。”

虞子陵发动车辆，驶离了月港塔。开了不知多久，萧梦卿只觉得很闷，于是打开了天窗。焰火表演进入尾声，哪怕隔着数公里，依然能看见夜空的盛况。

随着几声巨响，几股刺眼的光流从月港塔的顶部升上天空。这排列规整的焰火宛如谢幕的芭蕾舞演员，在澄静而深邃的天穹下闪耀着，兜转着，而后四散、熄灭。

“借我把刀。”萧梦卿抬起手，摊平左掌。

蝴蝶(Benchmade)公司生产的SOCP系列匕首。小巧，适合作为副武器装备。有双刃、半齿多种型号

虞子陵默默沉思了几秒，从左侧内袋摸出一把装在沙色鞘里的带环小匕首，连鞘放在了她手心里。萧梦卿抽出小刀在右耳边悬了一会儿，抻直了鬓角的发缕，一刀切断了。还了刀，她把紧握着发丝的拳头伸出窗户。夜风刺骨冰凉，毫不留情地夺取每个指尖的温度。萧梦卿摊开手，让粘上自己血的断发坠入风中。

“这又是什么仪式?”

“是病。”

虽然窗上的风流依然紊乱而猛烈，萧梦卿却轻轻呢喃了一声：“风停了。”

她突然感觉十分疲惫，关上天窗，眯起双眼，侧靠着窗，小睡了起来。

12

海济医院是位于月港西南市郊的一所小型私立医院，位置偏僻，除了固定客户，极少有人来此就诊。与规模不符的是，医院的轮班制度非常完善，员工停车场内也停着不少中高级轿车。

已过晚上 10 点，住院部大部分人都休息去了。一个男孩在一楼等候区一坐就是两小时，身旁的垃圾斗里躺着几个被捏扁的可乐罐。他瞥了一眼手机，屏幕里仍是那条还未打开细看的银行短信，余额是一个极其可观的数字，足够他到任何地方重新开始富足的生活。今天的经历，不禁让他想起了曾经叱咤风云的父亲。看了看走廊尽头的楼梯，他很想起身迈开腿，却仍未做好去见一个将死至亲的准备。

此时的他恨着这座城潮湿多雨的天气，恨着那一道道蜿蜒的街头巷尾，却又控制不住地去想念几张熟悉的面孔。

“先生！”值班小护士走到他身边，为他端来一方加热过的牛奶，“您在这儿坐了一晚上了。有什么我能够帮您的吗？”

这声温柔的呼唤将他拉回了现实。他犹豫了几秒，起身接过牛奶道了谢。牛奶的温度正好，捧在手里很舒服。“多少钱？我转你。”“神童”扬起唇一笑。

“不用不用，送你的啦！你手有伤，老喝可乐不好的。”小护士红着脸，悄悄回瞥了一眼值班台。三个年龄相仿的女孩子趴成一溜在桌上，饶有兴致地窥着他们，见她回头，纷纷捂着嘴嬉笑了起来。

“神童”喝了口温热的牛奶，一阵暖流从胃部渐渐扩散开，方才因追忆而麻木的感官也渐渐恢复了正常。一阵阵低沉的轰鸣声引起了他的注意，走到窗边，眺望起了窗外升腾的焰火。

接连升空的各色礼花与城市里不眠的灯火争相辉映，热烈地描绘着秋月节的尾声。在节日的气氛中，一切与痛苦的人生、无奈的命运相关的事情，似乎也都没那么重要了。

“听故事吗?”喝完牛奶，“神童”偏过脑袋，俏皮地一笑，“当是牛奶的回礼。”

“听。”小护士羞怯地走到他身旁，与他一起欣赏最后的焰火。

“有个父亲，平生做尽坏事，被判了无期。在监狱里，他知道自己得了重病，命不久矣。而就在他生命即将走向终点的时候，却突然良心发现，决定捐献所有器官。”“神童”茫然望着窗外的礼花，眉头徐徐舒展开，“你说，这种父亲还能相信吗?”

“这……能不能信这个爸爸，我不知道。”女孩腼腆的笑容僵在了脸上。思忖了好一会儿，她抬起眼皮，认真地回答道：“但他的孩子，一定很痛苦吧。”女孩注意到了“神童”眸中转瞬即逝的诧异。

男孩看着玻璃中的自己一怔，而后又释然地笑了。今晚的他为了避人耳目，穿着一套随处可见的运动服，打扮得与邻家男孩别无二致。他摊开裹着纱布的手掌，捂在心口，感受着自己越来越剧烈的心跳：“是啊，真的疼。”

“你怎么啦?”

“谢了。”浅浅的梨涡再次在玻璃灰黄的倒影中浮起。

骤然间，倒影消失了，整条走廊陷入一片漆黑中。人影随着远处礼花的光芒而黯淡地明灭着，医院里寂静得几乎能听见外头的虫鸣声。

“啊?怎么停电了?”女孩有些惊讶，打开手机电筒四下张望起来。没过几秒，应急电源启动了，亮绿的安全指示牌与暖黄的射灯照亮了走廊的路面。

“你在这儿稍等一下哦。”女孩扶了扶帽子，走向值班台，“太奇怪了吧！完全没通知说今晚有检修或断电啊。”

“趁现在还来得及，你和同事快跑吧!”“神童”喊住了女孩，地灯昏暗的光线勾勒着他微笑的嘴角。

“啊?什么……”

女孩注意到了他说话时从腰侧掏出的东西，捂着嘴后退了几步；

随后惊慌失措地躲进了值班台，带着几个同事慌忙逃走了。

男孩手里握着的是一个漆黑的枪型物。他打开枪膛，摁入两枚形状奇特的子弹。这两颗自制子弹是灰色的，精细的铅筒弹壳装着一小指节容量的发射药。子弹头是一颗指甲大小的钢珠，没有用机器压装，只是用蜡封在弹壳前端。

从走廊尽头的楼梯间走出一个高挑的身影，穿着一件浅蓝色医护服，还戴着口罩。来人脚步十分沉稳，全然不为"神童"手中的武器而偏移脚尖。

"你说他配型虽然成功，但受捐者没钱，这些全都假的对吗？""神童"合上枪膛，扭过头，望着接近的黑影问道，"我父亲根本不在这儿。"

"重要吗？"对方右手摸向后腰，抽出一把线条优美的S刃折刀，拇指搭住推刀孔，打开刀片，"哪怕他最后大发善心，你不还是贼王的儿子吗？不，你其实比他做得还好。除了至亲，他至少还信'钳工'。"

短刀的刀刃朝着拳口延伸，刃口并不平整，呈锯齿状，细密的刀齿像是毒蛇的一排獠牙，每一尖都反射着指示牌的莹莹绿光。

"蠢啊……这么简单的局，我怎么会上当呢？""神童"抬起枪，对着来人的方向扣下了扳机。轰响之后，沉稳的脚步声忽地加速了。

逃出门口的几个护士匆忙报了警。警车以他们难以想象的速度抵达了医院，可下车的并不是穿着执勤服的巡警，却是身着防弹衣、荷枪实弹的刑警们。

"砰！"另一声枪响在他们到来后响起了。带队的几人碰了碰头，决定强制突入。

领头进门的是个高壮青年，双肩背着条牛皮制的棕色枪花腋下枪带，手里举着92G，与同事们一起冲进走廊。数个高流明战术手电的光柱把幽暗的过道照得比白天还明亮。探查了整层楼后，他们只见到一个长相俊俏的男孩躺在血泊中，手边躺着一支自制手枪，枪口仍冒着烟。

“Call 向阳花，说我们来晚了一步。”背着腋下枪带的青年抬起武器，看了看表，记下时间，“一队、二队封锁医院，保护现场；而后支援三队、四队逐层搜索；五队、六队跟我查住院部——既要不影响医院运作，也要注意一切有异常举动的医患。”

在青年的利落指挥下，两人一组，保护急诊医护来到现场，对伤者进行处置。男孩右手腕的皮肤被工整地撕裂了，白花花的肌腱与深色肌肉清晰可见，而击倒他的伤口在右太阳穴上，一个血洞还在淌着黑红色的液体。被推入手术室时，全身仍在轻轻抽搐着。

不知是不是大脑受伤的缘故，当青年踢开男孩手里的枪、将他翻过身时，竟发现他仍挂着释然的微笑，像是在做着一个美梦。

13

“别多想我找你的理由！说要交代是假的，我只是想骂你。”狱警关上门后，林千羽毫不避讳地冲萧梦卿甩下一句话。“东方大典”过去了大半月，三人在看守所隔着铁窗对面而坐。

“随你。”萧梦卿低头翻着案卷，自打进门后就没怎么抬起过头来，“要看我挨骂吗？”

虞子陵一愣神，配合地站起了身，喊了声“我肚子疼十分钟”就推门走了出去。

“‘神童’怎样了？”林千羽举起戴着手铐的腕子抖了抖。今天提审的人多，狱警走得急，只是草草扣上手铐就离开了，锁舌有些紧，把她雪白的皮肤挤压得通红。

“右脑严重受损，前额叶基本摘除。他不会死，但和死人没多少区别。”扫了一眼对方被束缚的纤长手脚，萧梦卿拿起墙上的电话征求，“我叫她们给你松松铐子？”

“不用。习惯了。”林千羽舔了舔刚拆线的嘴唇，挑衅地一笑，

"活该这么贱。明知道抛下过去就能有新的人生，又在最后一步做错。"

"你还有机会。服刑结束之后，我还是会帮你申请新身份，换一座城市重新开始。别再自残了！上次离医院近，你才被救回来的。"

"服刑结束，那是多久？袭警抢枪的重罪是十年，还是二十年？"

萧梦卿没有回应，抬起脑袋平视对方。这种不掺杂任何情感却又专注的眼神，反而令林千羽的冷漠态度显得有些局促。

"你费了这么大劲，我最后还是选在贼的那一边。"林千羽轻蔑地问道，"但你知道吗，'神童'拉拢我，只用了一句话。"

"什么话？"

"他说，我能找到伤害你的人，帮你报仇。没错——上次你送文件时，我还是没说实话。'神童'真找到了伤害我的那几个人，废了他们的腰椎。这就是我和他在一起的原因。哈哈……就你们这些黑皮，撑死了把人丢进监狱关几年。你们敢这样十倍奉还吗？！"

面对挑衅，萧梦卿并不意外，只用鼻息轻轻叹了口气。她微张着双唇，迟疑了一会儿，还是咽下了话语，翻起案卷，笔帽有节奏地敲着纸面。

"有话就说。"林千羽不耐烦地扯了扯腕子上的手铐，金属链清脆作响。

萧梦卿合上卷宗，斟酌了几秒，无奈地开了口："你真觉得和'神童'的相遇是巧合吗？"

看似无关的话语，却让林千羽刹那间明白了对方所指。她失语了好一会儿，好似全身的情感都在听见这句话的瞬间坠到冰点。"你什么意思？"

"在鬼钢城，能被人发现都算奇迹，更不用说有人特意垫付医药费了。在审其他贼的时候，我听说了'神童'招兵买马的故事。刃风最早那批人是不干活的，只帮'神童'盯着其他帮派的地盘，对被贼伤害的人见死不救甚至推波助澜。难道你就真的一点儿也没怀疑过他吗？”

林千羽感觉喉部肌肉在不受控制地蠕动着，不知用了怎样的力气才笑出来，颤抖着声音回答道：“怀疑过，可不敢多想。”说完，她深深吸了口气，屏住了，即便努力隐忍，泪水还是逐渐浸润了下眼睑，掉落在明晃晃的手铐上。“如果我找他求证……如果他真的承认了，那我这几年……不就完完全全活成个笑话了吗？”

“或许吧。”萧梦卿难以理解这种情感。她摞好案卷，起身拿起电话：“411 房间好了。麻烦收一下人。”

铁窗内突然传出一阵哗啦作响。“为什么非要查……”林千羽使劲掼了掼手铐，吃力地拭去泪痕，抬起头，愤恨地望向萧梦卿，“为什么非告诉我不可？折磨一个贼对你们警察来说，就那么有意思吗？！”

“我不是这意思。”

“谁要你施舍的新身份？！少故作姿态了，扮什么好人？！”林千羽在椅子上奋力挣扎起来，“我被偷的时候你们在哪？我被捅半死的时候你们在哪？！抓人就抓人，搞什么保护中心的陷阱？装模作样，你和那个姓虞的，全都是没人性的狗杂种！等我出狱，看我不搞死你！”

狱警很快进了讯问室，将歇斯底里的林千羽重新收监了。萧梦卿回到停车场，发现虞子陵早已开着引擎等候多时了。

“记不记得她在中心的时候，一直穿着件自带的上衣？”

“她所有随身衣物都按规定检查过，没有夹层机关。”

“不是那意思。我说衣服胸前那个‘凪’字，意思是风平浪静。”萧梦卿平静地瘫在副驾驶位置上，“其实，她也累了吧。”

“贼啊，就连自己都喜欢骗。”虞子陵不屑地哼了一声，猛地给了一脚油，“贼不是风，只是风中的羽毛。羽毛是不可能控制风向的，只能随风飘荡，而结局也注定是坠落。一旦沾上了污泥，不管过去是多么轻盈纯洁的羽毛，都再也飞不起来了。”

14

政委办公室的墙面上挂着“自省不息”四个雅秀的正楷字。茶香氤氲着蒸气，在秦泷面前飘着。他顺着气体升腾的方向看向牌匾，竟盯了许久。

贺清泉手里拿着一沓牛皮纸袋装的材料，鼻梁上顶着散光镜，在细细翻看。两杠三星的执勤服披在椅背上，身上的蓝衬衣领口最上方的扣子也紧紧扣着。他认真确认了张数，才将材料装回牛皮袋，用戴着防割手套的左手往秦泷那儿一递。

秦泷看了一眼他与斯文长相完全相反的粗壮小臂，咧嘴笑着，摇摇头，懒洋洋地啜了口茶。

“早知道这些材料用不着，一开始就放弃不好吗？省得你亲自送回来。”贺清泉轻叹了口气，起身走向办公桌旁的碎纸机。写着“林千羽身份变更材料”字样的牛皮纸袋被徐徐吞进一排错落的锐利钢齿中，不一会儿就成了细密的碎屑。

“舍不得孩子套不着狼。”

“我还以为这就是个单纯的保护任务。”

“一开始是，可证人临时倒戈。总得随机应变不是？”

“没有下次了啊。今后遇到这种情况，我会当即停下任务，把人移交办案队。既然不是咱们的工作范畴，掺和越少越好。”贺清泉为秦泷续上淡香的白茶，可才倒了半杯，水柱就截断了，“还有‘三头两魁一船主’这种传闻，是刑侦和治安他们的活儿。我们当领导的，带头做好保护中心的本职工作就行。”

秦泷脸色徒然一变，但只一瞬，就很快用更灿烂的笑脸对付了过去：“老贺，你也知道啦？”

“知道了。做政工嘛，不知道大家的思想情况怎么行？”贺清泉回以微笑，“我不是怀疑你的判断。秉持怀疑精神，也是干我们这行所必需的。”

“我相信他们的存在，而这对于全月港公安来说，都是个巨大的威胁。”

黑色的左掌擎着砂壶，茶汁像琥珀色的细丝一样滑下，茶杯又被慢慢续满了。

“我还想和你谈谈五组这案子。”

“你说。”

“我听说这个叫林千羽的保护对象吞刀片，受伤了？”

“是嫌疑人。她没什么事，住了一礼拜医院，已转二看收监了。这情况没对外，只有我们中心知道。”

“只要还在我们中心，她就是保护对象的身份。”贺清泉抬起脸，认真地看向秦泷，“不管放哪儿，让保护对象受伤就算特护组重大失职。那个萧梦卿——”话说了一半，贺清泉又淡淡一笑，说：“你很看重她嘛。”

“是棵好苗子来着，不培养可惜了。”

“当初我不同意她进中心是有理由的，毕竟她身上发生过那种事。你为她担保的，万一出了事，领导那边你会不会说不过去啊？我看这样，不如就借这次机会把她调走，去所里做个内勤也不错。”

秦泷现出一脸凝重的神色，苦思了一会儿，喝完杯中茶，建议道：“还是尊重她自己的意见吧。”

“也行。你都发话了，就再看看吧。但丑话说前头，向阳花不同于刑侦支队。”贺清泉面无表情地看向秦泷，左手准确地拿捏住了茶壶的流速，“让部下去送死这种事，不会再发生在我眼皮底下了。”

最后一个字说完，一杯滚烫的茶汤也正好溢满秦泷面前的青花茶杯。秦泷端起杯子一饮而尽，在抬头的一瞬，眼神凌厉地扫向贺清泉。可对方只是笑着拨弄了会儿茶叶，看似并未发觉。他指着对方头顶的字问道：“老贺，你这挂字有些意思——‘自省不息’啊。天行健，君子不该以‘自强’不息吗？”

贺清泉揉捏着左手无名指与小指，不紧不慢地解释道：“不是给我看的，是给进了这办公室后注意到最后一字不同的人细细品味的。”

“还得忙呢，走了啊。”

“嗯。常来坐！”贺清泉点点头，打开公安网刷着案件新闻，并不起身送别。

15

虞子陵从体训馆的工具箱里提溜出两根包裹着海绵的训练棍，相互碰了碰。

“我是个吸了毒的武疯子，三四个男的都按不住，拿着两把十八剁从东街砍到南街。你是本地巡警，事发后第一时间赶往现场，武器还是92式。”话还没说完，他就提着棍子跑了起来。

与上次的慵懒不同，这一次虞子陵速度很快，萧梦卿的枪口一时竟追不上他闪转腾挪的速度。

近身之后，萧梦卿不得不忙于躲闪其冲刺路线，直到打空两个弹匣才看到虞子陵慢慢停下。待他倒地后，萧梦卿按部就班地观察四周，还在墙角掩体躲了一会儿。虞子陵躺在地上休息好了，翻身走到搭档面前，下巴挑了挑，示意她的手臂：“手。”

萧梦卿不解其意，但还是配合地伸出了手，手掌朝上，递到他面前。

“怎么还串种了？会恭喜发财吗？”虞子陵瞥了一眼刚愈合的细疤，重重“啧”了一声，把一根海绵棍往远处一抛。见她不去追逐，才如释重负地松了口气，用另一根海绵棍戳了戳搭档的手臂：“我是说，你撸开袖子看看。”

萧梦卿翻开袖子，检查了一番，发现刚才被打到的地方现出了轻微的粉红色。

“我刚才还是绕着你打的，为的是让你看见伤口。如果这是实战，敌人会直截了当地砍你脑袋和脖子。哪怕你能忍痛击毙敌人，也非死即残。这分明是无伤处理的情形，为什么非让自己流血？”

“我不明白。枪械对付短兵，遵循‘二十一英尺法则’，而且吸毒的人几乎没有痛觉。你预设的又是一个体格远超常人的嫌疑人，我才一人，怎么可能无伤制服？”

“你是巡警，难道是跑着去事发街区的吗？”虞子陵冷不丁反问。

萧梦卿很快反应过来：“我开车来的。”

“油门会不会踩？吸毒的武疯子打得过四五个男人，能打得过一吨半的轿车吗？”

“明白了。”萧梦卿恍然大悟，“实战中，什么东西都是工具，什么东西都是武器。不能循规蹈矩，要随机应变。”

“下课。”虞子陵从包里翻出两瓶水，抛给萧梦卿一瓶。

“这就完了？还没到上次训练量的一半呢。”

“心不静，你连一半都学不会。”

“我受得了。哪怕单纯体力上的训练也行。”萧梦卿接过水，‘咕咚咕咚’喝下小半瓶，“我成长速度太慢。都半年了，不能再这么被动下去了。”

“都——”虞子陵用脖子上搭着的毛巾捂着额头摇了摇，“我在刑警队，接触了十来个重案才开始上道，那都算快的了。你工作才两月就遇到差点要了你命的嫌犯，居然还嫌慢？你是能防弹吗？”

“不够。正因为遇到过，我才要更拼命学。不然再遇到，还是对付不了。”萧梦卿走到体训馆一边，捡回了被甩开的训练棍。

“那个叫忠伯的身手我领教过，连我和夏暮川联手都未必制服得了。”虞子陵把手里的另一根棍子向萧梦卿抛去，被她一手接住，一齐放回装备架。“如果你真心喜欢烈士陵园那片地皮，我让老秦喊全中心帮你众筹个山脚坟景房的按揭。你平时没事帮其他组装装卷什么的，也犯不着那么快躺进去。”

“你随时带着刀，是准备哪天说错话了剜舌谢罪的吗？”

“别把任何一个嫌疑人当心魔，警务实战不是擂台。”

萧梦卿抡着胳膊，做了几个热身动作：“话术也是教学之一？”

“唉——”虞子陵摆摆手，双肩搭着作训服，头也不回地离开了，“跑完今天份的体能，换衣服冲个凉，6 点 15 分在对街‘东如面轩’等我。”

按时到达面馆后，虞子陵开了一瓶可乐与一瓶矿泉水在等她。萧梦卿看着可乐皱了皱眉，走到冰柜旁拿了瓶雪花啤酒。

“干吗？”

她迎着虞子陵调侃的表情开了罐，“咕咚咕咚”灌下几口，“明天周日。”

“随你喜欢。”虞子陵没再提训练内容，只是拿了菜单要她点。

高强度训练之后，萧梦卿早就饿极了，便随意点了碗招牌清汤挂面。才吃上第一口面，萧梦卿小声“呀”了一下。显然，这家犄角旮旯里的朴素面店让她折服了。明明只是简简单单的清汤挂面洒小葱，竟像有魔力一般让她停不下口，不知不觉，一碗见底。喝完最后一口汤，她加了碗面，又要了盘卤味，抓起根鸭翅啃了起来：“要我来这儿，不只是为了吃面的吧？”

“再加一碗！”虞子陵也吃完了面，细细品着琥珀色的透明汤汁，“向阳花方圆三公里内，我只喜欢这家。知道为什么吗？”

“以您的消费层级看来，不会是一头鲍熬汤底、鲨鱼翅穿面芯吧？”

“十八块钱一碗的面，你觉得可能吗？这是牛骨汤底，一斤牛骨也就十几块；面倒是手工拉的，可原料也不贵。”

“别兜圈子。”萧梦卿的腮帮子活像只松鼠。她把空啤酒罐顺手一拧，丢进了垃圾桶，又拿起可乐顺了口食物。

“来咯！来咯！烫噢！”店家吆喝着为两人上了第二碗面。

虞子陵拿起筷子拨开面团，指了指碗底：“这面，是最纯粹的熟练。”

“哈？”萧梦卿也用筷子捞起面团，透过清亮的汤底能见到碗底印着与招牌上相同的“东如”字样。她也注意到，这家店使用的碗与别家略有不同。其他家的大份面往往用海碗，东如面轩的大份面碗没比中份宽多少，却深了许多。

“这家的细面只比线面稍粗，比别家多拉多少次不用我说。汤底更简单，敲碎牛骨，连着骨髓在大锅里熬。可牛骨髓杂质很多，容易起泡，想熬出这么澄净又浓厚的汤底，只能不断把煮出的浮沫用纱网捞走。”

“了不起。”萧梦卿舀了一勺汤，对着灯光细细观察浮在表面均匀散开的浅油。

“我问过老板，他们清晨5点开始熬汤底，中午才开门。”

“快餐时代能坚持这样的匠心，不容易。”

“把面做得人人都赞，也是一场战斗。”虞子陵挑起一坨面晾了一会儿，一口吸了进去，“战术思维很简单，没有固定动作，只有固定理念。掌握了方式，接下来你要做的就是拼命重复训练，以达到最纯粹的熟练。而这，需要以年为单位去积累。”

“明白你的意思，受教了。”

两人走出面馆。晚风很清凉，行道树的枝叶在秋风下瑟瑟作响。

虞子陵掏出车钥匙，抬手一摁，门口一辆漂亮的白色轿车亮起双闪。这车只有两个门，车头栅格上顶着一个对称的十字极星标志。虞子陵上了车，摇下车窗，叼着根牙签探出脑袋：“送你一程？”

“谢谢学长！我还得把林千羽那案卷的材料做完。”萧梦卿满足地揉着肚子，一口回绝。

“有进步，越来越像正常人了。”

“下礼拜一记得来签字。”

“别想太多。”虞子陵抬指挂上P挡，白色猛兽的咆哮瞬间变成了温驯的低鸣，“这行的工作哪怕做到位了，也不等于能得到大家的鲜花；更多时候，还要承受误会和怨恨。如果你实在向往纯真的笑脸和赞美，我建议你去当幼教。幼儿园里最不缺这些。”

“我真不知道该羡慕你还是嫉妒你。”萧梦卿双手插着兜，站在车前，扬起脸，任秋风刮在脸上。酒精作用下，她两颊的血管有点充血，凉风一吹，辣辣地生疼。

“啊？”

“你为什么要刻意放弃正常人的表达方式？”

“那你又为什么要装得和正常人一样？”

萧梦卿吐出被嚼到变形的吸管，连着可乐瓶一起丢进垃圾桶：“有时候我想，是不是我们把过去的经历互换就好了。”

虞子陵沉默了一会儿，慢悠悠地开了口：“你对我的过去一无所知。”

“彼此吧。”借着微醺的醉意，萧梦卿一手插着腰，一手指向虞子陵的眉心摆摆食指，“为了规避风险，我们都别挖对方的过往为好。否则，咱俩的系统权限都一样，谁要先动手的话，你懂我意思。”

“相互刨坟三尺，对吗？”

“我没和你开玩笑。”

“唉唉，你我希望的自己，看来都和本性相反啊。”虞子陵拨动挡位，轻踩油门，轿跑车没有急于狂飙，而是优雅平稳地驶远了。

寒夜初临，秋风勾起思绪，在萧瑟的天际线下流转着。萧梦卿在原地驻足很久，直到突然亮起的路灯让她缓过神来。她捧着自己的脸拍了拍，又捂着嘴哈了口气，白雾透过指尖，清晰可见。萧梦卿半蹲下身子，捡起一片被风吹落的树叶。叶片的浓绿还没褪尽，叶梗却被虫蛀了，咬得坑坑洼洼。

她扬起叶子，让它回到风中，飘扬起来。

16

废弃的炼铜厂里灯火朦胧，宛如鬼钢城里几盏幽幽渔灯。厂房里有人打牌，有人就着啤酒吃菜来打发时间，但没一个人用手机。在这片信号荒漠，翁柴与手下都只用手台联络。

“烟头”翁柴的卧室位于炼铜厂深处的旧宿舍，没有床铺，只在地上搭建起简易竹垫。身旁放着一台收音机，长长的天线指向窗外的星空。

“今天《法制三人行》请来了两位新朋友：一位是月港出入境管理局的李处长，一位是月港市城市发展局发言人苗科长。两位好！”收音机里，主持人梁含笑的声音非常有辨识度。

“你好！”“大家好！”一粗一细两抹嗓音交替回应。

“李处能不能和我们谈谈，‘鬼钢城’为什么二十多年里会涌入这么大批的非法入境者呢？”

“呃，月港非法入境人员的剧增是在1980年代初。时逢1970年代南亚多国动乱，特别是‘越南战争’与‘赤柬时期’之后，许多难民为了逃离战争与饥荒，通过船只偷渡到邻国避难。”一阵带有月港口音的普通话跟着响了起来，说话人显然有些紧张，“而当时处于改开浪潮中的我国自然也是选择之一。不只是月港，东南各省市均存在类似情况。鬼钢城毗邻许多天然深海港，是登陆首选。而且，这片区域在上世纪80年代大力发展船舶工业，厂房和居住社区十分密集，为偷渡客谋生也带来了极大空间……”

梁含笑问向另一人：“苗科长，新的政府班子刚上任不久，就透露出了对鬼钢城的整治意向。治理好这块区域，对我们的民生发展有什么好处？”

“深海湾是远洋港口的首选，也是今后鬼钢城二次开发计划的重中之重。治理好鬼钢城，并不只是清除治安乱象而已，更是为未来二十年港口发展奠定坚实基础。”另一人操着字正腔圆的普通话，言辞流畅得像是在照本宣科，“多个具有极大开发潜力的天然深海湾，把它们作为锈带区的新港口，以之为中心，将附近开发为旅游区，带动周边就业。除此之外，临海的房地产开发对于市中心的住宅压力也是非常大的缓解。”

“看来，整治鬼钢城真是有百利而无一害啊。现在国际时局已经稳定不少，李处，这些非法移民是否有回到自己国家的机会呢？”

“问题还是存在的……很多非法移民在月港成家扎根，回国意愿也不是很强烈。从 2015 年开始，我国与周边国家领事馆展开了密切合作，包括老挝、柬埔寨、缅甸等非法入境人员的强制遣返。呃，从去年 10 月开始的非法移民专项整治行动，在洛星区与天涌区都取得了不错的成效……”

翁柴在窗前侧躺着，耳畔横着根烟枪，身前跪坐着肤色深沉的高瘦副手。他在酒精灯上慢慢抹着一块酱色鸦片，服侍翁柴静吸着。

“扎陶，我们逃出来多久了？”抽了会儿大烟，翁柴伸手关了收音机，用母语问道。他感觉很昏沉，一股难以压抑的倦意让全身渐渐放松。他从没试过任何新型毒品，多年来只钟情于这种低浓度、高杂质的罂粟提取物。这是他年少时在万象省的丛林养成的习惯。为躲避政府军追捕，他与族人每天要花十多个小时轮流搜寻食物。鸦片除了能让他们用最少的睡眠换取最多的精力，还能够在处理伤口时止痛。

“我今年四十五岁，正好四十年了。”副手扎陶也用母语回答。

“身边的族人还有几个？”翁柴眯着的突兀双眼骨碌碌地翻了一会儿，“要把家人也算进去。”

“到这个月，是八百二十多个。”扎陶心算一会儿，报出一个数字。在扎陶的记忆中，一起逃出来的大小孩子有一百多人，来月港定居之后的四十年里，族内男女在本地成家，数量增长了不少。

可哪怕能逃出丛林，这些年幼的赫蒙战士也多是遍体鳞伤，且毒瘾缠身。翁柴年近五十五，身躯却枯朽得像个七十老人。吸食鸦片除了毒瘾发作，更多的是为了压制旧伤。

“是吗……都和我们离开前差不多啦。”

翁柴摆了摆手，示意扎陶撤走大烟，又转了个身，找了个舒服的姿势躺下了。扎陶为“烟头”盖好被子，从衣兜里摸出一截刚用醋泡过的灯芯，为床头的煤油灯换上，又往灯油里撒了一勺盐；关了电灯，吩咐手下守好门，就回屋休息去了。

17

翁柴睡着了，鸦片被烧煮之后的白雾仍然蒙在眼前。

拨开一片浓浓的白雾，他低头看了看手掌，掌心早已长满了老茧。身旁是熟悉的丛林，耳畔也被虫鸣鸟叫环绕着。

“别发呆！”觅食小队的队长贡拉拍了拍翁柴的肩膀，“族人还等着我们回去呢。”

贡拉是这群娃娃兵的领队，也是个顺利活过二十五岁的老兵。他一条腿被地雷炸断了，用一截长竹筒接着，丛林穿梭的速度丝毫不输给四肢健全的政府军。其实，对于遗留在森林中的赫蒙族反政府军而言，四肢健全是一种奢望。这几年来，政府军对他们的突袭频率正在一次次提升。

罂粟的香味似乎还在身旁萦绕着。翁柴有些恍惚，但还是“嗯”了一声，注意到自己的声音很稚嫩，像是个十五六岁、营养不良的小男孩。

回到据点，他们卸下竹筐，开始清点今日的收获。几筐野笋与数十只田鼠，已是难得的丰收。据点里的妇女们正在清洗树根，准备熬汤。一见觅食小队回来，不少族人都兴奋地挥着双手。

他们从不敢高声说话，因为这可能会暴露据点。可翁柴发觉今天的气氛不同往日，除了过往囤积的食粮，还有他们数年没见过的军粮罐头，像是要举办什么盛大庆典。翁柴还注意到，据点里有个陌生面孔。他长着一张欧洲人的脸，穿着他们熟悉的美式丛林装备，胸前挂着一架相机，正在给孩子们分糖果。

“是‘父亲’派他来的！”母亲迎上前向翁柴解释，“他是战地记者，给我们带了肉罐头！他还说，‘父亲’知道我们还困在丛林里，很快就会派遣救援部队。我们可以永远不用再过这样的生活了！”

母亲的脸上有个硕大的肉孔，是一场袭击留下的旧伤。翁柴真正的父亲挡住了大部分子弹，把生的机会留给了他们母子，而一枚穿体而过的流弹撕裂了母亲的鼻子与眼珠，愈合后留下了外露的鼻腔，粉色软骨随着呼吸一开一合。

她口中的“父亲”，指的是这场秘密战争的领导人，有着“赫蒙雄狮”之称的王将军。在每个赫蒙人心中，他都像父亲一样伟大而英勇。流离在万象省丛林中的赫蒙族人，本是美国 CIA 在越战时期牵制巴特寮与越盟的军事盟友，可随着美国在越南的失利，赫蒙族部队也一并溃败。1973 年，美国人逃离了这片令他们发狂的南亚丛林，也抛弃了赫蒙军队这一曾经的盟友，就好像他们并不曾存在一样。

战地记者见到消瘦的翁柴，笑着拿起一掊糖果递给他，却被饥肠辘辘的翁柴一掌拍散。

“不要信他！他只是来打探我们位置的！”翁柴握着母亲干瘪的双手猛力摇晃着，“美国舍弃了我们！‘父亲’也抛弃了我们！”

“‘父亲’要回来了！”母亲好像听不到他说什么。她喜极而泣，泪水从空荡的眼眶中奔涌而出，在粉色的肉坑里打滚。

翁柴向一个个族人哭喊着，疯狂地打掉他们开罐头的刺刀，解开背后那支断了枪托的加兰德，把一口口支起来的煮锅砸翻在地。

可不知为什么，没人听年幼的翁柴在嘶吼什么。他们甚至围着无论掀翻多少次也能被迅速架起的篝火跳起了舞，都在口中吟唱着古老的歌谣：“先祖灵魂在，保护我族民呀！盘瓠降甘雨，赐我田丰收呀……不怕流血汗，只怕没有家呀……”

只有一个人愁眉紧锁，那是据点的军事头领糯雄。

战地记者告别了欢唱的族人，踏上了他们以为的希望之路。糯雄没能阻拦他，只是将几名族老聚集到一起，开了个会。族老们都沉浸在即将被拯救的喜悦之中，无人在乎糯雄的担忧。

深夜，绝望而冷静的糯雄趁着族人们酣睡，打昏了值哨的战士。他叫醒了不谙世事的孩子们，让他们一人抱上一个婴儿，随他上山找食物。翁柴并不明白，为什么觅食要带上小宝宝。糯雄摸了摸他的脑袋，把自己的儿子，一个还沉醉在甜梦中的男婴交到了他怀里。

他们在这片熟悉又陌生的丛林中一路朝北前行。回头望去，远远还能看到营火的橙色光。就在他们翻越第一座高山时，一阵巨响撕裂了黑夜。翁柴看到远处的据点被几团骇人的火花填满了，伴着恐怖红光的浓烟直冲云霄，惊醒了他们怀里婴儿的美梦。

“哇！哇……”婴儿们哭了起来，撕心裂肺，似是对离开家园的不舍，又像对命运戏弄的愤怒。受到感染，孩子们也纷纷哭了起来。其实，他们并不知道到底发生了什么，只感觉一股前所未有的绝望与不舍狠狠地剜着他们幼小的心灵。

与哭声一同响起的，是密密麻麻的枪声。糯雄催促身边的孩子们继续赶路。翁柴借着红光依稀看到，这个从没害怕过枪炮的头领，听见远方那细若虫鸣的枪声，竟然泪流满面。

“继续赶路。不许哭出声！”糯雄回过头，不去擦泪，只是死死地盯着北方的星斗。

“我们去哪？”翁柴迷茫。

“沿着湄公河走。”糯雄回答，“去找我们的自由。”

翁柴迈开腿，跟上了这一小支由孩子组成的队伍。他走啊走，直到石块磨烂了草鞋，直到北极星淡得看不到方向，直到东方血色的日轮升起。

他长长地叹了一口气，坐起身，拭去纵横的老泪。梦醒了。

半生的风霜让翁柴从一个年幼的战士变成了一个普通的老人，早已记不清那张欧洲面孔。可十多年前，一篇报道却让他清晰地记起了与族人流离的惨痛童年。

这篇报道同样来自一张欧洲面孔，一位名叫托马斯·霍特利夫的比利时纪实摄影师。他没有为了湮灭美国干涉老挝内政的证据而唤来政府军屠杀，而是用几十张震撼人心的照片向世界报道被放弃的赫蒙人。翁柴在他的照片里看到，族人仍然在那片地狱丛林中挣扎，武器更破旧，人也更少了，眼中仍充满对自由的向往。也是自那天起，翁柴重新拾起了心里的那杆加兰德。

他唤来扎陶。“之前被抓走的蜜扬一家有消息吗？”老人调整心绪，语气平淡。

扎陶如实回答：“被遣返了。”

翁柴长叹了一声，凝望着指尖快要干涸的泪水：“他们是贡拉唯一的血脉。”

“烟头，过去这么多年了，老挝政府应该……”

“政府军是不会给他们一家人活路的。没国籍的人有很多用处，他们会很乐意接收这些被遣返的人。”

“唉……怪我没有保护好他们。”

翁柴呆坐了一会儿，取下脖颈上的项链，把高爆弹头攥在手心里。“这子弹是我十三岁那年政府军打到我身边的，但没有爆炸。”

“我知道，这是烟头一直以来的护身符。”扎陶注视着弹头。

虽然弹头的惯性保险早已锈死，渗入金属擦痕的鲜血也成了黑色的锈蚀，但翁柴只要摸过那冰凉而斑驳的表面，就总会回忆起那片血色丛林的残酷。

“如果它爆炸，就说明我打完了最后一仗，该乘着牛魂去天门找阿爸、阿妈了。”

“烟头，不要说这种不吉利的话。”

“扎陶。”翁柴松开项链，放在手里摩挲着，“我想，我们该走了。”

“是时候了。”扎陶沉沉点头，“您本想等我们这一代成人了就离开，可现在，连我的孩子都扎过犁绳了。只是……”

“只是什么？”

“有些小辈习惯了中国的生活，比如文萨等。”扎陶有些为难道，“他们觉得，只要遵守这个国家的法律，就能在这儿扎根下去。”

“不要紧。现实会用最残酷的方式摧毁他们的幻想。月港不是家，他们迟早会明白的。让族人最近不要靠近城市，所有供养找我们要。”

扎陶恭敬地鞠了一躬：“知道了。”

“对了，还有阿忠。最近帮里的活，多让他做些。”

“他和族人相处不好，总爱打架。他在烟馆也惹出了不少麻烦。我听说……”

“听说什么？”翁柴睁大双眼，把煤油灯拉到面前，血丝遍布的双眸里映着暖黄的灯焰。

扎陶坦言：“他截过其他把总的货。连甘秋和阿巴斯这两个死对头都放话要联手除掉他，但被我拦下了。还有，他在私下联系风门的人，想自立门户。”

“不要阻拦。他就是盘瓠祖神赐给我们的野牛。”翁柴卸下灯罩，用枯枝般的食指与拇指探入滚烫的煤油里，轻轻搓灭了灯火，“月港的海，快要起浪了。”

第三章
骑士挽歌

00

“请问证人余鑫悦一个问题——8 月 22 日当晚，你和证人张若若同在鲲城区将门街道敦威治酒吧内庆祝毕业。”律师孔淳扫了一眼老旧的上海牌手表，轻叹了口气，“据经理说，你们喝了很多含有酒精的饮料，对吗？”

孔淳手里的草稿修改笔记层层叠叠。他胸前挂着南乡律师事务所的印花胸章，银色拉丝表面反射亮光，与他朴素的西装很不搭配。

“是、是的……”被询问的女生低头站在证人席上，神色恍惚，双手死死抓着椅子的木栏。

“你如何与我的当事人起了肢体冲突？”在最后四个字跳入眼中时，孔淳对亲笔写的批注轻蔑地笑着，摇了摇头，轻轻“啊”了一声。

“我……当时喝醉了，若若让我先走。后面的事情，真有些记不清。咳……”说完，余鑫悦清了清嗓子，咳嗽的回音通过话筒在法庭内回荡着。

听到对方无力的辩解，孔淳从密密麻麻的稿件中抬起了头。四目相接后，女孩吓得哆嗦了一下；孔淳别开视线，继续埋头翻看稿件。

相隔一道门外的证人休息区，初次庭审时坐着十多个女生；这才是第二次开庭，就只剩下张若若一人了。

“怎么这么久！”张若若在空旷的等候区踱步，“听说孔淳可是个王牌，不会对悦悦发难吧……”

一股强烈的眩晕感侵袭她的脑顶，让她意识到低血糖症又犯了，从兜里拿出一管巧克力能量棒，撕开，心不在焉地啃了起来。

“证人余鑫悦，请注意证词的前后统一。”法官席上是一个神色疲惫的中年女性，时不时用手中的热湿巾揉着眼袋。她刻意控制情绪表达，吐出的每个字都确保尽量不失偏颇：“被告律师，也请你注意自己的言行，问题不应带有太强烈的引导性。”

“我想更换证人张若若进行询问。”孔淳点了点头，摘下眼镜，用镜布擦着。

见余鑫悦走出法庭，张若若丢开手里啃了一半的能量棒，迎了上去：“他是不是为难你了？”

“没什么。你要加油！”余鑫悦并没有将法庭发生的情况告诉同伴，只是紧锁眉头，坐到了最后一排。

或许是为了缓解朋友低落的情绪，张若若握紧拳头，转头向余鑫悦比了个加油的手势。但对方没看见，她只能尴尬地放下了手。

待张若若坐定，孔淳从文件袋中拿出了一张打印照。指着照片中身着校服的微胖女孩，他发问：“这张照片是敦威治酒吧提供的事发当晚的监控截图。请问，照片里用红圈标注的女士是您本人吗？”

伴着低沉的雷鸣，细密雨珠开始毫不客气地扑打起窗户。法庭的门窗都是关好的，即便如此，张若若仍无可避免地感觉到了狂风暴雨即将袭来的威压。这张照片显然突破了她理智的底线，她恼火地猛砸了一下桌子：“你他妈什么意思？”

“红圈里的女士身形偏胖，再反观您，身材却很匀称。”孔淳没有说完剩余的话，而是将照片转向审判席，展示了半圈。哪怕被从业人员看着，张若若还是想起了事发当晚那几双龌龊下流的目光。

“操蛋讼棍，你无耻！”张若若气得满面通红，几乎要从证人席中翻出来。她的过激举动引发了庭内骚动，两名女法警挡在她身前，伸出双手护住了她。

“这一个半月我每天是怎么过来的，你不知道也就算了！为了一个猥亵犯说出这种话，你他妈不怕生崽没腚眼吗?!”

“肃静！肃静！”法官敲了敲法锤，却没能止住张若若的激愤。

“证人，请稳定情绪。被告律师，鉴于你不适当的发言挑衅，我对你处以一次警告。虽然不是公开审理，但本案全庭活动都录音录像。若是再行干扰法庭秩序，你将被追责。”

“诚心接受，法官。我没有问题了，谢谢。”

望着歇斯底里的张若若，法官扫了一眼孔淳，烦躁地捏了捏睛明穴，疲乏而又无奈地说出了两个字：“休庭！”

案件没有当即宣判。第二次庭审结束之后，参与人员也陆续走出了天涌区法院大门。

下阶梯前，张若若拉着余鑫悦拦在孔淳面前，手指几乎指到了他鼻尖：“帮猥亵犯辩护，良心都可以不要的人，也配当律师?!”

“我只是在做我的本职工作。”

雨越下越大，豆大的雨点毫不留情地砸在停驻于门口的三人身上。余鑫悦扯了扯张若若的袖子，可对方哪怕被淋得湿漉漉的，也还是昂着头，与孔淳愤怒地对视。孔淳望了望天，从包里拿出一柄自动折伞，摁下开关，支起来，递到张若若面前：“雨没那么快停的，你们用吧。”

张若若毫不领情，对方的态度反而激怒了她。她抡起胳膊，对孔淳的手狠狠扇去。孔淳没想躲闪。伞被打落，滚下阶梯，被一阵大风吹走了。

见他仍不生气，张若若又往他的胸牌上啐了一口。

孔淳无奈地苦笑着，借雨水擦干净胸牌：“律师的天职是辩护，并不代表我的当事人无罪。我只是尽可能指出疑点，剩下的交给法律裁定。”

“不就是贪点儿钱吗？我能打发你十倍！”张若若还想接着骂，

可一旁的余鑫悦却突然变了脸色，连拖带拽地把她拉走了。

法庭门口接她们的是一辆深蓝色飞驰。上车后，张若若愤懑难当，碍于余鑫悦情绪有异，也不好发作，只能重重抠着纳帕皮座椅："孔淳这狗东西，我记住了！老爸他们到底搞什么飞机啊，这他妈也算和南乡领导打过招呼了?!"

"若若……"坐在一旁的余鑫悦揉着手里被眼泪与雨水打湿的纸巾，欲言又止。

"下次我写发言稿当庭背出来，就像《Legal High》里那样，慷慨激昂地把这狗玩意儿骂成……"

"够了，你还不明白吗?"余鑫悦没搭理激愤的张若若，透过挂满水珠的玻璃望着城市里升腾起的白雾，徐徐开口道，"上个礼拜，我家里多了很多莫名其妙的包裹，有臭豆腐和榴莲，还有白菊茶，意思很明白。"

"报警了吗?"张若若关切道，"他们怎么知道你家住哪儿的?"

"报了。包裹都是假名和虚拟号。这些人是老手……我也想不明白。"

"那你搬家? 实在不行，大不了来和我一起住!"

"若若，为了作证这事，我爸妈这几个月头发都熬白了。"余鑫悦感到手中的纸团有些微微发烫，使劲咬了咬下嘴唇，挤出一句话，"我真撑不下去了。"

张若若侧过脑袋，抠着座椅的电动调节钮，背后的靠垫烦躁地起伏着。

"不是我搬走就能解决的。爸妈也支持我退出作证，手续他们会帮我办好。"

"嗯。我……我知道你的难处。我不强迫你。"张若若扭过头，摆出了比哭还难看的笑颜，轻轻拢住对方手臂，"好好休息吧。"

"谢谢你，若若。"余鑫悦下了车，在雨中与同伴挥手道了别，"我不知道该不该劝你坚持……"

“嗯！放心吧！我……我还撑得住。”

关上车门后，泪珠混着雨滴溢出眼眶，挂在张若若湿漉漉的面颊上。她探出半个脑袋，想再看一眼同伴，却发现余鑫悦早已消失在了茫茫大雨中。

回到家，她拖着湿漉漉的身躯向浴室走去，任凭秋雨的冰凉不断侵蚀本就病弱的身躯。茫然而恐惧地四下张望，却发现三百余平的空中别墅只有她一人。远在北欧的父母仍在凌晨的梦乡中，而受委托照顾她的司机也回了家，张若若觉着自己正向卓绝的孤寂坠落。

回到卧室，她点开沉寂了几天的案件微信群，告知伙伴们：“今天又开庭了，很顺利。相信正义一定会来的。”等了两分钟，无人回应，张若若发了个红包，又发了个卡通表情，可迎接她的却是群名上不断减少的数字。十、九、八……直到退得只剩下她和余鑫悦，微信中喜庆的红色方块也没人点开。

又过了几秒，群里终于只剩下了她。手机落在地上，她的视线仍呆滞地朝前看着，落到那张一个月前贴在墙上的报纸上。报纸只用四分之一的篇幅报道了这个案件，标题用加粗黑体字写着——《向“达叔”群体开战，美女骑士呼吁受害者挺身而出》。

刺耳的幻听又在耳畔响了起来。她捂住耳朵，拼命晃着脑袋，想摆脱这缠扰了三个多月的阴霾。可她越是挣扎，头就越是疼得厉害。

“轰隆——”一声震耳欲聋的轰鸣撕裂天际，一道惊人的闪电在须臾间将整座城市照得雪白发亮。张若若倏地感到一阵清净，幻听中的骂声瞬间消失了。她察觉身边的一切都在无限变慢，几毫秒时间长得像是数分钟。

她望见那道粗壮的电流劈到了市中心一栋摩天大楼的避雷针上，闪电蜿蜒扭曲，像是正在吐着信子狩猎的银色巨蟒。隔着纱帘，她借这抹骇人的亮光看见了城市的剪影，像是钢筋混凝土构筑的森林，阴暗而冷峻。而她自己就像被雷击中的小鸟儿，拖着残躯不断坠落，望着整座城市在眼前旋转颠倒。

雷声过后，张若若晕倒在了客厅的地毯上。

01

“这——”虞子陵冲豪华的私人病房探出半个脑袋。端详了半晌，转头瞥向萧梦卿，“这就是咱们要保护的那骑士小姐？”

病榻上的张若若面黄肌瘦，却铆着劲抻直手指，拿磨砂纸把指缘捋平，又不慌不忙地点上指甲油。

萧梦卿用手中的报纸拍拍墙，压低嗓音，用最小音调回道：“工作面前没那么多称谓。”她手里的报纸被卷成一个长筒，依稀能见到“骑士”两个黑体字。

“唉……嗯？”虞子陵还没想好怎么接话，就感觉眼前一阵阴风吹过。当他回过头，只听到“嘟嘟嘟”的手机铃声，而玻璃瓶噼里啪啦的破碎声很快又盖过了忙音。床上早已没了张若若的身影——她突然拔掉针管，从房内冲了出去。

“我就吃这个！”被一群人从电梯里抬出来时，她手中多了一个红白相间的袋子，手背上针孔的血迹刚刚凝固。回房后，个子大的护士长把她摁在床边，保洁员立马跟上来，拿扫帚、抹布收拾残局。其余护士捧着不知从哪儿变出来的几盘蔬菜沙拉、米饭和煲好的汤，围在张若若身边。可她却揣着袋中的全家桶死命顽抗，对伸过来抢炸鸡的手张口就咬：“不吃菜！我好不容易觉着饿了，凭什么不让我吃喜欢的东西！”

“我的姑奶奶，就您这身体还受得住这个？”门口还在跟护士交代事情的男医师听到这话，一下钻进房间，护士们见状忙给他腾出位子。男医师刚入中年，头发已带了点白，打扮得精致清爽，个子高却有点驼背。他用余光瞄见门边的虞、萧二人，低头将盖着的胸牌翻了过来，露出“主治医师杨帆”一行字。

“喏，这样——你吃一盘菜，咱少吊一瓶。”杨医师走到病床边，俯视着与护士们争抢炸鸡、僵持在一起的张若若，抱怨道，“我说姐姐们，小心点儿啊倒是。姑奶奶现在营养严重不良，把胳膊抢折了怎么办？咱们自个儿还好隐瞒，大不了说她摔的，可叫公安同志瞧见了，多不好啊！”

护士们通过杨医师的言外之意，也注意到了门口站着的两人，一时间纷纷缓和了动作。张若若张大嘴，冲着最大的一块鸡肉啃了下去，美滋滋地嚼了起来。一旁的大个子护士长眼尖，趁她还在吮指头的时候，一把将她手里的全家桶夺了下来。

“这么个玩命的吃法，不出两月就能恢复了吧。”虞子陵进了门，在一旁挠着头感叹。萧梦卿一言不发地跟在他身后，手里的警务通亮着屏幕。

“这俩谁啊？”张若若半捂着的嘴里发出炸鸡皮清脆的碾压声，“别让莫名其妙的人进我房间！”

五组二人出示了证件，表达来意。见张若若大半块鸡都进了肚子，杨医师叹了口气，留下一盘沙拉，又支开护士。张若若反复嚼着难得的胜利果实，连说话都小心捂着嘴：“都说了不要叫什么向阳花。现在天天有你照顾，还用他们保护个毬啊！”

杨帆没有回嘴，等着来人开口。

“阎罗王贴告示——鬼话连篇唷。”虞子陵喊住了刚出门的护士，抱起被没收的全家桶，捏出个辣鸡翅，毫不避讳地吃了起来。

“你……”张若若显然抵挡不住这种诱惑，咽了口唾沫，半天才憋出一句话，“这是我的鸡。”

“丢了可惜嘛。”虞子陵毫不介意地把五根手指吮了个遍。

“阿帆，我这病房是成景点了？我那虚情假意的家姐刚走，又来了俩臭要饭的。”张若若摆了张臭脸，冷笑着讥讽，“剩饭好吃吗？”

虞子陵咬了口鸡肉，嚼了一会儿，又皱了皱眉，吐到了垃圾斗里：“娇生惯养的品种，不如散养的美味。”

萧梦卿没有阻止他，只是烦躁地把食指竖在唇前，让搭档别吵到自己。

“噗。”杨帆在一旁捂住嘴，脑袋向前伸着，活像只大白鹅。

“你指桑骂槐吧？你丫骂人怎么不带脏字呢?!”

“都消停会儿。我们不是‘臭要饭的’。其他证人都有被骚扰的经历，你不会不知道吧？”萧梦卿一步走到虞子陵身前，把两人隔开来，“张小姐！你不喜欢我们无所谓，只要配合工作，哪怕当我们是活体雕塑都行。”

“你俩充其量算抽象艺术。”张若若半躺在床上，跷起二郎腿，从枕头下摸出 Switch 搓了起来，“两条腿的都出去！不到下次饭点别进来。”

出门后，虞、萧二人在走廊内向杨医师了解起了她的近况。

“难办。精神压力巨大引发的免疫系统紊乱，体格指标没一项正常。重度躁郁是没跑了，还有厌食和胰腺炎。”杨医师掏出一个白色小方盒，从中抽出一根淡绿色烟嘴的细烟放进嘴里，又“嗯”了一声，递向面前两人。

“会死吗？”萧梦卿扫着警务通里的案件信息，下意识嘟囔了一句。

杨帆坦然道：“只要她不变着法的自寻短见，我院应该能把她续命到事件结束。”

虞子陵抽了抽鼻翼，接过一根烟含在嘴里：“但看这囡仔的态度啊，真的是请鬼开药单——稳死的。撑过下次开庭也没多大意义。”

“这你们倒能安心。”杨帆将烟又往嘴里捅了一截，大嚼起来。原来白色盒子里装的是烟形的薄荷糖。他含着半截糖解释，“下次庭审后，姑奶奶就要出国生活了。做好你们的工作就行，谁还不是拿份儿工资呢？万一真的有一天撑不下去了，她父母会带她去瑞典‘安乐’。”

“是我理解的那个安乐吗？”

杨帆把手掌横在脖子上比了比，舌根抵着上颚发出嘶哑的“喀”

声："呵护子女这块儿，这俩外交界的政商精英或许全国垫底，可就开明来说，他们倒是走在世界前列。"

"既然这样，让我们中心介入做什么。"萧梦卿把后半句吞了回去。她轻咳了一声，改口道："我们指挥之前和你们院长商议过，出于安全考虑，让她转到我们中心护理院。毕竟单间都有二十四小时监控。"

"我记得她和她的国内监护人都婉拒了。"杨帆又叹了一口气，把"烟蒂"在垃圾斗的铝皮上碾了碾，又丢了进去，"她嫌你们中心护理院太寒酸。本院是方舆集团旗下的病院，姑奶奶打小住得习惯。"

虞子陵揉了揉鼻尖问道："领导特别交代过这案子。除了安全方面，听说还有其他地方能用得着我们？"

"她现在最大的问题就是生活规律。如果不让她吃垃圾食品，她就真能饿到输营养液。除了拿外卖，根本不下床，器官机能退化得厉害。"杨帆摊了摊手，"如果二位能想个法子带她锻炼锻炼，就太好了。"

"我记得她在国内有两个亲属。她亲哥、亲姐也没法劝她吗？"

"她兄姐有各自的事业。她哥和她关系极差，完全没来过。至于她姐嘛，你可以把这种探望当作在父母面前定期维护人设。如你所说，她们的家庭架构就是这么微妙。"

萧梦卿转口道："那我先回停车场，把折叠床搬来。"

"那倒不必。这高级病房有两个护理间，专供陪护人员居住。还有间书房。"杨帆打开了病房后门，引他们转了转几间侧房，"院长让我们收拾好了。保护期间就凑合住吧。"

02

傍晚时，一个护士居然把两人请进了病房。张若若难得老老实实地倚在病床上，若有所思地摆弄着手机。

“骑士小姐有何见教？”虞子陵拖了张椅子到床旁坐下，伸了个懒腰。

“骑士个毬，不气我能死？”张若若条件反射似的叫骂了一句，又很快平静了下来。她收敛了中午的嚣张跋扈，恳求道，“有事请你们帮忙。万一丢了工作也没关系，可以去我爸那跨国集团的安保部上班。工资比你们现在高得多，还比干警察好。”

虞子陵眯着眼睛问道：“既然你爸的私人保安那么厉害，让他们去做不就行了？”

“我要搞得定我爸，还用得着你们！不过，这事儿对你们来说特简单。来，我给你俩的工资卡账户一人五十万定金！”为表明诚意，当即打开手机支付页面，“你俩根据我提供的微博名单找几个人，废了他们的子孙根！被起诉的那混球只是个漏网之鱼。他们是一个有组织的群体，自称‘达叔’，专在夜里找女孩子下手，还在群里分享经验。我没法确定他们所有的人，挖出这几个已是我的极限了。”

“当我俩是骟猪的吗？”虞子陵撇过头，“别瞪我呀，你们继续。”

萧梦卿搬了把椅子在床旁坐下，翻出笔记本：“你把知道的告诉我，我给刑警队送一份过去。”

“其他的待会儿再说！你能帮我教训他们吗？大家都是女孩子，你能理解我吧？这是替天行道，网上也会向着你们的！”

“我对钱不感兴趣，我们会用合法的手段让他们付出代价。”

“呵呵……代价。无非是挨顿骂，罚几百块钱！知道我是怎么发现他们的吗？”张若若想打开微博，调出私信，纤瘦的手指酥麻而冰凉，划了好几次才解锁手机，“这些扑街，把‘达叔’群里的交流记录截图了，用小号发我挑衅。不光是我，那些愿意作证的姑娘们，有人爹妈的单位被寄了花圈，有人家门口放着塞满死老鼠的罐头。这些疯狗还拿我的脸做表情包笑话我，给我邮自杀用的炭块！为什么那些混球躲在网线后面就是抓不到?！这点忙都不帮我，也好意思说自己是‘保护中心’的？你们到底保护什么了？”

虞子陵摊摊手，表现出有些为难。他低头示意萧梦卿说些什么，可搭档仍埋头于笔记本的案件线索。

“你从头到尾，根本不关心我要什么。对你来说，我只是个负担吧？巴不得早点结了任务，回去睡觉。”张若若指向虞子陵，又愤愤转向萧梦卿，“你呢？装着一副好像对我很上心的样子，其实只是想破案邀功吧？真把我当傻子吗，以为我看不出？”

虞子陵玩味地哼了两声，并不接话。

“不帮就滚！都给我滚出去！”张若若抄起手中的Switch，用尽全身力气朝墙上砸去。清脆的碰撞声过后，游戏机的屏幕散作满地冰晶，倒映着三人破碎的身影。

游戏机的炸响过后，萧梦卿本想尝试着安慰，可虞子陵抢在她之前开了口：“那你为什么还在坚持？”

“关你毛事？”张若若怔了一下，低下脑袋滑着手机，“如果我不坚持，万一那混毬判得少了，我那几个伙伴的罪不是白受了？”

“你啊！你啊……”虞子陵扶着额头，慢悠悠地晃着脑袋，“自诩受了那么大伤害，苦思冥想那么久的报复，居然就是摘几颗肉丸子。”

“你难道还有办法？”张若若抬起脑袋，带着梗塞的鼻音问道。

“你该杀了他们。”虞子陵枕着椅背半靠着，轻飘飘地蹦出一句话。

话毕，病房里的空气凝滞了两秒，左右两双眼睛瞬间集中到了他脸上。

“……能杀早杀了，你以为这儿是叙利亚啊……”张若若被他的话逗笑了。

“我教你！”虞子陵抽出左肋侧的刀子，挽了个花，掏出牛皮布浅浅笑着，擦拭着，“方式、技巧、工具——我都会事无巨细地教你。其他人或许没有办法，但你一定行。”

“开什么玩笑……杀人，我不也要被抓。”张若若望着虞子陵掌中的兵刃，重重地咽了口唾沫。哪怕夕阳的余晖惬意而温暖，但刀身上的反光还是寒冷得令人战栗。

“你看我像是开玩笑吗？练熟了，心脏、喉管各一攮，两秒足够。”虞子陵用狭长的刀身拍了拍自己的脖子，又用食指搭着刀背轻巧地一转，捏住刀体，将刀柄递向床头，“嗯？”

张若若没有接，斜阳在光滑的刀面上一闪而过，晃得她闭上了眼睛，身子忍不住往床内侧倾了倾。

“方舆集团的小千金，要去北欧很简单吧？只要在他们的尸体被发现前出国就行。哪怕在国内被抓了，既是为了报仇，又是未成年身份，肯定从轻处理的。”

张若若犹豫了半晌，缓缓把手机捂到了被子里。

“听着可行。不管结果怎样，这事过了，我一定会走。那你怎么办？教我这些的话，你……”

“割几对蛋都舍得给五十万，事成后怎么也要让我在欧洲买套别墅吧？”虞子陵一边说着，一边歪头观望身旁搭档的反应。见萧梦卿既不说话也不阻止，就问：“这么大买卖，不一起吗？”

“不干。”萧梦卿起身关了病房的门，“封口费是加一节课，时间和内容由你定。”

张若若完全没料到虞子陵的提议，脑中各种疯狂的可能性开始剧烈厮杀了起来。许多黑暗而血腥的预演都是她无数次梦到过的——对伤害过自己的人以眼还牙，百倍奉还，那么的快意恩仇，那么的淋漓尽致。

“喔——不敢啊？”虞子陵收刀入鞘，枕着胳膊伸了个懒腰，“我去睡觉了，萧老师。前半晚有劳你陪她。”

“我学！”张若若揪紧被角，眼神愤怒得仿佛能融化眸中的一切，“你教我！教我怎么亲手宰了他们！”

03

虞子陵从冰柜里掏出一颗青梨，躺在了沙发上。瞟了眼正在书桌上写写画画的萧梦卿，抄起脑后的靠枕，轻轻朝她的椅背丢去。萧梦卿眼睛都没抬，直接一伸胳膊，把抱枕抡了到地上。

“你那个新共情对象啊，看上去傻里傻气的，但看人意外的准。”虞子陵一口啃下小半颗青梨嚼着，“这次你打算怎么帮她？”

萧梦卿从面前小山似的资料中抬起头，转过椅子，一伸腿瘫在了办公椅上，冷笑着拎起桌上的手机：“贺政委指定对杀人游戏的事感兴趣。我已经打好细节了，要不要发过去？”

虞子陵差点儿被梨齁住，迅速转开话锋：“市局正在拉网对付那群‘达叔’的事，政委和老秦都提醒过一定要保密，哪怕是对保护对象。”

“我明白你的意思。”萧梦卿盯着自己刚掉疤的手掌，“上次的错，我不会再犯了。”

“其实，你告诉她也无所谓。”

“怎么说呢？”

“上次我能改变你的计划，这次也能，比如：我会教她来真的。”虞子陵很上道地以手比枪，在自己的太阳穴上挑了一下。

萧梦卿转回身，重新在笔记本上写了起来：“我听护士说，张若若居然破天荒地去复健楼跑步了？”

“杀人的基础是体力嘛。”

“那她开始吃营养餐，连K记都不看了，怎么解释？”连线的笔尖搭着尺子沙沙作响。

“长期吃垃圾食品影响肝功，肝功影响视力。要是在晚上遇到敌人，就难办了。”

萧梦卿“咔嗒”一声关上笔套，意味深长地叹了口气：“有着关心人的本能，哪怕掩饰得这么别扭，也挺让我羡慕的。”

窗外橙红的夕阳光芒渐渐黯淡下去了，惬意的氛围让虞子陵轻轻打了个哈欠，并不打算回答。

萧梦卿揉了揉支到麻木的手臂，起身将书桌上的资料收进包中，一并递给虞子陵：“枪和三个弹匣在夹层，晚上劳烦你了。”

“不怕我看了你辛苦做的案情分析？”

“看吧！等我回来讨论。”

“去哪儿？”

“私事。”

“再这么连续熬夜下去，你身体很快就要吃不消了。”虞子陵没有阻拦，只在她离开之前抛了个灰色物体过去。

萧梦卿接下巴掌大的塑料物件一看，是信号枪模样的圆筒发射器，准心、照门和保险一应俱全。透过半透明的外壳，能看到两颗内胆，枪柄末端还系着一个金属身份牌。她好奇道：“这不是你给张若若打靶用的滋水枪吗？”

“同款。她的那支里头装着训练用的水胶，你的是合成凝胶。”虞子陵眯起一只眼介绍，“辣椒素单位是公发的三倍多，射程五米，两发。”

“穗子上这狗牌是？”

“虞氏改造专属。用完可得还我，免得说什么‘又没写你名字’。遇到你应付不来的事，别逞强！人情我是不用你还的。”

“你又知道了。”萧梦卿将枪别在后腰皮带上。

“抓人不是向阳花的工作。有了进展，直接向老秦汇报。”虞子陵躺回床上，昂头望着窗外上下颠倒的美妙夕空，“‘达叔’不是顶族和漏阴癖之类的胆小鬼，都有尾随人回家的胆子，猥亵升级成强奸的例子更不在少数，很可能随身携带凶器。”

“多谢提醒。”萧梦卿把喷枪别到后腰上。

“你能力还远未到单人抓捕的境界。”虞子陵勾下脑袋，无奈地望着萧梦卿笔直的身影，“一个‘骑士’够我受的了。我没法两头顾。”

“你陪她把中世纪游戏玩下去就行。”萧梦卿搭着门，身影被温暖的橙光吞没，“我这边不劳上心。”

“阿狗，又有人故作深沉了唉。”搭档走后，虞子陵掀开衣领，弹了弹刀鞘。

在床上休息了一会儿，他又散着步来到复健楼。张若若仍在跑步机上用小跑的速度吃力地奔跑着。见虞子陵出现在健身室门口，她按停了跑步机，半个身躯的重量都倾斜在扶手上，大口大口喘着粗气。

“呼……我跑下八百米的时间，一点儿进步都没有。”张若若委屈地望着虞子陵，“你说我怎么办啊?”

“那恭喜你喔。无力感是摆脱无能的第一步。”虞子陵微笑着递上一瓶拧开的矿泉水。

“哪有你这么鼓励人的?”张若若接过水瓶，灌了几口，用毛巾蒙住大汗淋漓的脸颊。脸蛋显然比初次见面时红润了许多，黑眼圈也不见了踪影。她歇了会儿，继续诉苦：“我之前看的那几个心理医生好歹还和我说自暴自弃不好，对身体的影响坏着呢，什么时候学会原谅了，就海阔天空了。你倒好……”

在她抱怨时，虞子陵注意到了跑步机上的Pad。Pad屏保是几个女孩子在环球影城乐园的自拍，举着魔杖、戴着高帽，在一个巨大的棋盘布景里与电影角色合影，与张若若搂在一起的姑娘正是余鑫悦。

“高考前的那个寒假，我带她们去的。”张若若解释道。

“中学生倒是都对童话故事着迷。”虞子陵打断了张若若的埋怨，递过一盒抽纸。

“麻瓜，这是魔法，不是童话！如果你说的是那篇报道，就是报纸胡诌的玩意儿。编辑但凡有点儿尊重意识，也不至于加‘美女’这类…….”

虞子陵自语道：“‘骑士’是为中世纪贵族阶级服务的流氓佃户。

他们会刺死不肯交税的穷人，也会把普通女孩污蔑为巫女烧死在十字架上。”

张若若喘着粗气，捏了两张纸巾重重擤了擤鼻涕，权当回答。

“不管中世纪还是现在，符合人们想象的骑士都只存在于故事里。”

“你真擅长把天聊死。”张若若有些失落，双手攥着跑步机的扶手，俯视着每一滴落下的汗珠，“我还能不知道这些都是假的吗？”

“但也有真的。”虞子陵并不在乎她的反应，若有所思地眺望远方云层上初现的星野。

“什么？”

“骑士精神里的。忠毅、谦卑、英勇、自省，都是一个普通人可以真真切切拥有的，只要你愿意。”

张若若没再说话，手上摆弄起跑步机的数字屏，滴滴的设置声在健身房里格外清晰。见对方缓和了心绪，虞子陵替她设定好距离与速度，不由分说地摁下了开始键：“但是，无理由的原谅只能说是懦弱。再来一趟，才能吃晚饭。”

跑板上的复合纤维带又“沙沙沙”地运转起来，张若若双眼发狠地目视前方，咬紧牙关，冲刺起来。

04

距五组入驻张若若的私人病房已过去了一周，虞子陵仍然在教她所谓杀人技巧，而萧梦卿也每隔一日就彻夜离开，到清晨才回来。其间，杨帆找两人谈话，好奇他们到底用了什么办法竟让张若若的身体日益健康起来。

“杀人前如何调整呼吸？”午饭后，虞子陵敲了敲充当黑板的iPad，正在给张若若“授课”。

“吐尽肺里的空气，深呼吸维持十次以上，让自己冷静下来，然后继续刺杀，就像这样——”张若若配合着，大幅度呼吸了几口。

“笃笃笃！”萧梦卿一脸阴沉地出现在门口，使劲叩了叩门，又高声“嗯嗯”，清了清嗓子，盖住张若若回答的声音。“有人来探望了。”说话的同时，手掌藏在环抱的胳膊下摆了摆。

虞子陵立刻会意，将“黑板”和“教具”藏好。

“不见！谁啊？”张若若一脸不情愿地拒绝。

“真——不——见——吗？”

听到熟悉的声音，张若若浑身一激灵。讶异了好一会儿后，难以抑制的喜悦与兴奋霎时充盈了身体的每一寸。她有些不敢置信，可看见病房探望窗口中几颗晃动的脑袋之后，立马踹开被子，一骨碌翻下病床，冲向门外，就是一个又一个的熊抱。“我好想你们！你们死哪儿去了?!”她一边蹦跶着拉起最前面两人的手，一边招呼其他人进门。

女孩们见她手背上还打着吊瓶留下的大大小小的绷带，争相把她摁回病床去。张若若张望着，好像在找人，直到大家把一名少女推了出来，她才露出了欣喜的表情。

少女进门后就一直躲在人群最后，神色略不自然。看到面前兴奋到手舞足蹈的张若若，她抬头微微笑了笑：“听说你是重点保护的证人，按理说是不能会见的。但几天前萧警官找到我们，问我们想不想来看看你，我们就一起来了。”

“若若，你怎么瘦了这么多？”

女孩们七嘴八舌地闲谈起来，病房里洋溢着温暖的气息。虞子陵识趣地离开了。行至走廊时，萧梦卿正靠在一旁的墙上，等着他。

“哪儿弄来的啊？”虞子陵好奇道。

“都是她高中最要好的同学，组过乐队。我大学舍友在她们学校做老师，让她帮了个忙。穿连衣裙的女生也是这次的受害人，叫余鑫悦。”萧梦卿举着一瓶刚从楼下自贩机买来的蓝山咖啡，用衣袖包住瓶盖拧开，“事发当晚，张若若保护余鑫悦，让她逃走了。”

“花了不少工夫吧？”

“身体方面的锻炼和发泄，你帮她很多了。心理方面，我怎么也得做些力所能及的事吧。”萧梦卿小口啜饮着咖啡。

虞子陵笑着摸摸后脖颈，左右活动了一番，发出清脆的弹响：“自以为的善意，有时候可未必会带来善果。”

萧梦卿三指拎着蓝山咖啡的瓶口螺纹，漫不经心地在墙上轻弹着瓶底：“今天发生了一件事。”

“说。”

“我到市局刑侦支队去了，问了问案件的进展情况。”

“然后？”虞子陵从怀里掏出一颗梨，在掌中抛接着。

“刑支的同事们很热情，不光和我说了很多进展，还带我去市局宣教坐了坐。”萧梦卿停下了敲咖啡的动作，“他们告诉了我后续的宣传计划，包括联系了哪家媒体，怎么报道这个系列案。宣教的领导想让我们到时候也上公众号，我拒绝了。”

“干这行啊，长得越好看，事儿越多。”虞子陵手中的梨越抛越高，几乎要触碰到走廊的承重梁了，“未来可期啊！可你的脸色怎么这么难看？”

“你还听不出来吗？他们早就部署好了。”

梨子落下时，虞子陵的手掌并没有感觉到相应的重力反馈。他低头一看，是萧梦卿的手接住了梨。她把梨举到虞子陵鼻根前：“他们明明今晚就能行动，却告诉我要再等半个月。”

在清甜的梨香面前，虞子陵歪着脑袋，避开青梨，直白地与萧梦卿对视着：“干过刑侦的有个习惯，就是眼见耳闻的第一印象未必为实。这种专案是以战果质量论成败，不是比快。一个半月能够有这种进展，不慢了。”

萧梦卿刚想回答，病房里的笑声却不知为何停了下来。心怀担忧，她把咖啡与梨摁到了虞子陵怀里，回屋探查情况。病房里，两个女孩脸上明显挂着后悔的神色。张若若一言不发，望向窗外的眸中满是愤懑与憋屈。两个女孩拉着她的手劝着，她却并不怎么搭理。

“怎么了？”萧梦卿走回病房，朝一个姑娘凑过去询问。

“悦悦只是告诉她要小心——喏。”一个姑娘打开了手机微博，调出几个账号递给萧梦卿查看，“那些混蛋开始装成我们班的同学，骂若若从小就是交际花。还说了一堆根本没有的事情，什么她在高二抢老师的男友啊，翘课和流氓开房啊……”

病房里的气氛十分尴尬。但张若若摇了摇手，示意伙伴们不要再说话。她很努力地挤出一副笑容，用力吸了口气憋在胸口，又缓缓吐出，主动宽慰道：“我没事。你们要是不把这情况告诉我，那才是大事儿呢。班里老师、同学都知道了吗？”

“还没有呢！”女孩们争相开口，“我们绝对不告诉别人！微博上，我们也在努力投诉。很快……很快就会删啦！”

“不。”张若若摇摇头，坚定地嘱咐，“也和他们透透气吧，提前知道总比谣言传到耳朵里的好。身正不怕影子斜！大家都小心为上。悦悦，对不起啊……刚才对你发火了。”

“若若，你真是男友力 Up！”戴着耳钉的女孩挤到病床前，抓着张若若的手摇晃了起来，“你要是男孩子，我一定嫁给你！”

“要坚强下去哦，若若！官司一定能大获全胜的！”

“若若，你真坚强……”余鑫悦向张若若伸出了手，可不知为何半路又停住了。

张若若释然地咧咧嘴，拉住好友的手，十指紧扣。

女孩们又围到了一起，吵着、闹着，要张若若讲法庭经历。张若若看着同伴们鼓励的神情，抑制不住地眼眶一红。她真心感觉到，这是她住院以来最开心、感觉最有希望的一天。

看着眼前温暖的场面，萧梦卿默默走出了房间。“看到了？”目送女孩们离开后，萧梦卿对着面前的空气问了一句。

“感人喔，见面会大获成功。”虞子陵早已靠在门旁的墙上，等待对话的这一刻。

萧梦卿呆滞地仰视走廊里的日光灯，直到瞳中留下紫黑色的残影："她表面装得很坚强，可随时都有被压垮的可能。"

"所以呢，你打算怎么做？"

"这群'达叔'一直在针对张若若行动，我们要做出有效反击，她才会好受些。"

虞子陵用三个手指转着手里的青梨："你、我是向阳花的特护警，保护好她的安全就足够了，不要僭越到市局的工作中去。"

"林千羽当着你我的面吞了刀片，我们是当着全大队作了检讨的。你这么快就忘了？"萧梦卿冷不丁反问。

"我从不和嫌疑人共情，萧老师。治病真不是这么搞的。想学共情，多的是办法呀。"

"我在赎罪。"

"什么意思？"

"你说过，穿上这身制服的人都是罪人。"萧梦卿走到虞子陵面前，以前所未有的认真表情直视他，"我不一样。我在当警察之前就做过错事，事关人生死的错事。我干这行，就是为了尽可能弥补自己的罪责。"

虞子陵的笑容逐渐消失了，可很快又恢复了固定角度的微曲："终于明白你的心病为什么总是治不好了。"

"我不要紧。"萧梦卿摇摇头，"现在张若若的心理状态非常不稳定，随时都有寻短见的可能。把她心病的根源彻底清除，才是我现在最该做的事。"

"这是事关五个区和两个支队的大型专案，凭你一个人，能做什么？"

"我有办法。"

"从今晚开始，我不会再帮你替班。如果缺勤，我会如实跟老秦上报。"

"大不了挨个处分。只要能救人，我不在乎延长见习期。"说完，萧梦卿扭头走向电梯。

虞子陵慢悠悠地踱回病房。去到床边，发现张若若一言不发地缩在一侧。

“去他妈的‘骑士’！”张若若终于憋出一句话。

“怎么了？”

“教官，我想要训练！”她猛地抬起头，扶着墙站了起来。

“张学员，你早上不是训练过了吗？”虞子陵双手环抱在胸前，歪头俯视女孩。

张若若张开嘴，显然想要倾诉什么。但挣扎了一会儿，微启的牙关咬住下唇，烦躁地说：“撑得住。带我去吧，负荷越大越好。”

05

“轰隆隆！”一阵出奇狂猛的爆响将整座城市的建筑都震得微微颤抖。南乡律师事务所办公室里坐着的两人，都不约而同地被抖了好一阵的玻璃窗吸引了注意力。

孔淳一手端着一杯咖啡，紧盯着窗外，直到被同伴的呼唤拉回思绪。

“师兄，杯子烫。”

孔淳笑了笑，举着两杯刚泡好的黑咖，递了一杯给了郑武波：“小时候粗活干得多，皮糙肉厚，不碍事。”

郑武波尝了尝味道，皱起眉头。为了不辜负挚友的手艺，忍着酸苦又喝了几口：“师兄啊，不然下次公开审理的案子你上吧。”

“方舆集团又施压了？”杯子刚触及唇沿，孔淳的动作就停住了。他拿出奶精与方糖，推到郑武波面前。

郑武波拆了包奶精，放入了自己杯中。黑白两色液体冲击交融，最终晕染成了美味而温和的淡褐：“我扛得住。知道你脾气，毕竟在所里你只打法律援助的案子，而且软硬不吃，只看当事人。怨就怨这次法院分来的被告太不是东西，他家找不到人，却分到了师兄这张王牌，便宜他了。”

“我们搞法律援助的，没法指望每次分给我们的当事人都是上次被绑架的顾小姐。律师的天职是辩护，不负责评判当事人的好坏。无论什么案件，对当事人全力以赴，都是律师的职业操守。”

“你那当事人还是只承认尾随寻衅，不承认猥亵？”

“嗯。这次的‘达叔’案，构成猥亵的要素的确不足，体液和视频证据都是匮乏的，还原案情靠的也都是双方口述，问题不小。”

“虽然案件审理不公开，可社会舆论基本一边倒了。”

孔淳淡淡一笑：“若是靠舆论就能审判一个人，那这社会也就离完蛋不远了。坚守罪刑法定，应该是咱们恩师给我俩上的第一课吧？”

郑武波举起咖啡杯喝了一口，温润甜美的口感却没能让他的表情开朗多少。“在这个资本能控制媒体的年代，‘正义’是宣泄大众情感的噱头之一。想出名的同行一个个都想着用舆论压力突破程序正义，有多少律师为了给法院施压，居然跟记者穿一条裤子。”

咖啡壶烧开的提示音滴滴作响，郑武波顺手续上半杯咖啡，举到孔淳面前：“寻常人顶不住这种压力。师兄，我敬你这十年的坚守。”

“程序正义和实体正义能够统一的案子，我太久没遇到过了。况且我也不是什么正义代行者，只是个辩护人。”孔淳轻笑着碰了下杯子，用玩味的语气感慨道，“什么时候能实现强奸猥亵类案件‘疑罪从有’，我不就轻松多了？”

郑武波撕开另一包奶精想为好友加上，却被挡住了。他品了会儿咖啡，建言道：“金球公司的情报能力的确超群，但他们用的是鬼钢城那拨小偷，风险太大。”

孔淳稍一愣，推了推眼镜：“武波，以后我工作的细节，你就不要关注了。我有分寸。”

“我相信师兄有分寸，但那群小偷不见得有。”郑武波点了点手机，把屏幕转向孔淳，“一手情报两头卖的勾当他们可没少干。不然，那些‘达叔’怎么会知道那么多受害者的情况？”

孔淳接过手机，发现页面上是一则微博视频。看完之后，他长长叹了一口气，盯着杯中的深色液体苦笑道：“方舆集团这大小姐自官司开始，就以为，靠一腔热血和家里的强大人脉便能让事事都如她的愿。让她撞一次南墙，对她的人生未必是坏事。”

“师兄……她毕竟是受害者，还愿意挺身而出。”

“肯作证的受害者有好几个，为什么就张若若受到了保护？你上过向阳花的专题采访，应该很清楚保护组一共就那么几十个，对这类案件必然供不应求。为什么受到保护的不是余鑫悦呢？”

孔淳的反问让郑武波愣住了。

“或许，是因为她是头一……”

“对方舆集团这种干涉公正性的行为，我不过是以其人之道还治其人之身。”孔淳拍了拍好友的肩膀，举起杯子，“好了，你第一天认识我吗？我找金球公司要情报，只是为了走访案件细节。其他的事，都和我无关。”

郑武波点点头，释然地笑了笑。一黑一白两杯咖啡贴在了一起，两种液体各自反射着屋里暖黄的顶灯与窗外厚重的雷云。

06

天空中闷雷响动，像是乌云里有无数异兽在冲城市低吼。

萧梦卿刚走出电梯，远远听到了一阵骚动。刚行至走廊，就发现一部被摔碎屏幕的手机孤零零地躺在地上。捡起一看，是张若若的。她小心翼翼地拂去表面透明的屏幕碎片，用毛巾裹好，握在手上。

手机放回房间后，她向门口的杨帆发问：“发生什么了？”

“就刚才吧，她逼着监护人去刑警队和检察院跑了两趟。”杨帆搔了搔后脑，喟然长叹，“她要取消作证。”

“你……”萧梦卿好似意识到了什么，把头转向靠在墙边的虞子陵。

“这一次不是我。”虞子陵冷眼迎上她的逼视。

“阿帆，不用顾着我的面子，直接告诉他们!”张若若用厚被子包着全身，只露出一张泪水纵横的脸。

“你确定?”

“说实话!!”张若若捂着脑袋怒吼了一声。

一阵劲风从半开的铝窗窜入，发出一阵低沉而刺耳的咆哮，夹杂着冰凉的雨丝与四散的枯叶在病房里肆虐。吊灯被吹得光影摇曳，窗帘与飘叶的影子像幽灵一样在张若若身旁漂浮旋转，本来温馨的病房竟一时间萧瑟又诡异。

虞子陵一个箭步上前，拉上窗锁好，病房内的幢幢鬼影也缓缓地平息了下来，可窗外的雷声还在鸣泣着。

“好吧。那群小姑娘刚来电话说网上又出了个视频，姑奶奶自己不敢刷微博，倒是叫我帮她看了。”关完窗，杨帆掏出手机递给五组两人，“是她在卡桌旁蹦迪。”

发布者的视频标题写着《狂猪乱舞》，转评寥寥数条，却都是污言秽语。仔细一瞧，萧梦卿却皱起了眉：“这不是她之前给我们的‘达叔’的小号吗？他们怎么拿到这段视频的?”

“问题就出在这。”杨帆掏出一根香烟糖含进嘴里，戳了戳自己的胸口。

“阿帆。”张若若抹了抹泪，伸手一摊。杨帆会意，点开聊天软件，将手机递到张若若掌心中。张若若登录了自己的账号，打开空间点了点，又把手机抛回萧梦卿手里。

手机屏幕上是一个好友的空间，备注名写着“悦悦”。

“几个月以来，我正在遭受人生中最猛烈的污言秽语。虽然非常对不起她，但我们根本没有能力反抗……只能照做，因为这件事情严重影响到我们的升学了。我们每天都在绝望与恐惧中度过，只有她还能勇敢地坚持下去，因为她是‘骑士’。希望她能顺利，不要在乎其他人的看法。她一直是我们之中最坚强的人。对不起。”

空间被删得只剩下这一则评论，其下却有百来条温情的点赞与回复。好几个名字萧梦卿很熟悉，都是余鑫悦的同学。其中就有来看望张若若的几人。他们在余鑫悦的这条说说下纷纷留下鼓励与支持的话语，谴责着“达叔”，流泪与爱心的表情使整个空间都洋溢着团结温暖的气氛。

萧梦卿立刻抽出笔与本子，摘抄起关键信息。可翻完所有留言，却没一个人提起张若若。

“喂，教官。我问你啊——”张若若猛然抬起脸庞，浑身打着颤，渴望却又畏缩地问道，“我是不是可笑又可怜？”

虞子陵双手抱在胸前：“我没取笑你的资格。”

“我他妈不是不会难受、不会绝望啊。”张若若徐徐摊开双手十指，放在面前，眼神中充满疑惑与恐惧。她含泪笑了笑，声线扭曲：“什么‘骑士’啊，这他妈都是我一厢情愿。”她分明坐在柔软的床垫上，可就旁人看来，好像床单下插着沾血的碎玻璃，就连披着的被子里也裹着锐如刀锋的铁丝网。

“训练去？”虞子陵提议。

“没意义了。”张若若抽了抽毫无血色的嘴角，用颤抖而麻木的双手拉下被子，缓缓把自己包裹严实，“杀了她们？我做不到……我现在最想杀的人是我自己。”

听到这句沉闷却又坚定的话，在场的人们同时一愣。杨帆最先发现了张若若的古怪，扑到床上开始撕扯张若若的被子。可她一时间不知哪儿来的力气，竟躲在被子里死拽着，怎么也扯不开。虞子陵见状，也上前帮忙。好一会儿，张若若总算被拖了出来。

萧梦卿放下纸笔，帮着抱起被子抛到一旁，以防她再做出什么无法估计的事情。她从怀里闻到了一阵新鲜的血腥味，低头一看，里头血迹斑驳。杨帆见到被子上的血渍，急切地寻觅来源，这才发现她脖颈与锁骨的皮肤上留着数十道血肉模糊的抓痕。

“教官，这到底是为什么？”她十指淌血，每个指甲缝里都嵌着皮肉，语气轻飘飘的，双手颤抖着紧捂心口。

虞子陵没被眼前的场景吓到，紧紧扶住她的双肩，不让她再做傻事。病房里一片死寂，护士们怵目着眼前少女苍白的脸庞，又听见她的呜咽渐渐变成了自嘲无奈的笑。

“明明都是我死也想保护的伙伴啊，没想到转头就给我几刀！”

“急救！准备急救！”杨帆像发怒的豹子冲出病房，快得五组两人只听见房门回撞的巨响。

被子掉了下去。萧梦卿低着头，呆呆看着殷红的双手，依然温热的猩红色液体从指间滴下，这种感觉让她熟悉又害怕。她回过神来，一个箭步冲到洗手池边，用冷水一遍遍冲着手，直到十指冻得发疼。她擦干水珠，用毫无知觉的手指将纸笔拾起，又翻出警务通挨个核查自己提炼的信息。

杨帆带着护士回到病房，房内一时分外拥挤。五组两人被请出病房时，窗外猛地一亮——一道蜿蜒的白色闪电横过几扇窗，将屋子照得惨白。张若若依稀记得这条白色巨蟒、这具无血无肉的骷髅，身上四散的电流像是细密的肋骨。此刻，它透过钢筋混凝土的墙体，将两颗硕大而锐利的毒牙狠狠钉入张若若的身体，重重地压着，把名为恶意的毒液灌满全身。她无法动弹，只觉每个器官都疼得像被活活撕开了。死亡在这一刻来说，反倒是一种解脱。

巨响过后，萧梦卿起了身，阴郁着脸，迈着沉稳的步伐走向电梯。

07

她换乘地铁，来到将门街附近，根据笔记本里的探头杆号逐个核对着。她没吃晚饭，可这街区除了几家酒吧，并无饭馆，附近的便利店也因为景观改造而早早关了门。空腹带来的眩晕症状越来越严重，她不得不打开地图，搜了搜索附近的夜宵店。有家老牌牛杂汤面馆就在两公里开外，她决定先行补充体力，再做打算。

通往面馆的路上有一大片拆迁区，嶙峋的废楼里偶尔会传来几阵幽幽的狗叫，房屋残骸在昏黄的路灯照耀下活像一群巨兽的尸骨。后续的一公里连路灯也拆了，她只能打开手电照着地面。走了几分钟见到了招牌，她才放了心。店里人不多，她要了碗牛肉面坐下。才喝下第一口汤，店门的塑料拉帘又被掀开了。

进来的是一肥一瘦两个青年。胖子体重过了两百斤，穿着的T恤胸前印着几个身着泳装的漫画少女。而瘦子的打扮稍显正常，只是一入座就没断过手里的香烟，还时不时冲着手机傻笑。两人并不着急点餐进食，只是要了两瓶可乐小口呷着。

“居然自己找上门了？”萧梦卿冲手机屏里自己的投影呢喃。她草草吃完面，收起手机走出店门。

胖子与瘦子果然跟了上来。为了最终确认两人的目标是否是自己，萧梦卿沿Z字形在路边走了两个来回，而他们也跟着照做了。仍用手电照着身前的路，她偷偷伸出手把提包的拉链给拉紧了。

胖子和瘦子都解开了裤子拉链，猥笑着冲她奔跑过来，打算一前一后夹击。就在两人几乎要得手的瞬间，却不约而同地感到眼前一黑。

萧梦卿关了手电。在她视野也一同暗下之前，早就预判了身后两人的行动轨迹。她将手里的提包抡了一圈，借着旋转的惯性，狠命朝那想要冲到她身前阻拦的瘦子身上挥去。

瘦子远远低估了方形提包的分量，包结结实实朝他的肚子撞了上去，让他瘫在地上丧失了抵抗力。

萧梦卿松手让包顺势飞开，在一旁砸出沉闷的响声。这声音吸引了胖子的注意，“哇”的一声扑去。包摔落的地面上有个小泥潭，胖子落下后溅起了一大朵泥花，十分狼狈。发现自己被摆了一道，他拿出手机点开电筒，气急败坏地搜寻萧梦卿的身影。

“警察。”冰冷的声音从不远处的废楼一层传来，“抱头蹲下！”

胖子被这声命令镇住了，但很快就喘着气跑了过去。

“出来玩，就是为了刺激！”他嘿嘿一笑，眼神中的淫意非但没有削减，反而更旺盛了，“没办过女警，尝尝鲜呗！”

“最后一次警告！”

当他寻声将手电照去时，发现墙砖的破洞上立着一个正在通话的手机。意识到被耍之后，胖子强忍怒气，一把抓过手机贴在耳边，故意把嘴唇舔出声响：“嗓音挺嫩的嘛，多说几句？”

话落，身后一阵强光亮起。战术手电的爆闪让他不得不用手挡住光线。习惯后，他不顾一切地朝着光源发出的人影猛扑而去。这次他没有扑空，可大半身子只觉得一阵阵刺痛。借着手电落地的闪光，胖子才知道自己扑了个断了胳膊的人偶旧模。旧偶的空眼睛被震得爬出一只蟑螂，在手电光里好奇地看着眼前的大活人。胖子一声哀嚎，一人一偶在碎瓦与铁丝堆积的小土丘上打着滚想起身，衣服被勾破了，肚子上肥厚的皮肤也划出了道道血痕。

“砰！”

他还没来得及起身，一股压缩气体激发凝胶喷射而出。胖子感觉一阵难以忍受的刺鼻气息扑来，光是睁眼都无法做到。更要命的是，一呼吸，连鼻腔到食道都充满了刺鼻空气。憋了十几秒，再也忍耐不住，“哇”的一声呕吐起来。

“五秒内照我说的做。否则，再来一枪。”

摸不清方向的声音再度在耳畔响起。这一次，他举起双手：“我听话，警察小姐姐……咳咳，你温柔点哦！”

萧梦卿先用约束带捆好躺在一旁的瘦子，又捡回装备，对半瘫在地上的胖子命令道：“趴着！双脚翘起交叉，手背在身后！”

捆完两人，她在瘦子身上翻出一台手机，又把胖子身旁还亮着手电的手机捡了起来。空气中的刺鼻辣椒素还未散尽，她抽了抽鼻翼，用两人指纹解锁了各自手机，又打开警务通的功能页面查了起来。屏幕的亮光映着一双冷峻的眼眸，视线里的串号与数字来回交互碰撞，反射成瞳孔里的星火。

一阵不合时宜的呼喊声出现了："有人吗？警察！"

萧梦卿听着有些熟悉。很快，几道更明亮的手电光芒把周遭环境照亮了。她的身影背着来人立在残垣间，只照得出漆黑的轮廓。

"萧师妹？"来人试探道。

带着同样的疑惑，萧梦卿眼神骤然一变。她踌躇了一会儿，很快开始大口呼吸，逼迫自己摆出一副惊魂未定的模样，慌乱中把一台手机掉到了地上。

"诸葛师兄？"她颤颤巍巍走了几步，扶着破墙，好不容易才稳住身子，"你们怎么在这儿？"

"我还想问你呢。最近每到这个时间段，我们都会在这一带暗中摸排。"诸葛豪冲冉睿与寇晓刚招呼，"先把他们押上车！市局有安排，小虾米也不能曝。赶快让支队派人来接手！还有，把他们手机全都扣了，拿回车里用警务通先采集一下。"

萧梦卿一愣，权衡再三，将两个手机递出去："我刚才收的。"

"你来这里做什么？"

"找找民间探头，看能不能把当晚视频接上。没想到竟会遇上'达叔'……"

诸葛豪的表情有些怪异，但也没再纠结下去。接过两个还亮着屏的手机，就往冉睿递来的证物袋里一丢。见萧梦卿仍是一副路都走不动的样子，便想伸手去搀扶。寇晓刚却在两人耳畔怒吼起来："闪开！"

胖子竟挣脱了束缚，瞪着通红的双眼朝萧梦卿猛扑过去。最先反应过来的是冉睿。在寇晓刚提醒前便飞奔而来，借助奔跑惯性用手肘卡住胖子的脖颈，把他愣是掼开了两三米。

庞大的身躯并没有被精瘦的青年扯翻，胖子稳住下盘，与他扭打起来。萧梦卿回过神来，只见冉睿被胖子摁到了半扇砖墙上。胖子左腕处仍缠着约束带，但带子一侧被割开了，他右手握一柄锋利的陶瓷水果刀。胖子鼻涕、眼泪和在脸上，左臂死死卡着冉睿的脖子，将白玉似的刀片横在他的鼻根前：“我他妈在你脸上下围棋！”

萧梦卿见状，举起喷枪想打，又怕误伤同事。冉睿面对眼前的水果刀，不怒反笑。受压迫的喉管中挤出的愉悦笑声让胖子也迷糊了，甚至感到寒毛直竖。

“咔嗒——”胖子听见耳畔传来一声金属的轻吟。借着手电光线转动眼球一看，脑门边上顶着一支漆黑的手枪。“我他妈在你脑子里下跳棋。”

“三盘。”诸葛豪与寇晓刚默契地将92式斜向上抵住了他的左太阳穴与后脑，“动一个试试？”

胖子此生头一次被真枪指着，感觉脑髓像被抽干了，很快便吓得松开了水果刀。他本想逃，可发麻的双腿再也无法带动超重的身体。一旁观战的萧梦卿也看傻了，一时间竟不知该阻止谁。

冉睿风轻云淡地笑着，把胖手撇开，闪到一旁。寇晓刚没有放弃对方迟疑的机会，朝胖子扑去。不找他上身，而是沉下身箍住胖子双膝，全身力气汇聚在肩头，顶他后腰。胖子毫无防备，挨了重击，失去平衡，先是脑门重磕了墙面，而后猛打一个趔趄，轰然倒地，自身的重量成了最狠的一击，像一包坠落的沙袋掀起阵阵沙尘。三人收好枪，把两人上了背铐。

萧梦卿昂起头，理了理呼吸，手里的喷枪终于垂了下去。

“刀哪儿来的？”寇晓刚跪压在胖子身前质问。胖子“嘿嘿”狞笑着不答。他与冉睿细细查验了一番，又在裤裆内侧贴身处摸出另一把一模一样的陶瓷刀。

俯视胖子一会儿之后，诸葛豪没了方才礼貌的态度，径直走到萧梦卿面前责问道：“你们这届新警没学过控制人后一定要搜身吗？为什么只找了手机？”

萧梦卿把警务通背在身后，连连解释和道歉。

寇晓刚臂上搭着亮银色的 ASP 机械棍，毫不客气地大着声诘问起来："说恶心什么的有什么用？下腹、裤裆、内裤都是藏匿凶器的重点地区。基础课上没说过吗？！你要么带搭档，要么只当自己是警察，按规定逐个部位搜索！恶心就不去搜？恶心就放松警惕？你恶心他们，他们更恶心我们，知道吗？转头就能要你的命！"

"算了，算了！下次有这种喷雾在手里，记得直接扣扳机。"冉睿走到诸葛豪面前摇了摇手，往胖子脸上啐了口带血的唾沫，"师妹啊，要他是个杀过人的，你不开，我们危险。你开了，最多我在地上疼一阵。"

她没回话，鼻中轻轻"嗯"了一声。

寇晓刚双手横握棍子头尾，压在他胸前，把棍子卡在他的脖颈上，语气平静道："劲儿不小啊？"

"只要我不认，封顶不就十五天吗？出来了我还追她。这么可爱的女警，我射定了！"

"持械袭警十五天？你懂法不懂啊？"

诸葛豪烦躁地掸了掸衣服上的泥巴，劝道："没用。这些杂碎把性欲看得比命重要。"

"你滚！换她跪在我身上！"那胖子舔舔嘴唇，涎水从嘴角流下，仍是一脸满不在乎，"能被她那双玉腿压着，光想想就硬了。"

"豪主任，客人嫌按摩力度不够啊。"寇晓刚嘿嘿一笑，把全身力气都加到膝盖上。

"你……你要干……"胖子渐渐有些受不了了，开始缓缓蠕动。可他越是挣扎，胸口跪压的力度就越大。不一会儿，他就喘不过气了，湿透的上衣几乎能拧出水来。等胖子力气消耗得差不多了，寇晓刚本想起身作罢，萧梦卿猛然蹿了上来，掀起胖子的裤带，将喷枪深入裤裆内，毫不犹豫地扣下了扳机。

纵使方圆五百米内没有人烟，胖子的接连惨叫还是惊得两三公里外的好几间房都亮起了灯。

送完了人，诸葛豪把萧梦卿送回中心门口。她从容地翻出三防手机，发现上头竟还有些汗渍。一想到方才胖子脸颊淌下的湿滑臭汗，一脸嫌恶地抽出纸巾，一遍遍擦着。

08

翌日清晨，在副主任办公室里，秦泷一言不发地摆弄着桌上的温湿计。萧梦卿站得笔直。虞子陵一进门就在找椅子，发现都被主人故意收起来后，才不甘愿地站在桌前。

“昨天后半夜，市局对这群‘达叔’收网了。你们知道了吗？”秦泷“叭叭叭”嘬着玉米烟斗，烟雾从口鼻中滚了好几个来回才吐向两人。萧梦卿一动不动地屏住呼吸，虞子陵一撇脑袋，避开烟雾，却还是被呛得咳了两声。

秦泷眼珠子骨碌碌地在两人身上来回转悠，最终停在萧梦卿身上：“三件事情非常巧合，你也品品？其一，一胖一瘦两嫌犯一直在‘达叔’Q群里。哦，就是截图给张若若的那个群。而这个五年群居然在昨晚莫名其妙地解散了。其二，群主到案后供述，是因为胖子和瘦子这两元老分别给他发了短信，大体意思是劝他尽快把群散了，因为警察找上他俩了。其三，虞子陵汇报，五组有人不在岗。”

萧梦卿承认：“是我做的。”

“怎么做的？”听到回答，秦泷把烟斗扣在烟灰缸上。

“昨晚10点左右制服他俩后，我打开他们的聊天软件，找两人共同所在的群，只有三个。看群聊，很容易分辨哪个是‘达叔’群。然后，我把群主和管理员的Q号输入警务通查询关联手机号；再用他俩的手机挨个发送短信。发的内容，您已经知……”

“你哪儿做错了？”秦泷有些不耐烦地打断她。

“群一被解散，就意味着几百号‘达叔’会提高警惕。为了保住战机，市局不得不立刻收网。”萧梦卿坦言，“我打乱了市局原本的安排。”

“你哪儿做错了?!”秦泷抛出的仍是同样的问题，手里的烟斗磕得山响。这次，他几乎是在厉声逼问。

见秦泷突然间拉下脸，萧梦卿有些慌神了。她攥紧腿边的拳头，反省道：“这是我一个人的主意。我承担所有……”

“你错在做得太明显。明显到连支队办案人员都看得出，更不用说胖子死咬着说他根本没发过短信。你应该先把他们藏的刀具搜出来，而故意漏过手机。他们一旦有机会翻出手机，接下来就会做什么事情?”

“是……报信。”

“对了。等他们把手机藏回去之前，你要当着鲲城局那几个年轻人的面，装作大惊失色的样子，逼迫他们交出手机，而后立刻关机，封存入证物袋。”秦泷用通条捅起烟嘴来，“在面馆遇到可疑对象的时候，你就应该想出应对计划。既然你的目的是让市局提前动手，除了击倒这两人，后续一系列行动都得思虑周全。”

萧梦卿没再急着表态，沉思片刻后，反问道：“指挥，如果换成您，您会怎么做?”

“用更狠的办法击倒两人，必须打晕，不能让他们见到我发短信。短信里要写：‘最近我们总被跟踪。听说月港最近有个专案组，就是对付咱们的。’而不是只说：‘警察找上我们了。’然后，把手机放回他们身上，让鲲城局那几个小伙子亲手把手机搜出来。他们在采集的时候，自然会主动向专案组上报这一情况。这样一来，依然是市局提前动手，而你非但没有过错，反而有苦劳。关键就在于，你要学会用别人的嘴说你想说的话。”

“新人能考虑这么周全就有鬼了。”虞子陵不屑道，“鲲城重案的人后脚就到，你这办法未必有足够的实行时间。”

“我能做到，你也能。但你的问题是你根本不会这么做。”秦泷用烟杆点了点胸腔，“你这口刀，芯儿太软。”

“真是夸人不带脏字啊。”

秦泷不愿过多搭理虞子陵，转向萧梦卿追问道："还有，知不知道救护车来得再晚点儿，胖子就成完蛋人了？"

"环境光太暗，我没法有效瞄准。"

"你新买的TA30是钨丝版本？这么快烧光了？"秦泷拿了个小茶盘倒满开水，双指往水汽里一打，"卤素钨丝灯泡过个开水还能用一会儿，你把灯泡拆下来汆一汆，省得晚上回宿舍没东西照路。"

萧梦卿被噎得说不出话来。

"那地方没探头，地上的碎玻璃又多，干吗不干脆把那胖子抹了？死无对证，我也好解释。"秦泷冷冷笑着，白了萧梦卿一眼，"年轻人啊，就是缺乏经验！"

虞子陵用小指掏了掏耳朵，表达了不耐烦。自顾自走到饮水机旁，拿了个一次性杯子兑了杯温水喝着："如果就为了给她上课，你根本不用叫我来。不用刻意拖延时间了。事已至此，你到底还要我们做什么？"

"把枪和子弹还了！去医院收拾行李！"秦泷加满烟丝，用定向打火机炙燃了烟斗，又将吐着蓝色火焰的喷嘴指向虞子陵，"收拾完马上回来，一人写份情况说明。用词可以不一样，事儿可别说串了，白腰带不是傻子。你们这次做得有些出格。如果提前收网的战果不理想，废了你们五组都是轻的。"

虞子陵把塑料杯在手中拧碎了，轻轻撒入垃圾斗："昨晚你不是答应我协调四组顶一天吗？收东西是怎么回事？"

"这保护案件结束了，她们也撤了。我说，你们的案子老是麻烦人家帮工，好意思吗？"秦泷嚼着烟斗皱了皱下巴，不耐烦地冲两人挥挥手，"方舆集团那千金订了今早的飞机飞北欧。没准这会儿都在桂宫机场了。"

还完枪回到车上，手机屏幕的亮光让萧梦卿缺乏休息的脸更加惨白了。她疲惫地摸了摸黑眼圈，掏出手机仔细查找早间新闻。一条简短的报道让她眸子里闪起了光，笑着对虞子陵说："月港早新闻报道收网的事了。我这次真救了个人。”

见到搭档少有的喜悦神色，虞子陵完全没反应，抓着方向盘的双手不自觉地攥紧了些。

09

“这不是去霜州院的方向。”萧梦卿见虞子陵驱车在三环上狂奔，小声提了个醒。

“飞斯德哥尔摩最早的航班是 8:30。运气好的话，你还能见张若若最后一面。”虞子陵睨了眼萧梦卿，“亲眼看看被你救下来的人，也省得你越病越重。”

萧梦卿的笑意刹那间凝滞住了。瞥见搭档神色的变化，虞子陵冷淡地哼了一声。“为什么这么说？”萧梦卿皱眉反问，“正常人看到伤害自己的嫌犯落网，不应该很开心吗？”

“绑架犯也落网了，顾茹萱开心吗？”

“张若若的事情才刚发生不久，案件性质也完全不同。”

“那你继续这么自欺欺人吧，正常人。”

看到两人先后进入 VIP 候机室，张若若悄悄把脑袋低了下去，从身旁拿起一本航空杂志读了起来。她穿着一件咖色长风衣，用一条黑色围巾来掩盖脖子上的绷带，原本烫得七歪八扭的头发也被认真盘扎在脑后。

萧梦卿注意到了坐在角落里的张若若，从包中摸出一个修好的手机，递到张若若面前。张若若没抬头，把手里的杂志翻到下一页：“有新的了，谢谢。”

萧梦卿愣了愣，把手机放在沙发扶手上，又翻出自己手机，找出昨晚拍的嫌疑人照片：“昨晚全市公安都在抓捕这些人。我答应过你，会用合法手段让这些混蛋付出代价。”

“好事啊，对你们而言。”张若若放下杂志，浅浅笑了一声，“恭喜二位破了个大案。”她捡起手机，彬彬有礼地递给萧梦卿，见她不接，又自若地放到了身旁。

眼前女孩礼貌内敛的态度，让萧梦卿感到被一股巨大的疏离感包围着。她努力笑了笑：“你可以开电视看看？今天的月港早新闻正在直播。”

“不了。”张若若拿起身旁的玻璃杯，吞了口冰柠檬水漱漱口，又全都吐到了脚边的垃圾桶里，“那些人的死活，我不在乎。”

萧梦卿沉默了好一会儿，清了清嗓子：“也好。到北欧以后，希望你可以重新面对人生。”

“我懂。”张若若对萧梦卿轻轻点头，“万一再遇到那样的事情，我一定会自己先逃。”

萧梦卿张嘴还想再说什么，却发现面对这个陌生的张若若，什么都说不出口。她轻轻叹了口气，思前想后，劝道：“今后别再做傻事了。”

“当然。”张若若欣然应允道，“我过去实在是太蠢了，才会做出相信朋友这种傻事。为了那点被认可的虚荣，真把自己害惨了！”

气氛陷入了尴尬的沉默。

“您的脸，”张若若显然不想再僵持下去，指了指萧梦卿脸上的创可贴，又低头看了看腕表，“是抓人时受的伤？”

“小伤。没关系。”

看着候机室液晶屏里一片猩红色的延误信息，她嘴角勾起一丝苦笑。举起杯子，眯着一只眼从玻璃中窥视着阴沉的天空：“我就出国念个大学，还劳烦两位专门跑一趟，多不待见啊。”

萧梦卿心有不甘地追问道：“全市的‘达叔’都被一网打尽了。你就一点也不开心吗？”

张若若走到饮水机旁倒了杯柠檬水：“你们俩啊，真的不用再对我这么好了。我毕竟都是要远走高飞的人了，不会让警察背上骂名。这您大可以安……”

“不错，你可以出师了。”张若若话未说完，倚在一旁一言不发的虞子陵用鼻音沉沉地笑了几声，“有时候，冷漠的确是比仇恨更有力的武器。”

“有区别吗。”张若若抬起脑袋，冲虞子陵一莞尔。

虞子陵比了个手势，示意张若若继续，又转头迎向萧梦卿不知所措的神情，对她比了个口形：“正常人。”

萧梦卿还在脑海里使劲构思措辞，虞子陵的手机却突然响了起来。虞子陵低头扫了眼来电界面，拧着眉头走到一旁接听去了。这阵铃声让一旁的萧梦卿有些意外，因为搭档平时的来电从来都是振动。

“放心吧，萧警官！我不会再寻短见了。”张若若合上杂志，摆弄了会儿昂贵的腕表，把伤口上的围巾使劲裹了裹：“我没你想的那么脆弱，也用不着你挂念。我最大的错就是太信任别人。早在上次庭审结束后，我就该撒手了。”

张若若没了交流的兴趣，拿起遥控器放大了电视音量。调了几个台，最终停在了月港卫视上。

“……现在，月港市局方正在对近期猥亵女性的‘达叔’群体收网。今天，我们请到了市局宣教处的闵警官。在直播抓捕的时候，请他介绍‘达叔’群体的犯罪特点与防范方式……”

“走。”虞子陵回到两人身边，以冰冷的语调向萧梦卿抛下一个字，而后头也不回地离开了贵宾室。萧梦卿以为有紧急任务，可工作群里一片死寂。她不想多问，与张若若道别之后小跑着跟了上去。

张若若在沙发上呆坐了很久。思绪回转时，偌大的候机室只剩下她一人。她看到眼前的液晶屏开始了滚动，猩红也逐渐被越来越多的鲜绿取代。她掏出登记卡核对，发现航班将在一小时后登机。身旁的旧手机短信提示音响起，她低下头，看到了余鑫悦发来的一条消息：“对不起。”

消息很短，却让张若若看了足有十多分钟。回过神之后，她感觉自己正从一场漫长阴郁的长眠中醒了过来，一股强烈的饥饿感催使她到附近的 K 记买了桶炸鸡。

抓起一块放进嘴里，一口就咬下了大半。她嘴里发出炸鸡皮清脆的碾压声，鲜浓的酱汁、鲜嫩的肉香在口腔中蔓延开来。她一直咬着，迟迟不肯松口，好像会有谁突然从身边窜出来夺食：“明明是一个牌子，月港的 K 记味道怎么这么好啊！”

啃了好一会儿，她才咽下第一口鸡肉。吃完鸡块，她拨通了余鑫悦的电话。对方很快接通了，却不说话，两人在电话中沉默着。“不辩解一下？”最终，张若若还是先开了口。

“错了就是错了，我没什么好辩解的。他们说给了黑料，就不再骚扰我家。”

听见回答，张若若反倒畅快地松了一口气：“那晚，其实我也很害怕。”

“谢谢你。我俩不是一个世界的人，你的未来注定比我好。”

“你搞错了。我没什么值得你羡慕的。”张若若笑道，“那晚会让你先走，是因为我哥在我小时候对我做过一样的事情，知道有多可怕。”

“……”对方一言不发，但张若若听到她轻轻咳了一声，又努力憋着气。“也是啊。受了侵害还被人威胁，同情你的人这么多，少我这个‘朋友’又算得了什么呢？”

“……”余鑫悦不再说话。

“你真他妈恶心！”说完，张若若切断了通话，把旧手机丢进身旁的垃圾桶。

“有必要吗？”她暗暗抱怨了一句，嘴却没再停下来。吃完了整桶鸡肉，顺手撩起围巾抹了抹嘴。她想起围巾是用来遮挡伤口的，蹙眉苦笑了几声，索性摘下来塞进包里，坦荡地露出了包着纱布的脖子。透过窗户，她看了会儿机场上空刚开始冲破乌云的尾迹，自言自语：“再没必要了。”

10

在车即将驶出停车线的最后一刻，萧梦卿打开门，钻到了后座。刚坐稳，就感觉自己被安全带狠狠一勒。“怎么了？”萧梦卿忍不住好奇道。

虞子陵沉默不言，双眼平视前方，直到车辆回到市区，停在靠近新城区边界的地铁站旁，才“咔嗒”一声解锁了车门。“下车！”

话音冰冷得让萧梦卿有些诧异，宛若身后坐着的只是个陌生人。“你干什么？”

他回过头斜着眼与萧梦卿对视。与过去的他不同，萧梦卿注意到虞子陵的眼神竟然有了焦距，而视线汇聚处正是自己。这种无声而平缓的逼视让她感觉有些害怕。下了车，发现面前是能通往向阳花中心的二号线科技园站。刚关上门，迈腾的引擎就轰鸣了起来。疾速远去的公务车响起了警笛，蓝紫色的光芒在车顶旋转，分外扎眼。

乘地铁回到中心之后，她收拾好案卷，给虞子陵发了条微信询问他的去向，却发现自己被拉黑了。她试着打了几个电话，始终都是暂时无法接通，显然也被屏蔽了。无奈之下，只能去找秦泷汇报搭档突然失去联络的情况。秦泷的办公室门紧锁着，权衡一番后，她走向政委办公室。

“是我们的责任，我们不会撇开的。发生这种事情，我也不想。”听到敲门声，贺清泉的话音由远及近。他没有因为来人放下电话，打开门之后又自顾自走了回去。

“看望是少不了的。如果有立功授奖，推荐方面我一定帮忙。我欠你们鲲城局一个人情！”通完了话，贺清泉长长舒了口气，坐回办公椅，冲萧梦卿招了招手。

萧梦卿抬手擦了擦额头，全是冰凉的汗珠。

“啊，五组小萧，是吧？你坐！”贺清泉不愠不火地问了一句。

他打开窗户，从桌子抽屉最下角翻出一盒低焦烟，夹出细长的一根燃起，嘬了一口，干咳了两声：“什么事?”

“我们去机场送张若若，回程时虞子陵自行离开了。我现在联系不上他。”

“这方面的事，你应该向指挥汇报。”

“指挥不在。政委，是不是收网时发生什么事了?”

他不紧不慢地抽完烟，又给萧梦卿倒了杯茶：“虞子陵的去向，指挥和我说了。你也去休息吧。”

萧梦卿没敢喝水，嗫嚅了好一会儿才说：“请处分我吧。”

“怎么了，这是……”贺清泉不解地笑出了声，友善地看着萧梦卿，安慰道，“干吗一副奔赴刑场的模样?”见她仍垂头端坐着，淡淡叹了声：“你只是执行命令而已。你上面有周守棠，棠大上面还有秦指挥。就算追责，首先也是找秦泷。向阳花的性质特殊，才刚起步，也需要错误来找到改进之处嘛。”

“如果上级追责，处分我一个人就好。”萧梦卿后背已被汗水湿透，忍不住微微打了个冷颤，“究竟发生什么事了?”

贺清泉慈祥地笑了笑，抬手关了房内的空调，把一盒纸巾摆到萧梦卿面前：“有这种自我反省的态度，足证你是个好同志。知其然，也需知其所以然。你觉得你在哪做错了?”

“我违背组织纪律，扰乱了市局的安排。”萧梦卿一动不动地等着贺清泉的批评，汗珠顺着额角的发丝滴在裤腿上。

“我听说，你有些心理方面的疾病?”贺清泉看似贸然一问。

“我……我的病不会影响工作。我有在积极治疗。”

贺清泉摆了摆戴着防割手套的左手：“心理疾病没什么丢人的嘛。在这个时代不罕见，就像感冒发烧一样。谨遵医嘱吃药，就能治好。不瞒你说，我到这儿干政委前也抑郁过，帕罗西丁也吃了不少。”

“谢谢政委理解。”对方的感同身受令她有些诧异，可紧张的情绪并没有因此缓和。

“小萧，受害者对任何案件都存在有案必破的期待，这是人之常情。我们公安也该朝着这个方向努力，对吗？”

“您说的没错。”

“听个故事？”贺清泉点了根烟抽着，讪然道，“我自己的故事。”

她脑子很混乱，但面对政委的征求，还是点了点头。

贺清泉轻松地叹了口气，唠了起来：“那是五年前了，我还是新城区刑大的大队长。有天来了个案子，一个上幼儿园的女孩在闹市区被明目张胆绑走了。这事闹得很大，全市都在关注后续。在这档口，队里来了个领导。此人当时是市局宣教处副处长，一来便冲我们所有人拍了桌子，吼道：这女孩才四五岁！在街上被人贩子像套狗一样绑走了！各位同僚不少都为人父母，都有孩子吧？案件发在我们新城区，不觉得羞耻吗？不觉得愤怒吗？！我刚带着重案做完现场勘查和民间探头调取，正在吃盒饭，就这么被打断了。队里不少人都对她这些话莫名其妙，甚至有了抵触情绪。当时如果我不能妥善处理，不光大家会对领导爆发不满，上级也会对我们彻底失望。”

“那政委您是怎么应对的？”

贺清泉不咸不淡地答道：“我当时做了两件事。第一，把大部分办案精锐都给了她指挥。我说：领导，您参与过那么多棘手的案子，我们一定全力配合您的指挥。第二，我带着剩下的人把饭吃完，然后叫了两个图侦员，沿着案前案后视频开始排查——以车找人、以轨迹找手机，同时联络技侦研判嫌疑人落脚点。当我们把小姑娘和嫌疑人带回队里时，她还在那儿义正词严地强调案件有哪些领导都在关注。后来我们开玩笑说，如果破案是靠扯着嗓子演讲和拍桌子就好了，那就什么侦查手段都不用学，只要学朗诵和劈砖就行。她这人嘛，宣传出身，做久了，总习惯把自己带入每个恶性案中，对所有受害者极力共情，甚至对无法提前防控的突发犯罪也颇有负罪感，却连最基础的刑侦知识和研判方向都一无所知，给她现成的队伍都不会用。”

萧梦卿点点头，敷衍道：“只靠一腔热血与同情心是没法破案的。办案子，靠的始终是冷静研判、悉心指挥。”

“你理解了一半。对公安来说，并不是同情心越多越好，而是越明白同情的时机越好——知道什么时候该共情受害者；什么时候该排除一切外界感情影响，只用理性客观的态度分析案情。陪伴受害人的时候，能同情对方是好事。可做案子的时候，过度的感情投入不光没法破案，还触犯了侦查大忌。”

“您是说我有意把对受害人的同情带入案件，结果起了反效果？”

“是的。在‘达叔’这类案件里，技侦要在抓捕时提供数据支撑。像这种全市规模的打击，对嫌疑人的研判要精确到刻钟和百米，这是细活。宣教的职责也不只是联络媒体做做直播而已，后续能不能有更多受害者站出来，全看笔杆子们的警情通报。”贺清泉往烟灰缸里加了点儿水，又点了根细长的香烟抽着，“从刑拘到逮捕起诉的程序复杂又精密，每环的证据链都需要完整，并不是抓了人就万事大吉了。草率收网的恶果不只是同事受伤，更重要的是会让整体战果大打折扣。我这么说，你明白了吗？”

“我……我明白了。”听见“受伤”二字，萧梦卿心中一凉。

贺清泉拘谨地苦笑道：“指挥他本来想先关你三天禁闭，我劝过他了。但还是要关一天，毕竟我们要向市局表表态，后续的事才好办。你一会儿去一楼交了手机，自己去禁闭室吧！在这一天时间里，把情况说明写好。”

萧梦卿点了点头，起身打算离开。

“不急，在我这儿的时间也算进去。我听说了一件事。”贺清泉示意她坐下，“指挥有意向收你做徒弟？”

“我不够格。”

“我不是这个意思。他之前有个徒弟，和你差不多大……不对，牺牲的时候应该比你大几岁。”贺清泉脸上的笑意不见了，“你听说过吗，叫熊璐。”

“没有。她怎么牺牲的？”

贺清泉凝重地叹了一声，冷着脸把手里的半支烟抽完，开口后却不是回答萧梦卿的问题了："我和秦泷认识十几年。论实战经验，月港没几个领导能超过他。可一个人如果只沉迷于战场，不知不觉就会忘了更重要的——身为一个人的人性和善良。"

"政委，您有什么话可以直说。保密的规矩我懂。"萧梦卿抬起头，抽了张纸抹了抹汗，"您是不是希望我多注意指挥的行动？"

"那姑娘牺牲的时候，我俩还在一个大队。记得是十年前了吧，在一次联合缉枪行动里。我们接线报说海边一村落，整个宗族大半人都有土铳。本来计划好一起强攻，可那姑娘为了探到对方的火力配置，装成外卖员自告奋勇去敲门。结果脖子上挨了一枪，三天没救过来。她刚被秦泷收作徒弟，就想以命探情报。我很后悔，早该在那时强烈反对的。"贺清泉悻悻然把烟蒂往烟灰缸里一碾，"我不想看到又有部下为一些虚无缥缈的允诺而死。"

"我明白。"萧梦卿起身道了别，面前的一杯茶纹丝未动。

"你的档案我看过很多次，你极有天赋。"贺清泉说完，察觉到萧梦卿回头看向了自己。可他仿佛完全没注意到她的视线，只是自顾自盯着玻璃窗上的水渍："但不要借着这份职业的正当性，为过去的错误做补偿。你改了'萧梦梦'名字，也是为了朝前看的吧？"

久违的称呼响彻耳畔，萧梦卿猛地一哆嗦，脸庞也变得煞白。她努力挺直轻轻发颤的上身，敬了个礼，快步逃离了。

11

她走后没几分钟，一个高壮的身影敲开了大门，把一个塑料文件盒摆在了办公桌上，又自己倒了一大杯白水一饮而尽。来人甚至比身形健硕的贺清泉还要壮不少，白皙的手臂皮肤下是分明的肌肉与突出的青筋。他喝完水，没等贺清泉发话便坐下了："只找得到这些资料和照片，他习惯把任何计划都装脑子里。三头两魁一船主……是您刚入警那时候的贼吧？从这材料看，还真有点死灰复燃的可能性。”

贺清泉瞥了杨冽一眼，戴上眼镜，打开文件翻看着：“不只是贼，很多非法行当都有。是死灰复燃还是死而不僵，也不好说。上面是知道这情况的，所以要我盯紧秦泷。这趟真是辛苦你帮忙了。”

“二师傅，看情况您又拉拢了一个啊？”杨冽把随身的握力圈往裤兜里一探，用拇指比了比门后的方向。

贺清泉低着头，瞳仁却抬了起来，严厉地盯住对方：“我在做新警的思想工作。这是政委本职。我和秦泷不是一类人。如果你还用对付他的态度来对我，只能说明我的工作非常失败！”

“是是是。”杨冽放下二郎腿，坐姿板正了些，“属下失言，今后不会那么吊儿郎当了。”

“这不是一朝一夕能改的，你要比我有耐心。”贺清泉的视线回到了材料里。

“师傅，你……”杨冽有些惊讶地瞧着烟灰缸里的几枚烟蒂。

“这间办公室里只有政委。”

“是。政委，你平时不抽烟的。那小师妹值得你这么费神吗？”

“只有在思考处分决定的时候我才会抽。”贺清泉夹着烟又吸了一口，翻着嘴唇朝上喷出烟柱。

“就不该让他俩待一组。”杨冽搭腔道。

贺清泉笑着白了杨冽一眼：“把本性相反的两人凑一起，不一定会相互救赎，还可能相互伤害。”

“可不是！”杨冽喝完茶准备走，却被贺清泉留下了。

他抛了一根烟给杨冽，又为杨冽续了杯白水：“急什么？一进一出才五分钟，秦泷和他的眼线都会觉得奇怪。谁都知道，我做警员思想工作是半小时起算。”

“那就谈谈昨天的案子吧。听说市局提前收网，结果抓捕时伤了好几个同事，还有个是重伤？”

“是啊。刚才他们领导还打我电话发难呢，人还在 ICU 抢救。”

贺清泉轻描淡写地看起手机里月港新闻的案件报道，“叫夏暮川，是鲲城刑侦重案的队副。”

杨冽观察了一会儿贺清泉的表情，苦笑着感叹：“到底不是自己的部下，说得真轻巧。”

“刑侦一线本就是刀口舔血的工作。这份觉悟，穿上这身衣服的人都要有。”贺清泉摘下手套，用仅有三根手指的左手捏起镜布，仔细地擦起了散光镜。

12

萧梦卿彻夜未眠。出禁闭室后，她拿着一沓写满草稿的打印纸回到五组办公室。整理材料的劳累让她连宿舍都懒得回，直接趴在桌上睡到晚饭时间。草草在卫生间洗了把脸，她掏出手机又打给了虞子陵，听筒里依旧是“暂时无法接通”的忙音。

身心都疲惫到了极点，萧梦卿从柜子里翻出一碗合味道补充体力。泡面间隙，她打开新闻，木讷地翻看。评论里都是对月港警方的盛赞，她却感觉不到一点开心。自与贺清泉谈话之后，她心里始终绷着一根弦，而这根弦在见到一则短视频快讯之后终于断了。

“被‘达叔’重伤的鲲城分局警员经抢救，已脱离危险。”新闻隐去了警员的名字，却写着一个并不陌生的姓氏。

“警员夏某在本周四晚对‘达叔’群体的收网行动中，被嫌疑人用钢制毛衣针捅穿脾脏。市一医院专家进行了紧急会诊，经过近一天一夜的抢救，该警员已脱离生命危险。这名年轻刑警作战勇猛，身先士卒，曾获得过二等功一次、三等功两次……”

萧梦卿的耳中却只有嗡嗡耳鸣，一股冰凉的感觉从脚底涌向脊髓。鼻腔里充满调味包的浓香时，她像突然想起了什么，撇下泡面，快步走向食堂所在的B楼。周末的食堂很空旷，除了她以外，只有一大桌人。她要了二两饭和两道菜，找了个靠墙的位置坐下等待。

"干杯!"

食堂中间被人为拼起四桌，那是二大队的组员在聚餐。除了食堂小炒，他们还叫了两盘十二寸披萨与一大桶炸鸡外卖，有说有笑地庆祝着。端着啤酒相互碰杯的人里就有七组。佟离瞥见了萧梦卿，用胳膊肘捅了捅武正雄，可他只顾忙着吹瓶。

"一起帮忙吃点儿吧，老武买多了。"佟离在萧梦卿面前坐下，把一听可乐放在她餐盘的碗槽里。

"佟师姐!"萧梦卿礼貌地问了好，"今天是什么节日?"

"啊，这个呀。"佟离拍了拍微醺的绯红脸颊，解释道，"校园裸贷案总算结了！咱二队这俩月经手十五个保护对象，没一个出事；送上门来勒索的嫌犯还摁了七八个。局里上下都在叫好。大案结了撮一顿，是刑侦那会儿就有的老规矩啦。今天九组还备勤呢，就在单位凑合了。哎，你脸色怎么那么难看?"

"你们队的聚会，我就不去了吧。"萧梦卿婉拒。热闹的环境让她有点头晕。她本想强迫自己融入同事们祥和的氛围内，可劳累的身躯给不出该有的反应。

"都是同事，别客气。"佟离挽着萧梦卿的胳膊，不由分说地把她带到了大桌旁。

二队同事见到萧梦卿，或点头致意，或继续闲聊。武正雄也不知该说些什么，张口安慰道："师妹，今天就别去想不开心的事情啦。来，师兄敬你一杯!"

萧梦卿心知此时应该倒满饮料，微笑着迎上去碰杯，可不知为什么，身体却杵在桌旁，僵直得一动不动，开口时竟是自己也有些惊讶的反问："为什么要不开心？我救了一个保护对象。"

轻声的好奇却让所有人登时愣住了。借着些许醉意，武正雄直白答道："市局的行动可不是我们能干预的……下次谨慎些吧。"

"你们难道不会这么做吗?"萧梦卿徐徐握紧发麻的指尖。饥饿而引发的低血糖症状越发严重，眼前出现了缓缓扩散的黑紫色光斑：

“这不是正常人该做的事情吗?”

意识到了萧梦卿的反常，佟离狠狠往武正雄胳膊上拧了一把，又挥手示意其他人别搭话，搀着萧梦卿，把她带回墙边的桌子。坐下时，萧梦卿已满头都是豆大的冷汗，佟离握了握她冰凉的指尖，关切道:“是不是一天都没吃东西了?”见她不答话，打开可乐，递到她嘴边，看她机械地喝了几口，才翻出纸巾给她擦了汗。

“佟师姐!”恢复了些许思维之后，萧梦卿深呼吸了一次，低声认真道,“我是不是和正常人不一样?”

佟离拍了拍她的肩,“正常人都要吃饱了才有办法思考。”

得到模糊的回应，萧梦卿不可自控地苦笑了两声。

食堂的门忽地又开了，虞子陵一脸疲态地走了进来，掠过正在聚会的二大队同事，径直走向食堂师傅，打了两道青菜以及堆成小山的四两米饭。佟离冲他“咻”了一声，指了指萧梦卿。他没搭理，走到最角落里坐下，一个人嚼了起来。

看到虞子陵，萧梦卿好似突然清醒了，端起餐盘，坐到他面前。虞子陵一言不发地端起餐盘，换到对面角落里，继续小口嚼起米饭。佟离摇着头，重重叹了口气，目送萧梦卿又追了过去。

萧梦卿打了盘鸡肉，再次在他面前坐下，夹起一块鸡腿:“你说过连续熬夜是吃不消的，补充点蛋白质吧。”

“呯!”他一巴掌砸到了墙上。远处的二大队也注意到了。几人窃语了一会儿，索性装作没看见。萧梦卿却好像没听见一样，稳稳地把鸡腿送到他的米饭上。虞子陵反转筷子，夹起鸡腿，放回她餐盘。他松开贴着墙的手掌，掌心位置沾着一只苍蝇肥大而扭曲的尸体。迎着萧梦卿的视线，他把挤出翠绿内脏的尸体往鸡腿上一抹。“有苍蝇。”

“对不起。”萧梦卿盯着苍蝇微微抽搐的尸体,“夏师兄身体情况怎样了?”

虞子陵依然细细嚼着米饭，直到吃完了最后一粒才开了口:“生活有时候就像单位的工作餐。”他起身，端起餐盘，却不离开，而是徐徐倾斜手腕，把剩菜都倒在萧梦卿一口未动的饭菜上。“这就像你搞出来的烂摊子。道歉能吃吗？就算吃得下去，你不恶心吗？”

见到剩菜缓缓淋到餐盘上，她没有反驳一个字。等最后一滴菜汁也融进了饭粒里，她抬起头，用红红的眼睛与虞子陵对视着，双手握着筷子往桌面重重一杵：“我会吃完。”不管肉菜还是米饭，她都一股脑舀进嘴里，囫囵嚼几下就往下咽。吃光了餐盘，她拿起一旁装着烤鸡腿的碟子。看了一眼内脏外露的苍蝇，她深吸一口气，用指尖隔着纸巾捏走尸体，把肉夹了起来。正将筷子往嘴里送的时候，却发现手使不上劲。

虞子陵伸手箍住了她的手腕：“你就是把中心的垃圾全吃了，发生的事也无可挽回。”

“我知道。”萧梦卿吸了口气，直接凑上脑袋，把肉一口吃了进去。她腮帮子使劲嚼着，连软骨都啃了个一干二净。虞子陵松开手，坐回了椅子，看着她吃完整盘肉，又一口气把可乐昂头喝干了。萧梦卿抽了张纸巾捂着嘴，强忍住反胃的感觉深呼吸了几口：“可我最少能让它不被浪费。对这个案件也一样，还能补救。”

“补救？靠你那些自以为‘正常’的举动，是嫌搭进去的人不够吗？”

“靠数据。我那天能遇到他们，就说明‘达叔’的行动有规律可循。”萧梦卿使劲咽了口唾沫，解释道，“月港是二十四小时地铁运营试点城市。地铁站既有人流量方便找寻目标，又方便迅速转移，加之几个案子都发生在站旁，说明他们在附近有据点。可全市有将近四十个地铁站，逐一排查不现实。我混进了他们群，他们很谨慎，从不直接提及。”

虞子陵沉默了半分钟有余，轻轻叹了一声：“市局一直没下决心动手，就是因为缺乏落脚点和证据。如果你早些上报这些消息，抓捕同样会提前，同事也没必要受伤。”

“抱歉。”

注意到萧梦卿毫不遮掩的空洞眼神，虞子陵轻轻叹了口气，问道：“据点特征？”

“地铁站旁，能洗澡换衣服的地方。不用摘帽子和口罩，还不需要登记身份，有一定的私密性。”

“公共澡堂满足换装需求，但洗澡的人太多。钟点房有可能，可在前台必须摘下帽子、口罩，登记身份证。黑旅馆基本绝迹了，也没胆开在地铁站边上。这么看来，私人会所倒是符合你说的条件。”虞子陵很快给出了推测。

“先暂时解黑我吧。”

虞子陵鼻中轻嗯了一声，解锁了手机。他粗略了翻了翻萧梦卿发来的照片，都是“达叔”群里的聊天记录。她用红圈标出了两个词，分别是“锻炼”与“洗澡”。

“这些人渣不像会健康生活的样子。”

“是黑话。‘锻炼’就是去猥亵女孩，‘洗澡’就是清洗和换装。”

“寻了刺激，难免一身臭汗。”虞子陵回忆起嫌疑人照片中汗津油腻的样子，“所以，得是能洗澡、换衣服的地方。”

“被抓的‘达叔’在笔录里交代，因为怕家里人发现，猥亵后他都会把自已收拾回人样。”萧梦卿低头看着手机里的电子地图发愁，“会所倒是个方向，可被抓的‘达叔’家里连律师都请不起，不像会花那么多钱。”

“还有个地方符合，几乎每条主街都有。”虞子陵调出手机地图，放大后安了个大头针，给萧梦卿发了个截图。搜索了大头针对应建筑的地址之后，萧梦卿恍然大悟。

“健身房。”

萧梦卿的手机又接连响了好几下，全都是虞子陵发来的地址。虞子陵说明道：“机器认卡不认人，谁都能戴着口罩进出。会员有专人衣柜，洗澡后能随时换衣服。会所的钱他们不一定出得起，可一两千块的健身年卡不成问题。这还用不到真实身份，因为网上多的是转卡的人。”

“全月港健身房那么多……为什么你就标记了六家？”

“全市就这六家二十四小时营业。”虞子陵起了身，端着餐盘走到餐具回收箱旁，“这是你将功补过的机会。自己找老秦汇报吧。”

“汇报的事，要你去。整理好的材料，就在我办公桌上。”

“这人情卖的——”虞子陵冷笑道，“还在把我当练习对象吗？”

“不是人情。”萧梦卿摇摇头，“你上报，该负的责任才能由我一个人负。全中心只有你和我是不在乎捅破窗户纸的。你不是一直都很讨厌我吗？”

虞子陵背过身，快步离开了：“再讨厌一个人，我也会实事求是。这是我的工作美学。”

13

“我这是向阳花保护中心，不是小葵花妈妈课堂。”秦泷看着眼前一沓材料，烦躁地摁着双额太阳穴，“简单说！”

虞子陵向秦泷叙述了方才萧梦卿的推演：“喏，这材料是微博和QQ截图。来源是张若若给的‘达叔’群，你准徒弟拿小号混进去了。”

“这两张呢？”秦泷打开铝茶杯，吹了吹热气。

喝着秦泷刚沏好的护肝茶，虞子陵散漫地答道：“污蔑张若若的报道之一，一个尚不足千粉的本地新鲜事速递。热点舆情的发酵需要时间，通常是二十四至四十八小时达到顶峰。这则爆料是我找到的最早的本地新闻，发布时间竟然比省字头的都要快半天。”

“也是她的推演？”

“我的活儿。别混一起。”

“继续。”秦泷端起烟灰缸，啐了口茶渣。

“正常来说，一女孩被‘达叔’袭击，议论点应该是关注警方破案进程。但热评怎么会众口一词指责受害者？除非——他们根本就是受操控的皮。受害者有罪论几年前就过时了。现在这么控评，就有点伸着脖子让别人踹脸的意思了。”

秦泷又细看了一眼这篇报道。标题是《一大学女生衣着暴露遭抢劫猥亵》，结尾还装模作样地呼吁月港女孩自尊自爱。微博回复显然控评过，热评或是对文章观点表达支持，或是用尖酸语气调侃女生打扮。

“这文章更像在挑衅，发布者很清楚自己会受到围攻，却十分享受。文中用了‘连环作案’一词，作者怎么知道这是连环案？再看，‘犯罪者见受害女生穿着短裙，就将体液射到其臀部与大腿上’。”虞子陵补充，“我看过五个分局关于此类案件的所有通报，都对被害人穿着只字未提。依我看，作者似乎比警方还清楚猥亵过程。”

“这个号还活着？”

“今天刚给被泄露出去的蹦迪视频点了赞。”

“是当晚溜号的同伙之一吧。晚点儿我把这情况发给刑支那边，应该能帮不少忙。”秦泷抬起眼珠白了一眼虞子陵，给他续了半杯护肝茶：“事后诸葛亮，有什么用？”

“当然有。调取健身房录像，再核对轨迹和案件，还能让不少‘达叔’伏法。再者，这类人喜欢刺激，抓了又放就是最大的刺激。哪怕遇到彻底没证据的，他们再度犯案，就是调查方向了。”

秦泷咧嘴一笑：“刑侦老本行没忘，不错。暮川小友身体怎样了？”

“我走的时候能骂骂咧咧地喝粥了。”

“怎么伤那么重，不都穿着防刺服吗？”

“得感谢你的准徒弟。急着收网，市局那边甩个门牌，就要他们带着撬棍去，明显准备不足。他们破门之后，对方从枕头底下摸了根钢针藏在袖子里。”虞子陵指了指侧腰，“防刺服只防前后躯干，针是从上腹侧面扎进去的。”

“不专业。怎么能在家里动手呢？应该等他们出门或回家呀，这时候人的防备才是最低的。”秦泷摇头感叹，“装备也是急需专业化的一环。看来，我们向阳花得买其他牌子的防刺服了。”

“你到底为什么要我和萧老师做搭档？”虞子陵脸色极其不悦，“有天赋，是一码事；天赋用错了地方，才是最危险的。养虎不除，终成大患。”

秦泷嚼起烟斗，高高立起食指指向虞子陵：“我听说你最近教了她很多实战的东西？二十一英尺法则、三眼原则、危险加一、快速射击，这些都是突击手的基础。”

“那又怎样？只是让她别拖我后腿而已。”

“这就是让你和她做搭档的理由。我是养虎为用。”秦泷笑答，“我就知道你一定会帮她，因为这是你的本性。你太善良了，受不了身边人再死在你面前。再怎么努力违背本性，你也有改不了的东西，就和她一样！”

“‘善良’？骂谁呢。”虞子陵没再碰剩下的半杯温茶，板着脸就要离开，“准备拆伙吧。”

“从边疆回来后，你性格就变冷了，是因为不想再失去战友吧。你是担心萧梦卿如果以现在这种路子发展下去，总有一天会死在你面前？既然你无力阻止我，还不如早些远离她的好。”

“随你理解。”

“这么强硬啊。难不成，我之前和你提的‘那件事儿’你已经决定了？”秦泷嘿嘿一笑，转而无比认真地确认道，“一旦我们的计划开展，你可就没有回头路了。自你开始，我要成立公安的海上情报网络。这是非常危险的任务，你一定要考虑好再答复我。”

虞子陵垂着头凝望了一会儿茶杯，随着热水溢满杯沿，茶叶像是鱼儿一样在漩涡中无力地打着转。他决然一笑：“任务我接下了。管他是海上传说还是地下世界，越危险越好。能埋在月港，我没什么好抱怨的。”

秦泷对虞子陵的回复颇为不满：“边疆的事都过去两年多了，你怎么还是把死不死的话挂嘴边？你就那么想辜负他们的牺牲吗？”

“我早就死在那儿了。”

身边又重归平静之后，秦泷捏起摆在桌面中央的温湿计看了一眼——摄氏 19.7 度。夏末的余热已彻底告别了这座高温多雨的沿海城市，向阳花里也有不少人多套了件衬衫。

“都霜降了，怎么还他妈这么高?!”秦泷不可置信地晃了晃仪器，起身走到窗边把仪器探了出去，手臂在窗外悬了足有半分钟。可收回温湿计之后，温度却仍是 19 度出头。

“陈涛啊……”秦泷颔首瞅着表盘，拇指使劲在有着几道微小裂痕的屏幕上揉了揉，“快一年了，你真的甘心吗？”

14

萧梦卿在宿舍的床上趴到了深夜，薄薄的被子不知为何捂出了一身汗，皮肤的黏腻感让她更加烦躁了。她换上 T 恤想去洗个澡，可到走廊边看了会儿空荡荡的跑道，索性回屋换上作训裤与跑鞋。

她一人在操场里浑浑噩噩地迈着腿，脑中的混乱逼着她不断提速。这种竭力的冲刺很快透支了体力。跑了两圈后，她不得不停下脚步，弓着身子喘息。后颈皮肤传来一丝丝冰凉，下雨了。

她咳了好一阵，把喉头涌起的血腥味使劲儿咽下，在雨幕中又小跑了起来。萧梦卿的四肢越跑越沉，视线也越来越模糊。脚下突然打了个趔趄，整个人猛地跌在了跑道上。剧痛之后，她用双手支起半个身子，把双掌的破皮紧紧在塑胶颗粒上抵了好一会儿。骤雨来去迅猛，不一会儿就变成了霏霏细雨。萧梦卿徐徐站了起来，踉跄地朝办公室走去。跑道上被脚步踏出的涟漪，城市湿漉漉的夜光，一切都被朦胧的雨雾吞没了。

回到办公室，她反锁了门，关了灯，在沙发上蜷起身子缩成一团。视线飘忽着，落到了那桶早已凉透的泡面上。她伸长胳膊拿过泡面，揭开盖子，用餐叉卷起软烂的面条吸进嘴里。昂头喝完最后一口汤之后，看着面桶里的残渣，脑海里又浮起躺在鸡腿上抽搐的苍蝇尸体。

翠绿黏腻的内脏。脾脏。内出血。

脑海中反复出现血腥的回想，捂着嘴撑了会儿，还是决定把手指伸到喉咙里催吐。可她越是想吐，却始终干呕着什么也吐不出来。最后只得松开垃圾桶，失神地坐回沙发上。她打开手机，思索良久之后，终于摁下了通话键。

“喂?”电话另一端传来一阵沉稳的女性嗓音，“怎么突然打我电话?”

“我已经很努力去救人了。”萧梦卿手指撵着鬓角的发丝，沉沉地开了口，“为什么他们还是不把我当正常人看?”

“发生什么了?”柳霏沉默了一会儿，征求道，“需要见一面?”

“我的一个保护对象差点自杀。为了救她，我插手了上级的计划。我以为抓了人能让她开心起来，可完全没有。我的同事还因此受了重伤。”萧梦卿把弄头发的手指越来越用力，不甘地问道：“为什么我只是想救一个人，却又害得另一个人受伤?为什么我那么努力了，同事还在用看怪物一样的眼神看我?为什么我感觉不到他们的情感?为什么开心和难过我都感觉不到?我到底要怎么做，才算正常人?”

柳霏静静听着。直到萧梦卿静了好一阵，才安慰道：“万事开头难。先好好睡一觉吧，那小船的底盒里有安眠药。”

萧梦卿挂了电话。走到办公桌前，从最下层抽屉翻出一把小巧的剪刀。借着手机的反光，她木讷地盯着窗户里漆黑模糊的倒影。“嚓!”剪刀声清脆作响，她感到手里多了点细碎触感。又剪了好几刀，她把碎发拢成一团，在手心里狠狠搓着。揉了好一会儿，打开灯，看到伤口的血痂与细密的发丝粘连在一起，才感到心里好受了些。

她拿起桌上的小船模型，放在掌心盯了一会儿。可一股窒息感猛然袭来，周围的黑暗像在海底一样将她压得喘不过气。恍惚中，细雨声传入耳中却成了浪花的轰鸣。她一下跪倒在地上，捂着耳朵，小船却慢慢扭曲成一艘老旧渔船的模样。

记忆中的老渔船像是垂死的黑色巨兽。长矛般的桅杆穿体而过，海水溅上红锈，淌着猩红的水渍。船尾挂着一排明晃晃的鲨鱼钩，青色的缆绳被鱼血染得黑红，船板上满是海鱼散落的内脏。海鸥哀鸣，恶浪翻涌。越来越清晰的回忆里，身边女孩撕心裂肺的尖叫让她恨不得一头撞晕在桌角。

“哗啦!”萧梦卿捏着宝船模型，把它用力扣到地上。精巧的船模不堪巨力，像是触礁似的碎成了几截。玻璃外框碎开，扎进了她手心，但她完全没感觉到疼痛。绽裂开的碎木与玻璃盒散落身旁，竟从盒底摔出了一整板思诺思。

她像是见到了救命解药，顾不得清理伤口里的碎玻璃和木屑，抠下两片咽下，又从柜子里抱出被子铺在沙发上。她草草撕下一长条卷纸，把双手捆了十几圈止住血，一动不动地望着昏暗的天花板，直到药效带来的猛烈睡意把她拖向梦中的漆黑海湾。

门外，一阵脚步声在她沉睡后悄悄远去。

15

见虞子陵打开办公室的门，萧梦卿并不讶异。办公室被打扫得工整明亮，她手上的伤口也早做了处理，只是刘海与鬓角的发梢毛糙了不少。萧梦卿很寻常地打了个招呼，将一本装订得工工整整却空着一半经办签名栏的卷宗递到了他面前。“正好，签个字吧。”

虞子陵接过案卷与笔，潦草地签了名。

萧梦卿感觉屋里有些闷，推开窗。不远处的天空却是黑压压的云层。“过去从不见你周末来加班。”

"我来找你。"

萧梦卿一言不发，聆听着窗外的闷雷响动。乌云里时不时闪烁起雷光，把昏暗的办公室映得雪亮。"案件结束了。"

"去靶场。"

靶场内并无其他人。虞子陵要了两把装在快拔套里的92式与四十发子弹，腰带连着枪递给萧梦卿，又钉了两张新的靶纸："这种人形靶，八环内都算上身的重要脏器。所以，八环内分数一样。手枪实战距离通常是十米内，我们就打十米。不戴耳罩，三局两胜，可以吧？"

"为什么突然比这个？"萧梦卿并不领会搭档的意思，可还是系上了腰带。

虞子陵脱下外套，甩到一旁："输家替赢家做一件事。"

"你要输了，就多教我些其他的吧。作为警察的各方各面，思想、纪律、实战都可以。"

"实战中难免负伤，正好你我手上都有。"虞子陵拉开右肩膀的短袖，扯下纱布，肌肉里的缝线仍清晰可见。他又把右手腕的绷带撕开，露出未愈合完全的割伤，"头一局两个弹匣，每匣各五发，只能单手射击。敌人随时可能来袭，打完五发要尽快更换弹匣，但换弹也只能用一只手。只要有一发子弹打出七环外，就算失败。你先，我计时。"

萧梦卿的配枪CF07式9毫米手枪。系92式的紧凑版本，短小轻便，非常适合特护警在任务中使用

记好规则，萧梦卿装好子弹，扶腰戒备。

“开始!”

萧梦卿先是直接扣动扳机，单动射击需要的抠击力极大。枪响后，她看到弹着点切到了七环边沿。她一沉思，拇指搬动击锤，逐次单动击发。释放了空匣，她用手指末端捏着另一枚弹匣，咬进嘴里，往枪里一松，又在胯骨一磕弹匣底，继续打完了剩下的五发子弹。

“三十九秒。到我了。”虞子陵把手机抛到萧梦卿怀里，走到隔壁靶位，压好子弹，戒备着。萧梦卿确认了秒数，在作训服上蹭了蹭右手掌肚。

“开始。”

“咯啦!”

话音刚落，虞子陵就把照门对准勾起的鞋跟，狠狠一蹭，完成了上膛。打空弹匣后，他跪到地上，把 92 式倒着夹在双膝间，抽出另一弹匣大力拍入。起身后，他摁下挂机钮，回膛瞄准，娴熟地击空了五发子弹。

“十七秒。”

两人走到各自的靶纸前。萧梦卿发现，这是她有史以来打得最差的精度。虽然都在七环内，但散布惨不忍睹。反观虞子陵，每一发子弹都稳稳落在九环内。

“连枪都拿不稳的警察，有逞能的资本吗?”虞子陵声调比过往要低沉很多，“连自己都保护不好，凭什么去保护别人?”

明白搭档找自己比赛并非为了和解，她深吸一口气，用脚把地上的弹壳扫到一边，主动换好两张靶纸：“继续。”

虞子陵在地上用空弹匣摆出大约十米的宽度，又为两个人形靶接通了起倒电机：“第二局，双手移动射击。实战里极少杵着给你打的目标，你必须在这两个空弹匣之间走动。一个人打的时候，另一个人通过电机控制左右靶位随机起倒。一个弹匣十发子弹，两张靶的环数都是有效成绩。同样，七环外视同失败。”

“准备好了。”萧梦卿装好弹，站在最左侧的空弹匣处。

“开始!”

萧梦卿一拉套筒上膛，手掌的擦伤并未影响持枪的稳定性。每次抬靶，她就击出一发子弹，并在开完枪之后把枪口预先对准两个靶子中间。可在剩下最后两发子弹时，虞子陵同时摁下两个按钮，两个靶子同时立起，让萧梦卿迟疑了半秒才开枪。

“你随意吧。”虞子陵把控制器抛给萧梦卿，走到空弹匣处就位。

萧梦卿随机摁着起倒控制钮，但凡有个靶子立起，虞子陵就迅速扣动两次扳机，完成一组漂亮的双发点射。与萧梦卿不同，他始终瞄着自己刚才击中的靶子位置。到了最后两发子弹，萧梦卿也同时摁下按钮，他毫不迟疑地把最后两枚子弹倾泻在了刚才击中的靶子上。

这一次，萧梦卿的子弹散布收缩到了八环内。但虞子陵的精度依旧控制在九环内。

“我输了。”还完枪和弹匣，萧梦卿回到靶场摘下靶纸，怏怏地蹲下去清理起满地弹壳，“你要我做什么?”

冰冷的声线从她头顶传来：“萧梦梦。”

听见这个称谓，萧梦卿猛地抬起头：“我已经不叫这个名字了。你我有过约，不找对方的过去。”

“你想多了。在认识你之前，我就知道星湾市发生过一起著名的绑架案，至今都还是未破结案件。虽然没有公开受害人名字，但我猜得出幸存者是谁。”虞子陵目不转睛地盯着她手上的纱布，“被绑架的两个受害人：一个是初中学生，一个是刚毕业的老师。可不知道什么原因，那老师竟然从绑匪的船上逃走了，学生却至今没有音讯。”

萧梦卿一怔，酝酿了许久本想否认，最后只是握起拳头，在原地小声呢喃：“你不会明白的。”

“从进入中心到现在，你想保护的根本不是别人，而是你的问心无愧。你根本就甩不掉过去的影子。”

“那你的目的就单纯吗？明明……只是想用高强度的任务来填满

自己而已。”

“你误会我了，我没指责你的意思。”虞子陵抬起头自嘲地笑着，“危急时刻只想着自己，不顾他人死活，并不是你的专利。我和夏暮川也干过一样的事。这次案子，算是报应吧。”

萧梦卿本做好了被骂的准备，甚至打算收完弹壳就快步离开，却被虞子陵的感叹惊在了原地。她一时间只觉得喉头噎得厉害：“你怎么能不怪我？”

“刻意流露情绪的举动往往会造成事与愿违的后果。这就是你为什么总是治不好心病的原因。如果你真想以一个警察的身份着手去改变这一切，就必须遵守这个职业的规则。只有这样，才能最快得到你想要的结果。”

“为什么要和我……你过去到底经历过什么？”

虞子陵并不打算回答：“去车库等我。”

一路上，两人都处于默契的沉默中。到医院收拾好物什，杨帆在停车场与他们道了别。“这次真够辛苦你们的。听说这两天又抓了十几个？公检法的朋友说都快忙疯了。”公务车旁，杨帆掏出一盒万宝路薄荷爆珠，塞进嘴里点燃。他表情如饥似渴，显然憋了许久：“谢了。替她说的。”

“你也辛苦了，监护人。”虞子陵恢复了慵懒的模样，微笑着挥挥手示意，“以后飞驰还是停地库吧。老停楼旁边，想不注意都难。”

杨帆听完一愣，释然地笑出了声。

回程的路上，萧梦卿的脑中仍挥之不去案件中发生的种种：“张若若像变了个人。”

“抱团取乐不犯罪，无根据的怀疑也不犯罪，自以为是的挖苦嘲讽更不犯罪。可就是这些无罪的恶意，哪怕只占万分之一，也足以轻松毁掉一个人。”虞子陵双眸平视着前方拥挤的车流一动不动，“她对这座城市的一切彻底失望了，更不会再为这些回忆折磨自己。她长大了。”

“你觉得她会有看开的一天吗?”

“谁知道呢。或许某天在哥本哈根的街角，她能够遇到一个让她再次相信这个世界的人吧。或许，这辈子都遇不到。”

萧梦卿呆滞而缓慢地眨了一下眼：“别再做傻事就好。”

“拜师吧。”红灯读秒过后，虞子陵突然一脚油加了速。

“啊?”一瞬间的失衡让萧梦卿下意识地揪住了把手。她并不理解搭档突如其来的提议。

“去向老秦拜师吧！这本就是他答应你的事情。”虞子陵开了小半截窗户，风呼啸着灌入车内，“不管调你走还是调我走，都可以。但老秦不会听我的，你得借着拜师的名义去和他主动提一提。刚才你输了比赛，这就是我要你做的事情。”

“这就是你和我说那些话的原因吧。”听见虞子陵的散伙要求，萧梦卿反倒如释重负，“多谢了，跟我这样的怪物搭档，向来都让人难以忍受。”

虞子陵一脸平静地接话：“你就这么理解吧。”

“对了，这个还给学长吧。”萧梦卿从口袋中掏出打空了弹匣的喷枪放到储物箱里，又掂了掂挂在把手上的狗牌，“今后定位器别用这么大的。”

“不用再叫我学长，我没什么能教你的了。”

“但我还欠你一条命，在顾茹萱的案子里。你知道的——我这种人最不喜欢拖欠别人。”

“救你不过是职业本分，谈不上谁欠谁。”虞子陵一撇嘴，“至于愧疚心这种常人的情感，你还是留给以后的搭档吧。”

萧梦卿吸了吸鼻翼，苦笑道：“你也误会我了。我并不是什么感情都没有。我会害怕。被绑架的时候。在顾茹萱案件的面包车上，还有被林千羽割脖子的时候，或许其他情绪都是伪装的，但恐惧能让我体会到什么是正常人。”

16

与市区繁华及热闹不同，鬼钢城的夜晚只有呼啸的海风与刺鼻的铁锈味，极少有人愿意出门溜达。一家临海的渔船拆解场中闪着昏暗的灯光，工厂的接待室内内摆着张坤甸木八角桌，却只端坐着主客两人。

透过接待室的玻璃窗台，能够俯瞰整座拆解厂。工人们仍在自己的岗位上忙碌着，正在拆解一艘长近三十米的木质老渔船。电锯轰鸣声透过窗缝，打断了两人的进餐。客人寻声望去，见渔船粗壮的龙骨冒着火屑，如同一只巨鲸的脊椎被无情啃断。

八角桌锅里翻腾着酱色的汤汁，粘着肉的碎骨嶙峋，腥鲜的气息不断钻入锅旁的两人鼻腔。像熊一样壮硕的客人观望了一会儿拆船："我带的这香肉，不合你口味?"

葛佬的筷子在汤锅里搅了又搅，并不急着碰盏。他把筷子伸进嘴里一抿，惋惜地咂了咂嘴，这才慢腾腾地双指捏起酒盏，冲对方的杯底轻轻一磕。

"街上的狗越是叫嚣，来的就越是棍棒和石头。要是躲在犄角旮旯，吃点儿剩下的饭菜，反而能活得下去。"葛佬一口饮罢杯中酒，扶着桌沿，意犹未尽地长叹出一口酒气，"这老狗体格精瘦，肉却一点儿也不少，想必是流浪了有些年头。"

"风门的大师爷居然同情一条狗。哈!"忠伯吸了吸鼻子，耳侧新愈的刀疤仿佛又在发痒，"谁能想到'东方大典'出了那么大乱子，风魁竟落在没脸帮头上?"

"我们也是顺势而为，总不能群龙无首吧。"葛佬说着，拿出 BP 机不知在看什么，"时也，运也，命也，非吾之所能也。"

"我今天是想来拜会没脸侯爷的，怎么不见他人?"忠伯的眼睛滴溜溜地扫来扫去，最终还是把视线落在正被肢解的渔船上。

“刚当上风魁，乱七八糟的事一堆，他哪儿忙得过来。有什么事跟我说是一样的。”葛佬收起 BP 机，对着忠伯摆出和蔼的笑容，伸指点了点窗外的厂房，“对拆船感兴趣？”

“太吵。我是来谈事的。”忠伯直言。

葛佬轻叹了口气，招来门外的伙计，冲他耳语了一句。而后，他徐徐摩挲着面前的八角桌，自顾自地感慨起来：“这个厂里拆的每艘船，都是我参与造出来的。它们跟我这么多年，出过几次海，修过多少次，我都一清二楚。”

“既然有感情，为什么还拆？以风门现在的实力，养几艘破船有什么难？”忠伯好奇之间，拆解的噪音已经停下了。

“你太高看风门了。这种老型木质渔船拆一艘就少一艘，不是真的急需用钱，我万不会动这些老伙计。”

“你们缺钱？别逗我了。”

“除了钱，当然还有别的原因。像外头的这艘船，再出海怕是要沉，可它们当初用的都是菠萝格和坤甸这些好木头。老木头经年累月被海水浸泡，居然成了广东、福建家具商最珍惜的板材。拆了它做家具，刨去运费和工钱，加上政府给的渔船更新补助，少说能赚个一二十万。”葛佬屈起食指，叩了叩灰黑色的坤甸木桌面，指尖抚过如水墨晕染般的漂亮纹理，“别人眼里的垃圾，到了我们没脸帮手上，就能变成宝贝。这也是我们能立足海上不败的原因。”

“明人不说暗话，我想谈单生意。”忠伯毫不客气地拿起酒瓶灌了几口，“我刚在柴哥那儿打下手不久，想闯个腕。听兄弟们说，月港属你们没脸帮的海上消息最灵通，请葛佬指条明路，告诉我一个柴哥的仇人。”

“这简单。”葛佬把切狗肉的刀往忠伯面前的骨堆上一抛，面上挂着的笑意丝毫不减，“我就是他仇人。杀了我，你今晚就能扬名。”

刀刃上沾着狗血的赤色锋刃在昏暗的灯光下闪烁，房内霎时无声。几声嘶哑的船鸣从远海传来，如同鬼魅的哀嚎在波涛中回响了好一会儿。忠伯拿起刀一笑，用中指弹了弹，铮铮锋鸣盖过肉锅翻腾声。“葛佬说笑了。就算我够胆动手，那几十个兄弟能放过我吗？吃个饭不用搞这么大场面吧，我可是真心来请教的。”

“你呀，比门下那群伲哥懂礼数，但太不了解江湖之事了。”葛佬嘬了口酒，“不知道我们跟翁柴是什么关系也就罢了，就说你和那群赫蒙人一样都是外人，我们凭什么要信你，还和你做生意？”

忠伯胳膊肘搭在桌上，身体微微前倾，用刀指着葛佬：“外人？翁柴再怎么说也是本地的‘烟头’，你……”

葛佬笑看着他，手中的竹筷子轻敲了两下锅沿：“你是他的人吗？他什么时候开码头、摆毛瓜、挂船号了？你连位置都没搞清楚就敢来闯码头？再说，三头两魁一船主，烟头只是三头之一，论排辈，尚在我们风魁之后！”

“别他妈倚老卖老！我对你已经够客气了！”面对他毫无保留的鄙夷，忠伯手中的刀猛然插进桌子里，眼中布满血丝，看起来像只随时会吃人的黑熊。

葛佬看了看插在桌子里的刀，仍是挂着笑回道：“听说你之前落难的时候，跟鸭脚借过一笔钱？茶楼的钱不好赊的，久了，翁柴都未必兜得住你。”说着，伸出手里的竹筷，把筷尖搭在刀根处，上身一动不动，手肘搭在桌沿，抿起嘴，徐徐发力。“嚓”的一声轻响过后，深深插入坤甸木的刀尖被硬生生拔了起来。葛佬三指控筷，夹着刀身。刀面蘸了肉油十分光滑，可在两杆圆溜溜的竹筷之间稳当地卡着，一点儿晃动都没有。他夹着刀，慢慢放在锅旁的空盘里。

“那时候的事，你怎么知道？”忠伯愣了愣，一时顾不上愤怒了。

“烟酒茶的事就没我不知道的。有外人想见我们当家，事先摸摸底也很正常。消消气，我也没讲你的事没商量呀。”

忠伯双眼死盯着葛佬：“你话里有话。我跟鸭脚借钱的事，难不成翁柴也知道了？”

葛佬筷子一涮，把还泛着粉色的牛肉攮进嘴里，笑着咽了下去：

“具体我不清楚。但翁柴显然对你有戒心，不然不会到现在都不给你名分。指望替他杀个人就能立足？年轻人啊……翁柴身边缺过敢下手的人吗？想出头是好事，但别一根筋。”

忠伯好奇道：“你刚说的三头两魁一船主到底是什么？烟头难道不是最大的吗？”

“那是五个大当家，各自掌管海上五种不同的营生。”葛佬抿了口酒，涮了涮唇齿间的血腥味，又低头往地上一啐，“我们月港闯海上的不拜关公，拜的是闽安水师将军张保仔。他就是第一代‘船主’。”

“那不该是六个人吗？再说，现在的生意和一死人有什么关系？”

“保爷早先做的是海盗，一世英雄。奉旨围剿的林、许两将都死在他的炮下，打得清水师只得招安，投诚之后官拜水师副将。当上官，有了权，海上的营生自然如鱼得水。穿着官服多有不便，明面上保爷都不参与。手下人自知该避讳，就把偷抢拐骗、赌博、高利贷、妓院烟馆的生意转到了码头或海船上。可无论哪行营生，还是得孝顺他老人家。一旦有地盘纷争和帮派火拼，靠的是保爷出面调停。后来皇上没了，生意也不用再避讳，自然就不只在港口做了。但‘海上营生’的说法却流传到了今日。久而久之，三头两魁一船主，五江六河任遨游。风月烟酒茶，就是这五条大江。”

“我之前怎么没听过这些？”忠伯疑惑。

“你一个围圈出身的，路份不够，当然听不到这些。”葛佬停下了筷子，伸出小萝卜似的粗壮食指，指了指忠伯的心口，“我们是五江，你们是六河，行的就不是一条水路。”

“就那么瞧不起我？”忠伯的眉毛又挑了起来。

葛佬听言放下了筷子，收起了笑容：“错了。跟你说这些恰恰是因为我们侯爷看重你。你一个六河的人想到五江里混饭吃，叫抬漕，难呀！就算翁柴，也不好轻易开这个口子。除非——你能自开一门。”

“自立门户？”忠伯的神色终于认真了起来。

“前段时间，有个叫大鲨的脚行找我，说他有门路搞到好些新型毒品，想从鬼钢城借条路往市里出。正好侯爷跟市里的阿巴斯有点儿交情，已答应帮忙出货了。”葛佬抬起脑袋盯向忠伯，“明白吗？”

忠伯捋了捋下巴钢刷似的胡须：“你们风门的人，可以搞这个吗？”

“当然不成。一门人吃一碗饭，一门两吃砸金碗，五江合流可是江湖大忌。”葛佬起身，不声不响地走到忠伯身旁，亲切地拍了拍他的肩头，“我们不能，你可以做呀。”

“我做？”忠伯故意作出吃惊的表情。

“只要能拿到烟馆的船牌，任何人都能走货。一来，你的腕闯出来了；二来，欠的钱也有着落。”葛佬回到座位上，脸上再次浮现出微笑，“好好想想吧。”

“成天到晚，故弄玄虚。烟馆我懂，船牌又是什么玩意儿？”

“五江六河的生意不是谁都能做的，得要资格。船牌就是资格，得是有实力的把总，才能持有。烟馆生意不同其他几条江，船牌的数量是固定的，死了把总才能腾块牌出来。这不，正好有块船牌，因为馆内没什么能人，还悬着呢。”

忠伯瞟了眼被剔成骨架的狗，揉着鼓胀的肚子打了个嗝：“你们抽多少？”

“货仓和路线我们出，其他的你来。出了货，我们抽七成，三成归你。”吃饱喝足之后，葛佬接过手下捧来的一泡滚烫的岩茶，惬意地小口喝了起来。

“货我去跑，风险我担，你们就出个场地，还想要走七成，当我是傻子吗？”

“从头到尾，你其实就出了一个船牌。考虑一下你现在的处境，三成不少了。之后如果你能做大，上了码头，挣多少不就全是自己的吗？做人呀，起家姿态要低。”

忠伯拿起一根腿骨敲碎了，随口吮起了骨髓。吃了半天，他才再度开了口："悬着的那船牌本来是谁的？我又怎么管翁柴要？"

葛佬咽下茶汤，突出的喉结随着话音，像一颗肉色的橄榄核上下滑动："免担心，我们已经替你想好了。来，给你介绍一人。"

说话间，一个身穿白色衬衫的瘦弱男子提着电脑包，走进了招待室。见到忠伯，他狭长的眼睛里立刻堆满了笑："幸会！在下九尾虾，唤我虾仔。"话落之前，一张名片已经递到了忠伯面前。

"金球信息咨询有限公司经理黄正兴？葛佬，这位是——"忠伯被来人的热情弄得有些不明所以。

"他干的是无根草的行当，和你一样是'六河'之一。兄弟们都说没脸帮消息灵通，但我们只是眼睛。而这位，是舌头。今后想传收情报，找他就好。"葛佬把来人请上了座位，顺手倒了杯岩茶。

"这些年风门和月宫的料子，都是小弟负责放出去的。以后有什么想打听，直接找我就好。"九尾虾坐下来之后反客为主，为忠伯斟满了空杯。

"说吧，情报贩子！我怎么能搞到烟馆的船牌？"

"很简单啦。您听说过'11·25'大案吧？"

"听过一些。犯事的是柴哥之前的副手阿迪，不久前被毙了。"忠伯拿起酒杯倒了一盏，举到身边，徐徐倒出一长条酒痕，"是条汉子，弄死了之前截他们货的一黑皮全家；也没把柴哥他们供出来，一人全扛下来了！"

"其实呢，当时翁烟头刚刚第二把连庄，势头正好。可谁都没想到身边出了鬼，差点连账本都被顺了。当然，最后账本追回来了，鬼也被填了炮。打那以后，翁柴再也不相信赫蒙人之外的人了。"九尾虾又给忠伯斟了一杯，同时从兜里掏出一盒进口的东南亚香烟，打开盖子递上，"之后翁柴发现，那鬼是有上线的，就是那个姓陈的黑皮。鬼死之后，姓陈的就跟疯了一样死咬着翁柴不放，烟馆好几批货都折在他手里。翁柴急了，开了将安堂，把馆里有头有脸的把总都召集起来了——不光是甘秋、阿巴斯、红铃、廖迪这些在月港的，连在东南亚跑生意的龙胆鳔都喊回来了。他当着所有人的面，对着闽安水师将军发了毒誓，一定要把姓陈的一家斩尽杀绝。之后的事情，想必您都知道了。”

“有勇无谋，阿迪可惜了。”忠伯拿了烟，每一口都抽得很深。对他来说，这种卷烟的劲头太软了，“这事跟我有什么关系？”

“悬着的那块船牌就是廖迪的。”九尾虾不紧不慢地说道，“事实上呢，‘11·25’大案那黑皮家里，还留着个野种。当年翁烟头当着所有把总的面发过毒誓，结果漏了一个。您觉得，烟头他会——”

忠伯一愣：“继续讲？”

“您看看这视频。”九尾虾把手机推到忠伯面前，视频里播放着烈士陵园的画面。灵堂门口，一名穿着正装的领导被挥拳击倒，引发了不小的骚动。

“这视频和那野种有什么关系？”

“当然有。向阳花中心对那野种的保护力度很大，连个名字和样貌都没有，真不好跟。我们只能另辟蹊径，比如：跟踪他的收养人，也就是视频里被揍的这位。”九尾虾不再说话，笑盈盈地看着忠伯。

“又是向阳花！”忠伯猛吸了两口，把抽到滤嘴的烟往桌上一碾，“也就是说，只要我能找到并除掉那个崽子……”

葛佬点点头：“不错呀。既给廖迪报了大仇，又给烟馆保了名声。你再找翁柴要船牌，于情于理，他都不能不给。”

忠伯一拍桌子，猛地站了起来：“那崽子在哪？说，我这就去收拾了他。”

葛佬摆了摆手：“不急。先帮我把这几个人的右手剁了，再谈那崽子。”

一张薄薄的纸条被筷尖夹着，稳稳地递到了忠伯面前。忠伯伸手想要接，筷子却恰到好处地一抬。这意思很明白，只叫他看，不让他收。

“坐地起价，总得给个说法吧！”忠伯看完纸条，往椅背上一靠，

“刃风？都是‘神童’的人？”

葛佬点点头：“刃风社搞出这么大事，若不清理门户，怎么对得起出事的同门？不过，风门一向少动刀枪，敢下狠手的人不多。对付这些漏网之鱼，拖的时间越长，越不好找。懂我意思吧？”

“什么时候动手？”

“越快越好，现在去都行。但别在市里动手，要到郊区。虾仔会给你一份月港的探头分布图。这料子只有三头两魁和各自师爷能看，让外人看到是犯规矩的。但考虑你就要自立门户了嘛，就算我借你的。”说完，葛佬抖了抖筷子，示意忠伯取纸条。

九尾虾也奉承地拿出一个电脑包，双手捧到忠伯下巴跟前。

“呵！说得容易。月港黑皮正在通缉我，可我连个像样的藏身地都没有。就算有这分布图，办完事了难不成让我再睡桥洞吗？”忠伯接下电脑，一巴掌把筷子拍开。可两根纤细的竹筷只是移动了一寸位置，纸条的尾巴都没颤一下。

“这还不好办。有什么地方比海上安全？”葛佬嘿嘿一笑，把筷尖又探向前去，“我这厂里别的没有，走完注销手续但还没报废的船多的是。我给你弄艘上好的，明天午夜，你再来我葛家村的码头取。”

“你就这么肯定我懂开船？”

“你好歹算半个月港人嘛。”

“那——就这么定了。”忠伯猛然揪住葛佬杵上来的手，使劲一握。葛佬嗤嗤一笑，麻溜地把手抽了回去。忠伯这一使劲才发现，对方的手虽然粗厚，却和乌贼一样柔软而灵敏，像是骨头都没有。忠伯把纸条揣进电脑包里，提溜着酒瓶，离开了拆解厂。

忠伯走后，九尾虾脱下西服外套，卷起袖子，装了碗米饭，就着桌上的剩菜嚼巴起来。“能这么快卷土重来，五江里也只有风门做得到。葛佬，我帮了你这次，答应的生意还请多关照哈。”

“风门脉络和其他江河不同，哪怕没了一半也只是伤筋动骨，不至于要命。”葛佬把酒杯一扬，将方才祭奠阿迪而洒下的那道酒痕又润上了一层，“这就是守规矩的好处。新一代的把总里就‘神童’不听劝，玩起年轻人粉圈那一套。不收拾刃风这群人，就还有人敢乱来。”

随着葛佬一声令下，工人们又挥动各种电动切割器械，啃噬起了那条木制的巨鲸。他望着参差破碎的船骨出了神，举杯一敬，把剩下的两滴酒咽入喉里，像在与它作别。

17

“伸出手！”

在一阵怒吼声中，三个并排立正的孩子乖乖地把右手伸直，颤抖着摊了出去。

“叫你们笨！”随着怒吼声，薄铁制的戒尺“咻”的一声，拍打了下来，“叫你们不好好练功?！今天练不好，是本师爷打你。哪天出门露了脚，就不是挨打的事了，知不知道?！”

三个孩子之中有两人哭得稀里哗啦，只有一个男孩死盯着手掌，牙关紧咬着，抿着唇，不发出半点儿声响。

“还硬气？我他妈叫你瞪！”眼看着一张巨大的巴掌就要朝男孩的下颚扇去，突然被另一只粗大的手抓住了。

那人一愣，立刻服帖地站到一旁：“顺哥，您来了。”

来者高大的身姿几乎挡住了昏暗房间里的所有灯光，只出现一名男子模糊而昏黄的剪影：“你就叫郑东升？郑东旭……三根是你大哥，对吗？”

男孩一声不吭地点了点头。来人见状便蹲了下来，但逆光中的面貌仍是看不清楚。高大男子正端着碗面在吃，两条铁筷反射着老白炽灯暖黄的金光。男孩看见他挑了挑两支金灿灿的筷子，把一块鸡蛋夹到自己面前。其他两个孩子望着这难得的美味，泪花花的小眼睛都瞪直了，但男孩倔强地别过脑袋，狠狠一咽唾沫。

“在这里是不是觉得太苦了？”男子收回筷子，起身继续吸溜起面条来，“如果受不了，我可以把你送回三根那儿。反正我这儿现在也不缺人……”

“我不要！”孩子突然抬起头，袖子一抹眼泪，“我不要靠我哥，我要自己混出名堂来。总有一天我会取代你，成为新的贼王！”

他面前的高大身影隐约笑了起来：“好呀，有志气！那我就在这个位子上等着你了。”说着，一只宽大而温暖的手掌拍在了男孩子的肩膀上。

“郑总，郑总……”随着肩膀的摇晃，身着体面西服的男子猛地睁开眼，接过副手递来的凉手巾，胡乱抹去眼角温热的液体。

“快到地方了。没事吧？”

看着楚副总关切的眼神，郑东升戴上眼镜，把凉手巾塞到埃尔法的垃圾桶里：“没什么，就是太累了。在看守所里，两个礼拜都没睡好。少君，再给我一条。”

楚少君从车载冰柜里取出一方手巾，递到他手里：“你没必要一出来就这么拼命，我们还没到那种地步。”

“看守所那几天的苦日子让我彻底清醒了。”郑东升接过手巾，用力地从前颈抹到后脑，这才感觉精神好了一些。他顺手抄起放在板桌上的文件，再次确认条款，掏出钢笔签了名：“这份初版合同，你明天尽快发给缅甸那边，告诉他们条件可以谈。等他们发来计划书，你要第一时间给我。达到签约条件，随时准备开工。”

“知道了。”楚少君看向郑东升，眉眼间仍有些犹豫不解，“我不明白。”

“以你博士生的学历，这种合同还需要我逐条解释吗？”

“不是缅甸那边的事，是东方大典的地盘问题。我们费了那么大劲，花了那么多钱，就差临门一脚了，怎么让给别人……”

郑东升使劲开了开肩，打开座椅按摩按钮。后背处机械的蠕动让他感觉稍好了些，索性整个人倚到了温软的真皮座椅上：“跟我这么久，怎么还不明白？如果前面是个坑，干吗非要自己人去踩？那不傻吗？”

“可这事关我们今年的地盘。都快半个月了，没脸侯还没明确地盘具体的划分方式。”

“他至今一字不提，不就是分法吗？”

“我明白你的意思。这看似要根据大家收拾‘刃风’的功劳来论，明面上却什么都没允诺，最终解释权还在他那儿。其他人都在积极行动，为什么我们还按兵不动？”

“就风门的那几条旅游街，救急不救命。现在风门众人就像非洲大草原的鬣狗，为了点儿残羹剩饭打来打去。我们不能这样，得考虑转型了。全球贸易市场已完成了初步网络化，我们也该紧跟脚步。”郑东升晃了晃手中的文件，“这，才是未来十年吃饭的保证。至于地盘，风门抢的动静越大越好，正好可以帮我们吸引黑皮注意。”

“这样的话，你努力了十年的‘风魁’位子怎么办？”

“如果和那群南亚黑客达成协议，我们的市场又何止一个小小的月港？按‘三头两魁一船主’的传说，‘风魁’只是贼们的老大，电子窃贼也是贼。现在大数据市场刚起步，网购，打车，叫餐，大部分人没有信息保护意识。你知道这数以千百万计的个人信息能做什么吗？呵……‘风门’这群土狗，根本配不上这片新天地的潜力。”

“可风门也不是想进就进、想出就出的。”楚少君谨慎地把文件放进公文包，“你也清楚‘五江六河’的规矩。要想好聚好散，我们就需要更多筹码。”

“我自有规划。”眼看气氛有些凝滞，郑东升转移了话题，“不是说快到了吗？”

副驾上的青年扭过头来赔着笑：“郑总，开了两个多小时了，到船锚山脚下啦。看地图，再有半钟头就能到。”

“这里的信号真差，时断时续的。”一旁的楚少君解锁手机，在郑东升面前晃了晃屏幕上的一格信号。

“这还刚进镇子，到山上就全没了。知道吗，这镇子去年闹基站辐射、不让建信号塔，全是山狗党牵的头。”郑东升突然卖弄起神秘来，“信号差，对他们来说未必是坏事。”

“这么熟悉，郑总您上过这山?”

“汪汪！汪……”一阵狗吠打断了几人的对话。

车停了下来，紧接着便回以两声急促的喇叭。郑东升往前窗看去，发现一只黑背挡在了车前。它警惕地望着面前散发着汽油味的白色大家伙，试探性地吠了几声。听到喇叭炸响之后，它全身缩了一下，可四肢仍烦躁地在土上扒拉着，似在犹豫着是否往后退。

“去！去去!”驾驶座上的手下把喝完的王老吉罐子拧成了个扁疙瘩，摇下车窗就要往狗的身上扎。可他还没探出胳膊，就感觉自己的右肩一沉。

郑东升伸手拍了拍手下，徐徐摇了摇头：“这是他们的狗。不管什么时间来，都能遇到一两只。”

“那怎么办?”

“车就停这儿，在镇子里联系他们。外人不进山堂是他们的规矩，堂口对他们意义非常。真不打招呼就上去，非跟咱拼命不可。”

就在楚少君与山狗党联系妥当之后，半山腰上突然出现了一抹亮光。奇怪的是，黑背见到后猛地朝山上蹿去，眨眼就消失在了一车人的视线中。

郑东升眯着眼看了许久，并不知道那远处的诡异火星从何而来。它像一簇小型焰火，却又明亮持久得多。直到楚少君拿了 M24 望远镜递给他，才看清是一个模糊的人影举着一信号烟火棒，示意他们往亮光方向开去。

18

“金蛇哥，久仰。”一个身材结实的黑面汉子满脸堆笑地迎了上来。在他身后，是五六个身穿剪裁合体旗袍的服务员。场面看起来颇为隆重，“我是这儿的经理。这是我的名片。”

郑东升接过了名片，看了一眼，随手递给了楚少君：“肖——沛？这么多年没露面，黑豺哥不但改了个中国名字，还当上饭店经理了。”

“不敢，不敢。叫我小豺就好。”黑面汉子的普通话还是有些磕巴，但总算能清楚表达意思。

“您不用跟我客气。金蛇这名字我也很久没用了，还是叫我小郑吧。”

“郑总，里边请！”

跟着黑豺的引导，郑总和楚少君来到了包间。出乎两人意料之外，这间位于山上的饭馆装修竟颇为雅致，与外部人烟罕至的环境产生了极大的反差。包间整面墙是临江垂钓图，不是印刷品，而是正经的工笔油彩。郑东升饶有兴致地问：“这画不错，看笔触像是用柬埔寨的水彩画法来画的国风题材。出自哪家名手？不便宜吧？”

“是我画着玩儿的。来中国以后自我娱乐，您见笑了。”黑豺满面堆笑，言语间颇为自得。

“有意思。”郑东升点着头，站在画前不紧不慢地欣赏起来。

一路跟来，楚少君显然有些疲乏了，刻意摆出很不耐烦的样子道：“山高路远的，说好金毛做东，怎么变成客人等主人了？”

“山堂上出了点事要处理，所以会稍微晚点，多见谅。”黑豺打着圆场，脸上笑意不减，“我这就派人去催一下。您先看一眼今天的菜单，还满意不满意，有没有什么忌口？”

楚少君接过菜单审视了一遍，指了指其中几个菜品：“麂子火锅不行，嘌呤太高了。蛇血和穿山甲是清热解毒的，倒是不错。还有，我们从不喝高度白酒，换日式啤酒吧，麒麟或朝日都行。对了，劳烦再提供一下 WIFI 密码。”

郑东升背对楚少君，手搭在身后有节奏地弹着指节：“跟我一块儿来的兄弟们，能请黑豺兄也安排一下？”

“放心，绝对让兄弟们吃好，喝好。”

“黑豺哥不在江湖上走动，大概有四五年了吧。您当年也算叱咤风云的人物，不知身手撂下来没有？”郑东升欣赏完画作，坐回座位，品起了白芽奇兰茶，还不忘打开手机刷着新闻。可视线始终处在屏幕上的他一时间忽视了茶壶摆放的位置，紫砂壶磕到桌沿，瞬间翻下了。

紫砂壶碎裂的声音并没有出现。壶落地前，黑豺向前一跨步，敏捷地把手指探到把手里，把壶稳稳地挂住了。

“金毛哥来电。”黑豺赔着笑，撂下一句话，提着壶，迅速消失在两人视线外。

望着离去的黑豺身影，郑东升冷笑一声：“今天没白跑。”

“这老画家有什么过人之处吗？”楚少君一脸疑惑，“你刚才那是试他的吧？”

“他当年可是山狗党第一炮手，行炮狠辣，全月港出名。你没看他走路时手臂基本不动吗？接壶的时候，他左脚尖前迈之后右脚跟立刻随上，这是斗狮拳的路子。”

“斗狮拳？没听说过。你怎么知道这些？”

“高棉古拳。招式狠辣卓绝，论刚猛，绝不输给泰拳。我虽然不习武，可打小天天听我二哥念叨，多少也知道点儿。”郑东升小口品着茶，笑得一脸欣慰。

“抱歉啊，山上有点事耽误了。我自罚，给郑总请罪!”随着一阵高亢的话音，金毛夺门而入，打开桌上的白酒瓶满了一口杯，抬手灌了下去。

“自家人别客套。对了，獒哥的事怎么样了？”

“麻烦！谁也没想一起进笼子的小弟里出两个耙子，把他给抖出去了，怕是很难善了。其他各家损失也不小。说起这件事，还是郑哥会带兵呀！手下一个吐口的都没有，佩服！”说完，金毛的手往郑东升肩上重重一放。

郑东升强忍住不适，整了整领带，笑道：“我只不过跟兄弟们将心比心罢了。现在山狗党是您管事，有什么用得着兄弟的地方，一定说一声。毕竟我跟獒哥也是这么多年交情了。”

“好说。哼，等那两个耙子出了看守所，我非碎了他们喂狗不可！”

郑东升目光一斜，试探道：“刚才老兄是不是就在忙地盘的事儿？”

“可不是嘛！容易下手的‘刃风’崽子，都已被盯上了。我现在贵为把总，不好和兄弟们明抢。”金毛眼神一凛，阴狠地笑着，“但也不打紧。这地盘嘛，只要想，总还是能找办法拓展的。”

“您今天请兄弟聚餐，总不是这个由头吧？”

“嗨，看我这脾气一上来，就差点忘了正事。”金毛变了脸，赶忙赔着笑致歉，“郑总，咱哥俩的地盘都在市中心，还挨在一块儿……”

“地盘我不争，只等没脸侯分。但希望您能帮我个小忙。”

“您说！”

“黑豺在这儿当个经理太委屈了。正好我缺人，能不能把他过到我那边？条件您随便开。”

“您这不是为难我吗？黑豺是我们山狗党叔父辈的老人，一路跟着獒老爷子打天下。您直接上来就硬要，我很难做的。”

“不会叫自家人为难的。这样吧，加上这个如何？”说着，一张填好的支票推了过来。

“嚯，不愧是郑氏三雄里最会赚钱的金蛇啊，出手真豪爽。不过可惜呀，小弟手头没那么拮据，好意心领。”金毛掏出烟盒，叼了支七匹狼，把支票推了回去。

“没脸侯分我的那片地盘，我也双手奉上。”郑总从胸前内兜里翻出一盒冬虫夏草悠然点上了，又不紧不慢地给金毛递去烟盒，“这样呢？”

那只推过来支票的手一下子僵住了。金毛咧嘴笑了笑，掩着半张脸，一口吐了还未点燃的七匹狼，接过烟盒，把支票叠好，夹了进去，自然地塞进了口袋。“那，一言为定了！咱兄弟这么久没聚，干一杯吧？”

“免客气。干！”

碰杯后，整个房间再次充满了欢声笑语。

第四章
暗 潮

00

办公楼9楼所有的灯都暗下之后，杨冽才悄悄推开贺清泉办公室的大门。贺清泉已在电脑前敲打了小一阵，左手的旧伤让他只能用右手慢慢打字。见杨冽来了，招了招手，腾出椅子，示意他坐下。

“我念，你帮我打着。手还利索吗？”他比了比屏幕上的《向阳花中心思政汇报1》。

“十年前，跟着您和熊璐去的葛家村，铅弹砸碎了巴掌，碎骨做了好几年手术都还没完全康复。这不，为了赶上正常人的生活还在努力嘛。”他白皙的右手掏出蓝色握力圈，捏了起来。

“别勉强。人我这里有的是，叫个没任务的新警就行。”

“别了。大晚上的，让他们好好休息吧。白天够受累的了。”贺清泉捧起茶杯，深深闷了一口，分明是秋月雅韵的格调，却品出了劳累焦躁的滋味。

见贺清泉不表态，杨冽也跟着面露难色：“师傅，这么重要的事情，不要让外人帮忙了吧。你要说翻花绳、玩刺绣，我是真不行；打字可不输给一般人的。”

“打吧。”贺清泉转眼变了脸，笑着用手拍拍他的肩膀。

“外勤行动设立以副科级二线大队为单位的外勤部门：外勤一大队大队长周守棠，教导员莫沂，下辖1至6特护组；外勤二大队大队长程昱然，教导员长叶依，下辖 7 至 12 特护组；外勤三大队是处突大队，组员都是有特、刑、禁一线经验的侦查员，负责直接前往现场接驳的危险案件，大队长沈鑫，教导员徐蕊，下辖 13 至 15 特护组，另有射击教官林忆秋，排爆教官杨洌。外勤四大队……”

杨洌手下迅速打着，手指的灵活程度远超贺清泉的预想。他心里了然，也不再计较，继续想一句念一句：“一大队五组在‘风门’盗窃团伙案件中发挥了至关重要的作用，可也在接下来的案件中因失误而导致了严重后果。因市局原来安排被迫调整，间接导致四名参战民警受轻伤、一名副队长受重伤，括弧，经抢救，恢复良好……

“五组是个具有典型特性的特护组。他们的头一个案子是保护网瘾学校的受害者，没能考虑对方带着学校老师去堵截，就是没考虑到网瘾学校与私立初中的利益关联，以至于只能通过抢夺载具逃跑。保护顾茹萱的案子则显然低估了偷狗贼的出现与战力水平，没有做好预案，两个组员都负伤。在保护林千羽的案子中，无论向阳花还是五区公安，对小贼和贼首完全缺乏辨别能力。这也是个巨大缺陷。到目前为止，向阳花的案件做得好坏，都过分依赖组员的个人素养和临场发挥。短期或有成效，可长此以往，定会产生一系列问题。

“但从另一方面来说，向阳花的积极意义无可替代。本人在该单位担任政委至今，看到了任何单位都害怕遇上的舆论爆点案件却在这一体系下产生了从无到有的可操作性。过去土办法无非一删二堵、等热点过去，治标不治本。可有了‘向阳花’这一特殊机构后，为接洽受害者、创造安全生活环境提供了极好的基础。若能完成案件所需，即会成为社会上与体制内都争相赞许的事件，一举多得。

“此前的校园裸贷系列案，若是过往，网络舆情并不会随着我们抓到人而平息，甚至会将矛头指向公安，质问办案效率。而在这个案件中，我单位特护警及时接洽，与受害学生同吃同住，办案队调查照常展开，在嫌疑人到案后第一时间由特护警陪同辨认，案件结束后该分局官微好评爆发式增长四五百条，可谓全新环境下的相互成就。因而本人推测，第一时间让特护警参与保护受害者之后，案件的舆论导向将会迅速向着公安有利的一面发展。

“特护警就全国来说，都是一个新兴警种，业务如何专业化，尚在努力摸索之中。当务之急，便是加快形成执法体系与规范，最好还能有与绩效相关的训练制度。特护警的专业属性应该是下限，不该是上限。”

“没了？”杨冽甩了甩手，十指在键盘上嘚瑟地掠动着。

“可以了。”贺清泉又扫了一眼报告整体，满意地点了点头，“署名、日期和一些礼仪用词不是你写得来的，我来吧。”

“这个，对一个新警来说会不会太重了？”杨冽指着报告里“欲对萧梦卿处以党内警告、行政记大过处分”那句话挤了挤眼睛，“这基本等于背着全市局都知道的骂名走人啦。”

“只是思想汇报里提一嘴，又不是红头文件。”贺清泉索性点了点那几行，反问道，“知道我为什么把成绩和处分建议写到一起吗？因为有几个案件的确是经五组的手才破结的，这是事实。有了这个事实，我站在上级角度点一点他们还有哪儿做得不好，一来是让上头明白这份活不好干；二来嘛，我说了最近向阳花给月港执法环节带来的可喜改变，让他们自己掂量掂量。骂也骂了，处分我也往重里提了，你是领导，会怎么想？”

“萧师妹搭手就是两三个疑难杂案，还有两次差点被刀抹了脖子。这么一提，虽然娄子还在，但上头也不至于狠办她。不然，伤的可是全中心一线人员的心。我是领导的话，会给她记个过，延长一年见习期吧。但问题是，上头能体谅到这种程度吗？”

“我和你赌，会更轻。不然秦泷连休整的时间都不给，就让他们火急火燎地干下一个案子去了？还不是着急让他们将功补过。”

“您说的是配阴婚那案子吗？我听说人已经抓到了。”

贺清泉点了一根低焦油烟，抽了一口，抬头看着清朗无月的澄澈夜空，冲稀疏的星辰冷冷一笑：“这天气，可是暴风雨前的宁静啊。”

01

挂着棕色腋下枪带的青年身姿挺拔地坐在铁窗对面，看了一眼背墙上猩红的表盘，冲手下说道："石丫头，给她一个吃的。"

日光灯惨白，办案中心讯问室里蓝色海绵墙上的黑色擦痕层层叠叠，仿佛被一群妖怪抓挠过。

讯问室里的女人从进屋开始便佝偻着上身，只露出一个黑白参半的圆寸头对着玻璃窗外。听见一阵叩击声伴着香味飘来，她不禁抬起了头，竟是一个热狗面包。她的长相并不难看，虽然眼角与额上有些皱纹，也难掩眉眼间的雍容。伸长满是厚茧的指头，她接过去大口吃了起来，边吃边含糊地问："这不合规矩吧？"

杨撼宇摸了摸空荡荡的枪套与弹匣套，笑了笑，解释道："一是怕你们把包装吞进去混个取保，二是怕下毒。按常理，讯问过程中是不能给你们吃东西的。你吃快点儿。"

杨撼宇翻起两本卷宗，挡在铁栏前，从身下的塑料袋里翻出两碗龙虾粥放到了自己与部下面前，毫无顾忌地细品起来："但这案子本就不能以常理对待，是吧？"

被称作葛晓燕的嫌疑人并不搭理，吃了面包，把香肠留在手里，又冲杨撼宇摊开另一手掌："借棵烟？"

"想什么呢？先交代想要买尸体的是谁再说。"

"石丫头，我包里有，点好了给她。"

葛晓燕接过烟，感激地点了点头。她把香肠丢到脚下，顶到落地铁栏的西北角，又脱下鞋子，艰难地把才抽了两口的烟夹着，立在了香肠跟前。她试了很多次，表情被烫得变形，可成功之后并不欢喜，而是穿好鞋子，抖了抖被铐着的双手，面色肃穆地冲西北角拜了三拜。

石奕本想制止，但杨撼宇抬了抬手，示意她只是看着。

等她拜得差不多了，坐在杨撼宇身旁的女青年厉声发问道："葛晓燕，坦白交代买家吧，趁你还有机会。你下手的那个小姑娘有先天性心脏病，能活到十五岁已算奇迹了。你也是女人，怎么一点人性都没有?!"

"我哪知道。"被称作葛晓燕的犯罪嫌疑人操着半生的月港话，往身后啐了一口。

杨撼宇拍了拍同事的肩膀低声道："提讯时不要夹杂过多个人情绪。"又看向葛晓燕，"家里是男孩还是女孩？多大了？"

对方抬起头，用佯装呆滞的表情答道："我没孩子。"

石奕有些恼火，指着身份文件质问道："你分明有一男一女两个孩子。数据库里记录得明明白白，我动动手指头就查得出。你还以为现在找个资料，得和你坐牢前似的要东奔西走？"

葛晓燕反问道："既然你们都知道了，还问什么？我本来就没什么可说的。"

杨撼宇点了根烟抽着，轻声道："那你听着就好了。除了你的前科，我们也问到了一些挺遗憾的事情。之前你们团伙盗掘多个墓葬，走私古尸，两个主犯被枪毙，排行老三的你也被判了十五年。你儿子本来立志从军报国，可报名时正赶上你入狱，他政审没过。天意弄人呀。"

葛晓燕并不理会杨撼宇，只是冲香烟又拜了几拜，口中念念有词。

"去年你出狱，回过家，可听人说，你儿子、女儿对你态度并不是太好。"

"不认我这妈就是不认，赶出门就是赶出门，不用说得那么好听。"葛晓燕甩了甩手腕，手铐把桌面划得沙沙响，"你看我像介意的样子吗？"

杨撼宇顿了顿，追问道："你表现出积极改过的态度，我也能帮你在儿女面前多说好话。难道你打算这辈子就被他们那样对待吗？"

葛晓燕抬起眼珠，冷冷望向杨撼宇："早习惯了。反正，我这辈子也没几个月了。"

"嗯，能看开也不错。"

杨撼宇借着电脑屏幕挡住手机，发了一条微信。不一会儿，一名属下从门外探进脑袋："指导员，向阳花给我们发了一些证据材料。你们出来看看吧。"

"走吧。垒子，你先帮忙看着她。"

走出讯问室的门，并没有人给杨撼宇和石奕递来什么材料。两人行到走廊尽头，伸了伸懒腰，活动一下劳累的筋骨。

"感情牌没用。"石奕摇摇脑袋，把脖子扭得咔咔响。她出门前还是挑着柳眉、一脸正义凛然，可一出来就恢复了漠然的神情，"现在只剩下两套方案了。"

"盗卖尸体的多是自私自利的性格。亲情对她而言，可有可无。"

"一会儿进去，我还得装控制不住感情的菜鸟吗？正义的呵斥之后对方痛哭流涕、全盘交代的情况，只存在于电视剧里。这你我明白，她更明白。"

"必须有人能让她高看自己，得意了才会忘形，好戏才刚开始。"

"行吧，那下次得轮我了。你装二愣子可比我在行。"

"成成成。"杨撼宇在洗手池旁用冷水洗了把脸，"我想再梳理一次。石丫头，你把咱们来之前总结的简要案情再跟我说说。"

"嗯。受害人叫何苗，13 号晚上因发烧被送往长啸镇医院治疗，医生建议送市里却被其父母拒绝，执意将何苗接回家中休养。"石奕掏出警务通对着案情念叨着，"当时恰巧市第一医院扶贫团队下乡，也带着药箱和便携监护仪，总算把她从鬼门关里拉了回来。可她爹妈非但不感激，还和大夫起了冲突。后经扶贫团队成员举报，称其可能是'配阴婚'受害者，救了她反倒坏了她爹妈的生意。该镇道路失修，移动 ICU 救护车无法抵达，只能联系省会调派急救直升机。为争取时间，市局派了向阳花特护组提前暗中保护何苗。14 号上午，一名声称何苗亲属的中年女性前来探望，特护组破门后发现她正在用针筒注射不明液体，还在她的包中发现五氟利多片等口服药物。再晚点到，何苗就真完了。现在市第一医院观察，情况稳定。”

“我明白该怎么做了。”杨撼宇抹抹脸，从一旁的车里翻出一个牛皮纸袋，借着手电光又翻了几页。

“一个诨号，几个传说。这些东西真能有用？”石奕食指一弹纸页边上潦草的备注。

杨撼宇冲石奕挤了挤眼：“暂时不让她思考案情。否则，她一定会按反方向误导。这是所有累犯的共同特征。”

石奕点点头，狠狠拍了拍脸颊，瞬间换了副激昂的表情，走向讯问室。

02

石奕拧开了矿泉水瓶子，故意放到墙角。看似不小心一伸腿，碰倒了瓶子，让水浇到了即将燃尽的烟蒂上。“噢？不好意思啊，灭了你这临时香炉。”

葛晓燕抬起头，直勾勾地盯着石奕不做声。石奕挑衅地笑了笑，往香肠与烟灰上又补了一脚：“刻薄寡恩，不积善行，草菅人命，拜什么也没用。”

葛晓燕眼神变得凌厉了不少，扭了扭腕子，指关节作响，却仍不言语。

“石丫头，坐一边去！”杨撼宇止住了她的举动。见她还是一副不服气的样子，便严肃强调道，“这是命令！”

石奕气鼓鼓地坐回长椅上。杨撼宇道了声歉，又拿了一个热狗面包，往铁栏杆里一递。见葛晓燕并不接，主动拿了一包纸巾，仔细清理干净了被石奕踩得乱糟糟的地面，把面包摆在了西北角位置。他又点了三根烟，用刚才饭盒里的牙签把烟插到面包上，神色崇敬地拜了几拜。

见他毕恭毕敬的样子，葛晓燕挖苦道："小黑皮，你和我们行的不是一条水路。就算磕一百个响头，祖师爷也不会认你的，明白吗？"

"所以，葛砂姑拜的不是神，是祖师爷，对吧？"杨撼宇并不介意，反而双手合十，虔诚地鞠了一躬，"这样一来，我就更该和你们行当的老前辈行个礼了。毕竟到了你这一代，说是单传也不过分吧。"

"你怎么知道我的船名？"葛晓燕微微皱眉。

杨撼宇不紧不慢地坐回长椅，一手托腮："现在这个时代，公安获取你们的资料并非难事。除了你，你们团伙里其他几人，还有被毙了的两人什么船名、拜的哪方码头，我们也一清二楚。尊你声'砂姑'并不是想向你耀武扬威，相反，是想要帮你。因为我知道，不是生活所迫，你这行人是不会去动活人的。"杨撼宇语调平稳，习惯性地压着声调，让自己的话听起来温和却又清楚。

"笑话！区区一个小黑皮，又能帮我什么？"葛晓燕不屑道，"'砂姑'这船名是死的那两人供出来的吧？这就想套我的话，你还嫩了点。从你那句'你这行'我就能料定，你连我这行叫什么都不知道吧。"

杨撼宇浅浅一笑："'淘砂'虽然不如'风门'人多势众，但名声却不小。"

听见"淘砂"二字，葛晓燕脸色骤变："你还知道多少？"

"所有的都知道。你现在相信我是真心想帮你了吧？"

"哼……哈哈哈……"葛晓燕突然阴沉地笑了起来，"沉船两艘，身侧自有千帆过。我不是单传，小黑皮，你还是小看我们了。既然你也门儿清，我倒不如问你个问题——我师公传到我这三代人，你觉着，掘赤砂的人是多了还是少了？"

杨撼宇敏锐地察觉到了话中的信息，一脸抱歉地虚心请教道："我知道你们一些规矩——两代人都是行里的，下墓时子下父不下。如果你们还是这种传承模式，到现在这个时代连盗墓都不多见，掘赤砂的应该更少了吧。”

借着屏幕的遮挡，她向石奕发了条微信：“‘赤砂’应该是盗掘尸体的业务类别，牢记！颜色指代的业务可能对应不同墓葬或盗掘方式。我继续圆，你帮一腔。”

发完信息，石奕也故作熟稔地试探道：“我们前阵子也抓过几个掘‘黄砂’的。他们说最看不起你们掘‘赤砂’的。死者为大。你们在行当里都不受待见，还能开枝散叶不成?”

“就那群蠢到能把竹简当火把、倒卖些瓶瓶罐罐的土耗子，最没胆的废物，也配看不起咱们?”

“嗨，如果他们真是见识短浅了，还望砂姑指正。”杨撼宇点了根烟，礼貌地递了进去。

“我出来的时候，‘赤砂’这行人是我刚拜师时的四五倍。”葛晓燕重重吸了口烟，冲着头顶惨白的日光灯喷去，整个人往椅背上一仰，两腿也放松地岔开了。

“怎么会这样呢?”杨撼宇也点了根烟抽了一口，顶出下唇一吹，把电脑屏幕往身旁一推，往长椅靠背上一倚。

“你们两个小黑皮，是城里生人吧?”

“是的呀。”

“娇生惯养的城里娃，到底没见过乡下能可怕成什么样。我的确蹲了很久笼子，出来却发现，很多死规矩非但没破除，反而越养越肥。你别看现在祠堂翻修得越来越洋气，但死了人，不配婚还是进不去。哈，可再好的日子也有死人呀。人有了钱，想要买赤砂的也多了，我们可不就发达了吗?”

“也是。可我不能理解的是，有人肯为了死去的儿子花重金买尸，竟然还有人肯把自己还没断气的亲女儿卖了。”

“重金?哼，你真高看他们了。那爹妈你们抓了吗?”

“当然放不过那对畜生，但他们比较配合，现在估计在看守所睡觉了。”

“这世道就这样。我打小做死人生意，见了太多。”葛晓燕用小指掸了掸烟灰，“有富人，就有穷人。对很多穷人来说，头一年舍不得，五年十年下去，就慢慢磨没了脾气。爱甩包袱是人的劣性，区别只是亲人多久变成包袱而已。我们赤砂什么样的包袱都接过，有丈夫卖老婆的，儿子卖妈的，爹妈卖女儿不过是最常见的一类。”

“少把买卖尸体说得那么逼不得已，再穷也有人选择遵纪守法。”石奕不屑。

“你照顾过绝症病人吗？”葛晓燕撇着脑袋，轻蔑一笑。

“我干这行，见过的绝症患者并不少。”

“所以，你还是不懂啊。我男人就是死于绝症。他平日里连一句话都说不出，只在疼的时候才会嚎着嗓子喊，一天能发作好几次。我找村里人借遍了钱，可他们非但不帮忙，反而处处排挤我们母子三人。他咽气时，我们仨就靠开水煮白菜活着，瘦得皮包骨。”

石奕扭过头，压低嗓音抱怨道：“干这种行当，居然还觉着其他人应该帮你？”

“是啊，所以只能靠自己。”葛晓燕叹了口气，“‘赤砂’的生意本是过了头七才能做的，可我在他走的第三天，就托师兄弟在隔壁市找到了个死了女儿的大户人家，把他卖了个好价钱。本来只是个病死的庄稼汉，葬进人家祖坟却是个归国华侨。摊上我这么个女人，算他命好。”

杨撼宇与石奕相互对望了一眼，石奕低下头去翻看案件材料，而杨撼宇也在键盘上胡乱敲了几句话。

葛晓燕若有所思地晃着脑袋：“十万块啊！我的儿女能转学去邻市读书，我也有了继续做生意的本钱。”回忆了过往，葛晓燕枕在铁椅上笑着：“有时候，亲人永远消失，对家人反倒是解脱。这就像一家子都在一艘漏水的船上，大家一开始都齐心协力地堵那破洞，但越来越累。可有一天那个人掉到海里，整艘船居然浮起来了！再之后我就明白了，对于卖家来说，干啥虚头巴脑堵那破洞？直接推个人下去，不就完事儿了？”

杨撼宇面前的光标停了又走，可最终还是删回了原来的位置。他索性打开手机微信。

“整艘船浮上来的轻松，你们是永远不会懂的。”葛晓燕用怜悯的眼神看向铁窗外的两人，“只要还有这类人家，‘赤砂’就永远不缺生意。明白吗？你们黑皮不论下多大功夫，做的也是治标不治本的亏本买卖。”

“你的确很没人性。你的伤痛并非源于亲情，而是因为你本是门里有头有脸的师姐，平日里应该是受尊敬的，可竟然因为家人的一场病，被生活逼迫到如此窘境。”杨撼宇猜测。

葛晓燕拳头抵在面前，伸出食指轻轻咬着：“在那之后，本姑规矩就变了，只做女尸的生意，不做男尸，除非给三倍价。”

“我倒是很想知道，那对畜生是多少钱把女儿卖了的。”

“你算问到点子上了。他俩五万就肯卖。其实，只要我肯杀价，更低的价格也能拿下。只不过我们这行每年都有固定底价的，低于这价格就坏了规矩。”

“你卖多少？”

“二十万。根据尸体情况，价格也不一样。这买家三十万也肯出，但规矩是不让超过买价的四倍。”

“指导员，重要线索。”部下又探出脑袋，冲杨撼宇唤了一声。

杨撼宇拍拍石奕肩头，两人一起出了门：“垒子，看着她。”

走廊尽头，月光孤零零地照着地板。办案中心的中庭杂草丛生，盖过了粗糙喷涂的停车线。远处路灯亮个几秒，就会猛地黑一下。两人的脸庞忽明忽暗。

石奕发问：“今天把我们叫出去的借口为什么是‘新证据’而不是同伙落网之类的？明明想卖女儿尸体的夫妻可以更好利用。”

“他们不是同伙，只是单纯生意上的关系。要找突破口，只能用‘证据’施压。”杨撼宇扬了扬手中的牛皮纸袋，“我们掌握的葛砂姑的资料只有这些。再聊下去，信息不对等的困局能玩死我们。”

“看这字迹，又是小虞？这么久了，他这虾爬体就不能练练！”

“今天打审讯提纲，可是多亏了我那可爱真诚的小师弟啊。等案子结了，我一定去看看他。”

“把情报忽悠到已掌握的三倍不止，也挺考技巧的。”石奕感叹，“你的表现可谓惊艳。”

杨撼宇擦了擦出门后才冒出冷汗的额头：“是惊惶。你不知道我有多累啊?！她问船名，不是我反应快，一准穿帮！”

“这就要感谢林千羽‘教员’了。不是她在向阳花上的那堂课，我们还真不知道得管月港的黑道叫‘海上’，你又怎么顺得出下墓那些理论？那袋资料里可没记载。”

“就算掌握了些情报，自身的知识量也是很重要的。知道我爱看冒险类题材的小说和电影吧?”

“新城分局哪个不知道?”石奕揶揄道，“连枪套用的都是牛皮腋下套，打扮得和德雷克似的。就差个遗迹，让你一脑门钻进去了。”

“那些都是小说里惯用的设定。”杨撼宇解释道，“所谓两代人不共同下墓的盗墓哲学，我之前正好感兴趣查过，没想到竟在这儿用上了。”

“幸运就幸运在葛晓燕刚进去那年，盗墓小说这个类别的开山祖师还不火。你又怎么能确定‘淘砂’的人没有‘风门’多?”

“如果一样多，每个分局都应该设个文物局对接窗口了。”

“也是哦。”

“我们做的是对的事，天意会站在我们这边的。”杨撼宇脱下被压出汗痕的枪套往车里一丢，眼神登时明亮了起来，“可刑诉程序是不靠天意的，还得把最难的问题解决，查清楚谁是买家才算完。先礼这块我们算做得仁至义尽了，接下来就该刀兵相见了。走吧。”

“啊，你这杀气，十步之内都感觉得到。”

“不止。我还要诛心。”

03

葛晓燕低头默默抠着指缝里的脏泥，偶尔恍惚笑上几声，又会突然紧锁眉头叹气。

“出手这么阔绰的买家，不多见吧？”杨撼宇把一叠打印件拍到桌上，用食指点了点，“订金都给这么多，真是大方。”他拿起打印的银行流水冲铁窗内一晃：“砂姑，你也回味一下？”流水内有几笔是被红圈重重环住的，米粒大的数字像是被猩红色的钢钎困在牢中。

葛晓燕愣了愣神，狐疑道：“你们找到买家了？”

“可不，正赶过去抓人呢。”石奕双手抱在胸前，得意地笑着，“每次离开讯问室，我们同事就会有新的突破，我们也会掌握新的证据——足够定罪的证据。”

杨撼宇摆了摆手，轻声问道：“我们现在只是通过银行提款记录找到了买家身份。这得多亏你们喜欢收现金的习惯。但身份证上的地址大部分都和乡下住处对应不上。如果你能告诉我们他们住在哪，也算立功表现。我还是希望能帮到你的，剩下的看你自己了。”

“知道为什么我非要守规矩不可吗？”葛晓燕冷不丁一反问。

“请指教。”

“我的师傅是个不守规矩的人，我是‘淘砂’十代以来唯一的女徒。为了收我，师傅断了一只胳膊作保，从那之后不再碰‘淘砂’的生意，只把所有功夫都传了我。虽然他老人家仙去了，但干我们这行的活着不见死了见，我不能死后让他发现，是我坏了一门规矩。”

“你的确对规矩非常执着。据我所知，现在很多倒卖尸体的都是找村外一些乱葬岗的无名尸骨拼凑，一来溯源困难，二来普通人也没鉴别好坏的能力。”杨撼宇不解，“你为什么非要费那么大成本，甚至不惜杀人？”

“苦主对配婚人的年龄和质量有要求，我们就要尽力照办，这是

‘赤砂’的头条门规。要都和那些耗子似的找点烂骨头七拼八凑，早就没人肯花大价钱了。在门内，谁敢乱凑尸体，只要师兄弟还有口气，保他就是用水泥筑坟也给挖出来喂狗！”说完，她又幽幽冲西北方的贡烟、贡品拜了起来。

石奕讥讽道：“办案中心在郊区，周围黑乎乎一片，没什么人。你再这么拜下去，没准祖师爷请不来，把那些被卖遗体的小姑娘们都请来了。”

杨撼宇并不着急，又转移了话题：“其实，我对你们祖师爷也挺好奇的。”

“怎么说？”

“就像我同事讲的——刻薄寡恩，草菅人命。我是党员，是个无神论者。我也知道，很多人相信人死后会成仙成灵，但‘赤砂’无论生前死后干的都是天怒人怨的勾当。你们真觉得，祖师能保佑你们而不是下地狱？”

“哈哈……哈哈哈！”听了这段话，葛晓燕竟难以自禁地笑了好一阵。好不容易平了喘，才笑盈盈地解释道：“人都怕恶人，更怕恶鬼。我们‘赤砂’这行活着是恶人，死后是恶鬼。我们敬的是几百年留下的知识和规矩，畏的是穷苦潦倒、风餐露宿。我上香拜祖师爷们，从不指望他们能得道成仙，而是想让他们死后也替弟子们扫平一切阻碍！区区几个枉死鬼，怕都不够那群老鬼塞牙缝的。”

杨撼宇对这个回答有些意外，但表情始终沉静。石奕对这套歪理较上了劲：“如果你那些祖师爷有用，你怎么沉了船？”

“那是我技不如人。如果大师兄还在世，那对小黑皮算得了什么？不过，那男的小黑皮有些手段啊，一刀就把针筒劈两半了，还绕过了我的手指。就算在五江六河里，有这种身手的也超不过五个。至于那女的小黑皮，脑子更是聪明，连本姑办事的时机都摸了个准。最怪的是她对药的名字、作用一概门儿清，还催了吐。她要是能入我行，绝对能干出一番大业。那一脸棺材相呀，死气沉沉，让她和我的货平躺着单看脸，还真分不清谁活着。这就是淘砂官最上品的面相啊！”

杨撼宇向石奕的微信打了一段话：“五江六河，该是某种结社。不要对外公开，记录后安排人去各分局收集文献资料、情报线索，相互比对。比中后找个机会，直接跟老大汇报。”

杨撼宇清了清嗓子道：“看来，你真的很热爱你的事业。可真的一点商量余地也没有吗？为了一个买家有钱没命花，不值当吧？”

葛晓燕玩味地看着两人：“倒也不是不能告诉你买家是谁，就看你肯给多少了。‘淘砂’祖训：钱啊，生不带来，死能带去。‘冥币’这玩意儿，就是我们汉朝一祖师爷发明的。”

“我是想帮你，葛晓燕。这真是你最后的机会了。”杨撼宇摇摇头，面色阴冷地笑了起来，“我见过很多穷凶极恶的人，零口供，但下场都一样。浑浑噩噩地等着判完，而后像狗一样被拖到刑场上打死。”

“黑皮娃子，你看我像是贪生怕死的人吗？”

“看淡生死是好事，但死得不明不白却是蠢事。葛砂姑是个聪明人，不希望死后被祖师爷笑话吧？”

“你什么意思？”

“本不想说的。但其实我们得到这么多与‘砂姑’有关的线索，全靠一举报人。那人出卖了你。如果你合作，我可以告诉你他是谁。反正，你也不可能再出去了。”

葛晓燕看向杨撼宇的眼神狠辣了许多。她刚要开口发问的时候，杨撼宇却莞尔一笑，恢复了平和的神色。葛晓燕的眼神慌乱了，要了根烟，一言不发地抽到烟蒂烫手，才面无表情地轻声问：“你们找到买方父母，孩子的尸体也找到了？”

“是有困难，我们考虑过毁尸灭迹的可能性，但概率不大。如你所说，年轻男子没结婚是不能写进族谱的。肯配阴婚的父母，行为基准应该还是对死去子辈的怀念和宗族文化吧。”

“年轻男子？”葛晓燕回味着杨撼宇说的话，竟难以掩饰笑意，“你们……还子辈的怀念……哈，我堂堂三线‘赤砂’，居然着了你们这俩小黑皮的道，原来你们根本不知道买家是谁。”

她偷乐了好一会儿，才用前所未有的同情目光看向杨撼宇：“被配的也是个女的。惊讶吗？”

“女的？”对面长椅上的两人不由一怔。

“为什么会让女的去配女的阴婚？这太不寻常了。”石奕看着手里的警务通，一时间不知该怎么搜索。

“不寻常就等于缩小了一大半排查范围。按规矩是头七，他们预计 13 号到 14 号何苗会死，以这两个时间点去查找七天内死亡的女性。可是……”杨撼宇使劲挠了挠头皮，“还是不够。”

“那姑娘啊，比这姑娘也好不了多少，甚至更惨。”望着忙碌的两人，葛晓燕打了个哈欠又开口了，“爹妈做游艇生意顺风顺水，孩子也是送国外读的大学。他家这女孩啊有些特别，不爱男的，却喜欢女孩儿。一来二去，和父母争吵不断。村里见了乡亲长辈，也毫不避讳。结果惹怒了整个宗族的人，被上了族法。这身体上的伤倒是好救过来，可被那几十个亲戚一通打骂耻笑，还用浸猪笼和开闸刀吓唬她，脑子就有些失常了。当晚趁人睡着了，就在祠堂牌位前上吊自尽了。”

石奕听得眼角不住抽搐：“这样的父母，为什么肯出二十万？”

“没见识了吧。”葛晓燕一摊手，手铐哗啦啦响，“他们不是舍得，是怕！姑娘穿着红衣服死在祠堂，族老们都怕得要死，说是她要回来索命的。所以，这群猪猡就和当地神婆寻了个办法——她要什么，就给什么呗。配了阴婚，还写上族谱，只求不受死人报复。”

葛晓燕说完不久，杨撼宇的笔记也整理完毕了。他扭过头，贴着石奕的耳朵交代：“再查自杀警情，死者父母做的是游艇生意，农村户口，家人有护照和出境记录。用这些信息去筛，应该能把人找到了。但是，鸡蛋别放一个筐里。我这就连夜走访，看看周边村落有没有听说过执行家法的事。”杨撼宇与石奕不约而同地长舒一口气。

葛晓燕追问道：“该给的我给了，到你告诉我，出卖我的是谁？”

杨撼宇有条不紊地收拾散在桌面上的文件包与公文袋，并不打算回话。

“喂，小黑皮，和本姑玩阴的？告诉我是谁？！”

“你不是猜到了吗？”杨撼宇的手停留在了虞子陵给他的文件袋上，食指在牛皮纸上轻画着圈，“是你儿子。”

葛晓燕无声地重重笑了几声。而后，整个人趴在桌上，笑成了抽搐的一团。石奕见状不对，起身要叫人，可杨撼宇一抬手，止住了她。只在葛晓燕面前放了两张纸巾，倒了一纸杯冷水喝着，等她发作完。

“当妈的被亲儿子卖了。”笑完，葛晓燕粗暴地抹了抹发红的眼眶，“我值多少钱？比他爹贵吗？”

“一万。”杨撼宇取了根烟点好，用两个指头立着，伸到葛晓燕面前，“向公安机关提供有价值线索，奖励一万元。”

“他还有说些啥吗？”

杨撼宇没急着回答，扶着下巴苦思了好一会儿，才在临走前掰住门柱，推开正好能露出一张脸的宽度：“这么着，我给你学学吧。”

他敞开门，冲石奕使了个眼色。石奕配合地微勾嘴角，半眯着眼睛问：“出卖自己的妈妈，好受吗？”

“很好啊，非常好。”杨撼宇如释重负地笑着回答，“我终于可以像人一样活着了！”

葛晓燕恍惚了一阵，直到被轮换的公安控制手臂起了身，才恶狠狠地把墙角供的面包碾了好几脚：“才他妈一万！我呸！都要死了，就不能多给点儿？！”

04

杨撼宇在一片漆黑中抬头看着一栋被翻修过的祖屋。这宅子面积很大，高耸的飞檐在明亮的月光下像巨兽漆黑的犄角。宅子大门是两扇巨大的拼接坤甸木，铺首却是少见的貔貅脑袋。杨撼宇开着手电，最小亮度地扫过，门板波浪般优美的深色纹路像在流淌。

与门外的黑相反的是墙内投向天空的诡异红光，给这栋大屋描上了一层血色的边界线。宅邸内隐约响着暗哑的乐曲，那是喜娘的颂唱夹杂丧事用的招魂铃声。除了参加婚事的亲属，堂内还坐着不少村里族老，所有人都保持着默契的噤声，只是嗑着花生、瓜籽。堂内主事的喜娘才是大学毕业不久的年龄，面容姣好，嘴角长着颗媒婆痣，却不用粉底遮盖。

喜娘一身铜钱纹红旗袍，用清亮的嗓音唱诵道："喜事流红大气象，英表姑爷……"

还没唱完，几乎当场所有人都把目光聚向她。她很快意识到了过去背的喜诗并不适合于现在的情况，就将求助的眼神抛向一名正在吃席的族老。那族老只是简单挥了挥手，便让她明白了意思。这年轻漂亮的喜娘捂着嘴，清了清嗓子，而后摆出更灿烂的微笑唱道："喜事流红大气象，今天新娘多漂亮。接亲队伍好排场，看看院内好风光！"

院子里一对雕镂精致的檀木棺材整齐地摆在堂桌前，两位高堂身着深红的喜庆华服端坐着，面庞上却看不见半点悦色。被喜娘求助的族老见状，带头高喊了一声"好哦"。这是喜诗每句结尾的环节，宾客与亲戚们也纷纷附和一声，可嗓子都放不开。

大宅远处，有个重案队同事在树上用镜头实时记录着厅内的情况。虽然影像很模糊，杨撼宇却看得连连摇头。

喜娘更卖力地喊起来："丈人丈母代代旺，荣华富贵千万年啊！"

"好哦！"宾客们这一次找到了感觉，一齐努力抬高声调。

借着逐渐正常的气氛，喜娘张罗着身边两个高壮的男司仪，搬来死者亲戚连夜赶制的纸冥屋。足有两米高的鲜艳纸屋是独栋别墅造型，从车库到泳池，应有尽有，门梁下还悬着两个竹扎骨架的婚纱纸人。司仪们给屋顶倒上香蕉油，用一叠纸钱引燃了。

鲜红与淡黄两种颜色分明的碎屑在猩红色的大堂里飘着，被纸冥屋燃烧的热气一卷而上。从外面看去，就像刮起了一阵诡异的小龙卷风。屋外的杨撼宇把目光从龙卷风上挪下，稳住手电光斑，两名手下也默契地提起沉重的黑鹰破门槌，将槌头比向了光斑瞄准的门闩处。杨撼宇从腋套下抽出 92G，无声地一挥手。

“新娘新娘情意长，妻妻恩爱万年长啊！新娘新娘情谊真，明年生下大胖孙啊！”“好哦！”“我劝新娘快点走，来生富贵好……”

一臂粗的门闩在巨响后断作两截，堂内装扮齐整的一窝人不约而同地停下了手里的活。两位高堂与亲戚像见了鬼一样哀嚎起来，纷纷丢下手中的红纸与黄钱，四散开去。族老们仍不慌不忙地端坐在客座上，只是加紧了喝鱼翅汤与海参粥的速度。

进门后，杨撼宇把手电关了。门外蹲守的重案队同僚把周遭照得犹如白昼。看着面前涌入的数名背光的黑影，一个司仪壮着胆，从后背取出一把半米长的铜钱剑，朝最近的身影劈去。铜钱剑还没挥出一半就在半空中散开了，一条亮银色的阻力棍在打散了他的兵器后顺势往迎面骨一扫，立刻让他疼得捂着小腿，倒在地上打滚。

族老们明白了来人的身份，却只是看戏一般注视着眼前的乱象。

杨撼宇指挥现场，很快控制了堂内所有人。击倒来袭者之后，石奕双手提着棍子，往摆着红烛与贡品的祭桌走去。拍照取证完毕后，二十六寸的重型长棍被高高举起，映着火焰光芒如流星般坠下，把两位高堂端坐的八角祭桌砸烂了。

从高堂上铐下的一对中年夫妻面上惧色不减，颤抖着声音问道：“你们，你们到底是人还是鬼？”

“我倒想问问你们。”石奕冷言道。

杨撼宇张罗着把扣下的人都押到屋外，而后走到两具檀香棺木中央，下令打开棺盖。其中一具棺椁中装着女孩的尸首。她穿着鲜艳的婚服，脸上的粉底也特意挑选了颜色，宛如常人，脖颈的皮肤上却横着一道骇人的勒痕。另一棺椁也被打开了，几乎是同样的衣裳，尸体却盖着头纱。杨撼宇戴上手套，轻挑开红纱，发现其下竟是沾着泥土的头骨。

他皱了皱眉，拨通了刑技同事的电话。处理完现场，他径直走到族老们面前，把脱下的手套丢进鱼翅锅里："看来真是见多了，好定力啊。"

方才带头吆喝的族老平静地将面前的黄酒喝完，打了个嗝，从容解释道："警察同志，我们只是来做客的。"

另一老者慈祥地笑着，揣了把果脯装进兜里，又捧起装满莲子、蜜枣的果盒递向面前的年轻刑警："同志，吃点吧！"见对方不接，就掏出老人机拨通电话："我让潘所长和你说说？这都是误会，他解释一下就好了。"

面对递过来的正在通话的手机，杨撼宇直接摁断了："全部背铐带走！走不动的先背铐，再用担架抬！"

刑技同事接管现场之后，杨撼宇和石奕各自点了根烟，在门口的石狮旁坐下，等待着。身后的冥屋还在腾腾烧着，楼体上贴着金箔的"百年好合"大字被炙得千疮百孔，烟雾把勘查的同事们熏得够呛，只得强忍着取证完毕后迅速用水浇灭。

火焰平息后，门拱下两个穿着婚纱的小纸人还在"哔哔啵啵"响，像是残破的风铃一样前后摇摆。石奕有些看不下去，直接把她们一把揪下，放在身边重新点着烧光了。看着在脚边四散的火星，石奕点着烟，一口不抽，却猛地咳了几声。她撩开额前汗津津的头发，感叹道："我真没想到这对畜生事发之后，居然还敢再找尸源。"

杨撼宇一笑："我查了老黄历，今夜立冬嘛。已不破券二比并亡，亥不嫁娶不利新郎——子时既利嫁娶又利入殓，要错过了日子就得等上好一阵，到时候更麻烦。”

“臭迷信。亲手逼死了女儿，还有什么比逃跑更重要的吗？”

“当然有啊。你觉着冥婚是办给死人看的还是给活人看的？”

“你还趁机研究起民俗了？”

“兴趣延伸。死人什么也看不到，冥婚都是办给大活人看的。家里死了人，还能重金买尸、大办婚礼，这对于他们来说就是‘面子’。在这种熟人社会里，借死人长活人脸面，才是冥婚屡禁不止的原因。”

“不知道那具骷髅又是哪儿的。”石奕扭头看着堂内掠动的人影摇了摇头。看了会儿远处正一辆辆离开的O牌车，她抬手砸了几下，把棍子收了回去，“便宜那些老家伙了。合成队给的消息，他们分析话单发现，这阴婚的喜娘和司仪基本都是这些老鬼介绍的。他们当卖尸中介的可能性也非常高。”

“不止。我早上走访过乡里，连死人不婚配会影响后代的习俗也是他们传下的。如果不是怕女儿的冤魂缠着儿子，这对夫妻早就跑路了。”

“可那些族老却躲在后面一点儿事也没有，就算能用侮辱尸体罪处理，年纪也超了。”

“不见得。”杨撼宇起身伸了个大懒腰，而后进屋与刑技同事谈了一阵。回来时，他向石奕的警网通发了几张图片，都是新掘开的坟墓，还有些嶙峋碎骨散落在阴宅旁。

“这是？”石奕简单一扫，发现墓碑顶端的宗祠名都很熟悉，几乎全是这个村落的大户姓氏。

“这村配阴婚已经成习惯了。‘赤砂’提供的上品尸源可不是随时都有的。一旦遇着这种急单，你觉着村里那些卖尸人会怎么做？”

石奕久久不言，待同事开车来接时，才向那座透着血红色光芒的祖宅喃喃道：“好一条生态链。”

05

时间已过 10 点，9 楼办公室只有两间还亮着灯。

贺清泉自进秦泷办公室不久后便开始盯着桌上的温湿计。秦泷看似没怎么注意，可聊了几句便把温湿计悄悄挪到电脑屏幕前挡着，贺清泉也自然地将目光转向了窗外的枯枝上。秦泷无声一笑，为他添了杯绿茶："你还真是以中心为家啊，连着三晚不回。"

"工作没做好，回家也静不下心。"贺清泉食指敲了敲桌面答谢，把夹在腋下的报纸往桌上随手一放，"市局这次要追责。等这个配阴婚的案子做完，就借着处分，把萧梦卿调走吧。我老同学刚去花街所当教导员，让她去所里做个户籍员，对她沉下心来好好养病有好处。"

"她又病了？"

"似乎是，最近我看她心理波动挺大的。再这样下去，影响任务怕也只是迟早的事。"

"老贺，既然上次说开了，我心里想什么就直说了？"

"当然，老战友之间本来就该敞开心扉嘛。"

"你不是不信她，是不信我。"秦泷嘿嘿一笑，炙燃了烟斗，"你更不是想赶她走，而是想让她借着这次处分的机会躲开我。你是真觉得，她在我手上总有一天会去送死？"

贺清泉回以微笑，并不直接回答："她还年轻，还有很长的未来。熊璐和陈涛本也一样。"

听见这两个名字，秦泷脸色登时一沉，可他很快挑了挑眉梢："熊璐和陈涛的事情是我绝对不愿见到的。但干这份职业，有时没的选，你我都有同学比萧梦卿还小就牺牲了。"见贺清泉不答话，秦泷又指了指他戴着防割手套的漆黑左手："你该和我一样清楚才是。"

贺清泉毫不避讳地举起左手，在面前抓了抓："这是自然，我们队伍的字典里没有'功臣'二字。"

“年轻人才是这支队伍的未来。你我不论过去做过什么贡献，总要离场的。我只是想在退休前多做点事。我们这代领导是经历过苦日子的，现在时代一好，就有人甘心沉醉在平和的表象里。这太不专业了。”

“‘三头两魁一船主’的事，就不能和我多说一些吗？我可以和你一起向上级建言。”

“我掌握的东西还远远不够，单靠传说和一些看似合理的推演是说服不了上级的。盲目建言的后果，你早该在我的调动上看到了呀。”

“好吧，等你愿意和我一起干了再共享情报也不迟。”贺清泉追问道，“我还有件事，不知当说不当说。也是些风言风语，没什么证据。”

“那，就不说了呗？”

“‘一号专案’那孩子，现在过得好吗？”贺清泉拿起方才放下的报纸，若无其事地看了起来。这张报纸引起了秦泷注意，日期停留在数月前，而对着秦泷的文章中，一个面部模糊的孩子脸上被做了黑影处理。

秦泷把烟在口鼻中翻滚着，感受舌尖的辛辣感。他抽了一会儿，笑道：“蛮好，蛮好。”

“陈涛的孩子似乎一直都很少露脸。我前天去刑支问了一大圈，都没几个人见过他来着。口径意外统一啊。”

“他执行的是特殊任务嘛，家人低调一些是很正常的。”

贺清泉故意把报纸放低些，露出眼睛紧盯着秦泷：“中心里的这男孩，真是他的孩子吗？”

“老贺——”秦泷嘴角几乎笑到了耳根，“这似乎不是你这个政治主官该操心的事。”

“也是。”贺清泉把报纸叠好，收起，“配阴婚这案子的程序这周就能结。五组接下来有什么打算？”

“先接着案子吧。最近赫蒙人闹得有些凶，市局管外联办要了个翻译，但工作开展遇到了些阻碍。上头希望我们可以出人保护这个翻译往返于几个看守所。不是什么大活，吃住都在向阳花。我打算把这个案子给五组，办好了的话也能缓和跟市局的关系。你觉着呢？”

“当当司机？这倒是不错。”贺清泉一动不动地观望了一会儿，悠悠问道，“抽烟斗不能过肺吧？”

“就着茶，能过一点儿。”秦泷幽幽答道，“烟能麻醉，茶能清醒。是醉是醒呀，全看个人把控。”

“我记得今天的值班领导是老孙。你还不回家？”

“不了。烟斗这玩意儿你别看它抽着香，劲儿大得可怕，两小时内我是不敢开车的。”

贺清泉起身道了别。在窗口看着他的轿车驶离大门后，秦泷咧嘴一冷笑，趴在窗边醒神。直到被风吹得打了个寒颤，才关上窗，晕乎乎地搂着温湿计，往靠背椅上重重躺去。

06

罗盘湾东部不远处的秤砣屿乱礁遍布，已数十年罕有人烟。夜晚的孤岛更是凄清，只能远远听见呜咽的汐浪拍打着礁石。离岛沿岸的旧港中拴着一艘中型旧渔船，船舱内点着昏暗的煤油灯，像幽灵随着海浪起伏。

忠伯面前架着一口大熟铁锅，锅里正滚着浑浊的汤底。他正忙着拆开手下递上来的卷烟。烟丝有三四种牌子，都被他放在掌心揉碎了，又结实地按进旱烟锅里。听他说了声“吃吧”，两个手下警觉地对望了一眼，又惊恐地垂下了眼睑，硬是把喉咙里的话憋回肚子里。

“不合胃口？”

忠伯注意到两人双手不约而同地一颤，似是被夜潮涌得失去了几秒钟的平衡。他倒了盘羊肉到熟铁锅里，两人不敢违逆，涮熟了肉就往嘴里送，连嚼都不嚼，混着热气就囫囵咽下肚。

烟锅沾着血，血是从忠伯手上带来的。忠伯咂吧嘴，吸了两口。可卷烟拆出的细软烟叶显然没法满足他的烟瘾，每吸一口，就要舔一舔拇指上还未干透的血渍，好似这样能让烟味更冲一些。他朝饭桌旁望去，另一手下靠墙瘫坐着，已没了气息。天灵盖上横着一把粗大的柴刀，刀身完全没入脑袋。尸体张着嘴，两眼朝上看，好像还在思索忠伯哪来的这般力气。

船处于熄火状态，舱内唯一运作的电器是从炼铜厂带出的老式收音机。此时，断断续续在播送月港新闻。

"台风胚胎编号 90W、91W……滋啦……于菲律宾东南面形成，并向我国移动。可能在未来数周内持续影响月……沙沙……的大部分区域。此次接连形成的台风胚胎均是罕见的冬台风。据气象局提供资料，2010 年 12 月初登陆我市的'帕宾'台风曾造成……"

躺着尸体的船舱里飘荡着诡谲电波，断断续续的电子噪音如同鬼魅在每个人耳旁游荡，像在预言即将发生的剧变。

忠伯拧暗了收音机："看来，老天爷这次都站在我们这边。"

他拔出卡在尸体脑袋里的柴刀，撬开两个午餐肉罐头，把肉片成小块抛进锅里，又往两个手下面前的一次性纸杯里添满白酒。两个手下望着午餐肉片上渐渐发白的脑花，汗流浃背。忠伯就着火锅里的肉下了半杯酒，冲两人举起杯子，又用下巴指了指一旁的尸体："两位兄弟，我不用多做两趟吧？"

两人不敢怠慢，连忙起身，一言不发地举起杯子，用杯沿去触忠伯的杯底，又梗着脖子把整杯白酒灌进了肚子里。

忠伯从桌下的蛇皮袋里翻出五包白色粉末，每人分了两袋："这几天帮忙收拾刃风的小子们，折了不少弟兄。你俩是最卖力的，少不了你们好处！"

两个手下恭敬地接下了。忠伯望着最后一袋犯了难，思忖了一会儿，索性撕开个口子，往尸体脑袋上的豁口倒了进去："是个忠义的汉子，只可惜不识时务。老子就是下一截烟头，懂吗?！还有，你们俩听好了！柴哥老了，正打算传这位子给我，明白吗？”

“小弟明白。”“知道了，‘烟头’！”两人相继重重地一顿首。

“摆平了那野种，忠哥就能一步登天。”一个马仔犯了难，擦去额上的汗，壮起胆子问道，“但我们不能做没有退路的买卖吧？连金球公司那无根草都能找到那野种住在什么地方，还拍了照给咱们，黑皮能不防着吗？”

“是呀，他的监护人再怎么说也是个黑皮头头，住的地方怕也是里三层外三层……”

“我早想到了。所以，那情报贩子的话，我只信了一半。”忠伯摸着下巴上钢刷似的胡须，抬起酒瓶灌了口酒，“谁会开车？”

“都会。我俩之前跑脚行……呃，开过长途货车。大车和忠哥的计划有关系？”

“我和黑皮交过一次手，吃过亏。但凡我们能想到的，他们都是早有安排了。所以，我不打算在住的地方下手。那野种正是上学的年纪，难免外出。我们要把野种坐的车劫了。”

“劫车？！”两人相互望了一眼，脸色吓得煞白。

“车上可能不只野种一人……”自告奋勇的手下有些犯难。

忠伯冷笑着：“所以，咱们带着刀子。这种台风天最适合动手。”

“忠哥，台风期间没准会放假……”

“这就是要用到你们的时候了。”忠伯把粗壮的胳膊搭上了他的肩头，把他掐得龇牙咧嘴，“多大的风能放假、什么时候开课，你们给我去找十年以来的报纸新闻，一份份摆在我面前，看看放假之前还是之后下手方便。更重要的是车和路线——野种的必经之路、坐的车，都得找出来。你们吃完就坐小艇回去，三天内把这两件事办妥。”

“管他车上什么人，”另一手下强笑着提议，“我们先撞它一下！你去跟司机赔礼道歉，说处理事故。一开车门，我们立马劫了。他敢反抗，就捅他一下子！就算有车路过，就月港人这德性，没人敢和咱们硬拼的。”

“怕黑皮不能轻易这么放我们走啊……而且，回去探消息，说得容易？现在满街都是探头，怕是还得计划计划。”

忠伯不屑地吐了一大口烟：“我能没办法吗？”他从桌下掼上来一个电脑包，翻出一台二手笔记本电脑，打开了。桌面被清理得干干净净，只有一份电子地图软件孤零零躺在草坪壁纸上。忠伯迟钝地双击开地图，把屏幕朝向两人的方向。

两个手下点着触摸板操作了一会儿，眼睛渐渐瞪了起来。“忠哥，您这个是哪儿搞到的？这可是老大们看家的玩意儿啊！别说我们了，就是把总们也看不到呀！”

“有了这个，咱们干什么不行?!”

“他妈不是给你们长眼的，是咱们的底牌！”忠伯没好气地往两人小腿上各扫了一脚，“你们口罩、帽子都戴好！带着图回去探路！机灵着点儿，绕些路，保准黑皮盯不上。到时候，你们开两辆一样的车去，一车装人，一车迷黑皮眼睛。回到船上，我往偏僻的地方开，用这儿屯的吃食和燃料过上个把月不成问题。等风头过了，再回鬼钢城。谁还能找得到你们？”

“可又是撞车又是绑架的，那么小的娃娃就算不受伤，这么一吓，会不会就……”会开车的手下显然有些怯色。

“小猪猡的死活关我屁事？”忠伯不屑，“留颗脑袋就行了。要的就是个见证！古时候，将军不也是提着人头回去领赏吗？”

“忠哥，高、高明啊！”另一马仔用肘子暗暗捅了捅同伴的肋骨，阿谀道，“鬼钢城是咱们的地盘，地形错综复杂。黑皮就是有天大的本事，一时半会儿也寻不到我们。更别说我们有这探头分布图了！”

“一回鬼钢城，这功劳就是老子打天下的资本！”忠伯目露凶光，把柴刀“咚”的一声，恶狠狠地砍进桌沿，“我要让海上所有兄弟都知道，只有老子才配得上这天不怕地不怕的‘烟头’！”

07

午夜的罗盘湾格外静谧。半轮明月高悬天际而没有一丝乌云搅扰，沙滩在月色映照下晕染出温暖的淡金色，浅涛反射着沿湾建筑的灯光，在夜风吹拂下漫成暖色的碎浪。

葛佬惬意地躺在沙滩椅上，身旁小桌上摆着壶冒着热气的通桂宫。

“久等!”一阵苍老而慈祥的嗓音从背后响起。

葛佬毫不意外地指了指倒好的两杯茶：“坐吧，赏月!”

翁柴施施然坐到了桌子另一侧的沙滩椅上，身后跟随的五个年轻人神色紧张，在十米开外停下了脚步，手扶在腰间，警惕四周。

“没脸侯又没来。我怀疑是不是有这个人。”操着并不流利的中文，翁柴端起茶盏熟练地闻香品味。

“这话说得……侯爷这人当然是存在的呀。”葛佬一脸正色。

“人存在，不管事吧。”翁柴话音结束时仍是习惯性将音节上扬。他品完杯中香茗，朝后指了指围住自己手下的人群：“老葛，罗盘湾是你的地盘。出来聊个天罢了，做人做这么辛苦，我替你觉得累。”

“月港自古水深，这叫小心行得万年船。要没这份谨慎，我今天还能安心在这儿喝茶吗?”葛佬为对方斟满茶盏，用肥厚的下唇努了努自己的脚，“十多年前你送我的这份大礼不会忘了吧，这脚趾一到冬天还是疼哩。”葛佬拖鞋里的右脚缺了一截拇指。

“有趣。打打杀杀这么多年，鬼钢城还是鬼钢城，罗盘湾还是罗盘湾。你我今天坐一起喝茶，很多老朋友却没这个机会了。”翁柴望着壶口倾斜而下、恰好填满茶盏的一丝细流，用食指敲着桌面答谢，“消息呢?”

葛佬很随意地抹了抹脚边的细沙，翻出一个文件袋递给翁柴：“烟头可真有面子。省市联合发文，鬼钢城专项治理是联合执法，在

12 月初执行。但这不是定数，天气预报说接下来可能有一两场冬台风，没准会影响到联合执法进度。这次，老天爷都站在你们赫蒙人一边。”

“盘瓠神会保佑勇敢的战士。”

“可你们之中好像出了个变数，是个叫……‘文萨’的翻译？他最近好像和月港警方走得挺近，是你插的鬼吗？”

翁柴接过袋子，摇摇头：“不是。他读了你们中国的大学，想用中国人的身份在月港讨生活。他甚至起了个你们的名字，叫‘王禾’。但你不用担心，我会处理好这叛徒。”

“那就行。”葛佬插了一块芝麻糕嚼着，“没脸帮从来都是言出必行的。如果没你这句话，我就得安排人手料理他了。”

“感谢你。最近的事情让那些黑皮手忙脚乱，才给我争取了这么多天的时间。”翁柴戴上老花镜，又拧亮一个绿色的 L 型手电看着，“你到底是怎么做到的？”

“十多年了，你话说得不像样，字倒认得清楚。”葛佬仰望着月亮笑了笑，“很简单，顺势而为。我出来混几十年，从来都是顺水推舟，绝不逆水行船。只要找到合适的机会，在最关键的节点轻推一下，事情大概率就会向着我所希望的方向运转。达叔他们说穿了，也不过是群在地沟里抱团取暖的蛆罢了，只求安心现状苟活。”

“所以呢，你干了什么？”

“我只不过是把窨井盖掀开了而已。一群暴露在阳光之下的蛆是任何人都受不了的，所以，结局也只有一种。他们的群号不难弄到，我本可以暴露给社会。但那会让太多无关的人受到惊动，我最后决定只暴露给警察。”

“看来，无根草给了你们很多帮助。”

“烟头的情报网也不差嘛。唉，可惜现在的后生根本就不清楚无根草的价值。在当今这个信息化的时代，他们的作用无可比拟啊。而这一点，恰恰能和我们没脸帮的长项相辅相成了。”

“那刃风呢？听说动静也很大。”

“哼。”葛佬舔了舔牙缝里的茶叶渣，倒了杯凉水润了润口腔，然后吐到沙里，“一个小小的‘神童’，如此拙劣的计划，居然能够重创整个风门。足以说明，现在的风门多么脆弱。几个帮派就像在垃圾场里抢夺剩饭的野狗，不管是谁，只要随便拿根骨头一晃，他们就能争得你死我活的。”

“你很悲观。”翁柴看完了材料，点起火机烧着了一角。

“属于风门的时代过去了。”葛佬扭过头，望着与自己年龄相仿的翁柴，眸子里反射着跃动的火焰，“时也，运也，命也，不是能凭个人能力扭转的。三头两魁一船主，终究只是海潮里的掌舵人，决定不了风浪的大势。”

“说得那么超然，为什么十多年前在地盘这事上要和我死扛到底？我没看出你有半点顺势而为的意思。”

“罗盘湾在皇上还在的时候，就姓葛了。几百年来不管码头怎么变，罗盘湾永远是我们葛家人的根。”葛佬伸出手掌，往面前的空气中一划，“谁敢向这儿伸爪子，我们就把它剁下来。”

“鬼钢城的专项治理，说到底是为了这个滨海经济区的开发计划。既然叫‘滨海’，罗盘湾躲得过去吗？”翁柴搓了搓手里的纸灰，随手一扬，冒着光点的灰烬很快被海风吞噬殆尽。“鬼钢城被清扫后，不出三年，罗盘湾的开发也会被提上日程。到时候，你们葛家村靠什么为生呢？一个风门，放得下你们一个村的人吗？”

“是个问题。您怎么看？”

“你们需要钱，所以，你的拆船厂在没日没夜地赶工。”

“正经生意只能救急。”

“拆船厂只是个幌子。不管你现在挣的是什么钱，挣了多少，只要到时候跟这正经生意和拆迁款一混，什么钱都变成白的了。”

“话是这么说。”葛佬拿起水壶，指了指翁柴沾满灰的漆黑右手，“到时候你走了，留下的船牌还有人认吗？”

“不管哪一截烟头，留下的船牌在烟馆里永远有效。这是规矩。”翁柴会意，伸过手接着清水洗干净，“如果真有人想借此找你麻烦，拿牌去找三根。他会主持公道。”

“三根不是跟你不和吗？”

“生意上不和归不和，他有底线，更守得住规矩。在周围五个市，他说的话，没人敢不接。”

“说到生意，那个叫大鲨的，到底靠不靠谱？”

“他有自己的药厂。之前他走货，是跟脚行的桂老大合作。今年年初，桂老大死在黑皮手里，货路断了，急于找合伙人。大鲨做生意有信用，出货也稳定。不过，你也要多一个心眼，毕竟烟馆的人没一个简单的。”

“为什么是出药丸的？有没有出云冰或四号的？我听说这些来钱更快。”

“粉冰和药丸是两回事。”翁柴从怀里摸出一根歪歪扭扭的卷烟，划了根火柴点燃了，“粉冰市场饱和，各方面势力划分清楚。你非要插一脚，就是跟所有集团作对。新型毒品市场还有扩大的空间——比如那个印度人阿巴斯不但头脑灵活，还是个中国通，别人不能出的货他能出，别人不敢挣的钱他敢挣；再比如甘秋仔，总能搞出新花样，是爬得最快的年轻人，但他太好勇斗狠，和一半头目都有过节。今后你要左右逢源，安心挣钱就行了，不要介入他们之间的事情，太乱。”

“免操心，这点把握我还是有的。”

“还有个新人，你一定要最注意。她的厉害，不在人多势众上。”

“红铃那囡仔，对吧？早有耳闻了，我有数。”葛佬慢腾腾地从后腰摸出一台老人机，不紧不慢地打入一串数字，发出一条短信，“能劝我当心她，说明你这次是有诚意的。这次交易的重头戏，我安排得差不多了。专项治理行动开始的日子，那艘大船能不能及时到港？”

“我动用了所有关系，那天肯定到，不过不能进港。这你应该懂。你要用罗盘湾的小船把我的人送到远海。”翁柴反问，“我怎么知道你准备好了没有？”

葛佬扬了扬老人机。几秒过后，一阵阵密集而喑哑的汽笛声夹杂着潮声传来了。可就算借着月光，翁柴也看不到船的所在。十多声轮番鸣笛之后，鬼钢城的夜晚重归于无尽的幽暗。

“还是过去的老木船好啊，没这么多花哨的东西。你那有八百来号人呢。就算我手里的新船都跑起来，每艘一次也只能运二十个。”葛佬打开手机计算器算了一会儿，“你想把所有人都送上远洋船，至少要走三趟。我估计，来回一趟起码得两个多钟头。万一遇上了小台风，可能还要更久。你们真能坚持那么长时间吗？”

翁柴仰望明月，眼前仿佛又腾起血色森林的浓密雾霭。“这不是能不能的问题。近期我会让手下多弄些风浪，误导黑皮。再加上当天外围有阿忠他们搞的大事，也会帮我们分散些注意力。你们跑船时，所有四十岁以上的人全都跟我一起固守，尽可能挡住黑皮，拖延时间。”

“四十岁以上？你是打算把和你一起逃出来的老手都用完啊。”

“岁数大的人，在赫蒙人的未来里没有位置。首领带我们走的那年，八百多族人只活下来一百个。现在只需牺牲一百个就能换其他人活下去，已是祖神庇佑了。”咸腥的海风吹得翁柴双目干涩，他忍不住重重眨了几下眼，“只需给年轻人铺好路就可以了。多分走一个黑皮，就会给这边减少一份压力。对了，冬台风对渔船不会有影响吗？”

“有。但拿了好处就要办事，这是海上规矩。”葛佬点了支烟，小口抽着取暖，“小台风的影响是我该考虑的，不是你该管的。”

“那到时，你们也只需专心把人送上船。刚才说到阿忠，你和他的交涉成功吗？”

“我只是跟他说，如果他能把那小崽子干掉，你会给他一张船牌，跟我合伙走货，到时候我七他三。”葛佬坦言。

“他是个贪婪的人，会答应？”

“当然，因为他实在太过自作聪明了。越是这样，他越不会怀疑。”葛佬得意地往后一躺，压得沙滩椅猛的嘎吱响，“条件出得苛刻了，才显得我像个趁火打劫的奸商，而不是要联合他的老大坑死他的骗子。”

“他不了解你。其实，你既是奸商，更是骗子。”

“随你怎么说。不过，用死扛到底的策略，你是不打算上船了吗？”

“我会向警察投降。”翁柴双目直勾勾地平视前方，瞳孔却像死人一样扩散。

“你……你说什么？”燃着的半截香烟落到了细砂里。

“联合执法搞了这么大的动作，最后只抓了一群打下手的老头。你觉得黑皮能向上面交代吗？不要以为船到了远海就安全了。”翁柴浑浊的眼球眺向海天交际处，神情迷茫。仿佛用尽了周身气力，苦笑一声，“我必须被抓！让他们破获月港最大贩毒集团，当场缉获首犯。有了这样的功绩，他们就可以向上面交代了，我的族人也就安全了。”

“就算战死在罗盘湾，你也还是烟头，会有人为你叠白船。”葛佬抬高了声调，“但如果你向黑皮投降了，就是通官告密。这是和整片海作对！知道后果吗？”

“我不在乎这些规矩，我是赫蒙人。”翁柴轻轻摇了摇头。

“那赫蒙人的血性呢？斗了十几年，我一直把你当成最强的对手。”葛佬勾着脑袋，盯了会儿右脚，惋惜地深叹了口气，“为什么要用这种连我都看不起的办法退出？苟活对你这种人来说，到底还有什么意思？”

翁柴并不想回答。他取下脖子上的器官项链，解下草绳上最大的那一截风干的脚趾，将它放在了桌上。

“到底为什么？”

“因为我们之间的斗争结束了。”

翁柴不再言语。他起身走向海边，抬手伸向月亮，试图抓起一把月光。松开手，却一无所获。淡金色的沙滩上，一个苍老而沙哑的声音低沉地响起，用葛佬完全听不懂的寮语唱起了一首古老的歌谣：“先祖灵魂在，保护我族民呀！盘瓠降甘雨，赐我田丰收呀……不怕流血汗，只怕没有家呀……赫蒙人啊，你的名字叫……”

老人的身后，随行的年轻人也跟着轻声吟唱起来，每人的脸颊上都淌着两道晶莹的泪痕。

待翁柴一行离去后，葛佬拾起与自己阔别十多年的脚趾，举到面前，在拇指与食指间不断搓动。端视了许久，他高高抬起胳膊，想将它抛入浪花中，可思索了一会儿，又不甘地揣回了兜里，愤愤骂道：“一群疯子！”

回屋时被手下簇拥的葛佬，默默听着耳畔低鸣的浪花，竟头一次感到了一丝孤独。

第五章
海 蚤

00

萧梦梦挪了挪疲惫的身体，脚下冷硬的地板硌得十分难受。她光着脚，双手被反捆着，嘴也被电工胶带紧紧缠住，汗味与腥味充斥鼻腔。她头很晕，左额伤口淌下的血把左眼视线染得暗红。

她窝在一个封闭的厢体内颠簸着，身旁蜷着一个中学生打扮的女孩。整个厢体只在尾部有一扇小窗，刻意用黄胶布蒙上了，十分昏暗。周围堆着些坚硬而不规则的大冰块，正是它们散发着浓烈的腥臭。

厢体像是在行驶，她铆足了劲才站起身，紧贴着厢壁稳住身子，一点点朝小窗挪动。终于整个人都扑到了后厢门上，尝试着呼救，可透过嘴上胶带的喉音被无情淹没在粗野的引擎声中。她抬起头，豁尽周身气力朝厢门撞去。沉闷的响声后，厢门纹丝不动，刚结痂的伤口却冒出了血。她没有放弃，往后挪了两步，努力稳住身体，又往玻璃窗猛冲过去。

几声轰响后，窗户终于出现了裂缝，透着微光了。身边那些不规则的冰块其实是小山似的粗冰粒，小冰山里是无数海鱼，小只的瞪着浑浊的眼睛、张着嘴，稍大点儿的都被去头开肚，竖直地插在冰山顶端。厢内温度无法维持冰冻，鱼肉的血水化开了不少。即便脚被冻得生疼，萧梦梦也能感受到脚底那种微妙的黏腻感。

她小心翼翼地保持平衡，甩了甩头上的血，又不顾一切地朝小窗猛撞。引擎的声音减弱了，厢外传来一阵叫骂。她意识到有人发现了厢中异动，赶忙往角落里后退，却脚下一滑摔倒在地。身旁的女孩见状，赶忙用膝盖撑着，挪到老师身边，想要把她架起来。

厢门打开的一刹那，萧梦梦感觉咸腥的空气迎面压来，浅灰色的天穹几乎见不到尽头。眼睛适应光线的几秒里，她看到了浑浊中泛着青白的海浪，盘旋着抢食鱼尸的海鸟，以及船尾鲸骨似的老旧拖网机。

她们是在一艘渔船上。

一个中年人骂骂咧咧地探进半个身子来查看情况。萧梦梦能清楚地见到他防水裙上的血迹，脸庞却是模糊的一片肉色。

发现耷拉着的胶带与碎裂的窗玻璃后，他登时怒不可遏。见来者不善，女孩鼓起勇气，挺起抖得筛糠似的身体挡到老师身前。可下一秒，女孩就被一拳抡倒了。中年人不由分说地掼起她，口中叫骂着，从腰间一排锐利的鲨鱼钩中抽出一支，熟练地往她小腿肚上一戳一剜，拽着钩子把她拖到船舱最内侧。女孩发出撕心裂肺的尖叫，连电工胶布都差点被扯烂了，嘴角撕破的血从胶布缝隙间冒出。惨叫没有换来怜悯，那没五官的怪物接连扇了她几耳光，用胶布往她嘴上缠绕了几层。“我叫你他妈想跑！”教训完女孩，他用胶布死死封住破窗后，离开了船舱。渔船柴油机缓缓加速，船在恶浪里继续颠簸起来。

萧梦卿猛地坐起。手机闹铃以最小幅度在枕边轻震着，宣告噩梦的暂时结束。她闭着眼睛摁掉闹铃，用小臂盖住上半张脸，伸手拉过挂在床角的毛巾擦干冷汗，又深呼吸了几口。

盘腿坐了一会儿，她取消了之后的几组震铃。闹铃从 4 点持续到 8 点，每隔半小时便会震一次。这是有同事在宿舍休息时才会设置的频率，以防影响别人休息。女生宿舍平日只有萧梦卿常住，这组闹铃极少打开。只是上回崩溃后，她做噩梦的频率越来越高了，需要用浅睡来逃避。

这时，手机又亮了起来。细密的汗珠像复眼一样，望着还未从回忆中彻底抽离的女孩。萧梦卿没看屏幕，只是机械地划开通话键“喂”了一声：“谁？”

“新任务。旧相识。”虞子陵没有多解释，就挂断了。

01

时间才清晨6点，天空还是深海般的黑蓝色，乌突突的碎云下是黑暗的城市，嶙峋的剪影宛如海底的史前遗迹。盛港区东北部的一栋废弃民居里候着三个人。他们用架在阳台角落里的夜视望远镜，看着楼下巷子里的情况。

这是一栋外墙打着“拆”字圆圈的旧楼，房里还有没来得及撤走的炉子、风扇等，都是1990年代的型号，全都蒙上了厚重的灰尘。海风一吹，残破的楼宇呜呜作响，咸腥味伴着粉尘，让三名盛港刑大的侦查员忍不住往地上啐了几口。

身旁散落着泡面盒与空水瓶。显然，他们在此处蹲守已久。

目标终于出现了！那是穿着朴素的两个男青年，黑乎乎的天色给他们脸上也打了层厚重的阴影。夜视镜画面内，两人呈现诡异的荧绿色，嘴里偶尔喷出一团白气。那是他们取暖抽的烟。他们在巷子附近的土路上候着，等待一个由远及近的瘦弱身影。

那是一个穿着校服的学生。他被两人掏了兜，又瑟瑟发抖地答了几个问题。两个青年狠狠搡了他一把，开始搜身，寻找手机。未果之后，竟直接对摔在地上、蜷缩成一团的学生左右开弓。那学生紧紧护着头，拳脚并没有落在他身上。

“动！”楼上指挥的领队下令。

见到四五个高壮的陌生人气势汹汹地赶来，两人瞬间停止了殴打，立刻转头跑进巷子。刑警早分出两支队伍，前后包抄，很快截断了他们的退路。两人并没有像一般流氓那样投降，其中一人更是弓着身子冲警员连连点头，把手伸进裤袋。可一阵喷雾的浓烟与泰瑟枪电芒交错过后，两人先后倒在地上，痛苦地翻滚着，被上了铐。警员们低头一看，男青年准备拿的竟是香烟与打火机。

领队先是走到了受伤的学生身边，查探伤势。不料他很快爬了起来，若无其事地掸了掸裤腿，又脱下本就反穿的外套抖了抖，将内层翻到了外侧，露出“盛港船厂初中”的校徽。不等发问，他自顾自解释起来：“我摔倒了，这两个大哥路过，扶了我！”

“误会嘛，误会……”即便脸上火辣辣的疼，两人也争先辩解着。

“你还在害怕他们？”领队皱着眉，走到他面前，轻轻撩开他的领口。肮脏的内层下是青紫的皮肤。显然，他最近挨打不只一次：

“也不只你一个吧。据我们所知，有二十来个学生被勒索，还有一人被他们用改锥捅进医院了。”

孩子用眼角余光瞄了一眼地上正在被矿泉水浇脸的两个青年，重重咽了口唾沫，辩解道：“真是摔倒了。”

领队静静听他辩解完，一伸拇指，撩开他的嘴唇，毫不意外地看到了齿间的血丝。他拍拍孩子的肩头安慰道：“我们这次开展的就是针对这些不良青年的专案，他们一个也跑不掉。我理解你怕他们的心情，但你也可以相信，这次我们是来真的。他俩不是头一个被抓的，也不会是最后一个。”

学生重重咬了咬下嘴唇，深深吸了一大口气。见地上两人还在捂着眼睛强忍疼痛，他好似也被辣椒水的气味刺激到了，眼眶登时红了起来，泪水“啪嗒”“啪嗒”地往下掉。他愤恨而委屈地握紧双拳，冲领队缓缓点头。

半小时后，警员在两人身上搜了一番，没发现任何身份材料。几人轮流询问，可他们死闭着嘴，什么都不回答。领队半蹲下身，掐着男人的下颚左右看了看脸，试探着说：“努不，祖！库约土西孙。”两人还是不回答，但显然明白话中意思，相视后忍不住笑了起来。

领队命令下属忙活了一阵，终于将受害学生与勒索的青年分开带上车。车头灯打开，照亮了一排残破的建筑。建筑上空黑云滚滚，张牙舞爪的似要将城市吞没。

“既不打雷，也不下雨。”领队不痛快地看着天色。

“怕是快下冰雹了。”属下扭开车载电台，调到天气预报频道。“这几天不是有个冬台风擦着我们奔云海市去了吗？什么雷雨啊，冰雹啊，龙卷啊，都可能出现的，还是早点回去为好。”

领队拆开吐司包装，一口干下大半块葡萄干面包，含混道：“少贫嘴！打电话给向阳花，让他们带那个翻译过来！”

半小时后，一辆O牌迈腾车停在不远处。从车上下来两男一女。走在中央的男子个头不高，但西装革履，打扮精致。微亮的天光中，他走到警车前，捧起男青年的下巴看了一眼。

“我左边裤兜里有烟。大哥，抽根烟吧！”男青年竟操着一口夹生的普通话谄媚道，“误会来的嘛，我们和那个小男孩认识的。”

打扮精致的男子张口说出一个名字：“孟宝！孟腊！”

两青年陡然一愣，看了好一会儿对方的长相。可在暗沉的天色中，始终无法辨认出对方是谁。两人试着用赫蒙语与男子交流，但男子一脸倨傲地没有答话。

“带走吧，这两人都是渣子中的渣滓。人前一面，人后一面，不要被他们骗了。所有的阿谀奉承都只是为了降低你们警察的防备心理。”男子甩开对方的下巴，头也不回地走向迈腾车。

回到车上后，他从兜里掏出一方湿巾，使劲擦着手，仿佛刚才触碰的是极脏的东西。擦完手后，他下车兜了一圈，发现这地方根本就没有垃圾桶，才懊恼地把湿巾团用力丢到废墟里。可一使劲，男子竟然岔气了，猛地咳了好一阵，才拖着瘦弱的身躯坐回后座，将窗户关上，又把暖气调到最大。

02

前往看守所的十几分钟里，萧梦卿听着车载电台打发时间。虽然驾驶技巧比工作之初熟络不少，但除了盯着前方路况，她视线也只在后视镜间来回切换。

她身后坐着两人，一是虞子陵，一是此次的保护对象。这是个身材矮小的男青年，有着明显的南亚人长相，皮肤颜色比虞子陵要黑褐不少。他身着笔挺的西装，此时正用一架昂贵的折叠屏手机翻看电子版《汉苗词典》。他翻页的手指粗短棕黑，指甲却是灰白色的，甚至涂着无色甲油，像在木料上嵌了十片昂贵的象牙。

前方绿灯开始读秒，萧梦卿加了速，右转时方向盘打得急了些，手心立刻疼了起来。双掌内侧是两处刚结痂的新伤，无名指和中指也绑着绷带。她使劲抻了抻袖口，盖住掌肚，双手捋到方向盘下。

虞子陵叼着颗梨，看了会儿她的手，自语道："傻子才这么练！"又若有所思地把目光瞥向窗外黑云滚滚的天空。

"得有两三年没见到你了吧，萧同学。"还在看词典的南亚青年用熟练的普通话问候道。虽然语句流利，但在话尾总习惯把音调上扬，似是有些大舌头。

"是啊，前年毕业后就再没见面了。你考进市外联办了，挺好的。"

"后来我听说过你的。"南亚青年百无聊赖地盯了会儿后视镜，暗笑道，"同学群里聊过。可你应该退群了吧。"

"文萨，不要再提那件事。"

南亚青年面色稍显不悦："你应该看过材料，我的名字叫'王禾'。毕业后，我就改这名字了。"

"王干事，今天可得麻烦你跑好几个讯问室了。"虞子陵嚼着梨说，"最近捅了赫蒙人的窝了，偷抢拐骗的都有，让你帮忙的办案队可不少。我都算好了，顺利的话四十分钟一场，早上三场、下午三场、晚上三场。费用让市局统一清算。"

文萨换了张礼貌的笑脸，温和地答道："大家都是同事，能帮助你们是我的荣幸。报酬并不重要，哪怕义务帮忙，我也会做的。"

"这次情况不同以往。"虞子陵嗦了会儿梨核，抽出纸巾包好。"最轻的案件都是抢劫。你应该听说了吧，很多审讯的同事都受到了言语威胁。从刑拘到逮捕、起诉可有一段时间呢，难免有吞东西换取保的。所以，我们必须保证你的人身安全。"

"那辛苦你们二位了。"

"你好像一点也不怕。换句话说，你似乎很讨厌赫蒙人。可王干事不也是赫蒙族的吗？"

"虽然和这些人一起长大，但我一出生就是中国户口。我和你们唯一的区别就是，我清楚这些嫌犯的为人。他们嘴里大多没一句真话，甚至很多人只是装着听不懂中文而已。”文萨看似不经心地解释道，“只要被抓，之后所做的一切就都是为了尽快出去。不过只要我在场，他们大多会配合的，放心吧。”

“放心，当然放心。”虞子陵淡淡一笑，伸出手，“都是阿公的事，各司其职吧。”

文萨回以微笑，握了手。过了一会儿，他重重地合上手机，借着打开窗户透气的时机，将右手暗暗用湿巾擦了一遍。

看守所停车场早已停满了五区办案队的车，几人只得把车停在半公里外的超市旁。五组二人领着文萨与审批文件进了前台，交接完毕后，三人进入讯问区。

头一间的讯问并没花去太多时间。文萨聊了几句之后，讯问室内便传来了激烈的叫骂声与手铐清脆的作响。他从容地走出了门，理了理一丝不苟的西装领带，解释道：“他想虚报年龄，但被我套出了身份证号码。上月刚满十六岁，盗抢店面，可以刑拘。我问过里面的警官了，零口供也不影响。下一个吧。”

“叛徒！等我出去，杀你全家！”男孩稚嫩的怒吼响彻讯问室。两个同事也跟着出了门，都板着脸，一人离开时还重重踹了一脚门。

大半个早上，文萨像一只工蜂，从一间蜂房不知疲倦地忙碌到下一间。时间很快到了中午，早上提审的队伍中也只剩下一个案子需要协助了。文萨甩了甩汗津津的脑袋，出了门，打开湿巾盒，却发现里头空了。他不好意思地冲虞子陵点了点头，掏出一张百元大钞：“能不能帮忙买几包湿巾？剩下的钱你们买冰水吧。辛苦您。”

虞子陵两指夹过钞票，应了声“好说”，抬脚买去了。

“他们都配合吗？”萧梦卿冲讯问室里拴着手铐脚镣、一脸痞气的嫌疑人好奇道。

文萨抿着嘴一抹汗，轻轻点了点头：“是人就有弱点。被抓进来的人只有两种：要么假装天不怕地不怕，要么假装配合实则糊弄。但不管怎么伪装，只要抓住他们害怕的东西，自然能干好工作的。”

“你恨赫蒙人？”

“说不上恨，只是更了解他们而已。非要说讨厌的话，我和每个月港人一样厌恶这些嫌犯。”

虞子陵返回后，文萨收起湿巾，礼貌地道了声谢，又一头扎进最后一间讯问室。宣读《犯罪嫌疑人权利义务告知书》后，他先是习惯性地用赫蒙语问了问女青年叫什么、多大了。

“扎苏奴。但户口本上写的是苏娜，十八岁。”女孩挑起眉头，打量着眼前的南亚青年，“你叫什么？”

“文萨。”

“噢，你就是那条月港狗啊！怎么还没死？”扎苏奴故作讶异地鼓了几下掌，垂下头，狠瞪着他，“你给我听好了！扎陶是我大伯，把我弄出去！”

“扎陶是你大伯？”

“怕了吧？惹怒了他，你们所有人都得死！”

面对威慑，文萨不为所动，配合经办问了数个问题。“为什么要把毒品卖给学生？他们还是些孩子。”

“不赚钱，哪来的饭吃？我的客户也不是什么学生，十五岁早过了成人礼了。他们有需求，我就提供，我的价格可是很地道的！不像那群印度猴子，净掺墙皮，半巴掌大的纸包，真货还没指甲盖大。”

“图财。”文萨用普通话转译。

“警方已经掌握很多起案件了，你愿意配合核对数量和金额吗？”

“这俩黑皮狗有完没完？什么时候放我回家？要知道我被抓了，你信不信大伯带族人把这儿铲平了？啊，等族里真正的猎手来了，你们所有人都是细皮嫩肉的猪！”

文萨转译道：“她拒绝交代。”

“后半句呢？”打字的警员发现了异样，“她似乎说了很多，后面什么内容？”

“不是好话。你们不会想知道的。”文萨掏出一方湿巾，擦了擦额头。

“至少十起串并案。所有辨认笔录都指向她，图侦报告也有不少。”主审的警员不耐烦地答道，“和她说一下，再是这种态度，别想从轻。”

“喂！”扎苏奴用赫蒙语冲文萨命令道，“我要看你们记了什么。”

“法定流程是要她自己阅读后签字的。她懂中文吗？”主审警员犹疑了一会儿，还是把打的草稿递了进去。

可没看几分钟，扎苏奴便暴怒了起来，向文萨发了火：“我哪用刀了？！你给我说明白！”

翻译之后，两名提审员面面相觑，并不解其意。扎苏奴气愤地指着笔录里的字迹，那是“初中学生”四个字。

“别以为我不懂你们的语言！我从来没用刀砍中学生！”她竟然用磕巴的中文吼了一句，又换回赫蒙语骂了起来，“野种，别忘了是谁把你抚养长大的！你这么阴我，用刀是吧？等回了族里，我要做的第一件事就是砍你的手！！”

文萨像是看猴戏一样静静审视了一会儿扎苏奴，不再翻译，转而开始收拾东西。

“收工，反正证据链也足够逮捕了。大不了补侦。”主审警官没了耐心，草草收完案卷，便打了收人电话。

扎苏奴突然换了脸色，友善地用中文向两名经办警官请求道：“把笔给我吧，我签字、盖手印。”

“哟，这态度对了嘛。”

可正当经办警官将水笔递过去时，文萨却一把摁住了他的手腕。“别被她骗了！笔要是被吞下去，能换个取保候审吧？”文萨接过笔来，轻轻抛到桌面上。而后，他对扎苏奴冷笑两声，用赫蒙语戏弄道：“你可以把那两张笔录纸吃了。要不要给你拿点水？”

“赫蒙人的叛徒！你会被黑牛角穿心，滚下地狱的！”扎苏奴把笔录撕了个粉碎，向厚重的玻璃砸去。可手腕被银铐束缚住，碎纸片向前飞了不到几公分便散落一地。扎苏奴使劲叫骂着，连在走廊等待的五组两人也听得一清二楚。

03

时间还没一点钟，看守所前台已排起了长队。现在是第四季度的中期，五城区办案队都希望能在12月前将手头案件批捕呈诉，以换取一个清闲的冬天，迎接新年。

一早的忙碌之后，萧梦卿提着一大袋外卖回到审讯区，三人在门口长椅上坐着解决午饭。

虞子陵捧着半枚菠萝，一勺勺往嘴里送着咖喱饭，却对手边的冰奶茶碰也不碰。文萨的筷子在糯米鸡饭盒里拨弄了好一会儿，也没有送半块肉到嘴里。

“饭你不吃了吗？”虞子陵嘴里嚼着，瞥了一眼他手里飘香的棕黄色米饭。

“啊……我没什么胃口。警官你想吃就给你吃吧。”文萨把饭拨到一旁。他拆开手机壳，用湿巾仔细清理机身上的灰尘。

“手机不错。”虞子陵收拾完菠萝饭，从背包里摸出一颗青梨，用纸巾抹了抹，就往嘴里送，“很贵吧？”

“顶我三个月工资。”文萨消沉地回忆着，“我很小就开始打工赚钱了。可直到后来考上星湾师大，才第一次接触到‘外面’的生活。”

“外面？你说鬼钢城外面？”

“是呀。就连手机也是我上大学之后才接触到的。要是再早些接触到外面的世界就好了。”他喝了几口水，紧接着用湿巾捂着嘴咳了几声。炎热的天气让文萨十分难受，各种不好的回忆涌入脑海。他只得一次又一次用湿巾抹着脑袋降温，企图让自己保持清醒。

“所以，你大学才那么努力？”萧梦卿不紧不慢地吃着香芒牛柳饭，配着椰汁顺食。

“不努力不行啊。难道和他们一样抢劫、贩毒吗？这些赫蒙人，连正常人的生活都不知道是怎样的。他们甚至不知道，不去违法一样可以养活自己，不用触碰法律底线的方式，同样能够得到别人的尊重。”文萨夹起一筷子食物，放进嘴里缓缓嚼着，“其实，生活原本有很多选择。当个他人眼中的正常人，其实一点儿也不难。”

萧梦卿没搭话，轻轻咬着吸管。

“你会说这些话，是因为你和他们不是一类人了。”虞子陵把奶茶在手里捂到常温，才打开盖子一饮而尽，“你所谓的‘很多选择’，他们或许连接触的机会都没有。即便摆在面前，他们也压根儿不想去选。”

文萨嚼了一大口饭，坚定地抬起头望向天空：“我考进外联办，就是为了有这么一天。所以，我很喜欢现在的生活。”

虞子陵拍了拍文萨的肩头，用唇语向萧梦卿说道：“瞧瞧人家这觉悟。”

吃完饭，文萨很快回到了提讯室，继续工作。虞子陵收拾好垃圾，伸了个懒腰，走到发呆的萧梦卿面前：“保护一个知道你过去的人，不好受吧？如果你想好好治心病，可以找老秦申请，换个人来。”

萧梦卿嘬了一大口椰青，把碎椰肉重重嚼了几口，囫囵咽下：“多谢！已经放弃治疗了。”

04

已临近午夜，最后一场审讯仍在继续。萧梦卿蜷缩在走廊的长椅上休息，一天的劳累让她抱着膝盖，不住地点头。一阵刻意掩饰的脚步声由远及近，让她顿时警觉起来。她刚抬起头摸向腰侧，不过两秒，又把在枪上比作“7”形的手松开了。

“有进步。”虞子陵拎着两个塑料袋站在她面前，“不过，有人真想杀你，这速度还是不够。”他在她身边隔着一个位置坐下，袋子冲她提了提，放在两人中间的空位上。

清醒了一些后，她感觉清冷的走廊里寒气逼人，只能默默咬紧牙关，不打冷颤。拿起袋子，打开一看，里面躺着五个小笼包与一杯豆浆，都还是温热的，捂在手心里十分舒服。犹豫之后，还是把袋子放回椅子上：“我不饿，你吃吧。”

“你饿不饿，与我无关。”虞子陵拔掉吸管，掀开杯盖，喝了一口豆浆，又啃了一小口包子，慢腾腾地嚼着，“如果你想尽好轮班的责任，就要确保身体在状态。我不想给一个新人替双份班。”

她没再拒绝，默默地把袋子放到腿上，拿起一颗包子囫囵塞进嘴里，使劲嚼着。虞子陵侧目瞄了一眼搭档鼓囊囊的腮帮子，起身打算离开：“没人和你抢。”

“文萨在说谎。你也注意些。”她轻声含糊了一句，又让他坐了回去。

“嗯?”虞子陵饶有兴味地拉长鼻音。

“他大学时成绩很一般，中文也是这几年才练好的。我不记得他拿过奖学金。就算拿过，刨去学费，也不够开销。但他在学校里挺出名的，经常请导师和学生会干部吃饭，拉关系。”

“有趣。你可真是和过去完全反过来了。”

萧梦卿刚咽下两颗包子，文萨就瞪着充满血丝的眼球走了出来。虞子陵刻意举着包子，迎了上去：“翻完啦?吃点儿！然后，一起回中心洗洗睡吧。”

文萨并没有听见两人的对话。他冲虞子陵递来的食物礼貌地摆了摆手，挤出一个呆滞的笑脸，缓步走开了。两人一前一后跟在他身边，出了看守所。看守所外近一公里的路灯电缆因为拆迁的缘故接触不良，灯泡下聚着几只蛾子，每当灯泡亮起时便一阵乱飞，洒下浑黄的鳞粉。

虞子陵突然放慢了脚步，抬起手腕，伸出食指绕了一圈，缩短了与文萨的距离。文萨见状也警觉了起来，谨慎地迈着步子，跟虞子陵的背影走。萧梦卿一手搭在文萨肩上，转过身，倒退着警戒身后。在去往汽车的路上，有一排空荡荡的店面。几个少年躲藏其中，青涩脸庞在忽闪的路灯下阴沉着。

虞子陵扬起右手，向迈腾的方向一比，而后把冲锋包顺势一甩，拉到胸前，左手扯开拉链，探入包内。三人加快了步子，朝警车推进。这时，一个少年冲他们举起了弹弓，吼道："加囊!"

一发石子"嗖"的一声飞来。虞子陵抽出冲锋包中的单臂盾，架在文萨身前。金属碰撞声响过后，锐利的石片蹭着文萨的头皮飞了过去。文萨没来得及看清袭击者的长相，便被虞子陵压下头，护在了臂弯里。少年们争先恐后地骂着相同的词语，开始就地取材，向文萨抛石头与瓦砾。文萨努力抬起头，辨认着少年们的长相，在密集的石砾雨中狼狈前行。

他们紧追不舍。拿着弹弓的少年从兜里掏出蛋型物，向文萨打了过来。臂盾挡下了攻击，蛋清夹着一些扭曲的碎肉撒了文萨半脑袋。他往头上一摸，竟有一些还在蠕动的蚯蚓与蛆。他触电般将手里的虫子猛地一甩，慌乱地在身上摸着湿巾。费尽力气拆开一盒后，文萨用近乎擦破皮的力气狠狠抹着手掌。可虫子恶心的模样刻在心里挥之不去，他一边跑，一边呕吐起来。

撑过了百来米后，一辆押送犯人的警车适时拉着警笛，呼啸经过，五组二人趁机变动位置。虞子陵解开臂盾朝后一抛，萧梦卿很快接住，套在手上继续防护。她掏出裤袋里的手电，拇指一扭，推到爆闪挡，冲少年们举了起来。耀眼的光斑闪动，刺得他们难以看清弱光环境下的目标，石子与鸡蛋也纷纷失了准度。

三人终于上了车，来不及清理沾到外套上的虫子，虞子陵便发动车辆，奔上了主路。文萨用湿巾捂着嘴大口喘气，忍着臭味，清理了头发，又对着窗外剧烈咳了一阵，才缓缓恢复了面色。见萧梦卿还在清除衣上的蛆虫，文萨暗自使劲，往窗户的方向挪了挪，整个人近乎贴在车门上了。

“看清是什么人了吗？”虞子陵打开车窗，一手用纸巾不住捏着虫子往外丢。

“啊。”文萨关上车后窗。他捋了捋头发丝，发胶混着汗液，又黏又臭，湿纸巾却用完了。他偷瞄着脚垫上几条肥蛆与半截垂死挣扎的蚯蚓，徐徐攥紧拳头，把精致的西装外套脱了下来，探手往衣衬里一抹：“很多孩子都是嫌疑人的家属——弟弟、妹妹，还有儿子、女儿。”

“你很平静。”

“习惯了。他们不是头一次这么对我，只是这次比较出格。”文萨叹了口气，“能处理他们吗？我大致能记得一些名字。”

“十一二岁的孩子，抓了有用吗？”虞子陵打开两扇前窗透气，“别说检察院，法制科那关都过不去。”

“回去我把名字记下来，你们帮忙交给办案队吧。他们不是第一次做这种事，更不会是最后一次。等年龄够处理了，请一定告诉我。”

“头一次被这么恶心的东西弄一身。臭鸡蛋钻个眼，里面塞着一堆活肉虫，在你们的习俗里，有什么说法吧？”

文萨没有回答，把西装翻了个面，在腿上仔细叠好，摆放在膝头。

萧梦卿摘下两个发圈，戴回手腕，把衣服上的一条蛆弹往窗外：“蛊。”

后视镜里的文萨默默点了点头。

“下诅咒啊？真够原生态的！”虞子陵忍不住一乐，“这可怎么办？”他兀自踌躇了好一会儿，最后一拍脑门，取出磁吸警灯放到车顶，又连上手机音乐，播放起了《人民警察之歌》，嘴里还念叨了一阵：“富强民主文明和谐自由平等，公正法治爱国敬业诚信。”

冷风渐渐吹散了车内腥臭的气息。警灯红蓝交错的光芒映照过每一面路牌，间歇的反光频频扫过车里的三人。

文萨低垂着脑袋，沉在黑暗中，都市的浮光掠影并没有给青年蜷成一团的身躯染上多少色彩。看着悉心叠好的西装外套，他自嘲地笑了笑："你们知道'加囊'什么意思吗？是毒蛇。那些小孩把我当成背叛恩人的毒蛇。所谓可恨之人必有可怜之处，应该就是这样子吧。太可笑，真是太可笑了。"

"为什么这么说？"虞子陵好奇。他早已习惯了警灯的频闪，路牌上交错的亮光反倒给了他一种安全感。

"这些孩子还活在上一代人的痛苦中，被几个首领的谎言操弄，以为全世界都对赫蒙人充满了敌意，以为鬼钢城外都是战场。鬼钢城并不大，却把他们活活困死在里面。即便有机会接触外部世界，他们也打心底里不相信这就是正常人该有的生活。每次想到这个，我就觉得既可笑又庆幸。"

萧梦卿支着下巴靠在窗旁，双眸毫无焦点地望着窗外掠动的高楼："所谓'正常人'，也只是你自己的认知。或许，那才是他们的本性。"

虞子陵斜眼瞟了一下后视镜，萧梦卿在对着车窗中的倒影说话。午夜霓虹被隔在窗外，玻璃随着警灯那杂糅的紫色光辉闪烁着，忽明忽暗地晕着她半张冷漠的面庞。

05

回到中心下车后，文萨在门口附近溜达了许久，并不急着回安全屋休息。五组两人停好车，跟在他身边。一通电话之后，一个与文萨年纪相仿的青年骑着电动车来到中心门口。文萨并没有招呼他进门，而是隔着门栏分了根烟，两人熟稔地点燃了，抽着聊了几句。

见五组两人仍守在身旁，文萨也不避讳地介绍道："他叫诺汉，是我的弟弟。我们从小一块长大，现在合伙开了个餐馆。"

名叫诺汉的青年递给文萨一个大袋子，简单点了点头，便骑着车离开了。

"吃点儿夜宵吧！"文萨提着塑料袋建议道，"反正都这样了，不如吃饱再去洗澡，也有利于转换心绪。"

看着犹豫不决的虞子陵，萧梦卿双手抱在胸前，走到他身后时默默给了他一肘子："我也饿了。刚才正好买了两碗粥和一些点心，一起吃吧。"

虞子陵会意，应承了下来。可取餐的时候，却刻意靠近萧梦卿低语道："一顿夜宵，不用算那么清楚吧？"

"我这种人，比较习惯互不相欠。"

各自拿好外卖后，回到五组办公室。萧梦卿捧着热腾腾的皮蛋粥，慢慢喝着："刚才那人，是你亲弟弟？"

"不是血亲，但胜于血亲。"文萨舀了口冬阴汤送进嘴里。暖了暖身子，又吸溜了一口米线，"我们六个人从小一块长大，相互扶持着渡过了许多难关。这种过命的亲情，比血缘还要牢固。"他把面前的春卷与肉末沙拉往对面一推："两位，尝尝我们饭馆的菜吧，很好吃的。"

虞子陵伸长脖子，嘴对碗沿吹了许久，才喝下一小口粥，马上被烫得龇牙咧嘴："各吃各的，挺好。"

"不介意吧？"文萨指了自己面前的南亚啤酒，征求道。

"随意呀！外联办又不像我们似的有禁酒令，只要不影响明天工作就行。"

文萨打开啤酒，"咕咚咚"地灌下好几口，满足地哈了口气，把脖颈处的内衬扣子解开一颗："我见过月港很多外卖店，比如你们点的这家粥店，全市连锁十来家，生意忙得没工夫用心做，大部分都是用包装好的调料来煮食，哪怕没有任何烹饪基础的人只要一个小时就能学会。"他夹起春卷，咬下一块，端详着丰富的内馅自豪道，"我们开的这家餐馆，用的所有食材都是当天采购的新鲜货；厨师手艺也是请教了很多南洋大厨才学会的；价格只有同行的三分之二。你再看，我们外卖用的碗都是金属的，不像塑料，总给人不健康的用餐感受。”

“想不到王干事对餐饮业还颇有研究？”

“都是为了在月港更好地生活下去。”

几巡酒后，文萨面色泛起了一些潮红，语速也不由加快了一些。萧梦卿向虞子陵暗使了个眼色，两人夹杂着一些琐事开始套话。

“所以，要让参与袭击的孩子也坐牢？”

“是。”

“我也这么觉得！犯罪行为和年龄本就该区分来看。可我想不到的是，这种年岁的孩子，仇恨心居然那么重。他们不上学吗？”

“大部分都是黑户，从小就接受族人洗脑。首领在他们十二岁时就强迫他们参加所谓的‘成人礼’，在野山上独自生存一个月，回来后就有资格做‘生意’赚钱。袭击我们的孩子就是被族老成功洗脑的。对他们来说，这世界上只有两种人——战士和叛徒。不给教训的话，他们这辈子都只会在虚妄的恐惧与愤怒中度过。”

“如果你愿意提供更详细的信息，或许我们能让这些孩子得到重新接受教育的机会。”

“得到机会又怎样？他们缺的不只是教育，还有正常成长的环境。”文萨似笑非笑地喝了口酒，“身边只有偷抢拐骗和毒品伴着长大，你们觉得通过怎样诡异的教育，能让他们变回纯真无邪的少年？看看他们今天狩猎我们的样子，你信吗？”

萧梦卿顺水推舟道：“那，你是什么时候脱离那环境的？我们都看得出，你没被洗脑。”

“因为我从小就不信他们那一套，彻底脱离开差不多是高中之后吧，可也付出了惨痛的代价。读书在他们看来，本就是极其叛逆的。所以，我得不到任何帮助。高中毕业那会儿，我过得非常惨，身无分文，只能拼命打工赚学费。”文萨酒到嘴边，犹豫了一会儿，笑道，“即便你们这么说了，我还不能透露他们的聚居点。其实，聚居点每年都在变化。我出来太久，说了，你们也未必找得到。”

“看来你对赫蒙人，还是有些感情的。当然，我们也不会强迫你，只是公务员同事间的聊天而已嘛。”

“我只在乎我五个弟弟、妹妹的安危，他们暂时还没法脱离族人生活。”文萨就着牛肉米线又灌下一大口酒，“经济不独立是最大的问题。但只要餐馆步入正轨，他们就能彻底离开那个该死的鬼钢城了。”

他将空易拉罐捏扁，拆开一张湿纸巾，捂着嘴咳了几声。顺了口冬荫汤缓解喉内的冰凉后，文萨仔细擦干净手，掏出手机，翻成V字形摆到桌上：“你们知道我这个手机壳多少钱吗？”

“肯定不便宜。”虞子陵把油条撕成小块，慢慢咀嚼着。

“鳄鱼皮，真皮，一千块钱。一千块啊……放到小时候，这一千块能让我们过半年不用担惊受怕的日子。”文萨眼眶有些湿润了，合起手机，放到掌心里轻轻抚着，像在安慰自己的爱宠。“在鬼钢城，私自用手机会受到非常严厉的制裁。你们根本无法想象在智能机普及的现在，大部分赫蒙孩子连淘宝和抖音是什么都不知道。考上外联后我做的第一件事，就是买了个我能用得起的最贵的手机。我也给诺汉他们一人买了一部智能机。这是能接触正常生活最快的渠道了。”

“你没法指望他们也和你有一样的想法。”萧梦卿端起塑料碗喝了个底朝天，舔了舔唇角的米汤，“他们的问题也不是多一部手机就能解决的。”

“可他们也绝不能做什么狗屁战士。”文萨用湿纸巾狠狠捋过脸蛋，摔进垃圾斗里，“他们应该像我一样，做赫蒙人的叛徒。叛徒有什么不好？穿得好，吃得好，用得好，在大都市过光鲜亮丽的生活。这才是正常人该有的人生，不是吗？”

06

废弃炼铜厂一间厂房亮着灯。斑驳的墙皮上淌着铁锈的赤红色，像一只巨兽被挖空的腹腔。一阵海风袭来，顶部骸骨般的支架嘎吱作响，可里头所有人都没抬头。

扎陶坐在一把坤甸木太师椅上，整个身体斜靠着扶手，手里摇着一把蒲扇。他面无表情地翻看着手机视频，手机屏幕在苍老深邃的眼窝里反射着浑浊的光。他看的所有视频都来自一个主播号，内容是一个二十出头的年轻女孩直播做南洋菜的日常。

“三千多粉。诺汉，用你们年轻人的话说，算是个大 UP 主了吧？”扎陶看完视频，还笨拙地点个了赞。被唤作诺汉的年轻人跪在屠宰场外的空地中间，大气也不敢喘一下，对方的赞许却让他后背不住地发毛。

他身旁围着三个年纪相仿的男青年，个个都是一副愁苦而畏缩的模样，毕恭毕敬地跪着。

扎陶平静地问道：“听说晚上你又出了趟远门。去哪儿了？”

“文……文萨哥想吃夜宵，我给他送了一趟。”

“啊，文萨呀。你们经营那家饭馆有多久了？”

“两……两年多了。”天气微寒，诺汉的汗珠却顺着下巴不住往下滴。

“看你这视频号里前前后后上传了十几段视频，差不多有两三个月了吧？你还记得族里是怎么规定的吗？”

“鬼钢城有族人的地界里……绝对不能用手机。二头领！我们几个年轻人只是想多赚点钱给族人做迁移准备。”

“所以，你也知道最近中国人盯得很紧？”

“二头领，我们真的是想帮助族人！”

“你们是想留在中国吧，和文萨一样？”扎陶“啪嗒”“啪嗒”地摇着蒲扇，轻叹了一口气，“我能理解。颠沛流离的生活对你们来说终究还是太苦了。既然文萨能找到工作，你们自然也觉得能在中国生活下去。”

“二头领，我以后不敢了……”

“好，把诺雅带上来！”扎陶把手机与蒲扇递给部下，抻了抻裤脚，从椅子上站了起来。

没过多久，一个束着四肢、横捆住嘴的女孩押到了几人面前。把女孩带至厂房的是几名面庞青涩的少男少女，为首的男孩腰间还插着一把无缝钢管焊接的弹弓。

“你们做得很好，将来一定是勇猛的战士。”扎陶冲孩子们夸赞了一句，半跪了下去，抚摸着女孩的头顶，温柔得像慈爱的父亲。女孩面色吓得煞白，却不敢出一点儿声，牙齿紧紧咬着环绕脸蛋一圈的麻绳，顺从地让扎陶轻捋着头发。

可突然间，扎陶眉心一皱，寒光也从瞳孔间绽现了。他突然用抚着女孩的手猛地揪住头发，使劲儿一拽，几乎将她的脖子反折了起来。女孩伏在地上，瞬间动弹不得，惊恐的眸子绝望地望着从前慈祥的长辈。可迎接她求饶视线的，却是另一只手上摊开的伸缩棍。“哐啷”一声，棍子甩到了为首的少年脚下。

“作为对勇敢的赏赐，我破例让你们执行族法——一人一棍。”

“二头领！不……”还没等诺汉把话说完，棍子狠狠砸中了女孩的脑袋。伸缩棍像接力棒一样在少男少女们的小手中交递着，银光不断闪现。他们一棍又一棍下去，直到女孩喉咙里再发不出任何声响。当扎陶松开手时，女孩躺在了血泊中。

诺汉哀嚎了一声，跪着爬了过去，把女孩紧紧抱在怀中。惊恐与愤怒在心中交杂，泪水从他圆睁的眸子中不停淌下来，张大的嘴却说不出半个字，只能低沉嘶哑地嚎着。

扎陶背过身去，悄悄擦掉了眼角的泪痕。他从手下的手中接过药箱，熟练而细致地为女孩止血、消毒、包扎。处理完伤口，他瘫坐在太师椅上“咿呀”“咿呀”地摇着，目送女孩被部下用担架抬走。

“知道诺雅为什么要受过吗？因为她出现在这个公开账号里。我们族人上一次被迫逃亡就是因为被人发现了藏身之处。那些中国警察只要用你这视频一查，这个二十多年的藏身地就曝光了！四十年前的那天，我才刚懂事，亲眼看着异族人用机枪和炸药屠杀我们的亲人，把他们像野狗一样烧死在丛林里。你难道想让那天的惨状重现吗？!”

诺汉猛地抬起头，嘴角抽动了几下，却仍是什么也没说出来。

“是你让诺雅受了这苦难，明白吗？族法面前，谁都不能逃避！她是代你受过！”扎陶从太师椅后拿出一支仿 AK 刺刀，把刀柄向前一递，看着跪在面前的年轻人，“我希望你还记得规矩。”

叫诺汉的年轻人拿起刀，一阵嘶哑的喉音之后，脸颊淌下了几道血流，可刀刃下的耳朵却完好无损。

“你们都是我曾寄予厚望的孩子。特别是文萨……我甚至想把二首的位置传给他，他却一次次让族人失望。可在你们背叛我们的时候，有些年轻人开始为族人的未来牺牲了！扎苏奴、孟宝、孟腊也是你们的兄弟姐妹！”扎陶握着刀刃，递给了身后的部下，纱布在手上草草裹了几圈，目不转睛地看着跪在面前的其他三人。“作为首领们的后代，他们难道没资格离开吗？但为了族人，他们选择留在监狱。如果被遣送回去，他们必死无疑。想想他们几个，你们不觉得羞耻吗？!”

“赫蒙人的名字是自由！我们誓死与族人共存亡！”最先表态的是那群孩子们。他们眼含热泪，稚嫩的嗓音分外坚定，“不管头领带我们去哪儿，我们都永远跟随！”一只只粗壮的手臂伸起，周围登时陷入寂静，只听得见海浪拍打沙滩的潮声。

“中国人的城市不过是一座更大的囚牢而已，这里的规矩束缚不了我们。你们想在这城市中生活，就是背叛族人，背叛自由。”扎陶探着身子，将血刃放进手里，“但我还是会施舍你们选择的机会。”

“我们还有的选吗？”诺汉眼里闪着愤怒的泪花，把刀往身后一抛。

“我会让人把诺雅送到医院，她会活下去，但不会跟你走。”扎陶慈祥地抚摸着他的头顶，“你们需要做一件事——事成之后，你们不光可以获得自由，我还会给你们一块‘船牌’。万一今后不想再过中国人的生活了，你们随时可以回来做烟馆的把总。”

文萨身后的三个青年惊讶地抬起头。其中一人好奇道：“我们需要做些什么？”

“文萨现在不知道自己是文萨还是王禾了。他正在和中国警方合作，而我不能让他透露族人的藏身地。”

“文萨从未透露过……”另一青年有些为难，仍竭力辩解，“在他心里，工作只是工作。他要是有意透露，我们不是早该被发现了吗？”

“杀了他。”扎陶冷眼俯视眼前四人，语气严厉，“他知道我们太多的事情。如果你们还有脸自认是盘瓠子孙，这就是你们该为大家做的最后一件事！”

诺汉捡起刀，头也不回地离开了。三人面面相觑，不一会儿也跟了上去。几人身后，幽幽的歌声飘荡在海岸线边，哀婉而浑厚的古老语言轻声合唱着。歌声仿佛在星空下化作一个牛首人身的战士，正伴着竹鼓与芦笛的奏鸣舞动巨斧。

听着哀婉的曲调渐渐远去，诺汉含着泪，冲身后炼铜厂的方向啐了一口：“什么狗屁自由！”

“诺汉！不要说这种话！”同伴提醒道。在他们身后，有两个黑影以一定距离紧跟他们。

“我说错了吗？横竖都他妈的是这些老头说了算，我们还只能照做！这是哪门子自由？”

身旁青年回望了黑影一眼，也小声嗫嚅着：“我也越来越不明白了。首领们口口声声说族人的命运就是追求自由，他们却逼得我们喘不过气……”

“别想了！救了诺雅，一起活下去才是最要紧的事。”

“是啊，想想我们的未来吧！只要做完这最后一件事，我们就可以真正自由地在中国生活下去了！”

几人远望着月港的海岸线，跟踪者拉出的长长的身影像是两条浑浊的巨蟒，紧紧缠着他们。

夜色醉人。海水里倒映的城市灯火通明，文明的气息伴着夜浪一阵阵洗刷着古老的沙砾。都市的车水马龙偶尔盖过浪花，钻进他们耳朵，听得他们心痒。明明是触手可及的距离，他们却连伸出手的勇气都没有，只能在寒风中裹紧衣物，弓身默默踏出黑色的足迹。

07

萧梦梦用肩膀撑着身体，爬到女孩身边，下巴在她身上蹭着。她很快探到了那枚锋利的鱼钩，尝试着把它隔着胶布咬进嘴里。倒钩划破了她的嘴皮，女孩的鲜血与自己的混在一起，腥甜的味道充斥口腔。她囫囵把血咽下，用鱼钩尖端把胶布划开一个口子。

鱼钩被牙齿牵着一动，女孩立刻疼得呻吟起来。她不住地颤抖，腿肚剧烈抽动着。

萧梦梦吐出勾尖，站起身子，贴在女孩耳边轻声道：“亦卿，不要害怕。现在按我说的做，我们能逃出去。”

丁亦卿沉重地喘着气，忍着腿疼，侧着耳，吃力地听着。

“我现在要用鱼钩把手上的胶带磨断，然后解开你。这个过程你会很疼，但你要忍着别出声。被他们发现，就不好办了！”

黑暗中，萧梦梦感到女孩贴着她，使劲点了点头。可下一刻，她听见女孩深吸了一口气，身体也徐徐停止了发颤。

她把背着的手缓缓挪到她小腿位置，开始摸索鱼钩。磨胶带时，锐利的勾尖把手也挑出了细密的血痕，可萧梦梦只顾着加重摩擦的力度。数分钟后，她的手终于解脱了束缚。一声不吭的丁亦卿也终于喘起了粗气，暖热的汗珠不住落在老师身上。

“做得很好，要拔了。”萧梦梦用指尖捋清鱼钩的外形，嘱咐的同时把手放到丁亦卿反绑的手里。

她拇指顶住鱼钩末端，往肉里一推。发力时，她察觉到丁亦卿浑身都像触电般剧烈颤动着。更要命的是，小腿肌肉瞬间紧绷起来，鱼钩被紧紧夹住了。但她没有放松下手的力气，确定把半截鱼钩推进肉里后，她捏着勾尖，把倒刺推出，使劲将拳头大小的鱼钩整根拔了出来。

丁亦卿因剧痛瘫倒在了地上。胶带被切开后，萧梦梦把她搂在怀里，右手紧捂着她的嘴，左手一下又一下拍着她的后背。丁亦卿喑哑地哭了好一阵，缓下来后，怯生生开了口：“老师，我们接下来该怎么办?”

她没有说话，而是叼起鱼钩，拉着丁亦卿来到厢门附近的粗粒冰山前，双手使劲刨了好一会儿。直到手被冻得麻木，她才说道：“我估计我们是在渔船冷藏舱，下面就是储冰室。再这样待下去，我们的脚会冻得动不了。所以，必须跳船逃走。你还记得游泳课上是怎么练的吗?”

“可我没在海里游过，我怕……”

“我们被绑走不到半天。从星湾一直沿着水路走的话，一定还在省内。现在是上旬，东边海岸线涨潮都在傍晚时段。我刚才看了天色，应该差不多。”萧梦梦撕开外套袖子，摁住伤口，用散落的胶带替丁亦卿草草止了血，“这种老船要掉头非常难。我们借着潮水游，就有被冲上岸去获救的可能性。怎么也比枉死在船上强!”

“可绑架我们的那些人怎么办?”丁亦卿声音里带着哭腔，“那些船夫一定会阻止我们的!”

“我有个声东击西的办法，需要你帮忙。开门的时候，我们把这些碎冰块砸到来人脸上。我会转移他们的注意力，然后我们马上跑!分头跑!”萧梦梦把她的头揽过来，柔柔地给她顺着气，“我们一定会活下去!”

“老师，我害怕。”丁亦卿带着哭腔道。

萧梦梦没再回答，把抱住学生的手放下了。她将粗冰粒分成两大拨，捧起一堆，放进了丁亦卿手里。

船舱很快传来了密集而沉重的撞击声。这一次，蒙面男子提着一把粗长的鱼叉，打开了船舱。刚想查看情况，眼前便晶莹莹的乱闪，紧接着便是意想不到的剧痛。丁亦卿把一大捂混着鱼血的碎冰碴甩到了他脸上；萧梦梦瞄准面前怪物肉瘤似的头部，右手朝着他下颚挥拳。她食指与中指缝间紧紧攥着那枚粗长的鲨鱼钩，并没费多少力气，便贯穿了男子的大半张脸。锐利的勾尖像是扎透了肉色的鱼丸，从他鼻子位置探了出来。怪物痛苦地叫了一声，两个贯穿口同时喷出腥臭的棕色液体。

“跑啊!”萧梦梦不顾一切地喊了一声，头也不回地朝船尾奔去，不要命地扎入灰色的海浪里，拼命游了起来。

她用尽全身力气划动手脚，不知游了多久，直至冰凉的海水让四肢麻木到僵硬。她感觉自己像一只破裂的水母随波逐流，思绪在浪涛的拍打中愈来愈衰弱。即便如此，她也没再回过头。

醒来时，她趴在一片海滩上。四周无人，却能透过山峦见到高楼的灯光。萧梦梦休息了好一会儿，才勉力支撑起身体。她鼓起勇气转过身，身后没有那怪物般的渔船，也没有丁亦卿的踪迹。她“哇”的一声呕了出来，海水混着污秽被尽数吐出。她贪婪地大口呼吸干燥的空气，被泡得起皱的十指在沙滩上抠出一道长痕。

梦醒了。萧梦卿重重地深呼吸，干燥的空气让她猛地咳了好几声。她拧开床头的矿泉水瓶灌了几口，把手机闹钟关上了。

08

翌日，半天的翻译很快结束了。返程时，文萨却让两人在一家水果店前的街角停下了。他下了车，进店挑起了水果。店家对这张南洋人的脸并无好感，嘱咐小儿子守在他身边。文萨下意识紧了紧领带，又捋了捋西装平整的领口。

“挑挑拣拣的，到底要不要吗？翻烂了你赔钱啊？”店家手里拿着个旧苍蝇拍，时不时朝空气里挥舞一番，“没钱装什么上班族！”

虞子陵往包里一摸，见梨吃完了，便想下车买去。见他挑了会儿青梨，老板热情地用月港话推荐道：“安徽砀山酥梨，可甜哩！”

虞子陵也用月港话搭道：“有没有新疆香梨，头家？我吃得习惯。”

见他答得流利，老板笑意更盛：“有啦！有啦！小哥，试吃一个再买！不甜不要钱！”

虞子陵笑而不答，只是挑了几颗，跟在文萨身后，行至收银台。老板却一伸胳膊，把他手里的一袋梨接了过来，用月港话抱怨道：“这些南洋猴连话都说不清楚，买几颗果子都要大半天，不但抠门，还手脚不干净。小哥，自己人来先啦！”

虞子陵没有松开提绳，灵巧地避开老板的手，提溜着塑料袋往后退了一步。

即便听不懂月港话，文萨也读懂了微妙的气氛，建议道：“没事，你先也行的。”

虞子陵抱歉地一笑，冲一脸尴尬的老板用普通话解释道：“我朋友，一起的。”

老板见状，便赔着笑轮流算完了钱。水果摊对面是一条繁华的商业街，街口标语板上贴着一张宣传漫画：可爱的小女孩正在当导游，对许多外国长相的人介绍月港历史。宣传画用卡通字体写着：“海内存知己，天涯若比邻。”老板查完账，目送两人身影离去，才恢复一脸嫌恶的神情，把摊上的果蝇轰得乱窜。

上车后，见文萨痴痴地盯着街口宣传画上的小女孩，虞子陵搭话道：“月港自唐朝以来就是国际大港，往来的外国人向来不少。”

文萨怅然道：“但只有前来投资的外国友商和肯花钞票的外国旅客有幸做知己好友，无家可归的南洋人不算吧。”

“都是公家人。”虞子陵转开了话题，指着文萨精心挑选的果篮问：“你应该知道规定吧？我们不收受礼品，希望你另有他用。”

“虞哥说笑了。”文萨的手贴在果篮的保鲜膜上捂着，“我是想去探望弟弟、妹妹。你们昨天在中心见过诺汉，他来给我送夜宵。”

“探望？这不在今天的日程内。”

“所以，我现在要和你们走正规报备环节。听说按你们中心规定，如果我有出行要求，经过领导批准，你们可以陪我一起去。”

“条例倒是熟门熟路。”虞子陵拿起一颗梨放在鼻尖前嗅了嗅，“但前提是你去的地方足够符合安全标准。你要想一头往鬼钢城里扎，那领导也是不会同意的。”

“我当然不会回那种地方。您误会了，我只是想去餐馆看看。”文萨解释，“你们也知道的，现在做饮食的大半营业都靠外卖。如果不挂靠外卖公司，餐馆大多会遇到很多这样那样的问题。”

“你把两家外卖巨头的不良竞争说得真隐晦。你那餐馆在哪儿？”

“东边舵港附近，那儿租金便宜。那里生活的基本都是本地渔民，您大可放心。”

“内湾棚屋啊。那儿不是正在搞原拆原迁吗？”

“嗯，餐馆做的就是周围几个渔村的生意。这次我们决定签约其中一家外卖公司，我要过去帮忙看看合同。你知道的——大部分赫蒙青年都没读过书，识文断字就那样。别说签合同了，连菜单都翻不清楚。”

“我可以汇报领导。”虞子陵追问道，“可为什么不让他们把合同拍下来发给你？”

“餐馆最近遇到了很多乱点外卖的人，我几个弟弟都被打了，生意根本没法做。除了看合同，我也想顺道去探望他们。”

“唉，你倒是很念旧情哇。”

“虞警官，你是不是觉得我在同情他们？”文萨的语气突然变了。他转过头直视虞子陵，拇指也将果篮上那层薄薄的保鲜膜抠破了。

“不，我可没这么想。”虞子陵云淡风轻地敷衍道。

“刚才在水果摊，你也看到了。但比起我们经历的事情，刚才那个老板算礼貌的了。我小时候拿着钱去买糖，却因为长相被诬陷成小偷，被打断了小拇指，现在右手掌骨还是弯的。大学的时候，连食堂打零工都不要我，更别说学校社团了。我不拼命拿奖学金，根本生活不下去。那餐馆是我弟弟、妹妹们的全部未来。他们想用自己双手堂堂正正换取尊重，不偷不抢，更不贩毒。”文萨有些委屈，把破了的保鲜膜一点点撕开，揉进手里攥着，“我们规规矩矩开餐馆这样的事，对你们来说就那么奇怪吗?”

“不啊。月港自古就是一座包容的城市。只要遵守中国法律，无论哪国人都能有正常营生。”

“对不起……是我失言了。”文萨把领带松开，解开勒在脖颈上的扣子。他想摁下车窗，吸几口新鲜空气，才发现上锁了，“我实话说吧，跑这一趟有私心。那间棚屋是我们凑了几年钱买的，我占大头，而且因为户口关系，屋子挂在我的名下。政府想把棚屋区改成旅游胜地，今天是改委会考察组定期评估的日子。我也要去看看进度，到时好去谈条件。”

“这么说，我就明白了。”

他默然了一阵，用细若蚊蚋的母语抱怨道：“你们永远不会明白。”

秦泷很快回复了消息。虞子陵低头一扫，抬眼盯向后视镜中的两人：“老秦让我们陪着王干事走一趟。鉴于你那弟弟见过我俩，王干事得帮忙打个掩护，就说我们是你外联的同事，去蹭一顿午饭。”

“知道了。这顿我请吧。”

萧梦卿朝后视镜点了点头，车往绕城高速方向驶去。

09

棚屋楼上有些嘈杂的人声。海浪拍打着生锈的房柱，盖过了楼上人的争执不休。一人赔着笑下楼准备上菜，却被同伴伸手拦住。三人用赫蒙语又吵了好一会儿，直到诺汉催促，那人才面带愁绪地端出一盘肉沙拉，而后三步并两步回了楼上。

“不好意思，他们在谈装修的事！”青年诺汉招呼着，接过肉沙拉放到了小方桌中央。桌上还摆着烤鸡、糯米鸡、冬荫汤和香茅虾等南洋美味，显得有些局促。这间饭馆窝在棚屋一楼，面积狭小，只能摆下两张折叠桌。

“我们六个人是一块长大的，感情非常好。”文萨夹了块虾肉塞进嘴里，环视一圈棚屋，好奇道，“怎么不见诺雅？”

诺汉顿了顿，答道：“你不知道也正常。她有些不舒服，到卫生所买药去了。”

虞子陵左右手肘尴尬地慢慢搭向方桌，眼睛还别有意味地打量了一番桌子大小。“比起饭馆，更像外包厨房。”

萧梦卿没搭理他，而是仔细观察屋内每一处角落，连露出一条门缝的杂物间也不放过。

“棚屋虽小，厨客俱全。虽然还没空出多少地方，但的确是餐馆。”文萨解开衣领，在即将露出防刺服内衬时被虞子陵拍了拍肩膀。他斜眼看了虞子陵一下，顺势伸手擦了擦汗：“我准备按照正规饭店的标准培训他们，包括服务礼仪、厨师摆盘，还有餐具消毒。我们最先买的家具就是高温消毒机。”

“你倒是上心。”虞子陵笑道，“怎么今天一路来都没见人？棚屋这里应该很多本地船民呀。”

文萨喝了一大口柠檬水：“都说今天改委会来。船民这会儿应该都在村口村委会那儿谈价钱吧。根据棚屋情况不同，能拿到的补贴也不一样。不管哪家，都想多要点。”

楼上的争吵更剧烈了，竟传来盘子摔碎的脆响。

“他们三个到底在吵什么？”文萨用赫蒙语向诺汉发问，“发生什么事了吗？我好像听到辛哈、辛帕两兄弟和达坎意见不一样。达坎说‘不要信他们’，是说谁？”

“没什么，和你无关。”诺汉拿出一张过塑纸铺在本就狭窄的桌面上，指尖轻捋着：“这是老棚屋，木架结构，屋顶还是铺葵叶和松皮的。平常暴雨勉强能行；来了台风，一吹全没了。今后要改成铝皮屋顶。”

文萨起身，想上楼查探情况，可刚离开座位就被诺汉死死箍住了小臂。

诺汉自顾自地介绍道：“我们要把二楼杂物间打通，做十个临海宽卡桌位。楼体四五面墙要打上菠萝格，像是船舱那样。我和葛家村的朋友说好了，能便宜给我们！”

“诺汉，放开手！”文萨眉头一皱，“多余的话就不要说了。这是我们自己的事。”

虞子陵瞟了一眼锈迹斑斑的铝板墙面，随口夸道：“你这棚屋地段好，整个内湾都能看到七七八八。”

“楼顶！这是我们装修的重头戏！”诺汉指向门外的海岸线，“我们要把楼顶做成一个独一无二的总统间！用落地玻璃罩着，吃饭的时候还能欣赏海景。当然！这间要提前预订，还要设最低消费。”

“诺汉！”文萨用极其不悦的语气喊了一声，粗暴地挣脱了手腕。正当他打算上楼时，楼上三个青年迅速下来了。他们连着跨下好几级台阶，几乎是跳到了一楼，整栋棚屋也随之颤了颤。

“你们搞什么？到底发生了什么？”

即便听不懂交谈的语言，五组两人也意识到了气氛的骤变。心照不宣，两人分别将手摆向腰间戒备。

诺汉突然起身，双掌狠砸桌面，眼眶顿时红了：“诺雅……在首领他们手里！”一阵咸腥的海风袭来，棚屋被吹得呜咽作响。锈蚀的墙面上挂着木桶、鱼钩、船梁等杂物，在风中轻颤着，却被几条粗壮的麻绳蛮横地固定了。

棚屋停下摇晃的时候，三个青年拿出藏在身后的短弩对准了文萨。虞子陵与萧梦卿也几乎在同一时间抽出了配枪。背着门口，他们各抽出一只手，将文萨连人带椅地拖到身后护住。椅脚刮动地板的噪音，分外刺耳。

文萨脸庞瞬间吓得煞白，额角的血管不住抽搐着。但他仍忍着恐惧，在两人缝隙间伸出一只手劝道：“两位警官，他们都是我弟弟！给我个面子，坐下好好说！他亲妹妹在族人手里，他不是真心想杀我的。”

“我们给你面子，他们给你活路吗？”虞子陵往后捅了一肘，“他们一早算计好了时间和地方，还掐断了通讯信号，就差给你准备个坟头了。”

文萨痛得蜷了蜷身子，仍不死心地尝试着：“我和月港警方合作过很多次，认识一些领导，他们会帮着处理的。诺汉，到底发生了什么事？告诉阿兄，让阿兄帮你们！”

诺汉红着眼反问道：“我不想走到这一步，可诺雅在他们手里，她受了伤。首领要我杀了你，我还能怎么办？！我们几个不可能对抗所有人！”

“就是因为他这个叛徒，诺雅才受了族法！”一个青年怒斥道，“诺汉！快杀了他！烟馆的生意还有我们一份！”

“我们买下这棚屋，不就是为了重新开始一切吗？难道你还想过那种做跑腿当替死鬼的日子？”另外两个青年半垂着弓弩，劝道，“我不想和烟馆有半点联系了。”

“烟馆有什么不好？！有钱赚，有人尊重！难道像狗一样低眉顺眼地讨月港人欢心就好吗？别忘了我们这几天挨的揍！”青年撩起胳膊，露出一片青紫的痕迹，“诺汉，我们杀了文萨这叛徒，重新开始一切！”

文萨视线避过弩尖，不解地望向那青年的双眼：“达坎，你也是和我从小长大的兄弟。我救过你的命，为什么连你也这样对我？”

“闭嘴，叛徒！”

诺汉抬手摁下青年举短弩的胳膊，暗暗对门外使了个眼色：“让文萨说完吧，不差这点儿时间了。”

“诺汉，这里是中国。我们能把诺雅救出来！”文萨伸长胳膊，握住诺汉的手，恳求道，“给我一部电话。至少，你们让我试试，我不想死在这儿。”

“不能让他联络警察，他会把族人的聚居地暴露的！”

诺汉没有搭理他，点了点头。在拿来电话的同时，三人又将装填着不同箭矢的弩箭指向五组两人。诺汉一言不发地把短弩搭在腿边，摁下了免提键。

“他们可能把基站电缆切了，连单兵机的信号也发不出去。”虞子陵背过头，小声用月港话与萧梦卿交流，“但依老秦的脾气，中心的支援应该很快就来了。我们要撑到那时候。”

“我能确保首发命中。”萧梦卿把 07 式的准心缺口对向一人的眉间，“你要能干掉另一个，压制剩下两人的胜算还是很大的。”

“看到弩上那些短发射筒了吗？”虞子陵冲一个弩箭挑了挑下巴，“里头装的怕是切断后磨尖的自行车轮幅。还有，带头的用的是猎箭头。面对面，防刺服作用有限。只要有人松手，我们就成刺猬了。”

头一个电话在长久的忙音后被挂断了。他随即拨出第二个号码，顶着满头冷汗交涉着。

“不能把希望寄托在文萨的谈判上。”萧梦卿紧盯着棚屋一角，“见机行事吧。”

“不共情是好事。可这赫蒙翻译关系到你我饭碗，怎么也得保住他一条命吧。”

“我知道，所以我想了个办法。船民身手怎么样？我说的是打群架这方面。”

虞子陵不解其意，可还是用月港话坦白道：“其他不敢说，内湾棚屋这儿是老村，民风剽悍得很。周围几个宗族连起来，都不是棚屋船民的对手。”

“装备齐活吗？”

“那些都不在话下。可村口离这儿三公里多，连枪声都听不清，你要怎么通知他们？”

两边人各自用方言低声耳语，只有文萨一人的声音听来清晰而颤抖。他仍在强颜装笑，耐心地冲电话另一头的人解释道：“是真的，我一个朋友被绑走了，她现在很危险。我希望您可以帮忙……”

“我当然非常关心你反映的情况。”电话另一头是一个疲惫的声音，字正腔圆地打断了文萨，“可对我们来说，属地管辖权也是很重要的。可这情况也很紧急，必须赶快处理，所以我建议啊，小王，我用短信发你一个盛港区领导电话，你直接和他介绍一下。我还在会场，不大方便。先挂了啊。”

“嘟—嘟—嘟……”电话急促地响着。

身旁的青年垂下手弩，急促地在房内走了一圈，把弩箭顶向文萨头上。

虞子陵也探前一步，把枪口抵在他额前。

“我还有人可以求救！还有人可以帮你们！”文萨终于慌了神，转向萧梦卿恳求道，“你们会帮我的，对吗？你们是月港警察，又是我朋友，你还是我同学。你们会帮我救诺雅的，对吗？”

“我们会帮你。”萧梦卿重重地点点头，“但我需要时间和渠道汇报情况。”

“诺汉，他们不能信！”

“闭嘴！”诺汉怒吼了一声，震住了其他几个伙伴。他粗重地喘息了一会儿，俯下了身子，脚踩着弩的前蹬拉弦，把一根猎箭摁到了发射槽里。清脆的上弓声让文萨绝望地瘫在了椅背上。可他把手弩指向文萨之前，萧梦卿调转枪口，指向一楼杂物间。

“最好别轻举妄动！”她掰开击锤，冷静地用中文威胁道，“我知道你们用弓箭，就是不想引起周围船民的注意。你们敢动文萨，我就一枪打爆煤气罐。搭进去两个警察，你们所有在月港的族人都得完蛋！”

“被遣送的赫蒙人是什么下场，我略有耳闻。”虞子陵添油加醋道，“你们老家的丛林里还有很多地雷没挖完呢。怎么，就这么想让你们族人去前线就业？”

名叫达坎的青年激动地用赫蒙语吼道：“把拿枪的男人先干掉！”

求生欲让文萨很快恢复了沉稳。他思绪飞速转动，转而劝道：“达坎！就算你们不怕棚屋被烧，可诺雅呢？我们五个人无所谓，可她今后就无依无靠了。我们当哥哥的，要为妹妹考虑好未来！听我说，族人既然不肯接纳我，对诺雅也会是一样的。如果连这间棚屋也没了，她今后难道去讨饭吗？”

“月港人的走狗！你不配提她！”

诺汉猛地一怔，手几乎能把桌沿攥出抓痕。他沉思了一阵，伸手压下达坎的短弩，命令道：“你们可以走，文萨留下！”

“砰！”毫无预兆的巨响当即惊得几人一耸肩。平息后，没人受伤。萧梦卿垂下手枪，重新指向杂物间：“我们没打算和你商量，人我们一定要带走！”

“有人吗?！杀人放火啦！”虞子陵扯着嗓子，尖锐地吼了一声。四周无人回应。

“让他们走！”诺汉把短弩放在胸前，拇指却顶开了扳机保险。其他三个青年听见微小的声响，也一言不发地放低手弩，悄悄打开保险。

10

虞子陵左手探到文萨胳膊下，把浑身无力的他抻了起来，与萧梦卿一前一后护着文萨，朝门外退去。

门被踢开了半扇。感受到海风包裹的同时，一阵古怪的气流声划过三人耳畔。虞子陵感觉后背受猛力一锤，痛得肋骨都像被震断了。他立马把文萨与萧梦卿往屋里一推说："有狙击手!"

伴着话音，玻璃门在刹那间绽出了雪花，而后四散坠地。紧接着，又一阵火花从地板上猛然冒起，地板的铁皮上也出现了一个三棱小洞。

"嗖嗖!""咻!"几声箭响应声撕裂空气，随即便是金属与钢针、箭头碰撞的脆响。诺汉四人趁对面三人被偷袭的空档，也发动了进攻。萧梦卿用臂盾架着枪，立刻对一人还以两阵落雷般的枪响。刹那间，达坎连人带弩被掀翻在地，没了声响。

"上楼!"虞子陵用月港话向萧梦卿喊道。三人冲上楼梯，身子几乎摔进了二楼房间。

楼下传来赫蒙青年悲愤的呼喊声。萧梦卿翻起身时，身边"噹"地蹿起半支长箭，猎箭头扎透了包裹锌铁皮的木板，立在她与文萨之间。远处的袭击也在继续。伴着一阵阵刺耳的铮鸣，三合板与金属皮包裹的墙面也被打出一个个十字光斑。

萧梦卿吃力地把文萨拖到墙角。虞子陵立刻踹翻几个橱柜，斜靠在遭袭的墙面上，暂时挡住了狙击。

"我的腿——"文萨抱着淌血的小腿，刚想说话，又一支猎箭斜着穿透了木板。虞子陵一步窜过来，死死捂住他的嘴。二楼只开着一扇比人头大不了多少的小窗，门关上后登时昏暗了许多。萧梦卿眨了好一会儿眼睛，才适应了弱光。她打开手电调到最小档，滚到墙角，又陆续将所有家具都踹倒，制造噪音的同时也堆上了一大层隔绝箭头的物什。

“我受伤了!”文萨压低声音求救。他腿上插了几截钢针，没有穿透小腿肌肉，但流了不少血。萧梦卿拔出钢束，取出包里的急救器材替他包扎了事。文萨半瘫在消毒柜上呻吟着，扯开了领口，大喘着粗气，一双蜡球似的眼珠呆滞四顾。楼下但凡出现一丁点脚步声，都能让他扶住柜子缩成一团。

“怎么办，现在?”处理好文萨，她回头看向虞子陵。

“过来帮我一把!”

萧梦卿听到这带喘的语气，瞬间察觉不对。仔细一看，竟发现虞子陵左上腹扎着一支一臂长的猎箭，箭头扎透防刺服穿入体内，鲜血沿着箭羽落了一地。虞子陵示意她噤声，一伸手拉开肩带上的工具包，翻出一支单手钳子。萧梦卿扯出一大团纱布，绕着箭体，压在防刺服内，又伸出手想帮忙，却被虞子陵制止了:“有倒刺，不能拔。”

他把钳子卡到防刺服外，使出全身力气去剪，箭矢弯了下去却没断。萧梦卿见状，把手覆到他掌上一起用力，两人合力，终于把箭身铰断了。勉强止住箭伤上的血，鲜红的血流却从他一侧鼻孔淌下。虞子陵顾不上鼻血，扯下身上的单肩包打开，让臂盾落到地上。

警用臂盾上卡着个四棱小锥。这枚自制弹头底部沾着灼烧痕迹，虽然没有打穿厚实的铝板，但把盾打出了拳头大的凹槽，虞子陵外套的凯夫拉内衬抵挡住了剩下的冲击，总算让脊柱避开了刺伤。可就在几人处理伤口的同时，墙体上还在有规律地冒着十字形豁口。

“咳!”虞子陵忍着剧痛，用腿蹬着靠近楼梯一侧的锌铁皮墙面，“快点把这面墙撬开!”

“你有气胸，要做胸腔闭式引流……培训课程里有，我还记得!”萧梦卿翻起急救箱，用针头组装完胶管，却被虞子陵一掌扫开了。

“他们在搬煤气罐。等你做完他们都要破门了，来不及的!听我说，这种老棚屋结构都很松散，先帮我把墙皮拆开!”

萧梦卿只得帮着虞子陵拆墙。旧棚屋年久失修，两人协力掰开锌铁皮，合力撑开一道半人大小的缝隙。缺口下是棚屋间狭窄的木板路，一个浪花打来，甚至能从木头缝里见到浑浊的海水。刚拆完墙缝，一枚子弹打碎玻璃，贯入屋内。萧梦卿赶忙将卸下的两块三合板挡在朝门的窗口，又将地板上的文萨拖到柜后的墙根处。

“文萨，把西装脱下来给我！”虞子陵扶着墙，探出染红的手，放在文萨面前招了招。

见到血迹，文萨猛地从茫然中警觉了起来，机械地将胳膊护住脑袋，紧缩成一大团。缓过神来之后，他使劲咽了口唾沫，盯着地上臂盾里嵌着的子弹说：“我见过这种弹药，在成人礼的时候。是族人自制的。”

“少说废话，把西装给我。咳咳……”

文萨没犹豫，点点头，将外套脱下递给了他。

就在虞子陵想探入胳膊穿上时，被萧梦卿一把揪住了。“你要做什么？”

“敌暗我明，他们多少人还不知道。还记得和七组的训练吗？我扮成文萨引开他们，为你们争取时间。”虞子陵用一截纱布堵住鼻孔，“你专心应付楼下那几个。”

“正门对面高处就有狙击手埋伏！你疯了吗？以你现在的伤，冲出去就是找死！他们有自制枪械，防刺服挡不住的！”

“他们的土铳多半加了自制销声器，这玩意儿降低了子弹大半初速，穿不透我衣服的凯夫拉层，挨一两发死不了。”虞子陵一把箍住她防刺服的肩带，把她往前一掼，“做好你的本分，保护好他！用尽一切办法撑到支援到来，明白吗？！”

虞子陵没打算给她商量余地，说完话便扯着衣服往前走，却不料被回扯了一个踉跄。他回过头才发现，萧梦卿手里的劲一点儿也没松，反倒借着惯性往前一跨，把衣服一把抢到自己怀里：“我有办法。让我试试。”

“现在不是胡闹的时候，萧老师！”

“我没胡闹。”萧梦卿借着墙角缺口冷静观察外部环境。她把07式上了膛，又退下弹匣，连同包里的几个弹匣攥在指间。

“她要做什么……她不能走!”文萨听闻，竟踉跄着站了起来，可没坚持一会儿，就疼得跪回地上，“你可以去，她不行!”面对同时集中在自己脸上的视线，文萨仍在不依不饶地咆哮：“她会让我们都留在这儿等死的！她被绑架过，你不知道吗?!”

“我知道。”虞子陵贴墙坐到地上，拇指抵住鼻翼一喷，清理了鼻腔中的浑血。他悄声用月港话问道：“什么办法？你的体貌和文萨差太远，扮不了他。”

“我本就没这打算。”萧梦卿把西装抡到另一墙角，指着墙缝外的一处棚屋，“半公里外插着的那旗杆模样的东西，是不是代表什么?”

虞子陵顺着她的指尖望去，一枚红黄相间的仿水师旗正在咸风中猎猎飘荡：“应该是宗族幡了。几百年前，每个村都有这类标志。”

“把它砍下来会怎样?”

“抽筋扒皮，开肠破肚。”虞子陵脱下外套，解下后腰的MPK包住，往冲萧梦卿怀里一抛。

萧梦卿稳稳接住衣服与刀，一手抽刀，一手将鞘皮带扣挂到腰侧，过手后将刀“咔嗒”一声入鞘：“如果你真想知道萧梦梦过去的事，就活着撑到我回来。我会亲口告诉你。”

“搞得我好像什么都不知道……”

她披上外套，把弹匣交给搭档，纵深一跃，消失在两人视线外。听见碎步声渐渐远去，虞子陵低头一看，搭档落地处有星星点点的血迹。血点沿着一条线散开，间隔越来越大，一直延伸到道路尽头。没来得及细思，二楼门外很快又传来一阵沉重的撞击声。虞子陵立刻还击，把他们暂时击退了。

“你就让她这么走了?! 非要用命搏一把，宁可是我自己逃!”文萨没听见他俩的耳语，怒吼着站了起来，正要跟着往下跳，不料耳畔响起了枪的轰鸣。

“闭嘴！相信警察！”

枪声后，被橱柜挡住的楼门外传来一阵骚动。紧接着，便是赫蒙语的叫骂声。对方还以猎箭，但都没能扎透柜子。

文萨缓缓松开捂住耳朵的手，愤然反问：“相信她？你知道她被绑架，那你知道她是怎么逃出来的吗?!”

“砰!”

虞子陵换上一个满月弹匣：“直说!”

“当时有另一艘渔船在远处，上面的渔民都目击到了！两个人一起跳海，可一个人明显有伤。是她！她弄伤了自己学生，然后哄她一起跳海!”文萨粗暴地吼了回去。他脑袋抵着地面，双手不再捂耳朵：“那学生根本游不远，绑匪把她抓上船杀了，你知道吗？趁着他们抓人的空档，萧梦梦就逃走了！我们现在就和那学生一样，被她利用，在这儿等死!”

“王干事，你还挺八卦的。”虞子陵咳了两声。他一抹嘴角，低头看了眼手背上的血花，往裤子上一蹭：“且等着吧，她会回来的。”

“地上有血！被外面的狙击手打伤，她绝对会逃走的!”

“我不在乎。能逃一个总比困死三个强。”

“你不在乎，我在乎！我的一切才刚开始!”文萨在一堆桌面间挣扎着，把木块堆叠到身下，恶狠狠地用拳头挥打了好一阵。悲怒至极，他反倒痴痴地笑了起来：“还有办法的！我不想死！我才刚开始新人生，怎么可能现在就死?!”

虞子陵吐了口带血的唾沫，望向十字箭洞上的天空，用力冲楼门扣动扳机：“那我……尽量保证你多活一会儿。”

看着逐渐虚弱下去的虞子陵，文萨目光再次落到银色的左轮枪上。他神神叨叨地用赫蒙语祈祷了几句，又用中文喃喃道：“不如，虞警官也帮帮我吧。”

趁着虞子陵仍在戒备门外声响，文萨像一只受了伤的疯狗，龇着牙，举起一条刚拆下的桌脚，冲他恶狠狠扑了过去。

“没人可以左右我的命运！族人不行！诺汉他们不行！萧梦梦和你更不行！”

11

跑到旗杆前，萧梦卿右肩已经全麻。子弹擦着她的肩膀打过，肌肉被刮开了一条骇人的深槽，鲜血染透了半条胳膊。她没敢回头，左手举刀向着旗杆上那一臂粗的麻绳斩去。可才砍了一刀，手便被震麻了，几乎握不住刀柄了。

她拆下一个红色发圈，用牙咬着，在手掌与刀柄间缠了几道 X 形，把刀与手紧缚在一起，继续斩向麻绳。高耸的青竹竿被震得左右弹动。五六刀后，一人大小的幡像断线风筝一样坠了下来，砸进海水里，像一只搁浅的艳丽海蜇，飘荡在码头外。

见幡落水，萧梦卿藏好刀，边跑边用月港话吼叫：“赫蒙人带着土铳来烧屋子啦！”她连着喊了好几阵。

听见怒吼，不少村口的当地人都探出了头。见到光秃秃的青竹，他们很快骂了起来，像是出巢的怒蜂，蹬着一辆辆电动车，来到了宗幡旁查看情况。

萧梦卿解开西装，丢到地上，露出防刺服上的“警察”字样，朝天便是一枪，稳住了愤怒的人群。她操着流利的月港话，义正言辞地鼓动道：“赫蒙人占了一间棚屋，正拿着火铳要伤人。我是附近巡逻的海上警察，刚下艇就发现了。我的同事被他们绑走，关在一间棚屋里。乡亲们，能不能帮我报警，叫你们当地派出所的支援来？”

“还等当地派出所，鱼仔都腌咸了！团仔，你知道位置吗？”领头人招呼手下，帮她止血包扎。

“我知道！”

“别着急。带我们去。都是月港人，还能让番狗欺负不成！”领头的是皮肤黝黑的中年壮汉，胸前纹着一条盘着的巨龙，龙头衔着宝珠落在左肩，龙尾缠着整条右胳膊，粗壮的上身横着十余道刀疤。他一挥大手，操着粗糙而洪亮的月港话命令道："民团集合，上家伙，钉孤枝啦!!!"

"架定要打！驱逐鞑虏！"

"沙啦！沙啦沙啦！"

当地船民的高涨情绪，让萧梦卿有些发蒙。

她坐在车队头车的后座，机械地指着方向。驾车的是个身形高瘦的女船民，自称与萧梦卿同岁。女孩刚放下鱼店的活儿，手套上还是猩红的鱼血，车斗里躺着一把狭长的劏鱼刀与一把骨锯。她叼着一锅旱烟，吧嗒着嘴，在安慰萧梦卿的同时不住地骂着脏话。

车辆飞奔的同时，萧梦卿隐约觉得天上也有一阵嗡鸣声，抬头竟见到了一架四翼无人机。三十多台不同款式的电动车在木排与船板间如履平地，没几分钟就到达了南洋菜馆棚屋前，无人机也悬停在了不远处。

令她担心的事情还是发生了。行至棚屋附近，再无枪声响起。"赫蒙人有土铳，要小心。"一下车，她便煞有介事地提醒。

"对付土铳，我们早有经验啦！免担心！"领头的男人招呼手下分为三队人马，默契地开始了排布。一队人包围最外围的小路与港口；一队人埋伏在棚屋二楼附近，用望远镜查探情况；最后的主攻人马连同萧梦卿守在棚屋前，有条不紊地组装什么工具。

忽然，她感觉双肩猛地一沉。定睛一看，竟是一块厚钢板；而后，一枚老旧钢盔也扣到了她头上。胸前的钢板有些年份，是按修身的形制打造的，虽然很沉，但意外地贴合她的尺寸。板子上头凹痕遍布，还卡着一些细碎的弹药。

她刚抬起头，就发现身后架起了两个改装过的汽油桶。她咽了口唾沫，盯着土炮旁堆叠起的发射药交代道："叔，要留活口！"

"安心啦，死不了。但林北一定要这几只番狗痛到嗷嗷叫！"

“也不能火攻，会误伤同事的。”

男子一听，附耳与年龄相仿的几位兄弟商量了一阵，咧着嘴，使劲拍了拍她的肩膀：“免担心！多的是老办法！”

他们正换着弹药包，一发暗枪却不偏不倚，正中了炮手的脑袋，把他钢盔擦出了火星。他一个激灵蹲在地上，很快有船民挡在他四周，一人举着一个旧防盗门改造的钢盾。

“米铺二楼！”一个盘踞在高处的观察手尖叫起来，吼声震天响，“干林阿祖咧，那是我老表的厝哦！进外贼啦！”

在领头船民的安排下，一小队人很快分出，两人持盾走在前头，几人拿着武器在后朝狙击手所在的棚屋推进。剩下的人很快接替了伤员工作，将填好的弹药包取出，又丢入用不同颜色化肥袋包装的弹药。

突然，船民之间起了欢呼声。不少全副武装的船民簇拥着一队人来到萧梦卿身边，竟是纪小曲与支援队伍。直面眼前盛况，不少同事都瞪大了眼睛。纪小曲并不太惊讶，操纵无人机悬停在棚屋二楼外。她止住想要解释的萧梦卿，与领头船民交谈了几句，便带人守在一旁，并未进一步阻止船民。

载萧梦卿赶来的女孩打了头阵。她吧唧着旱烟，先冲棚屋喊了几句，换来的却是飞溅的钢珠与猎箭。在这个距离内，短弩无法对钢板造成有效伤害，围在身前的几个船民用土制钢盾挡下了。

“恁祖母欸北港香炉啦！”她踩在一架土炮的脚架旁，用拇指比着棚屋一楼校准方向。女孩猛抽一口旱烟后，用烟锅炙燃了引线，稍微挪了几步，背过身去捂住一只耳朵。

“轰！”“轰！”

萧梦卿只感觉眼前猛地亮了起来，仿佛有尘暴凌空压来，又被气浪瞬间吹散，五脏六腑都为之一震。再一细看，棚屋一楼沿街的墙已被轰倒了。那是第一发炮的效果。第二发炮弹间隔只有一秒，也成功地让一楼出现了三个打滚的身影。她偷偷瞥向炮口，上面还沾着粗砂粒。

女孩自豪地说："我们这儿特产的海沙粒粗，只剥皮，不伤筋肉。"

之后，他们并不急于强攻。女孩冲领头男子示意："阿爸！快！"

萧梦卿看到，身后先后探出几个绿色火炬，那是被点燃的自制烧瓶。船民每丢一个瓶子就要怒吼一阵，骂上几句，仿佛小小的瓶子承载不了自己炽盛的怒火。啤酒瓶像流星一样，准确落入一楼房内。虽然破裂，却没有烧起来，只是散发一股浓烈而刺鼻的烟味。

"咸鱼和木屑特制的哦。连鬼钢城的狗闻了都要呕。"女孩洋洋得意地抛接着一个啤酒瓶，介绍道。

清扫完一楼，船民还是没有冒进。负责操作土炮与丢燃烧瓶的队伍后撤了；凌珏与几名同事戴上防毒面具，手持手枪与甩棍发起了总攻。

被轰得晕头转向的诺汉三人浑身被粗砂炸了个遍，沙砾撕破衣物，把他们变成了土人，可他们强忍着疼痛，冲出了棚屋。没想刚一出门，迎来的便是愤怒的警员。全程不过五分多钟，萧梦卿便看到那三人像死猪一样被捆在了地上。

不等浓烟散去，她借了呼吸面具，连忙冲上楼去。几名同事合力踹开了堵有橱柜的门。一进屋，就看到虞子陵与文萨双双躺在地上，地板上满是混乱的血渍。文萨手里拿着一个断裂的桌角，锋利的木刺还在指着虞子陵。她大惊失色，几乎飞扑到虞子陵身旁，抢下木棍。她简单验了伤，搭档身上没有新的伤口，还保持着均匀的呼吸，左轮枪里是恰好打空的六发子弹。松下一口气后，也查探了文萨的状况。他失去了意识，下巴上有青肿的痕迹，小腿上的贯穿伤因为发力而撕裂了，几个伤口连在一起流着血，整条小腿都成了灰白色。

在船民的帮助下，警员把虞子陵和文萨先后抬下了楼。可刚下楼，他们又听见了一句惊呼："有人跳海啦！"

萧梦卿借过船民的望远镜一看，是最先被自己开枪击倒的青年。

方才被橡皮子弹打晕的他被诺汉三人藏到屋后，一通嘈杂后竟被惊醒，一头扎进了海里。几个靠得近的船民脱了上衣刚想去追，被纪小曲拦了下来："他没准有凶器，不要冒进！交给我们！"

纪小曲令凌珏与几名同事沿着棚屋周围搜了一圈，确保没有漏网之鱼。救护车来后，他们用臂盾谨慎地护住文萨与虞子陵，将他们分别抬上了车。

"你不该再回来……"虞子陵恢复了意识，刚想说话，喉中挤出的却是带着血泡的呜咽声。一片模糊的昏黄视野间，他瞥见白色的车顶、盖在身上的灰色外套，以及用胶管连着胸腔的生理盐水包："万一他们还有其他准备……万一……"

萧梦卿静坐在一旁，像审视问题学生的教导主任一样打趣道："这场景可真熟悉。几月前我躺在车上的那晚，怎么也想不到虞少也有今天。"她拆下两个发圈，捋了捋刘海儿，一甩汗，"那么粗的针扎进肋骨也不喊疼，你可真厉害！"

"说好的坦白局呢？"虞子陵用蚊鸣似的脆弱嗓音抱怨道，"你……咳咳……就用这些话打发我，萧梦梦？"

"过分了啊，阿陵。"萧梦卿撇开头一笑，"等你康复吧！现在你这状态，十句也听不进两句。"

虞子陵虚弱得没法说话，只能颤颤巍巍地抬起右手，向搭档一招。萧梦卿以为他是要交代什么，便靠近过来。虞子陵竟然断断续续打完了一整套战术手势："犬只。""女性。""贴靠墙。""北边。"

"这是什么动作？教学里没有……"

虞子陵满意地伸手比了个 OK，眯上眼，休憩去了。顺着字面意思连起来一想，萧梦卿又气又好笑，差点抡起背包给他一锤："狗男人，你才靠北啦！"

虞子陵蜷在被子里，使劲咳了两声，虚弱地呻吟了几秒。萧梦卿鼻子里"哼"了老长一声，冷冷一笑："看来，不过是轻伤。"

12

讯问室里，盛港区的两名经办正如释重负地收着案件材料，而陪同的四组两人坐在看守所走廊的长凳上休整。

文萨用赫蒙语同诺汉交谈着。经办讯问的问题，诺汉都已答完，配合程度令文萨简直不敢相信。眼前人就是三天前想要不顾一切杀死自己的兄弟，此时更像儿时犯了错的小弟。

“达坎昨天晚上也来自首了，你知道吗？”

“我知道了。早上活动时和他聊了几句，但我们不在一个笼子。”

“伤好了吗？”

“皮肉伤而已，好多了。”诺汉身上全然没了戾气。他甚至友善地望向文萨：“阿兄，我真的错了。”

“不用担心，阿兄会尽全力帮你们几个。”文萨有些不可置信。但一股欣慰的情绪仍然从心底升腾而起。他点了根烟，抽了一口，伸长胳膊往诺汉嘴里一送：“态度好一些。我会让认识的警官帮你们想想，怎么立功减刑。”

听见文萨的安慰，诺汉垂下头笑了好一阵，声音越来越悲凉，也越来越戏谑。然后，他抬起头，把烟头往舌头上一滚，烫灭了，而后往地上啐了一口血沫，轻蔑地看向文萨：“我错在相信你。达坎进来，并不是为了什么自首减刑。我的意思是，如果他也进来了。那么，那几条短信想必你也收到了？”

“短信？”文萨茫然了，低头翻找起包里的手机，“我这几天没什么工夫看手机。你说的是……”

低头看了一阵几个陌生的境外号码后，文萨的神色陡然巨变。身后两名经办抽着烟，聊着，头顶风扇“吱呀呀”地转，可文萨耳朵里只有嗡嗡声。直到讯问室内廊的门被狱警打开，文萨才倏地站起来，强撑住笑脸用中文解释道：“抱歉！他还有些东西要交代，很重要。劳烦再给我们十分钟。”

狱警没觉着有什么古怪，抱怨一句后离开了。

“怎么回事？”

面对身后经办的追问，文萨沉默了许久。冷汗滴落到指关节上，他一甩手，把拳头握得咔咔作响：“他……要交代重要立功情况。是关于鬼钢城赫蒙人的聚居地。这个名叫诺汉的嫌犯要交代他们的藏身位置。”

“如果真有价值，就快点问吧。喏，这张 A4 纸给你，把有用的东西记下来。”

文萨敛起笑，转头用赫蒙语厉声质问道：“短信里的这些资料，是谁交给你的？”

“你以为那时私自走货没人知道吗？只不过几年时间，抱了月港人的大腿，就想逃过族法了？”

“他们……在所有族里的孩子身旁都放暗桩?！可那时候，我妈妈已经用她的命和我家所有家产，换了我离开族里的资格了！”

“怪不得阿兄哪怕众叛亲离，也有钱读完大学。六年前阿兄正值最好的年岁，居然就金盆洗手不干了——最后几单生意，阿兄该赚了不少吧?！你觉得，月港人知道这资料后会怎样？十八岁，贩毒赚了二十万哟……居然还考上了公务员，真是威风啊！”

“你们……是不打算给我活路了吗？”

“当然不是。当年烟馆压下这件事，本想给你个机会，让你当官后成为我们的眼睛。可谁能想到，你竟然做了警察的狗！”

“如果你们敢公开这份资料，我就说是你们暴露了族人的位置。到时候鱼死网破，谁也别想活！”文萨压着嗓子威胁道。同时，他一字一顿用中文交代：“这个叫诺汉的说，赫蒙人的聚居地位于六座工厂内，每隔两年换一次。”

“终于露出真面目了。”诺汉微笑着讥讽，“中国连监狱也很安全。我不想减刑。揽下这么多大罪，关多久，我就能活多久。可你呢？只要你不死，族人一定会在将来某天找到你，杀了你!”

“你们到底什么意思?!”文萨拇指紧紧抵着笔套，塑料笔杆在手心里一点点碎裂，“你忘了小时候你和达坎发高烧，族里的巫医治不好，是我背着你们到村镇的卫生所磕头的吗？你忘了诺雅的第一双新鞋是我在大一暑假给她买的吗？我为你们做了那么多，为什么就是不肯放过我?!”

“首领说，阿兄和诺雅只能活一个。阿兄既然这么疼我们，就给诺雅一条生路吧。”诺汉冷笑了一会儿，脑袋朝桌面上重重一磕，又抬起半张脸，阴冷地盯着文萨，“答应我们的条件——至少，族人还是会用先祖的礼仪埋葬你的。作为叛徒，你只能选择怎么死。知足吧!”

“他怎么回事？你们嘀咕什么玩意儿啊，一惊一乍的？”经办看文萨神态不对，喊了狱警来收人，“没东西就下班吧，王干事。笔录他都签字盖手印了，你的工作也结束了。”

文萨抬起一只手，止住了经办。他揪起A4纸，在手心里揉成一团，往地上一甩。经办对这不礼貌的行为十分不快，皱着眉白了他一眼，挂下通讯器，打开门，等在了外头。

“首领……想让我做什么？”

天空滚雷阵阵。不一会儿，竟然开始下起了米粒大小的冰雹。天色很阴霾，文萨甫一出门，却觉得眼前朦胧发亮，竟有些刺眼。

“你得不到自由！哈哈哈……阿兄的牢笼，这辈子是躲不开的!”文萨刻意用中文得意地怒吼着。文萨头有些眩晕，竟好像看不到恶劣的天气，径直往狂风中走去。没走几步，细密的雹子就把他脆弱的身躯击倒了。

凌珏见状，撑起伞走到了他身旁，为他挡住细雹。纪小曲并不急着离开，两掌托着手机静静观望，目光不曾从文萨身上离开一秒。

“水。”文萨只感觉视线愈发恍惚。接过凌珏递来的矿泉水，猛地喝下了大半。意识恢复些许后，他感觉浑身冷得厉害，身体唯一有温度的就是不断淌出的泪水了。他侧过头，用湿袖子不断擦着眼眶，又爬了起来，踉跄着朝看守所大门走去："送我回向阳花，我要看医生！我的情况很危险……他们会杀了我的！近期我不能再出门！你们要尽一切努力保护好我！"

13

"挑！"萧梦卿把果篮举到虞子陵面前，不耐烦地催了一声。

"唉，市局也只有看伙计快死了才这么大方。要只是肋骨骨折，估计还得拼房住院咧。"虞子陵俨然一副享受服侍的模样，把床调整到舒适的角度。他很快拿起画着笑脸的青梨，在胸口的病号服上蹭了蹭，就想往嘴里送，却被萧梦卿一把夺下了。她把果子用温水洗了一趟，仔细擦干，才递回他手里。

虞子陵把玩着果子："听说'达叔'那案子，关于你的遗留问题解决了？"

"嗯。全中心通报批评，延了半年见习期，取消今年的评优评先资格。"

"救了同事，保护了要员，还协助抓了三名嫌犯，这放哪个单位本来都得记个功。可谁让你不走运，锅只能往下甩，不能往上甩。因为上面没人接。"

萧梦卿一撇嘴："知足常乐吧。"

"我记得，人情上我们是两清了，"虞子陵鼓着腮帮嘟囔了一句，"除了那坦白局。"

萧梦卿起身，故作哀怨地"嗳"了一声，起身迈开腿便走。可刚拉开门，便感到身后有异响。她回头，只见一黑影朝自己飞来。下意识用手接下一看，是一根约二十厘米的沙色长条。这是个硬塑鞘，侧面装着皮带夹，头部是一个黑色的金属指环。她用过这把小刀，凭记忆把食指深入环中拔开了。灯光下，是一把精巧的小型双刃匕首，根部分印着一只银色蝴蝶。蝴蝶非但没有艺术化的美感，张开的锐利翅膀反而令人觉得寒意纵横。“几个意思？”

“饯别礼。”

“会不会把咱俩分组，还没说呢。”萧梦卿把小匕首压回鞘里，把刀连鞘递向虞子陵，“不必了。我又不会使。”

“SOCP 不是武器，是专门为军警人员设计的防抢枪匕首。十九厘米的尺寸非常适合携带，够薄，能够和枪柄握在一起。”虞子陵没接回，转而调侃道，“每个外勤警员都应该有一个像样的切割工具。无论你被绑还是救人，至少有个比牙齿更好使的后手。”

“这算什么？补课吗？”

虞子陵叼着梨，鼻中轻嗯了一声。

萧梦卿望着掌中的小刀犹疑了一会儿，抿了抿嘴，闭起双眼，把另一只手伸到后脑捋了一会儿。当她把手掌又翻到面前时，扎着的短马尾也松开了，深栗色的发丝无声地倾泻在耳畔。她掌心上躺着两个发圈，一红一蓝，都装饰着一只褪色的金属蝴蝶。

“我听说送刀不吉利的，要拿东西换。”她撩了撩耳边的碎发，两指夹起一个发圈递给虞子陵，“我把这红的送你。”

“是你学生留下的东西吧。”

“嗯。她出事前送我的。蓝的是她的，红的是我的。”

“你真放得下？”虞子陵接过发圈，轻轻揉着。橡胶弹性还很好，但表皮缠线显然是两种相近的颜色，应是之前悉心修补过。他并没有接受，又放回萧梦卿手心里。

“我没打算放下。”蝴蝶坠落，萧梦卿手掌轻颤。她用摇头掩饰了过去：“但我也不打算做什么正常人了。”

“那，心病也不再治了？”

“你什么时候变得这么八婆了？坦白局到底还听不听？”

“听，听！”虞子陵乖巧地坐好，双掌平摊，放到大腿上。

萧梦卿抬起一根手指，嘱咐道：“说是坦白局，其实你应该知道得差不多了。所以，我要从头说，把我遇险的详细过程都告诉你，今后你或你的同学有机会查到这个案子，也能做些参考。丁亦卿是我们班上的重点帮扶学生。每天早上，我都会骑车去市郊接她上学。而那天……”

萧梦卿语气平静地叙述着，尽可能展开记忆中的每个细节。而虞子陵也地认真听着，用三防机记录了许多案情特征与关键节点。萧梦卿的神态一直很平和，无论说到自己被绑着丢入冷藏厢、学生被鱼钩刺穿，还是最后制订计划、重伤绑匪，她都非常沉静。好像渐渐熟悉了这些黑潮般的噩梦，记忆码头日复一日地被潮水拍打，台阶石碑上的刻字被腐蚀成棕黄，却有了在岁月中沉静的模样。

“我在岸上吐了很久，感觉五脏六腑都吐出来了。原来被潮水冲上岸，是那么恶心的感觉。”直到说到这句话，她才重重咽了口唾沫。感到有些反胃，拿起一个苹果咬了一大口，痛嚼起来，“但总归是活下来了。我被冲到了星湾和月港交界的灯塔沙滩公园，后来被游客救了。这就是萧梦梦那场经历的全部。”

虞子陵沉默了良久：“除了丁亦卿受伤那块并非你本意，其他的，和文萨说的版本并无太大不同。”

“我本就没资格反驳什么。骂我坏人、妄为人师、心理扭曲，我都接受的。”萧梦卿搓着苹果核，沉沉点头，“因为丁亦卿确实遇害了。可我那时候什么也顾不上，只觉得自己一定要活下去。我能冷静下来，能想到逃跑的方法和路线，却根本不在意丁亦卿的身体状况是否能逃走。”萧梦卿掏出手机，划开两年前建的老相册，照着截屏读了起来：“他们都这么说的——保护学生是老师的天职所在，老师应该有为学生牺牲的大无畏精神。除了这些，学生们还罢上我的课，丁亦卿的朋友做了花圈摆在我办公室，甚至连我父母都在骂我没心没肺，偷偷替我到心理矫治学校报了名。”

虞子陵探过脑袋，瞅了一眼评论，皱眉道：“你居然为了这些去治病？治一个因风言风语而莫名产生的‘心病’？”

“对呀。他们难道说错了吗？”

“没说错。但人在极端环境下的性格完全不同，绝境的求生欲并不该拿来批判。你可以愧疚，但不该去迎合这些高堂之上、阔论之辈眼中所谓的‘正常’。”

“你误会了。直到现在，我也认为这次逃生理所当然。这就是我发现我与正常人不同的地方，也是心理上最难治疗的痼疾。我——不愧疚。”萧梦卿手上的另一个青梨被捧在手心里削着，果皮平整细长若蚊香条，长长垂到地面，“和常人比，这种心态不是很可怕吗？”

“真不愧是老妖龙。也难怪他把你和我分到一组。”虞子陵把梨核从中间咬开，猛嚼最酸涩的部分。

“哈？”萧梦卿不解。

“我模仿一下他啊。咳咳……嘬……”虞子陵放下手中的空气烟斗，幸福地喷出一口烟，又板起脸，“现在让我遇到一样的情况，活下来的一定是丁亦卿。”

“是呀，所以你是正常人。”不解其意，萧梦卿也配合着顺了下去。

“可现在让你遇到一样的情况，活下来的也一定是那学生。”

“……嗯？”萧梦卿觉得虞子陵是不是说错了什么。果皮被锐利的刀刃切断后坠落，刃锋险些划到拇指。

“萧梦梦会逃。可萧梦卿会击退绑匪，救下丁亦卿，向附近船只求援，带着学生一起平安回到学校。”

“或许吧。其实，我还不知道在封闭空间……”

没有理会萧梦卿的追问，虞子陵继续畅想起来：“学校会大力嘉奖，而后萧梦梦会在几年后提任班主任，又提任年段主任、校教导主任。最终成为星湾市一名优秀的人民教师，陪伴着她心爱的少年教育事业，付出多年心血。最后，成为一名躺在摇椅上的白发苍苍的老奶奶。每年都有学生来探望她，拉拉家常，讲讲八卦。你很享受，你很幸福。”虞子陵笑笑，“这，诚然是一种人生。”

不知为什么，萧梦卿眼眶红了。哽咽了许久，才带着鼻音坦然道：“我想过，如果那件事没发生，如果那时候我带着丁亦卿都成功逃跑了……我想过千百次。我知道这种想法是饮鸩止渴，可我的确靠这种幻想逃避了很久。”

“现在就不同啦。”虞子陵伸手一探，“07 式在身上吗？借我！”

萧梦卿昂头咽了口唾沫。抽出纸张，垫好削了皮的梨，取下腰间的 07 式，卸下弹匣，一拉套筒，翻掌接住子弹，把空枪递给了搭档。

“和你不同，我是一条没梦想的咸鱼，是一只侥幸活下来的沙鼠。”虞子陵用脸蛋贴着枪体，好像在和它说悄悄话。耳语了一会儿，他才拍了拍枪身，笑道，“但我知道，它能保护很多有梦想的人，让他们实现人生中最甜蜜、最幸福的事情。你很走运。”

“为什么？”

“能配枪的工作并不多，老师就不行。在我看来，‘老师的天职是保护学生’不过是外行人的漂亮话。老师的天职不是教书育人吗？手无寸铁的职业能保护什么？可你看看它们！”虞子陵从枕头下抽出 MPK，一起叠到了萧梦卿掌心里，“你摸摸看！”

萧梦卿照做了，轻轻用指尖抚了抚 07 式的套筒，用掌面贴着 MPK 宽大冰凉的刀身。她依稀记得，头一次枪械培训之后，金属凉凉的触感竟让她心中的不安以最快的速度平息下来。

“看一个人欣赏武器的神态，就知道她是什么样的性格。做警察，你很有天赋。你实话说，这几个月感觉如何？”

“很复杂。很刺激，有些开心的事；也有让人痛苦和愤怒的回忆。”

虞子陵冷不丁话题一转：“现在请你回去做老师，你愿意吗？”

萧梦卿一愣，而后释然一笑。

“这反应就对了。”

“是啊。缺乏同理心，是我的本性。对任何本性，都有发挥其长处的工作方式。虽然现在还不知道，但我想肯定有。”萧梦卿浅笑了一下，短暂得几乎连自己都还未察觉，“对于这个职业来说，有没有同理心不重要，是否在合适的岗位上发挥作用才重要。”

“有点公安的模样了。只要你想，找到合适你的工作方式最多只要一年。”虞子陵摊开巴掌，冲萧梦卿紧攥的那只手扬了扬。

萧梦卿淡笑着，徐徐摊开拳，那个被握成一团的发圈随着掌面倾斜，缓缓落到了虞子陵手心里。他抻开发圈，食指绕在发圈内灵巧地转着：“寡情，并不是什么坏品质。甚至对一线指挥员来说，还是必备素质。你能说出这种话，这礼物，我也能坦然收下了。”

萧梦卿一言不发地坐回病床旁，拿起垫在纸巾上的梨子。

“怎么，想批判我刚才说的那些话吗？”虞子陵歪着脑袋，直勾勾地盯着她的表情。

“没有。”萧梦卿看向窗外还未放晴的天空，食指在刘海发丝上卷了一圈又一圈，“真奇怪。”

虞子陵眼巴巴地看着雪白的梨子，找准时机摊开手：“哪儿奇怪了？”

她毫不客气地避过他抓梨的巴掌，将梨子摁进嘴里咬了一大口：“像朋友在交心。”

“别会错意。我还是那句话，你对我的过去一无所知。”

“也是哦。”萧梦卿扭过头细细嚼着梨，“但或许今后某天，你会亲口把你在边疆反恐的那段过去告诉我。”

虞子陵枕着胳膊随口道：“那就等我牺牲后呗。追悼会上应该会播个人事迹的，你认真听那段就行。”

萧梦卿默默放下青梨，用前所未有的恳切眼神静静望着虞子陵。

“干吗？”虞子陵被盯得有些不好意思了，一撇头看起窗外的风景来。

“你是我真正救下来的第一个人……我不想看到你牺牲。我希望你今后一直好好的。”

“你看，你是真在乎别人说的话。我只是开个玩笑而已。”

“玩笑也不行。”

“诸邪回避，百无禁忌！行了吧？”

“我说啊，全中心最不在乎捅破窗户纸的两个人，却又接连把这个窗户都拆了。”萧梦卿歪头打量起搭档来，“现在，我们算什么呢？”

虞子陵深呼吸了一次，转过身躺下，用被子盖上脑袋，不再回答。听了老半天没见脚步声，他才不耐烦地举起戴着蝴蝶发圈的手腕扬了扬：“算病友。”

“好好养伤吧。我要去处理点儿事。”

“你刚才一直在看三防机里的定位软件。怎么，和你同学有关？”

“不只是他，还有你。”萧梦卿把三防机丢到虞子陵怀里，走出房间，轻轻掩上门，背着身用指关节敲了敲门玻璃，“你居然也有被偷袭成功的时候。就这个东西，我要抵十节课——干货；每节不得少于两小时。”

虞子陵拿起单兵机看了会儿，发现除了定位软件，萧梦卿还开着个视频文件，是无人机的拍摄视角。无人机在她离开后不久便飞到了棚屋附近，透过墙缝拍摄着二楼发生的一切。文萨挥着桌角袭击虞子陵，脑袋在结结实实挨了一木头后却没有失去意识，反而拼命把文萨一拳抡倒了。他强忍着伤撑了许久，直到楼下土炮炸响，才被震昏过去。

点开视频反复瞅了几次，虞子陵瘫在床上，瞪着灰白的天花板：“唉唉，丢人咯……”

14

文萨在向阳花护理院的顶楼，开着手机直播，画面是天海之间一座繁华的都市。

他切换摄像头，仔细打理自己的妆容。虽然浑身被淋得湿透，但还是一丝不苟地用手指当梳子理了理背头，将领带束到最紧，确保西装的衣领左右对称。整理完容貌，他切换摄像头，将手机对准楼下。

“我是赫蒙人。”他声音里带着哭腔，胳膊也因害怕而轻轻抽动着，“警方逼得我们没有活路了。几十年了，我们族人像虫子一样在中国苟且偷生，我们只想有一个能够安心生活的地方，但始终没有。作为赫蒙人的一分子，作为月港市政府的一员，我只希望能通过我的牺牲，来唤醒所有人对外来移民的重视。我们只想活下去，仅此而已。”

夹杂在雨点中的细雹形若盐粒，触到发烫的手机屏幕便融化了，像是热泪般滚落。录完像，文萨怒吼一声，松手让手机掉下楼去。他掏出湿纸巾擦干眼角，迅速换了副冷漠的表情。没能擦干脸上的雨点与冰碴，他烦躁地把一整包湿纸巾摔到地上，双手扶着栏杆，从天台边沿跨了下来。

远方云层中电光闪烁，像发光的蠕虫在倒悬的海面中打着滚。

“砰！”清脆的雷声响起，却不是从天上传来。

文萨脚还没点地，就被一股巨力扯翻在地，三道胶带模样的束缚带将他死死套住了。他挣扎着勾起脑袋查看，眼前雨雾朦胧。雨丝越来越密集，烟雾却渐渐散去了。

38MM防暴发射器。能发射催泪弹、橡皮弹、沙袋弹、束缚弹等多种弹头。其非致命性在特护警的任务中能起到重要作用

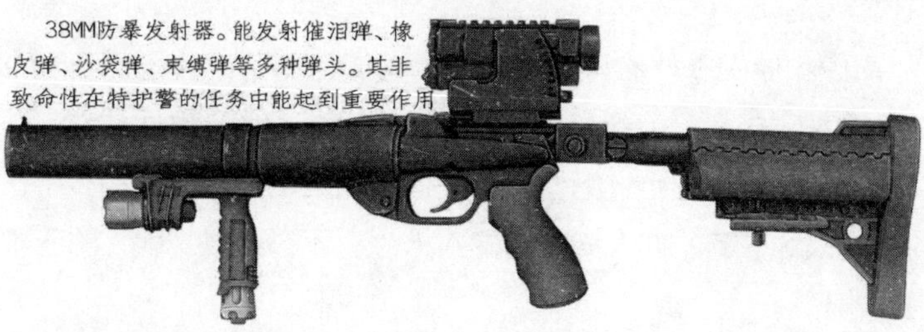

萧梦卿举着一杆防暴发射器，打开弹仓，卸下碗口粗的弹壳，又摁入一个新束缚弹头。

“萧梦梦，你他妈做什么?! 我是你们的保护对象!”文萨像被撒了盐的蛞蝓一样在地上扭动着，衣物也变得肮脏不堪。雹雨中，他渐

渐耗尽了所有力气。碎冰在他身上跃动着，湿漉漉的胸膛一起一伏："我从头到尾就没打算跳楼……刚才我是装的，为的是……迷惑赫蒙人！"

"我的工作。"萧梦卿没有多解释，用单兵机喊了支援。

"是……是赫蒙人逼我这么做的！我不这么做，他们就要杀了我！"文萨悲痛欲绝地哭嚎了好一阵，直到嗓音沙哑，"中国人不接受我，族人也要我死！我根本没的选……"

"别装了！"萧梦卿走到天台边沿，往下看了一眼。楼底提前布设好了气垫，几名同事正将草丛里的手机找出来，用证物袋包好封存。她走到文萨身边俯视他："我们一早联系了中心这块的运营商，用物理隔离网络制造联网效果。你刚才的直播，根本没发出去。"

"你……你说什么？"

"你以为我们公安都是白痴吗？讯问室全程录音录像，早有人把你说的话寄给省里专家翻译了。"

文萨浑身猛地一颤，重咳了好几声，喉咙里净是淡血味。冰凉的雨丝像是一把把冰锥，无情地插向心底，把他最后一丝矜持也击碎了："我不这么做，他们会把资料公开！我走到今天，付出的所有努力都会完蛋！我会从一个满怀希望的公务员，成为谁都看不起的赫蒙罪犯！"

"那你和他们有什么区别？自私到能对手里沾的鲜血视而不见。一丘之貉，装什么有为青年！"萧梦卿反问，"你以为过去六年，就可以当什么事都没发生过吗？因为你们卖出去的毒品，让多少本该完整的家庭因此破碎？你光鲜亮丽的新人生，不过是靠其他人的苦难堆砌出来的！"

"你根本没法理解我！你知不知道我从小到大过的是怎样的生活？"文萨拼尽全力吼了出来，"我们从小被迫和狗抢吃的，为了一点儿钱出卖尊严！在你们吃着饼干、看着电视为作业发愁的时候，我们却要忍着病痛和饥饿，为了偷东西和送货的资格大打出手。在你们叛逆父母的时候，我的母亲付出了生命的代价，才让我离开鬼钢城……你们这些生活在和平年代的中国人，根本就不懂得生存有多么残酷！”

“我们没必要相互理解。”萧梦卿冷漠地回道，“我尽我的职责。”她抽出蝴蝶匕首，将文萨翻了过来。

“你不能杀我！你是警察！”望着寒刃，文萨还在做最后的尝试。他近乎哀求道，“求求你，我不想死！我现在自首，向你们向阳花自首！我愿意供出赫蒙人在鬼钢城的所有藏身地！他们在几个废弃工厂轮流居住：有个炼铜厂，一个船桨厂……不，是螺桨厂！还有个拖网厂！我说的都是真的！”

面对误解，萧梦卿只觉得既好气又好笑。没再搭理文萨，先是给他上了背铐，而后用锋利的小刀挑断了束缚带。同事们陆续赶到，将文萨掼了起来。经过萧梦卿身前，他仍在乞求：“我自首！我愿意全力配合月港警方。我不是坏人，我愿意改过自新的。梦梦，帮我和领导说些好话，行吗？”

“我曾经也这样过。”萧梦卿伫立在雨中，长叹了一声，亮晶晶的冰花挂满发梢，“像你一样，拼命装一个正常人，努力证明自己可以做好事，却在某个瞬间对自己失望透顶，甚至想死。不对，你比我顽强多了，就像蟑螂一样，哪怕没了半截身子，也想着拼命活下去。”

远处贯通五城区的月江波光粼粼，都市并没有因为天气异动而失去光彩。凉风冷雨中，采砂船、轮渡在江上缓慢移动，朝着海港破浪而去。江畔的楼宇高耸林立，闪烁着文明的灯火。文萨最后遥望了倒映着碎光的水面，噙着热泪，用赫蒙语诵道：“那不是浪花，那是泪水。这不是生活，这是战争。”

同事们离开后，萧梦卿还站在天台上俯瞰着雹雨中的月港。她甩了甩脑袋上的莹莹细雪，苦笑了一声：“对整座城市来说，谁还不是虫子呢。”

15

小雪已至，月港沿海迎来了为期两月的禁渔期。渔民在沿岸张灯结彩，供奉烧猪、烤羊等祭品，又趁着夜潮，将各色海灯投入海水，送出来年的希冀。

看着远处岸上星星点点的篝火，忠伯不满地“嘁”了一声，对卫星电话大声“喂”了一下，又故意自语道：“他妈的听没听见啊，这老头子！”随手一挥，将舱门上陈旧的对联“老少平安千秋盛”撕下一大截，冲手下扬了扬。

身旁的青年立刻掏出准备好的烟袋，裁好纸张，为他卷了一大截粗壮的卷烟，递到他手里。年轻人怯生生地看了一眼斑驳的下联——“吉祥如意百年春”，打亮火机，为忠伯点燃了烟卷。

“我要和你谈条件！”忠伯身后的船舱里摆着一个烤猪头与几碟丰盛的海鲜，却没半点儿供奉的模样，柴刀笔直地斩在猪脑门上。

“说！”卫星电话里终于传出了苍老的嗓音。

“这几天，我的几个手下到市里转了几圈。本想替烟头找到那野种的踪迹。”忠伯勾了勾手指。

手下立刻开了瓶啤酒递给他，可被他扇了一巴掌后，又识趣地回桌开了瓶白酒，顺带捧了两盘下酒菜来。

“你找到了吗？”

“我们发现了更有趣的东西。”忠伯灌了两口白酒，抽了一口烟，随手抓起手下捧来的一只猪蹄，把粗壮的蹄筋嚼得嘎吱作响，“我好歹算是烟馆的人吧，可短短这么几天时间，连个走货的兄弟都找不到。不光这样，连咱们赫蒙同乡也不见了踪迹。当然不是说他们凭空消失了，只是他们居然也学会了躲探头。按理来说，那份地图只能烟头看，把它给同乡，不合规矩吧？你们这是要走啊！鬼钢城整治计划还没开始，烟头就准备好了后路，怎么也不跟侄儿说一声？”

“不要以为找九尾虾要了个电话，躲在离岛就绝对安全了。不是我授意，你连活着联系我的资格都没有。”翁柴的声音很平静，“对我来说，你永远只是个小孩。”

忠伯一愣，不可置信地拿着电话从头到尾瞄了个遍，猛吸一口烟说道：“是。所以，我想和烟头做笔买卖。”

“说吧。”

“第一，你要出面告诉鸭脚，茶楼的欠债烟头帮还了，这顶我半只耳朵。第二，帮你找野种这事没有功劳也有苦劳，我要一块船牌，还有独自走货的路线。”

“我为什么要同意？”

“烟头走了，可名声留下了。你是在将安堂发过誓的，不杀光那黑皮全家可不行。我帮你保住这点尊严，要个船牌不过分吧？”忠伯粗手一弹，半截烟卷炸出橙色的光粉，消失在海面上。他捏起一只大海虾，吸干了鲜浓的虾脑往海里一吐，把虾身连着壳咀嚼着：“你也别忘了——你的命是我爸给的。中国有句话叫什么成……哦对，成人之美。翁叔，我一不图财，二不反水，只求一条活路。你拍屁股一走倒是清闲了，可烟馆的生意没了大半，我手下小的们总得吃饭吧？”

“十天内，我要那孩子的尸体。”电话一头出现了一声浑浊的嗓音，而后挂断了。

“烟头怎么说？”手下殷勤地迎着忠伯入座了。关上门一坐下，两人便燃起了锅，摊开手取暖。

“没说。但这态度，就等于答应了。”

“忠哥，咱们兄弟俩探了那么沉的料子，您为什么不直接威胁翁柴，管他要烟头的宝座？”一名手下不解，使劲儿拔着柴刀，想片下点儿猪头肉。

“你是猪脑子吗？”忠伯拍开他的胳膊，一拧腕子把刀撅下，挥刀把猪头剁成碎块，“亏你们跟翁柴干了那么久，连他是什么人也不明白？和他明目张胆地对着干，老子就算不输也得废半条命！更何况他人多势众，咱们三个干得过吗？”

另一手下抹着脸上飞溅的肉末，笑眯眯地补充道：“忠哥眼睛亮着呢。哪怕我们握着翁柴的命根子，也只能商量、不能威胁。把他逼急了，下场就是死光，比那黑皮一家还惨！”

“那……野种还抓吗？”

“抓，而且要在十天内。”忠伯用筷子插出猪眼睛，像牛丸一样送进嘴里，“我拿了船牌，这叫有理有据。我杀了野种，那叫有情有义。这两件事做完，老子的腕就闯出来了。翁柴一走，必然要选新烟头，你们觉得能是谁？”

“剩下的把总里，阿迪已死，三根改行，红玲是女的难成事，阿巴斯和龙胆鳔都是外人……剩个甘秋仔，年岁和狠劲均不及您。”

“妙啊！忠哥智勇双全，再开将安堂，下一截烟头还能是谁？！”

“那个叫阿迪的虽然有勇无谋，但也是条汉子。他的船牌有缘过到我这里，就让我物尽其用吧！”忠伯开怀笑着，喝下一大碗白酒，竟主动为两个手下续了杯，“你们识时务，算是跟对人了！”

16

秦泷端坐在办公室椅子上，翻看着一些不同寻常的航拍地图。地图并非寻常的彩照，而是高对比度的夜视照片，大部分区域都是阴森的蓝色，只有图中心几间厂房模样的方块亮着暖橙色，像是深海中点燃的火柴盒。

“你确定没被他们发现吗？”秦泷问着，为纪小曲泡了杯珍藏的好茶，“赫蒙人都是天生的猎手，能在丛林中轻易发现百米开外的兔子。”

“不确定。”纪小曲双手端着自带的搪瓷茶杯在掌中捂着，“但一来是深夜，二来是最大飞行高度，被发现的可能性不大。”

“好！很好啊……”秦泷抓起桌上的温湿计，走到窗边探了出去。将冻僵的手收回来时，表上的度数让他安了心。他欣慰地笑着，将温湿计砸向铝合金窗框，一下，两下，狠狠砸成了凹饼。他奋起全力，将温湿计抛向窗外，碎开的塑料与断裂的金属在半空中散开，无声地落在楼下草坪上。

纪小曲鼻梁上的红框AR眼睛被蒸气染白了。她没去擦，只当没见到秦泷的举动："多亏了那个叫'文萨'的供词，让我们这么快确定了那群毒贩藏匿的炼铜厂。如果他没告诉我们那六个工厂的位置，行动当天我至少要增加一小时搜寻时间。"

"纪队长，那台无人机的实战成像如何？我说的不是最大飞行高度，是行动高度。"

"放心吧！飞行高度一两百米的话，成像清晰度让我跟只海鸥都不是问题。"在秦泷面前，纪小曲没了在队员身边的亲和感，举手投足间都透着不属于她这个年岁的冷静沉稳，"冬天海边本来天气就冷，加上鬼钢城的建筑多以金属和水泥为主体，热成像基本就是一片蓝黑。您就是在等这时机吧？"

"电量能撑多久？风力会影响操作吗？"

"我操作，您放心。不怕炸机的话，一块电池能撑一个钟头。"

"炸了算我的。"秦泷不屑。

纪小曲摘下眼镜擦着，笑道："这台'蛛鹫'的成本可不比一般无人机。您忘了当初和贺政委扯皮多久，他才批准了采购计划？机器和人一样是有脾气的。你把它当同伴，它才会反馈给你最好的战果。"

"我从不和工具产生多余感情。"秦泷用脚拖来垃圾斗，拍了拍手上沾着的塑料碎屑，"这方面交流就交给你了。"

纪小曲看似随口说："专项整治行动用得着这热成像地图。我们是不是要给省厅或市局的上级部门送一份过去？"

"不，各做各的。"秦泷警惕地扫了纪小曲一眼，而后翻出火机，点燃烟斗，抽了起来，"你记住，当天他们搞他们的非法移民整治，我们做我们的特护案件。如果碰见，也只是巧合！"

纪小曲故作狐疑：“啊，有新案？是什么特护案件需要深入鬼钢城？据我所知，特护警的职责是保护，不是进攻。”

“是要直接前往现场接驳的危险案件。当天的特护对象是一个名为诺雅的赫蒙少女。据文萨所说，她被毒贩挟持了，属于我们的保护范畴。我会抽调负责处突的三大队和驻点特警，组一支特搜队前往鬼钢城。届时，你们四组也参加。”

纪小曲慢腾腾地品着茶：“这个叫‘诺雅’的，我们似乎没有掌握太多。”

秦泷不耐烦地一磕烟斗：“不用装糊涂，我只是需要个由头。当天这女孩是否在鬼钢城，甚至是否存在，对我们的任务来说并不重要。”

“‘当天’啊，原来如此。可我还是好奇一件事，您非要把特护任务和联合整治放在一天，它和‘11·25’大案有关系吧？”

秦泷并不为被套话而愠怒，索性坦白：“是和‘三头两魁一船主’有关系。你是我手下最聪明的人。如果感兴趣，我很欢迎你加入我的计划。”

“陈涛师傅的死和‘三头两魁一船主’有关吧？那个贩毒团伙就是其中一个。您对整治计划并无兴趣，而是想借力打力。看似巧合的特护行动，却意外破获了一毒品重案。这能引起上级前所未有的重视，自然会把鬼钢城与这几年发生的重案联系到一起。‘三头两魁一船主’的传说自此不光被证实，且对月港治安来说必将是巨大威胁。”纪小曲揉着搪瓷杯，杯上“为人民服务”的字样十分亮眼，“而全市局只有指挥一人清楚状况。无论整治结果是好是坏，您下一步已然走在康庄大道了。”

“别把我说得那么势利嘛。说来说去，都是为了月港的长治久安。所以，你想加入吗？”秦泷提起茶壶悬着，壶嘴微微倾斜却没有一滴茶漏出来，“不管是想惩奸除恶还是建功立业，都是绝好的机会。”

“雪中送炭，是要有雪才行。原来，三头两魁一船主才是月港未来的寒冬。”纪小曲把搪瓷杯捧到壶嘴下，淡淡望着涌入杯中的滚烫茶汤，“我需要时间考虑。您也需要时间判断我该占据怎样的位置。可不论怎样，确保当天的特护行动顺利是前提。请问领导，离非法移民整治专项还有几天？”

“今晚一过，还有九天。”秦泷冲日历喷出一大口烟，整个人都藏在了烟雾中。

第六章
江河入海

00

月港，终是没能躲过冬台风。

政委办公室的门虚掩着。走廊外的清晨被铅色云笼罩，狂风吹动一整排树乱哄哄地摇晃，气流时不时透过窗缝呜咽。风压在廊内聚集，最终将办公室的门“嗵”的一声吹闭了。屋内三人都不为所动。桌上的日历里，今天被画了几个红圈，钢笔劲道十足地写着“专项整治”四个字，但只有贺清泉自己能见到。

他起身走到茶桌旁，冲坐在面前的两人浅笑了一下。茶具都被清理干净了，一旁摆着从二大队借来的胶囊咖啡机。向部下学了半晚的泡制技巧此时发挥了作用，他拆了三枚胶囊咖啡，仔细压平，萃取，调制。新月状的出口将棕色的液体分作两股，落到咖啡杯中。不一会儿，就调出了两杯颜色漂亮的美式咖啡。

秦泷用揶揄的眼神看着贺清泉：“不愧是管政治的，接待国际友人到底比同事用心。”

秦泷身边坐着一个妆容优雅的妇人。她戴着硕大的墨镜，手里卷着一张报纸。面对贺清泉悉心煮好的咖啡，她神色不为所动，只是冷漠而礼貌地解释道：“现在华人商会都没人喝咖啡了，和国内一样，流行喝岩茶。”

贺清泉拍着脑门，从抽屉中翻出一泡岩茶，打算将两杯咖啡倒掉。

秦泷猛地抓住了他的左手，接过一杯咖啡："政委泡的咖啡怕是没人喝过，我倒是要尝尝。"他张嘴抿了口咖啡，立刻被苦得龇了嘴，可还是强忍着装出享受琼浆玉液的表情。

贺清泉泡茶的工夫，中年女性又掏出一包迷你雪茄征求道："可以吗？"

"啊，请便。"

得到允许，女人翻出一个精致的雪茄剪，切开个小口，将香烟粗细的雪茄点燃了。她抽的时候，手指搓着细雪茄在嘴里慢慢旋转着，仿佛在品尝一根巧克力棒。抽完雪茄，喝了茶，她长叹一声，倏地转身，给了秦泷一记大巴掌，脆响盖过窗外的风声。

秦泷来不及闪躲，脸颊结实地挨了一下，半杯咖啡也洒到了地上。他没生气，只是苦笑地冲贺清泉摊了摊手："你知道我为啥要和她离婚了吧？"

"你还有脸了？"女人将报纸丢给秦泷，指着配图上被打了黑色马赛克的孩子说，"你以为玩这种花招就没人知道了？自己的儿子，你以为当妈的认不出吗？"

秦泷捂着脸，扫了眼报纸，睨着贺清泉明知故问道："庄怡，这报纸是谁给你的？"

"你不需要知道。"

"庄怡副会长，您消气。"面对眼前的骚动，贺清泉手上的茶壶都没抖一下，"市局一号已经给了我们直接指示，孩子不再参与这个危险案件，随时可以跟您离开。至于秦泷本人的问题，我这个当政委的也有管教不严的责任，一定给您一个满意的答复。"

"不必了，我和他仁至义尽。怎么处理，是你们内部的事。"庄怡很快恢复了优雅的神态，又点了根细雪茄平复心绪，"我会马上带秦麟走。他就在门口，待在我们商会的车上。抚养权本来就是判给我的，让他跟你半年，只是为了了却他陪爸爸的心愿。可你呢，让他陷入了多大的危险？你还有做爹的样子吗？”

秦泷吃了瘪，有些委屈地辩解道：“帮忙……是秦麟自己答应的。他和鹏鹏本就是好兄弟，我答应他一定为陈涛家报仇。这么小的孩子也有正义感，你看你……”

“不是他有正义感，是你这混蛋利用了他的年少无知。我会带秦麟回美国！这辈子，你别想再见他！”

“就不能先待在中心吗？我们有些事情要办。妥了，我一定亲自送你们走！再说刮台风呢，桂宫机场航班都停运了。”

“不了。我要先带他回省会，那儿有我们的国内商会总部。总部也有保镖，不劳费心。”庄怡一口回绝，“我不想再和月港公安扯上关系。秦麟那个当警察的白日梦，我也会帮他慢慢改掉。”

秦泷愣了一会儿，很快恢复了笑容，掏出单兵手台打了个电话，殷勤道：“我让手下送你们去。”

贺清泉借机劝了起来：“我们的特护警很专业，让他们送吧。也好让他再尽一次父亲的责任。”

庄怡冷冷一笑：“父亲的责任？那他为什么不自己亲自送？”

“我在忙嘛。”

被这句话刺痛了，庄怡猛地扭过头来看向秦泷：“忙升职加薪？自我实现？还是英雄情怀？结婚纪念日，你在忙！儿子出生，你在忙！忙到连离婚开庭都不出席！我不管你忙什么，我只知道你不配为人父！”庄怡说完这话，场面登时有点尴尬。她这才意识到贺清泉还在一旁，只得摇摇头，疲惫地答道：“好吧。我让司机先回去。你安排人送我俩去星湾的美国侨商总部。就现在！”

庄怡离开后，贺清泉瞟了一眼秦泷一早套在身上的战术背心，问道：“你就一定要去掺一脚吗？”

“是啊。这是三大队头一次执行处突任务，能为中心未来积累宝贵经验。”

贺清泉不再劝解，掏出烟盒，抖出一支递到他面前。

秦泷抽出一根烟，抛到贺清泉桌上，拿过烟盒苦笑道："谢谢你送我的这份大礼，老战友。"

"不客气的。"

"那你知不知道，今天让孩子待在中心最安全？"

"我想知道。我非常想知道！到底为什么是今天？你究竟要做什么？"贺清泉拆了左手的手套，用半个手掌夹着烟抽了起来，"你要真担心秦麟的安全，一开始就不该让他卷进这件事，更不该瞒着我和徐主任！把你接下来想要做的全部告诉我，我保证能让他们留在中心，等到专项整治结束！"

"不了。就让他们走吧。"秦泷整个人无力瘫在椅子上，含泪用三防机发出了集合命令，"该做的事，我一定会做！"

"庄怡和秦麟是你的家人。"贺清泉十分失望，冲秦泷勾了勾手，"把你的配枪上交吧！"

秦泷从枪套中抽出 77 式，重重拍在政委办公桌上："熊璐和陈涛，也是我们的家人。"

01

"三十一号台风'茱萸'继续向北偏西方向移动，本市台风预警由蓝色转为黄色。户外、高空、港口及海上作业人员需做好充分防风准备。市内所有船只禁止出港，进入全面防台状态。尚未回港避风的船舶请注意收听海事电台，与台风中心保持一定距离，于可航半圆内航行……"

萧梦卿关了车载电台，趁着红灯，轻盈地伸了个懒腰。她惬意得有些恍惚，仿佛一切令自己不快的回忆都被风吹散了。

车开到了市郊，雨小了，天色似乎也快放晴，但缓缓变低的气压却给人难以名状的压抑感。在海的远方，立着一堵高耸的青灰色云墙。它如若岛屿般巨大的水母，趴在天海相汇处，将云丝构成的触手旋着，往自己的方向缠绕。云团中时不时亮起的电光就像它偶尔睁开的眼睛，贪婪地看向这座灯火阑珊的人类都市。

“两位警官，我们离目的地还有多远?”庄怡坐在车后发问。她想打开座椅缓解疲劳，翻下座椅扶手后发现，里头只有两个漆黑的杯架，只得不满地“啧”了一声。

“八十多公里吧。”虞子陵看了一眼地图，“上高速后就快了。”他偷偷借后视镜瞄着身后的母子。庄怡时不时用英文打着电话，而秦麟只顾把玩一支橡皮77式，冲眼前经过的一个又一个绿灯瞄准射击。

“这天色真怪。”萧梦卿悄声向搭档抱怨道，“昨晚愣是没睡着，好像墙皮都要被风雨打掉一层了，可一早又这么平静。”

“正在台风眼中呢。没准下午又是狂风骤雨。”虞子陵打趣道，“你没见过台风眼?”

“星湾多山，历史上也没什么大台风。”

“这趟虽说是简单的跑腿，却是回你老家。感觉挺奇怪吧。”

“是啊……很久没回去了。”

暴风云构成的巨兽仍在以极缓的速度朝着月港靠近，天空清晰地划分为橙黑两片，偶有零星雨点洒在车窗上，“啪”的一声绽出一朵朵清晰的水花。水花中倏然出现了两辆扭曲的车影，紧接着便是一阵巨响。

萧梦卿感觉眼前一闪，不是天穹的电闪，而是车体相蹭的火星飞溅上了车窗。巨力冲撞让轿车气囊激活，一下把五组两人顶到了座椅上。车后母子在气囊保护下没受什么伤，可被吓得不轻，庄怡抱着秦麟躲在座椅下尖叫。萧梦卿试图稳住方向盘挂倒挡，可迈腾的车头撞裂了护栏，半辆车都窜进绿化带，动弹不得，车轮无力地尖啸着。虞子陵抽出MPK，割破气囊；刚腾出胳膊想要抽枪，又一辆面包车以更强劲的力道撞了上来，将迈腾顶到护栏外，整辆车侧着杵到了草坡上。

萧梦卿整个人悬在驾驶座上，两次冲击让她近乎晕厥。她一摸剧痛的脑袋，手上满是殷红。缺乏气囊保护，虞子陵在遭受二次撞击后晕了过去。她努力在后视镜中查探庄怡母子的情况，却发现两个黑影砸碎车窗，将右后座的秦麟从窗户里抱走了。

“不是说好就剐蹭一下吗?!”一个黑影给了同伙一巴掌，“他妈说好的装事故呢?! 那排探头，狗日的全拍到了!”

“我他妈头一次做种这事! 又没露相，怕什么? 少废话了，赶快带野种回船上等老子!”

“车里剩下的人怎么办?”

“别废话，快滚!”

一个黑影拎着挣扎的秦麟远去了，孩子的哭喊声扎进萧梦卿的耳中。没过几秒，面包车引擎猛地作响，而后飞速离去。另一男子拿着塑料桶往迈腾上一顿猛浇；紧接着，手里开始冒起米粒大的火星。萧梦卿闻到透明液体的气味后，整个人从脚底登时凉到了脑顶——“汽油!”

她狠咬一下唇，逼自己大口呼吸来恢复清醒。透过空窗，她见到水母已将触手伸至城市上方，仿佛倒悬的黑色汪洋，黑红色的潮水一点点吞没眼前的光。就在她即将放弃挣扎、坠入漩涡时，指尖冰凉的触感却让她在绝望之际抱住一个救生圈。那是一个比食指粗不了多少的金属指环。

狂风一次次将袭击者手中的火机吹灭。在他骂骂咧咧地捂着手掌取火的工夫，萧梦卿用蝴蝶匕首扎破气囊，抽出 07 式瞄向了他。当男子蹲下身，护着点燃的火星想引燃地上的液体时，却被眼前的景象吓得呆在原地：探出车窗的枪口，正在对准自己。

男子下巴挨了发橡皮弹，整个人被抡了半圈后掀倒在地，后脑重重地砸在路面上，昏死过去。

02

秦泷坐在一辆邮政速递涂装的金杯海狮里，透过副驾玻璃窗，眼巴巴地望着天。出发前还在淅沥下着的雨停了下来，天空澄澈得像另一个世界。海风仍在刮着，风力虽不大，可风向时东时西，十分紊乱。

这涂着“盛港区处理中心”的车开了半个多小时，到约好的休整点停好后，秦泷从警务通的电子地图里见到，另外三个红点与自己以口字形为阵，包围了一处工厂。没过几分钟，车旁又停下了一辆打着家具搬运公司广告的全顺。副驾上走下一名高壮男子，拉开邮政车的侧门上了车，却不急着关门。见来人在身后坐稳，秦泷麻溜一转身，半个腰都探向了他，伸出两根手指，灵活得像螯虾似的夹了几下。

来人把手拢进裤兜里，掏出烟与火机，与秦泷一人夹上一根，又“叮”的一声弹开火机盖，擦亮火苗。两人脑袋凑在一起，双手各自捧着一边，在海风中护着火苗，把烟抽着了。收回火机，来人抬头一看天：“这种精确到分钟的气象信息也能搞到手，不愧是妖龙，人脉够杂的。”

“可不。龙管的不就呼风唤雨吗？”

“操性。那新玩意儿，你带来了？”

“鬼钢城的地图至少二十年没更新了。没带那玩意儿，咱们敢动手？”秦泷咧嘴一笑，伸长胳膊，拍了拍主驾后方一个大瓦楞箱，“老赵，把这些台子拿走！给你们十五分钟尽快熟悉操作。杨冽！你去教教禁毒的弟兄怎么用。”

“知道了，知道了……抃味！”一种少见的口音从驾驶室响起。伴着声音，升起一支雪白而强壮的胳膊。

秦泷很不满意他的回答，背着手，给了驾驶座头枕一巴掌，打得对方又骂骂咧咧好几句。

“XTS 5000，准军事级的手台？”赵奕晨叼着烟，拧开开关，调好台，贴在耳边顺时针绕了绕，“怎么不用850？大家都习惯。”

“鬼钢城是信号荒漠。论电台通讯，这儿的人比我们熟。使这烂大街的警用850不安全。”秦泷摁住肩头的送话键“喂”了两声，清晰的声线立刻从赵奕晨手台传出，“我带的台子都改了AES加密。”

赵奕晨猛吸两口烟，冲搬家车涂装的全顺招了招手。车上下来一个年轻人，提着两个漆黑的长盒，放到他脚边。他嘱咐部下搬走瓦楞纸箱，抬脚顶上金杯车门，示意秦泷查验。还没等长盒放稳，秦泷就麻溜地从主副驾的空当钻到了后排。

“哎哎哎，这是我的。”赵奕晨用脚腕顶开秦泷猴急着伸出的手，下巴指了指另一个箱子，“你的在那儿。”

“79？这改得连亲妈都不认识了。厅里到底还想再用几年啊？!”秦泷把一支挂满战术配件的79式愤愤拍到大腿上。

“就这把！你爱要不要！”赵奕晨利落地用手肘顶开了秦泷伸来抢箱子的手，从中抽出一支直托97式，把一排橙蓝弹壳混搭的霰弹绑在腰间。他环视了后车厢的人，挖苦道：“向阳花中心不是有特警总队派来的驻点组吗？管他们借呀！”

“长枪得要他们总队分管领导签批。”秦泷委屈地噘了噘嘴，“虞雷公那性子，你头天知道吗？这种任务哪儿肯呀？你别忘了，他可是连亲哥碎在面前都……”

“哎哎！指桑骂槐别在这儿。”赵奕晨小声提醒，“就不该接茬儿，差点又被你当枪使。”

“他们都是我信得过的，嘴巴严得很，不碍事。”秦泷狡黠一笑，装作说漏了嘴的模样假意转移话题，“长枪你可以不给我，但得给他们匀点儿。”

“你带来的几个年轻人，就保护这两辆指挥车吧。”

“他们玩的是突击。兵不在多，在精。都是我从中心抽出来的得力干将。”

“后车那两姑娘呢?”

“保护指挥车绰绰有余。”秦泷两根手指比了比双眼，又合拢指缝点向天空，“此外，还是这次任务的眼睛。”

“我那边电台熟悉得差不多了。”赵奕晨猛吸一口后把烟蒂丢在地上，用靴子狠狠碾碎了，“开始吧!”

秦泷拉开窗缝，取下烟蒂，朝大海的方向一弹，对手台下了命令：“小曲儿，飞!”

金杯车的后车厢被艰难地推开了。纪小曲从车里爬出去，对秦泷比了个 OK 手势。她面前是几台漆黑仪器，连接着车外一个半人高的塔状装置。仪器都在有条不紊地运转着，间歇性闪烁的指示灯像一座座迷你信标。她在努力往车下拉一个硕大扁箱，很大一会儿才拖出三分之一。却见箱子猛然抖了一下，车内的另一侧箱体被轻松抬起了。凌珏挥了挥手，示意纪小曲后退，然后眉头轻皱，梗起肉筋突起的双臂，环抱大合金箱下了车。

大合金箱打开了，一台硕大的深灰色无人机出现在搭好的起飞架上。机器起动后，回字形折叠在机身周围的八只悬臂陆续展开，宛如一米半的硕大蜘蛛。蜘蛛形无人机从车后缓缓升起，光电红外传感器像个圆滚滚的大复眼，好奇地探索着周围的一切。带着 AR 眼镜的少女回到车上，关好门后探出头，伸手冲着无人机挥了挥，像在与伙伴告别。

秦泷与红外球头对视了一会儿，目送它升空待命。

“各组注意，行动开始!”赵奕晨下令。

秦泷端枪拍了拍赵奕晨的肩膀，又冲手台补充道：“一组、二组都记住，任何目标到位，立刻撤往外围预设点。我们的目的是引发与翁柴团伙的冲突，然后立刻上报联合行动指挥部。”

数声“收到”接连响起。伴着潮声、船笛与海鸥鸣叫的此起彼伏，两支换上深灰色战术装备的队伍像青蟹的两把巨钳，悄无声息地朝罗盘湾夹去。

可就在此时，一阵古怪的嗡嗡声伴着夹杂电流音的喊话自上而下传来。“秦泷，停手！”

当大家据枪朝向闯入的不速之客时，却发现降临的是一架精巧的四翼警航无人机。机身是蓝白色涂装，机腹上是“月港公安”与硕大的蓝色警徽。

“啊呀！”队伍前头的杨冽最先放下了枪，傻傻地站在一旁乐着，“指挥，好像是自己人！”

秦泷讶异了半秒不到，立马举起拳头，停下所有人的行动。他转眼换了张表情，赔着异常灿烂的笑容解释道：“剑局，我忙着呢。”

“我在市局 29 楼合成作战指挥室。你和赵奕晨马上来见我！”

“什么事儿啊，这么急？”

“两件事。”虽然只有声音，但对方坚决的态度却让秦泷后背阵阵发凉，“第一，想把联合执法当枪使——做梦！第二，不要满足于自己一亩三分地的战场。来了，你就全知道了。”说完没多久，无人机旋翼突然一倾，重重落到了地面上。

“小曲儿，过来！”秦泷喊来部下，指着机体问，“看看这玩意儿！”

纪小曲小跑到两支全副武装的队伍之间，俯下身，查验了机体，又从腰侧的工具包里掏出几个拆卸工具，麻溜地卸下无人机电池。“是我们局的机子没错。”她笃定道，“但机况不好，全速飞来的，电池基本耗尽了。”

“这又是哪一出？”赵奕晨不解。

“梦斩泾河龙王。”秦泷犹豫了，但一瞬之后下令道：“行动中止！更改路线——月港市公安局！”

03

秦泷坐在市局指挥中心的头排桌前。桌上摆着几枚金属铁器，有自行车轮辐切出来的钢条束，有几颗底部沾着灼烧痕迹的四棱小锥子，还有一些夹着半个残破白炽灯的铜丸铁珠。自打盯上面前这一大堆金属垃圾之后，他嘴边的烟就没停下过。

以市局常务副局长杨剑为首的指挥班子分列在各个分现场的屏幕前忙碌着，每个人都是一副紧锁的愁容。贺清泉孤身一人站在他们身后，只顾着盯着秦泷。

秦泷有些烦了，把烟对着灯泡底座沾着黑色粉末的部位烫去，“啪”的一声清脆炸响，引得周围所有人都往他的方向看了一眼。秦泷却早已用左手护住可能飞溅的碎玻璃，抠着掌心带血丝的碎片，冲赵奕晨问：“虞雷公还不来？”

“他说现场走不开，不回来了。”赵奕晨扫了一眼微信，“都是老大不小的干部了，你俩怎么还和小孩儿一样！”

秦泷双眼瞪得硕大，直到干涩感刺得眼睑不得不闭上：“这是在打游击。这种路数，虞雷公熟悉。”

赵奕晨拾起一个四棱小锥子端详着：“他熟悉游击？对越那场？”

秦泷吐了烟蒂，从怀里掏出玉米烟斗嚼着。虽然没有烟叶，但他仍在用力吸着烟嘴，双眼闭得非常紧，大半个额头拧成的沟壑都在微微抽搐。突然，他眦开双眸，胳膊往桌上狠狠一扫，把一堆自制弹药与爆炸物捋到一边，另一只手摊开一张鬼钢城地图。“第一步，两人一组，分布到鬼钢城各处。尽量打冷枪。警察过来时要放下枪，投降；上铐时要全力挣扎；上铐后能跑就跑，要给抓捕的警察带来最大的麻烦。”秦泷故意说得让所有人都听得见。

几个市局领导本就十分烦躁，被他一打扰更是愠怒，发作前却被杨剑止住了。杨剑走到秦泷身边，观看他接下来的举动。

“第二步，在制高点布置狙击点，以无缝钢管制造的长枪狙击偷袭。绝对不会让警方产生伤亡，狙击目标是车辆或周边地板。”秦泷走到赵奕晨面前，手指捏起掌心里的四棱小锥子，举到杨剑鼻子前，“以造成更大的动静和注意力，把绝大多数警察往某个方向吸引。

“第三步，成功吸引警力后，在某个位置布置多层防线。场面要做足，目的是让警方不敢轻易进攻，更要让前进的每一步都遭遇巨大阻力。”

“前两点只是复述刚才的现场情况，第三点有点意思。他们这么负隅顽抗，是为了什么？”杨剑拨开自制狙击弹，下巴努了努地图。两条钟馗眉像是微微抬起的闸刀，却横在一双细长吊眼上，让他板正的脸型透着几分邪气。

“这并不是负隅顽抗，而是在打游击战！”秦泷死死揪着脚底板，让额上的汗珠从皱纹间渗下，滴滴答答地落在地图上，“现在参与计划的所有武装力量，都是这次游击战的目标。你们以为被包围的是毒贩，但真正被包围的是你们！”

“你推测他们人数远比我们预料的多？”

“有时候，包围并不需要人数优势。敌明我暗、熟悉地形——满足游击战的两大先决条件，以几人包围几十人并不算难事。讽刺的是，这本该是我军的优良传统。可这次，所有深入鬼钢城的队伍，都被不得不处理的袭击给困住了。”

赵奕晨皱着眉，点了支烟，把烟盒往杨剑的方向一递。杨剑瞥了眼门口的禁烟标志，面无表情地接过来，支搭到赵奕晨的火机上引燃了。哪怕面对秦泷的语出惊人，杨剑也始终一副阴沉的脸色，连眉梢都不动一下。

“怪不得。”

“剑局，为什么这么说？”秦泷不解。

“从你进楼到现在，没人告诉你袭击的人是什么来头，你却知道是毒贩。既然这样，我也不瞒你了。被抓的十几个人都说他们要替廖迪报仇；陈涛活下来的孩子被他们绑了；如果不停止所有行动，就把那孩子的人头寄到这儿来。”

秦泷橄榄核似的尖锐喉结上下滑动了一会儿，慢慢停住了。

“中心刚收到五组发来的紧急通讯，他们在东郊遭到了袭击。”站在杨剑身后一言不发的贺清泉开口了，“这绝对不是临时起意，而是蓄谋已久。孩子刚出中心，可能就被盯上了。”

“如果有安排瞒着我，现在最好说出来。”杨剑板着脸，吞云吐雾，“把你针对鬼钢城的战略告诉我，我可以让其他人去做。这样你就能空出时间，‘亲自’处理你们中心五组的险情。”

“不，我相信我部下的处突能力。今天没什么比拿下鬼钢城更重要的。”秦泷低头端视地图，手头的红蜡笔在地图上重重点画着，“恳请领导以最快速度把市政、街道、城管等无关人员迅速撤出鬼钢城地界，今天的联合执法结束了。”

“这么快就向毒贩投降？区区一中心副主任，有什么资格指挥省市联合行动？”指挥台前一个挂着麦穗肩章的白衬衣领导十分不悦，“你知不知道，为了这次行动，我们准备了多久？事关全市未来二十年发展大计，别说你，就是……”

“你指望靠这二十年前的地图和烂大街的850电台，就能拿下鬼钢城这块易守难攻的巷战宝地？还是你以为精通游击的毒贩能被晓之以理、动之以情，为月港的美好未来而痛哭流涕、缴械投降？”秦泷把头扭向白衬衣，急忿道，“郭主任，我欢迎你去前线鼓舞斗志。公安牺牲了无所谓，但如果造成市政府人员伤亡，不知局里担不担得起？”

“大不了几个分局再抽人增援，能出什么大乱子？”

“你想过没有，万一他们的目的就是你口中的抽人呢？市内现在就在以最低警力维持；再抽调，他们在市区发动突袭怎么办？”

“这只是你的猜测。鬼钢城这些乌合之众，哪来这么强的能力？”

“这种自制弹药甚至有稳定尾翼，百米内的目标都没问题。”秦泷把四棱小锥子丢到地图上，又拾起灯泡底座，掉了个头，狠狠往桌上一碾，“鞭炮药混高氯酸钾，加上铁钉和碎玻璃，能把人扎成刺猬。如果您还是听不懂人话，我换种说法？”

“你什么意思？”白衬衣面色铁青。

“这种弹药不瞄车窗，净往你的同志脑袋上瞄。把灯泡换成塑料桶，里头装上铁珠子和铝热剂，懂吗？”秦泷拍了拍桌子，扯开嗓子怒吼起来，“只要这群‘乌合之众’愿意，早就要下几十条人命了！”

“你是说他们明明有杀人取命之办法，却只是不停滋扰，好不让武力升级？”杨剑嗓音沉稳，指尖点了点秦泷在地图上标注的几个红点。那都是方才鬼钢城遭遇激烈抵抗的现场。他拿了根记号笔，将点位连通，发现是一条狭窄的甬道：“这就是你说的‘某个位置’吧。”

“对！不光是被包饺子，还被赶鸭子了。”秦泷挤了挤左手的新伤口，把血珠洒在甬道尽头，食指重重旋了个血印，“正因为刚才一个重伤警员都没有，每个带队领导的念头都是‘追下去’。”

“这个区域属于金汐冶炼厂。破产前的主要业务是冶铜，设备都还留着，未拆解，但不具生产能力。”指挥中心的查询员很快给出了位置信息。

“我现在只知道一件事，那就是计划已被成功反制了。你们瞧不上的‘乌合之众’里，似乎有人技高一筹。所以，到底是哪位领导制订的方案？”

“是我。”杨剑看着地图，没有抬头。即便面对部下露骨的指责，他也是一副安之若素的神情。他既不紧张也不沮丧，像一堵冷冰冰的高墙，无论任何人用任何态度面对它，都只能感到一种毫无感情的沉着。

秦泷面色凝重地谏言道：“天时、地利、人和，没一个站在我们这边。必须有人叫停整个执法行动！撤离除公安和武警外的所有人，才有处理余地。”

“我来向上级汇报。然后，你打算怎么办？”

“调一队特警，带上防爆盾佯攻炼铜厂，半小时后联络。穿好所有防护装备！”秦泷左手抚着下巴，血污粘上胡碴儿也毫不介意。他从打印机里抽了一张 A4 纸，又跨到一张办公桌前抽了一支笔。粗野的举动打翻了笔筒，却无暇顾及，弓着身子伏在桌上，开始写了起来。

半个钟头后，佯攻的特警发回了现场情况。

“炼铜厂区内设置有防线，很专业，有一些简易爆炸物，但伤害力都不大，不像绊发式，都是我们走到附近才炸的，伤了两个兄弟，但都只是皮肉伤。”850 电台传来了突击员的汇报，“需要继续突进吗？”

“这么说，你们撤回来了？”示意杨剑获得同意后，秦泷拿起电台发问。

“再给我们一队人，保证能在二十分钟内完全突破。如果拿不下，请处分我。”

“停！我没到现场前不许发动进攻，撤回去休整补充。”秦泷把电台猛地砸到桌子上，又翻开方才写好的 A4 纸。纸上只写着一行字：“850 电台频段已被监听，敌方有多处外围观察哨。”

“你可以继续。”杨剑冲秦泷点点头。

“鬼钢城私建的小路太多，警航大队的机子虽然分辨率高，但对付复杂地形能力有限。省厅有三台热成像无人机，一台是我们中心的，我带来了，用它当眼睛。”秦泷一把抓起地图，对折几下，塞进胸前防弹背心的缝隙里，“剑局，主攻炼铜厂的带队任务请交给我和老赵。一小时！到现场一小时内拿不下炼铜厂，你把我丢进罗盘湾喂鲛鱼！”

从市局飞驰向炼铜厂的有两辆车：一辆是装满了特种电子器材的依维柯指挥车，一辆是全身漆黑的宇通运兵车。秦泷与赵奕晨坐在依维柯后排。秦泷在指挥台前蜷着，额头搭在一支 95-1 的枪托上，闭目思考。

赵奕晨用指节叩了叩步枪弹匣：“你还瞒着剑局什么？”

“五组今天保护的，是我的老婆、儿子。我一直认定杀陈涛的这群毒贩会上钩，就用‘一号专案’吊着他们。他们出现过，可从没动手。我没料到，竟非要在今天！”

赵奕晨蓦地怔了一下，一滴汗滑下脸颊。他从胸包里摸出烟，可扫了一眼身旁数台插着细密电线、发着光的仪器，又烦躁地把烟盒攮了回去：“特护五组都有谁？”

秦泷轻蔑地笑了笑：“一个你认识，虞雷公的侄子虞子陵。还有一个新人女警，算是个天生的大才。”

“我去牵线出事地分局，叫支援。”

“我不明白一件事……如果市区袭击是为了让警方自顾不暇，为什么还要刻意在鬼钢城用那么低劣的反制手段？”秦泷神神叨叨地自语起来，“他们不该是为了保护鬼钢城的毒贩才这么做的吧？这不合逻辑。保护……保护，那群毒贩还真有其他值得保护的东西？”

赵奕晨掏出手机，在秦泷面前晃了晃：“秦泷！那是你的老婆、孩子！你别冷静得不像个活人！”

“我一定要知道他们的目的。现在求援晚了。我只能信五组，相信他们能把我老婆、儿子完整地送回来。这是他们儿为特护警的职责。”

“你为什么就不能放下手中的事亲自去办？全月港又不只你一个指挥员！”

“鬼钢城如果拿不下，会有更多和陈涛那样的家庭受害。你、我，现在有更重要的责任。专心到炼铜厂这儿吧，全市没人比你更懂这些毒贩。强攻的时候，我身边不能少了你。”

两辆警车以最高分贝鸣着警笛，蓝紫色的光芒像两串贴地飞行的流星，在夕光下沿着海岸线一路突进。

赵奕晨无奈地放下输好了号码的手机，面色凝重地叹了声气：“‘舍小家保大家’这个口号，不知道为什么到你这里就变得恶心人了。”

秦泷抬起头，缓缓睁开眼，望向海上那片硕大的暴风云："指挥员只能有一片战场。为这一仗，我准备一年了。现在，任何事都不会让我分心！"

"这也算你'计划'的一部分？"

"这本就是'一号专案'的排布。"秦泷避开挚友越来越凌厉的逼视，"向阳花中心直属省厅。无论剑局还是你，都是市局领导，没必要知道所有细节。"

赵奕晨很不满意这套说辞："过分了！"

秦泷不再多言。两辆车很快抵达前线指挥部。下车后，秦泷拿起扩音器，头一句便是字字铿锵的命令："所有近十年入警的菜鸟，都给我听好！把三次警告那套给我忘了！《武器条例》从没规定过警告次数。这次我们面对的是穷凶极恶的贩毒团伙！一次警告不听从，就可以开枪；危急情况不用警告，也可以直接开枪。一号目标翁柴是个瘦小老头，尽量留活口。记住，只是尽量！"

04

虞子陵站在草坡下的迈腾车身旁，捋了捋淌血的眉弓，把血往鬓角一蹭。

面前是方才被橡皮弹打晕的男子，手脚都被约束带捆了起来。他被脱得只剩裤衩，上下两根约束带之间又用手铐衔接住，整个人像虾一样反弓着身子。虞子陵摘了男子的棒球帽与口罩，把手上的血往他口鼻上一抹，掰开05改的击锤垂直顶在他天灵盖上，手里翻着男子手机的通话页面。

"下面这个，对了。"男子看不见空荡荡的弹仓，只被击锤声吓得一激灵，冲电话号码点了点。虞子陵打了过去，将手机开了免提，悬在男子嘴边。男子咽了口唾沫，小心翼翼地"喂"了一声。

"没人跟着你吧？"一阵粗野的嗓音轻蔑地问道。

“黑皮都没来得及到现场。我在三环附近的小路兜了两圈。没事儿，正往您那儿赶呢。”

“那还废什么话呀，快点！”

“忠哥，出了个麻烦事。”男子抬起眼睛，看了一下虞子陵，脑顶立刻感到枪口的压力又重了些，便配合道：“这车上不只野种一人，还有个母猡，说是死黑皮的前妻。我把她绑上车了，您看是不是一起带回去？要用不着，我就找个没人的地方丢海里喂鱼。”

“阿迪办事也太粗心了。这样，你把她脑袋砍下来给我。”粗哑嗓音戏谑道。

男子的脸色比哭还难看：“啊？不是，忠哥，这……”

“知道你这废物没胆子下手，那你他妈还问什么？带回来！有的是用得着她的地方。”

“哎哎，这就走。”

挂了电话，虞子陵拿开左轮。被捆在地上的男子也松了口气：“我就是个跑腿的。那个叫忠伯的野人逼我这么干的，我……”

“你们打算把孩子劫到哪儿去？”虞子陵把枪口朝上，又抵住了他青肿下巴上的伤口，“配合点儿！不然，我大不了就说刚才直接击毙了。”

男子疼得直把脖子往后拗：“别！我说！我说！”

草坡上，萧梦卿正与赶来支援的同事们交接。

“被救护车抬走的女性也是我们的保护对象，七组佟离组长已去医院对接了。这是她的手机号。我们刚才遭遇袭击在10点20分左右，行驶方向从北向南。你们要赶快通知合成调取监控，两辆车都是无牌小面包。另外，我们还抓获一嫌犯，我搭档正在……”此时，虞子陵从草坡下爬上来，把迈腾车钥匙往同事手里一丢，“嫌犯在围栏下面，我们搜完身了，交给你们。我们还有别的任务。迈腾劳烦你们通知交警来拖！”

虞子陵一言不发地经过萧梦卿身边，冲她使了个眼色。两人便一齐钻入瘪了半个头的面包车里。

“喂，这面包车不是嫌犯开来的吗？你们去干吗？”

回答现场同事的，只有一阵汽车尾气。

“绑架主谋你认识，是那个叫忠伯的。”虞子陵抽了几张纸巾压住渗血的眉弓，“他们把人绑到了一艘停在秤砣屿的渔船上。忠伯是个疯子，想在这天气出海。那是拆了卫星定位和 VHS 设备的报废船，一旦开起来就很难找到了。”

萧梦卿额头上的伤也刚止血。听完虞子陵的叙述，暗暗攥紧了拳头。

虞子陵指了指后座的衣物：“一会儿到港口，我扮成马仔上船。海上位置倒不用担心，单兵机都是定位器。你……”

没等他说完，萧梦卿便开口打断了：“办法是一起想出来的。说好了，你扮马仔，我扮前妻。上船之后，见机行事。忠伯疑心非常重，如果情况和电话里说的不一样，没准儿会伤到孩子。”

“特护警的工作是保护，不是进攻。”

“保护的人都要没了，还算特护警？”

“你帮我装弹，我开车呢。”虞子陵把 05 改左轮与黄澄澄的全月实弹匣递给了萧梦卿。

“全实弹？看来你这次是打算立功啊。”萧梦卿装完子弹，将左轮与防弹背心一起递了回去，“也要小心些吧。”

05

一艘小艇徐徐接近秤砣屿。木质大渔船停在离岛附近。海浪因为台风汹涌了不少，但木渔船像个沉稳老者，只在旧港里微微起伏着。

“回来了！”忠伯手下见状报了信，放下绳梯，伸手想将同伴与背负的女子一同拉上船。

“那野种呢？放哪儿了？”带着棒球帽的男子一副筋疲力尽的模

样，在上船的最后一步弓着身子，压着声、透过黑色口罩发问。

“底舱呢。忠哥亲自在上面守着。”这个手下刚把人拽到船上，就见他背后的人松开假意绑着的断绳跳了下来。刚想呼救，就感觉脖颈一紧。虞子陵一立住脚，便用粗壮的臂弯卡住他的动脉与气管。不过十来秒，他就失去了意识。把人用约束带背捆后，他与萧梦卿抽出配枪，巡视渔船甲板。这是艘老旧的中型渔船，船舱仅有一个出入口。两人慢慢移到船尾，在虚掩的舱门外一左一右地保持交叉射界。萧梦卿抬起手电，把拇指备在爆闪开关上，冲虞子陵点了点头。

虞子陵一脚踹开舱门。整艘船猛地颤了颤，竟发动起来向海里驶去。突发情况让两人险些站不住脚，更失了准头。顶着耀眼的爆闪光斑，忠伯有了上次的经验，不再前后找人，顺手拿起柴刀便要往底舱跑。

虞子陵顺势一个后倒，借着地板维持平衡，抬起双臂冲着忠伯便是一枪，将他侧腹打穿了。忠伯怒吼一声，转身向驾驶台后扑去，以金属驾驶台当掩体。他在躲避的一刹那，与萧梦卿打了个照面。萧梦卿没料到，忠伯认出她后竟笑了，像发现宝物一样兴奋而贪婪。

“在我们山上，丢了的狗都是要打断腿抓回去的。你是上过我车的母猡，看来，老天也给我机会了！”

忠伯伸手在操作台上一阵摸索，借着回忆将渔船打了个方向又加了速，船径直朝暗礁区域驶去。虞子陵感觉到了船身的颤抖，不料船身的急转让他直接在地板上滚了一圈。忠伯抓准时机，高举柴刀向他扑去。

萧梦卿大口呼吸了几次，压住恐惧，冲进船舱，倚在墙上，蹬着脚底，死命维持稳定。两阵速射适时响起，橡皮子弹击中了忠伯上身，柴刀的轨迹在虞子陵身侧“哐”的擦出一道深深的斩痕。忠伯痛苦地“哇”了一声，翻了个身，消失在了两人视线外。萧梦卿追着他的身影，朝门口又补了几枪。双手机械地换了一个新弹匣，朝门口挪去。刚探出半只手，柴刀就呼啸而至。她警觉地抽回胳膊，手电被砍翻在地，暗了下去。

她向门口又补了两枪，扶起虞子陵。一人守着大开的舱口，一人借舷窗寻找忠伯的踪迹。她刚巡到第二扇舷窗，就听见一阵异动。刚举枪要打，一个粗壮的倒刺鱼叉就捅穿了舷窗。忠伯用蛮力将整扇窗和木板都捣烂了，将鱼叉狠狠一抽。萧梦卿躲闪不及，半个左肩竟被鱼叉锐利的倒刺勾住了。“啊!”她发出一声惨叫，感觉上身都要被撕裂开了。

忠伯在甲板上用倒钩鱼叉卡着她肩膀，高举柴刀就要往她完全暴露的颈部斩去。

“砰!”虞子陵向着舷窗外打了一枪，让忠伯猛地缩回刚探出的身子。同时，萧梦卿也弯曲右臂扣在肩头，往甲板上打空了一匣子弹。

忠伯逃开后，她忍着痛向虞子陵吼：“不要回头！他等的就是这个时机!”

虞子陵没回头，沿着警戒舱门的方向后撤，挪到萧梦卿身边。他把手盖到萧梦卿的持枪手上，摁住解脱钮，卸下弹匣，又从搭档腰间取下一个满弹匣，举到她右手侧。萧梦卿将 07 式套入弹匣固定好，松开空挂回膛，瞄准舱门。听到脆响的虞子陵也默契地将枪口转向破窗外，确认安全后迅速将她抱回船舱。

“他把你当猎物了。”虞子陵将倒刺鱼叉拔出，用纱布简单处理了伤口。

萧梦卿沉沉呜咽着，扛过了剧痛。视线刚清晰一点儿，就发现虞子陵腰侧也有血迹。“你的伤!”

“不比你重。”虞子陵用右肘夹着肋下，忍住阵痛，“这地方站都站不稳，敌暗我明，对用枪的非常不利。他知道我们穿着防弹衣，净往其他地方下手。”

“二十一英尺法则的笼子吗?”萧梦卿举枪站了起来，“那只有一个办法了。”

“希望我们想的一样。”

话音刚落，又一根鱼叉飞了进来。这鱼叉只有之前的一半长，尾部连着一根粗麻绳，精准地勾住了方向舵。忠伯借着舱体掩护，使劲一拉麻绳，而后借势滚进船舱。

渔船剧烈一倾，两人与忠伯一齐摔在地上。虞子陵在失去平衡前把左轮塞进腰间枪套，拔出 MPK 朝忠伯扑去。忠伯横过柴刀相迎，两把刀相撞后像利齿一样紧紧绞在一起，一时竟无法分开。在摇晃的船舱中，根本无法有效瞄准，萧梦卿索性跃上前去，07 式抵着忠伯肋骨就是几枪。

可清空弹匣后，破烂衣服里面却露出了黑色防弹衣。忠伯看着萧梦卿绽裂的虎口笑了起来，毫不迟疑地将柴刀往舱门外一掷。两把刀甩着血滴落到甲板上，又滑进海里。

萧梦卿赶忙摸向腰侧的最后一枚弹匣，而虞子陵也将右手伸向枪柄。忠伯没给他们机会，摊开粗厚的手掌，像钳子一样揪住了虞子陵的腕子，把他的右手折向脖颈，往地板上一搡，卡住了他的咽喉。他另一只胳膊也凌厉刺出，先是打飞了 07 式，又掐着萧梦卿脖子将她死死摁在地上。忠伯双掌一点点增加碾压两人脖子的力道，像是玩弄猎物一般看着他们的眼睛徐徐上翻。可他没想到，右手上的青年虽然面色已近苍白，却微笑起来。这不明笑容竟让无所畏惧的忠伯有些发懵，犹疑间莫名地有些慌乱。

就在下一秒，忠伯双手腕同时感到两阵撕心的疼痛。他愣愣地望着双手腕上冒出的两截锐器——一黑一银，一小一大，两支双刃刀几乎在同一时间由下往上贯穿了他的手腕。

发觉上当后，他两手腕下意识地一揪，两把刀都被肌肉紧紧夹住了，一时间两人喉上的窒息感有增无减。虞子陵死咬着牙关，松开持战术刀的左手，左臂往忠伯手腕下的刀柄狠狠一击，霜刃在忠伯腕里斜着剮了半圈，沿着关节将他腕子切断了一大半，雪白的肌腱与深红的血管清晰可见。右手的重伤让忠伯再也忍受不住，松开左手，抱着断腕凄厉哀嚎着。

“快!”

忠伯回过头，望向萧梦卿。她正举着一支银灰色左轮枪，对着他的左眼。耳畔传来一阵炸响，左边的视线刹那间暗了下去。他一阵眩晕，身躯不受控制地变得沉重，伤口似乎也不作痛了。被掀飞一大块脑子后，一切只剩下了杀戮本能。他用左手拔出右腕上那把银色战术刀，往萧梦卿的脖颈捅去。可一条胳膊冲刀尖伸了过来，不闪不避地接下了这次攻击。锐利的不对等双刃轻松撕裂了衣物与肌肉，把胳膊捅了个对穿。见扎偏了，忠伯想要抽刀再攮，却发现刀怎么也拔不出来。虞子陵用难以想象的力道掰着胳膊，刀身正好卡在他右手桡骨与尺骨的夹角间。他狰狞地笑出了声，好像不知道疼痛，持续增加手臂的发力，竟然硬生生用臂骨将刀拗到了自己面前。

同时，又一朵明亮的火焰在忠伯脑门前亮起，右眼虹膜也被这枪焰灼得一片漆黑。伴着整个世界天旋地转，他最终在一片漆黑中与船体平齐了。

06

秦泷面前是一排被触发的阻车钉，钉上挂着裂开轮胎的一部分，像是巨兽牙缝里的碎肉。他端着枪，向一辆撞在废楼外墙上的吉普车靠近，身边的战友们都有些犹豫，但秦泷的脚步却稳健而迅疾。

“很多毒品能消除痛感。”赵奕晨没有阻止他的推进，只在一旁一边警戒，一边补充，“我之前见过一个毒贩，被炸没了半个身子，还能对着碎玻璃块数上好几分钟，直到身上的血流干。”

“炼铜厂第三道防线突破之后，其他马仔突然开始四散逃跑。可为什么突然钻出一辆吉普车?”秦泷冷笑了一声，自答道，“他们就是想营造‘这是头目’的样子。这辆车上的人想要我们抓到他。”

赵奕晨做了个停止的战术手势，从弹带中抽出一枚蓝色霰弹掼入，冲着停下的吉普车底盘开了火。巨响之后，蓝色催泪弹迸发出的刺鼻气体裹住了整辆吉普。

“投降了！别开枪……”车门陆续开了三扇，几条血淋淋的胳膊伸出车外，把无缝钢管与自制护木拼接的土枪丢了出来。

秦泷并不搭理他们的告饶，举着枪，沿着车体切线环至窗侧，保持四五米的距离观察车里人员的长相。

“右后座！”秦泷对着围上来的下属命令道，“先铐了他！”

翁柴没有抵抗，顺从特警队员的控制动作。正当翁柴被押走之时，副驾驶上的扎陶却猛然从座位上蹿了下来，径直向秦泷扑去。

“砰！砰砰！”身后的队员冲他的躯干连开了几枪，可他却像没有知觉一样，倏地掐住了秦泷的脖子。袭击者衰老的肌肉却有着与模样完全不匹配的力道，指甲很快嵌入肉里见了血。他鼻子与嘴角上布满脏兮兮的暗红色秽物，血泡崩开时，暗色结块里的惨白粉末扑簌簌地落下。

秦泷感到半个喉结都被抠出来了，发现无法挣脱袭击者的束缚时，却一反常态地一把抱起他枯瘦的身躯，往远离下属的方向艰难跑去。“散开！卧倒！”

周边队员大惊失色。他们这才看清扎陶左手拿着一枚粗壮的金属弹头，正往秦泷脑袋上撞。所有特警队员都往后撤了几步，把其他嫌犯摁在身下护好，只有一个人追着秦泷跑了过去。几秒之后，一阵炸响声从秦泷方向传来，却不是高爆弹头的爆炸，而是枪响。

高爆弹并没有触到秦泷的脑门，惯性保险即将接触到坚硬头骨而引爆的刹那间，赵奕晨把左掌挡在了高爆弹上。弹头撕开肌肉，穿透了掌心，被牢牢卡在了肉里。他用这只手死死握紧对方的手指，一阵角力之后，把他四根指头都拗脱臼了。紧接着，他抽出随身手枪冲对方脑袋零距离补了三枪，这才让扎陶的行动完全停下。

贴着面门的枪响让秦泷捂着脑袋蜷了好一会儿，发现疼痛并没有扩散开，这才缓缓挪开护住脑袋的双臂。眼皮底下的扎陶额上是还在冒烟的血洞，左手紧紧攥着的金属弹头缓缓垂到了地面。逃过鬼门关的秦泷一脸窃喜，把弹头捡起来，掂了掂。

他抽出腰间的莱泽曼钳子，撬开锈迹斑斑的弹头，倒出装药，把红色弹丸捏在食指与拇指之间："苏联制 23 毫米机炮弹头，惯性保险，碰炸引信，只要撞到硬东西上就会引爆。老赵，要不是你，我今天身高就剩一米六了，知道吗？"

赵奕晨没说话，只是蹲下身子，用血淋淋的左掌把扎陶塌陷的眼窝合上。

打扫完战场，秦泷松了一口气。昂头望了望天空，他冲陈涛所在的陵园方向比了个大大的拇指。暴风云近至眼前，仰望头顶的黑云，看着雨丝越来越细密，他却不合上双眸，任冰冰凉凉的雨点砸在瞳孔上，淌下同样冰冷的泪水。

正当秦泷带队准备撤回时，炼铜厂方向的天空出现了一个黑点。那是一架蓝白涂装无人机。机体与他方才见到的警航无人机无异，只是四个机翼下都挂着个半个巴掌大的小方块。秦泷正想向无人机那端的杨剑打招呼，却发现完全不被理会。无人机快速飞过头顶，朝着翁柴笔直掠去。

眼神与这架四翼机方才错过，秦泷立刻举起步枪朝向它，扯着嗓子咆哮："把无人机打下来！"

但一切为时已晚。特警队员愣了愣，不知道他为什么冲涂着"月港公安"标志的飞行仪器发疯。可仅在一瞬的迟疑间，无人机径直撞向翁柴。机体撞上肉体时，悬臂下的方块也被同时引爆了。

爆炸被局限在极小的范围内，无人机当场炸成碎片。两名押送翁柴的队员只觉身侧传来一连串炸响。恢复意识之后，发现手臂上的衣物都被炸成了扫把状，胳膊上掀翻了一层皮，正在渗着血。翁柴躺在地上，前胸承受了大部分爆破威力。十秒不到，铺着碎石的灰色土路染出了一条暗红色小溪。

"那不是我们的无人机！所有人避开机体碎片！警戒！"秦泷绕

到翁柴身边，把他翻了过来，用双掌堵着涌血的伤口。“纪小曲！搜索袭击者！”

两名受伤的特警被身旁的同事用急救包处理了一番，虽然炸破了皮肉，但都没有生命危险。翁柴上身被炸得血肉模糊，胸前的血洞淌出猩红中夹杂着细而薄的肉片。他使劲吸了口气，加之更猛烈地咳了几声，细碎的肺叶渣洒在了秦泷的脖颈与侧脸上。

秦泷不挡也不擦拭，只是紧握住他抬起的枯手：“为什么要做到这个地步？你到底在保护什么？”

翁柴双目圆睁，瞳孔浑浊着血色。他痛苦地吸着气，胸腔里传来喑哑的蜂鸣声，却仍是强忍着一声呻吟都不发出。放弃了替翁柴止血，他起身四下看了一圈，并无合适的擦拭工具，只能徒手撣了撣溅到身上的血花：“死都不肯说吗？”

翁柴的气管带着脖颈痉挛了一会儿，闭上双眼断了气。秦泷叹了一声，从兜里摸出一盒皱巴巴的大重九，夹出一根蜷曲的烟来，指头把烟捋得血红。他点了烟，吸一口，分开翁柴的双唇，把沾血的烟嘴卡在了翁柴的唇齿间。

烟烧到烟嘴时，翁柴枯朽的眼窝里淌下了一滴淡红色的泪珠。

与此同时，一阵喑哑的船鸣从远海传来。汽笛声持续了很久，让秦泷若有所思地往天海交际处眺望了好一会儿。风雨中可见度不过区区数百米，他没看到海的远处有什么。俯首思虑了好一会儿，秦泷恍然大悟道：“专项整治、市区突袭、炼铜厂的三道防线……原来，这才是你的真正目的！你让警方踏入一个必胜的陷阱。而只有获胜的时候，我们才会彻底输给你！”

想通之后，秦泷支开同事，与赵奕晨在狂风骤雨中直挺挺站了足足半小时。他闭着眼，昂起头，感受着风雨交加的刺骨寒冷，望向愈发汹涌的海潮嘟哝：“这一局，我败了。”

07

“搞定了！”一个二十岁出头的小青年兴奋地把遥控器扔到副驾上，蹿下车去，跑向海边。小青年长相平凡，有些精瘦，漂亮的肌肉线条从双臂延伸到衣物里。车子离入海口有三十多米，其间遍布着泥沙与大块礁石，但他奔跑的步伐非常稳健，丝毫不受地形影响。

一个四十多岁的男子正在入海口旁，坐在一柄连着简易座椅的小伞下。跑来的小青年显然打扰到了他的心绪。他压了压渔夫帽，没好气地把食指竖在嘴边，扭过头小声道：“稳重点！怎样了？”

小青年整了整户外马甲上松散的长短鱼漂，压低声调，把手中的手机视频展示给中年人：“搞定了！师傅您看，一击命中！”

“钓鱼哪儿有你这么穿的？库钓和路亚的漂混在一起带到海边，行家一看就露馅了。”中年人匆匆瞥了一眼，又转过头继续专心在小半截漂尾上，“‘命中’跟‘完工’是两个概念。”

“您这话说得……我亲自配装的药。除非他是T800，否则必死无疑。这次按您的交代，机子和零件的相关编码都事先处理过了，炸药也分装在几个脆弱部位，保证能炸得粉碎。信号中继站刚才也触发了自毁，连喷警徽用的模型漆包装盒都提前烧了。”小年轻揉揉鼻尖，一副得意的模样，“这总可以算完美无缺、毫无破绽了吧？”

“哦，那无人机遥控器怎么处理的？”中年人这次连眼球都懒得转动。他打开保温杯，往盖子里倒了些许棕黑色液体，凑到鼻前闻了闻，又伸出小指沾了点放到舌尖舔了舔，咂了咂嘴。

小青年一怵，飞快跑回车里。等他回到中年男子身边时，衣服上的鱼漂已全都清空了。小青年使劲把贴着一个黄色小方块的遥控器扔进海里，而后摁下掌心另一遥控器的按钮。水体中心掀起一阵不大的水花，很快复归平静。

“完美无缺！呵，毫无破绽！呵……”中年人嘟囔道，笑着摇了摇头，“一个遥控接着一个遥控，还有完没完？别瞎折腾了，安心过来钓鱼！”

小青年从后背卸下一张折叠板凳，坐到男人身边，把海竿甩进水体：“百密一疏，就差那么点儿。但不管怎么说，我这次总算独立完成了一次任务吧。”

中年人伸了个懒腰，脑袋先是重重向后拗，下一秒又耷拉到锁骨前。他揉着后颈，发出一声长叹：“前期工作我都替你准备好了，你所谓的‘完成任务’就是现场装好机器，按一下手指头。这离独立还差着十万八千里呢。好了，别自夸了！把视频加密打好包，尽快用邮箱发给老死鬼，让他验货收钱。”

“知道了。”小青年低下头，搓起手机，“师傅，为什么要搞这么复杂啊？视频直接用聊天软件发过去，不就完了吗？”

“必须用境外邮箱发送。国内聊天软件直发的视频都会经过平台审核。你是嫌自己死得不够快，是吗？干我们这行的，一次疏忽就等于直接往生。命案必破原则，知道吧？”

“我听得耳朵都长狗螺了。喏，您教的是——‘应对命案必破最好的方法，就是根本没人发现命案’。”

“别小看现今的黑皮，他们玩的手段可不输给咱们。你总觉得自己身手好又聪明，但为什么像你这样的高手也得老老实实跟我学几年才能独立接单？就是因为在五江六河九条溪里，咱们这条水路的门槛最高！”

“哎呀哎呀，我知道错了。下次绝对更谨慎些。不过，说起来为什么咱们这行叫‘夜不收’呀……”

“我哪知道？我又不是历史学家！”男人打断了小青年的问话，“真想知道，你去问老死鬼吧。他就喜欢研究明清史这些老没用的。”

他从身旁的水桶里捞出几只方才网上来的小海虾，连着壳往杯盖中一涮，就着其中的芥末、酱油，美滋滋地嚼了起来。他调的芥末非常冲，气息直奔脑门，让他刚泛起的睡意一扫而光。吃完虾，中年人把虾头往水里一撒，钓竿一提，一条鰕虎在钩上挣扎着。

“对了，说到这次的活儿，您不觉得很奇怪吗？”小青年关了邮件，抄起渔网，替师傅取下鱼，好奇道，“您也说了，怕人发现命案。我们的底线之一就是不接受任何客户的定制要求，只根据当天情况来选择。换句话说就是，只管取命，少管怎么取。那为什么这次我们要接受这么复杂的条件：又要正面对上黑皮，又要给‘烟头’留全尸。为什么鬼贝勒他老人家会接这种活？”

“你自己去问老死鬼呀，没准他中风了呢。”中年人一脸不耐烦地吮了吮指头上的生虾脑。然后，夹起一只虾，递到徒弟面前：“大补。尝尝？”

“我还以为您知道内情呢，比如什么初恋情人啊，被威胁的任务之类的。”小青年看着师傅生啖海虾的模样，悄悄吐了下舌头，埋头继续操作起邮件来。

“威胁？那他就是下一个目标。至于初恋情人？哈！真要是这原因，这次生意我免单！”中年人乐出声来，“就老死鬼那性格，要不是为了那几池子汽水鱼，他早上山出家了。你事儿到底办妥了没？妥了，就继续闭嘴钓鱼！”

“好了，好了。发过去了。”小青年揣起手机，重新盯起了鱼漂，“我看的小说和电影里，那些个杀手在完成任务之后不是都迅速撤离现场吗？我们却要在这儿海钓……”

“小说、电影是为了好看，不是为了真实。怎么拍好看呀？打起来才能好看呀！所以，他们的情节设置只是为了打起来服务的。可现实却是——我们只要和黑皮起了冲突，就意味着咱俩玩完。”中年人把递向徒弟的虾子掐头去皮后挂在鱼钩上，甩竿入水，“这次黑皮搞这么大动作，没想到直接被我们截胡，指定气急败坏。你信不信，再过一会儿，他们就要沿着海岸线遛弯了。”

“那咱们还不赶紧上车回去？！”

“你要在这个时候上演一出仓皇出逃，是吗？唯恐他们怀疑不到你头上？就算要走，也得避开这几个小时！”

“这个时段回城车多，他们应该不会警觉吧？”小青年握着竿，百无聊赖地上下拉扯着，把鱼漂当陀螺似的甩着玩，“我们早上4点出的收费站，黑皮们5点半才设的检查站。”

“废话！无人机太容易留下印象，当然要回避检查站。所以，我们才这么早出发。”中年人伸出手指，往小青年太阳穴狠狠一弹，“你想得到，黑皮也一样想得到——只要反其道而行之，排查今天设立检查站之前的进出城车辆，这天亮前行驶的车，你猜猜能有多少？”

“明白了。我们只要在这里装作钓鱼，错过这大半天。哪怕有人来问，也只要配合调查说我们只是来海钓的，他们就很难查到我们头上了。”小青年恍然大悟。

“什么叫他妈的装作？”中年人扬起巴掌就要打，“本渔人就是来钓鱼的，好吧！咸淡交界的汽水区域非常难有渔汛，台风过境前后正是绝佳时期！”

小青年赶忙用小臂挡住自己的脸蛋：“我错了。我错了，师傅。最后一个问题！您整天钓鱼，跟我们行的这条水路有什么关系吗？”

“老死鬼喜欢养鱼，也跟专业有关系吗？你整天玩胶，也跟专业有关系吗？”中年男子摘下渔夫帽，往小青年天灵盖上抡了两下，“行咱这条水路，门槛高。为了保证头脑清醒，抽烟、喝酒、找女人、玩骰子和吸白面都不能碰，还这么大压力，没业余爱好怎么缓解情绪，啊？心理不够健康，怎么完成工作，啊？”

中年人的渔夫帽下，还戴着一个小巧的钢盔。钢板锃亮的外形与头型严丝合缝。如果不是因为下巴的搭扣，看起来就像他脑袋上长了层合金头盖骨。

小青年一边闪躲，一边吐槽道：“师傅，您就钓个鱼，还做这么严密的防护呢？”

“神经病！哪有人钓鱼不戴头盔的啊？”

“您都对，您都对！说起来……我到底还要学多久，才能出师呀？”

“当年我跟老死鬼学了五年多。你强过我那时候，三年足够了吧。但你这才刚一年多呢，急什么？”中年男子重重“啧”了一声，又拧了只虾嚼了起来，亮晶晶的汁水从嘴角滑下，挂在下巴的短须上，“对哦，昨天替你收了一快件。又买变形金刚了，是吧?！上个月你不是刚买了俩吗？”

“什么变形金刚，那可是魂限定 EW 白雪姬！”小青年嘟了嘟嘴，“动画就没出现过。到现在，都还只是存在于官方小说里的机体呢。”

“白鸡公还是黑鸭母随你，付钱时记得还我就行……别吵，又上钩了！”

08

狂风骤雨的午后很快过去，低垂的夕阳蒙着云层，又悬在了海岸线上。木质渔船卡在散礁湾里，倾着船身，好像一个经历了一日劳作、伴着浪涛歇下的安静老者。

两人从底舱找出五花大绑的秦麟，把他安顿好，又相互处理了伤口，半躺在甲板上休息。

萧梦卿手上的左轮仍开着击锤。耳朵里在隆隆地响，耳蜗还被方才的枪响震得生疼。缓过神后，冷冽的气流灌入鼻腔，她大口大口地呼吸着：“那个忠伯，真死透了吗？”

“唉唉，痛……”虞子陵右臂一片刺目的猩红，染湿了层层绷带，“你再回头看看，不就得了。”

“痛就对了。看你下次还敢不敢这么胡来！”

担忧之下，萧梦卿还是手脚并用地爬进船舱。忠伯整个人滚到了墙根，被子弹搅成碎块的脑花从枪眼中淌出了不少，像是血色泥潭中蠕动的蝌蚪。她走到尸体边，愣怔地俯视着船板间骇人的血泊，血流像是蚯蚓一样在木板缝隙间爬动。盯了一会儿，她就感觉头晕目眩，冷汗浃背，只得快步逃出舱门。

风停雨歇，夕阳穿出了云，孤立在西方的远洋上。东岸上那重叠的高楼登时反射起明亮的光芒，像一面面金色的星空，用碎光组成的银河回应着暴风过后的安宁。萧梦卿只觉得两边的光都很刺眼，浑身抖得厉害，四肢都因发麻和冰冷而无法动弹。还未适应光线变化的她痴痴地举起手，挡在眼前，却发现有湿滑的东西落到了鼻梁上。她把它捏下来，拢在掌心里一看，是几片米粒大的碎肉：有眼球里的玻璃体，也有粉色的脑花，还有的不知属于哪些脏器。

“唔……”她胃里一阵翻江倒海，却不敢用沾着血的双手去捂嘴。把胃里的食物全呕到海里，竟还没能消弭恶心的感觉。她干呕了一阵，感觉嘴里一股苦涩感泛滥，连黄绿色的胆汁都呕了出来。一瓶拧开的矿泉水与一包纸巾一起，颤颤巍巍地递到了她面前。她先是慌乱地擦去脸上与脖子上的血渍，把毛巾像垃圾一样甩到地上，又对着瓶口把一整瓶水都喝了个精光。眩晕感没有完全消散，她试着想站起来，却发现双腿麻木，无法使力。一股力量及时架住了她，把她搀到甲板上躺下了。

不知过了多久，她才觉得周围突然静得可怕。

“杀人原来是这种感觉。”

“是在重案现场击毙犯人。”虞子陵木然地望着夕阳，“第一次都这样，我反应比你还激烈。”

萧梦卿没好气地把左轮枪塞回虞子陵腰侧。这句话让她心里好受了不少。她翻起双掌摆在眼前，微颤仍没有停止。紧闭着眼睛，使劲握了会儿拳头，再开口时语气却平缓了许多：“我刚才想的办法是，制造极近距离，一枪或一刀毙命。”

虞子陵左手打了个响指：“一样。”

“我才是他的猎物！既然他是追着我进攻的，就应该由我将他控制在合适的射程里，你来射杀。你为什么……”萧梦卿有些难过。

“当时是三人扭打在一起的困局，你我只能是一个战术整体。谁能束缚对方行动就是控制者，谁能拿刀枪一击毙命就是突击手。看这战果，并不算失败呀。”

“用半条胳膊把刀拧回来也叫控制？”萧梦卿越说越生气，支着甲板斜度，横着爬到虞子陵身前，轻点着他的伤臂，“骨头和经络都伤了吧。伤敌一千，自损八百。干吗不用更好的办法呢？”

“什么办法？”

“对着他的面门进攻，让他格挡啊。哪怕逼他进攻，他的柴刀只能劈砍，不能穿刺，而我们衣服里还有防弹陶板，不是吗？就算白刃战，也一定有更好的办法！”萧梦卿前前后后说了七八种战术预想。

看着面前的她自顾自点着头，絮絮叨叨，前后比划，虞子陵浅浅一笑。“有的话，下次先一步告诉我，我会照做。”

沐浴在夕阳暖橙色的光线里，身下海浪的粼粼波光随浪拍打船身，在他憔悴的脸上熠熠着。似乎被虞子陵鲜少展露的自然笑容感染到了，萧梦卿愣了好一会儿，口干舌燥地问：“海警怎么还不来？你发信了没有？”

“早发了。船被台风堵在港口里，还得多等一会儿。”

萧梦卿骂骂咧咧的就要去够单兵手台，可刚探出手，左肩就疼得“嘶”了一高音。“看我肩膀疼，你就这一动不动的反应？”

“我胳膊疼。这船再晃一下，就快断了……”

两人沉默了好一阵。萧梦卿支着右胳膊，松了松右肩，站起身，长舒了一口气：“我觉得，我们现在配合得挺默契了。”

“是啊。”虞子陵用眼角余光扫了眼萧梦卿，却不料她仍在盯着自己。

沿着甲板活动了身子，压了腿，她最后又坐回虞子陵身边：“那，还分组吗？”

“啊，你说什么？”

萧梦卿也没再重复，只是对海上轻巧地一指：“看，好大一条鲨鱼！”

水浪平息，光线充足。可连马鲛鱼的影子都不常见。

这时，海警的喊话声让两人一齐错开了目光。见到令人安心的蓝紫色警灯终于出现在了视野里，萧梦卿将 07 式对准天空开了一枪，发出信号。停了几秒，又赌气一般，把弹匣打空了。

分别被抬上救护车后，虞子陵无神地望着灰暗的车顶。右掌不甘心地猛使劲，可最终也只有拇指与小指轻微地勾了勾。市里的天空仍是碎肉般肆意涂抹的暗红色云层，蠕虫似的细密闪电在雷云中扭动着。地平线上徐徐沉下的夕阳，最后一点余光也被风雨加催的夜色卷走了。虞子陵的视线里，地表之上，渐渐笼罩的是无穷的黑。

09

“会场全程录音、录像，你把刚才说的话重复一次。”一名顶着麦穗肩章的白衬衣领导挑着眉，凑在话筒旁冷冰冰地建议道。

市局三楼会议室里，大小支队的领导都环座着，肩头不是两杠三星便是白麦穗，面前一片亮晶晶的金属反光刺得秦泷有些眩晕。除了公安的领导干部，参会人员还有市政、城管的主官与几名身穿橄榄绿的军官。

“这是月港警方十年来最大的失败。”秦泷眨了眨干涩的眼球，重复道，“这会不该叫‘经验总结会’，应该叫‘教训反省会’。”

市局宣教的一名青年捧着相机犹豫了一会儿，还是鼓起勇气走到秦泷身旁，拍了张领导发言照。可闪光灯亮起之后，十几个白衬衣不约而同地盯向他，吓得他赶忙蹑脚躲回会场后方的角落里。

自秦泷开始发言，会场气氛就阴沉了起来，本来印着明黄色黑体字的“鬼钢城专项清理行动经验总结会”也没了原本喜庆的意味，反而显得越来越扎眼。与上次在指挥中心不同，这一次没有人站出来指责他。秦泷环视一圈，包括赵奕晨在内的所有参会者都没人抬头。每个人都秉着一种矜持而内敛的态度，哪怕面对他的爆炸性发言，也不表露出任何明显的情绪。秦泷从耳畔窸窸窣窣的声响分辨出，会场开始做笔记的人显然多了。但他明白，这并不是什么好兆头。

“昨天市局的新闻发布会，我在中途离场了。发言人说这是月港公安十年来的大成功，公安不但在两天内配合市政完成了联合执法，还一举歼灭了盘踞鬼钢城多年的‘翁柴’贩毒团伙，成功抓获翁柴本人。但其实参与指挥的领导们应该都很清楚，我们只是侥幸而已。”

会场仍然十分安静。秦泷见许久都没人回应，刚想开口，却不知哪个角落响起了一声发言：“完成联合执法、围歼犯罪团伙是事实。”

“是事实。”秦泷呼噜噜清了清嗓子，抬起杯子灌了口浓茶，使劲咽了下去，“一次行动的胜负，从来不以双方伤亡数量为判定标准，而是看是否完成目标。从结果来看，我方先期制订的目标一个都没有达成，而翁柴所有目标无论大小，全都当即达到。他以自己和副手区区两人死亡的代价，掩护了七百多人撤离，而我们却被人家牵着鼻子走。我们在控制了翁柴的前提下，居然还让他找到机会用无人机自杀。我想，怎么说也不至于说这是警方的‘胜利’吧？”

“秦主任，今天主题是总结成功经验。发言请以现有成果为主。”

“好，既然郭主任说‘成果’，我不妨就谈谈‘成果’。在 2001 年严打之后，月港每年恶性犯罪就呈下降趋势。这种降幅在 2010 年之后尤其明显。就月港新城一个区而言，已连续五年没出现恶性凶杀案了。目前全市的社会治安态势非常良好，这算成果吗？”

方才建言的政治部主任愣了一下，凑近话筒答道：“这当然是全市五千多名公安经过数十载努力之后的宝贵成果。”

“换言之，月港的和平持续了太久，久到在座许多领导有些刀枪入库、马放南山的意思了。”秦泷把一个巴掌伸到桌下，暗暗从裤袋中抽出一截香烟握在掌心里，“今时今日，我们理所当然地以为社会只剩下些无足轻重的小流氓，可我们刚刚面临的‘翁柴’团伙呢？他们有完整的战略排布与人员训练，甚至有扫频器监听警用 850 电台。这是一个分工明确、受统一指挥、经过专业化培训的专业犯罪团伙。这说明，月港的犯罪分子在多年高压下正在不断进化升级！”

“一个团伙是特例，并不具有普遍性吧。”

秦泷把烟拦腰掐断了，暗暗在手中抹开烟丝，上身却端正得看不到一点动静：“我们向阳花中心有个战术指导，是去年退休的老局长送给我们的，叫‘宁可防错十次，不可错防一次’。针对月港未来的威胁，我希望每个领导都能好好思考思考这句话的意义。比起否定一个特例，我更愿意做出这么一个大胆的猜测——现在月港有很多我们见不到的黑恶势力，他们的行为太过隐秘，隐秘到我们发现不了。”

坐在市局一号身旁的杨剑犹豫了一会儿，紧了紧话筒的海绵头：“继续说下去！”

秦泷一副慷慨激昂的模样，提高了点儿声调：“同志们，要警惕啊！这次鬼钢城的毒贩之所以让大家手忙脚乱，不是因为他们从地下冒出来了，而是一个井盖被揭开了。当我们发现新的犯罪团伙时，他们很可能进化到我们完全预料不到的模样了。这次我们勉强应对了翁柴团伙，可未来的月港公安，真的有足够能力与资源应对新团伙吗？治安好是基础，但并不意味着我们到了举杯相庆的时候，而是到了该持续备战的时候！”

“那请提出建设性意见！”一阵所有人恰好能听见的声音不知从哪儿冒了出来。

“我的意见是，面对逐渐专业化的犯罪团伙，就应该以更专业的队伍来应对。”秦泷意味不明地笑了，“联合执法那天，我们前线指挥部能依靠的竟然是一份二十年前的纸质地图和一套模糊不清的草草赶工的电子航拍。鬼钢城就在我们身边，不在索马里，离市局就三十公里不到！联合执法前后呼吁了半年。这半年间哪怕有一个领导能让无人机多飞几趟，也不至于这么被动吧！再说到我们的无人机——型号不统一，编码不统一，都是各个部门用手下警员熟悉的型号采购的。这专业吗？如果我们市局有统一的无人机管控而不是喷个警徽就完事，至于让翁柴钻找到空子自杀吗？头天行动结束的晚上，我们才查到那艘在东部远海躲避台风的大船，其实是为了接应鬼钢城的非法移民。在这样一个关键节点，相关部门居然没怀疑。这样的前期准备，真的算得上专业吗？”

面对秦泷的连番质问，没人再搭话。杨剑刚捏着话筒想要发言，被秦泷抢了先。“我们幸运啊，同志们！我们幸运！”秦泷长长叹出一口气，“这次的联合执法没有很大的伤亡，不是因为月港公安做足了准备，是因为侥幸，是来自犯罪分子施舍的侥幸。因为他们没下狠手，因为他们别有目的。这不是月港警方十年来的最大失败，还是什么？”

此言再出，有不少人都开始交头接耳起来。借着这机会，他突然用手捂住双眼，把烟丝往双眼上抹了抹，又强迫自己瞪着眼睛，通过指缝，好生张望了一会儿。当他放下手掌的时候，双眼已有些红肿，泪水因刺激在眼眶里不住打转。秦泷深深吸了口气，往话筒前一凑，颤抖着声音说：“我知道，今天参会的有三分之一不是我们公安的同志。本来丑话要放家里说，拿到武警和市政领导面前，丢人呐。可我今天豁出去了！哪怕丢了乌纱帽，也得说上几句大真话：我们的专业素养，有待提升；我们的备战意识，几乎没有；我们的基础战备，形同虚设！这次的联合执法之后，我们还真能算敢想敢战、来者能战、战者必胜的公安铁军吗？群众在网上老说，岁月静好，是因为我们负重前行，可那其实是因为他们和窝在黑暗里的蛇虫鼠蚁根本就生活在两个世界。各位公安领导同志们，我请各位扪心自问一句——‘负重前行’这四个字，我们配得上吗？不尽然吧。普通人闭上眼睛，当然岁月静好。但我们公安队伍，必须把眼睛睁开！我们必须看见阴沟里的那些臭虫烂蛆，必须冒着恶心呕吐、手脚发炎的风险，把臭水沟的盖子掀开，让它们全都暴露在太阳下。只有这样，我们才能打赢这场专业化的硬仗！”

话落，窃语声越来越密集了。会场沉闷的气氛与微妙的平衡持续了近乎一上午，却因这番发言倏然变得剑拔弩张。突然，一阵孤单的掌声响起，而后便是越来越多鼓掌的领导加入。鼓掌的人数在参会的公安人员中只占了三分之一，并且迎来了周围同事或愠怒或轻蔑的目光，但几波领导就这么互不相让地对望着，继续各自的行为，让稀疏的掌声持续了数十秒。

10

“我心疼一线的同志们啊。”秦泷借擦泪的动作抠掉了眼角硌得生疼的烟丝，吸了吸鼻子继续道，“一谈一线，就老有领导说警力不够、资源不足……像我们向阳花，因为所谓预算问题，连支长枪都没采购。就那几把格洛克，还得通过打比赛去抢。丢人啊！我的手下们经历了好几起出生入死的案件，配的都是手枪！可我知道，省厅出的向阳花宣传片前前后后居然花了三十万预算！我愧对向阳花的同志们呐！用这些钱多买几件防弹衣，该多……”

“秦主任对‘专业化’有什么高见?”杨剑冷不丁打断了他的发言，似笑非笑地盯着他。

“专业化得落到实处，不是请帅哥美女警察拍好宣传片叫专业，而是先要摆正心态。配合市政部门对全市地图更新，不留死角，这不成问题吧？全市监控坏的该修修，该补补，至少大的路段确保图侦能前后接上，这不叫难度吧？多为同志组织几次打靶训练，多组织执法培训，这不算过分吧？比起拿预算和口号搪塞基层警员，现有资源只要花到刀刃上是完全足够的。”秦泷扫了一圈紧盯着他的同事们，突然发现自己的表情太过严肃了，又装模作样地清了清嗓子，“我相信，大家对队伍的热爱都是深切的。向阳花中心，是我在省厅领导的授意下进行公安专业化改革的尝试。‘风门’盗窃团伙案、校园裸贷团伙案、顶族团伙案、整容诈骗团伙案，基本都是向阳花的警员给予了最有效推进，才破结了案件。各位不妨换位思考一番，一个比刑侦、禁毒、治安、经侦远远要边缘得多的特护警，在经历半年专业化改革之后尚且能有如此成绩，试问，主力一线警种在全面专业化之后会如何？血一样的教训已经告诉我们，个人英雄主义要不得！我们真正能依靠的一定是制度，是专业化，是团队协作形成的作战能力！”

见不少方才毫无反应的同事在经历自己的声泪俱下后都陷入了沉思，秦泷又捏了把烟丝，捂住鼻子狠狠一吸，而后奋力咳了几声，瞪着红红的眼圈一脸凝重地开了口：“陈涛——”

听见这个名字，在场半数人都缓缓抬起了脑袋。

“陈涛是我的生死至交，也是在座很多同志的老战友。陈涛是个重情重义的好刑警，是上个时代的公安楷模，嫉恶如仇，敢打敢拼。可我并不是想借他的牺牲表明壮烈，相反，他的牺牲是一次失败，是一次旧时代公安面对新时代罪犯的彻底溃败。陈涛的最后一个案子我很清楚，那时我还在刑支。我提醒过他不止一次，使用特情耳目的案件必须一万个小心，可他时常揶揄我，都什么时代了，还以为和我们刚做警察那会儿一样呢？”

秦泷哽咽了一小会儿，继续说道：“陈涛是死在了掉以轻心上。他错认为现在的社会很安宁，他错认为以老刑警的身份，毒贩怎么也不敢碰他。可他恰恰就错在把所有安危都寄托于平和的表象上，寄托于一种傲慢轻敌的假设上。他假设毒贩罪犯是会自控的，是有底线的，是会害怕的。你们信吗？我不敢信！凶手廖迪受过专业培训，充分掌握了他本人的信息、行为轨迹和他家人的情况，这让他取下五条人命不过一小时。而后，廖迪主动承担所有罪过。同时，翁柴团伙在不到两天的时间内销声匿迹长达半年之久。这种组织能力，这种应变能力，这种专业能力，让我恐惧啊，同志们！你们知道，我们将面对的是怎样的敌人吗？

“翁柴团伙是覆灭了。可有没有人敢保证翁柴团伙是月港唯一的犯罪组织？有没有人敢保证翁柴团伙是月港最强的犯罪组织？有没有人敢保证下次像这样的犯罪组织能不对公安下死手，甚至不以普通市民作为威胁对象？”

接连不断的质问最后在一片讨论声中结束了，也结束了上午的会议。秦泷刚夹着公文包走到廊上，赵奕晨靠在了他身边的栏杆上："九十分吧。"

秦泷一边用对方递来的纸巾蘸着眼角，一边把赵奕晨连推带搡地弄到了停车场。拉开迈腾的车门坐进去，他才咧着嘴笑道："得多谢你的烟。"

"昨天的新闻发布会，你当着那么多记者的面当场离席，已让很多人不悦了。"赵奕晨在储物箱里麻溜地摸着。不一会儿，就从角落的铁皮小茶盒里头翻出一包还未拆封的软中华。他一把扯开烟，毫不客气地抽了起来："加上早上这通，你还嫌自己树敌太少？"

"这就很有意思了。按理来说，领导知道了我昨天的作为，今天本就不应该让我参会。"秦泷反问道，"为什么参会人员里还有我，而且发言顺序正好在一号、二号之后？"

"你被当枪使了。"赵奕晨冲秦泷吁了口浓烟，"高层在前几天特别点名表扬向阳花中心，那就是断头饭。"

"断头饭不至于。兔死狗烹的前提是猎物是兔子，不是群狼。"秦泷伸长胳膊，翻出了一瓶眼药水，拧开盖子就往眼睛里倒了几滴，"高层必然有人与我的观点一致。既然这番话让大领导来说不合适，我主动来当一杆好枪，既给了他们面子，也为今后铺了路。"

"所以，到底是哪个大领导让你来参会的？剑局？"

"他不够格，和我俩一样是中层。高层嘛，不只一个。别以为高层都一个鼻孔出气。他们在战略观念上的分歧，比我们中层有过之而无不及。"

"那高层知不知道，行动当天如果你肯及时上报，海警还是有时间把那艘远海船拦下来的？"

"输惨了之后，找一群可怜巴拉、无家可归的赫蒙流民出气，那是郭主任的作风。不过话说回来，还是武警领导明事理啊，他们鼓掌的时间最久。"

“一来他们不认识你；二来，毕竟也是缉私和缉毒的前线，自然感同身受。”赵奕晨煞有介事地拍了拍秦泷的胳膊，“我看到虞雷公也鼓掌了。”

“呸!”秦泷没好气地埋汰，“他那是逢场作戏，笑话我呢!”

“不过，你刚才说的几点倒是真让我吓着了。”赵奕晨扭大了暖气挡位，脱下外套挂到头枕上，“这次联合执法是为了建立新经济区，今后必然有大量务工人员和流动人口引入。如果‘三头两魁一船主’仍然存在，那未来二十年经济发展，说遍地鸿沟都是轻的。”

“现在，我们最大的问题其实不是装备，也不是我刚才说的专业化问题，那些只是解法。”秦泷挂上D档，驱车驶离了市局，“最大的问题是我们不知道‘三头两魁一船主’是谁、有多少人、根扎得有多深。”

“事情远比我们预计的要严重。”赵奕晨点头赞同，“我之前带队一天四次沿岸搜捕，面积一次比一次大，还是没找到那台无人机操作者的痕迹。你到底为什么要按翁柴自杀上报?”

“先稳住市局层面再说。基于‘找不到’的推测，只会让更多人跳出来质疑我们危言耸听。”

“等等，这是开去哪儿？下午不还有半场会吗?”

“先去收费站边上吃个牛肉煎包，下午陪我跑一趟省会。省厅高层点名要听我们汇报。”

煎包店门前，秦泷搬了张折叠桌子支开，赵奕晨配合地将车开到桌前挡住寒风。

“三个月前，”赵奕晨一口喝了大半碗鳗鱼汤，筷子举着半颗油汪汪的包子沉思着，“我差点绑你去看心理医生。”

“刑技那边讲，无人机在关键节点都装满了炸药，没有留下一个完整零件。所有碎片上一个指纹也没有，就连编码数字和英文都被人为铣去了。”秦泷两腮鼓囊囊地滑动，把筷子里的包子往辣酱碟子里使劲抹了抹，“那根本就不可能是烟馆的风格，太精了。”

简单吃完午饭，赵奕晨回到副驾，调开暖气：“发起‘东方大典’的盗窃团伙‘风门’，涉嫌多所中学、大学校园裸贷案的‘茶楼’，还有这次的鬼钢城毒贩‘烟馆’，三头两魁一船主的传说才露了一半，就让我们对付得这么吃力，真不敢想他们的全盛状态该是什么样。”

“‘传说’本身并不可怕。可怕的是太多公安只把这传说当虚无缥缈，而不肯相信它就在我们身边。”秦泷握紧了方向盘，给油的脚猛地踩了一把，“强敌不致命，轻敌才致命。”

11

随着一声汽笛声响，一条小渔船靠近了一艘远洋散货巨轮。散货轮侧舷吃水线旁的舷门早已打开，恭候多时了，待渔船停靠好之后，很快伸下了接驳长梯。

“甘秋哥！”

在一声响亮招呼声中，七八个穿着引水员制服的员工拥着几个年轻人登了船。为首的青年套着一袭深紫色的西装，贴身的淡紫色衬衣大模大样地敞着，露出发达的胸肌，一张纯银制的镂空鬼王佛牌挂在胸前。

青年一直捂着脑顶的三七分纹理烫，一上甲板，马上打开手机前置摄像头，从手下手里接过梳子，捋了捋额前的一缕扎眼的亮紫色头发。此时，散货船的甲板上已经站着几十号人，看到青年登船，有几个人远远地抬手打了个招呼，却没有一个人上前搭话。

被叫作甘秋的青年大步流星地走到驾驶台的舱门梯前，却被一个身材高壮、戴着单片墨镜的金色长马尾男子挡住了去路：“甘秋哥，今天会议的安保工作是由鳔哥负责的。按规矩，您只能带两个人进去，而且不能带家伙。”

甘秋无奈地叹了口气，从后腰拔出两个各插着三把柳叶飞刀的牛皮鞘，以及一支浑身漆黑、抹去标牌的左轮枪交给了金马尾。两个贴身跟着青年的手下见状，也各自把腰侧的配刀交了上去。金马尾身旁的马仔接过三人的武器，放入一个防水塑胶袋里，封好后贴上标签，存入一旁的柜子，又把一个写着数字的手环递给了甘秋的手下。

“可以了。甘秋哥，请！”金马尾闪到了一边。

“翁柴这个西懒趴！”

甘秋刚想进入驾驶室，就听见一阵高声叫骂。他识趣地隔着扇虚掩的门站住了，一手搭在门把上，调出一道恰好能观察的缝隙。偌大的驾驶室里搭了张圆桌，座位仅有五个，摆得非常规整。会议来宾都安稳地坐在自己位置上，每人身后都直挺挺地站着两名心腹。

“死不死，搞出这么大事情？现在好了，满城风雨！扑你阿姆哦，幸好他死得早。要落到我手里，我活剜他肠肚喂鱼！阿北早就讲过，番人来做烟头靠不住的嘛。”一个渔民打扮的粗壮汉子敞着肚皮，猛灌了一大口啤酒，将夹着干炒牛河的筷子狠狠摔到桌上，又不停嘴地吸了好几个半生的血蚶，就着虾酱猛嚼着，“你们看看，倒头吃日本清饭——输死啦！”

“龙胆鳔，此言差矣。翁柴这次出事，本质上还是黑皮主动去找他们麻烦，不是他想要挑头。”驾驶舱正北方向的闽安将军像前，一个身穿商务长风衣的中年男人正在敬香。男人英俊的面庞平静而专注，眯着眼将三炷香横着举在额前拱了三小圈，而后右掌擎着左手，将香竖直地供入香炉里。供完香，他又冲将军像行了三次俯身大拜，这才入席坐好。

风衣男刚坐定，身旁皮肤黝黑的年轻人就主动将醒酒器倾向他面前的高脚杯。男人轻声道了谢，睁大双眼，从内袋掏出一方绒布，抹了抹自己的左眼。他左眼虽然是昂贵的定制义眼，却刻意将虹膜与眼白调成了一致的乳白色，这让他另一只眼的目光无论有多温和，在旁人看起来也诡谲万分。

清理好义眼，他才摘下胸前的茶色雷朋镜戴好，拿起酒杯小抿了一口，不紧不慢地继续说道："月港自古是宝地，自唐朝以来就不排斥外国人。无论血统、国籍，只要守规矩就有口饭吃。当初推举翁柴做烟头，还不是看中他和金三角还有东南亚的关系？平心而论，这些年来，他也的确没有亏待过大家。如今前烟头过了身，哪怕没三分敬意，也得留七分薄面吧。既然是同行，就得讲个最起码的义气。你说对吗？"

"讲得好！讲得好！三根哥说的是。是我欠嘴了啦。"龙胆鳔尴尬地放下啤酒杯，拍了拍油腻腻的嘴巴。

"金三角都是上世纪的事了。现在连翁柴老家都成热门旅游地区了。我年前刚去过普西山，景色是不错，但不适合我们。"皮肤黝黑的南亚裔年轻人一脸谄笑地看着对方，操着流利的普通话恭敬地试探，"现在进货都去阿富汗。从巴基斯坦直接登船，到国内之后还提供上门服务。毕竟第三方配送才是未来嘛。怎么样，三根哥有没兴趣？我可以联系卖家。"

南亚年轻人并没有吃席间的菜，只是啃着心腹带来的汉堡包，浓密的腮须里夹着不少面包渣。他十分谨慎，举手投足间竟意外瞧见了躲在门外的青年，却只看了一眼便笑着错开了目光。驾驶室内开足了暖气，温热的气流从门缝中缓缓溢出，吹得门外的青年不得不眨了好几下眼皮来湿润眼球。

"什么他妈的东南亚、阿富汗，这年头卖冰卖粉的本就是夕阳产业，哪儿谈得上未来？有工夫你该去我的化工厂看看，恒温车间，无菌操作，连工人都是交五险一金带双休日的，这才叫未来呢。"甘秋索性大咧咧地推门走了进来，毫不客气地往空椅上一靠，把一只脚自然地搭上了桌沿。

"我们还以为今天你不过来了呢。"风衣男子对面端坐着的女孩终于开了口。她的年岁远比同桌的几人小得多，一身兰花图腾短褂，身形娇小玲珑，鼻梁上架着一副同样小巧的渐变棕师爷镜。女孩神色从容，目光中透着与其他人格格不入的沉静，哪怕经历几人轮番叫阵，也完全没被周围剑拔弩张的气氛感染。

“有红铃妹妹在，我怎么可能不来？不过是中途出了点破事儿，耽搁了一会儿。怎样？上次那批蘑菇反响不错？哥哥这眼光不赖吧。”

“出货的确快。甘秋哥要是还有，小女我全要了。”每到说话的时候，女孩总是用一把八寸见方的小铁扇挡住口鼻。

“喜欢就好嘛！要多少有多少，三天后哥哥我亲自送货。”

“怎么又迟到了？”被称作三根的男子扶了扶雷朋镜，显然对年轻人不太满意，“做局前我说过了吧，这会很重要。”

“三根叔，您可别吓小侄呀！几位这不还没开始谈正事吗？”说着，甘秋起身到将军像前拜了三拜，又回到桌前开了瓶科罗娜一口口灌了下去，“我自罚了。下次一定改正！”

三根温和地笑了笑，没再计较些什么。

“呦！甘秋仔！有好货怎么不想着我呀？嫌弃我没钱吗？”南亚裔笑眯眯地望向年轻人，将最后一口汉堡塞进嘴里，“放心，我的手头很宽裕——”

“阿巴斯！我呢，当着在座所有人和你说明白，本大爷我跟谁做生意，都不会跟你做的。”甘秋轻蔑地瞟了眼阿巴斯，又开了瓶啤酒，喝了两口。

名叫阿巴斯的南亚裔登时收起了谄媚的笑容，撸了把胡子，字正腔圆地认真质问道：“你这是在故意针对我吗？”

“故意？喝恒河水长大的猴，脸皮就是厚过死猪皮啊。你身后那燧人是你亲弟吧？问问他，他之前干什么了。”迎向对方的逼视，甘秋的眼神也逐渐凶狠了起来。

阿巴斯疑惑地回头看了看：“沙提？他刚来这里不到半年，怎么得罪你了？他还小，如果有什么做得不对，我替他道歉。”

“不久前，我拜把子来找我，说他的妹妹被人干了。不仅如此，还被下了药，逼着她继续介绍自己的同学去。你弟连他妈十四岁的小姑娘都不放过，还有人性吗？！”甘秋直接挑起桌沿上的右脚，重重把阿巴斯面前的酒瓶踢翻了，又双手揣兜、弯腰凑到阿巴斯面前睨着他。

“居然有这种事？我不知道呀。”阿巴斯一脸为难地摊了摊双手，“沙提很单纯，才过完成人礼。月港的那些坏女人整天勾引他，把他都带坏了。再说，不就是一个小姑娘吗？被人干只是早晚而已。不过呢，我是向来尊重同行的。既然你很介意，我就赔点钱给那个小姑娘。嗯，五万块，可以了吧？”

“我操你……”甘秋直接抡起科罗娜空瓶冲着阿巴斯挥了过去。对方不禁往后缩了一下。

阿巴斯身后的男孩同时从裤裆里抽出一把精巧的单管自制枪，径直指向了甘秋的眉心：“来呀，再冲呀！信不信我一枪打死你？别以为我怕你们这些吃猪肉的汉狗！”

见此情景，甘秋居然被气得乐了：“跟我玩枪？”说着，他猛地一把抓住枪口往前一拽，顶在自己胸口上：“靓仔，我们赌一把！扣扳机，你们三个人别想活着离开这艘船。不扣扳机，我带我兄弟五天之内把你们所有场子扫平！”

阿巴斯仍然端坐在年轻人身旁，一脸戏谑地疑惑道：“为什么这么生气，不就是个小姑娘吗？如果她出来卖，一次千把块钱算高了吧。五万块钱还不够，那……十万总够了吧？”

“我十万买你妈贞操够不够?!”甘秋被对方毫无底线的奚落给彻底惹怒了，双眼瞪出了血丝。

“我母亲生下我之后和一个贱民私通，她现在也是个贱民。对于我们婆罗门来说，她的身体已经不值钱了。”

“我日你……”

“哗啦！”一阵玻璃的清脆炸响让整个船舱瞬间安静了。所有人的目光都转到了摔碎高脚杯的三根身上，而后不约而同地低下了头。只有红铃歪着脑袋，偷偷一笑，好像眼前的冲突只是孩儿间的打闹。

“够了没有？这是将安堂！”三根敛起了笑，面色阴沉地从位子上站了起来，脱下外套，慢慢挂到椅背上，又走到甘秋身边，伸手捏下了他高举起的酒瓶。空调机的暖气声呼呼作响，除此之外，在场所有人就只听得见一人脚底踩碎玻璃的细小声音。

“啪！”一记响亮的耳光之后，甘秋的脸上多了一枚粉色的巴掌印。

金马尾与属下在外面听到了这阵异动，带着七八个人闯了进来。刚想要做些什么，却被龙胆鳏一个手势阻止了。

“坐回去！”三根沉着脸，手指有力地冲座位上一指。

甘秋没了嚣张气焰，气哼哼地坐回自己位置上。

阿巴斯见状，也连忙赔起笑脸，把弟弟手上的枪夺了过来，双手捧着，递给了三根：“对不起，三根哥……沙提还小，不懂事……”

甘秋闷头抽了两支烟，半天不说话。待三根坐回之后，他掐了烟，喝了杯酒，刚抬起头要开口，三根又直接打断了他：“甘秋，你头一次来这儿，是我手把手教的你咱们这儿的规矩：将安堂前，不动干戈，不见刀兵。你记得吗？”

甘秋嘴边的话憋得烦闷。他铁青着脸，又点了根烟，抽了大半截之后，才喘了口粗气，闷闷答道：“记得。”

“向阿巴斯道歉，现在！”

甘秋抽烟的频率越来越快。吸完了一根烟，又使劲咳了两声，一把拿过桌子上的红酒瓶，满满地倒了直升杯，昂头灌了下去：“对不起，我错了。”

“没关系，没关系。冷静下来就好，大家以后也还是朋友。”阿巴斯立刻也倒了一杯啤酒，一脸赔笑，喝了个底朝天。

“阿巴斯！”三根的一声轻唤，却让阿巴斯脸上笑容立刻凝固了。他很快起身，鞠躬在他身旁，接受下一步指示。

三根却轻巧地赞叹着：“好枪啊。在五江六河九条溪里头，也只有三个人有这种手艺。弄这枪得下血本啊，你是个好哥哥。”

“这个是误会，误会的呀。”阿巴斯的笑容十分牵强，汗珠滑下额头，“三根哥如果喜欢，就……送给你啦。”

三根把枪身掰开，摘出一枚用石蜡封口的子弹，丢入桌中央的澳龙海鲜粥里。他把空枪递还给了阿巴斯，再次说话时，声音却冷得让在场众人都感觉后脊一凉：“龙胆鳔，将安堂的家法，还需要我重复吗?”

龙胆鳔点了点头，向金马尾使了个眼色。两根连着尼龙绳的长棍顿时从身后探出，拇指粗的绳环准确地套在了阿巴斯身旁的年轻人脖子上。还没等众人从震惊中缓过来，沙提被一声不响地掼出了门。阿巴斯连忙回身想要做些什么，但刚冲着弟弟的方向伸出一截胳膊，三根那冰冷的声音再次响起：“我说过，外人只要守规矩，就有饭吃。”

听到这话的阿巴斯整个人木然了一下，仿佛被抽干了力气，一下颓在了椅子上。身侧的三根再次摘下眼镜，凌厉而诡谲的目光直直逼来，盯得阿巴斯连头都不敢抬。

龙胆鳔等了一会儿，见三根没再有任何表示，便懒散地说了一声：“看三小，快沉啦。”

金马尾的属下手脚极麻利，不一会儿就用蛇皮袋和尼龙绳把沙提捆成个粽子，还在他怀里用死结揽了个脸盆大小的铸铁锚头。沙提挣扎着想向哥哥呼救，驾驶室里的人却只听见了一阵重物落水的声音。

“说起来，翁柴一出事，是不是罗盘湾的地盘基本就没戏了?”被唤作红铃的女孩突然张嘴，打破了死气沉沉的局面。

甘秋用湿巾敷着发肿的掌印，心情显然好了不少：“怕是更难了呀，红铃妹妹。那群赫蒙野人比在座任何一方都狠，他们硬磕了这么多年也没拿下。靠我们，再等十年吧。”

“是比想象中的还要麻烦，但总比翁柴拿下要有眉角。”龙胆鳔随声附和。

“没那么难办。翁柴是用了最笨的方式，才一直没能拿下。”三根抽出镜布擦了擦眼镜，重新戴上，旁边人很快为他换上了新杯子。龙胆鳔偷偷乐了两声，装模作样地为三根添上半杯酒。

“叔，您既然都这么说了，那肯定是有十拿九稳的办法了吧。”甘秋不怀好意地笑了起来。

“半年。”三根优雅地喝完杯中酒，又露出了温和的笑容，“如果让我来做。”

甘秋一拍桌子，整个人都夸张地兴奋了起来：“那您就别犹豫了！拿下罗盘湾，大家的货源就更有保证了。这生意，至少能翻几番！”

“这是五江六河的家事。可我两年前事业重心就变了，不好再插手。”

“那您总可以帮着出谋划策嘛！”

“时机没到。再说了，今天开会的主要目的也不是这个。请大家来，是为了选新烟头的事。”三根不紧不慢地拿起汤勺，从圆桌中央的大砂锅里舀了碗粥，慢慢品着，“你们也喝碗粥解解酒吧！拜完将军呷龙粥，这也是选举的传统，听说会有好彩头的。”

龙胆鳔爽朗一笑，举杯敬向对方：“三根哥，这还有什么好选的？白瓶装酱油——看出出啦。在座兄弟姐妹也都没什么意见吧？”

“不错。我想大家的意见应该都是按规矩来。”没等龙胆鳔说完，三根直接接过了话头，“按五江六河的规矩，新烟头的选举仪式由船主来主持，方式也由她定。”

“船主？叔，您这不是开玩笑吗？老船主都死了多少年了，现在到哪儿寻船主去？”甘秋拿起了酒杯，似笑非笑地抿着，“别说船主，就这三头两魁的选举仪式，放现在都能算非物质文化遗产了。我小时候师傅和我说过，他年轻那会儿，唯一懂得完整仪式的人是当时的月宫月魁‘花姑’，可她在1990年代‘严打’时被枪毙了。也可怜我那师傅，死前还念叨花姑熬的龙粥呢。”

“既然烟头都能选新的，船主自然也有。”喝完了粥，三根令手下取来闽安水师将军像前的香炉，毕恭毕敬地摆到了桌上，一丝不苟地将撒到桌上的香灰用湿巾拭去。

“三叔，这个新的船主是何方神圣？”红铃叠起折扇搭着下巴，浅笑着好奇。

“看时间，也应该快到了。”三根刚想抬起手表查看，舱外恰好传来了三长三短六声汽笛，“失陪，我去接一下。”

“百闻不如一见！我也去啦！”龙胆鳔紧随其后，跟了上去，只剩下舱内的几人面面相觑。

“红铃，新船主——三根叔之前跟你提到过吗？”甘秋伸长脖子张望。

“没有。”红铃摊开折扇，挡住嘴唇，双眸却也忍不住悄悄转向门口，“从来没人能知道三叔的想法。”

阿巴斯往地上啐了一口，拧着手里的空枪哼唧着：“哼！谁来结果还不是一样？你们有胆量和三根叫板吗？”

正当三人怀着各自心思揣度时，舱门被推开了。刺目的斜阳照向众人，阿巴斯被光线激得一摆头，红铃只是轻轻眯着眼，而甘秋连睫毛都不动一下，仍是睁目向前。

一抹纤瘦的人影背着光，大步跨了进来：“初次见面！想必人都到齐了，那就开始吧。”

来人摘下鸭舌帽，捋出长发，柔顺地披在脑后。虽然背身在光中，但几人都感觉到，一股锋锐的气势从她本该温柔的眉眼中逸散着。

12

罗盘湾的夜晚，仍是静谧。台风过境之后，天气更加寒凉了。海风呜呜咽咽地吹着，伴着偶尔拉响的幽幽船鸣，整个海湾都笼罩在冷清的氛围中。冬月像是一弯银色的钓钩悬挂天际，偶有几片鱼鳞状的乌云飘过锐利的月梢，不一会儿就被寒风扯得粉碎。

葛佬仍躺在沙滩椅上，衣物也还是那件印满了椰树的夏威夷衫，没有因为天气的骤凉而加厚。他手里端着手下递来的智能机，夹起玳瑁老花镜紧眯眼睛，盯住屏幕，脖子向后梗着。这视频他看了不下五次，内容是一架无人机的飞行视角录像。机体镜头从高处猛地下降，而后窜向了前方穿着战术背心的队伍，并在撞向被押解的老者之后突然亮起，刺耳的噪音后便是黑屏结尾。

远处突然传出一阵“哞哞”声，打断了葛老点开重播键的念头。这阵牛叫与沙滩上的环境极为不搭，却让听闻的葛佬很快扭动肥大的身躯，从椅子上爬了起来，迎向了牵牛的属下。

“黑水牛？”坐在身旁的来人发出了一声简短的疑问。

她裹着一身黑灰色的羽绒服，黑色的鸭舌帽遮住大半个额头，让眉眼处在更深的阴影中。虽然她刻意压低了嗓音说话，音调却仍不掩婉转。“这些赫蒙野人死之前关心的不是棺材，而是有没有牛。”

葛佬接过手下递来的牛绳与一根长棍，答道：“他们相信，亡魂在阴间若是养了牛还能用牛耕作，这样就不愁吃穿了。”说完，他将长棍抵向那只牛的额头，示意手下打开了棍尾电线连着的控制器。

“噼啪”一声急促的爆音之后，棍头前端闪过电流的弧光，牛应声倒下。葛佬不慌不忙地走回沙滩椅旁的小桌，把桌上的乌米饭、烧乌鸡与烤黑鱼陆续端到牛腹旁放好，又撑起一把黑布伞，把伞柄深深插入沙里，挡住吹向饭食的海风。

“有心了。”来人淡淡自嘲道，“幸好我没贪嘴。原来是准备给死人吃的。”

“你吃了也无妨啊，是人就会死。”葛佬翻找衣袋，掏出一盒红塔山，轮流点了三棵在嘴里嘬燃了，插在热腾腾的乌米饭上，“只是和他斗了十多年，没想到他死得这么窝囊。我替自己可惜，白瞎了眼认错了对手。”

“葛佬这话说得偏颇了些。翁柴虽然背叛了咱们，但作为对手而言，他绝对配得上你。”

“小船主，指桑骂槐还早了些。别忘了，在罗盘湾，连翁柴都要带几个手下，你今天却是独来独往。”葛佬接过手下递来的米酒，喝了一小口暖了暖身子，又往沙滩上沥了小半瓶，“和我有情分的是你父亲，不是你。”

“葛佬误会了。”来人毫不介怀地浅浅一笑，“我的意思是，哪怕五江六河的所有人都以为翁柴是畏战怕死害惨了烟馆，葛佬也不应当这么认为。”

“哦？难道不是这样吗？”

“你是不是觉得，一个为了族人奋战半个世纪、舍生忘死的老兵，本应自豪地死在战场上？”

“如果真是这样就好了。”

“而他却舍弃所有尊严，像一条土狗一样被黑皮从地沟里抠出来。这对一个战士而言，不该是比死还大的屈辱吗？”

“他为什么还要这么做？”葛老不解。

“因为他抛弃了个体的一切，只为了他最珍惜的事物。”来人用小指卷起鬓角的发缕把玩着，“他是用半个烟馆，换了赫蒙人的未来。只消半年，他们就会在东南亚用翁柴的家底和资源重新开始。”

葛佬在手下的搀扶中失神地走回桌旁，扶着搭手，慢腾腾往下蹲。直到重新躺回沙滩椅上，他才释然地笑了几声，神色也越来越喜悦：“原来是这么回事，倒是我看走眼了。看来……老的人是我啊。”

来客坐得有些累了。她起身伸了个懒腰，昂头望着月下被描得金光灿灿的碎云赞叹道：“真不愧是罗盘湾啊！天然的深海湾就是安静。要能再来壶热茶，让我坐这儿赏一晚上月亮都行。”

“我这儿没有便宜茶，凑合喝泡通桂宫吧。如果以后滨海新区开发得成功，小船主你可以考虑在这儿置办一栋别墅，报我们葛家村的名号能打低折。”

“我的意思是，难怪葛佬执意要和翁柴争这么多年。”

“哈。争是因为这本就是我们葛家村的地盘。”葛佬一声轻笑，用指端重重点了点桌面，“翁柴之所以一直死盯着罗盘湾不放，是因为东南亚的烟土想在鬼钢城上岸，就必须经过这儿。如果不是因为这几年我不让任何渔船在这儿送货，烟馆的生意至少能再扩大两倍。”

“翁柴已死，葛佬还拿了船牌，生意不是迟早会落在您手里？”来人揶揄，“风门烟馆两江通吃，五百多年来还只有不到十个人做到了呢。”

“小船主不用绕弯子，您怕的是‘五江合流’吧？”葛佬接过手下送来的茶壶，熟练地斟满了两杯茶，稳稳地将一杯液面微微鼓起的茶盏递向来客。

“看来，您是听说过一些历史的。”

“一把老骨头，总归是听老辈人提起过一些嘛。老人说你们做船主的，最怕这个。”

“所以，老辈人都死了。”来人接过葛佬手下递来的茶盏，摘下口罩闻香品茗。接盏之间，茶杯虽满，但茶汤在她手中却没有一点儿溢出的迹象。

“我今后的重点在葛家村的前程上，但五江六河的规矩我一定会遵守。”葛佬不疾不徐地宽慰道，“要烟馆的牌照，只为了赚点儿过渡经费。一年之后，定会经过小船主还给烟馆。以此杯茶为证。”

“这样很好。”月光下，葛佬以眼角余光依稀瞥见，船主竟是一名面庞清秀的年轻女子。茶盏正欲碰到唇角时，女子缓了缓动作，好奇道：“葛佬怎么看待现在的风门？”

“时代已经变了。如果是在三十年前，收拾个‘神童’还得劳烦船主亲自出手吗？”葛佬不屑地张嘴笑着，毫不顾忌地露出下排金牙，“再说了，我只是个师爷，风门还是没脸侯说了算的。”

“这样啊。”女子张口饮罢茶盏，放到桌面上轻轻敲了敲杯沿，葛佬很快为她续上了香茗。

“有时候，我还挺佩服金蛇那小伙子的。他是风门里唯一懂得思变的人。”葛佬举杯对月，一敬一笑，“但我这把老骨头就没这种勇气咯。顺流而下者，时也，运也，命也。”

相谈正欢时，葛佬手里的智能机突然又响了。他唤来手下，帮他点开了邮件。看完之后，递向了来客：“‘无根草’他们交的另一份货，说是利息。是那个叫‘忠伯’的下场。”

“听说是翁柴最狠的手下？”来客接过手机，点开视频。

“本来是放市里闹事的，可被黑皮打死了。”

视频里，一具粗壮的尸体垂着手臂，被抬下了渔船，而后是一男一女两名青年。来人盯着最后下船的女孩出了神，反复拉动进度条播放着。看罢，把手上的茶杯轻轻放下，取出怀中精巧的大麻叶盒，卷出一根半指粗细的烟卷。

“我父亲留下的东西呢？”女子问。

葛佬冲手下招了招，拿来了一个精美的沉木箱子。箱子上印着九宫八卦的纹路与不少异体汉字。葛佬亲手把箱子打开，双手捧着一根古朴而素雅的水烟筒。他在两名手下的搀扶下起了身，在柳霏面前慢慢跪下，念道：“船烟一起四海平，五江六河共相迎。风门三十三代师爷葛氏云易携弟子三十六人，恭贺船主登岸！”

与一般圆底的水烟筒不同，葛佬手中的古物——烟瓶，是船头的形状，而烟锅与防风罩就像粗壮的桅杆，顶部还装饰着一面薄铁片制作的三角令旗。葛佬替女子装好水烟壶，插上了大麻烟。她如饥似渴地吸上一大口，憋在体内，感受着两个时代的更替变迁。古木的清香伴着麻烟的刺激在脑内缠绵旋绕，几乎要将她强忍了二十年的泪水催出。女子吐出一大团白色烟雾，出口的只是两字无声的感叹：“傻子。”

13

海西省公安厅的一间会议室里，仅有两人。

秦泷手里捧着一叠资料，安静地杵在桌旁，维持着细微的鼻息，观察眼前人的举动。面前的老者肩上顶着一抹麦穗与两颗银星，雪白的衬衣领子没有一丝褶皱，工整地卡在正装外套里。

老者面前是一幅1960年代的月港市地图高清投影。这份地图在设计之初便考虑到了未来扩展与战略需求，除却包含城市规划的备注，还绘制了当年的地下防空设施网络。老者把椅子反着搭在墙面前，双手搭在椅背上，反坐着细看地图。

“你的名声，我在十多年前就有耳闻了。”他从桌后的大搪瓷碗里摸出几颗圆溜溜的东西，嚼得咯吱作响，“他们说你是个颇有个性的指挥员。”

“不敢。”秦泷向前走了一步，瞄了眼搪瓷碗。大碗里装的是半斤炒黑豆，只用干辣椒与细盐调味，简单得不能再简单。

“我想，我今天不是来听你自谦的，对吧？”老者没回头，把碗往秦泷的方向一推，“关于陈涛的任务，还有三头两魁一船主，你想说些什么？”

秦泷捏起一撮豆子塞进嘴里：“陈涛的牺牲说明，对于‘三头两魁一船主’这些深居地下的隐蔽帮派来说，发现一个打掉一个是没用的。他们现在已经习惯了公安的扫荡模式。”豆子炒得恰到好处，鲜辣的味觉在秦泷舌尖摊开，让他简直想开一听啤酒。但他还是迅速咽下豆子，继续说道：“只有成立我们公安自己的地下情报网络，知道对方是谁、有多大规模，才是最重要的事情。”

“你要做的事情，似乎每个时代的公安都在进行。卧底行动和你说的成立情报网，有什么区别吗？”

“有。过去我们的卧底行动往往是派遣政治与能力最为过硬的同志，也就是说，卧底行动倚重的是个人能力。我认为，这是不专业的。”

“卧底行动侦破了很多大案。我记得1981年的北斗区建行抢劫案，还有1989年的船帮系列涉黑案都是这么破的。”老者扭过头，平和地打量着秦泷，“小同志，你这句话引起了我的兴趣。”

“技术、谈判、物流、安保、后勤。”秦泷从碗中倒出大半黑豆，分为五拨，“任何地下帮派都依靠这五条命脉生存。桌上的这些黑豆就是一个帮派的所有构成，一堆黑豆代表业务的某一方面，堆得越靠上，就越接近帮会的权力中心。而过去的卧底模式，就好像这颗辣椒子。”他拿出一颗辣椒子，随便往某一堆上一丢，辣椒粒骨碌碌地滚了下去。

“什么意思?”

“这位卧底想要获取更多信息，就必须往塔尖上爬，争取同时掌握五条命脉的信息。而爬得越高，摔下去的风险越大。一旦落下，必然伴随生命危险以及情报丧失的风险。”秦泷用拇指把辣椒碾碎，把散落的辣椒子一弹，“想用两三颗最鲜辣的辣椒子把整盆豆炒鲜，不是不行，但不专业。”

老者饶有兴味地看着他的沙盘推演。“你的建议是——”

秦泷挑出大碗里剩下的辣椒子，往每堆黑豆的底部都撒了几颗：“‘情报网’和‘卧底’最大的区别就是，网是衔接在一起，相互补足的，不会因为个别缺失而丧失大部分作用。如果让我用特侦人员，我不会要求他们中的任何一个人爬上高位、掌握重要情报。但我一定会在这五个命脉环节的最底层都安插上我们的人，且让他们只待在底层，大幅减少传递信息的频率，只在必要时相互支撑。一旦需要行动，我只用打入物流、安保命脉的同志，通过他们的信息交互就可以准确推算出走货时间、地点和人员，不用同时掌握五条线。或者说，打入技术命脉的同志出现了暴露问题，我就让负责后勤与谈判的同志指鹿为马，颠倒黑白。哪怕出现最坏情况，其中一条线的同志需要撤离，我们也能迅速替补进去，并且让他通过其他四组人，迅速掌握必要情报。”

“就好像只用平价的辣椒子，可找准下料时机散在锅里翻炒，照样能把豆子炒得鲜香。”

“您说的比我解释得更好。”秦泷笑着把一堆堆黑豆轮流弹了一指头，五座小山接连散落，“您是省内资历最老的刑侦之一，对地下帮派的构架可谓了若指掌。无论‘三头两魁一船主’还是‘烟馆’内部，都不可能团结的。近期赫蒙人的事情已经充分说明了，利益才是驱使他们违法的最大动力，所以波云诡谲，所以纷争不断。而我们不同。警察比起地下社团，最大的优势在哪？在于我们内部团结，信息随时共享。这，就是我们必将战胜他们的底牌！”

老者没有评论秦泷的计划，只是拍了拍他的肩膀，把碗递到了他手里。见秦泷乖巧地开始收拾桌面豆子后，他冷不丁附在身后问道：“你有意主导这情报网计划吗？”

秦泷的手停了一下，强压住心中的悸动，更麻利地收拾起来：“一切但听领导安排。我在这方面不是专家。如果说情报网的指挥员，我不知道是否有资格胜任。”

老者继续说：“你出了个好办法。那，我推荐一个人？”

话音刚落，秦泷身后便传出了叩门声。

“进来。”老者唤了一声，将门口等候的人影招呼到了身边，“你们认识的。他参与过2000年后最大的卧底计划。说到这方面的专业度，我相信没人能超得过他。”

“师傅。”贺清泉在老者身后敬了个礼，用戴着防割手套的左手接过秦泷停滞在半空中的搪瓷碗，继续收拾起来，“无论情报网还是卧底，特侦人员的素质都是基础。哪怕在最底层，越高的特情素养，也意味着越高的生还率与情报质量。我已经按师傅您的要求，找了一批最优秀的教官。他们会负责培训秦主任他们选中的人。”

“什么人？什么选中？”秦泷不解地摊了摊手，一脸无辜地望向老者。在老者的授意下，贺清泉很快念出了数十个名字。

老者回以慈祥的微笑：“就是你和赵奕晨，还有刑侦支队几个领导一起挑的那十几个人。你今天来找我汇报，不就为了这些事吗？”

秦泷打了个激灵，立刻笔直地挺起身子答道：“我的本职是负责向阳花中心外线任务的副主任。今天来找您，更重要的任务是对中心运营至今的情况做些总结，再进行些必要的展望。”

“绕口。既然你有心继续指挥向阳花的外线，我这个始作俑者也得搭把手。你还需要省厅给你们提供些什么支撑？”

“按近期的几个案件的发展趋势来看，人员与武器都是完全不够的。我打算把中心每个特护组从两人扩张到四人。这样的小组构成最为合理，除却能构建三加一的最小跟控单位，更能以我们此前的分组经验形成两两支援……”

老者点点头：“这不是问题。武器方面呢？”

秦泷目光一凛，分外严肃地征求道：“不管保护文萨还是这次的鬼钢城联合执法，都暴露出了不法分子可能持有高杀伤力自制枪械的可能性。情报网的铺陈必然会带来更多与‘三头两魁一船主’相关的保护对象，向阳花光有手枪是不够的，还需要长枪。可我们只有五支训练用的 LS5，满足不了任务需求。我希望每个特护组都能配上一支冲锋枪。您觉得呢？”

79式冲锋枪。基层公安队伍装备最广泛的警冲，能加装多种现代战术套件，可谓老树发新芽

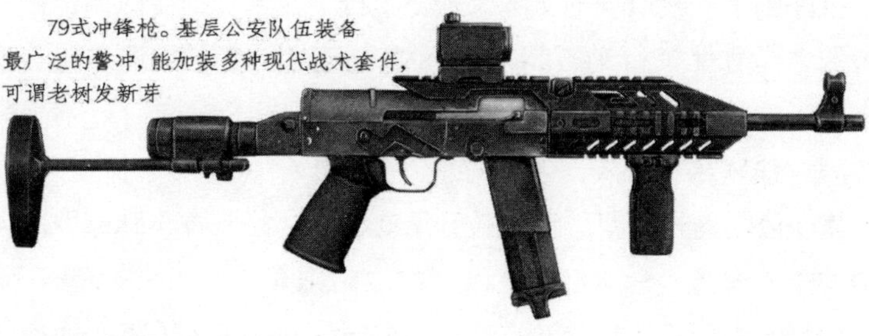

“我会考虑。”

在两人交谈的过程中，贺清泉默默清理好桌子，抓起一把豆子塞满嘴，嚼着，把碗放回秦泷手里，轻轻笑道：“你我都不年轻了。该把过去放下，给咱们后辈好好做件事了。不然退休以后，连个来看望的人都没有，多丢人哪。”

“是啊……”秦泷勾下脑袋，双眼呆滞地看着碗里油光发亮的豆子，“可不是吗？”

14

萧梦卿的左手挂着悬臂带，提着一包红色塑料袋，站在五组办公室门前。见到虚掩的大门后，她没有急着进屋，轻轻推开一条门缝，偷偷观察门内动静。

虞子陵正在用扫帚和拖把打扫卫生，不一会儿便直起了腰，一伸手拉开了门。被发现后，萧梦卿舒了口气，故作惊讶地推开了办公室的门。

“是给你晋升还是授奖了？难得这么勤快。”

“狗窝也要有狗窝的样子。”虞子陵捶了捶腰，“别站着呀，帮忙！”

办公室已半月无人问津，开门带起来的小风卷着积尘迎面扑来，萧梦卿举起手掌，在鼻尖扇了扇，提起脚边的袋子挤了进去。刚走进屋，就闻到了一股淡淡的霉味。她随手打了盆水，拧湿抹布，把门口上方的“特殊保护行动五组”的标牌来来回回擦了几遍。望着擦出锃亮反光的牌子，她提着布站在门前，指腹在“保护”二字上摩挲着，满意地欣赏了许久，才走进办公室。

虞子陵特意没开灯，而是拉开所有窗帘，打开窗，眯起双眼，沐浴着柔柔的夕光。

“接着。”萧梦卿从袋中掏出一颗青梨，抛向虞子陵。他果断地伸手去接，梨子却蹭着右手滚落到了地上。他左手捡起梨，到水池旁冲了冲，就嚼了起来。

“好好休养吧！这些杂活我来做就行，我们早就说好的。”萧梦卿伸了个大大的懒腰。她把塑料袋放到自己桌上，麻溜地拿起清洁工具开始打扫。可刚清理完柜子，手机不合时宜地亮了起来，“秦泷”两个扎眼的汉字随即出现在显示屏上。

“回来了？”不等她开口，秦泷便以戏谑的口吻问候道。

“您怎么知道？”萧梦卿打开免提，双眼直直地望着暗淡的灯管。

秦泷语调有些不耐烦："来一趟我办公室。"

萧梦卿一言不发地结束了通话，将剩下的梨子放入冰柜。

敲了三下门，她进了办公室。见到秦泷以玩乐般的态度明目张胆地耍着蜘蛛纸牌，她也搬了张叠椅兀自坐下，刷着手机新闻。秦泷前后又玩了几分钟，这才打了个哈欠，慵懒地锁了电脑，为她斟了杯红茶。她也不客气，端起一次性纸杯，不紧不慢地喝了一口。

"不错，比刚来的时候像话多了。"秦泷发出一声意味不明的笑。他把火柴放在指尖烧着，看着下了半根才凑上烟斗，"你进步的速度让我惊讶。国安那边有两个领导和我谈过，想把你要过去。可我说这是我徒弟，不行。"

萧梦卿无言了良久，一字一顿地说道："鱼头宴，您找别人吧。"

"掌握最老练的刑侦思路和最先进的公安技术，三年副中队长，四年扶正。从今天起，你不会再恐惧任何犯罪分子。加之，丁亦卿是生是死，我一年内给你个明白。"对她的态度，秦泷并不惊讶，只是丢出一个文件袋。他眼睛只留一条缝，但瞳孔里透着凌厉的目光："这是我能允诺我徒弟的事，自己考虑清楚。"

萧梦卿心脏一紧。她很想知道秦泷在这个文件袋里放了什么，可刚抬起手掌，见到手腕上的蝴蝶发圈，又拧紧了拳头。

"如果接下这份材料，我都不知道自己会变成什么样的人。"

"你逃了多久。"秦泷叼起烟斗，舌头灵活地在门牙与虎牙间来回舐着。

"什么?"

"从你被绑架到今天，你逃了整整两年了吧?"秦泷用烟斗重重叩了叩桌面的文件袋，牛皮纸上清晰地写着"丁亦卿被绑架案卷宗材料"一行字。

萧梦卿心头一紧，但很快缓过神来，摇了摇头："我自己的过往，用不着指挥操心。"

"如果你考公安和这事无关，现在立刻转身出门，从此我再不过问。同样，如果今后让我发现一次你查这件事，你就脱了这身制服回去教书。”

萧梦卿额旁的青筋微微跳动：“我听办案队的同事说，那个叫诺雅的女孩在炼铜厂找到了。尸检报告显示，她在受伤当天就不治身亡了。”

秦泷吐了口烟：“赫蒙人行事凶狠，宁可错杀也不错放。翁柴是我这十年来遇到的心思最缜密的对手。他当然不可能让一个露相的叛徒活着，这是常识吧。”

“林千羽、文萨、诺雅，不管活着还是死了，都无法摆脱被您利用的命运，甚至连骨肉至亲也不放过。下一个被利用的会是谁？我吗？”

“讲到这件事，或许你比我有经验。”秦泷以烟嘴指了指自己的左额，又伸长食指点向对方额上的旧伤，“其实，你一开始就非常清楚，在必要的时候，无情远比无能要好得多。”

“你说什么？”萧梦卿感到自己的耳膜嗡嗡作响。她完全没料到，秦泷一语道出了她心中最不能触碰的部分。

“你就没想过，你为什么能顺利考进这中心，还和我实战最出色的徒弟搭伙吗？”秦泷晃了晃档案袋，“这，才是我看中你的原因！一个天生的大才！”

“我不是。”萧梦卿背着手，把指甲抠入掌肚紧攥着，直到手掌再也无法施加更多的力气，“而且，我也不会再是了。”

“刚完成射杀嫌犯后的心理辅导吧？”秦泷点了点自己脑袋问道，“多休息几天，考虑考虑？”

“不必。”萧梦卿当即回绝，“我不会拜师的。但我也不会再逃，我会留在中心做好特护警的本职工作。”

“你真想好了吗？跟我，你今后在任何警种都能游刃有余。不出五年，你会是同期里能力最优秀、升职最快的人！”

“我想问秦指挥一个问题。”

“说。”

萧梦卿微微合了一下眼睑，然后认真问道：“向阳花的存在，究竟是为了什么？”

“这种高度专业化部门的存在还能为了啥，当然是为了陌生人社会而生，为了保护人的刚需而生。”秦泷打开火机靠近烟斗，把烟丝缓缓嘬得亮红。他用烟杆戳了戳自己肩膀上的银星：“这中心的意义和价值是无可限量的。”

“好复杂。我没想那么多。”萧梦卿蹙着眉，摇摇头，又坦然一笑，“对我来说，向阳花是个能救人的地方，仅此而已。这也是我做警察的初心。”

“初心。你倒是把初心落实在行动上，予以加强了！”秦泷用烟斗的烟嘴“咔嗒咔嗒”刮着一排洁白的牙齿，笑容看上去有些呆傻。

他垂下脑袋，沉沉地回忆了一会儿。再开口时，嗓音倏然变得沙哑：“我年轻时和你们一样，一直以为警察是个值得用热血奋斗一生的职业，一直以为警察的敌人是各种各样的罪犯。可等到头发都熬白了，我才明白……初心是这个工作的燃料棒。我们用最初的雄心壮志、青年的热血、中年的沉稳和老年的随波逐流，在喂着一只永远不知饱足的野兽。直到你愧对了爱人、孩子、朋友和你自己……有一天你才会突然明白，警察最大的敌人，其实一直都是自己的初心。”

面前的秦泷好似瞬间换了个人，一字一句都带着历经沧桑的萎靡。看着上级愈益陌生的模样，萧梦卿沉默良久，将椅子叠好，轻放回原位。“现在我理解，为什么虞子陵不肯认您当师傅了。”她走到茶桌旁，用冷水泡了杯茶，端起茶盏冲秦泷一敬，而后仰起脖子，一口把未完全化开的茶叶一口喝干，“敬您的错爱。”

“单靠善良是不可能救人的。能力、资源、手段、心态，缺一不可。”秦泷神色剧变，惋惜地耸了耸肩，又抖了抖手里的文件袋，“我以为你见了那么多穷凶极恶的畜生，也该明白了……”

萧梦卿放下茶杯，头也不回地走开了：“亦卿我会自己找。”

“我记得三个月前和你谈过一件事，”当她去到门口时候，秦泷又若无其事地补了一句，“你还记得吗？”

“如果是监视虞子陵的原因，我已经没兴趣知道了。”

“也是。反正他没什么用处了。回去之后，你就好好和新组员磨合吧。”

萧梦卿步履一顿，转过头迎着秦泷戏弄的眼神，低声问道：“您什么意思？”

“我一直让你观察他，是让你学习他在战术方面的能力。你学得不错，掌握了基础理论和技巧。今后没他，你也会飞速成长的。”

“除了他，想再找个搭档驯服我这种怪物，您考虑过成本吗？”

“这件事不由你我。医生说虞子陵的右手不大可能恢复了，肌腱和神经都受到了不可逆的伤害。他现在连东西都抓不稳了。”秦泷举起手，灵巧地舞动着手指，“一个惯用手废了的人，还有什么资格再待在一线？所以，我把他赶走了。”

“知道了。”萧梦卿面无表情地应了一声。

秦泷倒显得一脸不可思议：“就这样？”

“就这样。”

“我没看错你。果然是不会有一点负罪感、更不会被无聊情绪耽误的天才。”

萧梦卿离去之后，许久，秦泷突然爆发出一阵低沉而戏谑的笑声。他乐得有些岔气，连眼泪都笑了出来。“哎呀哎呀——哎呀。”他干倒着气，缓了一会儿，龇着嘴，一圈圈解开文件袋上的封锁线，“这世界上怎么还有这么幼稚的人啊？真以为我不知道你为什么想当警察的啊？”

他点了烟斗，用拇指在发烫的烟丝上一按，嘴一嘬，“吧嗒”“吧嗒”地抽了几口，一张张地翻看起袋中的纸页。资料足有一厘米厚，有丁亦卿案件的卷宗笔录、全国权限的人脸比对材料、海文资料，以及几张报纸。他把所有资料都塞进碎纸机，只留了一张笔录在手上。这是一份被害人笔录，姓名一栏写着“萧梦梦”三个字。秦泷用拇指按着烟斗抽，指头上的茧被烤得有些焦黄，但他只感觉到一丁点温热。他眯起眼，轻眨了被浓烈烟雾熏得干涩的眼睛，又将那张笔录纸的一角搭在烟斗上，更用劲地抽了两嘴。

油墨与烟丝的味道在他口鼻中翻滚着，橙黄色的火焰在手指下翩翩起舞。他一副弃之可惜的神情，把烧到只剩下一小角的笔录纸揉成一个小团，顶进烟斗中。

“听戏听了这么久，也该出来鼓个掌了吧？”秦泷扭过头，对着窗帘布“啧”了一声，“爬楼梯的速度比电梯还快，神不知鬼不觉地藏了这么久不被发现，你真是个做秘密任务的好手。”

虞子陵打开阳台门，走了进来，挥了挥手，似要驱散秦泷身旁的烟雾：“要是连她都能发现，省厅特地组织的培训也没必要参加了。”

“我烧光了哦。”秦泷扬了扬空荡荡的文件袋。

虞子陵一耸肩：“复印件，你爱要多少有多少。”

“偏偏是你这个叛离师门的孽徒最了解我啊……”秦泷吐了个烟圈，“你们俩啊，一个心软的硬要冷血，一个无情的硬要共情，结果呢？想冷血的六根未净，想共情的良心不足。所以，我真的非常讨厌人类这种生物，总是在不断否定本性的过程中越来越拧巴。”

“还是你们龙好。所以，刚才她骂得对，不管案子还是人，对你都只是工具而已。”

“你呀，就和明朝的东林党似的，平时道理一套套的夸夸其谈，可每到重要关头就只会以身殉国。简而言之——成事不足，败事有余，活着受罪，又怕早死。”秦泷反诘道，“就不该对你留情。培训，你可得好好学。厅里安排的教官可都是我省上个时代最优秀的特侦前辈。未来的一年里，有的是你发光发热的时候。”

虞子陵用一次性纸杯倒了一杯白水，浇到桌旁的绿萝盆里：“气走了老婆，吓走了儿子，几个徒弟不是恨你就是要算计你。我这一走就是一年，这阵子您可得好好活下去呀。”

“说到走这事，你确定不再见她一面吗？”秦泷傻呵呵地笑了笑，装模作样地关切起来，“好好吃个散伙饭，道个别什么的。没准这真是你们最后一次见面了。”

虞子陵头也不抬，双手掖在身下，用指尖悄悄向手腕探着。右手很快疼得发麻，除了拇指与小指外，另外三根手指根本无法分开。可他还是尽全力够到了腕上的发圈，摩挲着那只金属蝴蝶，嘀咕道：“已经见过了。”

15

下了电梯，萧梦卿全然没了方才的稳重与果决。她站在紧闭的办公室门前，木讷而机械地开着门，扭了两下发现打不开，这才仔细看清钥匙上贴着的“宿舍门”便签。她换上另一把钥匙，推开门，见到空无一人的办公室之后，把门反锁了。

短短几步路仿佛耗尽了精力，回到沙发上徐徐坐下后，她感觉到困意不断袭上头顶。她强撑着眼皮，视线一直停留在虞子陵的办公桌上。圆滚滚的梨子仍一动不动地立在中央，带着警徽的铭牌一尘不染，仿佛它们的主人只是暂时离开了一小会儿。空荡的房间此刻静得可怕。恍惚间，她竟有了办公室从来就没有另一人的错觉。

“走了就走了吧！”带着些许怨气，萧梦卿从沙发上蹿了起来，一巴掌扫开了虞子陵的三角铭牌。她借机翻找起来，公共柜、储物柜、办公桌，甚至茶盘都被翻了个遍，可竟然找不到虞子陵的半点私人物品，连茶杯都是用那套原装的公用杯。

捡起虞子陵的铭牌，她细细擦干净，塞进自己抽屉里。一瞬之后，她又恢复了正常，宛若什么都没发生过。打开电脑，打卷、装订、签字，而后一如往常地开始了新一天的工作。

16

模拟街区训练场上，枪声四作。

萧梦卿以墙壁为掩体，一面掩护保护对象，一面向街对面的袭击者还击。压制住对方火力后，她与凌珏护着目标，继续朝预定地点前进。她身上的 PC 背心里挂着沉重的防弹板与几个弹匣，但在奔跑过数百米之后，依然能自若地调整呼吸。几人顺利回到车边，萧梦卿钻入车里。行车途中，她一手解脱弹匣、收枪入套，麻利地换了个满匣，解锁挂机钮回膛。

“梦卿，下个路口左转。我们会在靠近银行的岔路口支援你们。”耳机中传来纪小曲的声音，“梦卿？”

“收到。”迟滞了一瞬，萧梦卿回过神来。被这么称呼一个月之后，她仍旧觉得这个称谓对自己而言十分陌生。

到达目的地后，纪小曲与夏暮川开着车，别住了前来偷袭的车辆。两组人下了车，借几辆车构成的路障，掩护保护对象往安全屋撤离。萧梦卿与凌珏的子弹都所剩无几，纪小曲见状，在通讯器中调配了一番，夏暮川将身上的手枪弹匣抛了过来。萧梦卿的视线在他胸前的冲锋枪弹匣上停留了半秒，很快装弹还击。

四人成功将保护对象护送回了安全屋。扫视一圈毫发未损的几人，纪小曲长舒一口气，痛快地笑着上报了结果。训练结束后，几人没有马上离开，而是留在现场，听候纪小曲的复盘。

“凌珏，防守。防守是特护警的重点，你的攻势太锐，容易暴露目标。”

“哦。”

“阿川，你刚调来向阳花不久，还得把刑侦的抓捕习惯改一改，控制现场不是第一要务。光靠一个人的观察力是不够的，你要多依靠同伴的信息展开下一步行动。”

"得令。"夏暮川叼着半支烟，拈下一小截墨镜，两根手指放在额边一挑。

"梦卿，你做得很棒，临场反应和情势判断都很到位。"纪小曲拍了拍她的肩膀，递上一包纸巾，"但是，战场上一定要和搭档们多交流，光靠战术手势没法表达所有细节。现代警务实战的基础之一便是即时通讯。我们明明有耳机、话筒，不用的话，不是成了摆设吗？"

萧梦卿接过纸巾擦了汗，重重地点了点头。听完纪小曲的念叨，她没忍住偷偷一笑，把发圈戴上了手腕。

"饿了。"凌珏伸长胳膊，冲纪小曲打了两个响指，"想吃面。"

"交了装备！门口集合！东如面轩，我请客。"纪小曲大咧咧地把胳膊架到夏暮川胳膊上，"迎新晚宴。"

四人在面店一张台桌旁坐下。萧梦卿刚捧着一盘切好的鸭鹅双拼回到桌边，就看到桌上摆着四瓶啤酒。见到她意外的表情，夏暮川打趣道："你也学会健康生活了？"

"啊……没有，我也蛮想喝点儿的。"

"那就整几樽呗，反正明天周末。"

几人点了不一样的面点：夏暮川要了盘牛肉河粉；凌珏和纪小曲都要的拌牛肉炒面，都是适合下酒的主食；只有萧梦卿点了碗最普通的高汤牛肉面。

"干杯！"四瓶冰凉的啤酒撞到了一起。

"今后，夏暮川同志就是我们五组的一员了。"纪小曲本想一本正经地介绍，可被夏暮川戳了下腰后忍不住咯咯笑了起来，"连副队长都不要了，就想换个单位过年哩。"

"夏师兄，你不是在鲲城刑侦干得好好的吗？才刚拿了三等功，怎么突然就调过来了？"萧梦卿啃着鸭脖，好奇道。

"我怕死啊。"夏暮川昂着脖子吹了瓶，指了指自己的腰肢，"哪个不想活着领退休金？老听说你们向阳花是个养老单位，活儿简单、备勤少，还不值班，就借着市局关照调这儿来了。要知道连训练都这么累，鬼才来呢。后悔咯！”

凌珏不屑，别有所指地重重“呵”了一声，抓了一个鸭腿，大口啃了起来。

酒足饭饱后，四人回到五组办公室，各自休整。夏暮川买了一大袋饭后水果，几人一边吃，一边围在茶桌旁闲聊起来，热闹非常。欢快的气息让萧梦卿在温馨之余也感觉到了一股莫名的空虚，搭了几句话，便兀自走到窗边欣赏起了夜色。

她呆呆地朝窗外看去。满月高挂在树梢头，高楼里的暖黄色灯光星星点点，一派万家灯火、平安祥和的景象。她依稀能听见远处有警车拉着警笛奔走在城市之间。与两年前的自己不同，听见警笛，她开始有了安心的感受。

“有心事？”纪小曲不知什么时候来到身边，递来一颗削得干净的苹果。

看着果肉上削皮刀利落划过的细密痕迹，萧梦卿道了声谢。啃了一口，酸甜可口的味道让她有些不习惯：“有点感慨。两年前我可能做梦也没有想到，竟然会过上这种正常的日子。”

“听起来，你好像有很了不得的过去。”

“也不算吧。只是可能还需要时间来适应这阵子发生的事。”

“也包括虞子陵吗？”纪小曲叼着大半颗橘子，笑道，“我记得，你在三个月前抱怨过他有些与众不同。兴许和他比起来，我们这仨人无趣多了吧。我听说，他因为伤病不得不离开一线。实话说，他能力很强，不留下做个教官蛮可惜的。”

“可不是嘛。”萧梦卿轻轻摁住右腰侧的刀鞘，默想了好一会儿，风轻云淡地叹道，“他教会了我挺多东西。”

一阵急促的铃声响起，纪小曲接通电话，简单应了几声后放下果子，命令道：“紧急案件！我们需要在一小时后对接一名被顶族色狼威胁的女漫画家。受害人情况已用单兵发给你们了。梦卿，这类案件你有经验，马上用警务通收集相关案例，做好初步情报提炼。阿珏，填写武器装备申领表，先按二级制订。阿川，做好 AB 两种队形预案：A 队形两两一组，B 队形三人加司机。十五分钟后汇总，然后上楼找秦指挥汇报。”

中心的门闸耀着红灯，徐徐拉开。四名整装待发的特护警坐在迈腾车上，驶向新一夜的忙碌。

萧梦卿抬头看向夜空，耳畔轻吟的晚风之上，冬夜璀璨的银河仍在一动不动地俯瞰着华灯初上的月港市。她挑着嘴角，昂起头，对着车窗中的自己笃定道：“会再见的。”